Le Mage

John Fowles

LE MAGE

roman

Traduit de l'anglais par

ANNIE SAUMONT

France Loisirs
123, boulevard de Grenelle - Paris

Edition du Club France Loisirs - Paris
avec l'autorisation des Editions Albin Michel

Edition originale anglaise :
THE MAGUS

Publiée par Jonathan Cape, Londres

Traduction française :

ISBN 2-7242-0304-6

Pour Astarté

1

Un débauché de profession est rarement un homme pitoyable.

DE SADE, *Les Infortunes de la Vertu.*

1

Je suis né en 1927. Mes parents, dont j'étais le fils unique, avaient passé leurs jeunes années dans l'ombre de cette naine monstrueuse, la reine Victoria. Et c'est dans cette ombre grotesquement étirée sur plus d'un demi-siècle que devait se dérouler leur vie de bourgeois anglais prisonniers de leur époque, incapables de s'élever si peu que ce fût au-dessus d'elle. On m'envoya dans une école privée. Je perdis deux ans au service militaire. Puis j'allai à Oxford. Là je commençai à soupçonner que je n'étais pas celui que j'aurais voulu être.

Depuis longtemps, j'avais découvert que mes parents et mes ancêtres n'étaient pas ceux qu'il me fallait. Mon père était devenu général de brigade par un concours de circonstances favorables plutôt qu'en vertu de qualités professionnelles particulières. Ma mère était le parfait modèle de l'épouse d'un futur général de division : elle ne discutait jamais les avis de mon père et se conduisait toujours comme s'il se tenait à l'écoute dans la pièce voisine, même lorsqu'en réalité il était à des milliers de kilomètres. Je vis très peu mon père durant la guerre et, pendant ses longues absences, je pris l'habitude de me forger une image de lui très idéalisée qu'en général — jeu de mots plutôt faible mais ici parfaitement adéquat — il mettait en pièces dans les premières quarante-huit heures de sa permission.

Comme tous ceux qui ne sont pas vraiment à la hauteur de leur tâche, il s'attachait aux signes extérieurs, à des détails mesquins. La pleine maîtrise d'un petit vocabulaire de quelques mots à majuscule collectionnés avec soin — Discipline, Tradition, Responsabilité — lui tenait lieu d'intelligence. Si j'osais d'aventure discuter avec lui, ce qui m'arrivait rarement, il produisait sur-le-champ un de ces mots-totem et m'en assenait un coup, comme il le faisait aussi sans aucun doute avec ses subalternes. Quand on se permettait de lui résister encore, la colère le prenait, ou plutôt il l'appelait à son aide. Sa colère était un chien hargneux toujours prêt à répondre à son appel.

D'après une tradition chère à ma famille, mes ancêtres, de nobles huguenots apparentés de loin à Honoré d'Urfé, auteur de *l'Astrée* — ce best-seller du XVIIe siècle — sont venus de France après la révocation de l'Edit de Nantes. A part Tom Durfey, l'ami de Charles II, vaguement écrivain — auquel rien ne prouve indiscutablement que nous soyons liés — pas un de mes ancêtres qui ait montré le moindre penchant artistique. Ce sont des générations de capitaines, d'ecclésiastiques, de marins et de petits propriétaires terriens, ayant pour seul trait commun de n'avoir jamais rien fait de remarquable et d'avoir perdu régulièrement au jeu, sans pour autant renoncer à jouer. Mon grand-père eut quatre fils dont deux furent tués dans la Première Guerre mondiale. Le troisième paya son tribut à l'atavisme familial, choisissant pour échapper à ses dettes la solution peu élégante de fuir en Amérique. Pour mon père, le plus jeune des quatre, qui avait les traits de caractère attribués généralement aux aînés, il fut désormais comme mort, et je ne sais pas s'il est encore vivant ni même si j'ai des cousins inconnus de l'autre côté de l'Atlantique.

Pendant mes dernières années au collège, je découvris ce qui n'allait pas entre mes parents et moi. Ils méprisaient en bloc le genre de vie que je voulais mener. J'étais « bon » en anglais, je faisais imprimer mes poèmes sous un pseudonyme dans le journal du collège, je considérais D. H. Lawrence comme le génie du siècle. Mes parents n'avaient sûrement jamais lu Lawrence et sans doute jamais entendu parler de lui, si ce n'est à propos de *L'Amant de Lady Chatterley*. Il y avait en eux des traits qui me touchaient, chez ma mère une certaine douceur toujours égale, chez mon père des accès de jovialité insolites. Mais s'ils voulaient être aimés ce n'était jamais pour ce que j'aimais en eux. J'avais dix-huit ans, Hitler était mort, et déjà ils n'étaient plus que ceux qui me nourrissaient, auxquels je devais montrer une gratitude symbolique. Et c'était à peu près tout ce que je ressentais pour eux.

Je menais deux vies distinctes. Au collège je m'étais fait une certaine réputation d'esthète et de cynique. Mais je dus rejoindre le régiment. La Tradition, le Sacrifice m'y contraignaient. Je déclarai vouloir aller ensuite à l'université et, par chance, le directeur du collège me soutint. A l'armée je continuai à mener double vie, jouant en public le rôle inconfortable du fils du général Urfe le Terrible et, sans m'en vanter, lisant en privé le *Penguin New Writing* et des plaquettes de poèmes. Aussitôt que je le pus je me fis démobiliser.

J'entrai à Oxford en 1948. Durant ma seconde année à Magdalen, peu de temps après de longues vacances pendant lesquelles je le vis à peine, mon père dut se rendre en Inde. Ma mère l'accompagna. Pris dans un orage, leur avion s'écrasa au sol, à soixante kilomètres de Karachi, en un brasier funèbre au super-carburant. Après le premier choc, je me sentis très vite soulagé, libéré. Le seul proche parent qui me restât, le frère de ma mère, cultivait ses terres en Rhodésie. Ainsi n'avais-je plus de famille pour entraver le développement de ce que je considérais comme ma vraie personnalité. Sur le plan de l'amour filial j'étais sans doute plutôt déficient, mais je me sentais bien armé pour la philosophie à la mode.

Du moins, avec un groupe d'amis de mon genre, à Oxford, en étais-je persuadé. Nous formions un petit club appelé « Les Hommes Révoltés », nous buvions du sherry extra-sec et, en protestation contre le temps des minables duffle-coats (à la fin des années quarante), nous portions pour nos réunions des costumes gris sombre et des cravates noires. Nous discutions de l'être et du néant et donnions à une certaine forme de conduite irresponsable le qualificatif d'existentialiste. Des gens moins « éclairés » l'auraient dite capricieuse ou simplement égoïste; nous ne nous rendions pas compte que les héros, ou anti-héros, des romans existentialistes français ne prétendaient pas être réalistes. Nous tentions de les imiter, sans voir que ce que nous prenions pour une règle de vie n'était que la description métaphorique d'une façon complexe de sentir et de juger. Nous ne manquions pas d'éprouver les angoisses indispensables. La plupart d'entre nous, fidèles au dandysme habituel d'Oxford, voulaient simplement se singulariser.

J'acquis des habitudes coûteuses et des manières affectées. Si mes succès universitaires furent plutôt modestes, il n'y avait nulle modestie dans l'estime où je tenais mes talents de poète. Mais rien n'aurait pu être moins poétique que cet ennui blasé qui s'emparait de moi lorsque je considérais la vie en général, et en particulier la nécessité de la gagner. J'étais encore trop novice pour reconnaître que le cynisme est une façon de camoufler une défaite, qu'il est un aveu d'impuissance et que mépriser tout effort demande un immense effort. J'assimilai cependant une légère dose de ce qu'Oxford a de mieux à offrir à la vie civilisée : l'honnêteté socratique. Cela me permit au moins d'entrevoir par intermittence qu'on ne renie pas aisément son passé. Un jour, devant mes amis, je m'offris le plaisir de dénigrer l'armée. Plus tard, de retour dans ma chambre, je fis une soudaine découverte : je pouvais dire impunément des choses qui, de son vivant, auraient frappé mon père d'apoplexie, mais je n'en restais pas moins sous son influence. A vrai dire, je n'étais pas cynique de nature mais seulement par révolte. J'avais fui ce que je détestais mais sans trouver où aimer, et de là je prétendais qu'il n'y avait nulle part où aimer.

Généreusement équipé pour l'échec, je me lançai dans le monde. La prudence en matière financière ne faisait pas partie du vocabulaire de base de mon père. Il pariait des sommes absurdement élevées et ses notes de « mess » atteignaient des proportions stupéfiantes car il soignait sa popularité, et ses largesses lui tenaient lieu de charme. Quand le percepteur et les hommes de loi eurent pris ce qui leur revenait, l'argent qui restait était loin de me suffire pour vivre. Je n'avais aucune illusion sur les carrières qui s'offraient à moi — Affaires étrangères, Administration, Colonies, Banque, Commerce, Publicité... On me convoqua pour des entretiens, mais je ne me sentis nullement obligé de montrer l'ardent enthousiasme qu'on attend d'un jeune cadre et aucun d'eux n'aboutit.

Enfin, comme l'avaient fait avant moi d'innombrables générations d'étudiants d'Oxford, je répondis à une annonce du *Times Educational Supplement*. Elle venait d'une école privée de second ordre, dans l'East Anglia. Je m'y présentai et on m'offrit le poste. J'appris plus tard qu'il y avait seulement deux autres candidats, tous deux venant d'une université sans prestige, et on était à trois semaines du début du trimestre scolaire.

Mes élèves, produits de série d'un milieu bourgeois, n'étaient déjà pas drôles; mais la petite ville repliée sur elle-même était un vrai cauchemar; le pire toutefois, c'était encore la salle des professeurs où je me sentais si mal à l'aise que je voyais arriver l'heure des cours avec soulagement. Rien ne changerait jamais. Chaque année répéterait la précédente et un nuage sombre d'ennui pesait sur l'ensemble du personnel. Et c'était vraiment de l'ennui, sans commune mesure avec mon vague à l'âme de bon ton. En découlaient les racontars, l'hypocrisie, la rage impuissante des vieux qui savaient qu'ils avaient échoué, des jeunes qui pressentaient qu'ils échoueraient aussi.

Les maîtres les plus âgés étaient comme morts déjà. Devant les autres on était pris d'une sorte de vertige. C'était comme se trouver soudain au bord du puits sans fond de la futilité humaine. Ce fut du moins ce que je commençai à ressentir au cours du deuxième trimestre.

Je ne pouvais passer ma vie à traverser ce Sahara. Et plus j'en prenais conscience, plus aussi je me rendais compte que le collège, dans sa torpeur, sa suffisance, était un modèle réduit du pays tout entier. Quitter l'un sans quitter l'autre serait absurde. Il y avait aussi une fille dont j'étais fatigué.

Ma démission fut acceptée avec une bonne grâce peu flatteuse. Je fis vaguement allusion à mon besoin de changement et le directeur s'empressa de supposer que je voulais partir pour l'Amérique ou une possession britannique d'outremer.

« Je n'ai encore rien décidé, monsieur.

— Je crois que nous aurions pu faire de vous un bon

professeur, Urfe. Et vous auriez pu aussi faire quelque chose de nous, savez-vous? A présent c'est trop tard.

— Je le crains.

— Je ne suis pas sûr d'approuver ces errances. Un conseil : ne partez pas. Mais... *Vous l'avez voulu, Georges Danton. Vous l'avez voulu.* »

L'inexactitude de la citation était typique.

Il pleuvait à verse le jour où je partis. J'étais étrangement surexcité. Je larguais les amarres et c'était exaltant. Où j'allais, je n'en savais rien, mais je savais ce dont j'avais besoin. Une terre nouvelle, une race nouvelle, une langue nouvelle... et quoique je n'aurais pu alors le formuler clairement il me fallait aussi un nouveau mystère.

2

J'appris que le British Council recrutait du personnel. Je m'y rendis au début d'août et fus reçu par une dame enthousiaste à la voix affectée, au vocabulaire précieux et tout imprégnée de Culture. Elle me confia qu'il était « extrêmement » important que *nous* soyons très bien représentés à l'étranger. Mais c'était « affreusement » compliqué car tous les postes devaient être offerts par voie d'annonce et les candidats choisis sur interview. De toute façon en ce moment il y avait « terriblement » peu d'emplois vacants outre-mer. Elle finit par en venir au fait : on ne pouvait me proposer que des postes de professeur d'anglais dans des écoles étrangères. Est-ce que je trouvais cela « effroyablement » rebutant?

Je dis que je le trouvais.

La dernière semaine d'août, un peu par plaisanterie, je fis paraître l'annonce classique. Mon offre délibérée d'aller n'importe où faire n'importe quoi me valut plusieurs réponses. Outre les brochures me rappelant que Dieu était mon seul maître, il y eut trois charmantes missives d'escrocs alertes et cultivés. Puis on me proposa du travail à Tanger, un travail peu commun et rémunérateur — est-ce que je parlais italien? On ne répondit pas à ma lettre.

Septembre arrivait. Je commençais à désespérer. Je me voyais dans une impasse, contraint de me rabattre sur l'*Educational Supplement,* aux listes grises et sans fin d'occupations grises et sans fin. Un matin je me décidai à retourner au British Council.

Je demandai s'il n'y aurait pas quelque poste de professeur dans une région méditerranéenne et la femme aux adverbes alla chercher un dossier. Je m'assis dans la salle d'attente, au-dessous d'un Matthew Smith, aux teintes puce et rouge tomate. Je me voyais déjà à Madrid, à Rome, Marseille ou Barcelone. Ou même à Lisbonne. Là-bas tout serait différent. Il n'y aurait pas de salle des professeurs et j'écrirais des poèmes. Elle revint. Tout ce qui était intéressant était hélas déjà pris. Il y avait cela encore... Elle me tendait une note au sujet d'une école à Milan. Elle m'approuva quand je fis non de la tête.

« Alors, voilà tout ce qui reste. Nous venons juste de faire paraître l'annonce. » Elle me tendit une coupure de presse.

COLLÈGE LORD-BYRON, PHRAXOS

> Le collège Lord-Byron, Phraxos, Grèce, demande pour début octobre un professeur-stagiaire d'anglais. Les candidats doivent être célibataires et avoir une qualification en anglais. La connaissance du grec moderne n'est pas indispensable. Salaire : 600 livres par an environ, totalement transférable. Contrat de deux ans renouvelable. Voyage payé au début et à la fin du contrat.

Une fiche de renseignements prolixes développait l'annonce. Phraxos était une île de la mer Egée, à 120 kilomètres environ d'Athènes. Le collège Lord-Byron était « un des plus fameux internats de Grèce, organisé sur le modèle des écoles privées anglaises », d'où son nom. Il semblait jouir de toutes les commodités souhaitables dans un collège. On devait faire au maximum cinq cours par jour.

« C'est une école dont on dit énormément de bien. Et l'île est un vrai paradis.

— Vous y êtes allée? »

Elle avait environ trente ans, semblait faite pour rester vieille fille et manquait si totalement de sex-appeal que ses vêtements élégants et son lourd maquillage la rendaient pathétique, comme une geisha sans talent. Non, elle n'y était pas allée, mais tout le monde le disait. Je relus l'annonce.

« Pourquoi ont-ils tant tardé?

— Eh bien, à ce qu'il semble, ils avaient nommé quelqu'un d'autre, sans passer par nous. Mais il y a eu toute une terrible histoire. » Je regardai à nouveau la fiche. « En fait, nous n'avons jamais recruté personne pour eux. Nous le faisons à présent par pure courtoisie. » Elle me sourit patiemment. Ses dents de devant étaient beaucoup trop grandes. Je lui demandai, avec mon meilleur accent d'Oxford, si je pouvais l'inviter à déjeuner.

En rentrant chez moi je remplis la fiche qu'elle m'avait

apportée au restaurant et, sans attendre, j'allai la mettre à la poste. Ce même soir, par une curieuse coïncidence, je rencontrai Alison.

3

J'avais, je pense, beaucoup fait l'amour pour mon âge. J'y avais consacré du temps. Je plaisais aux filles, du moins à une certaine catégorie de filles. Je possédais une voiture, ce qui n'était pas si commun à l'époque, pour un étudiant, et aussi un peu d'argent. Je n'étais pas laid, mais surtout j'avais pour moi ma solitude et, avec les femmes, pour qui n'a guère de scrupules c'est une arme irrésistible. Ma « technique » consistait à me montrer cynique, inconstant, indifférent. Puis, comme un prestidigitateur fait apparaître son lapin blanc, moi je produisais mon cœur solitaire.

Je ne collectionnais pas les conquêtes, mais lorsque je quittai Oxford j'avais déjà eu plus d'une douzaine de filles. Je me réjouissais de mes succès amoureux tout autant que du caractère éphémère de l'amour. C'était comme être bon au golf et pourtant mépriser le jeu : ainsi tout est toujours pour le mieux, qu'on joue ou qu'on ne joue pas. Je m'arrangeais pour vivre la plupart de mes aventures pendant les vacances, loin d'Oxford, afin de pouvoir quitter sans encombre la scène du forfait au début du trimestre suivant. Il y avait parfois, pour quelques semaines, un échange de lettres assez déplaisant, mais je ne tardais pas à « assumer pleinement toute responsabilité », retirant du jeu le cœur solitaire et présentant à sa place le masque chesterfieldien. Je fus bientôt aussi habile à mettre un terme aux liaisons qu'à les commencer.

Sans doute tout cela paraît-il, et était-il, calculé, mais plutôt qu'à une réelle froideur, cela tenait au fait qu'en bon dandy je croyais fermement à l'importance d'un certain style de vie. J'appelais « joie d'être libre » l'impression de soulagement que je ressentais chaque fois que je laissais tomber une fille. Une certaine répugnance à mentir me faisait toujours prendre garde à ce que la victime du moment sache bien, avant de se déshabiller, la différence entre accouplement et mariage.

A S., pourtant, les choses se compliquèrent. Je me mis à sortir avec la fille d'un des plus vieux professeurs. Dans son genre très anglais elle n'était pas laide, elle haïssait autant que moi la province et paraissait assez ardente. Je découvris un peu tard que son ardeur avait un but particulier; elle voulait que je l'épouse. Un simple besoin physique risquait de fausser le vrai sens de ma vie et j'en étais horrifié. Et pourtant, un soir ou deux, je fus sur le point d'abdiquer devant cette fille que je n'aimais pas, que je n'aimerais jamais et qui était au fond plutôt sotte. Notre dernière soirée ensemble, dans la voiture, au bord de la mer, en fait toute une nuit de pleurnicheries et d'aigres reproches, fut un cauchemar. Heureusement je savais que Janet n'était pas enceinte, et elle savait que je le savais. J'arrivai à Londres fermement décidé à me tenir pour un temps à l'écart des femmes.

L'appartement au-dessous de celui que j'avais loué, dans Russell Square, était resté vide pendant tout le mois d'août. Un dimanche cependant j'entendis des pas, des claquements de portes, puis de la musique. Le lundi je rencontrai dans l'escalier deux filles qui me parurent assez insignifiantes. Comme je descendais je les entendis parler, aplatissant les « a » en un vilain son « é ». C'étaient des Australiennes. Puis vint le soir du jour où j'avais déjeuné avec Miss Spencer-Haigh : un vendredi.

Vers six heures on frappa à la porte. La plus grosse des deux filles se tenait sur le seuil.

« Salut. Je suis Margaret. J'habite en dessous. » Je serrai sa main tendue. « Heureuse de faire votre connaissance. Nous avons une surprise-partie. Voulez-vous venir?

— Eh bien... En fait...

— Vous allez entendre du bruit. »

C'était l'invitation classique, pour parer à d'éventuelles doléances. J'hésitai. Je haussai les épaules.

« D'accord. Merci.

— Très bien. Huit heures? » Elle descendait l'escalier, se retourna.

« Avez-vous une amie qui voudrait vous accompagner?

— Pour le moment... je suis seul.

— On va arranger ça. »

Elle était partie. Déjà je regrettais d'avoir accepté.

Je descendis donc lorsque je pus juger au bruit qu'il y avait beaucoup de monde. J'espérais que les filles laides — qui arrivent toujours tôt — seraient déjà casées. La porte était ouverte. Je traversai une petite entrée et m'arrêtai sur le seuil de la salle de séjour, tenant à la main une bouteille de bourgogne d'Algérie. J'essayai de découvrir, dans la pièce pleine de monde, une des deux filles que j'avais vues. De fortes voix masculines à l'accent australien; un homme en kilt, plusieurs Antillais : ce n'était guère mon genre, cinq secondes de plus et je m'éclipsais. Mais à cet instant quelqu'un arriva derrière moi dans l'entrée.

C'était une fille à peu près de mon âge, portant une lourde valise et un petit sac à dos. Elle avait un vieil imperméable fripé, blanchâtre, et ce teint bronzé qu'on rapporte d'un long séjour au soleil. Ses longs cheveux avaient pâli, presque au point de paraître blonds. Ils surprenaient parce que c'était alors la mode de la coupe à la garçonne. Et cette fille ressemblait à une fille. Il y avait aussi en elle quelque chose de germanique ou de danois, un air d'enfant abandonné, mais d'enfant un peu pervers. Elle n'alla pas jusqu'à la porte ouverte mais me fit signe d'approcher, avec un mince sourire, ambigu, péremptoire.

« Pourriez-vous trouver Maggie et lui demander de venir?

— Margaret? »

Elle inclina la tête. Je me frayai un chemin à travers la pièce et finis par découvrir Maggie dans la cuisine.

« Ah! vous voilà. Salut.

— Quelqu'un veut vous voir. Une fille avec une valise.

— Oh! non! » Elle se tourna vers une autre femme. Je sentais que quelque chose n'allait pas. Elle hésita, puis posa la bouteille de bière qu'elle venait d'ouvrir. Je traversai à nouveau la foule, dans le sillage de ses épaules rondes.

« Alison! Tu avais dit la semaine prochaine!

— Je sais, Maggie. J'ai dépensé tout mon argent. » Elle avait un léger accent australien. « Ça ne fait rien. Une surboum, ça me convient. Est-ce que Pete est rentré?

— Non. » La voix baissa d'un ton, comme pour une mise en garde. « Mais Bill et Charlie sont là.

— Oh! merde! » Elle avait un air indigné. « Il faut absolument que je prenne un bain.

— Charlie a rempli la baignoire pour mettre la bière au frais. Elle est pleine à ras bords. »

La fille bronzée parut consternée. J'intervins :

« Utilisez la mienne. C'est là-haut.

— Vraiment? Alison, c'est...

— Nicholas.

— Vous voulez bien? Je viens d'arriver de Paris. » Je remarquai qu'elle avait deux timbres de voix, l'un presque australien, l'autre presque anglais.

« Bien sûr. Je vous emmène.

— J'ai quelques petites choses à prendre d'abord. »

Dès qu'elle entra dans la pièce il y eut un grand cri.

« Salut, Allie! D'où viens-tu donc? »

Trois Australiens l'entourèrent, elle les embrassa. Margaret, une de ces grosses filles qui ont pour les filles minces un cœur de mère, les fit bientôt s'écarter. Alison réapparut, des vêtements sur les bras.

Nous montions l'escalier. « Mon Dieu! dit-elle, ces Australiens!

— Où êtes-vous allée?

— Partout. En France. En Espagne. »

Nous étions dans l'appartement.

« Je vais débarrasser la baignoire de ses araignées. Buvez quelque chose. C'est là. »

Quand je revins elle était debout, un verre de whisky à la main. Elle eut un sourire bref, un peu forcé. Je l'aidai à ôter son imperméable. Son parfum — français, sans doute — était fort et âcre, presque comme du phénol. Son chemisier jaune pâle était sale.

« Vous vivez en bas?

— Euh... On partage l'appartement. »

Elle leva son verre pour un toast silencieux. Elle avait des yeux gris largement espacés qui, dans son visage impudique, gardaient leur innocence, comme si les circonstances seules, et non sa propre nature, l'avaient forcée à s'endurcir, tout en lui laissant un air désarmé. Et sa voix, juste un peu australienne et cependant pas anglaise, était tantôt rauque et rude, tantôt légèrement nasillarde, tantôt directe et nette. Elle était bizarre, une sorte d'oxymoron humain.

« Etes-vous seul pour la soirée?

— Oui.

— On reste ensemble?

— Bien sûr.

— Revenez dans vingt minutes.

— Je vais attendre.

— Je préfère que vous reveniez. »

Nous échangeâmes un sourire circonspect. J'allai rejoindre les autres.

Margaret se précipita vers moi. Elle avait dû m'attendre. « Nicholas, j'ai là une charmante Anglaise qui voudrait faire votre connaissance.

— Désolé. C'est trop tard. »

Elle regarda autour d'elle et m'entraîna vers l'entrée.

« C'est difficile à expliquer, mais Alison... Voilà : elle est fiancée à mon frère et il y a ici ce soir beaucoup de ses amis.

— Et alors?

— Elle a déjà eu des ennuis.

— Je ne comprends toujours pas.

— C'est simplement que je ne veux pas de bagarre. C'est arrivé déjà. » Et comme je ne réagissais pas : « On peut être jaloux pour le compte d'un autre.

— Mais je ne ferai rien. »

De l'intérieur de la pièce quelqu'un l'appelait. Elle essayait de se rassurer sur mon compte, sans trop de succès, et apparemment décida qu'elle n'y pouvait rien. « Bon! entendu. Mais s'il vous plaît, rappelez-vous ce que je vous ai dit.

— Si vous insistez vraiment... »

Elle eut pour moi un regard sans illusions, secoua la tête, l'air attristé, et s'éloigna. J'attendis environ vingt minutes près de la porte, puis je me glissai dehors et remontai à mon appartement. J'appuyai sur la sonnette. Il y eut un long silence. Enfin, derrière la porte, une voix demanda :

« Qui est-ce?

— Les vingt minutes sont passées. »

La porte s'ouvrit. Elle avait relevé ses cheveux et s'était drapée dans une serviette de bain. Des épaules bronzées... Des jambes très brunes aussi... Déjà elle rentrait dans la salle de bains. Je criai à travers la porte :

« On m'a fait la leçon. Je dois vous laisser tranquille.

— Maggie?

— Elle dit qu'elle ne veut pas de bagarre.

— Quelle emmerdeuse! Elle a décidé de devenir ma belle-sœur.

— Je sais.

— Etudiante en socio. Université de Londres. » Et après un temps : « C'est dingue. On s'en va, on se figure que les gens ont changé et ils sont exactement pareils.

— Ça veut dire quoi?

— Attendez une minute. »

Plusieurs passèrent. Puis la porte s'ouvrit et elle entra dans la salle de séjour. Elle portait une robe blanche très simple, et ses cheveux tombaient sur ses épaules. Elle n'avait pas de maquillage. Elle était dix fois plus jolie.

« Je vous plais? dit-elle avec un léger sourire.

— Beaucoup. » Son regard était direct et j'en fus troublé. « On descend?

— Juste une goutte... »

Je lui versai du whisky — bien plus d'une goutte — qu'elle regarda couler, disant : « Je me demande pourquoi j'ai peur. » Et encore : « Pourquoi ai-je peur?

— Peur de quoi?

— Je ne sais pas. Maggie. Les gars. Mes chers compatriotes.

— La bagarre?

— Mais c'était tellement idiot! Il y avait un Israélien, un type très chouette. C'était à une surprise-partie. On s'embrassait, pas plus. Et puis Charlie l'a dit à Pete et ils se sont monté la tête. Et... Oh, vous voyez ce que je veux dire. Tous ces mâles... »

En bas, nous fûmes séparés pour un temps. Un groupe s'était formé autour d'elle. J'allai lui chercher à boire, faisant passer le verre par-dessus des épaules; on parla de Cannes, de Collioure, de Valence. On entendait le jazz, venant de la pièce du fond. J'avançai jusqu'à la porte. Au-delà des danseurs sombres, je vis derrière la fenêtre le ciel d'ambre pâle, les arbres crépusculaires. J'éprouvai la sensation aiguë d'être un étranger. Une fille aux yeux myopes derrière les lunettes, dans un visage fade aux traits réguliers, une de ces intellectuelles sentimentales, proies faciles pour artistes ratés, me sourit timidement, de l'autre bout de la pièce. Elle était seule. Je la soupçonnai d'être la « charmante Anglaise » que Margaret me destinait. Avec son rouge à lèvres trop violent, elle était d'un modèle extrêmement courant. Je m'éloignai d'elle comme du bord d'une falaise et allai m'asseoir sur le sol près d'un rayonnage de livres. J'en pris un et feignis de lire.

Alison vint s'agenouiller près de moi. « Je suis complètement saoule. C'est le whisky. Tiens, bois-en un peu. » C'était du gin. Elle s'assit à côté de moi. « Eh bien? » Je pensais à l'Anglaise au teint pâle, aux lèvres barbouillées de rouge. Alison, au moins, était vivante; rude, mais vivante.

« Je suis content que vous soyez revenue ce soir.

— Vrai? » Elle but une gorgée de gin, m'effleurant de son regard gris.

« Avez-vous lu ça?

— Allons droit au fait. Au diable la littérature. Vous êtes intelligent, je suis belle. Maintenant voyons qui nous sommes vraiment. »

Les yeux gris étaient moqueurs. Ou provocants.

« Qui est Pete?

— Il est pilote. » Elle nomma une ligne d'aviation connue. « Nous vivons ensemble. Par intermittence. C'est tout.

— Ah.

— Il suit un cours de recyclage. Aux Etats-Unis. » Elle se tourna vers moi, me fixant de ce regard d'une honnêteté surprenante. « Je suis libre. Et je resterai libre. » Il était difficile de dire si la déclaration était à mon profit ou se rapportait à son fiancé; si son besoin de liberté était réel, essentiel, ou seulement de l'affectation.

« Qu'est-ce que vous faites?

— Différentes choses. Surtout de la réception.

— Dans des hôtels?

— N'importe où. » Elle plissa le nez. « J'ai fait une demande pour un nouveau métier. Hôtesse de l'air. C'est pourquoi je viens d'aller parler un peu français et espagnol.

— On sort ensemble demain? »

Un Australien large d'épaules vint s'adosser à la porte opposée. Elle cria à travers la pièce : « Oh! Charlie, il m'a seulement prêté sa baignoire! C'est tout. »

Charlie inclina lentement la tête, puis leva un index épais en un signe d'avertissement. Il se propulsa en avant et s'éloigna en titubant.

« Charmant. »

Elle contemplait sa main :

« Avez-vous passé deux ans et demi dans un camp de prisonniers de guerre gardé par les Japonais?

— Non, pourquoi?

— Charlie l'a fait.

— Pauvre Charlie. »

Il y eut un silence.

« Les Australiens sont des rustres et les Anglais des poseurs.

— Si vous...

— Je me moque de lui parce qu'il est amoureux de moi, et ça lui fait plaisir. Mais jamais personne d'autre ne se moque de lui si je suis dans les parages. »

Il y eut encore un silence.

« Excusez-moi.

— Bon, ça va.

— Alors, demain?

— Non. Parlons de vous. »

Peu à peu — quand j'eus surmonté mon dépit après sa leçon dans l'art de ne pas mépriser les autres — elle m'amena à raconter ma vie. Elle le fit en me posant des questions directes et en refusant les réponses évasives. Je me mis à parler de mon père le général, à parler de ma solitude, et pour une fois je ne cherchai pas à me donner du prestige mais simplement à expliquer. Et je fis deux découvertes : Alison, sous ses manières abruptes, savait s'y prendre avec les hommes, en obtenir ce qu'elle voulait. Elle avait un joli corps, un visage intéressant, et en était consciente. Mais son charme lui venait surtout de sa candeur et de ce don, très peu anglais, de lancer tout à coup une remarque judicieuse, une réflexion sérieuse, qui étaient les preuves d'un intérêt réel pour celui à qui elles s'adressaient. Je restai silencieux. Je savais qu'elle m'observait. Je la regardai. Elle avait un air timide et pensif. Elle me surprenait une fois encore.

« Alison, tu me plais.

— Je crois que tu me plais aussi. J'aime ta bouche.

— Tu es la première Australienne que je rencontre.

— Pauvre petit Anglais! »

Depuis longtemps toutes les lumières étaient éteintes, à l'exception d'une qui n'éclairait qu'à peine, et les invités s'étaient affalés par couples sur ce qu'ils avaient pu trouver, sièges ou simple coin de plancher. Maggie semblait avoir disparu, et sur le sol de la chambre Charlie dormait profondément. Nous dansions, très près l'un de l'autre. Plus près. J'embrassai ses cheveux, son cou, et elle serra ma main, se pressant encore un peu plus contre moi.

« On monte?

— Va d'abord. Je viens dans cinq minutes. »

Elle s'écarta. Je montai. Dix minutes passèrent; enfin elle fut sur le seuil, souriant d'un air un peu craintif. Elle se tenait là, petite, en robe blanche, innocente et perverse, raffinée et vulgaire, novice et experte tout à la fois.

Elle entra. Je fermai la porte. Pendant une minute, deux minutes, nous ne fîmes que nous embrasser, dans l'obscurité, appuyés contre le vantail. Puis il y eut des pas dans l'escalier et quelqu'un frappa brutalement à la porte. Alison mit sa main sur ma bouche. On frappa à nouveau. Nous hésitions, le cœur battant. Les pas s'éloignèrent.

« Viens, dit-elle. Viens, viens. »

4

Il était tard quand je m'éveillai, le lendemain matin. Elle dormait encore, je ne voyais d'elle que son dos brun par-dessus le drap rabattu. Je me levai, fis du café, et l'apportai dans la chambre. Elle était réveillée à présent et me fixait d'un regard vide qui refusait mon sourire et mes paroles amicales. Puis elle se retourna brusquement en tirant le drap par-dessus sa tête. Et je l'entendis qui pleurait. Je m'assis à côté d'elle; plutôt maladroitement, je tentai de la consoler, mais elle gardait le drap tiré sur son visage. J'arrêtai donc les caresses, les petits mots réconfortants, et je versai le café. Un peu plus tard elle s'assit dans le lit et demanda une cigarette. Puis si je pouvais lui prêter une chemise. Elle évitait de me regarder en face. Elle enfila la chemise, alla à la salle de bains, vint se recoucher, me repoussa en secouant ses cheveux. Je m'assis au pied du lit et la regardai boire son café.

« Qu'est-ce qui ne va pas?

— Sais-tu avec combien d'hommes j'ai couché depuis deux mois?

— Cinquante? »

Elle ne sourit pas.

« Si c'était cinquante je serais simplement une honnête prostituée professionnelle.

— Prends un peu plus de café.

— Une demi-heure après t'avoir rencontré, hier soir, j'ai pensé que si j'étais vraiment vicieuse je coucherais avec toi.

— Merci beaucoup.

— A la façon dont tu parlais, je pouvais dire ce que tu étais.

— Et je suis quoi?

— Tu es le type même du gars pour qui l'amour n'est qu'une affaire de peau.

— C'est ridicule. »

Un silence.

« J'étais saoule, dit-elle, et tellement fatiguée. » Elle eut un long regard vers moi, puis secoua la tête et ferma les yeux. « Excuse-moi. Tu es gentil. Tu es vraiment gentil au lit. Mais à présent?

— Que puis-je te dire?

— Bien sûr. Je suis vraiment impossible.

— Tu n'as rien fait de mal. Ça prouve seulement que tu ne peux pas épouser ce type. D'ailleurs, à ton âge...

— J'ai vingt-trois ans. Et toi?

— Vingt-cinq.

— Est-ce que tu ne commences pas à savoir ce que tu es vraiment? A comprendre que tu le seras toujours? Moi c'est ce qui m'arrive. Je sais que je serai toujours une putain.

— Allons donc!

— Je vais te dire ce que fait Pete en ce moment. Il m'a écrit “ Je suis sorti avec une fille vendredi dernier, et on a fait un vrai *wuzzamaroo.* ”

— Qu'est-ce que ça veut dire?

— Ça veut dire “ Toi aussi, couche avec qui tu veux.” » Elle regardait par la fenêtre. « Tout ce printemps, nous avons vécu ensemble. On s'entend bien, tu sais, comme frère et sœur, une fois hors du lit... » A travers la fumée de la cigarette elle eut vers moi un regard oblique. « S'éveiller avec un homme qu'on ne connaissait pas la veille à la même heure... Tu ne te rends pas compte... C'est perdre quelque chose. Et pas seulement ce que perdent toutes les filles.

— Ou gagner quelque chose.

— Qu'est-ce qu'il y a à gagner? Dis-le-moi.

— De l'expérience. Du plaisir.

— T'ai-je dit que j'aimais ta bouche?

— Plusieurs fois. »

Elle écrasa la cigarette et s'assit.

« Tu sais pourquoi j'ai pleuré? Parce que je vais me marier avec lui. Dès qu'il reviendra, je l'épouse. Parce qu'il est tout ce que je mérite. » Elle était assise, le dos appuyé au mur. Enfantine, mi-fille mi-garçon dans sa chemise trop ample, le visage meurtri, me regardant, puis baissant les yeux : « Je suis nymphomane.

— C'est seulement un mauvais passage. Parce que tu n'es pas heureuse.

— Je suis malheureuse quand je m'arrête pour réfléchir. Quand je m'éveille et me rends compte de ce que je suis.

— Des milliers de filles font la même chose.

— Mais je ne suis pas des milliers de filles. Je suis moi. » Elle fit glisser la chemise par-dessus sa tête, s'enfonça sous les draps. « Comment t'appelles-tu? Ton nom de famille?

— Urfe. U.R.F.E.

— Moi c'est Kelly. Est-ce que ton père était vraiment général?

— Hum... Tout juste. »

Elle fit un petit salut burlesque, puis étendit son bras bronzé et prit ma main. Je m'assis à côté d'elle.

« Tu ne crois pas que je ne suis qu'une coureuse? »

Peut-être, à ce moment-là, tout près d'elle et l'observant, pouvais-je encore choisir. J'aurais pu dire ce que je pensais. Oui, tu n'es qu'une coureuse, et pis encore, tu en tires avantage; et je regrette bien de n'avoir pas suivi le conseil de ta future belle-sœur. Si j'avais été plus loin d'elle, à l'autre bout de la pièce, assez loin pour éviter son regard, peut-être aurais-je pu être irrévocablement brutal dans ma réponse. Mais ces yeux gris pénétrants et toujours candides, en me suppliant de ne pas mentir, me poussaient au mensonge.

« Tu me plais. Tu me plais vraiment.

— Reviens au lit et serre-moi fort! Rien d'autre. Serre-moi, très fort. »

Je me recouchai. Je la serrai contre moi, et pour la première fois de ma vie je fis l'amour avec une femme en larmes.

Ce premier samedi elle fut souvent en larmes. Vers cinq heures elle alla voir Maggie et revint les yeux rouges. Maggie l'avait mise à la porte. Une demi-heure plus tard, Ann monta chez moi, Ann la troisième fille à partager l'appartement, une de ces infortunées au visage ingrat et sans lèvres. Maggie, avant de sortir, avait exigé qu'Alison la débarrasse de ses affaires. Nous descendîmes les chercher. Je parlai avec Ann. A sa manière, tranquille, un peu guindée, elle montra pour Alison plus de sympathie que je n'en escomptais. Quant à Maggie, elle avait en ce qui concernait son frère un bandeau sur les yeux qu'elle tenait à garder. Pendant des jours Alison ne voulut sortir que le soir. Elle avait peur de Maggie qui paraissait représenter pour elle la solide vertu australienne, monolithique, détestée mais toujours puissante. J'allais acheter à manger et là-haut, sous les toits, nous pouvions parler, dormir, danser, faire l'amour et faire la cuisine, sans jamais nous soucier de l'heure. Et nous échappions au temps comme à la grisaille de Londres, de l'autre côté de la fenêtre.

A l'encontre de bien des Anglaises, Alison restait fidèle à son sexe. Ce n'était pas une beauté et bien souvent je ne la trouvais pas même jolie. Mais sa mince silhouette était au goût du jour, et de même sa façon de s'habiller, de se déplacer avec aisance. L'ensemble était beaucoup plus que la somme des détails. Assis dans la voiture, la regardant venir vers moi, s'arrêter, traverser la rue, je la trouvais merveilleuse. Mais quand elle était plus près, à côté de moi, trop souvent je ne lui reconnaissais qu'un charme capricieux, un peu superficiel. Vue de près elle me déconcertait toujours. Pour un instant elle était laide. Un mouvement soudain et, sous un autre angle, son visage trouvait une grâce nouvelle. Quand elle sortait elle se maquillait lourdement les yeux, et le noir de ses paupières s'accordait avec la moue boudeuse qui parfois plissait ses lèvres pour la faire paraître comme meurtrie; curieusement, on avait alors envie de la meurtrir un peu plus. Dans la rue, les cafés, les restaurants, les hommes la remarquaient et elle le savait. Je voyais leur regard glisser sur elle lorsqu'elle passait. Chose rare, même parmi les jolies femmes, elle créait tout naturellement autour d'elle une aura de sexualité. Et même les moins hardis des hommes le sentaient.

Une fois ôté le mascara il y avait une autre Alison, plus simple et cependant toujours un peu ambiguë. Même avec celle-là on ne savait jamais trop à quoi s'attendre, ni quand elle laisserait la place à l'autre personnalité, que l'expérience avait durcie. Au lit, elle allait se donner avec fougue puis bâiller au moment le plus inopportun; elle passerait toute la journée à nettoyer l'appartement, à faire la cuisine, à s'occuper du linge, puis les trois ou quatre jours suivants, resterait assise en tailleur par terre devant le feu, lisant *le Roi Lear,* des magazines féminins, un roman policier, Hemingway, passant d'une lecture à l'autre plusieurs fois dans le même après-midi, et sans jamais éprouver le besoin de justifier ses comportements imprévisibles. Un jour elle me rapporta un stylo de prix.

« Pour vous, monsieur.

— Oh! tu ne devrais pas...

— Ce n'est rien. Je l'ai volé.

— Quoi?

— Je vole tout. Tu ne t'en es pas aperçu?

— Tout?

— Je ne prends jamais rien dans les petites boutiques; seulement dans les grands magasins. Bien fait pour eux. Ça te choque?

— Non. » Je mentais. J'étais là, tenant le stylo du bout des doigts. Elle sourit.

« Ça passe le temps.

— Six mois en prison ne seraient pas tellement drôles. »

Elle s'était versé un whisky. « A ta santé. Je déteste les grands magasins. Non seulement capitalistes, mais capitalistes anglais. Ça fait d'une pierre deux coups. Oh! voyons, mon petit vieux, souris donc! » Elle mit le stylo dans ma poche. « Là. A présent tu es un complice après coup.

— J'ai besoin d'un scotch. »

La bouteille à la main, je me souvins qu'elle l'avait aussi « achetée ». Je la regardai. Elle inclina la tête.

Pendant que je versais elle se tint derrière moi. « Nicholas, tu sais pourquoi tu prends tout au sérieux? C'est que tu te prends toi-même trop au sérieux. » Elle eut pour moi un drôle de petit sourire, mi-tendre mi-moqueur, et s'en alla peler les pommes de terre. Et je sus que de quelque obscure façon je l'avais blessée, et m'étais blessé moi-même.

Une nuit je l'entendis prononcer un nom dans son sommeil.

Le matin suivant je demandai :

« Qui est Michel?

— Quelqu'un que je veux oublier. »

Et elle se mit à parler d'autre chose. De sa mère,

anglaise de naissance, petite bourgeoise maniérée, autoritaire; de son père, un chef de gare, mort d'un cancer quatre ans plus tôt.

« C'est pourquoi j'ai cette drôle de voix, moitié anglaise et moitié australienne. Chaque fois que j'ouvre la bouche ce sont mes parents qui continuent leurs batailles. Ce qui explique, je suppose, pourquoi j'aime l'Australie et la déteste en même temps; et pourquoi j'ai toujours le mal du pays sachant pourtant que je ne pourrais jamais y être heureuse. Tu vois ce que je veux dire? »

Elle ne cessait de demander si je voyais ce qu'elle voulait dire.

« Je suis allée rendre visite à ma famille, au Pays de Galles. Le frère de maman. Seigneur! Les kangourous en pleureraient! »

Moi, elle me trouvait très anglais, et fascinant, en partie parce que j'étais « cultivé », un mot qu'elle employait souvent. Pete s'était toujours esclaffé quand elle voulait aller au concert ou dans une galerie. Elle l'imitait : « Alors, petite, le troquet, ça ne te suffit plus? »

Elle dit un jour :

« Tu ne peux pas savoir comme Pete est gentil. Tout en étant un salaud. Je sais toujours ce qu'il veut, je sais toujours ce qu'il pense, et quand il dit quelque chose je sais ce que cela veut dire. Avec toi c'est différent. Parfois tu es fâché et je ne sais pas pourquoi. Ou bien tu es content et je n'en sais pas plus long. C'est parce que tu es anglais. Tu ne pourras jamais comprendre. »

En Australie, elle avait fini ses études au collège et même fait une année de langues étrangères à l'université de Sydney. Mais elle avait alors rencontré Pete et les choses « s'étaient compliquées ». Elle était venue en Angleterre après un avortement.

« Et l'avortement, c'est lui qui l'a voulu? »

Elle était assise sur mes genoux.

« Il n'a jamais su.

— Comment cela?

— Ça pouvait être... d'un autre. Je n'étais pas sûre.

— Mon pauvre petit.

— Je savais que si c'était le bébé de Pete il n'en voudrait pas. Et encore moins si c'était celui d'un autre. Alors...

— Ça a dû être...

— Je ne voulais pas d'enfant. Je n'aurais pas su quoi en faire. » Plus bas, elle ajouta « Oui, bien sûr, ça a été dur.

— Et encore à présent? »

Un silence, un léger haussement d'épaules :

« Quelquefois. »

Je ne pouvais pas voir son visage. Nous restions assis en silence, tout proches l'un de l'autre et conscients de l'être. Conscients aussi de l'embarras que faisait naître en nous cette conversation à propos des enfants. A notre époque c'est l'amour et non la sexualité qui dresse une tête hideuse.

Un soir nous allâmes voir *Quai des brumes*. Elle pleurait, en sortant du cinéma, pleura encore une fois couchée, et perçut ma désapprobation.

« Tu n'es pas moi. Ce que je ressens, tu l'ignores.

— Je suis ému moi aussi, quelquefois.

— Ce n'est pas vrai. Tu décides simplement de ne rien ressentir et tout va bien.

— Tout ne va pas bien. Tout va seulement un peu moins mal.

— Ce film m'a fait retrouver ce que je sais déjà. C'est que rien n'a de sens. On essaie encore et toujours d'être heureux. Alors quelque chose arrive et tout est fini. C'est parce qu'on ne croit pas à la vie après la mort.

— C'est qu'on ne peut pas y croire.

— Chaque fois que tu sors et que je ne vais pas avec toi je pense que tu peux mourir. Je pense à la mort tous les jours. Chaque fois qu'on s'aime je pense que c'est toujours ça de pris. Comme si on avait beaucoup d'argent et que les magasins ferment dans une heure. On veut tout dépenser, on est dingue. Tu vois ce que je veux dire?

— Bien sûr. La bombe. »

Elle était allongée, fumant une cigarette.

« Ce n'est pas la bombe. C'est nous. »

Quant au cœur solitaire, elle ne s'y laissa pas prendre. Elle savait reconnaître ce genre de chantage. Elle déclara que ce devait être agréable d'être totalement seul au monde, sans aucune attache familiale. Un jour où, dans la voiture, j'en étais à me plaindre de ne pas avoir d'amis intimes, utilisant ma métaphore favorite « la cage de verre entre moi et le monde », elle se contenta de rire : « Tu aimes ça, me dit-elle. Tu dis que tu es seul, mon petit vieux, mais c'est parce que tu te crois différent des autres. » Et comme, vexé, je ne répondais pas, elle se décida, trop tard, à ajouter : « Tu es différent.

— Et seul. »

Elle haussa les épaules. « Marie-toi. Marie-toi avec moi. » Et c'était dit sur le ton qu'elle aurait pris pour suggérer d'essayer une aspirine contre la migraine. Mon regard ne quittait pas la route.

« Tu vas te marier avec Pete.

— Et toi tu ne m'épouserais pas parce que je suis une fille qui vient du fond de sa brousse, et aussi une putain.

— Je n'aime pas que tu dises ça.

— Et parce que tu n'aimes pas que je dise ça. »

Nous cherchions toujours à éviter de parler d'avenir. Nous parlions d'*un* avenir, nous parlions de vivre dans un cottage où je pourrais écrire, d'acheter une jeep et de traverser l'Australie. « Quand nous serons à Alice Springs... » devint une sorte de plaisanterie. Le pays où l'on n'arrive jamais.

Chaque jour qui passait se confondait bientôt avec le précédent. Je savais que notre liaison était différente de ce que j'avais vécu jusqu'ici. Rien que sur le plan physique, c'était déjà beaucoup plus réussi. Hors du lit j'éduquais Alison, anglicisant son accent, arrondissant les angles, corrigeant ses manières provinciales. Au lit c'était elle qui me donnait des leçons. Nous reconnaissions cette réciprocité sans être capables de l'analyser, peut-être parce que l'un et l'autre nous étions enfants uniques. Nous avions tous les deux quelque chose à donner et quelque chose à gagner. Et aussi beaucoup en commun : les mêmes appétits, les mêmes goûts, la même absence totale d'inhibition. En vérité, elle m'enseignait bien plus que l'art de l'amour, mais sur le moment je n'en avais pas conscience.

Je me souviens d'un jour où nous étions arrêtés dans une des salles de la Tate Gallery. Alison s'appuyait légèrement contre moi, tenant ma main, regardant un Renoir avec l'air d'un enfant qui suce un bonbon. Je sentis soudain que nous n'étions qu'un seul corps, qu'un seul être, même dans cet endroit public. Si elle avait disparu j'aurais perdu la moitié de moi-même. Je fus envahi d'un trouble mortel que quelqu'un de moins cérébral et de moins égoïste que je l'étais alors aurait su reconnaître. Je ne vis que désir dans ce qui était de l'amour. Je la ramenai aussitôt à la maison. Et j'arrachai ses vêtements.

Un autre jour, dans Jermyn Street, nous rencontrâmes Billy White, un ancien élève d'Eton que j'avais bien connu à Oxford où il était l'un des « Hommes Révoltés ». Plutôt agréable et pas du tout snob — ceux d'Eton le sont rarement —, il avait immuablement l'air d'un aristocrate, en relations constantes avec les gens les plus distingués, et faisait montre dans son vocabulaire, l'expression de son visage et sa façon de s'habiller, du goût impeccable de la haute société. Nous entrâmes dans un bar où l'on mangeait des huîtres. On lui avait dit qu'on pouvait y trouver les premières colchesters de la saison. Quoique ne parlant guère, Alison me mettait mal à l'aise. Elle contrastait singulièrement avec les quelques filles de la grande bourgeoisie assises au bar. Comme Billy versait le reste du muscadet, elle nous laissa un moment.

« Mon cher ami, elle est charmante. »

Je haussai les épaules. « Oh! tu sais...

— Très séduisante.

— Et moins chère que le chauffage central.

— C'est sûr. »

Mais je devinais ce qu'il pensait.

Quand nous l'eûmes quitté, Alison resta silencieuse. Nous allions à Hampstead voir un film. Je jetai un regard vers son visage maussade.

« Qu'est-ce qui ne va pas?

— Parfois vous êtes tellement minables, vous autres Anglais de la haute bourgeoisie...

— Je ne suis pas de la haute bourgeoisie. Seulement de la moyenne.

— Haute, moyenne, c'est tout pareil. »

Nous continuâmes un moment à rouler. Elle reprit :

« Tu m'as traitée comme si tu avais honte de moi.

— Ne sois pas stupide.

— Comme si je n'étais qu'une moins que rien.

— Idiote!

— Comme si j'allais perdre ma culotte en public!

— C'est difficile à expliquer.

— A d'autres, mon vieux! A d'autres. »

Elle dit un jour : « Demain, il faut que j'aille passer des tests.

— Veux-tu vraiment y aller?

— Et toi, veux-tu que j'y aille?

— De toute façon, ça ne signifie rien. Tu n'as pour l'instant à prendre aucune décision irrévocable.

— Ça me ferait du bien d'être acceptée. Simplement de savoir qu'on m'accepte. »

Et elle parla d'autre chose. J'aurais pu refuser de parler d'autre chose. Je n'en fis rien.

Le jour suivant, je recevais moi aussi une convocation

pour un entretien. Alison rentra après les tests; elle pensait que ça avait bien marché. La lettre vint trois jours plus tard : on la prenait comme stagiaire.

Je fus reçu par un affable comité d'organisateurs de la culture. Alison me retrouva à l'heure du déjeuner. Le repas que nous prîmes ensemble dans un restaurant italien fut contraint. Nous étions comme deux étrangers. Son visage était gris et las, ses joues paraissaient bouffies. Je lui demandai ce qu'elle avait fait pendant mon absence.

« J'ai écrit une lettre.

— Une réponse?

— Oui.

— Disant?

— Qu'est-ce que tu crois que j'ai dit?

— Tu as accepté. »

Il y eut une pause embarrassante. Je savais ce qu'elle voulait entendre mais je n'arrivais pas à le dire. J'étais comme un somnambule qui s'éveille tout au bord du toit. Je ne me sentais pas mûr pour le mariage, pas prêt à me fixer vraiment. Psychologiquement, j'étais encore trop loin d'elle; il y avait quelque chose d'obscur, de monstrueux, qui se tenait entre nous et que je ne pouvais définir. Et le monstre émanait d'elle.

« Certains de leurs vols passent par Athènes. Si tu es en Grèce, on pourra s'y retrouver. Peut-être seras-tu à Londres. On verra bien. »

Nous nous mîmes à tirer des plans sur la façon dont nous pourrions vivre si je n'obtenais pas le poste en Grèce.

Mais je l'obtins. Une lettre arriva disant que mon nom avait été retenu et envoyé au conseil d'administration à Athènes. Ce n'était en fait qu'une « simple formalité ». On m'attendait en Grèce pour le début d'octobre. Aussitôt remonté dans mon appartement je montrai la lettre à Alison, et l'observai pendant qu'elle la lisait. Contrairement à mon attente il n'y eut sur son visage aucun signe de regret. Elle m'embrassa.

« Je te l'avais bien dit.

— Je sais.

— Il faut fêter ça. Allons à la campagne. »

Son insouciance me surprenait et j'en étais secrètement blessé, refusant par lâcheté de me demander pourquoi. Je me laissai entraîner. Nous passâmes la journée à la campagne et la soirée au cinéma puis dans un dancing à Soho. Elle continuait à refuser de prendre la chose au sérieux. Un peu plus tard, après l'amour, il le fallut bien, pourtant. Nous ne pouvions pas dormir. Je me décidai :

« Alison, qu'est-ce que je vais faire demain?

— Tu vas accepter.

— Tu veux que j'accepte?

— Ecoute. On ne va pas recommencer! »

Nous étions étendus l'un près de l'autre et je pouvais voir ses yeux grands ouverts. La lumière d'un des réverbères, quelque part en bas, projetait au plafond les ombres mouvantes d'un léger feuillage.

« Si je te dis ce que je ressens pour toi, est-ce que...

— Je sais ce que tu ressens. »

Ce fut suivi d'un silence. Un silence accusateur.

J'étendis la main, touchai son ventre nu. Elle repoussa ma main, mais sans la lâcher. « Ce que tu ressens... ça ne veut rien dire. C'est ce que *nous* ressentons qui compte. Ce que tu ressens, je le ressens aussi. »

J'avais peur. Ma réaction fut prudente.

« Si je te le demandais, tu m'épouserais?

— Ce n'est pas une façon de poser la question.

— Je t'épouserais dès demain si je croyais que tu as vraiment besoin de moi. Ou que tu me veux vraiment.

— Oh! Nicko, Nicko. » La pluie fouettait les vitres. Elle me tenait le poignet et me faisait battre de la main l'espace vide entre nous. Il y eut un long silence.

« Il faut que je quitte ce pays. »

Elle ne répondit pas. Encore un long silence. Puis elle dit :

« Pete revient à Londres la semaine prochaine.

— Qu'est-ce qu'il va faire?

— Ne t'inquiète pas. Il sait.

— Et toi, comment sais-tu qu'il sait?

— Je lui ai écrit.

— Il a répondu? »

Elle soupira : « Pas de chaînes.

— Veux-tu retourner avec lui? »

Elle pivota sur son coude et m'obligea à me rapprocher, nos visages à présent tout près l'un de l'autre.

« Demande-moi de t'épouser.

— Veux-tu m'épouser?

— Non. » Elle s'écarta.

« Pourquoi fais-tu cela?

— Pour en finir. Je vais être hôtesse de l'air et tu pars en Grèce. Tu es libre.

— Et toi aussi, tu es libre.

— Si ça te fait plaisir, oui, je suis libre. »

La pluie déferla soudain à travers la cime des arbres, frappant le toit et les fenêtres comme une averse de printemps, hors saison. L'air était lourd de mots inexprimés, de remords inavoués, le silence inquiétant comme celui qui précède l'effondrement d'un pont. Nous étions étendus côte à côte sur ce lit tels deux gisants sur une tombe. Nous avions peur de dire ce que nous pensions vraiment. Elle parla enfin, d'une voix rauque qui s'efforçait de paraître normale.

« Je ne veux pas te faire de mal, et plus je te veux, plus je te blesserai. Et je ne veux pas que tu me fasses de mal, mais plus tu ne me veux pas, plus tu me blesseras. » Elle sortit du lit. Elle revint un peu plus tard, disant :

« Alors, c'est décidé?

— Je suppose. »

Ce fut tout. Et bientôt, trop tôt à mon gré, elle s'endormit.

Le matin suivant, elle était résolument gaie. Je téléphonai au Council. Puis je m'y rendis, reçus les félicitations et instructions de Miss Spencer-Haigh et l'invitai à déjeuner pour la seconde fois, en espérant que c'était la dernière.

5

Ce qu'Alison ne devait pas savoir — je le savais à peine moi-même — c'est que depuis la mi-septembre j'avais un autre amour : la Grèce. Même si je n'avais pas accepté le poste, je serais parti là-bas. Je n'avais jamais étudié le grec, et ma connaissance de la Grèce moderne commençait et finissait avec la mort de Byron à Missolonghi. Et cependant il avait suffi d'un mot, ce matin-là, au British Council. C'était comme si, quand tout semblait perdu, quelqu'un avait trouvé soudain une solution géniale. La Grèce... Pourquoi n'y avais-je pas pensé plus tôt? Ça sonnait si bien : « Je pars pour la Grèce. » Tout cela était longtemps avant l'invasion des touristes, ces nouveaux Mèdes, et je ne connaissais personne qui y soit allé. Je me procurai tous les livres que je pus trouver sur le pays. J'étais stupéfait de voir combien je le connaissais peu. Je lisais inlassablement; et comme un roi du Moyen Age, j'étais tombé amoureux du portrait longtemps avant de voir l'original.

Lorsque arriva le moment de partir, ce qui m'animait était moins la volonté de fuir l'Angleterre que l'enthousiasme pour la Grèce. Quand j'étais amoureux d'Alison je rêvais de vivre là-bas avec elle, quand je ne l'étais pas, d'y vivre sans elle. Alison était toujours perdante.

Je reçus un télégramme du conseil d'administration du collège, me confirmant ma nomination, puis un contrat à signer, et, dans un anglais atroce, une lettre courtoise de mon nouveau directeur. Miss Spencer-Haigh me procura le nom et l'adresse en Northumberland d'un homme qui avait été au même collège l'année d'avant. Il n'avait pas été nommé par le British Council, aussi ne pouvait-elle rien me dire de lui. J'écrivis une lettre qui resta sans réponse. C'était dix jours avant la date prévue pour mon départ.

Avec Alison, les choses devenaient difficiles. J'avais dû quitter l'appartement de Russel Square. Il lui fallait un autre logement et nous passâmes trois jours en recherches éprouvantes avant de trouver un grand studio dans une rue voisine de Baker Street. Ce fut pour nous une vraie corvée de faire les bagages, de déménager. Je ne devais pas partir avant le 2 octobre, mais Alison avait déjà commencé son travail et l'obligation de nous lever tôt, d'introduire l'ordre dans notre vie nous paraissait insupportable. Nous eûmes deux terribles querelles. Elle commença la première, l'alimenta, l'attisa jusqu'à en faire une explosion d'un mépris brûlant pour les hommes en général et moi en particulier. J'étais un snob, un poseur, un don Juan de pacotille... Le jour suivant — au petit déjeuner elle avait gardé un silence glacial — quand j'allai la chercher le soir je ne la trouvai pas. J'attendis une heure puis rentrai. Elle n'était pas à la maison. Je téléphonai : aucune des stagiaires n'avait été retenue après l'heure. De plus en plus exaspéré j'attendis jusqu'à onze heures. Enfin elle arriva, et sans dire un mot alla à la salle de bains, puis ôta son manteau, mit du lait à chauffer. Elle en buvait toujours avant de se coucher.

« Où diable es-tu donc allée?

— Je ne répondrai à aucune question. »

Elle était dans le coin cuisine, penchée au-dessus du réchaud. Elle avait insisté pour que nous prenions une chambre bon marché. Et je détestais la pièce à tout faire, la salle de bains commune, ce soin qu'il fallait prendre de parler à voix basse.

« Je sais où tu es allée.

— Ça m'est égal.

— Tu es allée retrouver Pete.

— D'accord. Je suis allée retrouver Pete. » Elle me lança un regard furieux. « Et alors?

— Tu aurais pu attendre jusqu'à jeudi.

— Et pourquoi? »

La colère me prit. Tout ce que je pus trouver pour la blesser, je le lui dis. Elle se déshabilla sans un mot, se coucha, et resta étendue, immobile, le visage tourné vers le mur. Puis elle se mit à pleurer. Silencieusement, avec un extrême soulagement, je me répétais que je serais bientôt libre, bientôt délivré de tout cela. Je savais bien que mes perfides accusations n'étaient que pure invention, mais je la détestais pourtant de m'avoir amené à les faire. A la fin je m'assis auprès d'elle et je regardai couler les larmes de ses yeux rouges et gonflés.

« Je t'ai attendue des heures.

— Je suis allée au cinéma. Je n'ai pas vu Pete.

— Alors, pourquoi mentir?

— Parce que tu ne me fais pas confiance. Tu devrais bien savoir...

— Se quitter comme ça, c'est ignoble.

— Ce soir, j'aurais pu me tuer. Si j'avais eu le courage, je me serais jetée sous le métro. J'étais là, debout sur le quai et j'y pensais vraiment.

— Je vais te donner un whisky. »

Je revins, lui tendant le verre. « Je voudrais tant que tu ne vives pas seule. Est-ce qu'il n'y a pas une autre hôtesse?...

— Vivre à nouveau avec une femme? Jamais!

— Vas-tu retourner avec Pete? »

Elle me lança un coup d'œil furieux. « Essaies-tu de me dire que je ne devrais pas?

— Non. »

Elle se laissa retomber, le regard fixé sur le mur. « Je serais déjà avec lui si je pouvais en supporter l'idée. »

Pour la première fois, elle eut un pâle sourire. Le whisky commençait à agir. « C'est comme ces peintures de Hogarth. *L'amour à la mode.* Cinq semaines plus tard.

— Sommes-nous redevenus amis?

— Nous ne pouvons plus être amis.

— Si ce n'avait pas été toi, je serais parti, ce soir.

— Si ce n'avait pas été toi, je ne serais pas revenue. »

Elle tendit son verre. Je lui embrassai le poignet et allai chercher la bouteille.

« Tu sais ce que j'ai pensé aujourd'hui?

— Non.

— Si je me tuais, tu serais content. Tu pourrais raconter à la ronde " Elle s'est tuée à cause de moi ". Je crois que ça m'empêchera toujours de me suicider. Ne pas vouloir qu'un pauvre type comme toi s'en glorifie.

— Tu es injuste.

— Puis j'ai pensé que je pourrais le faire, en laissant une lettre expliquant mes raisons. » Elle m'observait, encore hostile. « Regarde dans mon sac. Le bloc sténo. » Je le sortis. « Regarde au dos. »

Il y avait deux pages griffonnées de sa grande écriture.

« Quand as-tu écrit ça?

— Lis. »

Et je lus :

Je ne veux plus vivre. Je passe la plupart du temps à ne pas vouloir vivre. Le seul endroit où je ne suis pas trop mal c'est ici où on apprend des choses auxquelles il faut que je m'intéresse, et aussi quand je lis ou vais au cinéma. Ou bien au lit. C'est seulement si j'oublie que j'existe que je peux être heureuse. Quand mes yeux, mes oreilles ou ma peau sont seuls à exister. Je ne me souviens pas d'avoir été heureuse ces trois dernières années. Depuis l'avortement. Tout ce dont je me souviens, c'est de m'être parfois forcée à avoir l'air heureuse afin de pouvoir me prendre au jeu si jamais je me voyais dans une glace, de croire pour un instant que j'étais heureuse en vrai.

Il y avait encore deux phrases, barrées d'un trait épais. Je levai la tête. Ses yeux gris m'observaient toujours.

« Tu ne le penses pas vraiment.

— Je l'ai écrit aujourd'hui, pendant la pause pour le café. Si j'avais su comment me tuer sans bruit dans la cantine, je l'aurais fait.

— C'est de l'hystérie. »

Elle cria presque : « Mais je me sens hystérique!

— Et c'est du théâtre. Tu as écrit ça pour que je le voie. »

Elle resta longtemps silencieuse, les yeux fermés. « Pas seulement pour que tu le *voies.* »

Elle pleura encore, mais cette fois dans mes bras. Je tentai de la raisonner, je fis même des promesses. Je retarderais mon départ pour la Grèce. Je refuserais le poste. Mille promesses que je n'avais pas l'intention de tenir et elle n'en était pas dupe mais finit cependant par les accepter comme un placebo.

Le matin suivant, je la persuadai de téléphoner pour dire qu'elle ne se sentait pas bien. Nous passâmes la journée à la campagne.

Le jour d'après, avant-veille de mon départ, une carte postale arriva, timbrée du Northumberland. Elle était de Mitford, mon prédécesseur au collège de Phraxos. Il me faisait savoir, au cas où je voudrais le rencontrer, qu'il allait passer quelques jours à Londres. Le mercredi, je lui téléphonai au club de l'Armée et de la Marine et l'invitai à déjeuner. De deux ou trois ans mon aîné il avait le teint bronzé, le regard fixe et bleu dans un visage étroit. Il ne cessait de tripoter sa moustache sombre de jeune officier et portait, sous un blazer bleu foncé, une cravate aux couleurs de son régiment. C'était typiquement le militaire en civil et presque aussitôt nous commençâmes une guérilla de prestige et d'anti-prestige. Il avait été parachuté en Grèce pendant l'occupation allemande, et il n'en finissait pas de citer ses Xan, ses Paddy et autres prénoms des *condottieri* renommés de l'époque. Il s'était efforcé d'acquérir la personnalité triple du philhellène à la mode, à la fois gentleman, érudit, aventurier, mais sa façon de parler manquait de naturel. Il copiait avec affectation la voix brève, le vocabulaire infantile d'un vicomte Montgomery. Il était dogmatique, intolérant. Sa place était sur un champ de bataille. Le gin aidant, je répondis à sa faconde en lui racontant que ma guerre à moi avait consisté, deux ans durant, à souhaiter ardemment être démobilisé. C'était absurde. Je ne voulais pas l'indisposer contre moi mais en obtenir des renseignements. Je finis donc par faire un effort, lui avouai que j'étais le fils d'un officier de carrière et lui demandai à quoi ressemblait l'île. D'un hochement de tête il désigna le porte-plats, sur le comptoir.

« Voilà l'île. » Il indiqua avec sa cigarette la partie médiane. « Et ce qu'ils appellent... » Il dit un mot en grec. « Le petit pain. Vous voyez, mon vieux, c'est sa forme. La crête centrale. Ici, dans ce coin, votre école, et là le village. Tout le reste au nord, et tout le sud, c'est le désert. Ça se présente comme ça.

— Le collège?

— En fait le meilleur de Grèce.

— La discipline? »

Il tendit une main raidie, comme pour un coup de karaté. « L'enseignement?

— Rien de spécial. » Se penchant vers le miroir derrière le bar il arrangea sa moustache, mentionna le titre de deux ou trois livres.

Je l'interrogeai sur la vie en dehors du collège.

« Y en a pas. L'île est vachement belle si vous aimez le genre. Le retour aux sources et tout ça...

— Est-ce qu'il n'y a pas un village? »

Il eut un sourire sardonique. « Le village grec, mon vieux, ce n'est pas le village anglais. Les femmes des profs. Une demi-douzaine d'officiels. De temps en temps un père et une mère en visite. » Il tendit le cou, comme si le col de sa chemise le serrait. C'était un tic, une façon de s'affirmer. « Y a bien quelques villas, mais elles sont bouclées pendant dix mois de l'année.

— Vous ne faites pas exactement de la réclame!

— C'est la cambrousse. Faut bien le dire, la vraie cambrousse! Et les gens des villas, vous ne les trouverez pas drôles. A part un d'entre eux, mais ça m'étonnerait que vous le voyiez.

— Pourquoi?

— En fait, on s'est engueulé. Je l'ai envoyé se faire foutre.

— C'était à quel sujet?

— Le salaud a été un collabo pendant la guerre. En réalité c'est de là que c'est parti. » Il exhala la fumée. « Pour la conversation, faudra vous accommoder des autres profs.

— Ils parlent anglais?

— La plupart parlent français. Il y a le Grec qui enseigne l'anglais avec vous. Un petit mec prétentieux. Un jour je lui ai mis l'œil au beurre noir.

— Vous m'avez vraiment préparé le terrain. »

Il rit. « Faut pas se laisser faire. » Il eut l'air de comprendre qu'il était allé un peu loin. « Mais les paysans, les Crétois en particulier... des types formidables. Vous pouvez me croire. Le sel de la terre. »

Je demandai pourquoi il était parti. Sa réponse fut plutôt vague.

« En fait, j'écris un livre. Le genre souvenirs de guerre. Je devais voir mon éditeur. »

Un cas sans espoir. Je l'imaginais sans peine en boy-scout destructeur, débordant d'activité, faisant sauter les ponts et arborant des uniformes flamboyants; et voilà qu'il lui fallait vivre, aussi insolite qu'un dinosaure, dans ce morne nouveau monde de l'Angleterre socialiste. Il se hâta de reprendre :

« Vous allez en baver pour l'Angleterre, surtout vous qui ne parlez pas grec. Et vous allez boire. Tout le monde en arrive là. On ne peut pas faire autrement. » Il parla de *retsina,* d'*aretsinato,* de *raki* et d'*ouzo*; puis des femmes. « A Athènes les femmes sont strictement taboues. A moins que vous ne vouliez la vérole.

— Et dans l'île? Rien de bien?

— Moins que rien. Les femmes y sont probablement les plus laides de toute la mer Egée. Et puis y a l'honneur du village... Ça rend les choses bougrement dangereuses. Je ne vous le conseille pas. J'ai découvert ça une fois déjà, quelque part. » Il eut un sourire bref, un regard lourd de sous-entendus.

Je le reconduisis à son club. Dans la brume d'un après-midi qui déjà s'obscurcissait, les gens, les voitures, tout était morne et gris. Je lui demandai pourquoi il n'était pas resté dans l'armée.

« C'est leur foutu règlement, mon vieux. Surtout en temps de paix. »

Sans doute avait-il été refusé dans l'armée de métier. Je sentais obscurément en lui quelque chose d'instable, d'incohérent, sous le maniérisme de mess d'officiers. Nous arrivâmes là où il voulait que je le dépose.

« Vous pensez que je conviendrai? »

Il eut un air de doute. « Faut les mener durement, c'est la seule façon. Ne jamais se laisser avoir. Le type d'avant moi, ils l'ont eu. Je ne l'ai pas connu mais apparemment il en est devenu maboul. Il ne pouvait pas tenir les gars. »

Il sortit de la voiture.

« Eh bien, bonne chance, mon vieux. » Il eut un large sourire. « Mais écoutez. » Il tenait la poignée de la portière. « Prenez garde à la salle d'attente. »

Il ferma aussitôt la porte, comme s'il jouait une scène qu'il avait préparée... Je l'ouvris, me penchai, le rappelai : « La quoi? »

Il se retourna, mais seulement pour un brusque geste d'adieu. Il disparut, englouti par la foule de Trafalgar Square. Toutefois son sourire me poursuivait. Je savais que derrière lui se cachait quelque chose d'inexprimé, un mystérieux dernier mot, retenu, gardé en réserve. La salle d'attente, la salle d'attente, la salle d'attente. Toute la soirée cela tourna dans ma tête.

6

Je pris Alison en passant, et nous allâmes au garage qui devait vendre la voiture. J'avais offert à Alison de la garder mais elle avait refusé.

« Ça me ferait penser à toi.

— Alors prends-la.

— Je ne veux pas penser à toi. Et je ne pourrais pas supporter que quelqu'un s'assoie à ta place.

— Veux-tu prendre ce qu'on va m'en donner? Ce ne sera pas grand-chose.

— Mes gages?

— Ne dis pas de bêtises.

— Je ne veux rien. »

Mais je savais qu'elle voulait un scooter. Je pouvais laisser un chèque avec « Pour un scooter » écrit sur une carte. Je pensais qu'elle l'accepterait lorsque je serais parti.

Le dernier soir fut étrangement calme. On aurait pu croire que j'étais déjà parti, que nous étions deux fantômes qui devisaient. Nous décidâmes ce que nous ferions le lendemain matin. Elle ne voulait pas venir me conduire à la gare; nous prendrions le petit déjeuner comme d'habitude et elle partirait; c'était la solution la plus simple, la plus raisonnable. Nous fîmes des projets d'avenir. Aussitôt qu'elle le pourrait, elle essaierait d'aller à Athènes. Si ce n'était pas possible, je pourrais prendre l'avion pour l'Angleterre à Noël. Ou bien on se retrouverait à mi-chemin quelque part, à Rome, en Allemagne...

« A Alice Springs », dit-elle.

Cette nuit-là, nous ne dormions pas; chacun de nous savait que l'autre ne dormait pas mais nous n'osions rien dire. Je sentis sa main qui cherchait la mienne. Nous restâmes un moment immobiles, sans un mot. Puis elle parla :

« Et si je disais que je t'attendrai? Je veux dire que je pense que je pourrais t'attendre.

— Je sais.

— Tu dis toujours " je sais " mais ce n'est pas une réponse.

— Je sais. »

Elle me pinça la main.

« Suppose que je dise "Oui, attends, dans un an je verrai plus clair ". Tous ces jours tu les passeras à attendre, attendre...

— Ça me serait égal.

— Mais c'est fou. C'est comme envoyer une fille au couvent jusqu'à ce qu'on soit prêt à l'épouser. Et décider alors qu'on n'en veut pas. Nous devons être libres, nous n'avons pas le choix.

— Ne te fâche pas. Je t'en prie, ne te fâche pas.

— Il nous faut voir comment les choses vont se passer. »

Il y eut un silence.

« Je pensais à mon retour ici, demain soir. C'est tout.

— J'écrirai. Tous les jours.

— Oui.

— En réalité c'est comme un test. Nous verrons jusqu'à quel point nous avons besoin l'un de l'autre.

— Je sais ce qui arrive quand les gens s'en vont. C'est l'agonie pendant une semaine. La semaine suivante c'est pénible. Puis on commence à oublier, et enfin c'est comme si rien n'était jamais arrivé. C'est arrivé à quelqu'un d'autre, et voilà qu'on hausse les épaules. On dit : c'est dingue, c'est la vie... ce genre de platitudes. Comme si en réalité on n'avait pas perdu quelque chose. Pour toujours.

— Je n'oublierai pas. Je n'oublierai jamais.

— Tu oublieras. Et moi aussi.

— Il faut continuer à vivre. Même si c'est triste. »

Après un long moment elle dit : « Je ne crois pas que tu saches ce qu'est la tristesse. »

Le matin suivant nous dormîmes tard. J'avais délibérément changé l'heure de sonnerie du réveil afin qu'il n'y eût pas de temps pour les larmes. Nous parlions de choses insignifiantes : la note à laisser au laitier pour arrêter les livraisons, l'endroit où je serais à l'heure du déjeuner, et ce que j'avais bien pu faire d'un ticket de bibliothèque qui restait introuvable. Puis elle posa sa tasse vide sur la table. Nous étions sur le seuil de la porte. Je voyais son visage, ses joues un peu bouffies, ses yeux gris cherchant les miens comme s'il n'était pas encore trop tard, comme si ce n'était qu'un mauvais rêve. Ses yeux se remplirent de larmes. Elle allait parler, mais elle se pencha et maladroitement, désespérément, elle m'embrassa, si vite que je ne sentis qu'à peine sa bouche. Elle était partie. Elle ne se retourna pas. Son manteau en poil de chameau disparut au tournant de l'escalier. J'allai à la fenêtre, elle se hâtait de traverser la rue. Je vis son manteau clair, ses cheveux couleur de paille, presque du même ton que le vêtement. Sa main chercha dans son sac, elle se moucha. Elle n'eut pas un regard en arrière. Elle se mit soudain à courir, j'ouvris la fenêtre, me penchai, et la regardai disparaître au tournant de la rue, dans Marylebone Road. Même tout à la fin, elle ne se retourna pas.

Je m'écartai de la fenêtre. Je lavai la vaisselle du petit déjeuner, fis le lit, puis je m'assis à la table et préparai un chèque de cinquante livres ainsi qu'un petit mot :

> Alison chérie, crois-moi, s'il devait y en avoir une, ce serait toi. J'ai été vraiment beaucoup plus malheureux que je ne pouvais le montrer. Si je ne l'avais pas caché, nous serions devenus fous tous les deux. Je t'en prie, porte les boucles d'oreilles. Je t'en prie, prends l'argent et achète-toi un scooter et va où nous allions ensemble — ou bien fais-en ce que tu voudras. Je t'en prie, sois raisonnable. Si seulement je valais la peine qu'on m'attende...
>
> NICHOLAS

Je voulais que ça ait l'air spontané mais il y avait plusieurs jours déjà que je tournais les phrases dans ma tête. Je mis la lettre et le chèque dans l'enveloppe et la posai sur la cheminée ainsi que la petite boîte contenant des boucles d'oreilles de jais que nous avions vues un jour dans la vitrine d'un antiquaire. Puis je me rasai, et sortis pour prendre un taxi.

Quand j'eus tourné le coin de la rue, mon sentiment le plus vif fut celui de m'être libéré. J'avais aussi l'impression, moins nette peut-être, mais tout aussi forte, qu'Alison m'aimait plus que je ne l'aimais et que par conséquent, d'une certaine manière indéfinissable, j'avais gagné. Ainsi, en plus de l'attrait de l'inconnu, du plaisir de prendre un nouveau départ, j'éprouvais une agréable sensation de triomphe. Rien qui ne me laissât la tête froide, mais j'aime contrôler mes émotions. J'allai vers la gare Victoria comme un homme affamé va vers un bon dîner après deux verres de manzanilla. Je me mis à chanter, et ce n'était pas une tentative courageuse pour cacher mon chagrin mais, aussi révoltant que cela puisse paraître, la pure et simple envie de célébrer ma liberté retrouvée.

7

Cinq jours plus tard j'étais sur l'Hymette, contemplant au-dessous de moi les agglomérations d'Athènes et du Pirée, villes et faubourgs, maisons éparpillées comme un million de dés sur la plaine de l'Attique. Au sud s'étendait une mer de fin d'été d'un bleu très pur, des îles couleur de pierre ponce. Au-delà d'elles se dressaient contre l'horizon lointain, en une magnifique coulée immobile de terre et d'eau, les montagnes sereines du Péloponèse. Sereines, superbes, majestueuses, j'utilisais des clichés, mais ce que j'aurais pu trouver d'autre paraissait futile et sans poids. On pouvait voir à plus de cent kilomètres et tout était pur, tout était noble, lumineux, immense. Et immuable.

C'était comme un voyage dans l'espace. J'avais été transporté sur une autre planète dont le ciel semblait n'avoir jamais connu la poussière ou les nuages. Je jetai un regard sur mes mains pâles de Londonien. Des mains qui maintenant m'étaient comme étrangères.

Quand cette intense lumière méditerranéenne tombait sur le monde autour de moi je la trouvais suprêmement belle, mais quand elle me touchait je la sentais hostile. Elle semblait ronger plutôt que purifier. C'était l'éclat d'un projecteur au début d'un interrogatoire, et déjà j'apercevais par la table et les sangles, et déjà mon ancien mo pourrait pas résister. C'était en partie l'effroi réduit tout à l'essentiel, car dès le premier i éperdument amoureux du paysage grec. Ce s'accompagnait d'un sentiment presque irritant d puissance, comme si la Grèce était une femme si provocante que je ne pouvais que la désire en même temps d'une telle tranquille noblesse que je ne pourrais jamais l'approcher.

Aucun des livres que j'avais lus n'expliquait ce caractère particulier de la Grèce qui la rend, comme Circé, fascinante et dangereuse, et qui la fait unique. En Angleterre nous n'entretenons que des rapports sans passion avec ce qui reste du paysage naturel dans sa douce lumière septentrionale. En Grèce le paysage et la lumière sont si beaux, si tangibles, si intenses, si sauvages que se crée immédiatement un rapport amour-haine, une relation passionnée. Il me fallut des mois pour le comprendre et des années pour l'accepter.

Plus tard, ce même jour, je me tenais à la fenêtre du luxueux hôtel que m'avait indiqué le jeune homme blasé du British Council. Je venais d'écrire à Alison mais déjà elle semblait s'éloigner, non pas dans le temps ni l'espace mais dans quelque dimension qu'on hésite à nommer. La réalité, peut-être. Je voyais en bas la place de la Constitution, point de ralliement central des Athéniens, et les groupes de promeneurs, chemises blanches, lunettes sombres, bras nus et bronzés. Un bourdonnement confus s'élevait de la foule aux terrasses des cafés. Il faisait aussi chaud qu'un jour brûlant de juillet en Angleterre et le ciel était encore parfaitement clair. En tendant le cou, en regardant vers l'est, je pouvais voir le mont Hymotte où j'étais monté le matin même et son côté face au couchant comme un cyclamen d'un rose-violet, doux et intense. Dans la direction opposée la massive silhouette noire de l'Acropole dominait le désordre des toits. Cela paraissait en quelque sorte trop réel pour être vrai, trop exactement semblable à l'image qu'on s'en fait de loin. Comme Alice au seuil du Pays des Merveilles j'attendais joyeusement, solitaire mais plein d'espoir.

Phraxos était à huit heures d'Athènes, des heures éblouissantes sur un petit navire à vapeur, à dix kilomètres de la côte du Péloponèse et au centre d'un paysage tout aussi mémorable; au nord et à l'ouest une chaîne de montagnes s, dans la courbe de laquelle se tenait l'île; à l'est un el lointain aux cimes arrondies; au sud et jusqu'à la ête le doux désert bleu de la mer Egée. Phraxos était magnifique, pas seulement jolie, pittoresque, charmante, mais vraiment magnifique. Lorsque je la vis pour la première fois, énorme cétacé noir et majestueux flottant sur une mer vespérale, une mer couleur d'améthyste, j'en perdis le souffle; c'est ce qui m'arrive encore quand à présent je ferme les yeux et me souviens. La beauté de l'île était particulière, car des pins recouvraient les collines, des arbres méditerranéens aussi légers que des plumes de verdier. Les neuf dixièmes de l'île étaient inhabités et incultes, rien que des pins, des anses, le silence et la mer. Dans un coin au nord-ouest, des maisons blanches comme neige se serraient autour de deux petits ports en un ensemble spectaculaire. Mais il y avait deux horreurs, visibles longtemps avant qu'on touche terre. L'une aussi incongrue à Phraxos qu'un fiacre dans un temple dorique, était un hôtel grec-modern'style, obèse, près du port le plus important. L'autre, également insolite, se dressait à la lisière du village et les maisons, autour, paraissaient minuscules. C'était une bâtisse de plusieurs étages, d'une longueur impressionnante, et qui, en dépit de sa façade corinthienne très ornée, faisait penser à une usine. Comme je devais le découvrir bientôt, la ressemblance n'était pas seulement dans l'apparence.

Mais à part le collège Lord-Byron, l'hôtel Philadelphia et le village, la plus grande partie de l'île, sept mille cinq cents hectares, était vierge. Il y avait bien quelques vergers d'oliviers argentés, quelques petits champs en terrasse sur les pentes raides de la côte nord, mais le reste était recouvert par la forêt de pins primitive. On n'y voyait pas de ruines antiques. Les anciens Grecs n'ont jamais beaucoup apprécié l'eau de citerne.

Le manque d'eau à ciel ouvert avait aussi pour conséquence l'absence d'animaux sauvages et la rareté des oiseaux. Si on s'éloignait du village le silence était le trait caractéristique de l'île. Dans les collines on rencontrait parfois en hiver un chevrier et son troupeau de chèvres aux clochettes de bronze — en été il n'y avait rien à paître. Ou bien c'était une paysanne courbée sous un lourd fagot, ou un homme récoltant la résine. Même ces rencontres étaient rares. C'était le monde d'avant la machine, presque le monde d'avant l'homme, et les plus petits événements, le passage d'une pie-grièche, la découverte d'un sentier, la vision fugitive d'un lointain caïque, prenaient une importance inattendue, comme si la solitude en les isolant les enrichissait d'un sens nouveau. C'était la solitude la moins hostile du monde. La peur n'existait pas sur l'île et si elle était hantée c'était par des nymphes et non par des monstres.

J'avais fréquemment recours aux promenades pour échapper à l'atmosphère étouffante du collège. Cette école privée organisée en principe sur le modèle d'Eton ou de Harrow, si près de l'endroit où Clytemnestre tua Agamemnon, cela avait à mes yeux quelque chose d'un peu absurde. Les maîtres, dans un pays où les postes universitaires étaient rares, me paraissaient être d'un niveau beaucoup plus élevé que Mitford ne l'avait suggéré. Les garçons n'étaient ni mieux ni pires qu'ailleurs; mais ce qu'ils attendaient de moi c'était de l'anglais pratique, du vocabulaire technique. Ils méprisaient la littérature. La poésie de Byron, « patron » du collège, les faisait bâiller d'ennui; mais si, par contre, on étudiait les mots désignant les différentes parties d'une voiture j'avais peine à me débarrasser d'eux à la fin de la leçon; et ils m'apportaient souvent des livres de cours américains remplis de termes scientifiques, pour moi aussi étrangers que les visages levés vers moi, dans l'attente obstinée d'une simple paraphrase.

Elèves et maîtres détestaient l'île qu'ils considéraient comme une sorte d'établissement pénal où on venait pour travailler, travailler, travailler. Je m'étais attendu à un rythme d'activité beaucoup plus ralenti que celui des collèges anglais, mais tout ici était au contraire plus strictement minuté, et pour comble d'ironie ce zèle obsessionnel, ce comportement de taupe totalement ignorante de son environnement étaient considéré comme le côté typiquement anglais du collège. Cette claustration n'affectait sans doute pas les Grecs, habitués à vivre au milieu des paysages les plus beaux du monde et depuis longtemps blasés. Moi, j'en devenais fou.

Quelques-uns des professeurs parlaient un peu anglais et plusieurs parlaient français, mais nous avions peu en commun. Le seul que je pouvais tolérer était Demetriades, l'autre professeur d'anglais, et seulement parce qu'il parlait et comprenait la langue tellement mieux que les autres. Avec lui je pouvais m'élever au-dessus de l'anglais de base.

Il me fit découvrir les *kapheneia* et les tavernes du village. Je pris goût à la nourriture grecque et à la musique folklorique. Mais dans la journée l'endroit avait toujours quelque chose de lugubre. Il y avait tant de villas fermées, et si peu de gens dans les ruelles. Pour prendre un repas nous devions aller dans une des deux auberges les plus décentes, et on y retrouvait toujours les mêmes visages, une société provinciale levantine, surannée, appartenant plutôt à l'empire ottoman qu'aux années cinquante; une société balzacienne, le fez en plus. Je dus reconnaître que Mitford avait raison lorsqu'il se plaignait de l'ennui. J'essayai les petits cafés de pêcheurs, ils étaient plus gais mais je sentais qu'on y trouvait ma présence déplacée, et mon grec ne m'était d'aucun secours pour comprendre le dialecte qu'on y parlait.

Je cherchai à me renseigner au sujet de l'homme avec lequel Mitford s'était querellé. Personne ne paraissait avoir entendu parler de lui ni de la querelle; et non plus, bien sûr, de la salle d'attente. Il semblait évident que Mitford avait passé beaucoup de temps au village et s'était attiré l'hostilité des autres professeurs, et pas seulement de Demetriades. De là, dans l'école, ce fond d'anglophobie dont j'étais parfaitement conscient et que la situation politique à l'époque ne faisait que renforcer.

Je me mis à fréquenter les collines. Aucun des professeurs ne faisait jamais un pas de plus que nécessaire. Les élèves restaient toute la semaine enfermés derrière les chevaux de frise des hauts murs du collège et le dimanche n'allaient guère plus loin que le village, à huit cents mètres, par la route de la côte. Toujours pures, toujours lumineuses et lointaines, les collines me grisaient. Seul avec mon ennui j'en vins pour la première fois à regarder la nature et à regretter que son langage me soit aussi étranger que le grec. Pierres, oiseaux, fleurs, tout cela n'avait guère existé pour moi auparavant. Je les découvrais. La marche, la natation, le merveilleux climat, l'absence de circulation routière ou aérienne — il n'y avait pas de route hors du village, donc pas de voitures sur l'île, et il était rare qu'un avion la survole —, toutes ces conditions réunies me donnaient une impression de bien-être physique, d'équilibre, d'une sorte d'harmonie entre le corps et l'esprit. Du moins, je le croyais. C'était une illusion.

Quand j'étais arrivé au collège, une lettre d'Alison m'y attendait. Elle était très brève. Elle l'avait sans doute écrite là où elle travaillait, le jour où j'avais quitté Londres.

> Je t'aime. Tu ne peux pas comprendre ce que cela veut dire parce que, toi, tu n'as jamais aimé personne. C'est ce que j'ai essayé de te faire voir cette dernière semaine. Je veux seulement te demander de te souvenir d'aujourd'hui, le jour où tu seras amoureux. Souviens-toi que je t'ai embrassé, que je suis sortie de la chambre. Souviens-toi que j'ai descendu la rue sans me retourner une seule fois. Je savais que tu me regardais partir. Souviens-toi que

j'ai fait tout cela et que je t'aime. Si tu oublies tout le reste, au moins, je t'en prie, rappelle-toi : j'ai descendu cette rue sans jamais me retourner et je t'aime. Je t'aime. Je t'aime tant que je vais te haïr pour toujours à cause d'aujourd'hui.

Une autre lettre d'elle arriva le jour suivant. Elle ne contenait rien d'autre que le chèque déchiré en deux avec *Non, merci* griffonné au dos d'un des morceaux. Et le surlendemain vint une troisième lettre, pleine d'enthousiasme pour un film qu'elle était allée voir, une lettre presque bavarde. A la fin elle écrivait :

Oublie la première lettre que je t'ai envoyée. J'étais si bouleversée. C'est fini à présent. Je ne serai plus aussi vieux jeu.

Bien entendu, je répondais, sinon chaque jour, du moins deux ou trois fois par semaine. De longues lettres par lesquelles je cherchais à me disculper, à me justifier. Jusqu'au moment où elle écrivit :

Je t'en prie, cesse de toujours parler de toi et de moi. Parle-moi d'autre chose, de l'île, du collège. Je sais ce que tu es. Donc sois ce que tu es. Quand tu me racontes des choses, je peux m'imaginer près de toi, les voyant avec toi. Et ne te vexe pas. Pardonner c'est oublier.

Imperceptiblement, dans nos lettres, l'émotion céda la place à l'information. Elle parlait de son travail, d'une fille devenue son amie, des petites choses quotidiennes, de films et de livres, et comme elle me le demandait je parlais du collège et de l'île. Un jour elle m'envoya une photo d'elle en uniforme. Elle s'était fait couper les cheveux, ils étaient tirés en arrière et rentrés sous sa toque. Elle souriait, mais l'uniforme et le sourire combinés lui donnaient un air professionnel, artificiel; la photo m'avertissait sans ménagement qu'elle n'était plus celle dont j'aimais me souvenir, mon Alison, totalement mienne, mais désormais une étrangère. Puis les lettres devinrent hebdomadaires. Mon douloureux désir d'elle sembla disparaître après les premières semaines; parfois pourtant je la voulais encore avec tant de force que j'aurais tout donné pour l'avoir dans mon lit. Mais c'était un besoin physique et non la nostalgie de l'amour passé. Vint un jour où je me dis que si je n'avais pas été sur cette île je l'aurais laissée tomber. Lui écrire était devenu une routine et je ne me précipitais pas dans ma chambre après dîner pour le faire; je griffonnais mes lettres en classe et à la dernière minute je chargeais un des garçons de courir jusqu'à la grille pour les donner au facteur.

Aux vacances de demi-trimestre, j'allai à Athènes avec Demetriades. Il voulait me faire connaître son bordel favori dans les faubourgs. Il jurait que les filles étaient saines. J'hésitai d'abord, mais finis par me décider : le devoir moral d'un poète, et à plus forte raison d'un cynique, n'est-il pas d'être immoral? Il pleuvait quand nous ressortîmes. L'ombre dansante des feuilles mouillées, aux branches basses de l'eucalyptus, sous la lumière de la lampe d'entrée me rappela notre chambre de Russell Square. Mais Alison et Londres, exorcisés, n'existaient plus. Je m'en étais séparé. Je décidai d'écrire cette nuit-là une lettre à Alison afin de lui déclarer que je ne voulais plus entendre parler d'elle. Mais quand nous arrivâmes à l'hôtel j'étais trop ivre. Je me demande d'ailleurs ce que j'aurais bien pu lui dire : sans doute que j'avais irrémédiablement prouvé que je ne valais pas la peine qu'on m'attende; qu'elle m'ennuyait; ou bien que j'étais plus seul que jamais et voulais le rester. En fait je lui envoyai une carte postale avec des banalités et le dernier jour je retournai seul au bordel. Mais la nymphette libanaise que je convoitais était prise et les autres ne me tentaient guère.

Quand vint décembre nous nous écrivions toujours. Je sentais qu'Alison me cachait quelque chose. Sa vie telle qu'elle me la décrivait, une vie sans hommes, était trop simple pour être vraie. Quand la lettre arriva je ne fus pas surpris. Toutefois je ne m'étais pas attendu à en éprouver une telle amertume. C'était moins de la jalousie envers l'autre homme que le désir d'Alison. Les moments de tendresse, les moments où nous avions été unis me revinrent à l'esprit, m'envahirent, pendant des jours, comme les scènes d'un film au romantisme facile, et je cherchais vainement à les chasser. Et il y avait la lettre, lue et relue; et la découverte soudaine que ces deux cents mots usés allaient être la pitoyable conclusion de notre histoire.

Cher Nicholas,

Ça ne peut pas continuer. Si je te fais de la peine j'en suis vraiment désolée. Crois-moi, je t'en prie, et ne sois pas en colère si je sais que je te blesse. Déjà je peux t'entendre dire « Ça m'est égal ».

Je me suis sentie si seule, si déprimée... Je ne t'ai pas dit à quel point. Les premiers temps je faisais bonne contenance quand j'étais au travail, mais à la maison je m'effondrais.

Je couche à nouveau avec Pete quand il est à Londres. Ça a recommencé il y a deux semaines. Je t'en prie, crois-moi si je te dis que je ne l'aurais pas fait si j'avais pensé... Tu sais bien... Je sais que tu sais.

C'est seulement que Pete est si simple. Il m'empêche de penser, il m'empêche de me sentir seule. Me voilà à nouveau retombée parmi la tribu des Australiens à Londres. Il est possible qu'on se marie. Je ne sais pas.

C'est terrible. Je veux encore t'écrire. Et que tu m'écrives. Je continue à me souvenir.

Au revoir.

ALISON

Pour moi tu resteras différent. Toujours. Cette toute première lettre que je t'ai envoyée le jour où tu es parti. Si seulement tu pouvais comprendre.

D'abord je lui écrivis que je m'étais attendu à sa lettre, qu'elle était parfaitement libre. Puis je déchirai ma réponse. Si quelque chose pouvait la faire souffrir ce serait le silence. Et je voulais la faire souffrir.

8

Ces quelques derniers jours avant les vacances de Noël, je fus désespérément malheureux. Je me mis sans raison valable à détester le collège et ses règles, sa façon d'être planté là, au cœur d'un paysage divin, comme une prison aux murs aveugles. Quand cessèrent les lettres d'Alison, mon isolement s'accrut encore. Le monde extérieur, l'Angleterre, Londres, devinrent absurdement et parfois épouvantablement irréels. Les quelques amis d'Oxford qui, de loin en loin, m'écrivaient encore cessèrent de donner signe de vie. J'avais l'habitude d'écouter de temps en temps le service étranger de la B.B.C. mais les bulletins d'information semblaient venir de la lune et se rapportaient à une société, à des situations qui m'étaient désormais étrangères, cependant que les journaux anglais ressemblaient de plus en plus à ces articles qu'ils affectionnent : « Il y a cent ans aujourd'hui. » Je n'étais pas le seul à me sentir coupé de la réalité contemporaine. Il y avait foule sur les quais du port, des heures avant que le bateau quotidien d'Athènes apparaisse à l'horizon. Les habitants de l'île savaient bien qu'il ne s'arrêterait que quelques minutes, que sans doute quelques personnes seulement en descendraient ou y monteraient. Et cependant il leur fallait être là, à attendre. Nous étions comme des forçats qui gardent encore un faible espoir d'être graciés.

Pourtant l'île était si belle... Vers Noël il y eut du froid et de la tempête. Des mers énormes de bleu d'Anvers grondèrent en folie sur les galets des plages du collège. La neige recouvrait les montagnes de l'intérieur, et les magnifiques dômes blancs — ceux des estampes d'Hokusaï — barraient l'eau furieuse au nord et à l'ouest. Les collines devirent plus nues encore, plus silencieuses. Ce n'était souvent rien d'autre que l'ennui qui m'incitait à partir en promenade. Mais toujours je découvrais un endroit inexploré, une solitude nouvelle. Et cependant ce monde sans défaut finit par m'intimider. Je n'y avais pas ma place, je ne pouvais m'en servir, je n'étais pas fait pour lui. J'étais un citadin, j'étais déraciné. Je rejetais mon époque tout en restant détaché du passé. Je finissais, comme Sciron, entre ciel et terre.

Quand arrivèrent les vacances de Noël je partis en voyage dans le Péloponèse. Il me fallait être seul et pour un temps oublier le collège. Si Alison avait été libre j'aurais pris l'avion pour l'Angleterre. J'envisageai un moment de rompre mon contrat, mais c'eût été une démission, un autre échec, et je me dis que tout irait mieux le printemps venu. Je passai donc Noël seul à Sparte et vis venir l'année nouvelle seul à Pyrgos. Avant de reprendre le bateau pour Phraxos je restai un jour à Athènes et retournai au bordel.

Je ne voulais pas penser à Alison, mais j'essayai en vain de me débarrasser d'elle. Il y avait des jours où je pensais pouvoir vivre à jamais dans le célibat — mes jours monastiques — et d'autres où me tourmentait le désir d'une fille d'agréable compagnie. Les femmes de l'île étaient de race albanaise, austères, le teint jaune, aussi rebelles à se laisser séduire qu'une congrégation de l'Eglise non conformiste. Quelques-uns des garçons étaient beaucoup plus tentants. Leur charme olivâtre, leur individualité bien marquée les rendaient très différents de leurs confrères anglais des écoles privées qui, par contraste, apparaissaient dans mon souvenir, avec leurs joues roses et dans leur vêtement d'uniforme, comme une légion de termites identiques, identiquement façonnés au moule d'Arnold. J'avais mes moments gidiens, mais ils n'étaient que rêverie sans conséquences, car nulle part la pédérastie n'est plus abhorrée que dans la Grèce bourgeoise. En ce domaine au moins Arnold se serait senti à son aise. D'ailleurs je n'étais pas pédéraste. Simplement je comprenais, révélant ainsi un défaut de ma propre éducation, que l'homosexualité pouvait avoir ses avantages. Cela ne tenait pas seulement à la solitude. J'étais en Grèce et les conventions anglaises devenaient ridicules. Faire ou ne pas faire ce que condamnait la société n'était qu'une simple question de goût, comme fumer ou non une nouvelle marque de cigarettes. Si dans les pays septentrionaux beauté et vertu sont souvent opposées, en Grèce tout plaisir est sans ombre.

Et il y avait mes poèmes. J'en avais écrit sur l'île, sur la Grèce. Leur philosophie me semblait profonde et leur technique brillante. Je rêvais de plus en plus de succès littéraire. Je passais des heures dans ma chambre, le regard vague, imaginant des articles, des lettres que m'envoyaient des confrères célèbres, la gloire, les louanges, et encore la gloire. En ce temps je ne connaissais pas la déclaration d'Emily Dickinson : *Etre publié n'est pas l'affaire des poètes;* être reconnu comme un poète n'est rien, être un poète est tout. L'image aberrante que, perdant le sens du réel, je me faisais de moi-même commença à dominer ma vie. Le collège devint un excellent bouc émissaire. Prisonnier d'une futile routine, comment aurais-je pu espérer composer des vers sublimes? Enfin, un pâle dimanche de mars, mes yeux s'ouvrirent. Je relus mes poèmes grecs et les reconnus pour ce qu'ils étaient : des œuvres de débutant, sans rythme, sans structure, la banalité des sensations maladroitement camouflées sous une abondante rhétorique. Horrifié, je repris d'autres poèmes écrits à Oxford. Ils n'étaient pas meilleurs. Je les trouvais même plus mauvais. La vérité me frappa avec une violence inouïe : je n'étais pas poète.

Il fallait accepter l'évidence. Mais l'idée que les lois de l'évolution puissent permettre que coexistent dans un être tant de sensibilité et tant de maladresse me rendit furieux. Mon moi hurlait comme un lièvre pris au piège. M'emparant de toutes mes œuvres je les déchirai lentement en morceaux minuscules, page après page, jusqu'à en avoir les doigts raides, et en remplis la corbeille à papier.

Il faisait très froid. La pluie se mit à tomber violemment. Je m'en allai pourtant vers les collines. Le monde entier s'était finalement tourné contre moi. Cette fois la condamnation était absolue, je ne pouvais la rejeter d'un simple haussement d'épaules. Jusqu'ici mes expériences, même les plus douloureuses, avaient été beaucoup plus que de la souffrance et du gâchis. Elles m'avaient fourni une matière première, un minerai, un combustible, utilisables un jour ou l'autre. La poésie avait été pour moi quelque chose vers quoi se tourner; une sortie de secours; une bouée, en même temps qu'une justification. Mais la bouée était de plomb, elle coulait, je me noyais, j'avais peine à me retenir de pleurer sur moi-même. Les traits tirés, le visage figé, je marchais pendant des heures. C'était l'enfer.

L'homme peut se trouver engagé dans la société sans même s'en rendre compte : il est un simple rouage. Ou bien son engagement relève de son libre vouloir : et alors il prévoit, il dirige. Mais celui qui a choisi de vivre en marge n'aura de recours, contre son propre néant, que dans l'expression même de son désengagement. Non pas *cogito,* mais *scribo, pingo, ergo sum.* Pendant des jours je ne fus plus que néant; ce n'était pas seulement le sentiment d'être isolé dans le monde et dans la société, mais, bien plus profondément, la détresse d'un abandon total, métaphysique, et que pourtant je ressentais physiquement, presque comme une maladie.

Malade, je l'étais réellement. Un matin, en m'éveillant, je me découvris deux petites ulcérations. A la fin de février, j'étais allé à Athènes et m'étais rendu de nouveau au bordel de Képhisia. Je savais que j'avais pris des risques. A l'époque cela me semblait sans importance.

Le premier jour j'étais trop bouleversé pour agir. Il y avait deux médecins au village : l'un en activité, qui était le médecin du collège, et l'autre, un vieux Roumain taciturne qui, bien qu'en retraite, avait conservé quelques patients. Celui du collège fréquentait assidûment la salle des professeurs. Je ne pouvais m'adresser à lui. J'allai donc le lendemain voir le Dr Patarescu.

Il examina les ulcères, me regarda, haussa les épaules : « Félicitations.

— C'est...

— On va voir ça à Athènes. Je vous donnerai une adresse. C'est bien à Athènes que vous avez attrapé ça, oui? » Je fis un signe affirmatif. « Les poules là-bas... Infectes. Seuls les idiots s'y laissent prendre. »

Il avait un visage jaune, un pince-nez, un sourire malveillant. Mes questions l'amusaient. Il était probable qu'on pouvait me guérir. Je n'étais pas contagieux mais je devais m'abstenir de tout rapport sexuel. Il aurait pu me soigner si j'avais eu le médicament qui convenait, de la pénicilline benzathine. Il avait entendu dire qu'on pouvait s'en procurer dans une certaine clinique privée d'Athènes mais j'aurais à payer le prix fort; il fallait compter huit semaines avant d'être sûr que cela avait agi. Il répondit sèchement à toutes mes questions. Lui-même ne pouvait rien m'offrir de mieux que l'ancien traitement à l'arsenic et au bismuth, et de toute façon on devait d'abord faire une analyse. Il semblait incapable de la moindre sympathie et ses petits yeux plissés m'observaient froidement pendant que je payais la consultation.

J'étais sur le seuil de la porte, essayant encore, stupidement, de l'émouvoir.

« Je suis maudit. »

Il haussa les épaules. Son rôle se bornait à exposer les faits. Je le vis allonger le bras pour refermer la porte, totalement indifférent.

Il restait encore une semaine jusqu'à la fin du trimestre et je songeais à partir sur-le-champ, à retourner en Angleterre. Et pourtant je ne pouvais supporter l'idée d'être à Londres. Sinon sur l'île, du moins en Grèce j'étais plus ou moins anonyme. Je me méfiais du Dr Pataresc u; il était en bons termes avec quelques-uns des maîtres les plus âgés et je savais qu'ils jouaient souvent au whist ensemble. A l'affût du moindre sourire, du moindre mot se rapportant à ce qui m'était arrivé, il me sembla, le jour suivant, voir dans plusieurs regards une lueur moqueuse. Un matin, à l'heure de la récréation, le directeur me lança : « Ne faites pas cette tête-là, *kyrios* Urfé, on pourrait croire que ce sont les beautés grecques qui vous attristent. » Je vis là une référence directe à mes ennuis; et la remarque me parut être accueillie avec plus de bonne humeur qu'elle ne le méritait. Trois jours après avoir vu le docteur j'avais déjà décidé que tout le monde était au courant de ma maladie, même les élèves. Chaque fois qu'ils chuchotaient entre eux j'entendais le mot « syphilis ».

Et le printemps grec arriva soudain. En deux jours seulement, me sembla-t-il, la terre se couvrit d'anémones, d'orchidées, d'asphodèles, de glaïeuls sauvages. Pour une fois il y eut des oiseaux partout, en migration. Des lignes onduleuses de cigognes croassaient au-dessus de nos têtes, le ciel était bleu et pur, les garçons chantaient, et même les maîtres les plus sévères souriaient. Le monde autour de moi avait des ailes et j'étais englué au sol, Catulle sans talent lié sans espoir à une Lesbie impitoyable. Je passais des nuits affreuses. Au cours de l'une d'elles j'écrivis une longue lettre à Alison, tentant de lui expliquer ce qui m'était arrivé, l'assurant que je me souvenais de ce qu'elle m'avait dit dans sa première lettre, qu'à présent je pouvais la croire et que je me faisais horreur. Même alors je m'arrangeai pour laisser transparaître de la rancune. J'en venais à penser que la quitter avait été mon dernier mauvais coup de dés, de loin le plus déplorable. A présent nous aurions pu être mariés et au moins aurais-je eu alors une compagne dans mon désert. Je n'envoyai pas la lettre, mais ne cessais, nuit après nuit, de penser au suicide. Je me disais que les membres de ma famille avaient une mort violente inscrite dans leur destin, une mort qui ne rimait à rien, comme celle de mes oncles que je n'avais pas connus, l'un tué à Ypres, l'autre à Passchendaele; puis celle de mes parents. Des paris perdus. Tout allait encore plus mal pour moi que pour Alison. Elle détestait la vie, je me détestais moi-même. Je n'avais rien créé. J'appartenais au néant, et il me semblait qu'à présent il ne me restait rien d'autre à créer que ma mort. Même alors je pensais encore qu'elle serait une mise en accusation de tous ceux qui m'avaient connu. Elle justifierait mon cynisme, mon égoïsme solitaire. Elle resterait dans les mémoires comme une sombre victoire finale.

Le dernier jour du trimestre ma décision fut prise. Je sus ce qu'il me restait à faire. Le concierge du collège possédait un vieux fusil de chasse. Il m'avait déjà offert une fois de me le prêter si je voulais aller chasser dans les collines. J'allai le trouver et le lui empruntai. L'homme en fut ravi et me bourra les poches de cartouches. La forêt de pins était pleine d'oiseaux.

Je suivis une combe derrière le collège, grimpai jusqu'à un promontoire et entrai sous les arbres. Je fus bientôt dans l'ombre. Vers le nord, de l'autre côté de l'eau, s'étendait, encore au soleil, un continent d'or. L'air était tiède, le ciel d'un bleu intense et lumineux. De très loin descendait vers moi le son des clochettes d'un troupeau de chèvres qu'on ramenait au village pour la nuit. Je marchai quelque temps. C'était comme chercher une place où se soulager; je voulais être sûr qu'on ne me verrait pas. Je finis par trouver un creux de rocaille.

Je mis une cartouche dans le fusil et m'assis sur le sol, contre le tronc d'un arbre. Autour de moi les muscaris pointaient au travers des aiguilles de pin. Je renversai le fusil et regardai dans le canon l' « o » noir de ma non-existence. Je calculai l'angle selon lequel je devrais me placer. J'approchai le canon du fusil de mon œil droit, tournai la tête afin que le coup, comme un éclair noir, me broie le cerveau, me pulvérise la nuque. J'allongeai la main — ce n'était qu'un essai, qu'une répétition — et la détente s'avéra difficile à atteindre. Dans l'effort pour y parvenir il pouvait m'arriver, au dernier moment, de déplacer la tête et tout serait gâché. Je cherchai donc un morceau de bois mort que je puisse ajuster entre le pont et la détente. J'enlevai la cartouche et le mis en place, puis m'assis, le fusil entre les genoux, la semelle de mes souliers contre la branche, le canon droit à un pouce de mon œil. Le percuteur tomba avec un déclic. C'était tout simple. Je rechargeai le fusil.

Des collines derrière moi vint la voix solitaire d'une fille.

Elle ramenait les chèvres, sans doute, et elle chantait éperdument, aussi fort qu'elle le pouvait, une sorte de mélopée monotone, comme désincarnée, le chant d'un lieu plutôt que d'une personne. Je me souvins avoir entendu une voix semblable, ou peut-être la même voix, chantant un jour sur la colline derrière le collège, et venant se perdre dans la classe où les garçons commençaient à ricaner. Mais c'était à présent intensément mystérieux, jaillissant d'une telle solitude, d'une telle souffrance que la mienne en devenait triviale et absurde. J'étais envoûté. Je restais assis, le fusil sur les genoux, incapable de bouger, cependant que dans l'air du soir le son dérivait jusqu'à moi. Je ne sais pas combien de temps cela dura mais le ciel s'assombrit et la mer pâlit jusqu'au gris nacré. Au-dessus des montagnes, le ciel était strié de nuages roses dans la lumière encore vive bien que le soleil fût couché. La terre et la mer retenaient la lumière. Elle subsistait comme la chaleur dont on jouit encore un moment après que la source en soit tarie. La voix s'éloigna vers le village, s'affaiblissant, jusqu'au silence.

Je soulevai à nouveau le fusil, pointant le canon vers moi. Le bâton dépassant sous la détente n'attendait qu'une poussée de mon pied. L'air était silencieux. J'entendis la sirène lointaine du bateau d'Athènes qui approchait de l'île. Mais cela se passait ailleurs, hors du vide où j'étais déjà. J'allais mourir.

Je ne fis rien. J'attendis. Dans le ciel subsistaient encore les dernières lueurs du couchant, un jaune très clair, puis un vert pâle et lumineux, puis un bleu limpide de vitrail. J'attendais toujours, la sirène retentit, plus proche, j'attendis l'instant de la décision, l'instant noir où je soulèverais le pied et frapperais. Je ne bougeais pas. Et tout ce temps, je me sentais observé. Je n'étais pas seul, je jouais un rôle devant un spectateur. Pourtant l'acte que je prétendais accomplir ne pouvait être que spontané, pur, délibéré — moral. Et avec le froid de la nuit de printemps il me vint à l'esprit que ce que je voulais faire n'était pas un acte moral mais un acte fondamentalement esthétique qui mettrait fin à ma vie d'une façon sensationnelle, consistante, significative. Je cherchais la mort d'un Mercutio, une mort dont on se souviendrait, et non la vraie mort d'un vrai suicide, la mort-anéantissement.

Il y avait la voix; la lumière; le ciel.

Le soir tombait, j'entendis la sirène du bateau retournant à Athènes et je restai assis là, à fumer, le fusil posé près de moi. Je me vis enfin comme j'étais, comme j'allais être désormais, à jamais méprisable. J'avais été, j'étais encore profondément déprimé, mais j'avais été aussi, en termes existentialistes, d'une évidente mauvaise foi et continuerais de l'être. Je savais que je ne me tuerais jamais, que je ne cesserais de m'accommoder de moi-même, aussi vain et misérable que je devienne.

Je levai le fusil et tirai au hasard vers le ciel. Le fracas me fit tressaillir. Il y eut un écho, la chute de brindilles arrachées. Et le puits profond du silence.

Le vieil homme, à la grille, me demanda : « Ça a marché? » Et je dis : « Je n'ai tiré qu'une fois. Un coup manqué. »

9

Des années plus tard je vis la *gabbia* à Plaisance : une cage à canaris noire et sinistre, suspendue au flanc d'un haut campanile, et dans laquelle on laissait les prisonniers mourir de faim et pourrir bien en vue des habitants de la ville. Alors je me souvins de cet hiver en Grèce, de la *gabbia* que je m'étais construite à cause de la lumière et de la solitude et des illusions que j'avais sur moi-même. Ecrire des poèmes et se suicider, cela paraît contradictoire. Ce n'était pourtant qu'une même tentative pour m'échapper de la cage. Et à la fin de ce malheureux trimestre je me sentais comme un homme conscient d'être prisonnier et exposé jusqu'à sa mort au dard de ses vieilles ambitions.

Je me rendis à Athènes, à l'adresse que me donna le médecin du village. On me fit subir le test de Kahn qui confirma le diagnostic du Dr Pataresсu. Le traitement de dix jours me coûta cher. La plupart des médicaments avaient été volés ou introduits en Grèce en contrebande et j'étais pris dans les mailles d'un réseau de trafiquants. Le jeune médecin diplômé d'une université américaine me dit de ne pas m'inquiéter, le pronostic était excellent. A la fin des vacances de Pâques, lorsque je revins sur l'île, je trouvai une carte d'Alison, une carte d'anniversaire, aux couleurs criardes, représentant un kangourou qui disait dans une bulle : « As-tu cru que j'oublierais? » Le jour de mes vingt-six ans j'étais à Athènes. Le cachet de la poste était d'Amsterdam. La carte ne portait qu'une simple signature. Je la jetai dans la corbeille à papier. Mais le soir je l'en retirai.

A tout moment je craignais de voir apparaître les symptômes de la phase secondaire. Pour tromper mon anxiété je me mis à explorer l'île systématiquement. Je nageais, je marchais, et encore nageais, et encore marchais... J'étais toujours dehors. Il fit bientôt très chaud; le collège dormait durant la grande chaleur de l'après-midi. Je partais alors vers la forêt de pins. Chaque fois que ie le pouvais je franchissais la crête centrale en direction du sud de l'île. Là, c'était la solitude totale. Trois petites maisons cachées dans une seule petite anse, quelques minuscules chapelles perdues dans l'océan des pins et qui ne s'animaient qu'aux fêtes de leurs saints, une villa presque invisible et que d'ailleurs on disait vide. Le reste, suprêmement tranquille, était une toile vierge attendant le peintre, un cadre idéal pour les mythes. L'île était coupée en deux, avec un côté d'ombre et l'autre de lumière. Et l'emploi du temps du collège, qui ne me permettait guère d'aller loin, sauf aux week-ends ou très tôt le matin (les cours commençant à sept heures et demie) me devint une entrave presque insupportable.

Je ne pensais pas à l'avenir. En dépit de ce que m'avait dit le médecin de la clinique j'étais sûr que le traitement n'aurait pas d'effet. Mon destin semblait clairement tracé : une descente aux abîmes.

C'est alors que les mystères commencèrent.

2

Irrités de ce premier crime, les monstres ne s'en tinrent pas là; ils l'étendirent ensuite nue, à plat ventre sur une grande table, ils allumèrent des cierges, ils placèrent l'image de notre Sauveur à sa tête et osèrent consommer sur les reins de cette malheureuse le plus redoutable de nos mystères.

DE SADE, *Les Infortunes de la Vertu.*

10

Et ce fut le premier incident.

C'était un dimanche de la fin mai, tout neuf, clair, brûlant, bleu comme une aile d'oiseau. Je grimpai par des sentiers de chèvres jusqu'à la crête transversale d'où l'écume verte des arbres roulait vers la côte sud. La mer étalait sa soie d'un bleu violet au long du mur sombre des montagnes, à l'ouest, qui sous un ciel d'une pureté parfaite s'y reflétait pendant des kilomètres. C'était un monde d'azur, immense, prodigieusement indifférent aux désirs humains, et comme toujours quand je le voyais du haut de la crête centrale de l'île j'oubliais presque mes ennuis. Je me dirigeai vers l'ouest, en suivant la crête d'où l'on découvrait à la fois les vastes paysages du nord et du sud. Des lézards filaient sur le tronc des pins comme de vivants colliers d'émeraude, parmi le thym, le romarin et autres herbes odorantes, parmi les buissons aux fleurs comme des dents-de-lion trempés dans du ciel, d'un bleu chatoyant et sauvage.

J'atteignis enfin un endroit où la crête descendait vers le sud en un petit escarpement presque à pic. J'avais l'habitude de m'asseoir sur le bord pour fumer une cigarette et contempler l'immense étendue de mer et de montagnes. Mais ce dimanche-là quelque chose avait changé dans le paysage. Il y avait au-dessous de moi la baie aux trois petites maisons, à mi-chemin le long de la côte sud de l'île qui se poursuivait ensuite vers l'ouest en une série de caps peu élevés abritant des anses. Immédiatement après la baie aux trois maisonnettes, le sol s'élevait en pente raide, formant une petite falaise qui se prolongeait à l'intérieur des terres en un talus rougeâtre, crevassé, délabré, sorte de rempart naturel entourant la villa solitaire bâtie sur le promontoire. De cette villa je savais peu de chose, sinon qu'elle appartenait à un Athénien qu'on disait fortuné et qui ne l'occupait qu'en été. De l'endroit où je me trouvais, une ondulation de la forêt laissait seulement apparaître le toit plat de la maison.

Je découvris qu'un mince ruban de fumée pâle montait du toit en une boucle légère. La maison était habitée. J'en éprouvais d'abord du dépit, un ressentiment de Robinson dépossédé. La solitude de la partie sud de l'île était gâchée. J'en étais venu à m'en croire le seul maître; c'était ma province secrète, la mienne et celle d'aucun autre, ou du moins — puisqu'il fallait tolérer les modestes pêcheurs des trois maisonnettes — d'aucun qui ne fût d'une simple condition paysanne. Cependant j'étais intrigué, et je choisis un sentier que je savais descendre vers une anse de l'autre côté de Bourani, le cap sur lequel se trouvait la villa.

La mer et une bande de pierres pâles luirent enfin à travers les pins. J'atteignis le bord d'une baie largement ouverte, au ruban de galets le long d'une mer limpide comme du verre entre les deux promontoires. A gauche était Bourani, le plus abrupt. Les arbres, plus épais en cet endroit qu'en toute autre partie de l'île, dissimulaient la villa aux regards. J'étais venu là deux ou trois fois déjà, et comme sur la plupart des plages de l'île on pouvait y nourrir la charmante illusion d'être le premier homme à s'y hasarder, le premier à voir, le premier à respirer, le premier homme sur terre. Je m'installai à l'extrémité ouest de la plage, la plus ouverte, je me baignai, mangeai mon déjeuner, du pain, des olives et des boulettes de viande froide, odorantes, appelées *zouzoukakia.* Je ne vis personne.

Vers le début de l'après-midi je suivis la plage de galets brûlants jusqu'à l'extrémité de la baie où se trouvait la villa. Il y avait sous le couvert des arbres une minuscule chapelle blanche. Par une fente de la porte j'aperçus à l'intérieur une chaise renversée, un candélabre vide et une rangée d'icones naïvement peintes sur un petit écran. Une croix de papier doré était fixée à la porte. Au dos quelqu'un avait écrit *Haghios Demetrios.* Je retournai vers la plage. Elle se terminait par un éboulis de rochers qui s'enfonçait assez sinistrement sous les arbres et les buissons denses. Je remarquai pour la première fois des fils de fer barbelés à huit ou dix mètres au bas de la pente. Le grillage obliquait vers les arbres, isolant le promontoire. La clôture lâche et rouillée ne pouvait être un obstacle sérieux mais elle étonnait sur l'île et j'y voyais comme une insulte.

Je contemplais la pente touffue et brûlante quand j'eus soudain l'impression de n'être pas seul. On m'observait. J'inspectai le couvert des arbres. Je ne voyais rien. Je marchai un peu plus près des rochers au-dessus desquels la clôture traversait les broussailles.

Je sursautai. Quelque chose luisait derrière le premier rocher. C'était une palme de caoutchouc bleu. Puis dans l'ombre étroite du rocher suivant je découvris l'autre palme ainsi qu'une serviette de bain. Je regardai encore autour de moi, poussai la serviette du pied. Un livre avait été laissé dessous. Je reconnus à la couverture une des anthologies les plus courantes de poésie anglaise moderne. J'avais la même dans ma chambre, au collège. C'était si inattendu que je restai là, stupéfait, le regard fixé sur le livre, m'imaginant voir là mon propre exemplaire, et pensant qu'on me l'avait volé.

Ce n'était pas le mien. Celui ou celle à qui il appartenait n'avait pas inscrit son nom à l'intérieur, mais y avait glissé plusieurs petits bouts de papier blanc, coupés avec soin. Le premier marquait une page où quatre vers du poème d'Eliot, *Little Gidding*, avaient été soulignés à l'encre rouge.

We shall not cease from exploration
And the end of all our exploring
Will be to arrive where we started
And know the place for the first time.

Nous ne cesserons pas d'explorer — L'aboutissement de toutes nos quêtes — Sera d'atteindre l'endroit d'où nous étions partis — Et pour la première fois de le reconnaître.

Les trois dernières lignes étaient soulignées. A nouveau je levai les yeux vers l'épaisseur des arbres. Puis je passai aux papiers suivants. Ils marquaient les pages évoquant la mer et les îles, environ une douzaine.

Each in his little bed conceived of islands...
Where love was innocent, being far from cities.

On avait marqué d'un trait ces deux vers d'Auden, mais pas les deux intermédiaires. Il y avait plusieurs vers d'Ezra Pound.

Come, or the stellar tide will slip away.
Eastward avoid the hour of its decline,
Now! for the needle trembles in my soul!

Et cet autre :

Yet must thou sail after knowledge
Knowing less than drugged beasts. phthengometha thasson.

Plus tard, ce soir-là, je devais retrouver quelques passages dans mon anthologie.

Le soleil me brûlait le dos. Le vent d'été, cette brise qui souffle presque tous les jours à la belle saison sur les îles de la mer Egée, soulevait sur les galets de petites vagues paresseuses. Rien ne bougeait, tout semblait en attente. Pour la seconde fois ce jour-là je me sentis comme Robinson.

Je remis le livre sous la serviette et, plutôt mal à l'aise, me tournai vers la colline, convaincu à présent que quelqu'un me surveillait. Je me baissai, ramassai la serviette et le livre et les posai sur le rocher près des palmes. Si on revenait les chercher, on les trouverait plus aisément. Je ne tenais pas à rendre service mais plutôt, aux yeux de l'observateur invisible, à justifier ma curiosité. La serviette exhalait un parfum de femme : l'odeur d'une huile solaire.

Je revins à l'endroit où se trouvaient mes habits et restai un moment à inspecter la plage. Puis je me retirai dans l'ombre des pins. Au soleil, la tache blanche de la serviette se détachait nettement contre la pierre. Je m'étendis sur le sol et m'endormis. Lorsque je me réveillai, peu de temps après sans doute, il n'y avait plus rien sur le rocher. La fille — j'avais décidé que c'était une fille — avait sans bruit repris ses affaires. Je m'habillai et redescendis au même endroit.

Le chemin étroit qui menait au collège partait du milieu de la baie. A présent je pouvais voir un autre petit sentier qui s'écartait de la plage à l'endroit où tournait le grillage. Je m'y engageais. Il était raide et le taillis trop dense pour qu'on puisse voir au travers. Des petites têtes roses de glaïeuls sauvages émergeaient de l'ombre; un oiseau lança du fond des buissons un chant saccadé et sonore qui semblait venir de très près, plus heurté que le chant du rossignol mais aussi intense, aussi déchirant. Pour m'attirer? Me mettre en garde? Je ne pouvais en décider, mais il était difficile de le croire vide de sens. C'était tout à la fois rauque, argentin, grondeur, mélodieux, criard, enchanteur.

Soudain une cloche sonna au-delà des broussailles. L'oiseau se tut. Je continuai à monter le sentier. La cloche sonna encore trois fois. Elle avertissait de l'heure d'un repas, le thé anglais sans doute. Ou bien c'était un enfant qui jouait à la faire tinter. Après un moment le terrain s'aplanit et les arbres s'espacèrent un peu, quoique le sous-bois fût aussi épais.

Puis j'arrivai à une barrière, qu'une chaîne maintenait fermée. La peinture s'écaillait, la chaîne était rouillée, et un passage avait été forcé à travers le grillage, près du poteau de droite. Une allée large et herbeuse, légèrement en pente, suivait le promontoire en direction de la mer, mais elle s'incurvait entre les arbres et ne révélait rien de la maison. Un instant j'écoutai. Je n'entendis aucune voix. En bas de la colline l'oiseau se remit à chanter.

C'est alors que je vis la pancarte. Je traversais la brèche. Trois arbres plus loin, rouillée, à peine lisible, elle était grossièrement clouée au tronc d'un pin, placée là comme ces avertissements « Passage interdit sous peine de poursuites ». Mais cette fois je pouvais voir les mots SALLE D'ATTENTE en lettres d'un rouge terni sur fond blanc. C'était une pancarte de gare française, butin de quelque chahut d'étudiant, bien des années auparavant, et le bourgeonnement cancéreux de la rouille apparaissait aux endroits où l'émail avait sauté. Il y avait des traces de balles à l'une des extrémités. Mitford m'avait averti : « Prenez garde à la salle d'attente. »

Je me tenais dans l'allée herbeuse, hésitant, pris entre la curiosité et la crainte d'une rebuffade. Je devinai tout de suite que c'était la villa du collaborateur avec lequel Mitford s'était querellé; mais je me l'étais représenté comme une sorte de Laval grec, roublard et au museau de fouine, certainement pas comme un homme assez cultivé pour lire Eliot et Auden dans le texte. Je restai si longtemps indécis qu'une impatience me prit contre moi-même, et je me décidai enfin à m'éloigner. Je repassai par la brèche et repris le chemin vers la crête. Il rejoignait bientôt un sentier de chèvres que quelqu'un avait emprunté récemment : des pierres retournées découvraient des creux de terre rouge entre les gris pâlis par le soleil. Quand j'atteignis la crête centrale je regardai en arrière. De l'endroit où je me tenais on ne voyait pas la maison, mais je savais où elle était. La mer et les montagnes flottaient dans la lumière tranquille du soir. C'était un tableau du Lorrain : air doré, lointains bleuâtres, sérénité et transcendance. Et comme je descendais les sentiers en lacets en direction du collège, la partie nord de l'île me sembla par contraste banale et étouffante.

11

Le lendemain matin, après le petit déjeuner, je m'approchai de la table de Demetriades. La veille au soir il était allé au village et je m'étais couché sans l'attendre. Demetriades, corfiote à face de grenouille, était petit, bien en chair, et montrait pour le soleil et la campagne une répugnance pathologique. A Athènes il vivait la nuit, s'adonnant entièrement à ses deux occupations favorites, manger et courir les filles; et c'était à quoi il employait tout l'argent qu'il ne consacrait pas à l'élégance vestimentaire. Il aurait dû être jaune, papelard et pervers; pourtant on ne le voyait jamais qu'immaculé et le teint frais. Son héros était Casanova. Je ne lui trouvais rien du charme boswellien, encore moins du génie de l'Italien, mais à sa façon alternativement gaie et lugubre il était de meilleure compagnie que ne l'avait suggéré Mitford et au moins sans trace d'hypocrisie. Il avait le charme de ceux qui croient en eux-mêmes et ainsi sont partout à leur aise.

Je l'emmenai dans le jardin. On l'avait surnommé *Méli* : miel — il adorait les sucreries.

« Méli, que savez-vous de l'homme qui est là-bas, à Bourani?

— Vous l'avez rencontré?

— Non.

— *Aï!* » Il s'en prenait vigoureusement à un garçon qui gravait son nom au couteau sur le tronc d'un amandier. Demetriades limitait strictement à sa vie privée le personnage de Casanova. En classe c'était un vrai gendarme.

« Vous ne savez pas son nom?

— Conchis. » Il prononça le *ch* dur.

« Mitford disait qu'il avait eu des histoires avec lui. Une querelle.

— Il mentait. Mitford mentait tout le temps.

— Peut-être. Mais il a dû le rencontrer.

— *Po po!* » (*Po po* est le grec pour « On ne me la fait pas »). « Cet homme ne voit jamais personne. Demandez aux autres professeurs.

— Mais pourquoi?

— Heu... » Il haussa les épaules. « Un tas de vieilles histoires. Que je ne connais pas.

— Allons donc!

— Ça n'a pas d'intérêt. »

Nous suivions une allée pavée. Méli n'aimait pas le silence. Bientôt il se mit à me raconter ce qu'il savait de Conchis.

« Il a travaillé pour les Allemands pendant la guerre. Il ne vient jamais au village. Les villageois le lapideraient. Moi aussi, si je le voyais. »

Je souris. « Pourquoi?

— Il est riche et il vit sur une île déserte quand il pourrait être à Paris... » Il agita la main en petits cercles rapides, son geste favori. C'était là sa plus grande ambition : un appartement donnant sur la Seine avec, entre autres particularités, une pièce sans fenêtres.

« Parle-t-il anglais?

— Je suppose. Mais pourquoi êtes-vous si intéressé?

— Je ne le suis pas vraiment. J'ai simplement vu la maison. »

La cloche pour le deuxième cours, à travers vergers et sentiers alla résonner contre les murs d'enceinte. En revenant vers les salles de classe j'invitai Méli à dîner avec moi au village le jour suivant.

Le principal restaurateur de l'île, un colosse nommé Sarantopoulos, en savait plus long sur Conchis. Il vint prendre un verre de vin avec nous pendant que nous mangions. Conchis était bien un reclus, il ne venait jamais au village, mais cette histoire de collaboration était un mensonge. Sous l'occupation les Allemands l'avaient fait maire du village et il avait toujours agi dans l'intérêt des habitants. Son impopularité présente tenait à ce qu'il faisait venir d'Athènes la plus grande partie de son approvisionnement. Sarantopoulos se lança dans une longue histoire. Le dialecte de l'île est difficile, même pour les Grecs, et je ne comprenais pas un mot. Il se penchait au-dessus de la table avec l'air de vouloir nous convaincre. Demetriades paraissait s'ennuyer et, durant les pauses, il hochait la tête avec suffisance.

« Que dit-il, Méli?

— Rien. Une histoire de guerre. Sans intérêt. »

Sarantopoulos regarda soudain au-delà de nous. Il dit quelque chose à Demetriades et se leva. Je me retournai. Un insulaire, grand et l'air morne, se tenait à la porte. Il se dirigea vers une table, dans le coin de la salle le plus éloigné, le coin des gens du pays. Je vis Sarantopoulos poser la main sur l'épaule de l'homme qui nous regarda, hésitant, puis céda et se laissa emmener vers notre table.

« C'est l'*agoyatis* de M. Conchis.

— Le quoi?

— Il a un âne. Il apporte à Bourani le courrier et la nourriture.

— Comment s'appelle-t-il? » Il s'appelait Hermès. Cela ne me fit pas même sourire. J'étais désormais habitué à entendre nommer Socrate et Aristote des garçons pas spécialement brillants. Et la vieille femme laide qui faisait ma chambre répondait au nom d'Aphrodite. L'ânier s'assit et accepta d'assez mauvaise grâce un petit verre de *retsina.* Il faisait glisser sous ses doigts les perles d'ambre de son *koumbologi.* Un de ses yeux était fixe et d'une pâleur sinistre. Méli, qui aurait préféré concentrer son attention sur sa portion de homard, obtint cependant quelques renseignements.

Que faisait M. Conchis? Il vivait seul — oui, seul — avec une gouvernante, et il cultivait son jardin, au sens propre du terme, semblait-il. Il lisait. Il avait beaucoup de livres. Et aussi un piano. Il parlait de nombreuses langues. Lesquelles?

L'*agoyatis* ne savait pas. Toutes, pensait-il. Où allait-il en hiver? Quelquefois à Athènes, et dans d'autres pays. Lesquels? L'homme l'ignorait. Il ne savait rien d'une visite de Mitford à Bourani. Personne ne venait jamais en visite.

« Demandez-lui si je peux aller voir M. Conchis. »

Non; c'était impossible.

Notre curiosité était parfaitement naturelle en Grèce — c'était sa réserve qui semblait étrange. On avait dû le choisir pour son humeur morose. Il se leva pour partir.

« Etes-vous sûr qu'il ne cache pas un harem de jolies filles? » demanda Méli. L'*agoyatis* releva le menton et les sourcils en signe de protestation, puis s'éloigna, l'air dédaigneux.

« Quel paysan! » Ayant marmonné à son adresse, en grec la pire insulte, Méli toucha mon poignet d'une main moite. « Au fait, est-ce que je vous ai déjà raconté comment deux hommes et deux femmes que j'ai rencontrés un jour à Mykonos s'y prenaient pour faire l'amour?

— Oui, mais n'importe. »

J'étais déçu; et pas seulement parce que cela faisait la troisième fois que m'étaient relatés dans le détail les ébats amoureux de ce quartette d'acrobates.

De retour au collège, et pendant le reste de la semaine, je réussis à en apprendre un peu plus long. Parmi les maîtres, deux seulement se trouvaient là avant la guerre. Tous deux avaient alors rencontré Conchis, mais pas depuis que le collège avait rouvert ses portes en 1949. L'un disait qu'il était un musicien en retraite. L'autre le trouvait un homme d'un grand cynisme, un athée. Ils s'accordaient sur un point : il protégeait sa vie privée. Pendant la guerre les Allemands l'avaient forcé à vivre au village. Un jour, ayant capturé quelques *andarte* (des résistants) venus du continent, ils lui avaient ordonné de les exécuter. Conchis avait refusé et il s'était retrouvé avec d'autres gens du village face au peloton d'exécution. Par miracle il n'avait pas été tué sur le coup et s'en était tiré. J'entendais là sans aucun doute l'histoire que Sarantopoulos nous avait racontée. De l'avis de nombreux villageois, et naturellement de tous ceux qui avaient eu des parents massacrés en représailles par les Allemands, il aurait dû faire ce qu'ils lui ordonnaient. Tout cela, c'était du passé. Il avait eu tort, mais pour l'honneur de la Grèce. Cependant on ne l'avait jamais revu au village.

Puis je découvris un détail bizarre. Je demandai à plusieurs personnes mieux informées que Demetriades, qui n'était au collège que depuis un an, si Leverrier, le prédécesseur de

Mitford, ou Mitford lui-même, avaient jamais mentionné une rencontre avec Conchis. A chaque fois la réponse fut négative. Dans le cas de Leverrier — un homme très réservé, « trop sérieux » comme le dit un maître en se frappant le front — cela ne semblait guère surprenant. La dernière personne à qui je m'adressai, en prenant avec lui le café dans sa chambre, fut le maître de biologie. Karazoglou déclara dans son français maladroit et sonore qu'il était sûr que Leverrier n'était jamais allé là-bas car il le lui aurait dit. Il avait connu Leverrier plutôt mieux que les autres; ils partageaient un intérêt pour la botanique. Il fouilla dans une commode et en sortit une boîte de feuilles de papier couvertes de fleurs séchées que Leverrier avait collectionnées et arrangées en un herbier, y joignant de longues annotations d'une écriture admirablement nette et d'un vocabulaire hautement technique, complétées ici et là par des croquis à l'encre de Chine et à l'aquarelle. Comme j'examinais négligemment le contenu de la boîte, je laissai tomber une des pages de fleurs séchées à laquelle était attaché un morceau de papier portant des notes supplémentaires. Il glissa hors de l'agrafe et je vis au dos le début d'une lettre dont les mots rayés étaient encore lisibles. Elle était datée du 6 juin 1951, deux ans plus tôt. *Cher monsieur Conchis, je crains que depuis l'extraordinaire...* Cela s'arrêtait là.

Je n'en dis rien à Karazoglou qui n'avait pas remarqué ma découverte, mais je décidai sur-le-champ d'aller voir M. Conchis.

Je ne pourrais expliquer pourquoi je fus pris si brusquement d'une telle curiosité à son égard. C'était sans doute en partie parce qu'il n'y avait rien alors qui me semblât digne d'intérêt et que sur une île les moindres incidents prennent de l'importance; en partie à cause des mots énigmatiques de Mitford et des quelques lignes de Leverrier; en partie aussi, et même principalement, peut-être, parce que je me reconnaissais comme un droit de visite. Cet homme qui ne voulait voir personne, mes deux prédécesseurs l'avaient rencontré et refusaient d'en parler. J'irais frapper à sa porte, c'était mon tour.

Cette semaine-là je pris aussi une autre décision, j'écrirais à Alison. J'envoyai la lettre à l'intérieur d'une enveloppe adressée à Ann, dans l'appartement à l'étage au-dessous de celui que j'avais occupé, en lui demandant de faire suivre. Je ne disais presque rien dans cette lettre, mais seulement que j'avais pensé à elle quelquefois, que j'avais découvert ce que signifiait « la salle d'attente », et je lui recommandai de ne répondre que si elle le voulait vraiment, sinon je comprendrais très bien.

Je savais que sur une île on était tenté de se retourner vers le passé. Il y avait tant d'espace, tant de silence, si peu de rencontres que les limites du présent s'effaçaient et le passé semblait alors beaucoup plus proche. Il était probable qu'Alison n'avait pas pensé à moi une seule fois depuis des semaines, qu'elle avait eu une demi-douzaine d'aventures nouvelles. Aussi je postai la lettre un peu comme on jette une bouteille à la mer. Presque comme une plaisanterie; et cependant avec une sorte d'espoir inavoué.

12

Le samedi suivant fut lourd et chaud, sans l'habituel vent de midi. Les cigales avaient commencé leur tintamarre, un chœur dissonant, aux rythmes heurtés, écorchant les nerfs, mais finalement si familier que lorsqu'une averse imprévue les fit taire, le silence fut comme une explosion. Elles transformaient complètement la pinède, à présent vivante et innombrable, ruche d'énergie invisible et bruyante, toute solitude perdue, car l'air palpitait, geignait, bourdonnait de sauterelles aux ailes pourpres, de locustes, de frelons énormes, d'abeilles, de cousins, d'œstres, et de dix mille autres insectes anonymes. Il y avait par endroits des nuages harcelants de mouches noires, et j'avançais parmi les arbres tel un nouvel Oreste, frappant et maudissant.

J'atteignis de nouveau la crête. La mer était de nacre et de turquoise, les montagnes lointaines bleu de cendre dans la chaleur immobile. Je pouvais voir la couronne verte et miroitante des pins autour de Bourani. Il était environ midi quand, sortant de la pinède, j'arrivai sur les galets de la plage où se trouvait la chapelle. Le rivage était désert. J'inspectai les rochers; je ne voyais rien, je n'avais pas l'impression d'être observé. Je me baignai, puis déjeunai de pain noir, d'ochra et de calmar frit. Loin vers le sud un caïque ventru passa avec un bruit sourd, traînant à sa suite six lamparos en file, comme un canard sa couvée. Sa lame d'étrave fit une ride mince et sombre, comme irréelle, sur le bleu laiteux de la mer, et ce fut la dernière trace de la civilisation quand les bateaux eurent disparu derrière le promontoire, à l'ouest. Il y avait seulement l'infime clapotis de l'eau bleue et transparente sur les pierres, les arbres comme en attente, le vrombissement de milliers d'insectes et l'énorme paysage de silence. Je m'assoupis à l'ombre légère d'un pin, dans cette Grèce sauvage, hors du temps et du monde.

Le soleil tourna, m'atteignit. Sa chaleur sur mon corps me rappelait Alison et nos jeux érotiques. Je l'aurais voulue nue près de moi. Nous aurions fait l'amour sur les aiguilles de pin, puis nagé, puis encore fait l'amour. Une tristesse douce-amère m'envahissait, le souvenir de ce qui avait été et aurait pu être, la certitude que c'était bien fini. Mais je m'étais débarrassé de bien des illusions, et aussi de la hantise de voir réapparaître les symptômes de la syphilis. Physiquement je me sentais très bien. Ce qu'il adviendrait de ma vie, je n'en savais rien, mais ce jour-là, étendu près de la mer, je ne m'en souciais pas. Il me suffisait d'exister. J'étais comme en suspens, attendant tranquillement une sollicitation nouvelle. Je me retournai sur le ventre et fis l'amour avec le souvenir d'Alison, comme un animal, ni honteux ni coupable, vautré, étalé sur la terre, simple machine à sensations. Puis je traversai en courant les pierres brûlantes jusqu'à la mer.

Je montai le sentier, longeant la clôture et les buissons, contournant la grille écaillée, la mystérieuse pancarte, et me trouvai dans l'allée herbeuse. Elle continuait au même niveau, s'infléchissant, descendait légèrement et émergeait des arbres. J'arrivai derrière la maison, dans sa partie d'ombre. Là où le soleil de l'après-midi la touchait elle était d'une blancheur éclatante. On l'avait bâtie côté mer, au flanc d'un petit cottage visiblement plus ancien. Elle était carrée, avec un toit plat et une galerie à colonnes aux arches élégantes longeant les façades est et sud. Il y avait une terrasse au-dessus de la colonnade. Je pouvais voir les portes ouvertes d'une pièce du premier étage, qui permettaient d'y accéder. L'arrière de la maison et le côté à l'est étaient bordés d'agaves et de petits massifs d'arbustes aux fleurs écarlates et jaune vif. Devant la façade, vers le sud et la mer, une étendue de gravier se terminait par un brusque à-pic au-dessus de l'eau. Des palmiers se dressaient aux deux angles de cette esplanade, entourés d'un cercle de pierres blanchies. De ce côté on avait éclairci la pinède afin que la vue soit plus dégagée.

La maison me déconcerta. Elle me rappelait trop la Côte d'Azur, elle était trop peu grecque. Elle se tenait là, blanche et opulente comme de la neige suisse. J'étais tout à la fois surpris et mal à l'aise.

Je montai le court perron jusqu'à la galerie latérale au carrelage rouge. J'avais devant moi une porte close au marteau de fer forgé en forme de dauphin. De lourds volets barraient les fenêtres voisines. Je frappai. Les coups résonnèrent sèchement sur le sol pavé, mais personne ne vint. La maison et moi étions là, silencieux, dans une mer de bruits d'insectes. Je suivis la colonnade jusqu'à l'angle de la façade sud, où s'élargissaient les arches. De l'ombre profonde où je me trouvais, je contemplai par-dessus la cime des arbres, au-delà de la mer, le violet languissant des montagnes. Il y avait quelque chose; une impression de déjà vu, de déjà vécu... Cet instant-là, à cette même place... Quelque chose dans les proportions des arches, dans le contraste de l'ombre et du paysage brûlant. Quelque chose d'inexprimable.

Je vis au milieu de la galerie deux vieilles chaises de rotin et une table. Sur la nappe de toile blanche et bleue tissée à la main étaient posées deux tasses et leurs soucoupes et deux grandes assiettes couvertes d'une mousseline. Le long du mur un canapé d'osier garni de coussins. Près de la porte-fenêtre, une petite cloche de cuivre brillant, au battant muni d'une dragonne rouge fané, pendait à une potence.

Je remarquai que la table était mise pour deux et restai là, embarrassé. Puis j'eus soudain envie de m'échapper. A cet instant quelqu'un apparut dans l'encadrement de la porte.

C'était Conchis.

13

Je sus tout de suite qu'il m'attendait. Il ne montra aucune surprise mais fit un sourire, un peu grimaçant.

Il était presque totalement chauve, sec et court, brun comme du vieux cuir. Un homme auquel on ne pouvait guère donner d'âge — soixante ans? soixante-dix peut-être? —, vêtu d'une chemise bleu marine, de shorts descendant aux genoux, et d'une paire de tennis tachés par le sel. On était d'abord frappé par l'intensité de son regard : des yeux d'un brun sombre qui vous dévisageaient avec une acuité surprenante, simiesque, encore accentuée par la limpidité remarquable de la cornée; des yeux pas tout à fait humains. Il leva brièvement la main gauche en une sorte de salut silencieux et, sans me laisser le temps de parler, se dirigea vers l'angle de la galerie. Tourné vers le cottage il appela :

« Maria! »

J'entendis un cri faible en réponse.

Il se retourna. Je commençai : « Vous... »

Mais il leva de nouveau la main gauche, cette fois pour me faire taire, et prenant mon bras il me conduisit au bord de la colonnade. Sa fermeté abrupte me déconcertait. Il examina le paysage. Il m'examina. Dans l'ombre flottait l'odeur douce et épicée des fleurs qui poussaient là-bas, au bord de l'esplanade.

« J'ai bien choisi, n'est-ce pas? »

Je notai sa parfaite prononciation anglaise.

« Merveilleusement bien. Mais permettez-moi... »

Une fois de plus il m'arrêta, désignant le sud, la mer et les montagnes d'un geste large de son bras sec et hâlé, comme s'il craignait que je n'apprécie pas pleinement le spectacle. Je le regardai à la dérobée. De toute évidence il souriait rarement. Son visage semblait dénué d'émotion, rigide comme un masque. Des sillons profonds joignaient les ailes du nez aux coins de la bouche. Ils suggéraient l'expérience, l'autorité, l'impatience envers la bêtise. Il devait être un peu fou, inoffensif sans doute, mais fou, sûrement. J'avais l'impression qu'il me prenait pour quelqu'un d'autre. Il ne me quittait pas des yeux. Ce silence, ce regard fixe. On aurait pu croire qu'il tentait d'hypnotiser un oiseau et c'était comique et alarmant tout à la fois.

Soudain il eut un curieux petit hochement de tête, ironique, autoritaire, qui ne demandait pas de réponse. Puis il changea, comme si ce qui s'était passé entre nous jusqu'alors n'était qu'une plaisanterie, une scène répétée et jouée suivant un plan bien déterminé mais qu'on pouvait arrêter à présent. Et je me sentis à nouveau décontenancé. Après tout il n'était pas fou. Il sourit même, et le regard pénétrant devint presque malicieux. Il se retourna vers la table.

« Buvons notre thé.

— Je suis seulement venu demander un verre d'eau.

— Vous êtes venu pour me voir. Je vous en prie. La vie est courte. »

Je m'assis. La seconde place était pour moi. Une vieille femme apparut, tout en noir, le visage plissé comme celui d'une squaw. Il paraissait étrange de la voir porter sur un plateau une élégante théière d'argent, une bouilloire, le sucrier, et sur une soucoupe des rondelles de citron.

« C'est Maria, ma gouvernante. »

Il lui parla en grec, en un langage précis, et j'entendis mon nom et le nom du collège. La vieille femme me fit une courbette, sans sourire, le regard vers le sol. Puis elle déchargea le plateau. Conchis arracha la mousseline d'une des assiettes avec la rapide aisance d'un prestidigitateur. Je vis des sandwiches au concombre. Il versa le thé, du doigt indiquant le citron.

« Comment savez-vous qui je suis, monsieur Conchis?

— Anglicisez mon nom. Je préfère le « ch » doux. » Il but une gorgée de thé. « Si vous interrogez Hermès, Zeus le saura.

— Je crains que mon collègue n'ait manqué de tact.

— Vous avez probablement découvert tout ce qui me concerne.

— Je n'ai pas découvert grand-chose. Vous n'en êtes que plus aimable de m'accueillir. »

Il regarda la mer. « Il y a un poème de la dynastie T'ang. » Il marqua le précieux petit coup de glotte. « " *Ici, à la frontière, c'est la chute des feuilles. Bien que mes voisins soient tous des barbares et que tu sois, toi, à mille lieues, il y a toujours deux tasses sur ma table.* " »

Je souris. « Toujours?

— Je vous ai vu dimanche dernier.

— Les affaires laissées sur la plage, c'était vous? »

Il inclina la tête. « Je vous ai vu aussi cet après-midi.

— J'espère que je ne vous ai pas chassé de votre plage.

— Pas du tout. Ma plage privée est là, en bas. » Il désignait l'à-pic au bord de l'esplanade. « J'aime avoir la plage pour moi seul. Et vous aussi, j'imagine. Allons. Mangez ces sandwiches. »

Il me versa à nouveau du thé, un thé de Chine aux énormes feuilles déchiquetées, au parfum âcre. Il y avait sur l'autre assiette des *kourabiédes,* biscuits coniques roulés dans du sucre glace. J'avais oublié les plaisirs tranquilles de l'heure du thé. Le charme d'une vie paisible et confortable éveillait en moi la jalousie de l'homme qui doit s'accommoder de repas communautaires. Je me souvins avoir pris le thé avec un de mes directeurs d'études, un vieux célibataire, professeur à Oxford; j'avais envié de même son appartement, ses livres, sa vie calme et bien réglée.

Je mordis dans mon premier *kourabié* et lui rendis justice d'un hochement de tête.

« Vous n'êtes pas le premier Anglais à apprécier la façon dont Maria fait la cuisine.

— Mitford? » Ses yeux me fixèrent à nouveau. « Je l'ai rencontré à Londres. »

Il remplit ma tasse. « Que pensez-vous du capitaine Mitford?

— Ce n'est pas mon genre.

— Il vous a parlé de moi?

— Pas du tout. C'est-à-dire... » Un rapide coup d'œil. « Il m'a seulement dit que vous vous étiez querellés.

— Le capitaine Mitford m'a rendu honteux d'avoir du sang anglais. »

Jusque-là j'avais eu l'impression que je commençais à pouvoir le jauger. Son anglais, d'abord : quoique excellent, il n'était pas tout à fait contemporain mais plutôt le langage de quelqu'un qui a quitté depuis longtemps l'Angleterre. Puis son aspect : celui d'un étranger. Je lui trouvais des traits communs avec Picasso : un air sagace et rusé; après des années de vie au soleil, l'homme méditerranéen dans son essence, ayant rejeté tout ce qui pouvait s'interposer entre lui et son élan vital. Un adepte des greffes d'hormones et de la gelée royale, vivant intensément par choix, par principe, tout autant que par tempérament. Il n'avait rien du dandy dans sa façon de s'habiller; mais le narcissisme peut prendre d'autres formes.

« Je ne savais pas que vous étiez anglais.

— J'ai passé les dix-neuf premières années de ma vie en Angleterre. A présent j'ai la nationalité grecque, et le nom de ma mère. Elle était grecque.

— Retournez-vous parfois en Angleterre?

— Jamais. » Il changea brusquement de sujet. « Aimez-vous ma maison? J'en ai fait les plans et je l'ai construite moi-même. »

Je regardai autour de moi. « Je vous envie.

— Je vous envie aussi.

— Il y a peu à envier.

— Vous êtes jeune. Toutes vos découvertes sont encore à faire. »

Aucune trace sur son visage du sourire désagréablement protecteur qui habituellement accompagne ces déclarations banales. L'intensité de son regard montrait clairement qu'il ne s'agissait pas pour lui d'un lieu commun, qu'il fallait donner à ses paroles un sens particulier. Il se leva.

« Eh bien, je vous laisse un moment. Puis je vous ferai visiter. »

Je me levai moi aussi, mais il me fit signe de me rasseoir.

« Finissez les gâteaux. Je vous en prie. Maria sera contente. »

Il marcha dans le soleil au bord de la colonnade, s'étirant, bras et doigts tendus. D'un geste m'invitant encore à me servir il rentra dans la pièce. De l'endroit où j'étais assis je pouvais voir l'extrémité d'un sofa couvert de cretonne, une table, et, dessus, un vase de fleurs laiteuses. Le mur, derrière, était couvert d'étagères à livres allant du sol jusqu'au plafond. Je fis disparaître un autre *kourabié*. Le soleil commençait à descendre sur les montagnes, la mer luisait paresseusement au bord de leur ombre opaque et cendrée. J'entendis alors brusquement un son désuet, inattendu, un arpège rapide. J'hésitai : Un disque? La radio? Je me levai, me demandant quelle nouvelle surprise on me préparait.

Il y eut un moment de silence. Et bientôt s'éleva un doux air de clavecin. Je souris, décidai d'employer les mêmes armes et m'assis à nouveau. Il joua, rapidement d'abord, puis sur un rythme plus lent. Une ou deux fois il s'arrêta pour reprendre une phrase mélodique. La vieille femme vint débarrasser la table, sans un mot, sans un regard vers moi, même quand je désignai du doigt les quelques gâteaux qui restaient et lui en fis des compliments dans mon grec trop livresque. Apparemment le maître solitaire aimait qu'on le serve en silence. La musique s'écoulait, limpide, hors de la pièce et à travers la galerie, flottant autour de moi, rejoignant la lumière. Il s'arrêta net, reprit un passage. Il termina aussi soudainement qu'il avait commencé. Le soleil rampait vers moi, sur les pavés rouges.

Je sentais que j'aurais dû le rejoindre plus tôt; qu'à présent je l'avais froissé. Enfin, il apparut sur le seuil.

« Ainsi je ne vous ai pas fait fuir.

— Oh! pas du tout. C'était Bach?

— Telemann.

— Vous jouez très bien.

— Autrefois je jouais bien. N'importe. Allons. » Il y avait une brusquerie quasi maladive dans sa façon de changer de propos, comme si, en coupant court à mes amabilités, il voulait surtout se délivrer du temps lui-même. Je me levai.

« J'espère que je vous entendrai jouer encore. » Il fit un petit salut, ignorant délibérément l'invitation à inviter. « La musique finit par manquer beaucoup, ici.

— Seulement la musique? » Avant que j'aie pu répondre il continua : « Maintenant venez. Prospero va vous montrer son domaine. »

Comme nous descendions les marches vers l'esplanade je fis remarquer : « Prospero avait une fille.

— Prospero avait bien des choses. Et toutes n'étaient pas jeunes et belles, monsieur Urfé.

— Vous vivez seul ici?

— Certains diraient que je vis seul. D'autres pas. »

Il regardait droit devant lui, et je ne pouvais décider s'il voulait seulement m'intriguer une fois encore ou bien me laisser entendre qu'il n'en dirait pas plus à un étranger.

Il avançait rapidement, sans cesse me signalant quelque

chose à voir, me montrant son petit jardin potager disposé en terrasses, ses concombres, ses amandes, ses nèfles, ses pistaches. De l'extrémité de la terrasse on découvrait l'endroit où je m'étais étendu, il n'y avait guère plus d'une heure.

« Moutsa.

— C'est la première fois que j'entends ce nom.

— Le mot albanais pour « museau ». A cause de la falaise, là-bas.

— Pas très poétique pour une si jolie plage.

— Les Albanais étaient des pirates, pas des poètes. Ils ont nommé ce cap Bourani. Il y a deux cents ans c'était leur mot d'argot pour calebasse. Et aussi pour crâne. La mort et l'eau », dit-il en s'éloignant.

Je le suivis, demandai : « Et cette pancarte près de la grille : SALLE D'ATTENTE?

— Elle a été mise là par les soldats allemands. Pendant la guerre ils ont réquisitionné Bourani.

— Mais la pancarte?

— Je crois qu'ils avaient été en garnison à Paris. Alors ils s'ennuyaient ici. » Il tourna la tête et vit mon sourire. « Précisément. Chez les Allemands, il faut savoir apprécier le moindre brin d'humour. Je m'en voudrais de détruire une plante aussi rare.

— Connaissez-vous l'Allemagne?

— On ne peut pas connaître l'Allemagne. On ne peut que la subir.

— Et Bach? Ne peut-on que le subir? »

Il s'arrêta. « Quand je juge un pays, je ne pense pas à ses hommes de génie mais à des caractéristiques raciales. Les Grecs anciens pouvaient rire d'eux-mêmes. Les Romains ne savaient pas. C'est aussi pourquoi la France est un pays civilisé, contrairement à l'Espagne. C'est ce qui me fait pardonner aux Juifs et aux Anglo-Saxons leurs vices innombrables, et, si je croyais en Dieu, me ferait le remercier de ne m'avoir pas donné de sang allemand. »

Nous étions arrivés à une charmille de bougainvillées et de volubilis bleus disposée de biais et en retrait au bout du jardin potager. Il me fit signe d'avancer. Dans l'ombre, devant une aspérité rocheuse, il y avait un piédestal. Dessus, un petit personnage de bronze, le phallus en érection, énorme et grotesque. Ses bras aussi se dressaient comme pour faire peur aux enfants et il y avait sur son visage le sourire grimaçant du satyre. Il ne mesurait pas plus de cinquante centimètres et cependant suscitait une sorte de terreur primitive.

« Vous savez ce que c'est? » Il était juste derrière moi.

« Pan?

— Un Priape. Dans la Grèce ancienne chaque jardin et chaque verger en avaient un. Pour décourager les voleurs et s'assurer une terre féconde. Il devrait être en poirier.

— Où l'avez-vous trouvé?

— Je l'ai fait faire. Allons... » Il disait « allons » comme les Grecs aiguillonnant leurs ânes; comme si j'étais — je le compris plus tard — un employé en puissance auquel il fallait montrer rapidement les lieux de travail.

Nous revînmes vers la maison. Devant la galerie un sentier étroit et abrupt descendait en zigzags jusqu'au rivage. Il y avait là une anse dont l'entrée escarpée ne faisait pas cinquante mètres. On y avait construit une jetée en miniature le long de laquelle était amarré un bateau vert et rose, un bateau des îles, découvert, équipé d'un moteur. Au bout de la plage je pouvais voir aux abords d'une petite grotte des bidons de kérosène, près d'un abri pour une pompe dont on voyait le tuyau monter le long de la falaise.

« Avez-vous envie de vous baigner?

— J'ai laissé mon slip de bain là-haut.

— On peut s'en passer. » Ses yeux étaient ceux d'un joueur d'échecs content de son coup. Je me souvins d'une plaisanterie de Demetriades au sujet des fesses anglaises; et du Priape. C'était peut-être l'explication : Conchis était simplement un vieux pédéraste.

« Non, ça ne me dit rien.

— Comme vous voulez. »

Nous regagnâmes la bande de galets et nous nous assîmes sur une énorme poutre traînée hors de l'eau jusque-là.

J'allumai une cigarette. Je le regardai, m'efforçant de le définir. J'étais incertain, troublé. Cet homme cultivé, cosmopolite, qui parlait anglais couramment, qui avait d'étranges manières, était apparu en une nuit, prenant possession de « mon » île déserte. Ce n'était pas la première fois. Et, au cours de l'été précédent s'était produit, je le savais, un mystérieux événement. Mitford, délibérément, m'avait caché quelque chose. L'air était lourd d'équivoques, d'ambiguïtés et d'attente.

« Comment êtes-vous venu vous installer ici, monsieur Conchis?

— Me pardonnerez-vous si je vous demande de ne pas me poser de questions?

— Bien sûr.

— Parfait. »

Rien à ajouter. Je me mordis les lèvres, retenant un rire. Les pins de la falaise, à droite, commencèrent à allonger leurs ombres sur l'eau. Et ce fut la paix — les insectes calmés, l'eau comme un miroir — une paix infinie sur le monde. Il s'assit en silence, les mains sur les genoux, s'adonnant, semblait-il, à des exercices de respiration profonde. Tout en lui, et pas seulement son âge, était difficile à évaluer. Il donnait l'impression de ne guère s'intéresser à moi et cependant il m'observait. Il ne cessait de m'observer, même quand il détournait les yeux. Et il attendait. Depuis le début son comportement n'avait pas changé : je lui étais indifférent et cependant il m'observait et attendait. Nous étions là, silencieux, comme si nous nous connaissions trop bien pour avoir besoin de parler. Si notre silence n'était pas naturel il n'avait rien d'embarrassé. Et il semblait en accord avec le calme de la journée.

Il bougea soudain. Il avait jeté un coup d'œil vers la petite falaise à gauche. Je suivis son regard, ne vis rien. J'interrogeai :

« Qu'y a-t-il là-bas?

— Un oiseau. »

Le silence.

Etait-il fou? Se moquait-il de moi? Son visage tourné vers la mer était sans expression. Je tentai de reprendre la conversation.

« Je suppose que vous avez connu mes prédécesseurs? » Il tourna la tête vers moi avec la vivacité d'un serpent, l'air accusateur. Mais sans un mot. Je suggérai : « Leverrier?

— Qui vous l'a dit? »

Pour quelque obscure raison, ce qu'on avait pu dire derrière son dos le terrifiait. Je lui parlai de la page de notes et il parut se rassurer un peu.

« Il n'était pas heureux ici. A Phraxos.

— C'est ce que m'a dit Mitford.

— Mitford? » De nouveau, l'air accusateur.

« Il avait dû entendre des bavardages, au collège. »

Il me scruta du regard, puis inclina la tête, mais sans beaucoup de conviction. Je lui souris. Il me rendit l'ébauche d'un sourire circonspect. Nous étions de nouveau engagés dans une partie d'échecs obscure. Apparemment j'avais l'avantage, mais je ne savais pas pourquoi.

De la maison invisible, au-dessus de nous, vint le tintement inattendu de la clochette. Elle sonna deux fois. Puis, après un moment, trois fois. Et encore deux. Cela devait signifier quelque chose et en même temps traduisait bien l'étrange état de tension qui caractérisait à la fois l'endroit et son propriétaire, et contrastait singulièrement avec la paix immense du paysage. Conchis se leva aussitôt.

« Je dois rentrer. Et vous, vous avez une longue route. »

Nous remontions la pente de la falaise. A mi-chemin, là où le sentier raide s'élargissait, il y avait un petit siège de fer forgé. Conchis, parti à vive allure, fut heureux de s'y asseoir. Il respirait fort. Moi aussi. Il porta la main à sa poitrine. Je l'interrogeai du regard mais il haussa les épaules.

« Quand on vieillit, tout n'est plus qu'une annonce de la fin. » Il fit la grimace. « Ne pas être. »

Nous restions assis en silence, reprenant souffle. Je regardais jaunir le ciel entre le quadrillage délicat des branches. A l'ouest l'horizon devenait brumeux. Avec le soir apparaissaient quelques nuages en minces rubans, volutes immobiles sur la quiétude du monde.

Et tout à coup, tranquillement, il demanda :

« Etes-vous un élu?

— Un élu?

— Vous sentez-vous choisi, en quelque sorte?

— Choisi?

— John Leverrier se sentait choisi par Dieu.

— Je ne crois pas en Dieu. Et je ne me sens pas du tout choisi.

— Je crois qu'il se peut que vous le soyez. »

J'eus un sourire dubitatif. « Merci.

— Ce n'était pas un compliment. C'est le hasard qui fait de vous un élu. Vous ne pouvez en décider vous-même. »

Il posa un instant sa main sur mon épaule, comme pour me rassurer, pour dire que cela n'avait pas d'importance. Puis il se leva et monta le reste de la pente. Nous étions enfin sur l'esplanade, près de la galerie latérale, il s'arrêta.

« Eh bien, voilà.

— Je vous remercie beaucoup. »

J'essayai d'obtenir de lui un sourire qui eût été un aveu : il s'était moqué de moi. Mais je ne pouvais déceler la moindre trace d'humour sur son visage impassible.

« J'ai deux choses à vous demander. La première : ne dites à personne que vous avez fait ma connaissance. C'est à cause de certains événements qui ont eu lieu pendant la guerre.

— J'en ai entendu parler.

— Qu'est-ce qu'on vous a raconté?

— L'histoire.

— L'histoire a plusieurs versions. Mais laissons cela pour l'instant. Pour eux je vis en ermite, je ne vois jamais personne. Vous comprenez?

— Bien sûr. Je ne dirai rien. »

Je savais ce qui allait suivre; il voulait me prier de ne plus lui rendre visite.

« Voici ma seconde requête : venez me voir au week-end prochain. Et restez pour la nuit samedi et dimanche. C'est-à-dire, si le retour à pied lundi de bon matin ne vous ennuie pas.

— Merci. Merci beaucoup. Cela me fera grand plaisir.

— Je crois que nous avons beaucoup de choses à découvrir.

— " Nous ne cesserons pas d'explorer " ?

— Vous avez lu cela dans le livre sur la plage?

— N'était-ce pas pourquoi vous l'aviez laissé? »

Il baissa les yeux. « Comment aurais-je su que vous alliez venir?

— J'avais l'impression que quelqu'un m'épiait. »

Ses yeux sombres et brûlants fixaient les miens. Sa réponse se fit attendre. Il sourit. L'ombre d'un sourire.

« Avez-vous encore à présent l'impression qu'on vous épie? »

Et une fois de plus il lança un regard derrière moi comme s'il voyait quelque chose, quelque part, là-bas sous les arbres. Je me retournai. La pinède était déserte. Je le regardai. Plaisantait-il? Il souriait toujours. Le même petit sourire ironique.

« Et est-ce qu'on m'épie?

— Je me le demandais, monsieur Urfe, c'est tout. » Il tendit la main. « S'il arrivait que vous ne puissiez pas venir, laissez un message pour Hermès chez Sarantopoulos. Je l'aurai le lendemain. »

Je pris sa main; je devais avoir l'air soupçonneux; il serra la mienne, accentua un instant la pression, pendant que son regard se faisait insistant.

« Souvenez-vous. Le hasard.

— Si vous le dites. »

Je me mordis les lèvres. C'était trop absurde l'invitation, puis cette façon abrupte de me congédier, comme si j'étais venu à bout de sa patience. Mais il n'y avait pas trace d'humour sur son visage. Je lui fis un petit salut sec et m'en allai.

Après cinquante mètres, je me retournai. Il se tenait toujours là, immobile. Le maître du domaine... J'agitai la main. Il leva les bras en une pose hiératique et baroque, un pied légèrement en avant. Ce pouvait être, venu du fond des temps, un geste pour bénir. Quand je me retournai de nouveau, juste à l'entrée de la pinède, il avait disparu.

Il me déconcertait, il était différent de tous les hommes que j'avais rencontrés avant lui. Quelque chose brûlait dans ses yeux pénétrants, au-delà des caprices séniles, des extravagances et de la solitude, dans sa façon de s'exprimer —

d'abord inquisiteur et soudain détaché — dans ses regards de biais qui paraissaient sonder un monde invisible. Mais lorsque j'entrai sous les arbres je ne me doutais pas que, cent mètres plus loin, allait m'être offerte une réponse possible à mes conjectures.

14

Bien avant d'arriver à la grille de Bourani, j'aperçus quelque chose de blanc dans la brèche. D'abord je crus que c'était un mouchoir, mais lorsque je me baissai pour le ramasser je vis que c'était un gant de couleur crème. Et un gant de femme par surcroît, un de ces gants qui montent jusqu'au coude. A l'intérieur du poignet une marque jaunie portait les mots « Mireille, gantière », brodés en soie bleue. La marque paraissait absurdement vieille et le gant un de ces objets qu'on retrouve un jour au fond d'une malle oubliée au grenier. Je le portai à mon visage et je reconnus aussitôt le parfum de la serviette de toilette, la semaine d'avant, un parfum musqué, un peu désuet, du santal peut-être. Lorsque Conchis avait déclaré qu'il était descendu à Moutsa la semaine précédente c'était cela même qui m'avait troublé, ce parfum douceâtre, un parfum de femme.

Je commençais à comprendre pourquoi il se méfiait des visites imprévues et des bavardages. Mais alors, ce secret, pourquoi courir le risque de me le voir découvrir? Et cette dame... Que pouvait-elle bien faire dehors en gants de soirée? Quant à savoir qui elle était... Sa maîtresse? Peut-être. Mais tout aussi bien sa fille, sa femme, sa sœur. Quelqu'un à l'esprit troublé. Ou bien une femme âgée. Et sans doute avait-elle le droit de se promener librement sur les terres de Bourani et en bas à Moutsa à condition de demeurer cachée. Peut-être m'avait-elle vu la semaine d'avant et m'ayant, cette fois, entendu arriver, avait tenté de m'apercevoir, ce qui expliquait en partie l'étrange nervosité du vieil homme et les regards rapides qu'il jetait derrière moi. Il savait qu'elle était « sortie »; cela expliquait la table mise pour deux, la mystérieuse clochette.

Je me retournai, m'attendant presque à entendre un petit rire aigu, celui d'une femme faible d'esprit. Mais comme j'examinais les broussailles épaisses et noires près de la grille, me souvenant de la sévère allusion à Prospero, l'idée me vint d'une explication plus sinistre : non pas un trouble mental mais quelque terrible tare physique. *Et toutes n'étaient pas jeunes et belles, monsieur Urfe.* Je me sentis frissonner, pour la première fois sur l'île, de ce petit frisson glacé qui vous prend parfois dans les lieux solitaires.

Le soleil baissait, et la nuit en Grèce vient avec une rapidité quasi tropicale. Je ne voulais pas avoir à descendre dans l'obscurité les sentiers escarpés de la pente Nord. J'accrochai donc le gant bien en vue au milieu de la barre supérieure de la grille et continuai ma route. Une demi-heure plus tard me vint à l'esprit la charmante hypothèse que Conchis était un travesti. Peu après, et pour la première fois depuis des mois, je me mis à chanter.

Je ne racontai à personne, pas même à Méli, ma visite à Conchis. Mais je passai bien des heures à faire des suppositions au sujet de la mystérieuse troisième personne dans la maison. Je décidai qu'une épouse à l'esprit dérangé était la réponse la plus satisfaisante; cela expliquait l'isolement, les domestiques taciturnes.

Au sujet de Conchis lui-même, j'essayai d'arriver à une conclusion. Je me demandais s'il n'était pas simplement un homosexuel; ainsi l'avertissement maladroit de Mitford prenait-il un sens — quoique peu flatteur pour moi. L'agitation nerveuse du vieil homme, passant d'un endroit à l'autre, sautant d'un sujet à l'autre, sa marche rapide, ses mystifications, ses réponses en forme de maximes, son mystérieux geste d'adieu, tout ce maniérisme calculé suggérait qu'il voulait paraître plus jeune et plus alerte qu'il ne l'était vraiment.

Restait encore le singulier épisode du livre de poèmes qu'il avait dû tenir prêt afin de me troubler. J'avais nagé longtemps, loin dans la baie, ce premier dimanche. C'était pour lui très facile de déposer le livre et la serviette au bout de la plage de Bourani. Mais pourquoi lui avait-il fallu recourir à un tel stratagème afin que nous fassions connaissance? Et ce « vous êtes un élu »? Qu'entendait-il par là? Et le « nous avons beaucoup de choses à découvrir »? En soi, cela ne voulait rien dire. Pour moi cela prouvait qu'il était fou. *Et certains diraient que je vis seul.* J'avais alors reconnu dans sa voix un mépris à peine dissimulé.

Je trouvai dans la bibliothèque du collège une carte à grande échelle sur laquelle figuraient les limites du domaine de Bourani. Je vis qu'il s'étendait plus loin que je ne pensais, vers l'est en particulier : six ou sept hectares en tout. Je ne cessais de l'évoquer, sur son promontoire solitaire, tout en poursuivant ma tâche expiatoire dans les dédales fastidieux du *Cours d'anglais* d'Eckersley. J'aimais bien les cours de conversation, j'aimais bien faire travailler, à un niveau plus élevé, le petit groupe qu'on appelait la Sixième Philologie, des cancres de dix-huit ans qui étudiaient les langues faute d'être capables d'étudier les sciences. Mais les leçons pour débutants, ces interminables répétitions des mêmes phrases m'ennuyaient à mourir. *What I am doing? I am raising my arm. What is he doing? He is raising his arm. What are they doing? They are raising their arms. Have they raised their arms? They have raised their arms.* C'était comme être un champion au tennis et se voir condamner non seulement à jouer avec des novices mais encore à aller sans cesse récupérer au filet leurs maudites balles. Je ne cessais de regarder à travers la fenêtre le ciel bleu, les cyprès et la mer, attendant la fin de la journée, le moment où je pourrais me retirer dans le bâtiment des maîtres, m'étendre sur mon lit et boire un *ouzo*. Bourani, enfoui dans ses pins, semblait bien loin. Bien loin et pourtant si proche; Bourani et ses secrets qui finirent par s'estomper à mesure que passait la semaine, pour n'ajouter bientôt qu'un peu plus de saveur au plaisir convoité.

15

Cette fois, il m'attendait assis à la table. Je déposai mon sac de toile contre le mur et il appela Maria afin qu'elle apporte le thé. Il jouait beaucoup moins au vieil original, peut-être parce qu'il paraissait décidé à me faire raconter ma vie. Nous parlâmes du collège, d'Oxford, de ma famille, de l'enseignement de l'anglais aux étrangers, de la raison qui m'avait poussé à venir en Grèce. Bien qu'il ne cessât de m'interroger je sentais que ce que je répondais ne l'intéressait pas vraiment. Il recherchait en moi quelque chose d'autre, quelque chose de particulier lui permettant de me classer. C'était seulement comme un spécimen que je présentais pour lui quelque intérêt. J'essayai deux ou trois fois de renverser les rôles mais il me fit clairement comprendre qu'il ne voulait pas parler de lui. Je ne dis rien au sujet du gant.

Il ne parut surpris qu'une seule fois. Il avait voulu savoir d'où venait mon nom.

« C'est un nom français. Mes ancêtres étaient huguenots.

— Ah...

— Il y a un écrivain qui se nomme Honoré d'Urfe. »

Il me jeta un regard vif. « C'est un de vos ancêtres?

— Selon la tradition familiale. Mais, autant que je sache, personne n'a vérifié. » Pauvre vieil Urfé! Ce n'était pas la première fois que je me servais de lui pour suggérer que mon sang véhiculait des siècles de haute culture. Le sourire de Conchis était chaleureux, presque rayonnant, et je souris à mon tour. « Est-ce que cela fait une différence?

— C'est amusant.

— Ce ne sont sans doute que des histoires.

— Non, non, j'y crois. Et avez-vous lu *l'Astrée?*

— Oui, sans en retirer grand-chose. Ça m'a paru terriblement ennuyeux. »

Conchis reprit, en français : « Un peu fade, sans doute, mais pas sans charme. » Son accent était impeccable. Il souriait toujours, ajouta : « Donc, vous parlez français vous aussi?

— Pas très bien.

— Ainsi j'ai à ma table un lien direct avec le Grand Siècle. »

Je protestai : « Direct est beaucoup dire. » Mais j'étais flatté de l'attention qu'il me portait. Il se leva.

« Eh bien, aujourd'hui, je vais jouer Rameau. En votre honneur. »

Je le suivis à l'intérieur de la pièce qui occupait toute la largeur de la maison. Des livres couvraient trois murs. Je vis au fond un poêle de faïence vernissée sous un manteau de cheminée qui supportait deux bronzes modernes. Au-dessus il y avait une reproduction grandeur nature d'un Modigliani, un beau portrait d'une morne femme vêtue de noir sur un fond glauque.

Il me fit asseoir dans un fauteuil, fouilla parmi ses partitions, trouva celle qu'il voulait, commença à jouer, de courtes pièces allègres, puis quelques courantes et passacailles délicatement ouvragées. Je ne les aimais guère mais je me rendais compte qu'il les jouait avec une certaine maîtrise. S'il montrait ailleurs de l'affectation elle disparaissait devant le clavier. Soudain il s'arrêta sans raison apparente au beau milieu d'un morceau. La fatuité réapparut.

« Voilà.

— Très joli. » Puis désignant d'un geste de la tête la reproduction je déclarai abruptement : « Je trouve cela admirable.

— Vraiment? » Nous nous approchâmes du tableau. « Ma mère. » Pendant un instant je crus qu'il plaisantait.

« Votre mère?

— En principe. En réalité c'est sa mère. C'était toujours

sa mère. » Les yeux n'avaient pas la pâleur livide de ceux que Modigliani avait coutume de peindre. Ils étaient sombres et vifs, ils vous fixaient, vous observaient. Je regardai aussi la surface de la toile et je fus enfin frappé par une soudaine découverte : ce n'était pas une reproduction.

« Seigneur! Ça doit valoir une fortune!

— Sans aucun doute. » Il ne me regardait pas. « Vous ne devez pas croire que si je vis simplement ici c'est que je suis pauvre. Je suis très riche. » Il prononça « très riche » comme si c'était une nationalité. C'en est peut-être une. Je contemplai à nouveau le tableau. « Cela m'a coûté... moins que rien. Et c'était par charité. J'aimerais pouvoir dire que j'ai reconnu son génie mais ce n'est pas vrai, ni moi ni personne. Pas même l'astucieux M. Zborowski.

— Vous l'avez connu?

— Modigliani? Je l'ai souvent rencontré. Je connaissais Max Jacob qui était son ami. A cette époque, l'année d'avant sa mort, il était devenu célèbre, une des attractions de Montparnasse. »

Je jetais un coup d'œil furtif à Conchis contemplant la toile. Par la seule vertu de mon snobisme pour ce qui touchait à la culture, il prenait à mes yeux une nouvelle dimension de respectabilité sociale. J'étais beaucoup moins porté à me moquer de son excentricité.

« Vous devez regretter de ne pas lui en avoir acheté d'autres.

— Mais j'en ai acheté d'autres.

— Les avez-vous encore?

— Bien sûr. Des peintures aussi merveilleuses, on ne les vend que si on fait faillite. Elles sont dans mes autres maisons. » Je pris note de l'emploi du pluriel. Un jour je m'en souviendrais.

« Où sont... vos autres maisons?

— Aimez-vous cela? » Il touchait la statuette de bronze représentant un jeune homme, au-dessous du Modigliani. « C'est une maquette de Rodin. Mes autres maisons. Eh bien... En France. Au Liban. En Amérique. Mes affaires m'appellent dans le monde entier. » Il se tourna vers l'autre bronze, filiforme, décharné. « Un Giacometti. »

Je regardai la statuette. Je le regardai. « Je n'en reviens pas. Ici, à Phraxos?

— Pourquoi pas?

— Et les voleurs?

— Quand on a des tableaux de valeur, et c'est mon cas — je vous en montrerai plus tard deux autres en haut —, on doit choisir. Ou on les traite comme ce qu'ils sont en fait — des morceaux de toile peinte — ou bien comme des lingots d'or. On barre les fenêtres, on passe des nuits sans sommeil, à se faire du souci. Tenez », il désigna les statuettes : « volez-les si vous voulez, je le dirai à la police mais vous pouvez vous en tirer. Toutefois, vous ne réussirez pas à me causer du tracas.

— Avec moi elles ne craignent rien.

— Et il n'y a pas de voleurs sur les îles grecques. Néanmoins je ne tiens pas à ce que tout le monde sache qu'elles sont là.

— Bien entendu.

— Cette peinture est intéressante. Elle ne figure pas dans l'unique *catalogue raisonné* de ses œuvres que j'aie pu voir. Vous remarquerez aussi qu'elle n'est pas signée. Cependant il ne serait guère difficile de prouver qu'elle est authentique. Je vais vous montrer. Prenez le coin. »

Il poussa le Rodin de côté et nous décrochâmes le cadre. Il l'inclina et je vis au dos les premiers coups de crayon d'une esquisse pour une autre peinture puis, griffonnés en travers de la partie inférieure de la toile, quelques mots illisibles accompagnés de chiffres dont le total s'inscrivait en bas près du châssis.

« Des dettes. Celle-ci par exemple : *Toto*. Toto était l'Algérien qui lui vendait le hashish. Et là : *Zbo*. Zborowski. »

Je ne pouvais détacher mon regard de ces gribouillages informes; c'était l'homme lui-même, et c'était aussi l'évidence de l'aliénation, indispensable et terrible, dont s'accompagne le génie. Un homme qui vous tape de dix francs et rentre chez lui pour peindre ce qui vaudra un jour dix millions. Conchis m'observait.

« C'est le côté qu'on ne vous montre jamais dans les musées.

— Le malheureux.

— Il dirait la même chose de nous. Et avec bien plus de raison. »

Je l'aidai à remettre le cadre en place.

Puis il me fit observer les fenêtres. Elles étaient assez petites, étroites, en ogive, avec un pilier central au chapiteau de marbre sculpté.

« Celles-ci viennent de Monemvasia. Je les ai vues dans une maison, là-bas. J'ai acheté le tout : maison et fenêtres.

— Comme font les Américains. »

Il ne sourit pas. « Elles sont vénitiennes. Du XVe siècle. » Il se tourna vers les rayonnages, en retira un livre d'art.

« Tenez. » Je regardai par-dessus son épaule et vis la fameuse *Annonciation* de Fra Angelico; et je sus aussitôt pourquoi la colonnade extérieure m'avait paru si familière. On y retrouvait même le carrelage rouge bordé de blanc.

« Que pourrais-je encore vous montrer à présent? Mon clavecin est une pièce rare. C'est un des Pleyel d'origine. Il n'est pas à la mode. Mais très beau, pourtant. » Il caressa le couvercle noir et brillant, comme le dos d'un animal familier. Du côté le plus éloigné, près du mur, il y avait un pupitre à musique. Cela ne semblait guère utile pour le clavecin.

« Jouez-vous d'un autre instrument, monsieur Conchis? »

Il se tourna vers le pupitre, secoua la tête. « Non. Il a seulement une valeur sentimentale », dit-il sans la moindre trace de sentimentalité.

Puis il regarda sa montre. « Je dois vous laisser seul un moment. J'ai des lettres à écrire. Vous trouverez là des journaux et des magazines. Ou des livres — servez-vous. Voulez-vous m'excuser? Votre chambre est en haut... si vous préférez.

— Non, c'est très bien, merci. »

Il s'en alla; et j'examinai à nouveau le Modigliani, caressai le Rodin, inspectai la pièce. Je me sentais un peu ridicule, comme un homme qui a frappé à la porte d'une chaumière et se retrouve dans un palais. Je pris sur la table, dans le coin, une pile de magazines français et américains et sortis sous la galerie. Après quelque temps, je fis ce que je n'avais pas fait depuis des mois : je me mis à ébaucher un poème.

De ce roc-crâne d'étranges racines dorées
Projettent images et incidents.
L'homme masqué tire les ficelles.
Je suis le fou qui tombe
Sans jamais apprendre à rester sur ses gardes
Icare éternel, damné, dupe de l'Histoire.

Plus tard, il m'offrit de me montrer le reste de la maison. Une porte s'ouvrait sur un hall nu et laid. Il y avait côté nord une salle à manger, dont il ne se servait jamais, me dit-il; et une autre pièce qui ressemblait à une boutique de livres d'occasion, avec des livres partout, entassés ou rangés sur des rayonnages, et des piles de magazines et de journaux. Un gros paquet pas encore ouvert — qui venait d'arriver, sans doute — était posé sur le bureau, près de la fenêtre.

Il se tourna vers moi, un compas à la main.

« L'anthropologie m'intéresse. Puis-je mesurer votre

crâne? » Il n'attendit pas ma réponse. Je courbai le front. Comme il serrait doucement ma tête entre les deux branches du compas il demanda : « Vous aimez les livres? »

Il ne semblait pas vouloir se souvenir que j'avais étudié à Oxford la littérature anglaise.

« Bien sûr.

— Que lisez-vous? » Il notait mes mensurations dans un petit carnet.

« Oh, surtout des romans. Et puis de la poésie. Des essais critiques.

— Je n'ai pas ici un seul roman.

— Non?

— Le roman n'est plus une forme d'art. »

Je souris.

« Cela vous fait rire.

— C'était la plaisanterie classique lorsque j'étais à Oxford. Quand, au cours d'une soirée, on ne savait pas quoi dire on posait ce genre de question.

— Quel genre?

— " Pensez-vous que le roman soit une forme d'art vidée de toute substance? " On ne s'attendait pas à une réponse sérieuse.

— Je vois. Ce n'était pas sérieux.

— Pas du tout. » Je regardai le carnet. « Est-ce que mes mensurations sont intéressantes?

— Non. Laissons cela. Mais moi je parle sérieusement : le roman est mort. Aussi mort que l'alchimie. » De la main et du compas il fit un geste indiquant que ça non plus n'avait pas d'intérêt. « Je m'en suis rendu compte un jour, avant la guerre. Savez-vous ce que j'ai fait? J'ai brûlé tous les romans que je possédais. Dickens, Cervantès, Dostoïevski, Flaubert. Tous, grands et petits. J'en ai brûlé un que j'avais écrit moi-même quand j'étais jeune et sans expérience. Je les ai brûlés là, dehors. Cela m'a pris toute une journée. Leur fumée s'est mêlée au ciel et leurs cendres à la terre. C'était une purification. Depuis je me sens mieux. Plus léger. » Je me souvins de mon modeste holocauste, et je pensai que les grands gestes sont splendides, quand on peut se les permettre. Il prit un livre et d'une tape en secoua la poussière. « Pourquoi devrais-je me donner la peine de lire des centaines de pages afin de découvrir quelques misérables petites vérités?

— Pour le plaisir?

— Le plaisir! » Le mot sembla l'irriter. « Les mots doivent dire la vérité. Les faits. Pas une histoire inventée.

— Je vois.

— Ça, par exemple. » C'était une vie de Franklin Roosevelt. « Ça. » Un livre en français sur l'astrophysique. « Et ça. Regardez ça. » C'était un vieux pamphlet — *Avertissement aux pécheurs, Contenant les dernières paroles du meurtrier Robert Foulkes, 1679.* « Tenez, prenez-le, et lisez-le pendant le week-end. Voyez si ce n'est pas plus réel que quelque roman historique que vous ayez jamais lu. »

Sa chambre, comme la salle de musique en dessous, occupait presque toute la largeur de la maison, côté mer. A une extrémité se trouvait un grand lit et une armoire massive; à l'autre bout une porte fermée devait être celle d'une très petite pièce, un cabinet de toilette sans doute. Il y avait à côté une table bizarre dont il souleva le plateau. C'était, me dit-il, un clavicorde. Le centre de la pièce avait été aménagé en une sorte de studio. On y voyait un autre poêle de faïence, un bureau couvert de papiers et de notes, deux fauteuils et une chaise longue recouverts d'un même tissu brun. Dans un coin une vitrine d'angle renfermait des faïences d'Isnik, bleues et vertes. La pièce, baignée de la lumière du soir, était somme toute plus accueillante que celle d'en bas, et par contraste il était agréable de ne pas y voir de livres.

Mais en réalité le ton était donné par les deux tableaux. Chacun d'eux représentait une fille nue dans un intérieur ensoleillé, avec des roses, des rouges, des verts, du miel, de l'ambre. C'était vivant, humain, intime, sensuel, méditerranéen, clair et rayonnant comme un feu de joie.

« Vous le connaissez? » Je secouai la tête. « Bonnard. Il les a peints tous les deux cinq ou six ans avant sa mort. » Je vins me placer devant les tableaux. Derrière moi, il déclara : « Ceux-là, je les ai payés.

— Ils en valaient la peine.

— Le soleil. Une fille nue. Une chaise. Une serviette, un bidet. Le carrelage. Un petit chien. Et toute l'existence prend soudain un sens. »

C'est celui de gauche que je contemplais, pas celui dont il avait fait l'inventaire. Une fille vue de dos, près d'une fenêtre ensoleillée, séchait son corps tout en se regardant dans le miroir. Je me souvins d'Alison se promenant nue dans l'appartement, en chantant comme un enfant. Le tableau était prodigieux; il entourait d'un halo de lumière dense et dorée un moment très ordinaire. Et ce moment et tous les autres du même ordre ne pourraient plus jamais être ordinaires.

Conchis sortit sur la terrasse, je le suivis. A l'ouest des

deux portes-fenêtres il y avait une petite table mauresque incrustée d'ivoire. Dessus, un bouquet dans une coupe semblait fleurir une photographie.

C'était un grand portrait dans un cadre d'argent à l'ancienne mode, portant en lettres ornées coupant l'angle inférieur le nom du photographe et une adresse à Londres. Une jeune fille en robe modern'style se tenait près d'un vase de roses sur un invraisemblable piédestal corinthien, contre un arrière-plan romantique de feuillages tombant en guirlandes. Il s'agissait d'une de ces vieilles photos dont le chocolat foncé des ombres est compensé par la richesse crémeuse des surfaces éclairées. Elle datait du temps où les femmes n'avaient pas de seins mais des gorges. La jeune fille avait la taille fine, un lourd chignon de cheveux pâles, cette rondeur douce du visage et ces traits légèrement accentués qu'on admirait alors.

Conchis vit mon regard s'attarder sur le portrait. « Elle a été ma fiancée, autrefois.

— Et vous ne l'avez pas épousée?

— Elle est morte. »

La jeune fille, debout près de son vase pompeux, devant le bosquet de toile peinte et fanée, semblait vraiment une image du passé.

« Elle a l'air anglais.

— Oui. » Il l'examina un moment. « Oui, elle était anglaise. »

Je le regardai. « Quel est votre nom anglais, monsieur Conchis? »

Il eut un de ses rares sourires, aigu et bref comme un coup de griffe. « J'ai oublié.

— Vous ne vous êtes jamais marié? »

Il resta encore immobile à regarder le portrait, puis secoua lentement la tête.

« Allons. »

Dans le coin sud-est de la terrasse en L était installée une table déjà recouverte d'une nappe, probablement pour le dîner. De là, par-dessus les arbres, on découvrait un ciel magnifique, vaste dôme de lumière au-dessus de la terre et de la mer. Les montagnes du Péloponèse avaient tourné au bleu-violet, et Vénus était une lampe blanche à l'éclat doux et familier, suspendue dans un ciel vert pâle. La photo se trouvait dans l'encadrement de la porte. Il semblait qu'on l'eût placée là tout exprès, comme les enfants installent leurs poupées près de la fenêtre afin qu'elles puissent regarder dehors.

Il s'assit contre le parapet, tournant le dos à la vue. « Y a-t-il une fille dans votre vie? Etes-vous fiancé? » A mon tour je secouai la tête. « Vous devez trouver la vie très morne ici.

— On m'avait averti. » Je devinais qu'il hésitait à poser une question délicate.

« Pas de fille. Pas de famille. Pas d'amis ici. Vous êtes très seul. »

Je regardai la mer. « En fait, il y a une fille, mais...

— Mais?

— Je ne peux pas expliquer.

— Est-elle anglaise? »

Je pensai au Bonnard; c'était cela la réalité; ces moments-là; et pas les mots. Je lui souris.

« Puis-je vous demander ce que vous m'avez demandé vous-même la semaine dernière? Pas de questions?

— Naturellement. »

Nous restions assis, en silence. Ce même étrange silence qu'il nous avait imposé sur la plage le samedi d'avant. Enfin il se tourna vers la mer et reprit :

« La Grèce est comme un miroir. Cela fait mal. Puis on apprend.

— A vivre seul?

— A vivre. A s'accommoder de soi-même. Il y a bien des années un Suisse est venu vivre dans une maisonnette isolée et en ruine, tout au bout de l'île, là-bas, sous Aquila. Il avait l'âge que j'ai à présent. Toute sa vie s'était passée à assembler des montres et à lire des livres sur la Grèce. Il avait même étudié le grec classique. Il a réparé lui-même la maison, nettoyé les citernes et fait quelques terrasses. Aussi étrange que cela puisse paraître, il s'est pris de passion pour les chèvres. Il en a eu une, puis deux, puis un petit troupeau. Elles dormaient dans la même pièce que lui. Et parce qu'il était Suisse on ne les voyait jamais qu'impeccablement brossées et lustrées. Parfois, au printemps, il venait me voir et nous avions bien du mal à empêcher son harem d'entrer dans la maison. Il a appris à faire d'excellents fromages qui se vendaient bon prix à Athènes. Mais il était absolument seul, sans jamais une lettre, ni une visite. Totalement seul et l'homme le plus heureux que j'aie jamais rencontré, je crois bien.

— Qu'est-il devenu?

— Il est mort en 1937. D'une crise cardiaque. On ne l'a découvert que quinze jours plus tard. Toutes les chèvres étaient mortes aussi. C'était l'hiver, vous savez, alors la porte était fermée. »

Me fixant du regard, Conchis fit une grimace comme si la mort n'était qu'une bonne farce. Sa peau lui collait au crâne, ses yeux seuls vivaient. J'avais l'impression bizarre qu'il voulait me faire croire qu'il était lui-même la mort, que d'un instant à l'autre les yeux perçants, la peau comme du vieux cuir allaient tomber, me laissant face à face avec un squelette.

Plus tard nous rentrâmes dans la maison. Il y avait trois autres pièces sur le côté nord du premier étage. L'une d'elles était un débarras et je ne fis qu'entrevoir des caisses empilées et quelques meubles recouverts de housses. Puis suivait une salle de bains et enfin une petite chambre. Le lit était fait, mon sac posé dessus. Je m'étais d'abord attendu à trouver une pièce fermée à clef, la chambre de la femme au gant. Puis je pensai que sans doute elle vivait dans la maisonnette, où Maria prenait soin d'elle. Mais peut-être cette chambre que j'allais occuper était-elle habituellement la sienne?

Conchis me tendit l'opuscule du XVIIe siècle que j'avais laissé sur la table du palier.

« Je prends l'apéritif en bas, d'ordinaire. Dans une demi-heure? Cela vous convient?

— Bien sûr.

— Il y a quelque chose dont je dois vous parler.

— Oui?

— Vous avez entendu dire des choses déplaisantes à mon sujet?

— Le seul récit qu'on m'ait fait m'a semblé tout à votre honneur.

— L'exécution?

— Je vous l'ai dit la semaine dernière.

— J'ai l'impression que quelqu'un vous a raconté autre chose. Le capitaine Mitford, par exemple.

— Il ne m'a absolument rien dit. »

Il se tenait sur le seuil de la porte, le regard plus intense que jamais. Il parut rassembler ses forces et finalement décider qu'il me devait une explication.

« Je dois vous en informer : je suis voyant. »

Et c'était comme l'aboutissement de tout ce qui était arrivé plus tôt. La maison s'emplissait de silence.

— « Moi, je ne le suis malheureusement pas. »

Nous étions là immobiles, deux hommes qui se dévisageaient, comme noyés dans le crépuscule. J'entendais, venant de sa chambre, le bruit menu d'une pendule.

« C'est sans importance. » Il s'éloignait. « Dans une demi-heure?

— D'accord. Mais pourquoi m'avez-vous dit cela? »

Il se tourna vers une petite table près de la porte, frotta une allumette, alluma la lampe à huile et régla soigneusement la flamme. Il s'arrêta un moment sur le seuil et dit encore : « Dans une demi-heure? »

Puis longeant le corridor et traversant le palier il rentra dans sa chambre. Je l'entendis fermer la porte. J'éprouvais une impression toute nouvelle pour moi, et que je ne pouvais pas définir.

16

En plus du simple lit de fer, d'une seconde table, d'un tapis, d'un fauteuil, il n'y avait, fermé à clef, qu'un de ces vieux *cassone* dont on trouvait un exemplaire dans toutes les maisons de l'île. Cela ne ressemblait en rien à la chambre d'amis dans une demeure de millionnaire, telle qu'on aurait pu l'imaginer. Rien ne décorait les murs à l'exception d'une photographie d'un groupe de villageois, prise devant la maison. Au centre je reconnaissais un Conchis plus jeune, portant un short et un chapeau de paille; auprès de lui se tenait une femme, une paysanne, mais qui n'était pas Maria car elle avait l'âge de Maria et la photo, manifestement, était ancienne. Je levai la lampe et retournai la gravure pour voir si rien n'était écrit au dos. Je ne découvris qu'un frêle lézard gris qui adhérait au mur de ses pattes écartées et m'observait avec des yeux brumeux. Les lézards aiment les pièces rarement utilisées.

Sur la table, à la tête du lit, était posé un coquillage destiné à servir de cendrier et trois livres : un recueil d'histoires de fantômes, une vieille bible et un mince volume intitulé *The Beauties of Nature.* Les histoires de fantômes étaient données pour vraies, leur authenticité « garantie par au moins deux témoins dignes de foi ». Les titres au sommaire *Borley Rectory, The Isle of Man Polecat, N° 18 Dennington Road, The Man with the Limp* — me rappelaient mes séjours à l'infirmerie quand j'étais en pension. J'ouvris *The Beauties of Nature.* La nature était femme, la beauté en question uniquement pectorale. Il y avait des seins vus de plus ou moins loin, des seins en tout genre et sous tous les angles, contre toutes sortes d'arrière-plans, de plus en plus près jusqu'à l'image finale, un énorme sein solitaire avec, en plein centre de la page, un mamelon sombre et plus gros que nature. C'était beaucoup trop obsessionnel pour être érotique.

Je pris la lampe et allai dans la salle de bains. Elle était bien équipée, avec une formidable armoire à pharmacie. J'y cherchais en vain des signes montrant qu'une femme l'utilisait. L'eau courante était pour hommes seulement : froide et salée.

Je revins à ma chambre, m'étendis sur le lit. Dans le cadre de la fenêtre ouverte le ciel était d'un bleu de nuit léger et vers le nord deux faibles étoiles clignotaient au-dessus des arbres. Dehors les grillons n'en finissaient pas de répéter leur cri au rythme à la fois libre et précis comme une musique de Webern. Du cottage, au-dessous de ma fenêtre, montaient des bruits légers et l'odeur des nourritures qui cuisent. Dans la maison tout était calme.

Conchis me déconcertait de plus en plus. A le voir parfois si dogmatique à la façon des Allemands j'étais pris d'envie de rire, de me conduire en xénophobe, en bon Anglais qui traditionnellement méprise les continentaux. Parfois aussi, et presque malgré moi, il m'impressionnait, et pas seulement parce qu'il était un homme riche ayant chez lui des œuvres d'art susceptibles d'être convoitées. A présent je devais bien admettre qu'il me faisait peur, c'était indiscutable; il éveillait en moi cette crainte irraisonnée du surnaturel qui, lorsque je la découvrais chez les autres, n'avait droit qu'à mes sarcasmes. Dès le début j'avais su que s'il m'invitait ce n'était pas par hospitalité mais pour quelque autre raison. Il voulait se servir de moi. J'éliminai l'homosexualité; quand s'étaient présentées des occasions de tenter sa chance il les avait ignorées. Et puis les Bonnard, la fiancée, le livre des seins... Non. L'explication était ailleurs.

— *Etes-vous un élu... Je suis voyant...* Cela semblait relever du spiritisme, des tables tournantes. La dame au gant était peut-être elle aussi une voyante. Conchis n'avait certainement pas les manières affectées, le genre petit-bourgeois, le langage inconsistant que j'associais avec les amateurs de *séances*; mais tout aussi certainement il n'était pas un homme normal. J'allumai une cigarette. Bientôt je souris. Dans cette petite pièce nue, même si j'étais quelque peu effrayé, aucun problème ne semblait très important. En moi montait comme une sève nouvelle. Conchis n'était rien de plus que l'agent du hasard. Il s'était trouvé là au bon moment. C'était juste comme autrefois lorsque, après avoir passé à Oxford un trimestre sans filles, il m'arrivait d'en rencontrer une et de commencer une liaison. Avec Conchis je me lançais dans un autre genre d'aventure. Tout cela n'était pas sans rapport avec mon désir de revoir Alison. A nouveau je voulais vivre.

La maison était silencieuse. Comme la mort. Comme l'intérieur d'un crâne. Mais j'étais un athée, en 1953, un athée qui ne croyait absolument pas aux fantômes, aux esprits, à tout ce fétichisme. J'attendis, allongé sur le lit, que passe la demi-heure; et le silence de la maison était encore, ce jour-là, plus paisible qu'inquiétant.

17

Quand je descendis, la salle de musique était éclairée mais vide. On avait posé un plateau sur la table devant le poêle : une bouteille d'*ouzo,* une cruche d'eau, des verres et un bol d'olives d'Amphissa, grasses et d'un noir bleuâtre. Je me versai un peu d'ouzo et ajoutai de l'eau jusqu'à obtenir un mélange laiteux, puis, verre en main, je commençai l'inspection des rayonnages. Les livres étaient rangés avec méthode. Il y avait deux rayons entiers de livres de médecine, la plupart en français. Parmi eux, beaucoup traitaient de psychiatrie, ce qui n'allait guère avec le spiritisme. Je vis deux autres rayons de livres scientifiques de tout genre, plusieurs casiers d'ouvrages philosophiques et bon nombre de livres de botanique et d'ornithologie, pour la plupart en anglais et en allemand; quant au reste, il s'agissait en grande majorité de biographies et autobiographies. Et il y en avait des centaines, rassemblées sans aucune méthode : Wordsworth, Mae West, Saint-Simon, génies, criminels, saints, personnages sans intérêt, tous les genres et pour tous les goûts, comme dans une bibliothèque publique.

Derrière le clavecin et sous la fenêtre une vitrine basse renfermait quelques objets d'art, un rhyton en forme de tête humaine, entre un kylix et une petite amphore décorés l'un en noir l'autre en rouge. Trois autres objets étaient posés sur le dessus de la vitrine : une photographie, une pendule du XVIIIe siècle et une tabatière d'émail blanc. Je passai derrière le tabouret du clavecin pour voir les poteries grecques de plus près. Les peintures sur la coupe à l'intérieur du kylix représentaient deux satyres et une femme, dans des postures d'une obscénité peu commune. Et de même aucun musée n'aurait osé exposer les peintures de l'amphore.

Puis j'examinai la pendule. L'entourage était d'ormolu et le cadran émaillé. Il y avait au milieu un petit cupidon nu et rose. Le dard de l'aiguille des heures traversait ses reins et le bout arrondi ne laissait aucun doute sur ce qu'elle représentait. Le pourtour du cadran ne portait pas de chiffres et sur la partie noire, à main droite, le mot *Sommeil* était tracé en blanc. Sur l'autre côté, émaillé blanc, des mots en cursive noire étaient encore lisibles, quoique légèrement effacés : à six heures : *Eveil*; à huit heures : *Enchantement*; à dix heures : *Erection*; à minuit : *Extase*. La pendule était arrêtée et le pénis du cupidon souriant marquait huit heures en permanence. J'ouvris l'innocente tabatière blanche. Sous le couvercle était représentée, en un style XVIIIe, la même scène que celle du kylix, peinte par quelque Grec, deux mille ans plus tôt.

C'était entre ces deux objets que Conchis avait choisi de placer une autre photo de sa fiancée morte. Perversion? Sens de l'humour? Ou simplement mauvais goût? Je ne pus en décider.

De l'ovale du cadre d'argent elle souriait, le regard vif. Un décolleté carré, des bouillonnés de dentelle retenus sur sa poitrine par un lacet blanc mettaient en valeur la grâce de son cou et la merveilleuse blancheur de sa peau. Elle portait près d'une aisselle un large nœud de ruban noir. Elle paraissait très jeune, sans doute arborant sa première robe du soir, et sur cette photo ses traits étaient moins accentués; elle avait plutôt un charme piquant, une touche d'espièglerie, l'air de trouver assez plaisant d'être la reine d'un cabinet de curiosités.

J'entendis qu'on fermait une porte en haut et je m'écartai. Les yeux du Modigliani me lançaient un regard sévère. Je sortis et m'engageai sous la colonnade où, une minute plus tard, Conchis me rejoignait. Il avait changé ses vêtements pour un pantalon clair et une veste de toile. Sa silhouette se découpait contre la douce lumière venant de la pièce. Il leva son verre pour un toast silencieux. Dans le crépuscule les montagnes étaient tout juste visibles, noires, comme tracées au fusain sur un ciel où traînait une dernière lueur rose. Mais au-dessus de ma tête, alors que je me tenais sur les marches descendant vers l'esplanade, les étoiles étaient déjà visibles. Elles brillaient d'un éclat moins vif que celui que je leur connaissais dans le ciel de l'Angleterre. C'était un éclat tranquille, une lumière en suspension dans une huile limpide.

« Merci pour les livres, dans ma chambre.

— Si vous voyez quelque chose de plus intéressant sur les rayonnages prenez-le, je vous en prie. »

De sous les arbres sombres, à l'est de la maison, vint un étrange appel. Je l'avais entendu déjà pendant les soirées au collège et j'avais pensé tout d'abord qu'il s'agissait du cri d'un idiot de village. Un cri très aigu, répété à intervalles réguliers. *Kew. Kew. Kew.* Celui d'un receveur de bus réincarné annonçant mélancoliquement, dans un Londres lointain, l'arrêt de Kew Gardens.

« C'est une vieille connaissance », dit Conchis, et pendant un instant, alarmé, je pensai absurdement qu'il parlait de la femme au gant. Je la vis se glisser entre les arbres de l'île, furtive et en gants de soirée; et cherchant Kew à jamais. De la nuit, derrière nous, vint à nouveau l'appel, à la fois inquiétant et stupide. Conchis compta lentement jusqu'à cinq. L'appel fut répété comme il levait la main. Il compta encore une fois et nous l'entendîmes de nouveau.

« Qu'est-ce que c'est?

— L'*otus scops.* Un petit-duc. Il est très petit. Comme ça. Moins de vingt centimètres.

— J'ai vu que vous aviez des livres sur les oiseaux.

— L'ornithologie m'intéresse.

— Et vous avez étudié la médecine?

— Oui, je l'ai étudiée. Il y a longtemps.

— Et jamais exercée?

— Seulement sur moi. »

Loin en mer, vers l'ouest, brillaient les lumières du bateau d'Athènes. Le samedi soir, il continuait au sud jusqu'à Cythère. Mais au lieu de rattacher Bourani au monde ordinaire le bateau lointain ne faisait que souligner son isolement, son mystère. Je me décidai

« Que vouliez-vous dire par " être voyant? "

— Que pensiez-vous que je voulais dire?

— Le spiritisme?

— De l'infantilisme.

— C'est ce que je pense aussi.

— Evidemment. »

Il était à contre-jour et je pouvais tout juste distinguer ses traits. Lui devait voir les miens plus nettement parce que j'étais allé m'asseoir contre une colonne.

« Vous n'avez pas vraiment répondu à ma question.

— Votre première réaction est caractéristique d'un siècle qui refuse d'admettre le pouvoir de la suggestion, et veut tout nier, tout rejeter. Cela transparaît sous votre politesse.

Vous êtes comme un porc-épic. Quand ses piquants sont hérissés il est incapable de manger. Si on ne mange pas on meurt. Vos piquants mourront avec le reste. »

Je fis tournoyer dans mon verre le reste de l'*ouzo*. « N'est-ce pas aussi votre siècle?

— J'ai beaucoup vécu dans d'autres siècles.

— Par la littérature?

— En réalité. »

Le hibou reprit son appel monotone, à intervalles réguliers. Je fixais du regard l'ombre profonde des pins.

« La réincarnation?

— Des sottises.

— Alors... » Je haussai les épaules.

« La durée ordinaire d'une vie humaine, je ne peux pas y échapper. Il ne peut donc y avoir pour moi qu'une façon de vivre en d'autres siècles. »

Je restai un moment silencieux. « J'abandonne.

— N'abandonnez pas. Regardez. Que voyez-vous?

— Des étoiles. L'espace.

— Et quoi d'autre? Que vous savez être là. Quoiqu'ils ne soient pas visibles.

— D'autres mondes? »

Je me tournai vers lui. Il était assis, ombre noire, et je fus saisi d'un frisson. Il parut lire mes pensées.

« Je suis fou?

— Vous vous trompez.

— Je ne suis pas fou. Je ne me trompe pas.

— Vous visitez d'autres mondes?

— Oui. Je visite d'autres mondes. »

Je reposai le verre, sortis une cigarette, l'allumai avant de reprendre :

« Vous voulez dire... Votre corps?

— Je vous répondrai si vous pouvez me dire où finit le corps et où commence l'esprit.

— Avez-vous... hum... des preuves?

— Plus qu'il n'est nécessaire. » Il se tut un instant. « Pour ceux qui sont assez intelligents pour les reconnaître.

— C'est ce que vous entendiez par être un élu, un voyant?

— En partie. »

Je restai silencieux. Je devais décider de l'attitude à prendre. J'éprouvais à son égard une sorte d'hostilité qui venait de plus profond que tout ce que nous avions exprimé jusque-là. Comme la répulsion naturelle de l'eau pour l'huile.

Je pris le parti de m'en tenir à un scepticisme poli.

« Vos... voyages... C'est quelque chose comme de la télépathie, je suppose? »

Mais avant qu'il ait pu répondre il y eut, au tournant de la galerie, le bruit discret d'un pas léger. Maria se tenait là et saluait d'une courbette.

« *Sas efcharistoume,* Maria. Le dîner est servi », dit Conchis.

Nous étions rentrés dans la salle de musique. Il dit, comme nous posions nos verres sur le plateau : « Il y a des choses que les mots ne peuvent pas expliquer. »

Je baissai les yeux. « A Oxford, on nous enseigne à penser que si les mots se refusent à expliquer, rien d'autre ne pourra le faire.

— Très bien. A présent, puis-je vous appeler Nicholas?

— Je vous en prie. »

Il versa un peu d'*ouzo* dans nos verres, et levant le sien : « *Eis'ygeia sas, Nicholas.*

— *Sygeia.* »

Mais je le soupçonnais fort, même alors, de boire à autre chose que ma santé.

La table au coin de la terrasse scintillait dans l'ombre, îlot d'argent et de cristal d'une opulence inattendue. Elle était éclairée par une seule lampe haute, à l'abat-jour sombre. La lumière tombait sur la nappe blanche, s'y concentrait et se réfléchissait sur nos visages, leur donnant, sur le fond obscur, un relief saisissant, comme dans un tableau du Caravage.

Le repas fut excellent. Nous mangeâmes des petits poissons cuits dans du vin, un poulet délicieux, du fromage parfumé aux herbes aromatiques et un flan au lait caillé et au miel, fait, au dire de Conchis, selon une recette turque médiévale. Le vin que nous buvions avait un léger goût de résine, comme s'il venait d'un vignoble proche d'une forêt de pins, et qui ne ressemblait en rien à l'âcre goût de thérébenthine de l'horrible piquette que je buvais parfois au village. Hors quelques propos au sujet du repas, nous gardions le silence. C'était manifestement ce que voulait Conchis. Il mangeait lentement et très peu. Moi je dévorais.

Quand nous eûmes terminé, Maria servit un café turc dans un pot de cuivre et emporta la lampe qui commençait à attirer trop d'insectes. Elle la remplaça par une simple bougie. La flamme se dressait, immobile, dans l'air tranquille; de temps à autre un insecte s'obstinait à tourner autour d'elle plusieurs fois avant de s'éloigner. J'allumai une cigarette et m'assis comme

Conchis, à demi tourné vers la mer et le sud. Il ne semblait pas vouloir parler et j'attendis sans impatience.

Soudain, en bas, sur le gravier, des pas s'éloignèrent de la maison vers la mer. Je crus d'abord que c'était Maria. Mais pourquoi serait-elle descendue vers la baie à cette heure? Et cette démarche légère... Non, ce n'était pas la sienne. Pas plus que le gant ne pouvait être le sien.

Les pas étaient légers, rapides, tranquilles, comme si on essayait de faire le moins de bruit posible. Si légers... Ceux d'un enfant, peut-être. J'étais assis loin du bord de la terrasse, je ne pouvais rien voir en contrebas. Je jetai un coup d'œil à Conchis. Il regardait droit devant lui comme si tout était parfaitement normal. Je me déplaçai discrètement, me rapprochant du parapet, mais le bruit s'était évanoui. Un papillon de nuit se jeta vers la flamme et s'agita frénétiquement, comme retenu par un fil élastique. Conchis se pencha, éteignit la bougie.

« Cela ne vous ennuie pas de rester dans le noir?

— Pas du tout. »

Il me vint à l'esprit qu'après tout, cela pouvait être un enfant venu d'une des maisonnettes, de l'autre côté de la baie, pour aider Maria. Conchis reprit :

« Je devrais bien vous raconter comment je suis venu ici.

— Cela a dû être merveilleux de découvrir ce site.

— Oui, certes. Mais je ne parle pas d'architecture. » Il était assis face à la mer, la fixant, le visage dépourvu d'émotion. « Je suis venu à Phraxos pour chercher une maison à louer. Une maison pour l'été. Le village ne m'a pas plu. Je n'aime pas les côtes face au nord. Le dernier jour, un batelier m'a fait faire le tour de l'île. C'était juste pour le plaisir. Il a accosté à Moutsa, là en bas, tout à fait par hasard, pour me permettre de me baigner. Et par hasard il a déclaré qu'il y avait là-haut un vieux cottage. Je suis monté jusqu'ici, toujours par hasard. Le cottage n'était que murs en ruines. Un fouillis de pierres étouffées par le lierre vénéneux. Il faisait très chaud. C'était le 18 avril 1929, vers quatre heures de l'après-midi. »

Il s'arrêta, comme si le souvenir de cette année-là le réduisait au silence, et pour me préparer à une nouvelle image de lui-même. Puis il reprit :

« Il y avait alors beaucoup plus d'arbres. On ne pouvait pas voir la mer. Je me tenais dans la petite clairière autour des murs en ruine. J'eus tout de suite la certitude que je n'étais pas un intrus. Toute ma vie quelque chose m'avait attendu en cet endroit. Je me tenais là, immobile : quelque chose ou quelqu'un. Et je savais : c'était moi-même. J'étais là, cette maison était là, vous et moi et ce soir étions là. J'étais venu et, comme le reflet de cet acte inéluctable, tout était là déjà, l'avait toujours été. Comme en un rêve j'avais marché vers une porte close, et soudain, par magie, le bois impénétrable se transformait en verre, à travers lequel je me voyais m'avancer du fond de mon avenir. Je parle par analogies. Vous comprenez? »

Dans la pénombre, il me regardait à la dérobée. Un instant je restai silencieux. Il me semblait qu'il avait accentué tout spécialement la dernière phrase.

« Et pour vous, tout cela aussi, c'est " être voyant? "

— C'est s'en remettre au hasard. Il y a dans toute vie un moment qui est comme un pivot, un moment où l'on doit s'accepter soi-même. Non plus tel qu'on deviendra mais tel qu'on est, tel qu'on sera toujours. Vous êtes trop jeune pour le savoir déjà. Vous n'existez encore qu'en devenir. Vous n' " êtes " pas encore.

— C'est possible.

— C'est certain.

— Et qu'arrive-t-il si on ne reconnaît pas le... pivot? » Mais je savais que déjà je l'avais reconnu : le silence dans la forêt, la sirène du bateau d'Athènes, le trou noir du canon du fusil.

« Alors vous serez comme le plus grand nombre. Seuls quelques-uns reconnaissent le moment. Et agissent en conséquence.

— Les élus?

— Les élus. Ceux que le hasard a choisis. » J'entendis craquer sa chaise. « Regardez là-bas. Les lamparos. » Au loin, au pied des montagnes, une fine poussière de lumières pointillait de rubis l'ombre la plus profonde. J'ignorais s'il voulait dire simplement " regardez " ou si les lampes étaient pour lui comme le symbole des élus.

« Vous parlez souvent par énigmes, monsieur Conchis.

— Je ne demande pas mieux que d'être plus clair.

— J'en serais heureux. »

Un silence à nouveau. Puis :

« Il se peut que ce que je vous dirai signifie beaucoup plus que ce que vous entendrez.

— Je le souhaite. »

Un autre silence.

« Je n'ai rien à faire de la politesse. La politesse cache toujour le refus d'une confrontation avec d'autres réalités. Je vais vous dévoiler quelque chose qui va peut-être vous choquer, quelque chose que je sais, sur vous-même, et que vous ignorez. » Il s'arrêta à nouveau, comme pour me laisser le temps de me préparer à ce qui allait suivre. Puis : « Vous aussi, Nicholas, vous êtes voyant. Oh! je sais, vous êtes sûr de ne pas l'être.

— Eh bien oui, j'en suis sûr. » J'attendis, puis continuai : « Mais j'aimerais bien savoir ce qui vous fait penser que je le suis.

— Cela m'a été révélé.

— Quand?

— Je préfère n'en rien dire.

— Mais il faut m'expliquer! Je ne sais même pas ce que vous voulez dire. Si cela signifie posséder une sorte d'intelligence intuitive, alors j'espère que je suis voyant. Mais je pensais que pour vous cela avait un autre sens. »

A nouveau, il garda le silence, comme s'il voulait me laisser tout le temps d'entendre le ton acerbe de ma propre voix. « Vous réagissez comme si vous étiez accusé d'un crime. D'une faiblesse.

— Excusez-moi, mais je n'ai jamais eu de ma vie une expérience métapsychique. » J'ajoutai naïvement : « D'ailleurs, je suis athée. »

Sa voix était douce et brève à la fois : « Si quelqu'un est intelligent il est évidemment agnostique ou athée. Tout comme il est lâche, physiquement. Ce sont des traits inhérents à un haut degré d'intelligence. Mais je ne parle pas de Dieu, je parle de la science. » Comme je ne répondais rien, sa voix devint beaucoup plus sèche. « Très bien, j'accepte que vous pensiez n'être pas voyant.

— Et que cela ne vous empêche pas de me dire...

— Je voulais seulement vous avertir.

— C'est fait.

— Excusez-moi un instant. »

Il disparut dans sa chambre. Je me levai, allai jusqu'à l'angle du parapet, d'où le champ visuel était plus vaste. Tout autour de la maison, la forêt de pins s'étendait, silencieuse et imprécise, à la clarté des étoiles. Une paix immense. Je n'entendis que le bruit lointain d'un avion, le troisième ou quatrième seulement à passer de nuit depuis mon arrivée sur l'île. J'imaginai Alison, là-haut, se déplaçant le long du couloir central en poussant un chariot de boissons. Comme auparavant le bruit du bateau, ce vrombissement léger, perçu de Bourani, ne faisait qu'en accentuer l'isolement. Alison était sans doute à jamais perdue pour moi. Pourtant je pouvais encore l'imaginer à mon côté, sa main dans la mienne; elle était la chaleur humaine, la douceur du quotidien. J'avais cru être celui qui pouvait la protéger; et pour la première fois, ce soir-là, à Bourani, je pensais qu'elle avait peut-être été, ou aurait pu être, celle qui protège.

Quelques secondes plus tard Conchis revint. Il alla jusqu'au parapet et respira profondément. Devant nous s'étendaient le ciel et la mer, les étoiles, la moitié de l'univers. Je n'entendais plus qu'à peine le bruit de l'avion. J'allumai une cigarette comme Alison, dans un moment semblable, en aurait allumé une.

18

« Je crois que nous serions mieux dans les chaises longues. »

Je l'aidai à traîner, du bout de la terrasse, les deux longs sièges d'osier. Puis nous nous installâmes confortablement, renversés en arrière pour voir les étoiles. Immédiatement je pus sentir sur le coussin de nuque ce même parfum désuet, subtil, de la serviette et du gant. J'étais sûr que ni Conchis ni la vieille Maria n'utilisaient ce parfum : je l'aurais déjà reconnu — c'était celui d'une femme qui se servait souvent de la chaise longue.

« Pour préciser ma pensée, il me faudra du temps. Il y faudrait toute l'histoire de ma vie.

— J'aurais du plaisir à vous écouter. J'ai passé ces sept derniers mois parmi des gens qui ne parlent qu'un anglais des plus rudimentaires.

— Mon anglais n'est plus ce qu'il était. Mais n'importe. Se faire comprendre, c'est l'essentiel.

— Etablir un contact. *Only connect.*

— Qui a dit cela?

— Forster. Un romancier anglais.

— La fiction n'est pas le procédé le plus sûr pour établir un contact. »

Dans l'obscurité, je souris. Il y eut un silence. Les étoiles lançaient des signaux. Il commença :

« Je vous ai dit que mon père était anglais. Toutefois ses affaires — l'importation du tabac et des raisins secs — étaient surtout basées en Orient. Parmi ses concurrents il y avait un Grec vivant à Londres. En 1892, ce Grec a reçu des nouvelles tragiques. Son frère aîné et la femme de celui-ci avaient été tués dans un tremblement de terre, là-bas, derrière la montagne, de l'autre côté du Péloponèse. Ils laissaient trois enfants. Les deux plus jeunes, deux garçons, ont été envoyés chez un troisième frère, en Amérique du Sud. La fille aînée, âgée de dix-sept ans, est allée à Londres pour tenir la maison de son oncle, le concurrent de mon père. Il était veuf depuis longtemps. Elle avait le charme caractéristique des femmes grecques qui ont du sang italien. Mon père l'a rencontrée. Il était beaucoup plus vieux qu'elle, mais bel homme, je suppose, et il parlait un peu le grec populaire. La fusion des intérêts commerciaux ne pouvait être que profitable. En bref, ils se sont mariés. Et j'existe.

« Un de mes tout premiers souvenirs : j'entends chanter ma mère. Heureuse ou triste, elle chantait sans cesse. Elle pouvait chanter de la musique classique et jouer du piano, mais les airs du folklore grec, je ne les ai jamais oubliés. Ceux-là, elle les chantait lorsqu'elle était triste. Je me la rappelle, beaucoup plus tard dans sa vie, évoquant ces moments où elle s'en allait sur une colline lointaine et de là regardait flotter la poussière ocre montant lentement dans l'azur du ciel. La mort de ses parents l'avait remplie d'une haine violente pour la Grèce. Elle avait alors voulu partir pour ne plus jamais revenir. Comme tant de Grecs avant elle. Et comme tant de Grecs elle n'a jamais accepté son exil. C'est le prix qu'il faut payer pour être né dans le pays le plus merveilleux et le plus cruel du monde.

« Ma mère chantait, et la musique, d'aussi loin que je me souvienne, a eu dans ma vie la première place. J'étais une sorte d'enfant prodige. J'ai donné mon premier concert à l'âge de neuf ans et les gens ont été gentils pour moi. En classe j'étais un mauvais élève dans toutes les autres matières. Non pas stupide mais très paresseux. Je ne me reconnaissais qu'une obligation : bien jouer du piano. Pour en arriver à la notion de devoir il faut souvent être capable de donner de l'importance à des futilités. Je n'ai jamais été doué pour cela.

« J'ai eu la chance d'avoir un professeur de musique remarquable : Charles-Victor Bruneau. Il avait bon nombre des défauts traditionnels de ses pairs, l'orgueil de ses méthodes, l'orgueil de ses élèves. S'il détectait un vrai talent, il savait faire preuve d'une patience angélique, sinon il se montrait dur et sarcastique. Mais c'était un musicologue érudit. En ce temps-là, cela voulait dire qu'il était *rarissima avis*. La plupart des exécutants ne cherchaient alors qu'à se faire remarquer, aussi développaient-ils des qualités particulières comme une très grande vélocité ou une aisance spectaculaire dans le *rubato*. De nos jours personne ne joue plus ainsi. Même si on le voulait, ce ne serait plus possible; il n'y aura plus jamais de Rosenthal, de Godowsky. Mais Bruneau était bien en avance sur son temps et il y a encore beaucoup de sonates de Haydn et de Mozart que je ne peux entendre sans me reporter aussitôt à son interprétation.

« Cependant son talent le plus remarquable, et très rare pour l'époque — je parle d'avant 1914 — était de jouer aussi bien du clavecin que du piano. Il devint mon professeur au temps où il abandonnait le piano. Vous savez que le clavecin exige une technique différente, ce n'est pas facile de changer. Il rêvait d'une école de joueurs de clavecin formés uniquement pour cet instrument; qui ne seraient pas, comme il disait, *des pianistes en costume de bal masqué.*

« A quinze ans, j'ai eu ce que nous appellerions aujourd'hui une dépression nerveuse. Bruneau exigeait trop de moi. Je n'avais jamais montré le moindre intérêt pour les sports, j'étais externe au collège. Je ne m'y étais jamais fait de vrais amis, peut-être parce qu'on me prenait pour un juif. Tout cela m'avait conduit à consacrer beaucoup de temps à la musique. Mais le médecin disait qu'une fois guéri — et même si mes études musicales devaient en souffrir — il était indispensable que j'accorde davantage aux activités de plein air. Un jour mon père a rapporté à la maison un très beau livre d'ornithologie. Je pouvais à peine distinguer entre eux les oiseaux les plus communs, je ne m'y étais jamais intéressé. Toutefois mon père avait été bien inspiré. Allongé sur mon lit, regardant les oiseaux dans leurs poses figées, je me suis pris à souhaiter les voir en réalité. Pour commencer, leur seule réalité était pour moi leurs chants que j'entendais à travers ma fenêtre et c'est dans leur manifestation sonore que j'ai appris à les aimer. Soudain, même le pépiement des moineaux semblait mystérieux, et j'entendais comme pour la première fois les grives et les merles de notre jardin que j'avais pourtant entendus mille fois. Plus tard dans ma vie, c'est aux oiseaux que j'ai dû de faire une expérience tout à fait inhabituelle — mais nous en reparlerons.

« Vous voyez quel genre d'enfant j'étais. Paresseux, solitaire... oui, très solitaire. Et aussi... Quel est le mot? Une poule mouillée. Du talent comme musicien, mais rien d'autre. Et j'étais fils unique, gâté par mes parents. Après mon quinzième anniversaire il est devenu évident que la promesse de mes jeunes années ne serait pas tenue. Bruneau l'a vu et moi aussi. Nous nous sommes mis tacitement d'accord pour ne rien dire à mes parents, mais je n'acceptais pas aisément cette déception. Quinze ans est un mauvais âge pour s'apercevoir qu'on ne sera jamais un génie. C'est alors que je suis tombé amoureux.

« La première fois que j'avais vu Lily, peu de temps après ma dépression nerveuse, elle avait quatorze ans, et moi un an de plus. Nous vivions à St John's Wood, dans un de ces petits hôtels particuliers pour commerçants enrichis. Vous les connaissez? Une allée en demi-cercle, un portique, un long jardin derrière, et tout au bout un petit verger avec six ou sept pommiers et poiriers touffus. Un jardin négligé mais très vert et ombragé. J'avais ma " maison " particulière sous un tilleul. Un jour, en juin, un jour glorieux, bleu, brûlant, limpide comme ceux d'un été grec, j'étais occupé à lire une vie de Chopin. Je m'en souviens très bien. A mon âge, vous savez, on se souvient des vingt premières années beaucoup mieux que des vingt suivantes ou des vingt qui viennent après. Je lisais, et je m'imaginais sans doute être Chopin, et j'avais à côté de moi mon nouveau livre sur les oiseaux. C'était en 1910.

« Soudain j'entends un bruit de l'autre côté du mur de brique qui sépare notre jardin de celui de la maison voisine. Comme cette maison est vide je suis plutôt surpris. Et alors apparaît une tête. Précautionneuse comme une souris. C'est le visage d'une jeune fille. Je suis à demi caché dans ma charmille, elle ne m'a pas encore vu, j'ai le temps de l'examiner. Sa tête est en pleine lumière. Une masse de pâles cheveux blonds tombe derrière elle et hors de vue. Le soleil est au sud, il s'accroche dans ses cheveux en un nuage de clarté. Son visage est dans l'ombre, mais je distingue ses yeux noirs et sa bouche entrouverte comme pour une question. Elle est grave, timide, et pourtant audacieuse. Elle me voit. Dans son halo frémissant et doré elle me fixe un moment, comme un oiseau figé en une pose. Je suis à l'entrée de la tonnelle, encore dans l'ombre. Nous ne parlons pas, ne sourions pas même. Tous les mystères de la puberté tremblent dans l'air, inexprimés. Je ne sais pourquoi je ne peux dire un mot. Alors une voix appelle : " Lily! "

« Le charme était brisé. Et tout mon passé avec lui. Connaissez-vous cette image de Séféris : " la grenade rompue est remplie d'étoiles "? C'était ainsi. Elle a disparu. Je me suis assis à nouveau, mais il m'était impossible de lire.

« M'approchant du mur, près de la maison, j'ai entendu une voix d'homme et des voix claires de femmes qui bientôt se sont éloignées. J'étais dans un état morbide. Et cette première rencontre, ce mystérieux message... comment vous dire... ce message de sa lumière à mon ombre m'a hanté pendant des semaines.

« Ses parents se sont installés dans la maison voisine. Lily et moi avons fait connaissance. Déjà quelque chose nous unissait. Non, ce n'était pas une illusion, nous le savions tous les deux, sans oser en parler.

« Sur bien des points, nous nous ressemblions. Comme moi, elle n'avait guère d'amis à Londres, et quand j'ai appris qu'elle aussi était musicienne, cela m'a paru tenir du conte de fées. Son père était irlandais, un original qui avait une fortune personnelle et aussi une vraie passion pour la musique. Il jouait très bien de la flûte. Naturellement il lui a fallu rencontrer

Bruneau et Bruneau lui a fait connaître Dolmetsch qui l'a initié à l'art de la flûte à bec. Encore un instrument tombé en désuétude. Je me souviens très bien de Lily jouant son premier solo sur une flûte soprano, achetée par son père à Dolmetsch qui l'avait fabriquée lui-même.

« Nos deux familles se sont liées peu à peu. J'accompagnais Lily, nous jouions des duos; parfois son père se joignait à nous; et parfois nos mères chantaient. Nous découvrions tout un nouvel univers musical; le *Livre du clavecin* du Fitzwilliam Museum; Arbeau; Frescobaldi; Froberger... C'était le temps où on prenait conscience qu'il y avait eu de la musique avant 1700. »

Il se tut. Je voulais fumer une cigarette, mais je voulais plus encore entendre la suite de l'histoire. Je n'allumai pas la cigarette. J'attendis.

« Lily. Elle avait... oui... ce qu'on pourrait appeler une beauté à la Botticelli, de longs cheveux blonds, des yeux gris violet. Mais là je la fais paraître trop pâle, trop préraphaélite. Ce qu'elle avait, et qui a disparu du monde féminin, c'est une douceur, une limpidité qui excluaient la sensiblerie et la naïveté. Il était aisé de l'émouvoir, de la blesser par une simple taquinerie. Ses taquineries à elle étaient comme des caresses. Oh, je vous en fais une description trop fade. En ce temps-là, bien sûr, les jeunes gens s'attachaient moins à la beauté physique. Lily était une très jolie fille. Mais surtout elle avait une belle âme.

« Personne n'a jamais mis entre nous d'autres obstacles que ceux des convenances. Je viens de vous dire que nous avions les mêmes goûts, mais nos caractères différaient grandement. Lily était d'humeur égale, patiente, serviable, moi changeant, morose, et très égoïste. Je ne l'ai jamais vue faire de mal à personne. Moi, rien ne m'aurait arrêté lorsque je voulais quelque chose. Auprès d'elle je me jugeais méprisable. Je pensais à mon sang grec comme à du sang sombre. Un sang impur, presque.

« Puis je me suis mis à l'aimer physiquement, tandis qu'elle m'aimait et me traitait plutôt comme un frère. Naturellement nous savions que nous finirions par nous marier. Nous nous étions promis l'un à l'autre alors qu'elle n'avait que seize ans. Mais elle ne me permettait presque jamais de l'embrasser. Essayez d'imaginer... Etre si proche d'une jeune fille et cependant pouvoir si rarement la caresser! Mes désirs étaient très innocents. J'avais les idées habituelles de l'époque quant à la noblesse de la chasteté. Mais je n'étais pas totalement anglais.

« Il y avait *o Pappous,* mon grand-père — en réalité l'oncle de ma mère. Naturalisé anglais, il n'avait jamais adopté le puritanisme ni même la respectabilité des citoyens de sa nouvelle patrie. Je ne pense pas qu'il ait été un vieil homme réellement pervers. Ce que j'ai appris sur lui m'a beaucoup moins corrompu que les idées fausses que je me forgeais. J'ai toujours parlé grec avec lui et, comme vous vous en rendez peut-être compte le grec est une langue naturellement sensuelle et directe. J'ai lu en cachette des livres que je trouvais sur ses rayonnages, j'ai vu des exemplaires de *la Vie parisienne*. J'ai découvert un jour un carton à dessin renfermant des gravures osées. Ainsi ont commencé mes rêveries érotiques. Cette Lily si réservée, sous ce chapeau de paille que je pourrais encore à présent vous décrire comme s'il était devant moi — la calotte enveloppée de tulle, couleur de brume matinale — Lily vêtue d'un corsage à rayures roses et blanches, à manches longues, à col montant, et d'une jupe-fourreau bleu foncé, qui traversait avec moi Regent's Park, au printemps de 1914... La jeune fille en extase derrière laquelle je me tenais, au balcon de Covent Garden, défaillant dans la chaleur torride — quel été, cette année-là — écoutant, un soir de juin, Chaliapine en *Prince Igor*... Lily... La nuit, elle devenait dans mes rêves la jeune prostituée dépravée. Pour avoir créé cette seconde Lily à partir de la vraie je me jugeais anormal, et j'en rendais mon sang grec responsable. Je n'y pouvais rien mais il y avait de l'aigreur dans ma honte et ma mère en a souffert. Pauvre femme! La famille de mon père lui avait déjà fait subir assez d'humiliations sans que son propre fils y joigne ses reproches.

« En ce temps, donc, j'avais honte. A présent je suis fier d'avoir du sang grec, italien et anglais. Et même un peu de sang celte — une des grand-mères de mon père était écossaise. Je suis européen, c'est tout ce qui compte pour moi. Mais en 1914 je me voulais purement anglais afin de m'offrir sans tache à Lily.

« Vous savez bien sûr que prenait forme, dans cette Europe du XXe siècle encore toute jeune, quelque chose de beaucoup plus monstrueux que mes nuits d'Arabie adolescentes. J'avais dix-huit ans, la guerre a commencé. Les premiers jours de cette guerre ont paru irréels. Tant de paix et d'abondance, et pendant si longtemps... Au plus profond de lui-même, au niveau de l'inconscient collectif de Jung, peut-être chacun voulait-il un changement, une purification. Un holocauste. Mais à nous, citoyens apolitiques, cela apparaissait comme une question d'orgueil, et d'orgueil purement militaire. L'armée régulière et l'invincible marine de Sa Majesté régleraient l'affaire. Il n'y avait pas de conscription ni, dans le monde où je vivais, le sentiment de la nécessité d'un engagement volontaire. Il ne me venait jamais à l'esprit que je pouvais un jour avoir à combattre. Moltke, Bülow, Foch, Haig, French, ces noms ne voulaient rien dire. Mais alors s'est produit le sombre coup d'archet de Mons et du Cateau. C'était absolument nouveau. La puissance des Allemands, les récits d'horreur à propos de la garde prussienne, les crimes en Belgique. Ce coup terrible : les listes des victimes. Kitchener. L'armée d'un million d'hommes. Puis, en septembre, la bataille de la Marne. Cela n'avait plus rien à voir avec un match de cricket. Huit cent mille. Imaginez-les alignés là, en bas, sur la mer — huit cent mille chandelles toutes éteintes en même temps d'un seul souffle gigantesque.

« Le mois de décembre est venu. Les filles frivoles et les dandies, *flappers* et *nuts,* avaient disparu. Un soir, mon père a dit que ni lui ni ma mère ne m'en estimeraient moins si je ne partais pas. J'étais entré au Royal College of Music et là, tout d'abord, l'atmosphère était plutôt hostile à l'engagement volontaire. La guerre n'avait rien à voir avec l'art et les artistes. Je me souviens de mes parents parlant de la guerre avec ceux de Lily. Ils s'accordaient à la trouver inhumaine. Mais la conversation entre mon père et moi est devenue difficile. Il a bientôt été nommé « agent assermenté », membre du comité d'urgence local. Puis le fils de son employé principal a été tué au combat. Il nous l'a annoncé au cours d'un dîner silencieux et aussitôt nous a laissés seuls, ma mère et moi. Rien n'a été dit mais tout était clair. Un jour, peu de temps après, nous regardions, Lily et moi, un contingent de soldats marchant au pas vers la gare Victoria. Il avait plu, les trottoirs mouillés luisaient. Les soldats partaient pour la France et quelqu'un, à côté de nous, a dit qu'ils étaient volontaires. Ils chantaient. J'ai observé leur visage, à la clarté jaune des lampes à gaz, et autour de nous, dans l'odeur de serge mouillée, les gens qui les acclamaient. Ceux qui marchaient, ceux qui les regardaient, tous étaient ivres d'exaltation, une volonté farouche crispant leurs traits, celle du soldat des croisades. Je ne connaissais pas encore la phrase fameuse, mais c'était bien cela : le consentement frémissant à la guerre.

« J'ai dit à Lily : " Ils sont fous! " Elle n'a pas eu l'air de m'entendre, mais quand ils ont disparu elle s'est retournée et m'a répondu : " Si je devais mourir demain, moi aussi je serais folle. " Cela m'a stupéfié. Nous sommes rentrés en silence. Tout le long du chemin, elle a fredonné une chanson en vogue. Je crois maintenant que c'était sans malice. Mais sur le moment... »

Il s'arrêta, puis se mit à chantonner :

We shall miss you, we shall kiss you,
But we think you ought to go

Tu nous manqueras — nous t'embrasserons — mais nous savons bien que tu dois y aller.

« Je me sentais auprès d'elle comme un petit garçon. Une fois encore j'ai accusé mon misérable sang grec, qui m'avait fait non seulement libertin mais lâche. Quand je regarde en arrière, je vois que j'avais raison de l'accuser. Si je n'étais pas le vrai lâche, celui qui calcule, j'étais du moins trop innocent, ou trop grec, pour ne pas trouver que je n'avais rien à voir avec la guerre. Le sentiment de responsabilité envers la société n'a jamais été un trait de caractère des Grecs.

« Quand nous sommes arrivés devant la maison, Lily m'a embrassé sur la joue et est rentrée chez elle en courant. J'ai compris. Elle ne pouvait pas me trouver d'excuses mais elle pouvait encore avoir pitié. J'ai passé une nuit, un jour, et une seconde nuit d'agonie. Le lendemain j'ai vu Lily et je lui ai dit que j'allais m'engager. Elle est devenue très pâle, puis elle a éclaté en sanglots et s'est jetée dans mes bras. C'est aussi ce qu'a fait ma mère, dont le chagrin était pourtant plus pur.

« On m'a déclaré apte à me battre. J'étais un héros. Le père de Lily m'a offert son vieux revolver, mon père a débouché le champagne, et quand je suis remonté dans ma chambre, je me suis assis sur mon lit, le revolver dans les mains, et j'ai pleuré. Non pas de peur, mais à cause de la noblesse même de ce que j'allais entreprendre. Je me découvrais une solidarité avec mes concitoyens. Je pensais que j'avais vaincu cette partie de moi-même restée grecque. J'étais enfin pleinement anglais.

« On m'a mis dans le treizième London Rifles, le Kensington Regiment de la Princesse Louise. Et là encore je me trouvai partagé, comme si deux êtres distincts m'habitaient, l'un qui observait et l'autre qui essayait d'oublier que le premier observait. On nous entraînait à être tués plutôt qu'à tuer, à avancer en rangs, à deux pas d'intervalle, contre des fusils mitrailleurs qui tiraient deux cent cinquante balles à la minute. Allemands et Français faisaient la même chose. Si nous avions envisagé sérieusement de prendre part à quelque action militaire nous aurions sûrement élevé des objections, mais l'illusion courante à l'époque était que les volontaires ne faisaient que monter la garde ou effectuer des liaisons. Les troupes combattantes se composaient de soldats de métier et de réservistes. D'autre part on nous disait chaque semaine que la guerre ne durerait pas un mois de plus. Elle coûtait bien trop cher. »

Je l'entendis remuer sur sa chaise longue. Dans le silence

qui suivit j'attendais qu'il continue, mais il ne disait rien. Les étoiles miroitaient dans leurs nuées brillantes; la terrasse, au-dessous d'elles, était comme la scène d'un théâtre.

« Un verre de brandy?

— J'espère que vous n'allez pas vous arrêter là.

— Buvons un brandy. »

Il se leva, alluma la bougie. Puis il s'éloigna.

Allongé sur la chaise longue je regardai les étoiles. Entre 1914 et 1953 il y avait une éternité. 1914 appartenait à cette autre planète, loin là-bas, qui tournait autour de l'étoile la plus faible. Le temps et l'espace s'étiraient sans fin.

Puis je les entendis à nouveau : les pas. Cette fois ils s'approchaient. C'était la même marche rapide. Il faisait trop chaud pour marcher vite sans raison sérieuse. Quelqu'un voulait atteindre la maison au plus tôt et sans se faire voir. J'allais vivement jusqu'au parapet.

J'arrivai juste à temps pour distinguer, tout au bout de la maison, une forme pâle montant les marches et entrant dans la galerie. Les yeux éblouis par la flamme de la bougie, je voyais mal. Mais ce n'était pas Maria; le vêtement était blanc, vaporeux — un long manteau ou une robe de chambre. Cela ne dura qu'un instant, assez cependant pour que je sache qu'il s'agissait d'une femme mais pas d'une vieille femme. Et en même temps je soupçonnais qu'elle avait voulu que je la voie. Pour pénétrer dans la maison sans se faire entendre, il aurait fallu entrer par-derrière, ou sur le côté, en évitant de traverser le gravier.

Il y eut du bruit dans la chambre, puis Conchis apparut sur le seuil, apportant une bouteille et deux verres sur un plateau qu'il posa près de la bougie. Je demandai :

« Savez-vous que quelqu'un vient d'entrer en bas? »

Il ne montra pas la moindre surprise. Il déboucha la bouteille et versa avec soin le brandy. « Un homme ou une femme?

— Une femme.

— Ah. » Il me tendit mon verre. « C'est fait au monastère d'Arkadiou, en Crète. » Il moucha la chandelle et revint à sa chaise longue. Je restai debout.

« Vous m'avez dit que vous viviez seul.

— J'ai dit que j'aimais donner aux gens de l'île l'impression que je vivais seul. »

La sécheresse du ton ne me laissait aucun doute : j'avais été maladroit. La femme était tout simplement sa maîtresse, il ne voulait pas que je fasse sa connaissance. Ou bien c'était elle qui ne le voulait pas. Je retournai m'asseoir sur ma chaise longue.

« Pardonnez-moi. Je suis indiscret.

— Non, pas indiscret. Mais vous manquez peut-être d'imagination.

— Je pensais que certaines choses avaient été arrangées pour que je les remarque. Il est évident que je me suis trompé.

— On ne choisit pas de " remarquer ", Nicholas. Mais on choisit d'expliquer.

— Naturellement.

— Patience.

— Excusez-moi.

— Aimez-vous le brandy?

— Beaucoup.

— Cela me rappelle toujours l'armagnac. Eh bien... Si je continuais? »

Et comme il reprenait son récit j'aspirai l'air de la nuit, je frottai du pied le ciment rugueux, je touchai un morceau de craie dans ma poche. Pourtant lorsque je m'installai à nouveau sur ma chaise longue je ne pus me débarrasser de l'impression que quelque chose essayait de se glisser entre moi et la réalité.

19

« Un peu plus de six semaines après m'être engagé, je me suis retrouvé en France. Je n'étais pas doué pour manier un fusil. Je ne savais pas même transpercer une effigie du kaiser d'un coup de baïonnette avec quelque conviction. Et pourtant on me trouvait " dégourdi ". Et on découvrait que je pouvais courir très vite. Aussi m'a-t-on choisi comme agent de liaison. Et j'étais en même temps l'ordonnance d'un gradé.

« L'officier de carrière âgé d'une trentaine d'années qui commandait notre compagnie pendant les semaines d'entraînement s'appelait le capitaine Montague. Il s'était cassé une jambe quelque temps auparavant et n'avait pas encore pu reprendre de service actif. Avec son visage pâle, d'une fine élégance, sa moustache distinguée, il était un des hommes les plus extraordinairement stupides que j'aie jamais rencontré. Il m'a beaucoup appris.

« Notre instruction n'était pas terminée qu'il recevait brusquement son affectation à un poste en France. Ce même jour il m'a dit, comme s'il me faisait un magnifique cadeau, qu'il pensait pouvoir se servir de ses relations pour obtenir que je le suive. Et il fallait un homme aussi borné pour ne pas s'apercevoir combien peu sincère était mon enthousiasme. Mais, malheureusement, il s'était pris d'affection pour moi.

« Son cerveau ne pouvait concevoir qu'une idée à la fois. Avec lui c'était *l'offensive à outrance* — ce que Foch a offert de mieux à la race humaine. " La force d'impact est la masse, avait-il coutume de déclarer, la force de la masse est l'impulsion et la force d'impulsion est le moral. A bon moral bonne impulsion, à bonne impulsion bon impact — c'est la victoire! " Un coup de poing sur la table et, encore " ... la victoire! " Il nous a fait apprendre ça par cœur en manœuvrant les baïonnettes. " Vi-ic-toire! " L'imbécile.

« J'ai passé les deux derniers jours avec mes parents et Lily. Elle et moi nous nous sommes juré un amour éternel. L'idée du sacrifice héroïque l'avait contaminée, elle aussi, tout comme mon père. Ma mère n'a rien dit d'autre qu'un vieux proverbe grec : " Un homme mort ne peut pas être brave. " Plus tard, je m'en suis souvenu.

« Nous sommes allés directement au front. Un des officiers de la compagnie était mort d'une pneumonie, et Montague devait prendre sa place. On était au début de 1915. La pluie, la neige fondue, ne cessaient de tomber. Nous passions des heures dans des trains en stationnement, sur des voies de garage, dans des villes grises au ciel plus gris encore. On reconnaissait les troupes qui étaient allées au combat. Les nouvelles recrues, qui voulaient aller vers la mort en chantant, se laissaient prendre au côté romanesque de la guerre. Les autres, eux, se laissaient prendre à ce que la guerre a de plus réel, l'ultime *Totentanz.* Tout comme ces pauvres hères qui hantent les casinos en sachant bien que la roulette finit toujours par gagner.

« Nous avons passé quelque temps en manœuvres. Puis, un jour, Montague s'est adressé à la compagnie. Nous allions au combat, une nouvelle sorte de combat, dont l'issue ne pouvait être que la victoire. Dans un mois, nous serions à Berlin. La nuit suivante, un train nous a emmenés. Il s'est arrêté quelque part, en rase campagne, et nous avons marché vers l'est. Dans l'obscurité, des fossés, des saules, sous une bruine interminable, et la nouvelle passant le long des colonnes : l'endroit que nous allions attaquer s'appelait Neuve-Chapelle, et les Allemands allaient se trouver devant quelque chose de révolutionnaire, un canon géant, une attaque massive des nouveaux avions.

« Après un moment nous avons tourné dans un champ bourbeux et on nous a dirigés vers des bâtiments de ferme. Nous avions deux heures de repos avant de prendre position pour l'attaque. Sûrement personne n'a dormi. Il faisait très froid et les feux étaient interdits. Mon vrai moi s'est alors manifesté et j'ai commencé à trembler. Mais je me suis dit qu'il était trop tard pour gémir et regretter. Ce que j'allais faire, je l'avais moi-même décidé. Voilà comment la guerre nous corrompt. Elle flatte notre prétention orgueilleuse au libre arbitre.

« Avant l'aube nous avons gagné lentement les positions d'assaut, en file, souvent arrêtés dans notre progression. J'ai surpris une conversation entre Montague et un officier d'état-major. La première armée, celle de Haig, était engagée tout entière, avec la seconde en renfort. De tels effectifs m'ont semblé une garantie de sécurité, m'ont comme réchauffé. Mais nous sommes alors arrivés aux tranchées. Les effroyables tranchées à la puanteur d'urine. Et puis les premiers obus sont tombés près de nous. J'étais si naïf qu'en dépit de notre prétendu entraînement et de toute la propagande, je ne croyais pas encore vraiment que quelqu'un pouvait vouloir me tuer. Les obus sifflaient, geignaient, éclataient. Puis c'était le silence. Puis l'éparpillement de la terre qui retombe. Et un frisson. Je m'éveillais de mon long sommeil.

« Je crois que ce dont j'ai été tout de suite conscient, c'est à quel point chacun de nous était seul. Ce n'est pas d'être en guerre qui isole. On sait bien que la vie de régiment rapprocherait plutôt les hommes. Mais sur le champ de bataille, tout est différent. Parce qu'alors apparaît le véritable ennemi, la mort. L'importance des effectifs cessait de m'être un réconfort. Je ne voyais plus en eux que *Thanatos,* ma mort. Et je la voyais en mes propres camarades, en Montague, tout autant qu'en ces Allemands invisibles.

« Ah! Nicholas, quelle folie! Ces milliers d'hommes, anglais, écossais, indiens, français, allemands, dans des trous creusés dans le sol, un matin de mars... Et pourquoi? S'il y a un enfer, il est là. Non pas les flammes ni les fourches, mais un endroit où rien n'a de sens, comme Neuve-Chapelle ce jour-là.

« Peu à peu, le ciel s'est éclairé à l'est d'une lueur hésitante. La bruine avait cessé. Et j'ai entendu un oiseau lancer son trille. J'ai reconnu un rouge-gorge, la dernière voix venant de l'autre monde. Nous avons encore avancé, et jusqu'aux premières lignes. La Rifle Brigade devait former la seconde vague d'assaut. Les tranchées allemandes étaient à moins de deux cents mètres en avant et notre ligne la plus avancée à cent mètres de la leur. Montague a regardé sa montre. Il a levé la main. Le silence était total. Sa main est retombée. Pendant quelque dix secondes il ne s'est rien passé. Puis, de loin derrière nous, est venu un gigantesque roulement de tambour, le choc d'un millier de timbales. Un silence. Et le monde entier, devant nous, a explosé. Nous avons tous plongé au sol. Tout tremblait, la terre, le ciel; la vie en nous. Vous ne pouvez pas vous imaginer ce qu'a été le début de cette canonnade. C'était le premier barrage d'artillerie massif de la guerre, et le plus intense qu'il y ait jamais eu.

« Un messager est venu des postes avancés, par le boyau de communication. Son visage et son uniforme étaient zébrés de rouge. Montague lui a demandé s'il était touché. Il a dit que tout le monde, dans les tranchées de l'avant, était éclaboussé de sang venant des tranchées allemandes. Elles étaient si proches... Cela aurait dû suffire à nous faire hésiter.

« Une demi-heure plus tard, le tir de barrage a été dirigé au-dessus du village. Montague, au périscope, a crié " Ils sont foutus ", et encore " Les boches sont liquidés! " Il a sauté sur le parapet et d'un geste du bras nous a fait signe à tous de regarder par-dessus le bord de la tranchée. Cent mètres en avant, une longue file d'hommes trottait péniblement à travers le terrain éventré, vers des arbres fracassés, des murs en ruine. Quelques tirs isolés. Un homme est tombé. Puis il s'est redressé et a repris sa course. Il avait seulement trébuché. Quand la ligne a atteint les premières maisons, les hommes autour de moi se sont mis à crier. Il y a eu des hourras en réponse. Une lumière rouge est montée en flèche et nous sommes partis à notre tour. La progression était difficile. Comme nous avançions, la peur a cédé la place à l'horreur. On n'a pas tiré sur nous, mais le terrain est devenu de plus en plus hideux, couvert d'innommables choses roses, blanches, rouges, éclaboussées de boue, auxquelles tenaient encore des lambeaux d'étoffe grise ou kaki. Nous avons traversé notre tranchée de première ligne, puis le *no man's land*. Quand nous sommes arrivés devant les tranchées allemandes, on ne pouvait plus rien y voir. Tout en avait été expulsé ou bien s'y trouvait enterré. Nous nous sommes arrêtés là un moment, allongés dans les cratères. Presque en paix. Au nord le tir était très intense. Un régiment écossais s'était fait prendre dans les réseaux de barbelés. En vingt minutes tous les officiers sauf un ont été tués. Et quatre hommes sur cinq.

« En avant, entre les maisons en ruine, des silhouettes sont apparues, les bras levés : les premiers prisonniers. Quelques-uns, soutenus par leurs camarades. Beaucoup étaient jaunes de lyddite. Des hommes jaunes qui sortaient d'un blanc rideau de lumière. L'un d'eux a marché vers moi en titubant comme en un rêve, la tête penchée, et est tombé droit dans un profond cratère. Un moment plus tard il réapparaissait, rampant par-dessus le bord, puis, se relevant lentement, continuait d'avancer, du même pas trébuchant. D'autres prisonniers s'approchaient en pleurant; le dernier a vomi du sang devant nous, avant de s'écrouler.

« Puis nous avons couru vers le village. Nous sommes arrivés dans ce qui devait avoir été une rue et n'était plus que désolation. Gravats, débris de murs plâtrés, poutres rompues, et partout les éclaboussures jaunes de lyddite. La fine pluie qui tombait à nouveau luisait sur les pierres. Sur la peau des cadavres. Beaucoup d'Allemands s'étaient fait prendre dans les maisons. En une minute j'ai vu un résumé de l'entière boucherie de la guerre. Sang, trous béants, os pointant hors des chairs, puanteur d'intestins éclatés — si je vous raconte tout ça c'est à cause de l'effet que cela a eu sur moi, sur un garçon qui, avant ce jour, n'avait jamais vu un mort, même paisible, un effet très différent de tout ce que j'aurais pu prévoir. Je n'ai ressenti ni terreur ni nausée, je n'ai pas vomi comme certains autres. Mais j'en ai retiré une conviction intense : rien ne pouvait justifier ce massacre. Il aurait mille fois mieux valu que l'Angleterre soit une colonie prussienne. On lit que de telles scènes ne font que donner aux jeunes recrues le désir frénétique de tuer à leur tour. J'avais exactement le sentiment inverse : le désir frénétique de ne pas être tué. »

Il se leva.

« J'ai un test pour vous.

— Un test? »

Il alla dans sa chambre, revint presque aussitôt avec la lampe à huile qui avait été sur la table pendant le dîner. Il posa dans la flaque de lumière ce qu'il avait apporté. Je vis un dé, un gobelet, une soucoupe, une boîte à pilules. Je levai les yeux vers lui, de l'autre côté de la table, vers ses yeux sévères qui me fixaient.

« Je vais vous expliquer pourquoi nous avons fait la guerre. Pourquoi les hommes font toujours la guerre. La raison n'en est pas sociale ou politique. Ce sont les hommes qui se battent, pas les pays. Un goût du risque à satisfaire. Une fois qu'on a fait la guerre, on en est débarrassé pour le reste de son existence. Vous comprenez?

— Bien sûr.

— Donc, dans ma république parfaite, ce serait simple. Il y aurait un test pour tous les jeunes gens de vingt et un ans. Ils iraient à l'hôpital, et là, ils jetteraient un dé. Un des nombres désignerait la mort. S'il sortait, on les tuerait sans douleur. Sans bavures. Sans cruauté bestiale. Sans détruire en même temps d'innocents spectateurs. Sur un simple coup de dé, propre et net.

— Un progrès indéniable par rapport à la guerre!

— C'est bien votre avis?

— Evidemment.

— Vous en êtes sûr?

— Mais oui.

— Vous m'avez bien dit que vous n'aviez jamais vu aucun combat?

— Non. »

Il prit la boîte à pilules, et la secouant, en fit sortir à mon grand étonnement six grosses molaires jaunâtres. Deux ou trois avaient de vieux plombages.

« On les distribuait à certaines unités allemandes pendant la guerre, pour être utilisées en cas d'interrogatoire. » Il posa une des dents sur la soucoupe, puis abaissant le gobelet d'un coup sec, l'écrasa. Elle était friable, comme un chocolat à la liqueur, mais le liquide incolore avait une odeur d'amande amère, âcre et terrifiante. Tenant la soucoupe à bout de bras il l'emporta vivement jusqu'à l'extrémité de la terrasse, puis revint.

« Du poison?

— Précisément. Acide cyanhydrique. » Il ramassa le dé, me montra les six faces.

Je souris. « Vous voulez que je le jette?

— Je vous offre toute une guerre en une seconde.

— Et supposez que je n'en veuille pas?

— Réfléchissez. Dans une minute vous pourrez dire, j'ai risqué la mort. J'ai gagné la vie sur un coup de dé. C'est une sensation merveilleuse. D'avoir survécu, je veux dire.

— Mais pour vous, un cadavre ne serait-il pas plutôt embarrassant? » Je m'efforçais encore de sourire.

« Pas du tout. Je pourrais aisément prouver que c'est un suicide. » Il me transperçait d'un regard aigu. Chez d'autres que lui, j'aurais su que c'était du bluff, quatre-vingt-dix-neuf fois sur cent. Mais il était différent; une certaine nervosité s'était emparée de moi avant que je puisse m'en défendre.

« La roulette russe.

— En plus sûr. Ces pilules font leur effet en quelques secondes.

— Je ne veux pas jouer.

— Alors, mon ami, vous êtes un lâche. » Se renversant en arrière, il m'observait.

— Je croyais que vous trouviez que les hommes braves étaient des imbéciles.

— C'est qu'ils s'obstinent à jeter le dé des centaines de fois. Mais un jeune homme qui ne veut pas même risquer une fois sa vie est un imbécile et un lâche. »

Et je me laissai prendre. C'était absurde, mais il me fallait relever le défi.

Je tendis la main vers le gobelet.

« Attendez. » Il se pencha en avant, mis sa main sur mon poignet, puis il posa une dent à côté de moi. « Je ne joue pas à faire semblant. Vous allez me jurer que si le nombre est six, vous prendrez le poison. » Il n'y avait pas, sur son visage, la moindre trace d'amusement. J'avalai péniblement ma salive.

« Je le jure.

— Par tout ce que vous avez de plus sacré? »

J'hésitai, haussai les épaules : « Par tout ce que j'ai de plus sacré. »

Il me tendit le dé; je le mis dans le gobelet, qu'après une timide secousse je renversai. Le dé roula sur la nappe, frappa le socle de cuivre de la lampe, rebondit, oscilla, tomba.

C'était un six.

Conchis se tenait immobile, m'observant. Je sus immédiatement que jamais je ne prendrais le poison. Je détournai mon regard. Du temps passa, peut-être quinze secondes. Puis je souris, levai les yeux, secouai la tête.

Sans cesser de m'observer il étendit la main, prit la dent, la mit dans sa bouche, l'écrasa, avala le liquide. Je me sentis rougir. Me regardant toujours il atteignit le dé, le mit dans le gobelet, le jeta. C'était un six. Une autre fois, une autre encore : c'était toujours un six. Il recracha la coque vide de la dent.

« La décision que vous venez de prendre est précisément celle que j'ai prise moi-même, ce matin-là, il y a quarante ans, à Neuve-Chapelle. Vous vous êtes comporté exactement comme tout être intelligent devrait se comporter. Je vous en félicite.

— Mais ce que vous disiez? La république parfaite?

— Toute république parfaite est une parfaite absurdité. L'ardent désir de risquer notre vie est notre dernière grande perversion. Nous venons de la nuit, nous retournons à la nuit. Pourquoi vivre dans la nuit?

— Mais le dé était truqué.

— Patriotisme, propagande, honneur professionnel, esprit de corps, tout ça c'est quoi? Des dés pipés. Il y a seulement une petite différence : sur l'autre table, c'est vraiment du poison. » Il mit dans la boîte les dents qui restaient. « Pas du ratafia. »

20

« Tout le début de la journée, nous l'avons passé à attendre. Les Allemands ont à peine tiré. Après une telle canonnade, ils étaient à bout. Il aurait fallu alors attaquer immédiatement. C'était l'évidence même. Mais seul un très brillant général, un Napoléon, sait reconnaître l'évidence.

« Vers trois heures, les Ghurkas sont arrivés sur notre flanc, et on nous a dit que l'assaut allait être lancé par la crête Aubers. Nous formerions la première ligne. Juste avant la demie de trois heures, on a mis la baïonnette au canon. J'étais, comme d'habitude, au côté du capitaine Montague. Je pense qu'il ne savait qu'une chose sur lui-même : il n'avait pas peur; il était prêt, lui, à avaler l'acide. Il ne cessait de contempler les lignes des troupes, derrière lui, méprisant le périscope, sortant la tête au-dessus du parapet. Les Allemands semblaient encore dans un état de stupeur totale.

« Nous avons commencé à avancer. Montague et le sergent-major criaient sans cesse pour nous garder en ligne. Nous devions traverser un champ labouré, troué de cratères, jusqu'à une haie de peupliers, puis un autre petit champ, avant d'atteindre un pont, notre objectif. Je pense que nous étions alors environ à mi-chemin du but, et nous avons pris le trot cependant que quelques hommes commençaient à crier. Il semblait que les Allemands cessaient complètement de tirer. Montague a lancé triomphalement " Allez-y les gars! Vi-ic-toire! "

« Ce furent là ses derniers mots. Cinq ou six mitrailleuses nous ont fauchés comme de l'herbe. Montague a tournoyé et il est tombé à mes pieds. Il était étendu sur le dos, me fixant d'un œil, l'autre était arraché. Je me suis effondré près de lui. L'air était strié de balles. J'ai enfoncé mon visage dans la boue, j'urinais, je m'attendais à être tué d'un instant à l'autre. Quelqu'un s'est approché. C'était le sergent-major. Parmi les hommes, certains ripostaient, mais par un tir à l'aveuglette, désespéré. Je ne sais pourquoi le sergent-major s'est mis à traîner vers l'arrière le cadavre de Montague. J'ai essayé faiblement de l'aider. Nous avons glissé dans un petit cratère. La partie postérieure du crâne de Montague avait été emportée. Un rictus d'idiot demeurait sur son visage, comme s'il riait dans son sommeil, la bouche grande ouverte. Je n'ai jamais oublié ce visage, ce sourire d'un des derniers représentants d'un âge révolu.

« Le tir s'est arrêté. Alors, comme un troupeau de moutons affolés, les survivants, moi comme les autres, se sont mis à rebrousser chemin vers le village. Je n'avais pas même choisi d'être lâche. Beaucoup ont reçu des balles dans le dos et j'ai été un des rares à rejoindre indemne la tranchée d'où nous étions partis. Et même un des rares à l'atteindre. A peine étions-nous arrivés que la canonnade a commencé. Et c'étaient nos propres obus! Gênée par le mauvais temps, l'artillerie tirait au hasard. Ou peut-être conformément à un plan établi des jours à l'avance. Dans une telle ironie il ne faut pas voir seulement un accident regrettable, mais la manifestation exemplaire de la guerre.

« Un lieutenant blessé avait pris le commandement. Il était tapi à côté de moi, la joue fendue d'une grande entaille. Ses yeux brûlaient sombrement. Il n'était plus le jeune Anglais aimable et fringant, mais un homme du néolithique. Traqué, il s'obstinait rageusement, sans comprendre. Peut-être étions-nous tous comme lui. Chaque nouveau sursis nous entraînait un peu plus loin hors du réel.

« Des renforts nous ont rejoints. Un colonel est venu. Il fallait s'emparer de la crête Aubers. Le pont devait être pris avant la tombée de la nuit. Mais entre-temps, j'avais réfléchi.

« Je voyais en ce cataclysme l'expiation de quelque crime barbare de ce qu'on nomme civilisation, de quelque terrible mensonge humain. Je n'étais pas alors en mesure de comprendre ce qu'était ce mensonge. A présent je sais : nous étions persuadés que nous accomplissions une grande tâche, dans un but déterminé, et que tout finirait bien parce que tout se déroulait suivant quelque plan grandiose. Et il n'y a pas de plan. Voilà la vérité. Tout est hasard. Pour nous sauver, nous ne pouvons compter que sur nous-mêmes. »

Il était silencieux. Je pouvais tout juste distinguer son visage, le regard fixé sur la mer, comme s'il pouvait voir là-bas cette boue grise, cet enfer, Neuve-Chapelle.

« Nous avons attaqué à nouveau. J'aurais voulu simplement désobéir aux ordres, rester dans la tranchée. Mais naturellement les lâches étaient considérés comme déserteurs et abattus. J'ai donc escaladé le parapet avec les autres quand l'ordre en a été donné. Un sergent nous a crié de courir. Et tout s'est passé exactement comme plus tôt dans l'après-midi. Les Allemands ont tiré, très peu, juste assez pour tendre le piège. Mais je savais que les mains tenaient les mitrailleuses. Mon seul espoir était que ces hommes soient de vrais Allemands, c'est-à-dire méthodiques, et n'ouvrent pas le feu avant que nous ayons atteint le même endroit que la première fois.

« Nous en étions à cinquante mètres. Quelques balles ont ricoché autour de moi. J'ai lâché mon fusil, porté en chancelant une main à la poitrine. J'avais vu juste en face un grand cratère d'obus. J'ai trébuché, je suis tombé, roulant dans le trou. J'ai entendu crier " En avant! ". Je suis resté étendu, immobile, les pieds dans une mare. Quelques secondes plus tard, comme je m'y attendais, la mort s'est déchaînée. Quelqu'un a sauté dans le trou, de l'autre côté; ce devait être un catholique, il bredouillait des *Ave*. Puis je l'ai entendu s'agiter et repartir enfin, projetant derrière lui des mottes de boue. J'ai retiré mes pieds de l'eau. Mais j'ai attendu pour ouvrir les yeux que le tir ait cessé.

« Je n'étais pas seul dans mon trou. En face de moi, à moitié hors de l'eau, il y avait une masse grisâtre. Le cadavre d'un Allemand mort depuis longtemps, à demi dévoré par les rats. Le ventre ouvert, d'où coulaient ses entrailles, il était étendu là comme une femme avec son enfant mort-né auprès d'elle. Quant à l'odeur... Vous pouvez l'imaginer sans peine.

« Je suis resté toute la nuit dans ce trou. Je m'habituais à la puanteur méphitique. Il a fait plus froid et j'ai pensé que j'avais la fièvre. J'étais décidé à ne pas bouger jusqu'à ce que la bataille soit terminée. Je n'en ressentais aucune honte. J'espérais même que les Allemands dépasseraient nos positions, ce qui m'aurait permis de me constituer prisonnier.

« La fièvre... Je croyais avoir la fièvre mais c'était la fureur de vivre, le désir passionné d'exister. Je le sais à présent. Un *delirium vivens*. Je ne cherche pas à me disculper. Tous les délires sont plus ou moins antisociaux. Mais cette nuit-là j'ai revécu toutes les sensations physiques éprouvées jusqu'alors. Et les plus simples, les moins sublimes, boire un verre d'eau, sentir l'odeur du *bacon* qui frit, m'ont semblé surpasser ou au moins égaler les souvenirs de l'art le plus sublime, de la musique la plus noble, et même de mes moments les plus tendres avec Lily. Je découvrais le contraire même de ce que les métaphysiciens allemands et français de notre siècle nous ont assuré être la vérité : tout ce qui est autre est hostile à l'individu. Tout ce qui m'était extérieur me semblait, à moi, délicieux. Même ce cadavre... les cris aigus des rats. Etre capable d'éprouver des sensations, fussent-elles de froid, de faim, de nausée, cela tenait du miracle. Essayez d'imaginer qu'un jour vous découvriez que vous avez un sixième sens, quelque chose d'autre que voir, toucher et le reste. Un sens beaucoup plus profond, comme la source d'où jaillissent tous les autres. Et le mot « être » ne serait plus passif et descriptif mais actif... impératif, presque...

« Avant la nuit j'ai su que je m'étais converti — dans le sens religieux du terme. Dieu n'avait pourtant rien à y voir. C'était toutefois une lumière céleste qui avait brillé sur moi : l'incessante clarté des obus éclairants. Et je me suis senti en une seule nuit plus vieux d'une vie entière. »

Il resta un moment silencieux. Je souhaitai avoir près de moi quelqu'un, une Alison, un ami avec qui savourer ce moment. Mais comment, sans avoir eux aussi vécu ces derniers mois dans l'île, auraient-ils pu partager mon émotion en ce lieu, sous ces étoiles, dans l'obscurité vivante d'où s'élevait cette voix? J'éprouvais la sensation réconfortante que cette rencontre étrange, cette soirée, sur cette terrasse, à écouter une histoire extraordinaire, étaient ma récompense. Je me pardonnais de n'avoir pas su mourir. Toujours ce désir passionné d'exister.

« J'essaie de vous dire ce qui m'est arrivé, ce que j'étais; et non ce que j'aurais dû être; je n'entends pas prendre parti pour ou contre l'objection de conscience. Ne l'oubliez pas, je vous prie.

« Il y a eu encore avant l'aube un autre bombardement allemand. Au lever du jour, ils ont attaqué, leurs généraux ayant fait exactement la même faute que les nôtres la veille. Ils ont subi des pertes encore plus lourdes. En progressant vers les tranchées d'où nous avions lancé l'assaut, ils ont dépassé mon cratère mais se sont fait presque aussitôt repousser. De tout cela je n'ai eu que le bruit. Et le pied d'un soldat allemand sur mon épaule. Il s'en est servi comme d'un support pour tirer.

« La nuit est tombée de nouveau. Il y avait la guerre au sud, mais notre secteur est redevenu calme, la bataille finie. Nos pertes : environ treize mille tués. Treize mille consciences, donc treize mille mondes de souvenirs, d'amours, de sensations, treize mille univers — car l'esprit humain est un univers bien avant l'univers lui-même. Et tout cela pour quelques centaines de mètres d'une boue inutile.

« A minuit, j'ai rampé jusqu'au village. J'avais peur d'être abattu par une sentinelle aux réactions trop vives, mais seuls les cadavres occupaient la place. J'étais au milieu du désert des morts. J'ai suivi une tranchée de communication. Là aussi rien que le silence, les cadavres. Puis, un peu plus loin, j'ai entendu des voix parlant anglais. J'ai appelé. C'était un groupe de brancardiers circulant pour s'assurer qu'il ne restait plus que des morts. J'ai dit que l'explosion d'un obus m'avait laissé tout étourdi.

« Ils m'ont cru. Il était arrivé des choses plus étranges. Ils m'ont dit où se trouvait ce qui restait de mon bataillon. Je n'avais pas de plan, rien que l'instinct de l'enfant qui veut rentrer à la maison. Mais comme disent les Espagnols, un homme qui se noie apprend vite à nager. Officiellement, je devais être mort. Au moins, si je fuyais, personne ne courrait après moi. A l'aube j'étais à vingt kilomètres derrière les lignes. Je possédais quelque argent et le français avait toujours été la *lingua franca* de ma famille. Ce jour-là des paysans m'ont nourri et abrité. La nuit d'après j'ai marché de nouveau à travers champs, parcourant l'Artois, droit vers l'ouest, vers la côte.

« Et continuant de voyager ainsi, comme les émigrés après 1789, je suis arrivé à Boulogne au bout d'une semaine. J'ai trouvé l'endroit plein de soldats, de police militaire, je n'étais pas loin de désespérer. Il était impossible de monter sans papiers sur un bateau repartant avec des troupes. J'ai songé à me présenter sur le quai d'embarquement et à dire qu'un voleur m'avait vidé les poches. Mais je manquais de l'aplomb nécessaire. Un jour enfin, le sort me fut propice, me donnant l'occasion d'être moi-même le pickpocket. J'ai rencontré un soldat de la Rifle Brigade qui était déjà bien ivre et que j'ai fait boire encore plus. J'ai pris le bateau des permissionnaires pendant que le malheureux était encore à ronfler dans une chambre au-dessus d'un estaminet près de la gare.

« C'est alors qu'ont commencé mes vrais ennuis. Mais j'ai assez parlé. »

21

Ce fut le silence. Rien que le bruissement des grillons. Très haut, un oiseau de nuit lança son cri vers les étoiles.

« Et quand vous êtes arrivé chez vous?

— Il est tard.

— Oui, mais...

— Demain. »

Il alluma la lampe, régla la mèche, se redressa et me regarda :

« Etre l'invité d'un traître à son pays, cela ne vous gêne pas?

— Vous n'avez pas trahi la race humaine. »

Nous nous dirigions vers les fenêtres de sa chambre.

« La race humaine est sans importance. L'important est de ne pas se trahir soi-même.

— Mais je suppose qu'on pourrait dire qu'Hitler a été fidèle à lui-même? »

Il se retourna.

« C'est vrai. Toutefois il n'en est pas de même pour les millions d'Allemands qui l'ont suivi. C'est cela la tragédie : non pas qu'un homme ait eu le courage de choisir le mal, mais que des millions n'aient pas eu celui de lui résister. »

Il me précéda vers ma chambre. Y alluma la lampe.

« Bonne nuit, Nicholas.

— Bonne nuit. Et... »

Il leva la main, coupant court à mes remerciements. Et il s'en alla.

En revenant de la salle de bains je regardai ma montre. Il était une heure moins le quart. Je me déshabillai, éteignis la lampe puis restai un moment près de la fenêtre ouverte. Il y avait dans l'air une vague odeur d'égout, venant d'un puisard sans doute. Je me couchai. Etendu sur mon lit je pensais à Conchis.

Il semblait maintenant plus humain, beaucoup plus. Cependant il avait raconté son histoire avec l'aisance du professionnel, comme s'il l'avait préparée, ou du moins l'avait déjà dite — à Leverrier, à Mitford, peut-être. Cela rendait sa confession moins émouvante. Je savais que je finirais sûrement par découvrir dans quel but il m'invitait. Il avait ses raisons pour me raconter son histoire et vouloir qu'elle m'impressionne. Ce n'étaient pas simplement des souvenirs évoqués au hasard d'une conversation. Le bonsoir à la fin du récit sous-entendait qu'il y aurait une suite. Le conteur me laissait dans le doute et curieux d'en savoir plus.

Et puis il y avait les pas, et tout ce mélange d'images et d'incidents sans liens entre eux, la photo du cabinet de curiosités, les regards obliques, Alison, une petite fille nommée Lily, la tête dans le soleil.

J'allais m'endormir.

Alors, cela commença. Hallucinant d'abord parce que si faible, comme évanescent. Venant de la chambre de Conchis, à travers les murs. Je m'assis, approchai l'oreille de la paroi, écoutai, et soudain sautai du lit, courus à la fenêtre. Cela venait de dehors, de quelque part vers le nord et haut dans les collines, à plus d'un kilomètre, me semblait-il. Pas une lumière et pas un bruit, sinon le chant des grillons, et ce murmure lointain mais bien identifiable : celui d'un groupe d'hommes, beaucoup d'hommes réunis, et qui chantaient. Des pêcheurs, pensai-je, mais pourquoi seraient-ils dans les collines? Alors des bergers? Mais les bergers sont solitaires.

Le son devenait un peu plus clair, comme porté par une bouffée de vent — mais il n'y avait pas de vent. Il s'amplifiait puis faiblissait. Un instant je crus reconnaître... Non, c'était impossible. Le son diminua à nouveau, presque jusqu'au silence total.

Soudain il reprit, s'enfla, comme en un rêve étrange et

bouleversant. Et je sus sans l'ombre d'un doute ce qu'on chantait là-bas : c'était « Tipperary ». Je n'aurais pu dire si l'effet tenait à l'éloignement ou bien à un ralentissement délibéré du disque — car ce ne pouvait être qu'un disque — entraînant aussi une certaine distorsion, mais le chant arrivait jusqu'à moi avec une lenteur onirique, presque comme s'il venait des étoiles et avait dû pour m'atteindre traverser toute cette nuit, tout cet espace immense. J'allai jusqu'à la porte et l'ouvris. Je pensais que le tourne-disque devait être dans la chambre de Conchis, et le son transmis à un ou plusieurs haut-parleurs, dans les collines. C'était sans doute ce que renfermait la petite pièce : des appareils de transmission, un générateur. Mais la maison était complètement silencieuse. Je refermai la porte et m'y adossai. La nuit sécrétait les voix et le chant qui traversaient la forêt, planaient au-dessus de la maison, avant de se perdre dans la mer. Tout ce que la farce avait d'absurde, de tendre et de touchant dans son incongruité m'apparut alors et me fit sourire. Je me rendais compte que ce devait être une plaisanterie montée à mon intention par Conchis. Je découvrirais le lendemain comment il s'y était pris, mais pour l'instant rien ne pressait. Mieux valait simplement en jouir. Je retournai à la fenêtre.

Les voix s'étaient affaiblies, on ne les entendait plus qu'à peine. Mais quelque chose d'autre avait changé. J'avais remarqué plus tôt l'odeur du puisard. Elle devenait à présent de plus en plus intense. Ce fut bientôt une atroce puanteur infestant l'air immobile, celle d'un mélange nauséeux d'excréments et de chairs en décomposition, et si infecte que je me bouchai le nez.

Au-dessous de ma chambre, il y avait un étroit passage entre le cottage et la maison. La source de l'odeur semblait si proche que je me penchai, tendant le cou, pour tenter de la découvrir. Je me souvins du cadavre dans le trou d'obus. Je sus que l'odeur et le chant étaient liés.

Le son s'affaiblit, cessa. Après quelques minutes l'odeur aussi diminua. Je restai immobile encore un quart d'heure, m'efforçant de déceler le moindre son ou mouvement, mais rien ne bougea. Il n'y eut pas un bruit dans la maison, pas de marches d'escalier qui craquent, pas de portes doucement refermées. Rien. Le crissement des grillons. La lueur palpitante des étoiles. Rien ne restait de l'expérience. Humant l'air de la nuit, j'y trouvais encore des relents fétides, mais à présent dominés par le parfum frais des pins et de la mer.

Bientôt ce fut comme si j'avais rêvé. Je restai allongé dans mon lit sans dormir pendant au moins une heure encore. Il ne se produisit rien d'autre. Et aucune hypothèse ne paraissait plausible.

J'étais entré dans le domaine.

22

Quelqu'un frappait à la porte. Je vis, au-delà de la fenêtre, derrière les branches, un ciel éclatant. Une mouche se traînait sur le mur, au-dessus du lit. Je regardai ma montre. Il était dix heures et demie. J'allai vers la porte et j'entendis le claquement des pantoufles de Maria descendant l'escalier.

Dans l'éblouissante lumière, le vacarme des cigales, les événements de la nuit ne semblaient guère réels; comme si je les avais vécus sous l'influence d'une drogue légère. Mais cette drogue, j'aurais dû en ressentir les effets; or je me sentais dispos, et l'esprit lucide. Je m'habillai, me rasai, et descendis déjeuner sous la colonnade. Maria la taciturne m'apporta du café.

Je demandai : « *O kyrios?*

— *Ephage. Eine epano.* » A mangé. Est en haut. Tout comme les gens du village elle ne prenait pas la peine d'articuler distinctement lorsqu'elle parlait aux étrangers. Et c'était la longue et rapide coulée de voyelles habituelle.

Je déjeunai, puis je pris le plateau, parcourus la galerie, descendis les marches jusqu'à la porte ouverte du cottage. La pièce de devant était aménagée en cuisine. Avec ses vieux calendriers, ses gravures naïves et hautes en couleur, ses bouquets de fines herbes et d'échalotes et son garde-manger peint en bleu, suspendu au plafond, elle ressemblait à toute autre cuisine de l'île; mais le poêle était plus grand, et les ustensiles plus nombreux. J'entrai et posai le plateau sur la table. Maria sortit de la pièce du fond; j'aperçus un grand lit de cuivre, d'autres icônes, des photographies. Un pâle sourire fronçait sa bouche, un sourire de circonstance, qui ne s'adressait pas vraiment à moi. Même en anglais il ne m'eût guère été facile de poser des questions sans paraître indiscret; à plus forte raison en grec; mon grec. J'hésitai un moment, puis je vis son visage : un mur. J'abandonnai.

Je gagnai le jardin potager par le passage entre la maison et le cottage. Sur le côté ouest de la maison, dans l'alignement de la porte au bout de la chambre de Conchis, il y avait une fenêtre aux volets fermés. Il semblait bien qu'il y eût là autre chose qu'un placard. Puis je levai les yeux sur l'arrière de la maison, orienté au nord, où se trouvait ma chambre. Il aurait été facile de se cacher derrière le mur du cottage, mais le sol était dur et nu, sans aucune trace.

J'allai en flânant jusqu'au port. Le petit Priape levait les bras vers moi, narguant de son sourire païen cet Anglais, cet intrus, à qui il signifiait : passage interdit.

Dix minutes plus tard j'étais en bas, sur la plage privée. L'eau de cristal bleu me parut d'abord froide, puis délicieusement fraîche. Je nageai entre les rochers escarpés, vers la pleine mer et, après une centaine de mètres, découvris derrière moi l'étendue tout entière du promontoire bordé de falaises. Je pouvais même voir Conchis assis sur la terrasse à l'endroit où nous nous tenions la veille au soir. Il semblait lire. Au bout d'un moment il se leva. J'agitai la main. Il étendit les deux bras, en ce geste hiératique que, délibérément, je le savais à présent, il voulait symbolique. Une sombre silhouette sur la terrasse blanche, le légat du soleil, tourné vers le soleil, le plus ancien pouvoir royal. Il était, voulait être, celui qui examine, décide, approuve, commande : *dominus* et domaine. Et une fois de plus je songeai à Prospero; même s'il ne l'avait pas évoqué le premier, j'y aurais alors pensé. Je plongeai, mais le sel me piquait les yeux. J'émergeai à nouveau. Conchis s'était éloigné — pour parler à Ariel chargé du tourne-disque; ou à Caliban qui transportait un seau d'entrailles pourries; ou peut-être à... Je me retournai sur le dos. Un bruit de pas précipités, une forme blanche à peine entrevue. Il était ridicule d'en faire toute une histoire.

Quand je revins sur la plage, Conchis était assis sur la bitte d'amarrage. Comme je sortais de l'eau, il se leva et dit : « Prenons le bateau et allons à Pétrocaravi. » Pétrocaravi, le « vaisseau de pierre », un îlot désert, à huit cents mètres au large de la pointe de Phraxos. Conchis était en short, coiffé d'un bonnet de water-polo rutilant, rouge et blanc, et tenait à la main les palmes bleues, deux masques et deux tubas de pêche sous-marine. Je traversai derrière lui l'étendue de pierres brûlantes.

« A Pétrocaravi, c'est très bien sous l'eau. Vous verrez.

— A Bourani, c'est très bien au-dessus de l'eau. » Je marchais près de lui, à présent. « Cette nuit, j'ai entendu des voix.

— Des voix? » Il ne montrait aucune surprise.

« Le disque. Je n'avais jamais eu une expérience semblable. C'est une idée extraordinaire. » Il ne répondit pas, mais descendit dans le bateau et ouvrit le coffre du moteur. Je détachai l'amarre de son anneau dans le ciment, puis m'accroupis sur la jetée, et le regardai s'affairer dans l'écoutille. « Je suppose que vous avez des haut-parleurs dans les arbres?

— Je n'ai rien entendu. »

Je fis glisser l'amarre dans ma main. Je souris. « Mais vous savez que j'ai entendu quelque chose? »

Il leva les yeux. « Parce que vous me l'assurez.

— Pourtant vous n'avez pas dit : " C'est extraordinaire! Des voix! Quelles voix? " Ce serait la réaction normale, non? » D'un geste plutôt sec, il m'invita à m'embarquer. Je descendis dans le bateau et m'assis sur le banc, en face de lui. « Je voulais seulement vous remercier d'avoir organisé cette expérience unique.

— Je n'ai rien organisé.

— J'ai peine à le croire. »

Nous nous observions. Le bonnet rouge et blanc au-dessus des yeux simiesques lui donnait l'air d'un chimpanzé savant. Autour de nous, le soleil, la mer, le bateau... Pas la moindre ambiguïté dans ce monde lumineux. Je souris; il ne sourit pas. En parlant du chant j'avais fait une gaffe. Il se courba pour mettre en place la manivelle.

« Attendez, laissez-moi faire ça. » Je pris la poignée. « Je n'ai jamais voulu vous offenser. Je n'en parlerai plus. »

Je me penchai sur la manivelle. Soudain sa main fut sur mon épaule. « Vous ne m'avez pas offensé, Nicholas. Je ne vous demande pas de me croire. Tout ce que je vous demande est de faire semblant. Faire semblant de croire. Ce sera plus facile. »

Etrangement, il avait suffi de ce simple geste et d'un léger changement de ton et d'expression pour que la tension se relâche entre nous. Je savais qu'il cherchait à me mystifier, comme il l'avait fait déjà avec les dés truqués, mais je sentais aussi qu'en même temps il avait pour moi de la sympathie. Et tout en virant au moteur je me disais que si cela lui faisait plaisir, je voulais bien avoir l'air d'être dupe.

Nous sortions de la baie. Le bruit du moteur rendait toute conversation difficile. Je contemplais, à quinze ou vingt mètres de profondeur, les taches pâles des rochers étoilés d'oursins noirs. Puis, levant les yeux, je vis que Conchis avait au côté gauche deux cicatrices boursouflées, symétriques, sans aucun doute laissées par une balle; et j'en découvris une autre en haut du bras droit. Elles dataient, pensai-je, de l'exécution, durant la dernière guerre. Assis là au gouvernail, il avait l'air ascétique; un Gandhi. Mais comme nous approchions de Pétrocaravi il se leva et manœuvra la barre habilement, l'appuyant contre sa cuisse bronzée. Après des années au soleil sa peau avait pris le ton brun acajou de celle des pêcheurs.

Les rochers étaient d'étranges et gigantesques blocs de conglomérat, nus et monstrueux, beaucoup plus imposants qu'ils ne le paraissaient vus de l'île. Nous jetâmes l'ancre à cinquante mètres au large. Puis Conchis me tendit un masque équipé d'un tuyau. A cette époque on n'en trouvait nulle part en Grèce, et je n'en avais encore jamais utilisé.

Je suivis le lent battement rythmé de ses pieds au-dessus d'un paysage pétrifié. D'immenses masses de pierre, parmi lesquelles filaient comme en un vol plané des bancs de poissons de tout genre. Il y avait des poissons plats et argentés, dignes comme des magistrats, des poissons minces et vifs, d'autres à la Jérôme Bosch, l'œil malveillant au fond des crevasses; de minuscules poissons bleu électrique, un instant immobiles, des poissons frémissants, noir et rouge, d'autres verts et furtifs. Il me montra une grotte sous-marine, une nef d'ombre bleu pâle aux colonnes légères, où les grands rouquiers flottaient comme en transe. Du côté du large, les rochers plongeaient à pic dans un bleu sans fond, intense et magnétique. Conchis leva la tête au-dessus de la surface.

« Je retourne chercher le bateau. Restez ici. »

Je nageai encore. Un banc de poissons nageait derrière moi. Des centaines de poissons gris doré, tournant quand je tournais, s'élançant à ma suite, bien grecs dans leur démonstration d'une curiosité irrépressible. Puis je restai allongé dans l'eau à l'endroit où une grande dalle rocheuse la portait à la température idéale pour le bain. L'ombre du bateau l'obscurcit soudain. Conchis me conduisit jusqu'à une profonde fissure entre deux énormes rochers; il suspendit au bout d'une ligne un chiffon blanc. Je me maintenais immobile dans l'eau, guettant la pieuvre qu'il essayait d'attirer. Bientôt un tentacule sinueux se glissa vers l'appât, cherchant à le saisir, puis d'autres apparurent. Adroitement, Conchis continuait ses manœuvres. Je m'étais moi-même exercé à ce jeu et je savais que ce n'était pas aussi simple qu'il y paraissait quand on voyait opérer les gamins du village. La pieuvre sortait de son trou, comme à contrecœur, inéluctablement pourtant, tournoyant lentement, chair nourrie de noyés, étirant un à un ses bras aux ventouses exploratrices. Conchis l'amena soudain à la gaffe dans le bateau, fendit le sac à encre d'un coup de couteau. En un instant il avait retourné la pieuvre comme un gant. Je me hissai à bord.

« J'en ai attrapé mille à cette même place. Ce soir, une autre va occuper le trou. Et elle se laissera prendre aussi aisément.

— Pauvre créature!

— Vous voyez que le réel, on peut s'en passer. Même les pieuvres préfèrent les apparences. » Je vis à côté de lui le morceau de drap blanc qui lui avait fourni l'appât. C'était dimanche matin, le temps des sermons et des paraboles. Il détacha ses regards de la flaque de sépia.

« Eh bien, ce monde d'en dessous, comment le trouvez-vous?

— Fantastique. Comme un rêve.

— Comme notre monde à nous. Mais écrit en des termes vieux de millions d'années. » Il jeta la pieuvre sous le banc. « Pensez-vous que cet être-là ait une vie après la mort? »

Je baissai les yeux vers les débris visqueux et, les relevant, rencontrai son sourire ironique. Son bonnet rouge et blanc était de travers. A présent il avait l'air d'un Picasso imitant un Gandhi qui aurait imité un corsaire. Il enclencha le levier d'embrayage. Nous avancions. Je pensai à la Marne, à Neuve-Chapelle, puis secouai la tête. Il approuva d'un signe, ramassa l'étoffe blanche. Ses dents régulières luisaient d'un éclat faux dans la lumière intense. Et tout en lui semblait dire : La stupidité est mortelle; mais regardez-moi, j'ai survécu.

23

Le déjeuner servi dans la galerie fut un simple repas grec de fromage de chèvre, de poivrons verts et d'œufs en salade. Les cigales crissaient dans les pins. Hors des arcades fraîches, la chaleur était écrasante. Nous ne parlions que du monde sous-marin. Pour lui c'était comme une gigantesque énigme, un laboratoire d'alchimiste où tout avait une valeur mystérieuse, une secrète histoire qu'il fallait deviner, démêler, retracer. Avec lui l'histoire naturelle était départ et poésie; et non plus prétexte à une activité de boy-scout ou à des plaisanteries dans *Punch*.

Le repas terminé il se leva. Nous nous retrouverions pour le thé, après sa sieste.

« Et vous, qu'allez-vous faire? »

J'ouvris le vieux numéro du *Time* que j'avais près de moi, et dans lequel était glissé l'opuscule du XVIIe siècle.

Il parut surpris. « Vous ne l'avez pas encore lu?

— Je vais le lire maintenant.

— Très bien. C'est une pièce rare. »

Il fit de la main un geste amical et s'en alla. Je traversai l'esplanade et nonchalamment, marchant sous les arbres, me dirigeai vers l'est. Le sol montait légèrement, puis redescendait et, après une centaine de mètres, un léger affleurement de roches cachait la maison. Devant moi s'ouvrait un ravin profond obstrué par les lauriers-roses, les buissons épineux, et qui tombait brusquement vers la plage. Je m'assis, le dos contre le tronc d'un pin, et me plongeai dans la lecture de l'opuscule. Il contenait les confessions, lettres et prières posthumes d'un certain Robert Foulkes, curé de Stanton Lacy, dans le Shropshire. Quoique lettré, et marié, père de deux fils, il avait en 1677 pris pour maîtresse une toute jeune fille, et tué l'enfant né de leurs amours; on l'avait condamné à mort.

Il parlait la belle langue robuste du milieu du XVIIe siècle. Il avait « atteint le comble de l'impiété » sachant bien, pourtant, que « le prêtre est le miroir du peuple ». De sa cellule de condamné il gémissait. « Ecrasez le serpent. Je suis condamné à mort. » Mais parlant de la jeune fille il niait avoir « tenté de la corrompre à neuf ans » car, « sur la foi d'un homme près de mourir, les yeux de la fillette voyaient et ses mains agissaient dans tout ce qui avait été fait ».

La lecture d'une quarantaine de pages me prit une demiheure. Je sautai les prières. Le texte principal était, comme Conchis me l'avait dit, beaucoup plus réel qu'un roman historique, plus émouvant, plus évocateur, plus humain. Je m'allongeai sur le sol, face à l'enchevêtrement des branches et du ciel. Je tenais dans ma main un minuscule morceau d'Angleterre disparue, qui était venu échouer sur une terre païenne, parmi les pins d'une île grecque. Je fermai les yeux et suivis un moment le jeu des images colorées qui surgissaient sous mes paupières quand je les serrais. Puis je dormis.

Quand je m'éveillai, je regardai ma montre sans même relever la tête. Quarante minutes avaient passé. Je somnolai encore quelques minutes de plus. Puis je me redressai.

Il était là, debout dans l'ombre d'un vert d'encre, sous un épais caroubier, à une soixantaine de mètres de l'autre côté du ravin, au même niveau que moi. Je me levai d'un bond, sans savoir encore si j'allais appeler, applaudir, avoir peur ou simplement rire, si stupéfait que je ne pouvais rien faire d'autre que rester là, le regard fixé sur l'homme habillé de noir, avec son chapeau à calotte haute, son grand manteau, sa rhingrave ses bas noirs. Il portait les cheveux longs, un col de dentelle, des manchettes blanches. Des souliers noirs à boucles de métal. Il se tenait là dans l'ombre, un Rembrandt, gardant la pose, parfaitement insolite et pourtant d'une troublante vérité.

Un homme lourd et solennel, au visage plutôt coloré : Robert Foulkes.

Je me retournai, m'attendant presque à découvrir Conchis derrière moi. Mais il n'y avait personne. Je revins à la silhouette toujours immobile dans l'ombre, et qui continuait à regarder droit dans le soleil et par-dessus le ravin, vers l'endroit où je me trouvais. Puis apparut à son tour une autre silhouette, jusque-là cachée par le caroubier. C'était une fillette de douze ou treize ans, aux longs cheveux, au visage pâle, vêtue d'une robe brun foncé. Je distinguais sur sa nuque une sorte de bonnet pourpre, étroitement ajusté. Elle vint se placer près de lui et elle aussi me regarda. Elle lui arrivait à peine à hauteur de poitrine. Nous dûmes rester là tous les trois à nous fixer des yeux pendant quelque trente secondes. Puis je levai le bras en souriant. Aucun des deux ne réagit. Je m'avançai de dix mètres environ, dans le soleil, jusqu'à l'extrême bord du ravin.

Je criai en grec : « Bonjour. Que faites-vous là? » Et de nouveau : « *Ti kanete?* »

Pas de réponse, mais toujours le même regard, vaguement irrité chez l'homme, sans expression chez la jeune fille. Je vis voleter sur le côté les pans de sa jupe brune, que rabattait un coup de vent.

Je pensai : Henry James. Le vieux s'est inspiré du *Tour d'écrou.* Et cette effarante impudence! Je me souvenais de la conversation au sujet du roman : « *Les mots doivent dire les faits. Pas raconter une histoire inventée.* »

Je regardai vers la maison. Conchis aurait dû à présent annoncer son jeu. Mais il n'y avait là que moi et les deux autres — moi, et mon sourire de plus en plus idiot, et eux deux dans leur ombre verte. La jeune fille se rapprocha un peu de l'homme qui mit la main sur son épaule d'un geste lent et solennel. Ils semblaient attendre que je fasse quelque chose. Je ne pouvais leur parler. Il me fallait m'approcher d'eux. J'examinai la combe. Sur cent mètres au moins elle était infranchissable, mais ensuite, de mon côté, la pente s'adoucissait. D'un geste indiquant mon intention je commençai à gravir la colline. Je ne cessais de regarder en arrière vers le couple silencieux. Je les vis se retourner sous l'arbre, m'observer, jusqu'à ce qu'une élévation du terrain, de leur côté, les dérobe à ma vue. Je me mis à courir.

J'atteignis enfin l'endroit d'où on pouvait franchir la combe. Sur l'autre pente l'escalade était rude, à travers les smilax aux épines désagréablement aiguës. Une fois passées les broussailles je pus me remettre à courir, et je vis le caroubier, mais il n'y avait plus personne. Je fus sous l'arbre en quelques secondes; une minute à peine s'était écoulée depuis que je l'avais perdu de vue. Le sol recouvert de gousses racornies ne révélait rien pourtant. Je voyais en face l'endroit où j'avais dormi et, sur le pâle tapis d'aiguilles de pin, les deux rectangles : l'un gris, l'autre bordé de rouge, de l'opuscule et du *Time*. Je continuai à marcher bien au-delà du caroubier, jusqu'aux fils de fer, en travers de la forêt, au bord de l'à-pic marquant la limite de Bourani à l'est. Au-dessous les trois maisonnettes avaient l'air bien innocent, dans leur petit verger d'olives. Comme pris de panique je revins jusqu'au caroubier, et le long du côté est du ravin montai en haut de la falaise dominant la plage privée. Il y avait là plus de broussailles, mais pas assez pour que quelqu'un s'y cache, à moins de s'aplatir au sol. Or je ne pouvais imaginer cet homme à l'air irascible étendu à plat ventre et retenant son souffle.

Puis j'entendis la cloche de la maison. Elle sonna trois fois. Je regardai ma montre : l'heure du thé. Elle sonna de nouveau — bref, bref, long — et je m'imaginai qu'elle sonnait les syllabes de mon nom.

J'aurais dû, je suppose, me sentir effrayé. Mais non. Aucune frayeur. J'étais trop stupéfait; et trop intrigué. L'homme et la fille au teint blême avaient vraiment l'air d'être anglais; d'ailleurs, quelle que fût leur nationalité, je savais qu'ils ne vivaient pas sur l'île. Il me fallait donc supposer qu'on les avait fait venir spécialement, et qu'ils étaient restés cachés, attendant que je lise le pamphlet de Foulkes. J'avais facilité leur tâche en m'assoupissant au bord du ravin, mais ce n'était là que pur hasard. Et comment Conchis s'y prenait-il pour les garder sous la main? Et où s'en étaient-ils allés?

Mon esprit s'enfonçait dans les ténèbres, dans un monde qui refusait toutes mes certitudes pour accueillir les fantômes. Mais il y avait quelque chose de trop purement physique dans cette expérience paranormale. En plein jour les « apparitions » sont toujours assez peu convaincantes. Et sans doute fallait-il que je voie bien qu'il ne s'agissait pas vraiment d'un phénomène surnaturel. Il y avait aussi les paroles de Conchis, énigmatiques, semant le doute : si j'avais l'air de croire, ce serait plus facile. Pourquoi plus facile? Plus amusant, plus poli, peut-être; mais « plus facile » semblait suggérer que j'avais à passer quelque épreuve.

Je me tins un moment sous les arbres, complètement désemparé. Puis je souris. J'avais en quelque sorte atterri au milieu des fantasmes d'un vieil original. Mais pourquoi les nourrissait-il? Pourquoi devait-il les projeter en des scènes aussi étranges dont il me voulait le seul spectateur? Cela restait un mystère total. Cependant il y avait, dans la situation bizarre où je me trouvais, quelque chose d'unique que je ne voulais pas manquer, ni gâcher, faute d'humour ou de patience.

Je traversai à nouveau le ravin, je ramassai le *Time* et le pamphlet. Un dernier regard au caroubier, sombre, impénétrable, fit naître en moi quelque inquiétude. C'était la peur de l'inconnu, de l'inexplicable.

Quand j'eus regagné l'esplanade, me dirigeant vers la galerie où Conchis était déjà assis, le dos tourné, je décidai de mon action. Ou plutôt de ma réaction.

Il me fit face. « Bonne sieste?

— Oui, merci.

— Vous avez lu l'opuscule?

— Vous aviez raison. C'est bien plus fascinant qu'un roman historique. » L'ironie sous-jacente le laissa impassible. « Merci beaucoup. » Je posai la brochure sur la table.

Je ne dis rien de plus. Tranquillement, il me versa du thé.

Il avait déjà bu le sien et il s'en alla jouer du clavecin. En l'écoutant, je réfléchissais. Les incidents semblaient conçus pour décevoir tous les sens. L'ouïe et l'odorat la nuit dernière; la vue cet après-midi, et hier aussi cette silhouette fugitive. Le goût semblait hors de cause; mais le toucher...? Pensait-il vraiment que je croirais, ou même prétendrais croire que quelque chose de palpable était « psychique »? Quel rapport pouvait-il y avoir entre les « voyages dans d'autres mondes » et ces supercheries? Sur un seul point j'y voyais plus clair : l'anxiété de Conchis au sujet de ce que Leverrier et Mitford avaient pu me raconter. Elle s'expliquait, à présent. Il avait pratiqué sur eux aussi ses étranges tours d'illusionniste et leur avait fait jurer le secret.

Lorsqu'il revint, il m'emmena arroser ses légumes. Il fallait tirer l'eau d'une rangée de citernes au long col, derrière le cottage. Et quand ce fut fait, que les plantes furent rafraîchies, nous nous assîmes près de la charmille de Priape, dans l'odeur de la terre mouillée et verdoyante, si surprenante pendant l'été grec. Il fit ses exercices de respiration profonde — un rite, comme tant d'autres dans sa vie — puis me sourit, et retournant brusquement vingt-quatre heures en arrière :

« Maintenant, parlez-moi de cette fille. » C'était un ordre, pas une question. Ou plutôt le refus de croire que je pouvais encore refuser.

« En fait il n'y a rien à dire.

— Elle n'a pas voulu de vous?

— Au contraire. Au début en tout cas. C'est moi qui n'en voulais pas.

— Et maintenant vous voudriez...

— C'est fini. C'est trop tard.

— On croirait entendre Adonis. Vous est-il arrivé la même mésaventure? »

J'hésitai un moment, puis me décidai à parler. J'avais été tenté de le faire plusieurs fois depuis que je savais qu'il était médecin. A présent je voulais aussi choquer un vieil homme tournant en dérision mon jeune fatalisme.

« Eh bien oui. Ou à peu près. » Il me lança un regard aigu. « A Athènes, au début de l'année. J'ai attrapé la syphilis. » Il continuait de m'observer. « Mais ça va mieux. Je pense que je suis guéri.

— Qui a fait le diagnostic?

— Le toubib du village. Pataresc u.

— Dites-moi les symptômes.

— Cela a été confirmé par la clinique d'Athènes.

— Evidemment. » La voix était sèche. Je vis soudain clairement à quoi il faisait allusion. « Maintenant dites-moi les symptômes. »

Il finit par me les arracher. Dans les moindres détails.

« Juste ce que je pensais. Vous avez eu un chancre mou.

— Quoi?

— Un chancre mou. *Ulcus molle*. Une maladie très commune dans les régions méditerranéennes. Déplaisante mais bénigne. Le meilleur traitement est l'eau et le savon.

— Alors pourquoi donc... »

Il frotta le pouce et l'index l'un contre l'autre, un geste qui, en Grèce comme partout ailleurs, veut dire argent et corruption.

« Avez-vous payé? »

— Oui. Pour cette pénicilline spéciale.

— Alors il n'y a rien à faire.

— J'ai sacrément envie de porter plainte.

— Rien ne prouve que vous n'avez pas eu la syphilis.

— Vous voulez dire que Paparescu...

— Je ne veux rien dire du tout. D'un point de vue médical, il a été parfaitement correct. Un test est toujours à conseiller. » C'était presque comme s'il voulait défendre ceux qui m'avaient roulé. Il haussa légèrement les épaules : ainsi va le monde.

« Paparescu aurait pu m'avertir.

— Peut-être craignait-il plus pour vous les filles de joie que les escrocs.

— Le salaud ».

Il y eut un long silence. J'étais partagé entre un énorme soulagement et la rage de m'être laissé berner. Enfin Conchis reprit la parole.

« Même s'il s'agissait de la syphilis, pourquoi ne pouviez-vous pas aller retrouver cette fille que vous aimez?

— C'est vraiment trop compliqué.

— Donc tout à fait normal. »

Sur ses encouragements je me mis peu à peu à lui parler d'Alison. Avec des hésitations et des reprises. La nuit d'avant il avait parlé franchement et j'essayai d'en faire autant. Cette fois encore, je ne sentais de sa part aucune réelle sympathie, mais seulement une curiosité obsessionnelle, inexplicable. Je lui dis que j'avais récemment écrit une lettre.

« Et elle ne répond pas? »

J'eus un geste désabusé.

« Vous pensez à elle, vous voulez la voir... Il faut écrire encore. » C'était dit avec tant d'énergie que je ne pus m'empêcher de sourire. « Vous vous laissez gouverner par le hasard. S'en remettre au hasard c'est comme se laisser couler à pic. » Il me secoua par l'épaule. « Nagez donc!

— Nager, c'est vite dit. Encore faut-il savoir dans quelle direction.

— Vers cette fille. Vous dites qu'elle vous connaît bien, qu'elle vous comprend, c'est beaucoup. »

Je restai un moment silencieux. Un papillon jaune et noir, un grand porte-queue, errait au-dessus de la bougainvillée, autour de l'arbre de Priape, et ne trouvant pas de miel s'éloigna en un vol plané entre les branches. « En fait je suppose que je ne sais pas vraiment ce que c'est que l'amour... si ce n'est pas seulement le désir physique. Et d'ailleurs, maintenant, je m'en fiche totalement.

— Mais vous êtes épouvantable, mon garçon. Un tel défaitisme... Un tel pessimisme!...

— Il fut un temps où j'étais plutôt ambitieux. J'aurais dû aussi être moins lucide. Ainsi peut-être ne me sentirais-je pas vaincu aujourd'hui. » Je le regardai. « Ce n'est pas seulement moi, c'est l'époque, toute ma génération. Nous ressentons tous la même chose.

— Dans notre siècle de progrès fulgurant? Quand nous avons, en cinquante ans, dissipé plus de ténèbres que nous ne l'avions fait en cinq millions d'années?

— Comme à Neuve-Chapelle? A Hiroshima?

— Mais vous et moi! Nous existons, nous sommes cet âge merveilleux. Nous n'avons pas été détruits. Nous n'avons même rien détruit.

— *No man is an island.* Nul ne peut s'isoler des autres.

— Pff... Sottises! Chacun de nous est une île. S'il n'en était pas ainsi nous deviendrions fous sur l'heure. Entre ces îles il y a les bateaux, les avions, le téléphone et la télévision, tout ce que vous voudrez, mais les hommes restent des îles. Des îles qui peuvent sombrer, disparaître pour toujours. Vous êtes une île qui n'a pas sombré. Vous ne pouvez pas être aussi pessimiste. Ce n'est pas possible.

— Ça a l'air de l'être.

— Venez avec moi. » Il se leva, comme en réponse à un appel impératif. « Venez. Je vais vous montrer le plus profond secret de la vie. Venez donc. » Il se dirigea vers la colonnade. Puis je le suivis à l'étage. Là il me poussa vers la terrasse.

« Allez vous asseoir à la table. Le dos au soleil. »

Il reparut une minute plus tard, portant un objet lourd, drapé d'une serviette blanche. Il le posa soigneusement au milieu de la table. Il marqua un temps, s'assurant que je regardais avant d'enlever solennellement l'étoffe. Je vis une tête de pierre. Homme ou femme... c'était difficile à dire. Le nez avait été brisé. Les cheveux étaient retenus dans un bandeau et formaient deux coques sur les oreilles. Mais ce qui donnait à ce fragment de statue toute sa puissance c'était le visage au sourire triomphant, un sourire qui aurait pu sembler prétentieux s'il n'avait pas été l'évidente manifestation du plus pur contentement métaphysique. Les yeux étaient vaguement orientaux, allongés et, comme je m'en rendis compte lorsque Conchis mit sa main sur la bouche, souriaient eux aussi. L'expression amusée d'une intelligence infinie flottait sur les lèvres d'un merveilleux modelé.

« C'est cela qui est vrai. Pas la faucille et le marteau. Pas la bannière étoilée. Pas la croix. Pas le soleil. Pas l'or. Pas le *yin* et le *yang*. Mais ce sourire.

— Elle vient des Cyclades, n'est-ce pas?

— Cela n'a pas d'importance. Regardez. Regardez bien les yeux. »

Il avait raison. De la petite sculpture baignée de soleil émanait quelque chose de divin. Le numen; ou plutôt sa connaissance. La certitude ultime. Mais à bien la regarder, je commençais à y voir autre chose.

« Ce sourire... Ne trouvez-vous pas qu'il est aussi... implacable?

— Implacable? » Il vint se placer derrière moi, pour regarder par-dessus ma tête. « C'est la vérité qui est implacable. Mais pas la nature, pas la signification de cette vérité-là.

— D'où vient cette tête?

— De Didyme. En Asie Mineure.

— Elle date de quand?

— VIe ou VIIe siècle avant Jésus-Christ. »

Il était assis sur le parapet, bras croisés.

« Mais Belsen... Et le reste... Si elle savait, aurait-elle encore ce sourire?

— C'est parce qu'ils sont morts que nous savons que nous vivons encore. L'explosion d'une étoile, l'extinction de mille mondes, voilà qui nous enseigne que le nôtre est vivant. Pourquoi ce sourire? Parce que tout cela est, qui pourrait ne pas être. » Il resta longtemps silencieux. Puis il dit : « Quand je mourrai, j'aurai ça près de mon lit. C'est le dernier visage que je veux voir. »

La petite tête nous observait l'examinant; suave, tranquille, presque malicieusement indéchiffrable. Et soudain l'idée me vint que Conchis arborait quelquefois ce même sourire; comme s'il s'asseyait devant la statue et s'entraînait à l'imiter. Et en même temps je compris ce qu'il avait de déplaisant. C'était avant tout l'ironie qu'affichent ceux qui ont le privilège d'en savoir plus que les autres. A nouveau je regardai Conchis. J'étais sûr que j'avais raison.

24

Sur la maison, la forêt, la mer, une obscurité constellée d'étoiles... La table du dîner débarrassée. La lampe éteinte. Je m'étendis sur ma chaise longue. Il laissait la nuit nous envelopper silencieusement, s'emparer de nous, et le temps s'écouler; puis à nouveau il m'emporta à des dizaines d'années en arrière.

« Avril 1915. Je suis rentré en Angleterre sans ennuis. Je ne savais pas ce que j'allais faire. Et faire quelque chose, à dix-neuf ans, ce n'est pas assez, il faut encore trouver à ce que l'on fait une justification. Lorsqu'elle m'a revu, ma mère s'est évanouie. Pour la première et dernière fois j'ai vu pleurer mon père. Avant de les retrouver, j'avais décidé que je dirais la vérité à mes parents, que je ne pouvais pas les tromper. Et pourtant, une fois devant eux, je n'ai rien pu dire. C'était peut-être tout simplement de la lâcheté, il m'est difficile d'en juger, mais il y a des vérités qui paraissent trop cruelles lorsqu'on se trouve en face de ceux qui devraient les entendre. J'ai donc raconté que j'avais eu la chance d'obtenir une permission, et que, maintenant que Montague était mort, j'allais rejoindre mon bataillon d'origine. Je me suis grisé de mensonge. C'était en moi comme une folie. Non content de me justifier je mentais avec un luxe inouï. J'ai inventé une nouvelle bataille de Neuve-Chapelle, comme si la vraie n'avait pas été assez horrible. J'ai même ajouté que j'allais monter en grade.

« D'abord la chance a été de mon côté. Deux jours après mon retour, mes parents ont reçu une lettre officielle les avisant que j'étais porté disparu; présumé tué au combat. De telles erreurs étaient trop fréquentes pour que mes parents s'en étonnent. Ils ont déchiré la lettre joyeusement.

« Et Lily. Peut-être avait-elle fini par découvrir ce qu'elle ressentait réellement à mon égard. Quoi qu'il en soit, je ne pouvais plus l'accuser de me traiter en frère plutôt qu'en amant. Vous savez, Nicholas, si la grande guerre a apporté bien des souffrances elle a aussi détruit entre les deux sexes des illusions malsaines. Pour la première fois depuis un siècle, les femmes découvraient que l'homme veut d'elles quelque chose de plus chaleureux qu'une chasteté de nonne et un idéalisme bien-pensant. Je ne veux pas dire que Lily ait soudain perdu toute réserve. Ou qu'elle se soit donnée à moi. Mais elle m'a donné tout ce qu'elle a pu. Ces heures que je passais seul avec elle me permettaient de rassembler assez de force pour continuer à mentir, tout en rendant mon mensonge plus terrible encore. J'étais sans cesse repris d'un désir de tout lui raconter avant qu'on ne vienne m'arrêter. Chaque fois que je rentrais chez moi je m'attendais à y trouver la police et mon père indigné. Et avant tout je redoutais le regard que Lily poserait alors sur moi. Lorsque j'étais avec elle je refusais de parler de la guerre. Elle se méprenait sur les raisons de ma nervosité qui l'émouvait profondément. Elle y répondait par une douceur amoureuse, une tendresse ardente dont je me nourrissais, avide, comme une sangsue. Une sangsue voluptueuse. Elle était devenue une très belle jeune femme.

« Un jour nous sommes allés nous promener dans les bois — près de Barnet, je crois; je ne me souviens plus du nom de l'endroit mais seulement qu'il s'y trouvait en ce temps-là, malgré la proximité de Londres, des bois très agréables, et déserts.

« Nous nous étions étendus sur le sol et nous nous embrassions. Vous allez sourire, sans doute. Etendus et nous embrassant, rien de plus. Vous, les jeunes, vous pouvez à présent jouer avec vos corps, les prêter, les donner. Mais en revanche pensez à ce que vous avez perdu : un monde riche en mystère, en émotions délicates, car ce ne sont pas seulement des espèces animales qui s'éteignent mais des catégories entières de sentiments. Ne vous apitoyez pas sur le passé et tout ce qu'il ignorait mais plutôt sur vous-mêmes qui ignorez à présent ce qu'il avait à nous offrir.

« Cet après-midi-là, Lily m'a dit qu'elle voulait m'épouser. Avec une dispense de bans et sans la permission de ses parents s'il le fallait, afin que nos corps ne fassent qu'un comme nos âmes, disait-elle. Je la désirais ardemment, je voulais m'unir à elle. Mais mon terrible secret était toujours entre nous, comme l'épée entre Tristan et Isolde. Et parmi les fleurs, les oiseaux innocents, les arbres silencieux j'ai dû encore simuler un noble désintéressement. Comment pouvais-je la refuser sinon en déclarant que, ma mort étant plus que probable, je ne pouvais accepter un tel sacrifice? Elle protestait, elle pleurait, elle attribuait des raisons généreuses à mes refus hésitants, torturés. A la fin de l'après-midi, avant de quitter le bois, avec une solennité, une franchise, une abnégation que vous ne pourriez pas même imaginer, parce qu'une telle offrande inconditionnelle est encore un autre mystère tombé en désuétude, elle m'a dit : “ Quoi qu'il arrive, je n'épouserai jamais personne d'autre. ” »

Il se tut un moment, comme un homme qui a atteint le bord d'un gouffre. Je ne sais s'il avait préparé son effet, mais dans le silence, la nuit et les étoiles semblaient attendre avec lui, comme si son histoire et l'histoire du monde étaient étroitement imbriquées, et que le cosmos n'était là qu'afin de servir de cadre au récit.

« Je m'étais accordé une permission de quinze jours. Elle touchait à sa fin. Je n'avais aucun plan, ou plutôt j'en avais des centaines, ce qui est encore pire. Parfois j'envisageai de retourner en France. Alors je voyais d'affreuses silhouettes jaunes sortir en titubant d'un mur de fumée. Je voulais être aveugle. Mais cette guerre... Mais ce monde... Ma place dans tout cela... Mes yeux s'ouvraient malgré moi.

« J'ai revêtu mon uniforme et laissé mes parents et Lily me conduire à la gare Victoria. Ils croyaient que j'avais à me présenter dans un camp près de Douvres. Le train était plein de soldats. Une fois de plus le grand courant de la guerre m'a entraîné, le désir de mort européen. Quand le train s'est arrêté, quelque part dans le Kent, j'en suis descendu.

« Je suis resté là deux ou trois jours, dans un hôtel pour voyageurs de commerce. J'étais sans espoir, et sans but. On ne pouvait échapper à la guerre. On ne voyait qu'elle, on n'entendait parler de rien d'autre. J'ai fini par revenir à Londres et à aller trouver la seule personne en Angleterre près de laquelle je pensais pouvoir chercher refuge. Mon grand-père, en fait mon grand-oncle. Il était grec, il m'aimait à cause de ma mère. Un Grec place sa famille au-dessus de tout. Il m'a écouté. Puis il s'est levé, est venu vers moi. Je savais ce qu'il allait faire. Il m'a frappé brutalement au visage, si brutalement que j'en sens encore le coup. Puis il a dit : “ Voilà ce que je pense. ”

« Je savais qu'à ces mots on pouvait tacitement ajouter “ en dépit de l'aide que je vais te donner ”. Il était furieux, il m'a abreuvé de toutes les injures qui existent en grec. Mais il m'a caché. Peut-être parce que j'ai dit que même si je repartais à présent je serais fusillé. Le jour suivant il est allé voir ma mère. Sans doute lui a-t-il donné le choix entre son devoir de citoyenne et son devoir de mère. Elle est venue me voir, sans un mot de reproche, et son silence a été pire pour moi que la colère de *o Pappous*. Je savais ce qu'elle aurait à supporter lorsque mon père saurait la vérité. Entre elle et *o Pappous* il a été décidé qu'il me fallait quitter clandestinement l'Angleterre pour rejoindre notre famille d'Argentine. Heureusement *o Pappous* avait de l'argent et les relations nécessaires dans le monde des transports maritimes. Il a arrangé les choses et fixé une date.

« J'ai vécu trois semaines chez mon oncle, sans pouvoir sortir, dans une telle agonie de peur et de dégoût que j'ai voulu plusieurs fois aller me livrer à la police. Je ne pouvais pas écrire à Lily après lui avoir promis de le faire tous les jours, c'était là ma pire souffrance. Ce que les autres pensaient de moi m'était égal, mais elle, je voulais désespérément la convaincre que j'étais sain d'esprit dans un monde fou. Il y a des gens qui ont un jugement moral tout instinctif et pourtant très sûr, des gens qui, en matière d'éthique, sont aussi étonnamment subtils que certains paysans indiens le sont dans le domaine des calculs mathématiques. Lily était ainsi. Et je souhaitais ardemment qu'elle m'approuve.

« Un soir, je n'ai pu y tenir. Je me suis glissé hors de ma cachette et suis allé à St John's Wood. Je savais que ce soir-là Lily se rendrait après dîner à un ouvroir de travaux d'aiguille au bénéfice des soldats, qui se tenait dans la salle paroissiale, proche de chez elle. Je l'ai attendue, par un chaud crépuscule de mai, sur le chemin qu'elle devait prendre. J'ai eu de la chance, elle est venue seule. Quittant l'abri d'un portail, je me suis soudain avancé vers elle. Elle a pâli d'émotion, devinant à voir mon visage qu'il était arrivé quelque chose de terrible. Aussitôt que je l'ai vue, mon amour pour elle m'a submergé; j'en ai presque oublié tout ce que je voulais dire.

« Je ne me souviens pas de ce que je lui ai raconté. Je me souviens seulement d'avoir marché à côté d'elle dans le crépuscule, vers Regent's Park, parce que nous voulions tous les deux être seuls et dans l'obscurité. Elle n'a pas discuté, n'a pas protesté, et pendant longtemps ne m'a pas même regardé. Nous nous sommes assis sur un banc, près de ce lugubre canal qui traverse la partie nord du parc, et elle s'est mise à poser des questions, des questions pratiques, concernant mes projets. Enfin, elle a pleuré. Rien ne m'autorisait à la consoler. Je l'avais trompée. C'était une faute impardonnable, non d'avoir déserté mais de l'avoir trompée. Pendant un moment elle a gardé son regard fixé sur le canal noir. Puis elle a mis sa main sur la mienne et m'a fait taire. Finalement, sans un mot, elle m'a entouré de ses bras. Et tout ce que l'Europe avait de meilleur, à ce qu'il me semblait, du moins, a étreint pour un moment tout ce qu'elle avait de pire.

« Mais le malentendu était trop grand entre nous. Non que j'aie pensé, même alors, que j'avais eu tort de m'enfuir, mais il est possible, et même normal, d'avoir raison devant l'histoire et tort vis-à-vis de ceux qu'on aime. Quand Lily s'est mise à parler, un peu plus tard, je me suis rendu compte qu'elle n'avait rien compris de ce que j'avais dit au sujet de la guerre, et qu'elle se voyait elle-même non comme je désirais tant qu'elle soit, l'ange du pardon, mais comme l'ange de mon salut. Elle m'a supplié de repartir. Elle pensait que je serais comme mort en esprit tant que je ne l'aurais pas fait. Elle ne cessait d'employer le mot “ résurrection ” quand je ne m'inquiétais que de notre réunion. Elle a fini par dire que mon retour au front serait le prix de son amour — telle était sa décision, et cela dans mon propre intérêt; afin que je retrouve ma vraie identité —, et aussi que dans le bois j'avais vu son amour dans toute sa vérité : quoi qu'il arrive, elle n'épouserait jamais quelqu'un d'autre.

« Puis nous sommes restés silencieux. Vous auriez compris, vous. L'amour est fait du mystère entre deux êtres, non de leur ressemblance. Nous représentions des formes diamétralement opposées du genre humain. Lily : l'humanité soumise au devoir, incapable de choisir, une humanité souffrante, à la merci de l'idéal d'une société. L'humanité tout à la fois crucifiée et marchant vers la croix. Et moi : libre — Pierre qui renonce trois fois — déterminé à survivre à quelque prix que ce soit. Je peux voir encore son visage. Plongeant dans les ténèbres un regard d'une fixité terrible, comme si elle en attendait l'accès à un autre monde. Nous étions enfermés dans une chambre de torture. Encore amoureux l'un de l'autre mais enchaînés à deux murs opposés; pour l'éternité face à face et incapables de nous toucher.

« Et naturellement — comme le font tous les hommes en pareil cas — j'ai essayé de tirer d'elle un peu d'espoir. Elle m'attendrait, ne me jugerait pas trop vite... Mais elle m'a arrêté d'un regard. Un regard que je n'oublierai jamais parce qu'on y voyait presque de la haine, et que la haine dans son visage était aussi inconcevable que la malveillance dans les yeux de la Sainte Vierge. L'ordre de la nature en était renversé.

« Au retour, j'ai marché à côté d'elle, en silence. Je lui ai fait mes adieux sous un réverbère, près d'un jardin plein de lilas. Nous ne nous sommes pas touchés, nous n'avons pas dit un mot. Deux jeunes visages, soudain vieillis, se faisant face. C'est un de ces moments qui pour moi durent encore, quand cette morne rue ce soir-là, les bruits, les choses, sont tombés dans l'oubli, en poussière. Deux visages pâles. L'odeur du lilas. Dans une obscurité abyssale. »

Il s'arrêta. Il n'y avait pas d'émotion dans sa voix. Je pensais à Alison, à ce dernier regard qu'elle avait eu vers moi.

Un silence. Et puis :

« Quand l'avez-vous revue? »

Une chauve-souris, au-dessus de nos têtes, lança son cri aigu.

« Elle est morte. »

J'insistai :

« Peu de temps après?

— Dans les premières heures du 19 février 1916. » Je tentai de saisir l'expression de son visage, mais il faisait trop sombre. « Il y a eu une épidémie de typhoïde. Elle travaillait dans un hôpital.

— Pauvre fille...

— C'est passé. Englouti par la mer.

— Cela semble présent quand vous le racontez.

— Je ne voulais pas vous attrister.

— C'est l'odeur des lilas.

— Sentimentalité de vieil homme. Pardonnez-moi. »

Nous nous taisions. Il regardait droit dans la nuit. La chauve-souris voletait si bas que pour un instant sa silhouette se découpa contre la voie lactée.

« Est-ce pourquoi vous ne vous êtes jamais marié?

— Les morts vivent. »

Allais-je entendre à présent un bruit de pas, sous la masse noire des arbres? Tout restait calme. Le monde était comme en suspens.

« De quoi vivent-ils? »

Encore une fois il laissa le silence s'installer entre nous, un silence qui était pour lui la réponse à ma question. Il se décida pourtant, quand je n'y comptais plus :

« D'amour. »

C'était comme s'il ne s'adressait pas seulement à moi, mais à tout ce qui nous entourait; comme si elle était là dans l'ombre profonde, écoutant à la porte; comme si raconter le passé lui avait remis en mémoire quelque grand principe qu'il retrouvait intact. Et je me sentis si ému que je restai silencieux.

Un peu plus tard il se leva.

« Vous devez partir tôt, demain matin?

— A six heures.

— J'aimerais que vous veniez la semaine prochaine.

— Rien ne pourra m'empêcher de venir, si vous m'invitez.

— Demain matin je ne vous verrai pas. Mais Maria vous préparera votre petit déjeuner.

— Je n'oublierai jamais ce week-end. »

Il se dirigeait vers sa chambre.

« Très bien. J'en suis heureux. » A présent ce n'était plus qu'une simple formule de politesse. Il reprenait son air impérieux.

« Il y a tant de choses que j'aimerais vous demander. Aurais aimé vous demander. »

A la porte, il s'arrêta pour me laisser passer et sourit. « Dans la vie, il faut savoir trouver soi-même les réponses aux questions les plus importantes.

— Je pense que vous voyez ce que je veux dire.

— Mais j'essaie de vous montrer ce que moi je veux dire. »

Il me conduisit à ma chambre dont il alluma la lampe. Il se tint sur le seuil et me tendit la main.

« Je ne veux pas qu'on discute de ma vie, là-bas.

— Non, bien sûr.

— Je vous verrai samedi prochain?

— Vous me verrez. »

Il tendit le bras, et me serra l'épaule comme si j'avais besoin d'encouragement, eut encore vers moi un regard aigu, avant de me laisser seul. J'allai à la salle de bains, puis fermai ma porte, éteignis la lampe. Mais je ne me déshabillai pas. Je restai près de la fenêtre et j'attendis.

25

Pendant au moins vingt minutes il n'y eut aucun bruit; Conchis entra dans la salle de bains puis revint à sa chambre et ce fut le silence. Cela dura si longtemps que je finis par me déshabiller. Le sommeil me gagnait et j'allais y céder quand le silence fut soudain rompu. Conchis ouvrit et referma sa porte, doucement mais sans précautions particulières, et je l'entendis descendre l'escalier. Une minute, deux minutes passèrent; je me dressai et me glissai hors du lit.

De la musique encore, mais venant d'en bas : le clavecin; il résonnait, à la fois percutant et voilé, à travers les murs de pierre. Pendant quelques instants je fus désappointé. Il semblait bien que Conchis, ne pouvant dormir, et triste peut-être, jouait simplement pour lui-même. Soudain un autre bruit me fit me précipiter vers la porte, l'ouvrir avec précaution. Celle du rez-de-chaussée devait être ouverte aussi car même le cliquetis du mécanisme du clavecin était perceptible. Et je fus secoué d'un frisson. Cet autre son grêle, hallucinant, était celui d'une flûte à bec. Il ne s'agissait pas d'un enregistrement, quelqu'un jouait au moment même. La musique s'arrêta puis continua sur un rythme à trois temps, plus allègre. La flûte suivit, avec une solennité que troubla bientôt une erreur, puis une autre. Le musicien était habile, pourtant, et exécutait trilles et ornements avec l'aisance d'un professionnel.

Je sortis nu sur le palier et me penchai au-dessus de la rampe. Il y avait une faible clarté à l'entrée de la salle de musique. Mon rôle était probablement d'écouter, pas de descendre. Pourtant j'enfilai mon pantalon et mon pull et m'engageai dans l'escalier, le bruit de mes pas étouffé par mes semelles de caoutchouc. La flûte s'arrêta et j'entendis le froissement de pages tournées sur le pupitre. Le clavecin passa au timbre de luth pour un nouveau mouvement, doux comme la pluie, dont les harmonies mystérieuses et lointaines envahirent toute la maison. La flûte vint y joindre la lenteur, la gravité d'un adagio, se livra à quelques modulations malheureuses avant de reprendre dans le ton. J'allai sans bruit jusqu'à la porte. Là quelque chose me retint, un étrange et puéril sentiment de culpabilité, celui de l'enfant qui se relève après qu'on l'a mis au lit. La porte était grande ouverte mais elle s'ouvrait vers le clavecin, et la vue était limitée par l'extrémité d'un rayonnage de livres.

La musique s'arrêta. Une chaise déplacée. Mon cœur battit

plus fort. Conchis prononça à voix basse un simple mot que je ne compris pas. Je m'aplatis contre le mur. Le bruissement d'un vêtement. Quelqu'un se tenait à la porte de la salle de musique.

C'était une jeune fille mince, d'une vingtaine d'années, à peu près de ma taille. D'une main elle tenait la flûte et de l'autre un petit écouvillon écarlate. Elle portait une robe sans manches, à rayures bleues et blanches, au large col. Un bracelet serrait un de ses bras au-dessus du coude. Sa jupe entravée lui descendait presque aux chevilles. Elle avait un visage ravissant, sans aucun hâle, sans maquillage, et sa chevelure, sa silhouette, sa façon de se tenir très droite, tout en elle datait de quarante ans plus tôt.

Je savais qu'on voulait que je reconnaisse la vraie Lily. Sans le moindre doute je me trouvai devant la jeune fille des photographies, spécialement celle du cabinet de curiosités. Le visage à la Botticelli, les yeux d'un gris-violet. Des yeux admirables : très grands, leur ovale remontait légèrement, un regard clair de biche, des yeux en amandes ajoutant un air de mystère à un visage par ailleurs presque trop régulier.

Elle me vit immédiatement. J'étais comme fixé au sol. Elle parut un instant aussi surprise que moi. Ses grands yeux se tournèrent vivement, furtivement, vers l'endroit où Conchis devait être assis, puis vers moi à nouveau. Elle leva la petite brosse jusqu'à ses lèvres, la secoua, m'interdisant de bouger, de parler. Et elle sourit. C'était comme une gravure de genre : Le Secret. L'Admonition. Et son sourire était étrange, comme si elle partageait un secret avec moi, sans que nous puissions même l'admettre. Sa bouche calme et amusée, quoique énigmatique, dénonçait en même temps l'artifice. Elle jouait le jeu, mais sans vous laisser le prendre au sérieux. Elle jeta à nouveau un regard vers Conchis, puis se pencha et repoussa légèrement mon bras du bout de sa brosse comme pour dire « allez-vous-en ».

Cela n'avait guère pris plus de cinq secondes. La porte était refermée et je restais là, dans l'obscurité et un remous d'odeur de santal. Je crois bien que si cette fille avait réellement été un fantôme, transparent, sans visage, que sais-je... je n'aurais pas été plus étonné. Bien sûr ce n'était qu'un jeu, avait-elle clairement laissé entendre; mais Conchis devait l'ignorer. Le déguisement était pour lui seul.

Je me dirigeai vivement vers la porte de devant et en fis glisser les verrous. A pas feutrés je gagnai la galerie. Je regardai à travers une des étroites fenêtres cintrées et aussitôt je vis Conchis. Il avait recommencé à jouer du clavecin. Puis, me déplaçant, je cherchai des yeux la jeune fille, bien convaincu que personne n'aurait pu, en si peu de temps, traverser l'esplanade. Mais elle n'était pas là. Derrière le dos de Conchis, je me plaçai de façon à vérifier qu'elle n'était nulle part dans la pièce. Je pensai qu'elle pouvait se trouver sous la partie de la colonnade longeant la façade et j'y jetai un coup d'œil subreptice. Personne. La musique continuait. Je ne savais que faire. Elle devait avoir traversé en courant l'extrémité de la galerie et contourné l'arrière de la maison. Je me courbai pour passer sous les fenêtres, glissai sans bruit devant les portes ouvertes, allai examiner le jardin potager. J'en fis le tour. J'étais certain qu'elle avait fui de ce côté, mais je ne voyais personne. J'attendis là quelques minutes. Puis Conchis cessa de jouer. Bientôt la lampe s'éteignit. Je rentrai et m'assis dans l'obscurité sur un des sièges de la galerie. Le silence n'était troublé que par le bruit des grillons, tel un clapotis de gouttes d'eau frappant le fond d'un puits gigantesque. Je me perdais en conjectures. Les gens que j'avais vus, les sons que j'avais entendus, cette odeur ignoble, étaient réels; ce qui ne l'était pas c'était l'absence de toute machinerie visible — pas de pièces secrètes, nul endroit où disparaître — ainsi que l'absence de motif. Et la suggestion que les « apparitions » étaient montées pour Conchis aussi bien que pour moi, en donnant au jeu une nouvelle dimension, ne faisait que me dérouter davantage.

Je restai assis dans l'obscurité, dans l'espoir que quelqu'un — Lily — apparaîtrait et s'expliquerait. Cette fois encore j'étais comme un enfant inquiet. Un enfant qui, entrant dans une pièce, est conscient que toutes les personnes présentes savent à son sujet quelque chose que lui-même ignore. Je me sentais dupé aussi par la tristesse de Conchis. *Les morts vivent d'amour*. Ils pouvaient aussi, bien sûr, vivre à travers un personnage.

Mais avant tout j'attendais l'actrice qui avait joué le rôle de Lily. Il me fallait connaître celle qui m'avait montré cet éblouissant visage d'Europe du Nord, jeune, intelligent, amusé. Je voulais savoir ce qu'elle faisait sur Phraxos, d'où elle venait, découvrir la réalité derrière tout ce mystère.

J'attendis presque une heure; en vain. Je ne vis personne, n'entendis rien. Je finis par remonter sans bruit dans ma chambre. Je dormis mal. Quand Maria frappa à ma porte, à cinq heures et demie, je m'éveillai la tête lourde, comme après des excès d'alcool.

Et cependant le retour au collège fut un plaisir. Un plaisir l'air frais, le ciel qui, d'un rose délicat tourna au jaune pâle puis au bleu, la mer encore endormie, les longues pentes de pins silencieux. Comme je marchais ce matin-là, je me retrouvais dans le monde réel. Les événements du week-end semblaient s'être éloignés, relégués à nouveau derrière des portes closes; je les avais rêvés, peut-être... Et cependant, tout en marchant, je sentais aussi, étrangement — et sans doute cela tenait-il à l'heure matinale, à l'absolue solitude —, que j'avais pénétré au cœur d'un mythe, découvert physiquement, minute après minute, ce que c'était que d'être jeune dans les temps anciens, d'être Ulysse allant vers Circé, Thésée se rendant en Crète, Œdipe en quête de son destin. Je ne pourrais décrire cette expérience. Elle n'avait rien à voir avec la littérature, c'était le sentiment mystérieux mais concret, intense, presque tangible, d'être dans une situation où n'importe quoi pouvait arriver. Comme si en ces trois derniers jours le monde avait été soudain — et pour moi seul — réinventé.

26

Une lettre m'attendait, qu'avait apportée le bateau du dimanche.

Cher Nicholas,

Je te croyais mort. Je suis libre à nouveau. Enfin plus ou moins. Et je me suis demandé si je voulais encore te revoir. C'est que je pourrais. A présent je passe par Athènes. Ce que je veux dire c'est que je n'arrive pas à décider si tu es tellement dégoûtant que ce serait de la folie de recommencer. Je ne peux pas t'oublier, même quand je suis avec des garçons beaucoup plus gentils que tu ne le seras jamais. Nicko, je suis un peu saoule, et de toute façon je vais sans doute déchirer ce mot.

Bon, il n'est pas impossible que j'envoie un télégramme si je peux m'arranger pour avoir quelques jours libres à Athènes. Si je continue comme ça tu ne voudras pas me voir. Peut-être que déjà tu ne veux pas. Quand j'ai eu ta lettre j'ai su que tu ne l'avais écrite que parce que tu t'ennuyais là-bas. C'est terrible mais à présent encore il faut que je sois ivre pour t'écrire. Il pleut. J'ai allumé du feu, il fait vachement froid. C'est le soir, tout gris, vraiment dégoûtant. Le papier du mur est mauve, et un mauve criard avec des prunes vertes. A vomir dessus.

A.

Ecris aux bons soins d'Ann.

Sa lettre arrivait vraiment mal à propos. Aussitôt je sus que je ne voulais pas partager Bourani avec qui que ce soit. Après avoir vu l'endroit pour la première fois, et même après la première rencontre avec Conchis, et encore jusqu'à l'épisode de Foulkes, j'avais souhaité en parler, spécialement avec Alison. A présent je me réjouissais de ne pas l'avoir fait. Quoique encore obscurément je me félicitais aussi d'avoir su garder la tête froide en lui écrivant.

On ne tombe pas amoureux en cinq secondes. Cinq secondes suffisent, toutefois, pour vous faire rêver de tomber amoureux, surtout dans une communauté aussi uniformément masculine que le collège Lord-Byron. Plus je pensais à ce visage de minuit, plus il devenait intelligent et charmant. Je lui trouvais aussi une distinction, un raffinement, une délicatesse qui m'attiraient aussi irrésistiblement que les lampes des pêcheurs grecs, par les nuits sans lune, attiraient les poissons. Je me disais bien que si Conchis était assez riche pour posséder des Modigliani et des Bonnard il l'était assez pour s'offrir ce qu'il y avait de mieux comme maîtresses. J'aurais été bien naïf de refuser d'admettre qu'il y avait entre lui et la jeune fille un lien sexuel; et cependant le regard qu'elle lui avait jeté m'avait paru plus filial, plus affectueusement protecteur que sensuel.

J'ai bien dû lire la lettre d'Alison une douzaine de fois ce lundi-là, ne sachant à quoi me décider. Je savais qu'il me fallait répondre, mais je finis par conclure que le plus tard serait le mieux, et je repoussai le feuillet et son reproche silencieux au fond du dernier tiroir de mon bureau. Je me couchai, pensai à Bourani, m'abandonnai à tout un jeu de fantasmes romantico-érotiques avec l'étrange jeune personne, et malgré ma fatigue je ne pus m'endormir. L'horreur de la syphilis m'avait fait depuis des semaines bannir la sexualité de mes pensées; maintenant que je me savais non coupable — quelques pages d'un manuel prêté par Conchis avaient suffi pour me convaincre de la validité de son diagnostic — ma libido se réveillait. Je pensais à Alison avec une sensualité nouvelle. J'imaginais ce week-end d'ébats amoureux dans une quelconque chambre d'hôtel d'Athènes; il y avait la proie à ne pas lâcher pour l'ombre; enfin — et là je tenais un motif plus honorable — l'aptitude d'Alison à souffrir d'un perpétuel sentiment de solitude. La seule phrase qui m'avait plu dans cette lettre que je trouvais par ailleurs un peu vulgaire était la dernière, cette simple prière « Ecris aux bons soins d'Ann ».

Je sortis du lit et, en pyjama, m'installai à ma table. Je rédigeai une lettre, une très longue lettre, que je déchirai après l'avoir relue. La deuxième fut beaucoup plus courte.

Elle réalisait un juste équilibre entre un sens pratique nuancé de regret et suffisamment d'affection et de désir pour que sa destinataire me sache prêt à me mettre au lit avec elle à la première occasion.

Je lui disais que j'étais retenu au collège presque tous les week-ends; mais le week-end d'après celui à venir ce serait le congé de demi-trimestre et il se pourrait bien que je sois à Athènes. Je n'en étais pas sûr. Si cela arrivait je serais content de la voir.

Aussitôt que je le pus, je m'arrangeai pour voir Méli sans témoins. J'avais décidé qu'il me fallait un confident au collège. Les week-ends où nous n'étions pas de service, rien ne nous obligeait à paraître aux repas; Méli était le seul parmi les professeurs qui aurait pu remarquer mon absence mais lui-même était allé à Athènes. Le lundi après le déjeuner nous étions assis dans sa chambre, ou plutôt il était assis, rond et rose, à son bureau et, comme le voulait son surnom, mangeait à la cuiller le contenu d'un pot de miel de l'Hymette, en me contant son week-end à Athènes, la chair et la bonne chère qu'il s'y était offertes. Etendu sur le lit je l'écoutais distraitement.

« Et vous, Nicholas, avez-vous passé un bon week-end?

— J'ai vu M. Conchis.

— Vous... Non, vous plaisantez.

— Et n'allez pas le dire aux autres. »

Il protesta d'un geste de la main. « Non, bien sûr, mais comment... Je ne peux pas y croire. »

Je lui fis le récit expurgé de ma visite de la semaine d'avant, peignant Conchis et Bourani avec les couleurs les plus mornes.

« Il semble aussi stupide que je le pensais. Pas de filles?

— Pas trace. Et même pas de petits garçons.

— Pas même une chèvre? »

Je lui lançai à la tête ma boîte d'allumettes. Par jeu tout autant que par inclination il en était venu à vivre dans un monde où seuls avaient de l'attrait les plaisirs du lit et de la table. Ses lèvres de batracien se froncèrent en un sourire et il se remit à piocher dans le miel.

« Il m'a invité à nouveau pour la semaine prochaine. A ce propos, Méli, je me demandais... si je fais deux études pour vous... est-ce que vous pourriez me remplacer dimanche de midi à six heures? » La permanence du dimanche était facile. Il s'agissait simplement d'être là et de faire une ou deux fois un tour dans l'enceinte du collège.

« Eh bien... Oui... Je verrai. » Il suça la cuiller.

« Et dites-moi ce que je pourrais bien dire aux autres. S'ils m'interrogent. Je ne veux pas qu'ils sachent où je vais. »

Il réfléchit un moment, agita la cuiller et déclara : « Dites-leur que vous allez à Hydra. »

Hydra était un arrêt sur la route d'Athènes, mais on pouvait y aller sans prendre le vapeur. Souvent des caïques faisaient la traversée. Il s'y trouvait une sorte de minuscule colonie d'artistes; c'était le genre d'endroit où je pouvais décider de me rendre sans que cela paraisse invraisemblable. « O.K. Et vous ne le direz à personne? »

Il fit un signe de croix. « Je suis silencieux comme... comme quoi?

— L'endroit où tu devrais être, sacré Méli. La tombe. »

J'allai plusieurs fois au village, cette semaine-là, en quête de visages étrangers. Il y avait de nouveaux arrivés : quelques femmes d'Athènes envoyées « à la campagne » avec leurs jeunes enfants, et deux couples de rentiers desséchés trottinant dans les parages du lugubre hôtel Philadelphia. Mais je ne trouvai aucune trace des trois personnes que je cherchais.

Un soir, ne pouvant tenir en place, je descendis jusqu'au port. Il était environ onze heures. L'endroit, avec ses catalpas et ses vieux canons noirs de 1821, était presque désert. Après un café turc et un petit verre de brandy dans un *kapheneion* je revins sur mes pas. Un peu plus loin que l'hôtel, et toujours sur la « promenade » de béton qui se continuait sur quelque deux cents mètres, je vis un homme âgé, très grand, un peu courbé, qui se tenait au milieu de la chaussée, et semblait chercher quelque chose. Comme j'approchais, il releva la tête. Il était vraiment d'une taille peu commune, et remarquablement bien habillé pour Phraxos; c'était de toute évidence un des estivants. Il portait un costume café au lait, un gardénia blanc à la boutonnière, un panama blanc à l'ancienne mode entouré d'un ruban noir, et avait le menton orné d'un petit bouc. Il tenait par le milieu une canne à la poignée d'écume. A sa gravité naturelle semblait s'ajouter quelque grave souci.

Je lui demandai en grec s'il avait perdu quelque chose. Il répondit en français :

« *Ah, pardon... Est-ce que vous parlez français, monsieur?* »

Je dis oui, que je parlais un peu français.

Il apparut qu'il venait de perdre le bout ferré de sa

canne. Il l'avait entendu tomber et rouler par terre. Je grattai quelques allumettes et cherchai aux alentours; après un moment je retrouvai la petite pièce de métal.

« *Ah, très bien. Mille mercis, monsieur.* »

Il sortit un portefeuille et je pensai un instant qu'il allait me donner un pourboire. Son visage était aussi lugubre qu'un Greco, il avait dû s'ennuyer mortellement pendant des dizaines d'années, et il était aussi sans doute — décidai-je — mortellement ennuyeux. Il ne me donna rien mais plaça avec soin le précieux objet à l'intérieur du portefeuille, me demanda alors poliment qui j'étais et, délibérément flagorneur, où j'avais appris ce français excellent. Nous échangeâmes quelques phrases. Il ne devait rester ici qu'un jour ou deux. Il n'était pas français, me dit-il, mais belge. Il trouvait Phraxos « *pittoresque mais moins belle que Délos* ».

Après quelques autres platitudes, nous nous saluâmes et partîmes chacun de notre côté. Il exprima l'espoir de me rencontrer à nouveau durant le reste de son séjour, et de pouvoir converser avec moi plus longuement. Mais je pris grand soin de ne pas lui en donner l'occasion.

Enfin, le samedi arriva. J'avais accepté des heures supplémentaires pendant la semaine afin de me libérer pour le week-end et j'étais épuisé. Aussitôt après les cours du matin et un déjeuner avalé à la hâte je pris mon sac et me dirigeai vers le village. Oui, dis-je au vieil homme à la grille — et c'était un moyen sûr de propager le mensonge — oui, j'allais passer le week-end à Hydra. Aussitôt que je fus hors de vue, j'obliquais entre les maisons et contournai l'arrière du collège pour rejoindre le sentier de Bourani. Mais je ne le pris pas tout de suite.

Toute la semaine je n'avais cessé de me poser des questions au sujet de Conchis, des questions aussi vaines qu'obsédantes. Je croyais pouvoir discerner deux éléments dans son jeu, l'un didactique, l'autre esthétique. Mais quant à ce qui le guidait dans ses mises en scène ingénieuses — sagesse ou folie —, je ne pouvais en décider. Je penchais plutôt pour la folie.

Le petit groupe des trois maisonnettes, à Agia Varvara, m'avait aussi, durant la semaine, fourni matière à réflexion. La baie à l'est de Bourani était une large étendue de galets avec une énorme rangée d'*athanatos,* ou agaves, dont les fleurs se dressaient en d'étranges candélabres hauts de quatre mètres, face à la mer. J'étais venu sans bruit à travers la pinède; je m'étendis sur une pente couverte de thym, au-dessus de la baie, et de là observai les habitations, en bas, y cherchant les signes d'une animation insolite. Je ne vis qu'une femme en noir. Comme j'examinais les lieux il me sembla que ce n'était guère, pour les « assistants » de Conchis, l'endroit idéal où habiter. C'était trop ouvert, trop en vue. Après un moment, je descendis le sentier en lacets vers les maisonnettes. Un enfant immobile sur le seuil d'une porte me regardait m'avancer à travers l'oliveraie. L'entière population du minuscule hameau apparut à son appel : quatre femmes et une demi-douzaine d'enfants — et sans conteste des insulaires. Avec l'hospitalité habituelle aux paysans on m'offrit, en plus du verre d'eau de citerne que je demandais, une petite soucoupe de confiture de coing et un dé à coudre de *raki*. Les hommes étaient tous partis pêcher, loin vers le sud. Je dis que j'allais voir *o kyrios* Conchis et la surprise du groupe sembla parfaitement authentique. Venait-il parfois jusqu'ici? Les têtes firent « non » toutes à la fois comme si l'idée était vraiment inouïe. Je dus entendre à nouveau l'histoire de l'exécution. Du moins la vieille femme donna-t-elle libre cours à un flot de mots parmi lesquels je reconnus « maire » et « allemands ». Les bras levés des enfants imitaient les fusils.

Et Maria, alors? Ne la voyait-on pas par ici, quelquefois? Eh bien non, jamais. « Elle n'est pas de Phraxos », dit une des femmes.

Et la musique, les chants dans la nuit? Il y eut un échange de regards étonnés. Quels chants? Je ne fus pas surpris. Il était probable que tout le hameau se couchait avec le soleil.

« Et vous, demanda la grand-mère, êtes-vous de sa famille? » De toute évidence on le considérait comme un étranger.

Je dis que j'étais un ami. La vieille déclara qu'ici il n'avait pas d'amis et, une pointe d'hostilité dans la voix, elle ajouta que les hommes mauvais portent malheur. Je dis qu'il avait des hôtes — une jeune fille aux cheveux blonds, un homme grand, et une autre fille plus jeune; je fis un geste de la main : haute comme ça. Qui les avait vus? Personne. La grand-mère était la seule à être entrée à Bourani; juste une fois, et longtemps avant la guerre. Puis ce fut au tour des femmes de poser, avec un empressement touchant, la série habituelle de questions puériles sur moi, sur Londres, sur l'Angleterre.

Elles finirent par me laisser partir après m'avoir offert un brin de basilic. Je marchai vers l'intérieur de l'île, en longeant l'à-pic jusqu'à ce que je puisse grimper sur l'arête qui conduisait à Bourani. Trois des enfants aux pieds nus m'accompagnèrent quelque temps le long du sentier mal tracé. Nous atteignîmes le sommet d'une crête rocheuse parmi les pins, et le toit plat de la maison apparut au-dessus de l'océan des cimes. Les enfants s'arrêtèrent là comme si la maison était pour eux le signal interdisant d'aller plus loin. Après un moment je me retournai et les vis toujours là, immobiles et pensifs. J'agitai le bras mais ils ne répondirent pas à mon geste.

27

J'allai m'asseoir avec lui dans la salle de musique et l'écoutai jouer la Suite anglaise en ré mineur. Pendant que nous avions pris le thé, je m'étais attendu à quelque remarque de sa part montrant qu'il savait que j'avais vu la jeune fille. Il devait bien le savoir : de toute évidence le concert nocturne avait pour but de me révéler sa présence. Mais j'avais l'intention de me comporter exactement comme je l'avais fait après l'incident précédent, de ne rien dire jusqu'à ce qu'il aborde lui-même le sujet, et il n'y avait pas eu la moindre faille dans notre conversation.

Il me semblait — à moi qui ne suis pas un expert — que Conchis jouait comme s'il n'y avait pas de barrière entre lui et la musique : sans aucun souci d'interpréter, de plaire à un auditoire, de satisfaire une vanité personnelle. Il jouait comme Bach lui-même aurait joué, je suppose — dans un mouvement plus lent, je crois, que la plupart des pianistes et clavecinistes modernes, quoique sans rien trahir du rythme ou de la forme. Assis dans la pièce fraîche aux volets fermés j'observais la tête chauve, légèrement courbée derrière le brillant clavecin noir. Il m'entraînait dans les flux et reflux sonores de la musique de Bach, les progressions sans fin. C'était la première fois que je l'entendais jouer de la grande musique et j'étais aussi ému qu'en découvrant ses Bonnard, quoique d'une façon différente. Le vieil homme gagnait en humanité ce qu'il perdait en mystère, et je savais en l'écoutant que je n'aurais voulu être nulle part ailleurs; que ce que je ressentais en cet instant justifiait tout ce qu'on m'avait fait subir. Conchis avait parlé d'une rencontre avec son propre avenir, du sentiment qu'il avait eu, la première fois qu'il était venu à Bourani, de se trouver au point-pivot de sa vie. Je faisais une semblable expérience : je m'acceptais, à présent; je reconnaissais que je ne pouvais être que ce corps, cet esprit, ces vices et ces vertus, à jamais, rien de plus ni rien d'autre. En même temps je prenais conscience d'une potentialité d'un autre ordre, qui n'avait plus rien à voir avec mes anciennes ambitions. Le gâchis, l'égoïsme, les détours et trahisons de ma vie, tout cela pouvait prendre un sens, et plutôt qu'engendrer le chaos être la base de l'édifice, précisément parce que je n'avais pas d'autre choix. Ce n'était d'ailleurs pas un moment de grande décision. En m'acceptant tel que j'étais je renonçais à ce que j'aurais dû être. Malgré tout je faisais comme un pas en avant. Et vers le haut.

Il avait fini, il m'observait.

« Vous rendez les mots bien misérables.

— C'est Bach.

— Et vous. »

Il fit une grimace, mais je pouvais voir qu'il était satisfait. Il essaya de le cacher en m'entraînant vivement vers le jardin potager pour l'arrosage du soir.

Une heure plus tard, je me retrouvai dans la petite chambre. Je vis qu'il y avait de nouveaux livres près de mon lit. D'abord un très mince volume en français, simple fascicule relié, anonyme, imprimé à titre privé, Paris 1932, et qui s'intitulait *De la communication intermondiale*. J'en devinai sans peine l'auteur. Puis un in-folio : *Wild life in Scandinavia*. Comme pour *The Beauties of Nature* de la semaine d'avant, la « vie sauvage » était, en l'occurrence, uniquement féminine — des femmes d'aspect nordique, étendues, debout, courant, s'enlaçant, parmi les forêts de sapins et les fjords. C'était tout imprégné d'homosexualité et ne me plaisait guère, peut-être parce que je commençais à m'irriter d'un des multiples aspects du caractère de Conchis, ce goût qu'il avait pour les livres et objets érotiques. Bien sûr je n'étais pas puritain — je le pensais, du moins, trop jeune pour me rendre compte que le besoin de l'affirmer trahissait déjà une incertitude, et qu'une vie sexuelle parfaitement libérée n'implique pas pour autant un esprit parfaitement libre. Or, j'étais anglais : *ergo*, puritain. Je feuilletai par deux fois les photographies; elles contrastaient violemment avec l'écho persistant de la musique de Bach.

Enfin il y avait un autre livre : *Le Masque français*

au XVIIIᵉ siècle, en édition limitée, somptueuse. Un signet blanc marquait une page. Me souvenant de l'anthologie sur la plage, j'ouvris le livre à l'endroit indiqué où je vis un passage signalé d'un trait noir :

> Aux visiteurs qui pénétraient dans l'enceinte des murs altiers de Saint-Martin s'offrait la vision délectable des bergers et des bergères qui, sur les verts gazons et parmi les bosquets, dansaient et chantaient entourés de leurs blancs troupeaux. Ils ne portaient pas toujours des costumes de l'époque. Quelquefois ils étaient vêtus à la romaine ou à la grecque, et ainsi réalisait-on des odes de Théocrite, des bucoliques de Virgile. On parlait même d'évocations plus scandaleuses, de charmantes nymphes qui les nuits d'été fuyaient au clair de lune, poursuivies par d'étranges silhouettes, moitié homme, moitié chèvre...

Enfin tout devenait plus clair. Tout ce qui était arrivé à Bourani se rattachait à une sorte de comédie donnée en privé, et sans doute avait-on marqué le passage afin de me suggérer que je devrais bien m'abstenir d'explorer l'envers des décors, aussi bien par politesse que pour ma propre satisfaction. J'eus honte des questions que j'avais posées à Agia Varvara.

Je me lavai et, me conformant à ce qui semblait être l'usage à Bourani, changeai de vêtements pour le dîner. Lorsqu'en chemise blanche et en costume d'été je passai devant la porte ouverte de la chambre de Conchis, pour descendre au rez-de-chaussée, il m'appela.

« Nous boirons notre *ouzo* en haut, ce soir. »

Il était assis à son bureau, relisant une lettre qu'il venait d'écrire. J'attendis un moment derrière lui, contemplant à nouveau les Bonnard pendant qu'il ajoutait l'adresse. La porte de la petite pièce du bout était entrebâillée. Je pouvais y voir des vêtements, une armoire à linge. C'était simplement une sorte de cabinet de toilette. Par les portes ouvertes, la photo de Lily, placée sur la table, me regardait.

Nous sortîmes sur la terrasse. Là il y avait deux tables, l'une avec l'*ouzo* et les verres, l'autre sur laquelle le couvert était mis. Je vis immédiatement qu'on avait disposé trois chaises près de la table du repas; et Conchis vit que j'avais vu.

« Après dîner, nous aurons une visite.

— Quelqu'un du village? » Mais je souriais, et lui aussi sourit en secouant la tête. C'était un soir magnifique, un de ces soirs de Grèce où, dans la lumière déclinante, se confondent de vastes pans d'un ciel immense, d'un monde immense. Les montagnes avaient la couleur d'un pelage de chat persan et le ciel était une gemme énorme et lisse, jaune primevère. Je me rappelais avoir vu, au village, les hommes à la terrasse des tavernes qui tous s'étaient tournés vers l'ouest devant un semblable coucher de soleil et, comme s'ils étaient au cinéma, regardaient le ciel aussi changeant et divers que les images sur un écran.

« J'ai lu le passage que vous avez marqué dans *Le Masque français.*

— C'est seulement une métaphore. Mais cela peut tout de même aider. »

Il me tendit un *ouzo.* Nous avons levé nos verres.

Le café fut servi, la lampe déplacée et posée sur la table derrière moi. Le visage de Conchis était en pleine lumière. L'un et l'autre nous attendions.

« J'espère ne pas devoir renoncer au reste de vos aventures. »

Il releva la tête, de ce geste grec pour dire non. Il paraissait un peu tendu et regardait plus loin que moi, vers la porte de la chambre. Cela me rappela le premier jour. Je me retournai, mais il n'y avait personne.

Il parla : « Vous savez qui va entrer?

— La semaine dernière je ne savais pas si vous vouliez que je descende.

— Vous faites ce qui vous plaît.

— Mais sans poser de questions.

— Sans poser de questions. » Il eut un léger sourire. « Avez-vous lu mon petit opuscule?

— Pas encore.

— Lisez-le soigneusement.

— Certainement. Avec grand plaisir.

— Et ensuite, demain soir, peut-être pourrons-nous faire une expérience.

— De la communication avec les autres mondes? » Je ne pris pas la peine de dissimuler un certain scepticisme.

« Oui. Là-haut. » Il désignait le ciel criblé d'étoiles. « Ou là-bas. » Je le vis diriger son regard vers la ligne sombre des montagnes, à l'ouest.

Je risquai une plaisanterie : « Comment s'expriment-ils là-haut? En grec ou en anglais? »

Il ne sourit pas. La réponse se fit attendre.

« Ils s'expriment en émotions.

— Ce n'est pas un langage très précis.

— Au contraire. Le plus précis de tous. Quand on peut l'apprendre. » Il se retourna, me regarda. « Le genre de précision dont vous parlez est important en sciences. C'est sans importance en... »

Mais je ne devais jamais savoir en quoi c'était sans importance.

Nous écoutions le bruit nouveau de ces pas légers sur le gravier que j'avais entendus déjà, comme venant de la mer. Conchis me lança un regard vif.

« Vous ne devez pas poser de questions. C'est extrêmement important. »

Je souris : « Comme vous voulez.

— Traitez-la comme vous traiteriez une amnésique.

— Je dois avouer que je n'en ai jamais rencontré.

— Elle vit dans le présent. Elle ne se souvient pas de son propre passé. Elle n'a pas de passé. Si vous l'interrogez à ce sujet vous ne ferez que la troubler. Elle est très sensible. Elle ne voudrait pas vous revoir. »

J'aurais voulu dire : j'aime vos jeux, je ne veux pas les gâcher. Je dis : « Si je ne comprends pas pourquoi, je commence à comprendre comment. »

Il secoua la tête. « Vous commencez à comprendre pourquoi. Pas comment. »

Son regard s'attardait, me fixant comme pour graver en moi les paroles prononcées, puis obliqua vers la porte. Je me retournai.

Je compris que la lampe avait été placée derrière moi de façon à diriger la lumière sur la visiteuse dès son entrée dans la pièce. Et ce fut une entrée à vous couper le souffle.

Elle portait ce qui avait dû être la tenue de soirée conventionnelle en 1915 : une cape de soie indigo sur une étroite robe de tissu ivoire moiré, qui s'arrêtait au-dessus des chevilles en se resserrant encore. Ses cheveux étaient relevés en une sorte de coiffure Empire. Elle souriait et regardait Conchis, mais lorsque je me levai elle me témoigna, par un rapide coup d'œil, un certain intérêt. Conchis était déjà debout. Suprêmement élégante et altière, elle paraissait sortir d'une *cabine* de présentation de chez Dior, car même sa légère nervosité semblait professionnelle. Ce fut d'ailleurs ma première pensée : c'est un mannequin. Et puis : le vieux renard!

Le vieux renard prit la parole après lui avoir baisé la main.

« Lily. Puis-je vous présenter M. Nicholas Urfe... Miss Montgomery. »

Elle tendit la main, je la pris. Une main sans poids, sans chaleur. J'avais touché un fantôme. Nos regards se rencontrèrent, mais le sien resta impassible.

Je dis : « Bonsoir. » Elle répondit simplement par un léger salut, puis se rapprocha de Conchis qui lui ôta son manteau de soirée et le posa sur le dossier de sa chaise.

Elle avait les bras nus, les épaules découvertes. Un lourd bracelet d'or et d'ébène. Un très long collier de pierres ressemblant à des saphirs — mais qui n'étaient sans doute que du strass. Elle devait avoir vingt-deux ou vingt-trois ans. Pourtant, on sentait en elle une sorte de calme assurance qu'il faut dix ans de plus pour acquérir. Ce n'était ni froideur ni indifférence, mais tranquille réserve, fraîcheur limpide, une fraîcheur de source un jour d'été brûlant.

Elle s'installa sur sa chaise, joignit les mains, m'adressa un léger sourire.

« Il fait très chaud, ce soir. »

L'intonation, la prononciation étaient absolument anglaises. Je ne sais pourquoi, je m'étais attendu à un accent étranger. Et je reconnus sa façon de parler qui était aussi la mienne, produit d'une éducation dans un collège privé et à l'université, l'accent de ce qu'un sociologue a appelé la « classe dominante des Cent Mille ».

Je dis : « Oui, n'est-ce pas?

— M. Urfe est le jeune professeur dont je vous ai parlé », dit Conchis. Il y avait dans sa voix une nuance nouvelle qui était presque de la déférence.

« Oui. Nous nous sommes rencontrés la semaine dernière. Ou plutôt nous nous sommes entrevus. » Une fois de plus elle eut, avant de baisser les yeux, un léger sourire, mais qui ne trahissait aucune complicité.

Je vis cette douceur que m'avait annoncée Conchis, une douceur où transparaissait l'intelligence que la bouche surtout révélait. Elle avait une curieuse façon de me regarder de biais comme si elle savait quelque chose que j'ignorais, qui n'avait rien à voir avec le rôle qu'elle jouait mais se rapportait à la vie en général, comme si elle aussi avait tiré profit des leçons de la tête de pierre. Je m'étais attendu, sans doute à cause de l'image plus familière de la semaine passée, à moins d'ambiguïté et bien moins d'assurance.

Elle tenait un petit éventail bleu qu'elle ouvrit et agita. Elle avait le teint pâle. Elle ne prenait certainement jamais de bain de soleil. Il y eut un curieux temps d'arrêt, un silence embarrassé, comme si nous ne savions quoi nous dire; ce fut elle qui le rompit à la façon d'une hôtesse qui se doit d'encourager un invité timide.

« L'enseignement est une profession très intéressante, je suppose.

— Pas pour moi. Je trouve ça très ennuyeux.

— Toutes les choses nobles et honnêtes sont ennuyeuses. Mais il faut bien que quelqu'un les fasse.

— En tout cas, je pardonne à l'enseignement puisque cela m'a amené ici. » Elle glissa un regard vers Conchis qui inclina très légèrement la tête. Il jouait en quelque sorte le rôle d'un Talleyrand. Le vieux galant.

« Maurice m'a dit que votre travail ne vous satisfait pas pleinement. » Elle prononçait « Maurice » à la française.

— Je ne sais pas si vous avez entendu parler du collège mais... » Je m'arrêtais, pour lui permettre de répondre. Elle secoua simplement la tête, avec un petit sourire. « Voyez-vous, je trouve qu'ils font trop travailler les élèves. Et je ne peux rien y faire. C'est plutôt décevant.

— Ne pourriez-vous pas protester? » Elle me lança un regard pénétrant. Intensément, merveilleusement pénétrant. Je pensai : ce n'est pas un mannequin, c'est une actrice.

« Vous savez... »

Et cela continua. Pendant presque un quart d'heure. Sur cet absurde ton de bavardage mondain. Elle interrogeait. Je répondais. Conchis nous abandonnait le soin de la conversation. J'étais conscient de tenir moi-même des propos conventionnels, comme si moi aussi je prétendais me trouver dans un salon d'il y avait quarante ans. Après tout, c'était une comédie. Passé le premier moment d'hésitation, j'étais déterminé à y tenir un rôle. Il y avait dans l'attitude de Lily à mon égard un peu de condescendance; j'y voyais une tentative pour me réduire à un rôle de second plan, peut-être pour me mettre à l'épreuve, avant de décider si j'étais un partenaire valable. Une ou deux fois, il me sembla voir dans les yeux de Conchis un éclair d'amusement sardonique. Je n'y attachai guère d'importance; Lily me fascinait; tout autant lorsqu'elle écoutait en silence que lorsqu'elle parlait — récitant son rôle, peut-être. Moi qui me croyais compétent pour juger de la beauté féminine, je savais que pour apprécier les filles je me servirais désormais de celle-ci comme élément de comparaison.

Il y eut un silence. Puis Conchis parla.

« Est-ce que je vous raconte à présent ce qui m'est arrivé après mon départ d'Angleterre?

— Pas si ça ennuie... Miss Montgomery.

— Non. Je vous en prie. J'aime écouter Maurice. »

Il dit avec désinvolture, continuant à me dévisager : « Lily fait toujours exactement ce que je veux. »

Je jetai un coup d'œil vers elle : « Vous avez bien de la chance. »

Il ne me quittait pas du regard. Des ombres creusaient les sillons le long de son nez.

« Ce n'est pas la vraie Lily. »

Il devait savoir qu'à cesser de feindre si soudainement il me laisserait désemparé.

« Mais... naturellement. » Je haussai les épaules et souris. Elle baissait les yeux sur son éventail.

« Elle n'est pas non plus quelqu'un représentant la vraie Lily.

— Monsieur Conchis... Je ne vois pas ce que vous voulez dire.

— Je veux seulement vous mettre en garde contre des conclusions hâtives. » Il eut, pour une fois, un large sourire. « Eh bien, où en étais-je? D'abord, je dois vous avertir que ce que j'ai à vous proposer ce soir n'est pas un récit. C'est un personnage. »

Je regardai Lily. Visiblement il l'avait blessée, et juste comme me venait à l'esprit l'idée inquiétante qu'elle était vraiment une amnésique, une merveilleuse amnésique dont il s'était emparé, littéralement aussi bien que métaphoriquement, elle me jeta un coup d'œil vif et interrogateur et qui me rassura sur-le-champ. Puis son regard se dirigea vers Conchis, qui détournait la tête, revint vers moi, et j'eus alors l'impression que nous étions deux acteurs pareillement incertains des intentions de leur metteur en scène.

28

« Buenos-Aires. J'ai vécu là pendant presque quatre ans, jusqu'au printemps de 1919. J'ai eu des discussions violentes avec mon oncle Anastasios, j'ai donné des leçons d'anglais, j'ai enseigné le piano. Et je me suis senti perpétuellement en exil. Mon père ne devait jamais plus me parler ni m'écrire. Mais après un temps ma mère a commencé à me donner des nouvelles. »

Je jetai un coup d'œil à Lily; mais à présent elle avait retrouvé son personnage, elle regardait Conchis avec un air d'intérêt poli. La lumière de la lampe ajoutait encore à sa beauté.

« De ma vie en Argentine, seul mérite d'être signalé mon voyage dans la région des Andes où un ami m'avait entraîné, un été. J'y ai appris à quel point péons et gauchos étaient exploités, et j'ai ressenti avec force le besoin de me sacrifier pour les plus déshérités. Ce que j'ai vu là-bas m'a décidé à devenir médecin. Cela ne s'est pas réalisé sans mal. Il m'a fallu étudier les sciences jour et nuit pendant un an avant d'en savoir assez pour être accepté à la faculté de médecine de Buenos-Aires.

« C'est alors que la guerre a pris fin. Mon père est mort peu après. Quoiqu'il ne m'eût jamais pardonné, ni à moi ni à ma mère qu'il accusait de l'avoir trahi deux fois, il n'était pas allé jusqu'à faire quoi que ce soit contre moi, et autant que je le sache les autorités n'ont jamais été informées de ma disparition. Ma mère s'est retrouvée seule avec un revenu suffisant. Finalement, je suis rentré en Europe et me suis installé à Paris avec elle. Nous vivions dans un bel appartement, immense, en face du Panthéon. J'ai commencé à étudier sérieusement la médecine. Je me suis joint à un groupe d'étudiants qui y voyait comme une religion. Le groupe s'est appelé la " Société de la Raison ". Nous rêvions de voir les médecins du monde entier former une élite morale et intellectuelle. Partout, dans chaque pays, chaque gouvernement, nous serions ces vaillants chevaliers combattant sans trêve contre toute démagogie, toute manœuvre personnelle de politiciens, tout chauvinisme, toute tendance réactionnaire. Nous avons publié un manifeste, tenu un meeting public dans un cinéma de Neuilly. Mais les communistes en ont eu vent, ils nous ont appelés " fascistes " et ont saccagé le cinéma. Nous avons trouvé un autre local, pour un nouveau meeting et c'est un autre groupe qui s'est manifesté. Il avait pris pour nom " Milice de la Jeunesse chrétienne " et on y trouvait surtout des catholiques ultras. Leur façon de se comporter, sinon leur apparence, était semblable à celle des premiers, mais eux nous accusaient d'être des communistes. Ainsi, notre plan grandiose pour instaurer le royaume d'Utopie a-t-il été anéanti en deux bagarres. Il n'en est resté que des notes à régler. J'étais le secrétaire de la " Société de la Raison ". Rien n'aurait pu être moins raisonnable que les protestations de mes camarades quand il s'est agi de payer leur part. Nous méritions sans aucun doute ce qui nous arrivait. Il n'est guère besoin d'intelligence pour élaborer en dix minutes, en cinq minutes, le projet d'un monde plus raisonnable, mais s'attendre à ce que les gens vivent suivant la raison, c'est bien leur demander l'impossible. » Il se tourna vers moi. « Aimeriez-vous lire notre manifeste, Nicholas?

— Beaucoup.

— Je vais le chercher. Et aussi le brandy. »

Et ainsi, très vite, je me retrouvai seul avec Lily. Mais avant que je puisse formuler la remarque adéquate, la question qui lui montrerait que je ne voyais vraiment pas pourquoi en l'absence de Conchis elle devrait continuer à faire semblant, elle se leva.

« Et si nous nous promenions un peu? »

J'avançai à côté d'elle. Elle n'avait que quelques centimètres de moins que moi. Sa démarche était lente, gracieuse, légèrement sophistiquée. Elle se tournait vers la mer, évitant mon regard, comme si elle était à présent intimidée. Je me retournai. Conchis était hors de portée de nos voix.

« Etes-vous ici depuis longtemps?

— Je ne suis nulle part depuis longtemps. »

Elle me jeta un vif coup d'œil, qu'un petit sourire adoucissait. Tournant l'angle de la terrasse nous avions atteint l'ombre projetée par le coin du mur de la chambre.

« Excellent retour de service, Miss Montgomery.

— Si vous jouez au tennis, il faut bien que je vous renvoie les balles.

— Il faut?

— Maurice doit vous avoir demandé de ne pas m'interroger.

— Allons... Devant lui, d'accord. Je veux dire... Enfin, nous sommes anglais tous les deux, non?

— Et cela nous dispense de toute politesse?

— Cela devrait nous permettre de faire connaissance.

— Peut-être n'avons-nous pas tous les deux la même envie de faire connaissance. » Elle regardait au loin, droit dans la nuit. J'étais quelque peu agacé.

« Vous faites tout ça avec beaucoup de grâce. Mais en quoi le jeu consiste-t-il exactement?

— Je vous en prie. » Et avec une certaine brusquerie : « Je ne peux vraiment pas supporter cela. » Je devinais pourquoi elle m'avait entraîné jusqu'à l'ombre : pour que je ne puisse voir son visage.

« Supporter quoi? »

Elle se retourna et dit seulement « Monsieur Urfe », d'une voix calme et précise, qui me remettait à ma place.

J'allai m'appuyer au parapet tout au bout de la terrasse,

regardant au nord vers la crête centrale. Un souffle léger venant de la mer nous caressa au passage.

« Pourriez-vous, je vous prie, me passer ma cape?

— Pardon?

— Mon vêtement, s'il vous plaît. »

J'hésitai, puis allai chercher le manteau indigo. Conchis était toujours invisible. Je revins, lui entourai les épaules de la cape. Soudain, elle tendit la main de côté, prit la mienne et la serra, comme pour me donner du courage, pour que je reconnaisse en elle la première, la douce Lily. Elle resta immobile, face à la pinède au-delà de l'esplanade. Et soudain :

« Excusez-moi. Je ne voulais pas être désagréable. »

J'imitai son ton conventionnel. « Puis-je, pourrais-je, vous demander où vous habitez? »

Elle se retourna, s'appuyant contre le bord du parapet. Après un moment, elle se décida.

« Là-bas. » Elle désignait de l'éventail un point, quelque part devant elle.

« C'est la mer. Ou bien serait-ce quelque part dans l'espace?

— Je vous assure que je vis là-bas. »

Une idée me vint. « Sur un yacht?

— Sur terre.

— C'est curieux. Je n'ai jamais vu votre maison.

— Sans doute ne savez-vous pas regarder. »

Je pouvais tout juste distinguer le petit sourire sur ses lèvres. Nous nous tenions très près l'un de l'autre. Je reconnaissais son parfum.

« Vous vous moquez de moi.

— Peut-être est-ce vous qui vous moquez de vous-même.

— Je déteste qu'on se moque de moi. »

Elle fit un petit salut burlesque. Elle avait un cou magnifique, le cou de Néfertiti, et je ne retrouvais pas cette lourdeur du bas du visage qu'on remarquait sur la photo dans la chambre de Conchis.

« Alors je continuerai à me moquer. »

Un silence. Conchis aurait dû être de retour. Elle chercha mon regard, un peu hésitante, mais je gardai le silence et elle détourna les yeux. Doucement, comme pour apprivoiser une bête effarouchée, j'étendis la main, lui fis tourner la tête. Elle laissa mes doigts se poser sur sa joue fraîche; mais quelque chose dans ses yeux d'où le trouble avait diparu me fit retirer la main : elle était inaccessible, me le signifiait. Cependant nos regards ne se quittaient pas encore. Et ce que me transmettait le sien était en même temps une information et un avertissement : il se peut que je me laisse prendre par la douceur, mais jamais par la force. Elle me demanda :

« Aimez-vous Maurice?

— Je le vois seulement pour la troisième fois. » Elle semblait attendre que je continue. « Ce soir je lui suis spécialement reconnaissant de son invitation. »

Elle coupa court au compliment. « Nous l'aimons tous beaucoup.

— Qui, nous?

— Ses autres... visiteurs... et moi-même. » Il y avait eu dans sa voix une légère hésitation.

« Visiteurs? Cela ne me semble pas le terme à employer pour vous.

— Maurice n'aime pas " fantôme ". »

Je souris. « Et " actrice " ? »

Je pouvais voir sur son visage qu'elle entendait bien demeurer dans son rôle.

« Nous sommes tous acteurs et actrices, monsieur Urfe. Vous comme les autres.

— Naturellement. Sur la scène du monde. »

Elle sourit, baissa les yeux. « Soyez patient.

— Il n'y a personne avec qui je prendrais plus de plaisir à être patient. Et personne qu'il me serait plus agréable de croire. »

Elle regardait loin vers la mer. Sa voix se fit plus basse, plus sincère. Elle oubliait son personnage.

« Ce n'est pas pour moi. Mais pour Maurice.

— Pour Maurice. Si vous voulez.

— Vous comprendrez plus tard.

— Est-ce une promesse?

— Une prédiction. »

Il y eut un bruit du côté de la table. Son regard chercha le mien. Son visage était tel que je l'avais vu d'abord à la porte de la salle de musique, mystérieux et enjoué à la fois, mais aussi, aujourd'hui, presque suppliant.

« Faites semblant, je vous en prie.

— D'accord. Mais seulement en sa présence. »

Elle prit mon bras et nous nous dirigeâmes vers Conchis. Il eut pour nous deux son petit hochement de tête interrogateur.

« M. Urfe est très compréhensif.

— J'en suis heureux.

— Tout ira bien. »

Elle me sourit, s'assit et resta un moment pensive, le menton reposant sur sa main. Conchis lui avait versé un petit verre de crème de menthe qu'elle but lentement. Il désigna du doigt une enveloppe qu'il avait posée à ma place.

« Le manifeste. J'ai mis du temps à le trouver. Vous le lirez plus tard. Il y a une critique anonyme très vigoureuse à la fin. »

29

« J'aimais toujours la musique, ou du moins je continuais à en jouer. Le grand clavecin dont je me sers ici était dans notre appartement de Paris. Un jour tiède de printemps, en 1920 je crois, je jouais, fenêtres ouvertes, quand on a tiré la sonnette. Notre servante est entrée pour dire que quelqu'un voulait me parler. En fait, le visiteur l'avait suivie. Il a corrigé : il voulait m'écouter, et non pas me parler. L'étrangeté de son intrusion ne m'a guère frappé, tant j'étais surpris par son aspect bizarre. C'était un homme d'une soixantaine d'années, extrêmement grand, impeccablement vêtu, un gardénia à la boutonnière... »

Je lançai à Conchis un regard aigu. Il s'était retourné et contemplait la mer tout en parlant, comme il le faisait souvent. Vivement, discrètement, Lily mit un doigt sur ses lèvres.

« ... et aussi, à première vue, excessivement morose. Sous une dignité d'archiduc il y avait en lui quelque chose de lugubre. Comme chez Jouvet, le sarcasme en moins. Plus tard, je devais découvrir qu'il n'était pas si triste qu'il le paraissait. Il s'est assis dans un fauteuil, en silence, et m'a écouté jouer. Puis, quand je me suis arrêté, et toujours silencieusement, il a pris son chapeau et sa canne à pommeau d'ambre... »

Je souris. Lily vit mon sourire, et baissa les yeux comme pour le condamner.

« ... et il m'a tendu sa carte. Enfin il m'a demandé d'aller le voir la semaine suivante. La carte m'a révélé qu'il s'appelait Alphonse de Deukans. Il était comte. Au jour dit je me suis présenté chez lui. L'appartement était très grand, meublé avec la plus sévère élégance. Un domestique m'a introduit au salon. De Deukans s'est levé pour m'accueillir. Il n'a guère parlé mais tout de suite m'a emmené dans une autre pièce. Et là j'ai vu cinq ou six vieux clavecins splendides, des pièces de musée; comme instruments de musique mais aussi comme objets d'art. Il m'a invité à les essayer tous, puis il s'est mis à jouer. Pas aussi bien que je jouais moi-même à l'époque, mais d'une façon acceptable. Plus tard il m'a offert une collation. Nous étions assis sur des chaises Boulard, avalant gravement des marennes et buvant un vin de Moselle qui, m'a-t-il dit, venait de ses propres vignes. Ainsi a commencé la plus remarquable amitié de toute mon existence.

« Pendant des mois, et bien que le voyant souvent, je n'ai pas appris grand-chose à son sujet. C'est qu'il n'avait jamais rien à dire sur lui-même et sur son passé et vous décourageait de poser des questions. Tout ce que je pus découvrir fut qu'il était originaire de Belgique; qu'il était immensément riche; qu'il semblait n'avoir — par choix — que très peu d'amis, n'avait plus de famille, et qu'il était misogyne sans pour autant être homosexuel. Il ne voulait que des hommes pour domestiques et quand il parlait des femmes c'était avec mépris et dégoût.

« Sa vraie vie, de Deukans ne la passait pas à Paris mais dans son grand château de l'est de la France, construit à la fin du XVIIe siècle par quelque surintendant prévaricateur, au milieu d'un parc beaucoup plus grand que cette île. On pouvait voir de très loin les tourelles bleu ardoise et les murs blancs. Je me souviens d'avoir été intimidé à ma première visite, quelques mois après notre première rencontre. C'était un jour d'octobre et sur la campagne champenoise aux blés depuis longtemps coupés s'étendait un brouillard bleuâtre, une fumée automnale. Je suis arrivé à Givray-le-Duc dans la voiture qui était venue me chercher; on m'a conduit à ma chambre, ou plutôt à mes appartements, par un escalier somptueux et j'ai été ensuite invité à rejoindre de Deukans dans le parc. Ses domestiques étaient comme lui, des hommes graves et silencieux. On n'entendait jamais ni rires ni pas précipités. Aucun bruit, pas d'agitation, mais de l'ordre et du calme.

« J'ai suivi le domestique à travers un immense jardin à la française, derrière le château. Le long des haies taillées, des statues, sur du gravier fraîchement ratissé, puis à travers un arboretum jusqu'au bord d'un petit lac. Arrivé là j'ai vu, entre les feuilles d'octobre, de l'autre côté de l'eau, à cent mètres environ sur une petite avancée de terrain, une maison de thé orientale. Le domestique s'est incliné et m'a laissé continuer seul. Le sentier longeait le lac, passait par-dessus un ruisseau. Il n'y avait pas de vent. Le silence et le brouillard. Un calme merveilleux, quoique mélancolique.

« Le pavillon était entouré d'herbe; de Deukans ne pouvait m'entendre approcher. Il était assis sur une natte et contemplait le lac. Cet îlot couvert de saules, ces oies ornementales glissant sur l'eau tranquille : on aurait cru voir une peinture sur soie. Le visage de l'homme était européen mais ses vêtement japonais. Je n'oublierai jamais cet instant; cette... comment pourrais-je dire... cette mise en paysage.

« Le parc tout entier était composé de façon à fournir à son possesseur des décors variés, des " ambiances ". Il y avait un petit temple classique, une rotonde, un jardin anglais, un jardin mauresque. Mais quand je pense à cet homme, je le vois toujours assis là sur son *tatami,* dans un ample kimono gris bleu, de la couleur du brouillard. Il y avait là de l'affectation. Mais il n'est jamais naturel d'être un dandy, un excentrique, dans un monde dominé par la lutte désespérée pour la survie économique.

« Je me disais socialiste, j'ai donc eu des occasions constantes d'être choqué lors de cette première visite; toutefois parce que j'étais un sensuel, j'ai trouvé aussi de quoi me ravir. Givray-le-Duc n'était en somme rien de moins qu'un vaste musée. Il y avait d'innombrables galeries, de peintures, de porcelaines, d'objets d'art de toute sorte, une bibliothèque particulièrement riche. Un ensemble unique des premiers instruments à clavier. Et aussi des clavicordes, épinettes, virginaux, luths, guitares. On ne savait jamais ce qu'on allait trouver. Une salle de bronzes de la Renaissance. Une vitrine de Breguet. Un mur recouvert de magnifiques faïences de Rouen ou de Nevers. Tout un choix d'armes. Un cabinet de médailles et de monnaies grecques et romaines. Je pourrais passer la nuit à faire l'inventaire de ces collections; de Deukans avait consacré sa vie entière à les rassembler. Les Boulle et les Riesener auraient suffi à eux seuls à meubler six châteaux. Je crois bien qu'à cette époque il n'y avait de comparable à un tel rassemblement d'objets d'art que la collection Hertford. En fait, quand celle-ci a été dispersée, de Deukans a acheté nombre des plus belles pièces du legs Sackville. Seligman, chargé de la vente, lui avait donné la priorité. Et bien sûr il collectionnait pour le plaisir, l'art n'était pas encore devenu une valeur en bourse.

« A l'une de mes visites, il a ouvert pour moi une galerie fermée à clef. Il y gardait sa troupe d'automates, des marionnettes, quelques-unes presque de taille humaine, qui semblaient être sorties sur une pirouette d'un conte d'Hoffman. Un homme conduisait un invisible orchestre. Deux soldats se battaient en duel. De la bouche d'une prima donna se détachait en notes grêles une aria de la *Serva Padrona.* Une jeune fille faisait la révérence à un homme qui s'inclinait, puis tous deux dansaient un pâle menuet. Mais la pièce principale était Mirabelle, la *Maîtresse-Machine* : une femme nue, à la peau de soie, et qui une fois mise en mouvement se renversait sur son lit à baldaquin défraîchi, relevait les genoux pour les écarter ensuite d'un mouvement des bras. Quand son maître humain s'étendait sur elle, les bras se refermaient, le retenant. Mais de Deukans la chérissait surtout parce qu'elle avait un dispositif qui rendait fort improbable le cocufiage de son propriétaire. Si on ne prenait pas la précaution d'actionner un petit levier placé derrière sa tête, les bras, en réponse à une certaine pression, serraient comme un étau. Alors un stylet monté sur ressort frappait le coupable à l'aine. Cet objet répugnant avait été fabriqué en Italie au début du XIXe siècle pour le sultan de Turquie. Après m'avoir fait une démonstration de sa " fidélité ", de Deukans s'est tourné vers moi en disant : " C'est ce qu'il y a de plus humain en elle. " »

Je regardai Lily à la dérobée. Elle contemplait ses mains.

« Il gardait Mme Mirabelle derrière des portes fermées à clef, mais dans sa chapelle privée, il conservait, enchâssé dans un magnifique reliquaire du haut moyen âge, un objet qui me paraissait encore plus obscène. Cela ressemblait à un concombre flétri et poussiéreux, et c'était sans aucune intention humoristique que de Deukans l'appelait le Saint-Membre. Bien sûr il savait que des cartilages ne peuvent durer aussi longtemps. Il y avait au moins seize autres Saints-Membres en Europe, la plupart venant de momies et dont l'authenticité était pareillement contestée. Mais pour de Deukans c'était simplement une pièce de collection et s'il y avait là sacrilège et blasphème il semblait l'ignorer. Voilà ce qui arrive aux collectionneurs : la perte progressive du sens moral. L'objet finit par posséder son possesseur.

« Nous ne discutions jamais de religion ou de politique. Il allait à la messe, mais seulement, je crois, parce que, dans l'observance d'un rituel, son culte de la beauté trouvait à s'exprimer. Par certains côtés, peut-être pour avoir vécu dans la richesse, il était d'une naïveté extrême. Les actes désintéressés lui semblaient incompréhensibles s'ils ne faisaient pas partie d'une sorte de code d'esthétisme. Un jour nous regardions une longue file de paysans travaillant dans un champ de navets. Un tableau de Millet. Et sa seule remarque a été : " C'est merveilleux qu'ils soient eux et que nous soyons nous. " Les contrastes les plus frappants, les plus pénibles à constater entre les différentes classes sociales, et qui auraient troublé la conscience du " nouveau riche " le plus vulgaire n'avaient sur lui aucun effet. Ils n'étaient significatifs qu'en tant qu'ornements, dissonances curieuses, exemples plaisants parce que hauts en couleur de la polarité de l'existence.

« Tout comportement qui montrait une reconnaissance implicite des droits des autres — ce qu'il appelait " déguiser le diable en puritain " — lui paraissait insupportable. Par exemple, depuis l'âge de dix-huit ans j'avais toujours refusé de manger la chair des oiseaux sauvages. Il ne m'aurait pas paru plus répugnant de me repaître de chair humaine. Eh bien, cela troublait de Deukans comme une fausse note dans le manuscrit d'une partition de musique. C'était pour lui presque inadmissible. Pourtant il lui fallait se rendre à l'évidence : quelqu'un refusait son pâté d'alouettes et sa bécasse truffée.

« Il ne s'intéressait pas uniquement aux objets. Il avait un observatoire — installé sur le toit du château — et un laboratoire de biologie bien équipé. Il n'allait jamais dans le parc sans emporter un petit étui contenant des éprouvettes, pour capturer des araignées. Il me fallut plus d'un an pour découvrir que ce n'était pas seulement une autre excentricité mais qu'il était en fait un des plus distingués arachnologues amateurs de son temps. Il y a même une variété qui porte son nom : *Theridion deukansii*. Il était ravi que je connaisse aussi un peu d'ornithologie, et il m'encourageait à me spécialiser dans ce qu'il appelait en plaisantant " ornithosémantique " — la signification des chants d'oiseaux.

« De tous les hommes que j'ai rencontrés il était le plus éloigné des normes reconnues. Et le plus poli. Le plus distant aussi. Et certainement le plus irresponsable dans le domaine social. J'avais vingt-cinq ans — votre âge, Nicholas, ce qui vous montrera mieux que tout ce que je pourrais dire à quel point j'étais incapable de le juger. C'est, je crois, l'âge le plus difficile et le plus exaspérant qui soit. Vous êtes tout à la fois dedans et dehors... Vous avez l'intelligence, on vous traite comme un adulte; mais pour certains vous en êtes encore à l'adolescence puisque privé de l'expérience qui vous permettrait de les comprendre, de vous identifier à eux. En fait, en étant ce qu'il était, et non par des discours, de Deukans a éveillé en moi des doutes sérieux sur le bien-fondé de ma propre philosophie. Des doutes qu'il devait plus tard, comme je vous le raconterai, cristalliser en cinq mots.

« Je voyais bien ce qu'il y avait à redire dans la façon dont il vivait mais en même temps j'étais comme enchanté. C'est-à-dire incapable d'agir rationnellement. Vous ai-je dit qu'il possédait des piles de manuscrits de musique des XVIIe et XVIIIe siècles? C'était être au paradis que s'asseoir devant un de ces magnifiques vieux clavecins, dans son *musicarium* — une longue galerie rococo, vert pomme et vieil or, toujours ensoleillée, aussi tranquille qu'un verger; de telles expériences, un tel bonheur soulèvent toujours la même question sur la nature du mal. Pourquoi un plaisir si complet serait-il mauvais? Pourquoi ai-je alors pensé que de Deukans était mauvais? Vous me direz : “ Parce que des enfants mouraient de faim pendant que vous jouiez du clavecin dans votre grand soleil. ” Mais devons-nous donc condamner les châteaux, les goûts raffinés, les plaisirs subtils, la tendance à réaliser nos rêves? Même un monde marxiste doit évoluer, se développer en visant plus haut, ce qui peut seulement signifier un plaisir plus délicat, un bonheur plus riche pour les êtres humains qui le composent.

« Et ainsi ai-je commencé à comprendre l'égoïsme de cet homme solitaire. Peu à peu j'ai pris conscience que chez lui l'aveuglement était une pose mais que la pose était innocence. Il était l'homme d'un monde parfait égaré dans un monde imparfait, et, aussi tragiquement monomane que Don Quichotte, quoique moins absurdement, il était déterminé à préserver sa propre perfection. Mais un jour... »

Conchis ne finit pas sa phrase car soudain un son de trompe déchira l'obscurité. Je pensai aussitôt au cor de chasse anglais. Toutefois le son était plus profond, plus rauque, plus archaïque. L'éventail s'immobilisa; Lily regardait Conchis. Il était tourné vers la mer, immobile, comme changé en pierre par l'appel de la trompe. Puis il ferma les yeux, presque comme s'il priait en silence. Mais non, son visage n'était pas celui d'un homme en prière.

De nouveau la trompe déchira l'ombre épaisse : trois notes, celle du milieu la plus haute. Le versant abrupt d'une colline de l'intérieur nous en renvoya un faible écho. Le timbre primitif semblait vouloir tirer d'un sommeil immémorial le paysage noyé de nuit.

Je m'adressai à Lily : « Qu'est-ce que c'est? »

Elle soutint un moment mon regard; le sien, étrangement, exprimait le doute, comme si elle me soupçonnait de savoir très bien de quoi il s'agissait.

« Apollon.

— Apollon? »

La trompe sonna encore, sur un ton plus aigu cette fois, et plus près, trop près de la maison à présent pour que je puisse voir quelque chose sans me pencher par-dessus le parapet. Conchis était toujours assis, l'air absent. Lily se leva et tendit la main.

« Venez. »

Je la laissai me conduire à l'extrémité de la terrasse où nous nous étions tenus un peu plus tôt. Elle regardait vers les arbres. Je jetai un coup d'œil vers son charmant profil.

« Quelqu'un a l'air de faire un beau mélange de métaphores. »

Elle ne put réprimer tout à fait un sourire. Elle évitait de se tourner vers moi mais me pressa doucement la main.

« Soyez sage. Regardez. »

L'esplanade, la clairière, les arbres : je ne voyais rien d'insolite.

« J'aurais simplement aimé qu'on me communique le programme.

— Comme vous êtes prosaïque, monsieur Urfe.

— Nicholas. »

Le rayon de lumière jaillit avant qu'elle ait pu me répondre. Il venait de quelque part entre la maison et le cottage de Maria. La lumière était assez faible, celle d'une lampe de poche, et dirigée sur une silhouette qui, à une soixantaine de mètres, au bord de la pinède, se tenait dressée telle une statue de marbre. Je fus saisi d'étonnement : c'était un homme complètement nu. Il était juste assez près pour que je puisse distinguer la forme pâle du sexe sur la toison noire du pubis. L'homme était grand, bien bâti, parfait pour le rôle d'Apollon. Je voyais luire de l'or sur sa tête, une couronne de feuilles : des lauriers.

Il nous faisait face, immobile, tenant dans sa main droite, légèrement écartée de sa taille, une longue trompe recourbée en croissant, à l'extrémité évasée. Après quelques secondes je fus frappé par l'extraordinaire blancheur de sa peau, presque phosphorescente dans le faible rayon de lumière, comme si son corps et son visage avaient été peints.

Je me retournai vers Conchis, toujours assis à la même place. Lily regardait l'homme nu. Son visage n'exprimait rien d'autre que l'attention soutenue qu'on porte à la représentation d'une pièce dont on a déjà vu les répétitions. Cela m'enleva toute envie de plaisanter. Ce qui me troublait le plus, je le sus immédiatement, c'était d'apprendre que je n'étais pas le seul homme jeune à Bourani.

« Qui est-ce?

— Mon frère.

— Je croyais que vous étiez enfant unique. »

L'Apollon leva sa trompe sur le côté et souffla : c'était une note différente, soutenue, vibrante d'une urgence nouvelle, comme s'il rappelait une meute égarée.

Lily dit lentement, sans le quitter des yeux : « Cela se passe dans l'autre monde. » Alors, avant que je puisse poser d'autres questions, elle eut un geste de la main vers la gauche, au-delà du cottage. Une forme légère sortait en courant du noir tunnel, là où le sentier de la maison émergeait du couvert des arbres. Le rayon de lumière se déplaça vers elle. C'était une jeune fille, nue elle aussi, à l'exception des sandales antiques lacées jusqu'aux mollets; sa chevelure était rassemblée sur la nuque en un chignon classique et son corps, son visage, comme ceux de l'Apollon, paraissaient d'une blancheur irréelle. Elle courait trop vite pour que je puisse distinguer ses traits. Comme elle s'approchait de nous elle jeta un regard en arrière : elle se savait poursuivie.

Elle courait vers la mer, à mi-distance de l'Apollon et de nous deux, sur la terrasse. Puis apparut derrière elle un troisième personnage, un autre homme qui sortait en courant de la pinède et descendait le sentier. Son accoutrement en faisait un satyre : épaisses cuisses velues, arrière-train de bouc et tête traditionnelle, barbue, aux courtes cornes. Son torse nu était sombre, presque noir. Comme il se rapprochait dans sa course, gagnant du terrain sur la jeune fille, j'eus un nouveau sursaut de stupeur : il exhibait un énorme phallus, long d'une vingtaine de centimètres, bien trop massif pour prétendre au réalisme, mais qui n'en était que plus obscène. Je me souvins soudain de la peinture à l'intérieur du kylix, dans la pièce d'en bas, et je me sentis en terre étrangère, inquiet, mal à l'aise, sans doute parce que j'étais en réalité beaucoup plus innocent, plus candide que je ne voulais le reconnaître. Je glissai un regard furtif vers cette fille, à mon côté. Je n'aimais guère le sourire qu'il me sembla surprendre sur son visage. Il trahissait une sorte de goût pour les spectacles cruels. Cela n'avait rien à voir avec la « Belle Epoque » dont elle avait gardé le costume.

Une fois encore je regardai la nymphe, son dos blanc, sa chevelure en désordre, ses jambes qui montraient des signes d'épuisement. Elle s'enfonça dans la pinède, se dirigeant vers la mer, et disparut; alors, en un nouveau coup de théâtre, un rayon beaucoup plus vigoureux jaillit juste au-dessous de l'endroit où nous étions. A la place exacte où l'autre venait de disparaître, une levée de terrain avant la chute abrupte vers la plage, se tenait à présent une femme, et de tous les personnages c'était elle la plus impressionnante. Elle était vêtue d'une tunique jaune safran qui se terminait à hauteur des genoux par un ourlet rouge sang. Ses cothurnes noirs aux jambières d'argent évoquaient sinistrement ceux des gladiateurs et contrastaient étrangement avec ses épaules et ses bras nus. Cette fois encore la peau était plus blanche que nature; un maquillage noir allongeait les yeux; les cheveux étaient tirés en arrière, en une coiffure classique mais qui n'en donnait pas moins au visage une sévérité redoutable. Elle portait un carquois à l'épaule et de la main gauche tenait un arc d'argent. Il y avait dans sa posture, tout comme dans l'altération du visage, quelque chose de véritablement effrayant.

Elle se tint là un moment, barrant le chemin, froide, outragée, redoutable. Puis, d'un geste prompt et vengeur, de sa main libre elle prit une flèche dans le carquois. Mais avant qu'elle ait eu le temps de la mettre en place le rayon revint sur le satyre, à présent immobilisé dans une attitude de théâtre indiquant la terreur, les bras rejetés en arrière, le visage tourné de côté, le phallus toujours dressé, et d'un noir de jais dans l'éclairage plus intense. C'était une pose sans réalisme, parfaitement théâtrale. Le rayon se posa sur la déesse : l'arc était tendu à l'extrême, la flèche partit. Un instant je suivis son trait qui se perdit dans l'obscurité. Un peu plus tard le rayon fut dirigé vers le satyre. Sa main se crispait sur la flèche plantée dans sa poitrine. Il tomba lentement à genoux, oscilla un moment puis s'écroula sur le côté parmi les pierres et le thym. La lumière la plus forte s'attarda sur lui, comme pour bien marquer qu'il était mort, puis s'éteignit. Au-delà, dans le rayon plus faible de la première torche électrique, Apollon observait la scène, impassible, pâle ombre marmoréenne, arbitre divin, présidant aux jeux de l'arène. La déesse se dirigea vers lui, à longues enjambées de chasseresse, l'arc d'argent à la main et contre son flanc. Ils se tinrent un moment tournés vers nous, puis levèrent leur main libre, paume renversée, en une sorte de tableau final, en un salut solennel, qui exprimait l'adieu des immortels, et quoique le geste fût un peu rapide, il se parait d'une authentique dignité. Et de nouveau l'obscurité... Je pouvais tout juste distinguer les deux ombres pâles s'éloignant à présent avec la hâte bien de ce monde qui s'empare des acteurs pressés de quitter la scène avant que les lumières ne se rallument.

Lily s'agita, comme pour détourner mon attention de cette partie moins poétique du spectacle.

« Excusez-moi un moment. »

Elle alla vers Conchis, toujours assis. Je la vis se pencher au-dessus de lui et murmurer quelque chose. Puis je me retournai vers l'est. Une forme sombre s'approchait des arbres : le satyre. Il y eut un léger bruit venant de la galerie en dessous, le raclement des pieds d'une chaise que quelqu'un avait heurtée par accident. Quatre autres acteurs, deux personnes chargées des éclairages... Les mécanismes du montage de tous les événements dont j'étais le témoin commençaient à me paraître tout aussi mystérieux que s'il s'était agi de phénomènes surnaturels. Je cherchai vainement un lien entre l'homme âgé sur la route près de l'hôtel, la « pré-hallucination » et cette dernière scène. Je pensais avoir saisi, durant le récit de Conchis, ce qui faisait l'intérêt du personnage de de Deukans. Conchis avait parlé de lui-même et de moi, le parallèle était trop évident pour que je puisse m'y tromper : « *Et vous décourageait de poser des questions...* » « ... *à quel point j'étais incapable de le juger.* » « ... *très peu d'amis et pas de famille...* » Mais comment le dernier épisode se rattachait-il au reste?

Il était clair que cela se voulait une sorte d'évocation scandaleuse » comme celles mentionnées dans *Le Masque français.* A ce niveau je pouvais en rire, et me moquer aussi de toute absurde tentative se rapportant au spiritisme. Mais je croyais bien détecter une intention perverse dans le divertissement de Conchis. Ce phallus, cette nudité, cette fille nue elle aussi... Je pensais que tôt ou tard on me demanderait d'entrer dans le jeu, que ceci n'était qu'une sorte d'initiation à une aventure plus sombre. Laquelle? Je l'ignorais... une société secrète, un culte dans lequel Miranda n'était rien et Caliban tout-puissant. Et je me sentais absurdement jaloux de tous ces autres jeunes gens venus de nulle part braconner sur « mes » terres, unis contre moi et qui en savaient davantage. Pourquoi ne pas me satisfaire d'un rôle de spectateur, ne pas laisser ces incidents de plus en plus étranges se dérouler devant moi comme les images d'un film? Mais à l'instant même où je la formulais, je savais que la comparaison était mal choisie. On ne construit pas une salle de cinéma pour un unique spectateur, à moins de lui réserver un rôle bien déterminé.

Enfin Lily cessa de parler à Conchis à voix basse, se redressa, revint vers moi. Ses yeux à présent révélaient quelque chose de ses pensées : je ne pouvais m'y tromper, elle était curieuse de savoir comment j'avais réagi à cette dernière scène. Je souris, hochai légèrement la tête — j'étais fasciné mais pas dupe — et je pris soin de lui montrer que je n'étais pas choqué non plus. Elle sourit.

« Je dois partir, maintenant, monsieur Urfe.

— Félicitez vos amis pour leur jeu. »

Elle prit un air stupéfait. Ses paupières battaient; elle avait perçu l'ironie dans ma voix.

« Vous n'allez pas croire qu'ils jouaient simplement un rôle. »

Je dis doucement : « Allons, ça suffit. »

Elle ne répondit rien. Il y eut dans ses yeux l'ombre d'un sourire, puis elle se mordilla délicatement les lèvres, avant de toucher sa robe et d'esquisser une révérence.

« Quand vous reverrai-je? »

Sans tourner la tête elle jeta un coup d'œil vers Conchis. Une fois de plus elle faisait de moi son complice.

« Il me faudrait d'abord savoir quand on m'éveillera à nouveau de mon sommeil immémorial.

— J'espère que ça ne tardera pas. »

Elle porta l'éventail à ses lèvres pour me faire taire comme elle y avait porté la brosse de la flûte à bec, le premier soir, et désigna Conchis furtivement. Je la regardai disparaître dans la maison, puis je revins sur mes pas et me tins là, séparé de Conchis par la table. Il semblait sortir de transe. Ses yeux étaient comme du phosphore noir, leur regard, encore plus ardent que d'habitude, paraissait vouloir capter le mien; bien plutôt les yeux d'un savant vérifiant le résultat d'une expérience ou les réactions d'un cobaye que ceux d'un hôte cherchant l'approbation d'un invité à qui on a offert un divertissement spectaculaire. Debout derrière ma chaise je le regardai avec le même petit sourire sceptique que j'avais essayé sur Lily, mais je savais que mon trouble ne pouvait lui échapper. Je savais aussi qu'il ne comptait plus sur ma crédulité totale. Je m'assis; il ne baissait pas les yeux; il me fallait dire quelque chose.

« Cela m'amuserait beaucoup plus si je savais ce que cela signifie. »

Il eut l'air très satisfait, s'appuya au dossier de sa chaise et sourit.

« Mon cher Nicholas, cela fait des milliers d'années que l'homme dit ce que vous venez de dire. Tous les dieux auxquels il s'est adressé ont un seul trait commun : ils ne répondent jamais.

— Les dieux ne sont pas là pour répondre. Mais vous?

— Je ne vais pas m'aventurer dans un domaine où même les dieux sont sans pouvoir. Si vous croyez que je connais toutes les réponses, vous vous trompez. »

Je regardais son visage, affable à présent. Tranquillement je demandai : « Pourquoi moi? »

— Pourquoi quelqu'un d'autre? Pourquoi tout? »

J'eus un geste dans la direction où étaient apparus les personnages. « Tout cela simplement pour me donner une leçon de théologie? »

Il montra le ciel du doigt. « Je pense que nous serons d'accord pour trouver qu'un dieu qui aurait créé tout cela dans le seul but de nous donner une leçon de théologie manquerait vraiment d'humour et d'imagination. » Et après un silence : « Vous êtes parfaitement libre de retourner à votre collège si vous le désirez. Peut-être serait-ce plus sage. »

Je souris. Secouai la tête. « Cette dent que vous m'avez offerte... Je la prends.

— C'est peut-être vraiment du poison, cette fois.

— Au moins je commence à me rendre compte que tous vos dés sont pipés.

— Alors vous ne pouvez pas gagner. » Mais il continua vivement comme s'il se rendait compte qu'il était allé trop loin : « Ecoutez-moi. Il y a seulement une réponse à votre question, à la fois en termes généraux et dans le cas particulier de votre présence ici. Vous, moi et tous les dieux, si nous sommes là c'est par hasard. Et c'est tout. Par pur hasard. »

J'interrogeai son regard et y trouvai enfin quelque chose qu'il m'était possible de croire : j'y démêlai obscurément que mon ignorance, ma nature, mes vices et mes vertus avaient un rôle à jouer dans sa comédie. Il se leva; la bouteille de brandy était posée sur l'autre table près de la lampe. Il alla la chercher, remplit mon verre d'alcool, en versa un peu dans le sien qu'il leva vers moi.

« Buvons au jour où nous nous connaîtrons mieux, Nicholas.

— Oui. Buvons à ce jour. » Je bus et risquai un sourire. « Vous n'avez pas terminé votre histoire. » Il en semblait détaché à présent, comme s'il l'avait oubliée ou pensait que ça n'avait plus aucun intérêt pour moi. Il hésita, puis s'assit à nouveau.

« Très bien. J'allais... mais cela ne fait rien à présent, passons tout de suite au point culminant. Au moment où une hubris aussi exacerbée a fait perdre patience à ces dieux en qui ni vous ni moi ne croyons. »

Il se laissa aller en arrière, une fois encore légèrement tourné vers la mer.

« Chaque fois que je vois une photographie d'une horde grouillante de paysans chinois, ou un défilé militaire, un mauvais journal bourré de réclames pour des horreurs fabriquées en série; et ces horreurs mêmes que vendent les grands magasins; chaque fois que je vois les monstruosités de la *pax americana*; et ces pays condamnés à la médiocrité siècle après siècle parce que surpeuplés et sous-éduqués, je vois aussi de Deukans. Tout manque d'espace, tout manque de grâce me ramène à lui. Un jour, dans des millénaires, il y aura peut-être un monde composé uniquement d'hommes et de femmes semblables à lui, habitant des châteaux comme le sien. Et au lieu de tirer leur substance de cette pourriture que sont l'inégalité et l'exploitation, comme des champignons prospèrent sur le fumier, ils seront les produits d'une évolution aussi contrôlée, ordonnée que le minuscule monde de Deukans à Givray-le-Duc. Apollon régnera de nouveau. Et Dionysos retournera aux ombres d'où il vient. »

Etait-ce cela? Je voyais la scène d'Apollon dans une lumière différente. Conchis s'inspirait de certains poètes modernes qui veulent qu'on puisse tirer d'un même symbole dix interprétations différentes.

« Un jour, un des domestiques a introduit une fille au château. De Deukans a entendu rire une femme. Je ne sais pas comment c'est arrivé — une fenêtre ouverte, peut-être — et la fille un peu ivre... Il a aussitôt voulu savoir qui avait osé faire entrer dans son monde une femme de chair et d'os. Il s'agissait d'un des chauffeurs, un homme de l'âge de la machine. Il a été renvoyé. Peu de temps après de Deukans est allé faire un voyage en Italie.

« Une nuit, le majordome du château a senti une odeur de fumée. Il a découvert qu'une aile entière et la partie centrale du château étaient en flammes. En l'absence du maître la plupart des domestiques rentraient chez eux, dans les villages environnants. Ceux qui couchaient au château se sont mis à déverser des seaux d'eau sur le brasier. On a bien tenté de téléphoner aux pompiers mais la ligne avait été coupée. Ils ont fini par venir. Trop tard. Les peintures étaient racornies, les livres en cendres, les porcelaines fracassées, les pièces de monnaie fondues. Le feu avait anéanti les instruments exquis, les meubles, les automates, et Mirabelle elle-même. Il ne restait que des pans de murs, et le sentiment d'une perte irréparable.

« J'étais alors à l'étranger, moi aussi. Quelqu'un a réveillé de Deukans un peu avant l'aube dans son hôtel de Florence et lui a raconté ce qui s'était passé. Il est rentré immédiatement, mais on dit qu'il a fait demi-tour avant d'arriver près des cendres encore rouges, dès qu'il a été assez près pour se rendre compte du désastre. Deux jours plus tard on l'a trouvé mort dans sa chambre de Paris. Il avait pris une quantité énorme de somnifères. Son valet m'a raconté qu'on pouvait voir sur son visage une sorte de ricanement. L'homme en était bouleversé.

« Je suis rentré en France un mois après les obsèques. Ma mère était en Amérique du Sud et je n'ai appris qu'à mon retour ce qui était arrivé. Un jour, le notaire de de Deukans m'a demandé d'aller le voir. J'ai pensé qu'il m'avait peut-être laissé un clavecin. Je ne m'étais pas trompé. En fait il m'avait laissé tous les clavecins qui restaient. Et aussi... peut-être avez-vous deviné... » Il s'arrêta, comme pour m'en laisser le temps; je ne dis rien.

« ... Certes pas toute sa fortune, mais ce qui représentait à l'époque une fortune pour un jeune homme encore à la charge de sa mère. D'abord je n'ai pas pu y croire. Je savais qu'il m'aimait bien, qu'il en était arrivé à me considérer en quelque sorte comme son neveu. Mais tout cet argent... Et tellement par hasard... Parce qu'un jour j'ai joué fenêtres ouvertes, parce qu'une jeune paysanne a ri trop fort. Hasard, tout cela... » Il resta un moment silencieux. Et puis : « Mais j'ai promis de vous dire les mots que de Deukans m'a laissés en plus de l'argent et du souvenir. Non pas un message, seulement des bribes de latin. Je n'ai jamais pu en trouver l'origine. Cela sonne grec, soit ionien ou alexandrin : *Utram bibis? Aquam an undam?* Que buvez-vous? L'eau ou la vague?

— Il buvait la vague?

— Nous buvons tous l'une et l'autre. Ce qu'il voulait dire c'est qu'on devrait toujours se poser la question. Ce n'est pas un précepte, mais un miroir sur lequel se pencher. »

Et moi, pensai-je. C'était l'eau ou la vague? Je ne pus en décider.

« Qu'est-il arrivé à l'homme qui a mis le feu au château?

— La justice a eu sa revanche.

— Et vous avez continué de vivre à Paris?

— J'ai encore son appartement. Et les instruments qu'il contenait sont à présent dans mon propre château en Auvergne.

— Avez-vous découvert d'où venait son argent?

— Il avait de grandes propriétés en Belgique, des investissements en France et en Allemagne. Mais la plus grande partie de sa fortune consistait en diverses entreprises au Congo. La souffrance humaine est le roc sur lequel Givray-le-Duc, comme le Parthénon, a été bâti. »

Je restai silencieux. Puis me décidai :

« En est-il de même pour Bourani?

— Partiriez-vous sur l'heure si je disais oui?

— Non.

— Alors vous n'avez pas le droit de poser la question. »

Il sourit, comme pour me dire de ne pas le prendre trop au sérieux, et se leva, coupant court à toute autre discussion. « Au lit, à présent. Prenez votre enveloppe. »

Il me conduisit à ma chambre, alluma la lampe, me souhaita une bonne nuit. Sur le seuil de la porte il se retourna, me regarda. Pour une fois son visage exprimait un doute, et qui paraissait être plus qu'une incertitude passagère.

« L'eau ou la vague? »

Puis il s'en alla.

30

J'attendis. Je me dirigeai vers la fenêtre. M'assis sur le lit; m'y allongeai; retournai vers la fenêtre... Enfin je me mis à lire les deux pamphlets. Ils étaient tous les deux en français. Le premier portait les traces des épingles qui avaient assemblé les feuillets : trous et marques de rouille.

LA SOCIÉTÉ POUR LA RAISON

Nous, médecins et étudiants des facultés de médecine des universités françaises, professons ici nos absolues convictions :

1. L'humanité ne peut progresser que par la raison.
2. Le premier devoir de la science est de faire disparaître des affaires publiques et internationales tout ce qui, sous quelque forme que ce soit, est contraire à la raison.
3. Obéir à la raison est plus important qu'obéir à un code moral, dans quelque domaine que ce soit, aussi bien familial que social, racial, national ou religieux.
4. La raison ne connaît pour frontières que celles de l'homme lui-même; toutes les autres frontières sont marques de déraison.
5. Le monde ne peut être meilleur que les pays qui le constituent. Les pays ne peuvent être meilleurs que les individus qui les constituent.
6. Il est du devoir de tous ceux qui approuvent ces déclarations d'adhérer à la Société pour la Raison.

Nul ne peut s'affilier à la Société sans signer au préalable la déclaration suivante :

1. Je promets d'abandonner le dixième de mes revenus annuels à la Société pour la Raison, afin de lui permettre de poursuivre ses buts.
2. Je promets de toujours donner la première place à la raison dans ma vie.
3. Quelles qu'en soient les conséquences, non seulement je n'obéirai jamais à la déraison mais je la dénoncerai et lutterai contre elle.
4. Je reconnais que le médecin est le fer de lance de l'humanité. Je ferai tout ce qui est en mon pouvoir pour comprendre ma propre physiologie, ma propre psycho-

logie, et pour tirer parti de cette connaissance pour diriger ma vie rationnellement.
5. J'affirme solennellement que la raison doit être mon seul guide.

Frères humains, nous vous demandons de rejoindre nos rangs dans la lutte contre les forces de la déraison qui ont causé la folie sanglante des dix dernières années. Aidez-nous à accroître le pouvoir de notre société contre les conspirations des prêtres et des politiciens partout dans le monde. Notre société sera un jour la plus importante dans l'histoire de l'humanité. Joignez-vous à nous. Soyez de ceux dont on dira que, les premiers, ils ont compris, ils ont choisi, ils ont lutté.

En travers du dernier paragraphe quelqu'un, il y avait très longtemps, avait griffonné « merde ».

En vue de ce qui s'était passé depuis 1920, aussi bien le texte que son commentaire me parurent pathétiques, comme le combat puéril de deux enfants au moment d'une explosion atomique. En ce milieu de siècle nous étions également fatigués de la froide sagesse et du blasphème brûlant, de l'hyper-cérébral et de l'excrémentiel; la solution était ailleurs. Les mots avaient perdu leur pouvoir; pour le bien comme pour le mal ils flottaient en une brume sur la réalité des actes qu'ils gauchissaient, transformaient, émasculaient. Du moins depuis Hitler et Hiroshima savait-on qu'ils n'étaient que brouillard, ou fragile superstructure.

Je restai un instant à l'écoute de la maison et de la nuit. Le silence... Je pris l'autre pamphlet, relié celui-là. Une fois encore le papier bon marché, jauni, la typographie démodée montraient qu'il datait vraiment d'avant-guerre.

SUR LA COMMUNICATION AVEC D'AUTRES MONDES

Pour atteindre les étoiles, même les plus proches, l'homme devrait voyager pendant des millions d'années à la vitesse de la lumière. Même si nous trouvions le moyen de nous déplacer à cette vitesse nous ne pourrions, en une vie humaine, aller visiter une autre partie de l'univers. Nous ne pouvons non plus communiquer par d'autres moyens scientifiques : que ce soient des ondes radio, ou un gigantesque héliographe. Nous sommes, semble-t-il, isolés pour toujours dans notre petite bulle de temps.

Comme notre enthousiasme pour les avions paraît futile! Et combien stupides ces ouvrages d'imagination — ceux d'un Wells ou d'un Jules Verne — au sujet des êtres bizarres habitant d'autres planètes!

Mais il ne fait aucun doute qu'il y a d'autres planètes autour d'autres étoiles; que la vie obéit à des normes universelles; et qu'il se trouve dans le cosmos des êtres qui ont évolué de la même façon et dans la même direction que nous. Sommes-nous donc condamnés à ne jamais communiquer avec eux?

Il n'y a qu'un seul moyen de communication qui soit indépendant du temps. Quelques-uns nient son existence. Mais nombreux sont les exemples de pensées transmises *au moment précis* où elles prenaient forme. Et l'authenticité de ces cas est garantie par les témoignages de personnalités scientifiques à la réputation bien établie. Dans certaines sociétés primitives, chez les Lapons par exemple, le phénomène est si fréquent, si largement reconnu, qu'on l'utilise quotidiennement, comme en France le télégraphe ou le téléphone.

S'il y a des pouvoirs qu'il nous faut découvrir, certains ont seulement à être retrouvés. C'est le seul moyen que nous aurons jamais de communiquer avec les êtres d'autres mondes. *Sic itur ad astra.*

La prise de conscience simultanée fonctionne comme le pantographe. La copie est réalisée au moment même où la main dessine.

L'auteur de ce pamphlet n'est pas un spirite, n'est pas intéressé par le spiritisme. Depuis quelques années il étudie la télépathie et autres phénomènes en marge des sciences médicales classiques. Ses intérêts sont purement scientifiques. Il tient à répéter qu'il ne croit pas au « surnaturel », aux doctrines rosicruciennes, à l'hermétisme et autres aberrations de ce genre.

Il affirme que des mondes plus avancés que le nôtre tentent de communiquer avec nous, et que tout un ensemble d'idées morales nobles et bienfaisantes qui commande ce que notre société appelle bonne conscience, bonnes actions, inspiration artistique, génie scientifique, est en fait dicté par des messages télépathiques venus d'autres mondes et seulement à moitié compris. Il croit que les Muses ne sont pas une simple fiction poétique, mais un aperçu à l'époque classique d'une réalité scientifique que nous, les modernes, ferions bien d'explorer. Il demande instamment que l'Etat accorde son soutien et une aide financière pour l'étude de la télépathie et autres phénomènes similaires et surtout insiste sur la nécessité d'un nombre plus grand de chercheurs en ce domaine.

Il publiera prochainement une preuve directe de la possibilité de communication entre les mondes. On peut s'attendre à une déclaration à ce sujet dans la presse parisienne.

Je n'avais jamais eu de ma vie d'expérience télépathique et je n'envisageais guère de commencer avec Conchis; quant aux citoyens d'autres mondes, s'ils s'efforçaient généreusement d'éveiller en moi le goût de la vertu ou le génie artistique, ils devaient s'y prendre singulièrement mal — et non seulement avec moi mais avec la plupart des hommes de mon temps. Mais je commençais à comprendre pourquoi Conchis m'avait déclaré que j'étais un voyant. Il pensait ainsi me préparer doucement à la scène sans nul doute plus étrange encore qui se jouerait le soir suivant... « l'expérience ».

Le jeu, toujours le jeu : il me fascinait, m'irritait comme un poème obscur, et même plus encore parce qu'il était obscur doublement, aussi bien dans ses motivations que dans ses règles et son déroulement imprévisible. J'avais bâti ce soir-là une nouvelle théorie : Conchis essayait de recréer un monde perdu, bien à lui, et il m'y faisait jouer le rôle de jeune premier, lui-même en plus jeune. J'avais nettement perçu un changement dans nos relations, ce jour-là : j'étais moins un invité; il était beaucoup moins un hôte. Entre nous se créait une tension d'un ordre différent, principalement parce que certains aspects de sa personnalité me semblaient inconciliables — il en était d'ailleurs conscient et satisfait. Sa façon émouvante de jouer Bach, certains détails touchants de son autobiographie étaient gâchés par la perversité, la dureté dont il faisait preuve en d'autres occasions, dans la justification agressive de sa richesse, dans le déploiement d'objets et livres érotiques — là encore de Deukans réapparaissait — et maintenant dans l'évocation nocturne de ces personnages mythiques, avec tout ce que cela comportait de suspect.

Plus je réfléchissais et plus je mettais en doute l'authenticité de ce comte belge, ou tout au moins l'exactitude de ce qu'en disait Conchis. En fait, Conchis s'abritait simplement derrière lui, et de Deukans me semblait n'être guère plus qu'un symbole.

Mais pour le moment le jeu était fini. Tout restait silencieux. Je regardai ma montre. Une demi-heure avait passé. Je ne pouvais pas dormir. Après quelque hésitation je descendis sans bruit au rez-de-chaussée, traversai la salle de musique, la galerie, et marchai entre les arbres dans la direction qu'avaient pris les deux personnages. Puis je rebroussai chemin et descendis sur la plage. La lente ondulation des vagues faisait rouler quelques galets qui s'entrechoquaient avec un bruit sec. Il n'y avait pas un souffle de vent. Les falaises, les arbres, le petit bateau baignaient dans la clarté des étoiles, de ces millions de pensées venues d'autres mondes et indéchiffrables. La mer mystérieuse, lumineuse, attendait, vivante; vide, pourtant. Je fumai une cigarette puis remontai vers la maison au lourd mystère, et dans ma chambre.

31

Je déjeunai seul à nouveau. C'était un jour de vent, au ciel toujours aussi bleu, mais la forte brise déchirait allégrement la mer, ébouriffant le feuillage des deux palmiers plantés en sentinelles devant la maison.

Plus au sud, au-delà du cap Matapan, soufflait le *meltemi,* la bourrasque d'été, venant des îles Ioniennes.

Je descendis sur la plage. Le bateau avait disparu. Cela confirmait la théorie que je commençais à élaborer au sujet des « visiteurs » : ils vivaient sur un yacht au mouillage, dans une des nombreuses baies désertes des côtes ouest et sud de l'île, ou bien parmi les groupes d'îlots inhabités, à huit kilomètres environ à l'est. Je nageai un peu vers le large, afin de voir si Conchis se trouvait sur la terrasse. Elle était vide. Je me laissai flotter un moment, étendu sur le dos. Je sentais sur mon visage que le soleil avait chauffé le frais clapotis des vagues. Je pensai à Lily.

Puis je regardai le rivage.

Elle se tenait là, resplendissante sur les galets gris de sel, devant la falaise ocre et les feuillages. Aussi vite que je le pus, je nageai vers le bord. Elle fit quelques pas sur les pierres, puis elle s'arrêta, m'observant. Enfin je repris pied, ruisselant, hors d'haleine, et la regardai. Elle était à dix mètres de moi, vêtue d'une délicieuse robe d'été, aux rayures de trois tons, bleu-gris, blanc et rose, et semblable à celles que portaient les femmes au moment de la première guerre mondiale. Elle tenait à la main une ombrelle de même tissu, avec des franges. Le vent de la mer lui était une parure, il s'emparait de la robe et la moulait contre son corps. Elle avait de temps en temps à lutter avec l'ombrelle, et le vent jouait dans ses cheveux, mêlant, déroulant leur soie pâle autour de son cou et contre ses lèvres.

Elle fit une petite moue, comme pour rire à la fois d'elle-même et de moi qui me tenais là, dans l'eau jusqu'aux genoux. Le silence descendit sur nous, sans que j'en perçoive la raison, et nos regards se rencontrèrent, soudain sérieux. Le mien devait laisser paraître mon trouble. Elle avait l'air si jeune, si timidement espiègle. Elle me fit un sourire à la fois malicieux et contraint, comme pour reconnaître qu'elle n'aurait pas dû être là, qu'elle avait bravé les convenances.

« Est-ce que Neptune vous a coupé la langue?

— Vous êtes si ravissante. Un vrai Renoir. »

Elle s'éloigna légèrement et fit tourner son ombrelle entre ses doigts. Je glissai mes pieds dans mes sandales de plage et la rattrapai en m'essuyant le dos. Elle sourit d'un air d'innocence légèrement équivoque, et s'assit sur un rocher plat qu'ombrageait un pin solitaire, là où le ravin tombait en pente brusque sur les galets. Puis elle ferma son ombrelle et de la pointe me désigna une pierre où m'asseoir, au soleil, à côté du rocher. J'étendis une serviette sur la roche même et m'y installai. Les lèvres humides, le duvet léger sur les avant-bras nus, une cicatrice au-dessus du poignet gauche, la chevelure flottante : la grave jeune fille de la nuit précédente avait disparu.

« Vous êtes le fantôme le plus exquis que j'aie jamais vu.

— Vraiment? »

Oui, je le pensais vraiment. Et je voulais aussi l'embarrasser. Mais son sourire s'épanouit.

Je demandai : « Qui sont les autres filles?

— Quelles autres filles?

— Voyons... Je reconnais que c'est une bonne plaisanterie.

— Alors ne la gâchez pas, je vous prie.

— Au moins vous admettez que c'est une plaisanterie.

— Je n'admets rien. »

Elle évitait mon regard, se mordait les lèvres. Visiblement elle s'apprêtait à parer un deuxième coup. Elle déplaça un galet du bout de son élégant soulier de chevreau gris. Le mouvement découvrit un bas de soie blanche dont les barrettes à jours découpaient le long de la cheville de minuscules pétales de peau nue qui montaient vers l'ourlet de la robe, puis disparaissaient dessous, cinq centimètres plus haut. C'était un charmant détail d'époque et j'avais l'impression qu'en tendant la jambe elle voulait surtout me le faire remarquer. Le vent ramena ses cheveux sur son visage, brouillant ses traits. J'aurais voulu en repousser les mèches de la main, ou peut-être — je ne savais plus — prendre cette fille par les épaules et la secouer. Je finis par regarder la mer, un peu comme Ulysse s'attachant à son mât.

« Vous ne cessez de suggérer que vous jouez à faire semblant parce que ça plaît à ce vieux. Si vous voulez que j'entre dans le jeu, vous feriez bien de m'expliquer pourquoi. Et surtout pourquoi je devrais croire qu'il ne sait pas exactement ce qui se passe. »

Elle hésita. Pour un instant je crus que j'étais venu à bout de ses défenses.

« Donnez-moi votre main. Je vais vous dire la bonne aventure. Vous pouvez vous asseoir un peu plus près, mais faites attention à ne pas mouiller ma robe. »

Je respirai profondément, tendis la main. Peut-être allions-nous arriver à une sorte d'accord tacite. Elle me tint légèrement le poignet et suivit de l'index les lignes de ma paume. Je pouvais voir la forme de ses seins au fond de l'échancrure de sa robe, la peau très pâle, la naissance de courbes douces, émouvantes. Elle parcourait ma paume du bout des doigts, en une légère caresse, innocente et pourtant suggestive. Elle réussissait à donner à ce jeu un petit air d'audace et de puérile bravade.

« Votre vie sera longue. Vous aurez trois enfants. A quarante ans vous manquerez de mourir. Votre tête gouverne votre cœur... trahit votre cœur. Il y a... Je vois beaucoup de trahisons dans votre vie. Vous vous trahissez vous-même parfois — celui que vous êtes réellement. Et parfois ceux qui vous aiment.

— Maintenant, allez-vous répondre à ma question?

— La main dit ce qui est. Elle n'explique pas pourquoi.

— Puis-je regarder la vôtre?

— Je n'ai pas fini. Vous ne serez jamais riche. Prenez garde aux chiens noirs, aux boissons fortes et aux vieilles femmes. Vous ferez l'amour avec beaucoup de filles mais vous n'en aimerez vraiment qu'une seule. Celle-là, vous l'épouserez. Vous serez très heureux...

— Bien que je manque de mourir à quarante ans?

— Peut-être à cause de cela. Voilà où vous frôlez la mort. La ligne de cœur est très forte après. »

Elle abandonna ma main, joignit les siennes sur ses genoux d'un geste affecté.

« Puis-je voir la vôtre, à présent?

— Je ne sais si je dois vous le permettre. »

Elle se voulait effarouchée, mais soudain, tendit la main vers moi. Je fis semblant d'en étudier les lignes, les suivant du doigt avec un grand sérieux, comme un Sherlock Holmes. Mais ce grand maître dans l'art de tirer des conclusions aurait lui-même été perplexe. Cependant les mains de Lily étaient lisses, immaculées. Quoi qu'elle fût et d'où qu'elle vînt, elle n'était pas une domestique.

« C'est bien long, monsieur Urfe.

— Nicholas.

— Vous pouvez m'appeler Lily, Nicholas. Mais vous ne pouvez pas rester des heures à me tripoter la main.

— Il y a seulement une chose qu'on lit clairement dans votre main.

— Et quoi donc?

— Beaucoup plus d'intelligence que vous n'en montrez pour l'instant. »

Elle retira vivement sa main, la contempla avec une moue boudeuse, mais elle n'était pas le genre de fille qui boude. Une mèche de cheveux voleta sur sa joue. Le jeu du vent dans ses vêtements était libertinage, provocation, et l'aidait à paraître plus jeune qu'elle ne devait l'être réellement. Je me souvenais de ce que Conchis avait dit au sujet de la première Lily. La jeune fille à mon côté faisait un effort méritoire. Peut-être en effet le rôle lui avait-il été attribué avant qu'elle connaisse toute l'histoire, mais c'était un rôle qui ne pouvait lui convenir, eût-elle été l'actrice la plus douée qui soit.

Elle tendit à nouveau sa paume.

« Et la mort?

— Vous vous trompez dans vos répliques. Vous êtes déjà morte. »

Elle croisa les bras et regarda la mer.

« Peut-être n'ai-je pas le choix. »

Elle changeait de tactique. Il me semblait entendre une faible note de regret, d'insoumission inavouée, contemporaine cette fois, et se rattachant au nouveau personnage.

Je l'observai.

« Et cela signifie?

— Tout ce que nous disons... il l'entend. Il sait. »

Je demandai, incrédule : « Vous devez le lui faire savoir? » Elle fit oui de la tête et je sus qu'elle gardait le masque. « Ou bien allez-vous maintenant prétendre que c'est par télépathie!

— Par télépathie et... » Elle baissa les yeux.

« Et?

— Je ne peux rien dire de plus. »

Elle ramassa l'ombrelle, l'ouvrit, comme si elle avait l'intention de s'en aller. De petits glands noirs pendaient à l'extrémité des baleines.

« Etes-vous sa maîtresse? » Elle me lança un vif regard, et je sentis que pour une fois elle était choquée au point d'en oublier son personnage. J'ajoutai : « J'aimerais simplement savoir où j'en suis. »

Elle se leva et s'éloigna rapidement à travers les galets

en direction du sentier qui conduisait à la maison. Je courus derrière elle et lui barrai la route. Elle s'arrêta, les yeux baissés, puis leva vers moi un regard où se mêlaient l'irritation et le reproche. Il y avait aussi de la passion dans sa voix.

« Pourquoi vous faut-il toujours savoir où vous en êtes? Manquez-vous totalement d'imagination?

— Bien joué. Mais ça ne prend pas. »

Elle répondit à mon sourire par un regard froid, puis baissa à nouveau les yeux.

« A présent je sais pourquoi vous n'écrivez que de mauvais poèmes. »

Ce fut à mon tour d'être scandalisé. Au cours de ma conversation avec Conchis durant mon premier week-end à Bourani, j'avais mentionné l'échec de mes aspirations littéraires.

« Mes malheurs vous ravissent, n'est-ce pas? Si j'avais perdu bras ou jambe ce serait pour vous tous un autre bon sujet de plaisanterie. »

Ceci provoqua ce que je sentais être un regard vrai, cette fois, rapide et pourtant très direct, où je crus discerner de la sollicitude. Elle se tourna un peu de côté.

« Excusez-moi. Je n'aurais pas dû dire ça.

— Merci.

— Non, je ne suis pas sa maîtresse.

— Ni celle d'un autre, j'espère. »

Elle me tourna le dos, se tint face à la mer.

« Voici une remarque bien impertinente.

— Il me semble bien plus impertinent que vous vous attendiez à ce que j'avale toutes ces sornettes. »

Elle tenait l'ombrelle de façon à se cacher en partie le visage, mais je me penchai, et une fois de plus m'aperçus que son expression était en contradiction avec ce qu'elle venait de dire. Je vis non pas des lèvres pincées mais des lèvres qui s'efforçaient sans grand succès de réprimer un sourire. Elle me glissa un regard de côté, puis fit vers la jetée un geste de la tête.

« Marchons un peu, voulez-vous?

— Si c'est écrit dans le scénario... »

Elle se tourna pour me faire face et leva un doigt réprobateur. « Puisqu'il est clair que nous sommes incapables de parler le même langage nous ne ferons que marcher. »

Je souris et haussai les épaules : la trêve, si c'était au programme.

Sur la jetée, le vent soufflait plus fort. Lily avait à lutter pour maintenir un peu d'ordre dans ses cheveux. C'était un charmant combat. Les mèches flottaient au soleil, comme des ailes de soie, de lumière. Je finis par tenir son ombrelle pendant qu'elle tentait d'apprivoiser les longues mèches rebelles. Son humeur avait encore changé. Elle ne cessait de rire, le soleil brillant sur ses dents blanches, elle virevoltait, se rejetant en arrière quand une vague frappait l'extrémité de la jetée en soulevant un peu d'écume. Une fois ou deux elle prit mon bras, mais elle semblait entièrement absorbée par son jeu avec le vent et la mer. Dans sa robe à rayures, sa robe gaie, elle était une jolie écolière un peu fantasque.

J'examinai l'ombrelle à la dérobée. Une ombrelle neuve. J'aurais dû trouver logique, sans doute, qu'un fantôme porte une ombrelle neuve; elle m'aurait pourtant paru plus authentique si elle avait été vieille et passée.

Puis, de la maison, vint le son de la cloche. Et comme au week-end précédent elle tinta sur le rythme de mon nom. Lily resta immobile, écoutant. On entendit à nouveau le son déformé par le vent.

« Nich-o-las. » Elle prit un air faussement grave : « Elle sonne pour toi. »

Je levai les yeux vers les arbres.

« Je ne vois pas pourquoi.

— Il faut y aller.

— Venez-vous avec moi? » Elle secoua la tête vivement. « Et pourquoi pas?

— Parce qu'elle n'a pas sonné pour moi.

— Je crois que nous devrions nous donner une preuve que nous sommes amis, de nouveau. »

Elle était près de moi, retenant sa chevelure que le vent projetait sur son visage. Elle prit un air sévère.

« Monsieur Urfe! » Elle prononça mon nom exactement comme elle l'avait fait le soir précédent, avec la même précision glacée. « Allez-vous à présent me demander de livrer ma joue à vos audaces? »

C'était parfaitement réussi. Une jeune fille espiègle de 1915 se moquait gentiment, au deuxième degré, de la pruderie de son temps. Et ce faisant elle était absurde et charmante. Elle avança la joue et j'eus à peine le temps de la toucher des lèvres que déjà elle la retirait. Je contemplai sa tête courbée.

« Je reviens le plus vite possible. » Je lui rendis son ombrelle et la quittai après un regard qui voulait signifier que j'étais follement attiré par elle sans le moins du monde être dupe.

Je grimpai le sentier en me retournant de temps en temps. Deux fois, de la jetée, elle agita la main. J'atteignis le haut de la pente raide et me dirigeai vers la maison à travers la pinède plus clairsemée. Je pouvais voir Maria debout près de la cloche, à la porte de la salle de musique. Mais à peine avais-je fait deux pas sur le gravier que le monde parut se fendre en deux.

Une silhouette était apparue sur la terrasse, à moins de cinquante mètres, au-dessus de moi et juste en face : Lily. Ce ne pouvait être elle et c'était elle, pourtant. La même chevelure bousculée par le vent, la robe, l'ombrelle, la ligne du corps, le visage, tout était semblable. Elle contemplait la mer par-dessus ma tête, m'ignorant complètement.

Le coup fut brutal, bouleversant. Et pourtant, dès les premières secondes je sus que ce n'était pas la jeune fille de la plage, mais qu'on voulait me le faire croire. Et celle-ci ressemblait tant à l'autre que je ne trouvais qu'une seule explication : des sœurs jumelles. Il y avait deux Lily. Mais je n'eus pas le temps de réfléchir, car une autre silhouette apparut près de la Lily debout sur la terrasse.

C'était un homme, bien trop grand pour être Conchis. Du moins supposai-je que c'était un homme; « Apollon », peut-être, ou « Robert Foulkes » ou même « de Deukans ». Je ne pouvais en décider parce que la forme se détachait tout en noir dans le soleil et que le visage portait le plus sinistre masque que j'aie jamais vu : une tête de chacal, noire, énorme, aux oreilles pointues et au long museau. Ils se tenaient là, possesseur et possédée, la mort sous un déguisement abordant la vierge frêle. *Prenez garde aux chiens noirs.* Presque immédiatement, après le premier choc visuel, je perçus là quelque chose de grotesque, et, dans le genre macabre, aussi exagéré que les illustrations des magazines d'horreur. Cela voulait rejoindre quelque archétype terrifiant, mais, visant l'inconscient, cela heurtait d'abord le bon sens.

Cette fois encore je n'avais pas l'impression de me trouver confronté avec le naturel; c'était simplement un autre tour déplaisant que prenait le jeu, une réplique noire de la scène sur la plage. Je n'en étais pas moins effrayé, et très effrayé même, mais ma peur venait de ma nouvelle certitude que n'importe quoi pouvait arriver. Rien ne pourrait arrêter le jeu, ni règles, ni conventions sociales.

Je me tenais là, immobile, et soudain Maria vint vers moi cependant que les deux silhouettes reculaient comme pour ne pas courir le risque qu'elle les découvre. La main noire, sur l'épaule de la deuxième Lily, la tira impérieusement en arrière. Avant de se dérober à ma vue la jeune fille me regarda mais son visage resta sans expression.

Je rebroussai chemin, courus vers le sentier. Je jetai un dernier coup d'œil vers la terrasse. Les personnages avaient disparu. J'atteignis le tournant d'où je pouvais voir l'endroit où, trente secondes plus tôt la Lily de la plage agitait la main. La jetée était déserte, vide la partie visible de la baie. Je descendis plus bas jusqu'à la corniche où se trouvait le banc, de là je découvrais presque toute la plage et le sentier presque en entier. J'attendis en vain que la robe claire apparaisse sur la pente. Je pensais que Lily devait se cacher dans la petite grotte ou parmi les rochers.

Je remontai vivement vers la maison. Maria m'attendait toujours au bas de la colonnade. Un homme l'avait rejointe. Je reconnus Hermès, l'ânier taciturne. Il aurait pu être l'homme en noir, il avait la même taille, mais il semblait très calme, et en dehors du jeu. Maria me tendait une enveloppe mais je ne m'arrêtai pas. Je dis vivement « *Mia stigmi* » et, les dépassant, entrai dans la maison. Là je me précipitai vers la chambre de Conchis. Je frappai à la porte. Pas de réponse. Je frappai à nouveau, puis j'essayai la poignée. La porte était fermée à clef.

Je redescendis, m'arrêtai dans la salle de musique pour allumer une cigarette et me ressaisir.

« Où est M. Conchis?

— *Then eine mesa.* » Il n'est pas là. Maria tendit à nouveau l'enveloppe. Je ne m'en souciai pas.

« Où est-il allé?

— *Ephyge me ti varca.* » Parti avec le bateau.

« Où? »

Elle ne savait pas. Je pris enfin l'enveloppe. Dessus était écrit *Nicholas*. Dedans je trouvai deux feuilles pliées.

L'une était une note de Conchis.

Cher Nicholas, je suis obligé de vous demander de vous distraire tout seul jusqu'à ce soir. Une affaire imprévue requiert ma présence à Nauplie.

M.C.

L'autre était un radiogramme. Il n'y avait pas de téléphone sur l'île ni de table télégraphique, mais les garde-côtes grecs disposaient d'une petite station radio.

Le message avait été envoyé d'Athènes le soir précédent. Je pensais y trouver l'explication du voyage de Conchis, mais là encore ma surprise fut totale. Je lus :

SERAI DE RETOUR VENDREDI PROCHAIN STOP TROIS JOURS LIBRES STOP AÉROPORT DIX-HUIT HEURES STOP PRIÈRE VENIR ALISON.

C'était daté du samedi après-midi. Je levai les yeux vers Maria et Hermès. Leur regard était sans expression.

« Quand avez-vous apporté ça?

— *Proi proi* », dit Hermès. Tôt ce matin.

« Qui vous l'a donné?

— Un professeur. Hier soir. Chez Sarantopoulos.

— Pourquoi ne me l'avez-vous pas donné plus tôt? »

Il haussa les épaules et regarda Maria qui répéta le geste. Ils semblaient laisser entendre que le message avait été remis à Conchis. C'était sa faute. Je le relus.

Hermès me demanda si je voulais envoyer une réponse; il retournait au village. Je dis non, pas de réponse.

Je l'observai. Son œil muré n'était guère engageant. J'interrogeai pourtant : « Avez-vous vu les deux jeunes dames ce matin? »

Il regarda Maria. Elle répondit : « Il n'y a pas de jeunes dames ici. »

Je me retournai vers Hermès : « Et vous? »

Il secoua la tête : « *Ochi.* »

Peut-être ne mentait-il pas, mais elle, je savais qu'elle mentait, c'était flagrant, et mon sourire sarcastique le lui disait.

Je retournai vers la plage. Je n'avais pas cessé de surveiller le sentier. En bas j'allai droit à la grotte. Pas trace de Lily. Deux minutes plus tard j'étais convaincu qu'elle ne se cachait pas parmi les rochers et les arbres. J'examinai le petit ravin. Quoique l'escalade fût possible j'avais peine à croire qu'elle se soit glissée par là pour s'échapper. Je grimpai un peu afin de m'assurer qu'elle n'était pas blottie derrière un rocher. Il n'y avait personne.

32

Etendu au soleil sur les galets j'essayai de tirer au clair la nouvelle situation. L'idée paraissait simple. Une des jumelles m'approchait, me parlait. Elle avait une cicatrice au poignet gauche. L'autre jouait le rôle du double. Elle se tiendrait toujours éloignée de moi. Je ne la verrais qu'à distance : sur la terrasse, à la clarté des étoiles... Des sœurs jumelles. C'était extraordinaire mais je commençais à en avoir assez au sujet de Conchis pour ne pas m'étonner outre mesure. Si on est très riche pourquoi ne pas s'offrir ce qu'il y a de plus rare et de plus étrange?

J'essayai aussi de me faire une idée plus nette de la Lily

que je connaissais, celle dont le poignet était marqué d'une cicatrice, et de mes relations avec elle. Ce matin-là, et même le soir précédent, elle avait entrepris de me plaire, et si elle était réellement la maîtresse de Conchis je ne pouvais imaginer pourquoi il l'aurait permis et se serait montré si manifestement disposé à nous laisser seuls ensemble, à moins qu'il n'ait été beaucoup plus perverti que je ne pouvais sérieusement le soupçonner. Lily paraissait jouer avec moi, elle semblait se distraire plutôt que tenir un rôle fixé par Conchis. Mais les jeux entre un homme et une femme sont toujours implicitement sexuels, et on me le faisait clairement sentir. Si elle était chargée de me séduire elle me séduirait. Je n'y pouvais rien. J'étais sensuel. Je voulais être séduit. Je voulais boire la vague.

Et à présent, Alison... Son message était une poussière dans l'œil quand on a vraiment besoin d'y voir clair. Je devinais ce qui s'était passé. Ma lettre du lundi d'avant avait dû arriver vendredi ou samedi à Londres, et ce jour-là elle prenait son service sur un avion pour l'étranger. Un de ces jours où tout va mal, peut-être. Elle se trouvait à Ellenikon avec une demi-heure de battement, un temps mort, et impulsivement elle envoyait un télégramme. Mais il arrivait comme l'intrusion dans mes plaisirs tout instinctifs d'une réalité dont je me passais bien, celle d'un devoir à accomplir. Je ne pouvais pas quitter l'île et perdre trois jours à Athènes. Je relus la maudite note; Conchis devait l'avoir lue aussi, il n'y avait pas d'enveloppe. Sans doute Demetriades l'avait-il ouverte lorsqu'elle était arrivée au collège.

Donc Conchis savait qu'on me demandait d'aller à Athènes, et devait bien se douter qu'il s'agissait de la fille dont je lui avais parlé, celle qu'il m'avait conseillé de revoir. Peut-être était-ce pourquoi il avait dû s'absenter. Il pouvait avoir à annuler des dispositions prises pour le prochain week-end. Je n'avais pas cru un instant qu'Alison accepterait mon offre plutôt tiède; j'avais pensé que Conchis allait encore m'inviter, et cette fois pour les quatre jours de vacances de mi-trimestre.

Bientôt ma décision fut prise. Une rencontre entre Alison et Conchis, ou même la simple présence d'Alison sur l'île était hors de question. Si nous devions nous voir, ce serait à Athènes. Je trouverais aisément une raison pour ne pas quitter l'île si Conchis m'invitait. Et s'il ne m'invitait pas je pourrais toujours me rabattre sur Alison. Dans les deux cas j'étais gagnant.

La cloche sonna pour moi. C'était l'heure du déjeuner. Je rassemblai mes affaires et, ivre de soleil, à pas lents et lourds, montai le sentier. Mais j'essayai de surveiller toutes les directions à la fois, de capter intuitivement les présages de nouveaux développements dans le jeu. Comme je me dirigeais vers la maison à travers la pinède fouettée par le vent je m'attendais à voir quelque chose de nouveau, les deux sœurs jumelles réunies, peut-être... Mais non. Il ne se passa rien. Mon déjeuner était sur la table; Maria ne se montra pas. Il y avait sous la mousseline du *taramasalata,* des œufs durs et une assiette de nèfles.

A la fin de ce déjeuner sous la galerie ouverte au vent j'avais chassé Alison de mes pensées. J'étais prêt à accepter tout ce que Conchis aurait à m'offrir. C'est dans ces dispositions que je retournai vers la clairière où je m'étais étendu le dimanche précédent pour lire l'histoire de Robert Foulkes. Je ne pris pas de livre. Je m'allongeai sur le dos et fermai les yeux.

33

On ne me laissa pas le temps de dormir. Je n'étais pas étendu là depuis plus de cinq minutes quand je perçus un bruissement et sentis en même temps le parfum du santal. Je simulai un profond sommeil. Le bruit se rapprochait. Je pouvais aussi distinguer le crépitement menu des aiguilles de pin. Les pas s'arrêtèrent. Un froissement de vêtements; elle s'était assise derrière moi, tout près.

Je pensai qu'elle allait laisser tomber une pomme de pin sur mon visage, ou bien me chatouiller le nez. Mais elle se mit à réciter à voix basse les vers de *la Tempête :*

Ne crains rien; cette île est pleine de rumeurs,
De sons, de douces mélodies qui réjouissent sans jamais blesser.
Tantôt mille instruments résonnent,
Et bourdonnent à mes oreilles. Tantôt des voix
M'endorment à nouveau sitôt que je m'éveille après un long
[sommeil.
Les nuées se déchirent en mes songes et me découvrent des
[merveilles
Prêtes à pleuvoir dans mes mains; si bien qu'à peine ouvrant
[les yeux
Déjà je veux de nouveaux rêves.

Je restai silencieux et les yeux fermés, tout le temps qu'elle parla. Elle jouait avec les mots, leur donnant une résonance nouvelle. Sa voix douce, un peu moqueuse, le vent qui soufflait dans les branches. Elle s'arrêta. Je gardai les yeux clos.

Je murmurai : « Continuez. »

« *Un esprit à lui vient vous tourmenter.* »

J'ouvris les yeux. Un visage diabolique, vert et noir, me fixait furieusement de ses yeux rouge feu, exorbités. Je me retournai. Lily tenait à la main gauche un masque de carnaval chinois monté sur un bâton. La cicatrice était visible sur son poignet. Elle portait à présent une blouse blanche à manches longues et une longue jupe grise. Ses cheveux étaient retenus en arrière par un nœud de velours noir. J'écartai le masque.

« Vous faites un bien minable Caliban. »

— Alors prenez donc le rôle.

— Je pencherais plutôt pour celui de Ferdinand. »

Elle souleva à demi le masque et me regarda par-dessus, avec une ironie marquée. Le jeu continuait, toutefois plus désinvolte.

« Etes-vous sûre que vous êtes à la hauteur du rôle?

— Si le métier me manque je compenserai avec du sentiment. »

Dans ses yeux subsistait une minuscule lueur railleuse. « C'est défendu.

— Par Prospero?

— Peut-être.

— Dans Shakespeare aussi ça commence par être défendu. » Elle baissa les yeux. « Mais bien sûr, sa Miranda était beaucoup plus innocente.

— Et son Ferdinand de même.

— Moi je vous dis la vérité. Et vous, vous ne faites que mentir. »

Ses yeux étaient toujours baissés. « Je vous ai dit aussi des choses vraies.

— Par exemple vous m'avez gentiment averti de me méfier d'un chien noir. Et par pitié ne me demandez pas de quel chien noir il s'agit. »

Elle entoura de ses bras ses genoux enjuponnés, se pencha en arrière, contemplant les arbres derrière moi. Elle portait d'absurdes bottines noires à lacets. Cette fois on pensait à une institutrice d'un village de jadis, ou peut-être à Mrs. Pankhurst et cette première et timide tentative d'émancipation de la femme.

Elle garda longtemps le silence. Enfin elle demanda :

« Quel chien noir?

— Celui qui accompagnait votre sœur jumelle ce matin.

— Je n'ai pas de sœur.

— Sans blague! » Je m'allongeai à demi, appuyé sur un coude, lui souriant. « Où vous cachiez-vous?

— Je suis allée chez moi. »

C'était inutile. Elle n'ôterait pas l'autre masque. J'observai son visage fermé. Je pris mes cigarettes. Elle me regarda frotter l'allumette et aspirer deux fois, puis, brusquement, tendit la main.

« Juste une bouffée. »

Je lui passai la cigarette qu'elle garda au bord des lèvres à la façon caractéristique des fumeurs novices; elle aspira, recommença, plus fort cette fois, se mit à tousser, enfonça son visage dans sa jupe et, toussant toujours me tendit la cigarette. Je regardai sa nuque, ses épaules fines et me souvins de cette nymphe du soir précédent, de même taille, mince elle aussi, et les seins menus.

Je demandai : « Quel cours avez-vous fréquenté?

— Un cours?

— D'art dramatique. La Royal Academy? » Elle ne répondit pas. Je changeai de tactique. « Vous vous efforcez de me séduire... avec succès, d'ailleurs. Mais pourquoi? »

Elle ne fit cette fois aucune tentative pour paraître offensée. Elle consentait donc à oublier un peu son rôle. Elle releva la tête, s'appuya sur un bras, légèrement détournée. Puis elle ramassa le masque et le tint à nouveau comme un yashmak.

« Je suis Astarté, mère du mystère. »

Les yeux gris-violet s'élargirent et je ne fis que sourire légèrement. Je tenais à lui faire comprendre qu'elle risquait d'aller trop loin dans ses improvisations.

« Excusez-moi. Je suis athée. »

Elle baissa le masque.

« Alors il me faudra vous enseigner la foi.

— En vos mystifications?

— Entre autres choses. »

J'entendis le bruit d'un moteur de bateau. Elle aussi avait dû l'entendre. Ses yeux restèrent sans expression.

« J'aimerais que nous puissions nous voir loin d'ici. »

Elle leva les yeux, dirigea son regard vers le sud, à travers les arbres. Soudain le son de sa voix semblait presque contemporain.

« Au week-end prochain, peut-être? »

Je devinais aussitôt qu'elle était au courant du message d'Alison. Nous pouvions être deux à feindre l'ignorance.

« Pourquoi pas?

— Maurice ne le permettrait jamais.

— A votre âge vous n'avez plus besoin de son consentement.

— J'avais cru comprendre que vous seriez à Athènes. »

J'attendis un moment. « Il y a un aspect de vos bouffonneries que je ne trouve pas très drôle. »

Elle aussi à présent s'appuyait sur un coude, me tournant le dos. Quand elle parla enfin ce fut à voix plus basse.

« Là je ne suis pas sans partager vos sentiments. »

La réponse me ravit. Un progrès. Enfin. Me redressant je m'assis afin de pouvoir au moins observer son visage de profil. Il était fermé, buté, mais elle ne paraissait plus jouer la comédie.

« Vous admettez donc que ce n'est qu'un jeu?

— En partie.

— Si vraiment vous partagez mes sentiments à ce sujet le remède est simple. Dites-moi ce qui se passe. Et pourquoi on espionne ainsi ma vie privée. »

Elle secoua la tête. « Ce n'est pas de l'espionnage. J'ai seulement entendu dire...

— Je n'irai pas à Athènes. Tout est fini entre cette fille et moi. » Elle se taisait. « C'est en partie pourquoi je suis venu ici. En Grèce. Pour fuir ce qui devenait un beau gâchis. » J'ajoutai : « Elle est australienne. Et hôtesse de l'air.

— Et vous ne...

— Vous ne quoi?

— Ne l'aimez plus?

— Ce n'était pas ce genre de relations. » Cette fois encore elle ne fit pas de commentaires. Elle avait ramassé une pomme de pin et l'examinait, la tournant et retournant comme si elle trouvait tout ceci fort embarrassant. Elle semblait saisie d'un réel accès de timidité; de méfiance aussi.

Je continuai : « J'ignore ce que le vieux vous a dit.

— Seulement qu'elle voulait vous revoir.

— Nous ne sommes plus que des amis, à présent. Nous savions tous les deux que ça ne durerait pas. Nous nous écrivons de temps en temps. » J'ajoutai : « Vous savez ce qu'il en est des Australiens... Ils sont épouvantables; plutôt minables sur le plan culturel. Ils n'ont pas de vraie identité, pas de racines. Il y avait en elle beaucoup de maladresse; et aussi... Oh, je pense que le fond de l'histoire est qu'elle m'a fait pitié.

— Vous avez... vécu ensemble comme mari et femme?

— S'il faut vraiment le dire de cette façon absurde... oui, pendant quelques semaines. » Elle inclina lentement la tête, comme pour me remercier d'avoir répondu à une question d'ordre aussi intime. « Et j'aimerais bien savoir pourquoi cela vous intéresse tellement. »

Elle eut un geste embarrassé. Non, elle ne savait pas pourquoi ça l'intéressait. Aussi je continuai :

— Je n'ai pas été très heureux à Phraxos. En fait, pas jusqu'à ce que je vienne ici. J'ai été... disons... plutôt solitaire. Je sais que je n'aime pas... cette fille. C'est juste qu'elle était la seule. C'est tout.

— Vous êtes peut-être le seul, pour elle. »

J'eus un petit sourire amusé. « Il y a des douzaines d'hommes dans sa vie. Je vous assure. Au moins trois depuis que j'ai quitté l'Angleterre. » Une fourmi grimpait en zigzags névrotiques sur le dos de son corsage blanc. J'étendis la main, la chassai d'une pichenette que Lily dut sentir. Elle ne se retourna pas. « Ne pourriez-vous cesser de jouer la comédie? Il doit bien y avoir eu des hommes dans votre vraie vie. Et des aventures comme celle-là.

— Non. » Une fois de plus elle secouait la tête.

« Il est absurde de prétendre être choquée. Si vous admettez que vous êtes bien vivante.

— Je ne voulais pas être indiscrète.

— Vous savez aussi que je vois clair dans votre jeu. Tout ça devient complètement stupide. »

Elle resta un moment silencieuse, puis s'assit en face de moi, me dévisageant, et son regard interrogateur trahissait une réelle incertitude. Au moins, après mes dernières paroles, n'avait-elle pas protesté. Cependant le bateau invisible s'était rapproché. Il venait vers la baie, ça ne faisait aucun doute.

Je dis : On nous observe? »

Elle eut un léger mouvement des épaules. « Ici tout le monde est observé. »

Je regardai aux alentours, ne vis rien, la regardai à nouveau. « Peut-être. Mais vous ne me ferez pas croire que tout ce que nous disons est entendu. »

Elle appuya ses coudes sur ses genoux, et le menton dans les mains, fixa un point au-delà de moi.

« C'est comme le jeu de cache-cache, Nicholas. Il faut s'assurer que celui qui cherche veut bien jouer aussi. Et puis il faut rester caché. Ou bien il n'y a pas de jeu.

— Il n'y a pas de jeu non plus si vous n'acceptez pas d'être découverte. Alors que vous l'êtes. Et que vous n'êtes pas Lily Montgomery. Si même elle a jamais existé. »

Elle me lança un bref regard. « Elle a vraiment existé.

— Conchis lui-même admet que ce n'était pas vous. Et comment pouvez-vous être si sûre?

— Parce que j'existe moi-même.

— Vous êtes à présent... la fille de Lily?

— Oui.

— Elle a eu deux filles jumelles.

— Je suis enfant unique. »

C'en était trop. Avant qu'elle puisse bouger je m'étais mis à genoux et la tenais allongée sur le dos, serrant mes doigts sur ses épaules, la forçant à me regarder dans les yeux. Je vis distinctement dans les siens une lueur d'effroi et en pris avantage. « Allons, écoute-moi. Tout ceci est très drôle. Mais tu as une sœur jumelle et toutes deux vous exécutez un numéro de substitution parfaitement mis au point. Ça t'amuse de parler le langage de la Belle Epoque, de te déguiser en nymphe, et tout le reste. Bon. Mais il y a deux choses que tu ne peux pas cacher. Tu es intelligente. Et tu es aussi réelle que moi. » Je serrais un peu plus ses épaules à travers le chemisier mince et la fis tressaillir. « J'ignore si tu agis ainsi par affection pour ce vieil homme; ou s'il te paie; ou si tout simplement cela t'amuse. J'ignore où est votre repaire, à toi, ta sœur et les autres. D'ailleurs ça m'est égal. Car dans l'ensemble je trouve l'idée excellente. Tu me plais, j'aime bien Maurice; devant lui je suis prêt à tenir n'importe quel rôle que tu m'attribueras. De là à prendre tout ça au sérieux, non. Joue ta comédie mais bon Dieu, cesse d'essayer de me convaincre. D'accord? »

Mon regard ne la quittait pas et je sus que j'avais gagné. La peur avait disparu. Elle abdiquait.

Elle dit : « Tu me fais mal au dos. »

Je notai immédiatement, comme une victoire à mon actif, qu'elle adoptait le tutoiement.

« Voilà qui est mieux. »

Je basculai sur mes talons, me relevai et allumai une cigarette. Elle se redressa et, assise à présent, s'étira un peu, se frotta le dos. Je vis qu'il y avait une pomme de pin à l'endroit où je l'avais pressée contre le sol. Puis elle releva les genoux et abaissa la tête.

Tout en l'observant je pensais que j'aurais dû savoir qu'il me suffirait de la brusquer un peu. Elle enfouit son visage dans sa jupe, entourant de ses bras ses jambes repliées. Un silence. La pose durait trop longtemps. Je finis par me rendre compte qu'elle voulait me faire croire qu'elle pleurait.

« Ça ne prend pas non plus. »

Sur le moment elle ne réagit pas. Puis elle releva la tête et me regarda tristement. Les larmes étaient réelles, je les voyais sur ses cils. Elle se détourna, confuse, puis s'essuya les yeux du revers du poignet.

Je m'accroupis auprès d'elle et lui offris une cigarette.

« Merci.

— Je ne voulais pas te tourmenter. »

Elle fumait. Normalement, pas comme une néophyte.

« J'ai pourtant fait de mon mieux.

— Tu es merveilleuse. Tu n'as pas idée à quel point cette

expérience a été surprenante. Merveilleusement surprenante. Seulement, n'est-ce pas, le sens du réel c'est comme la force de gravité. On y résiste un moment, mais il y a une limite. »

Elle fit une petite grimace, timide et étrangement triste. « Je ne comprends que trop bien ce que tu veux dire. Si tu savais... »

Elle m'ouvrait de nouveaux horizons. Peut-être avait-elle joué son rôle sous quelque forme de contrainte.

« Je t'écoute. »

Une fois de plus son regard alla se perdre loin derrière moi.

« Ce que tu disais ce matin... c'est vrai; il y a une sorte de scénario. Je dois te montrer quelque chose. Une statue.

— Parfait. Conduis-moi. » Je me levai. Elle écrasa soigneusement contre le sol l'extrémité de sa cigarette. Son regard exprimait clairement la soumission.

« Veux-tu me laisser cinq minutes pour rassembler mes esprits? Cinq minutes sans me tourmenter. »

Je regardai ma montre. « Je vais même t'en donner six. Mais pas une seconde de plus. » Elle me tendit la main et je l'aidai à se relever. Je gardai sa main dans la mienne. « Quand j'essaie de connaître mieux une fille que je trouve extraordinairement attirante je n'appelle pas ça " la tourmenter ". »

Elle abaissa les paupières. « Mais elle a moins... d'expérience que toi. Et ça, ce n'est pas un rôle qu'elle joue.

— Elle n'en est pas moins attirante. »

Elle dit : « Ce n'est pas très loin. Juste en haut de la colline. »

Nous grimpions la pente, nous tenant par la main. Après un moment je serrai ses doigts et elle répondit par une légère pression plus amicale que sensuelle. Je pensai qu'elle avait dit vrai en m'avouant qu'elle manquait d'expérience. C'était visible. Elle avait cette exceptionnelle délicatesse de traits qui va souvent de pair avec un mélange de timidité et de répugnance à tout contact physique. Je devinais qu'elle dissimulait, derrière une audace de façade, une délicieuse innocence, peut-être même virginale, fantôme léger que, le moment venu, je n'aurais pas de peine à exorciser. Je m'émerveillais aussi d'avoir, par quelque incroyable privilège, été introduit dans un labyrinthe légendaire où m'attendait ma Vénus-Perséphone, mon Ariane qui me prenait la main. Je ne voyais personne au monde dont le sort me parut plus enviable que le mien. Je savais déjà que si avec d'autres filles je m'étais conduit jusqu'alors en égoïste, en goujat, si je venais encore de trahir Alison en la rejetant honteusement dans le passé, tout cela trouvait maintenant sa justification. Je ne faisais à Bourani qu'obéir à mon destin, je ne pouvais en douter, et une partie de moi l'avait toujours su.

34

Elle me conduisit à travers les pins au-dessus de l'endroit d'où j'avais entrepris de franchir le ravin la semaine précédente. Là quelques marches grossières aboutissaient à un sentier transversal. De l'autre côté, après un nouveau ressaut de terrain, nous arrivâmes à une petite cuvette, minuscule amphithéâtre naturel, face à la mer. Au milieu, sur un piédestal de roc, se dressait la statue. Je la reconnus aussitôt. C'était une copie du fameux Poséidon découvert près de l'Eubée, au début du siècle. J'avais dans ma chambre une carte postale qui le représentait. Il se tenait là, superbe, jambes écartées, l'avant-bras majestueusement étendu vers le sud, désignant la mer. Et dans toute l'histoire de l'homme on n'aurait rien pu trouver qui soit plus impérativement royal, plus brutalement divin; c'était aussi moderne qu'une œuvre d'Henry Moore, aussi vieux que le roc qui lui servait de socle. Même alors j'étais surpris que Conchis ne m'ait pas montré plus tôt cette copie prestigieuse. Elle devait avoir coûté une petite fortune. Et il la gardait dans un coin, sans même la mentionner... Tant de désinvolture me rappela de Deukans; et ce grand talent dramatique, l'art de ménager ses effets.

Immobiles, nous regardions la statue. Lily sourit de voir sur mon visage combien j'étais impressionné. Elle continua à monter jusqu'à un siège de bois, en haut de la pente, à l'ombre d'un amandier. On pouvait voir la mer lointaine par-dessus la cime des arbres, mais le Poséidon était invisible depuis le rivage. Lily s'assit sans affectation ni même élégance, comme si ses vêtements n'étaient plus qu'un déguisement dont elle se dépouillait. Je pris place sur le même banc mais à quelque distance. Elle devait savoir que je la regardais. Elle détournait son visage et restait silencieuse.

« Dis-moi ton vrai nom.

— Tu n'aimes pas Lily?

— Cela conviendrait parfaitement pour la serveuse d'un pub victorien. »

Elle sourit discrètement. « Je n'aime guère mieux mon vrai nom. On m'a baptisée Julia. Mais depuis on m'a toujours appelée Julie.

— Julie quoi?

— Holmes. » Elle murmura : « Cependant je n'ai jamais habité Baker Street.

— Comment s'appelle ta sœur? »

Elle hésita. « Tu as l'air si sûr de son existence.

— N'ai-je pas de bonnes raisons? »

Elle hésitait encore. Puis elle se décida. « Nous sommes nées en été. Mes parents n'ont pas fait preuve de beaucoup d'imagination. » Elle haussa les épaules. « Elle s'appelle June.

— June et Julie.

— Il ne faut pas dire à Maurice que je t'ai parlé de ma sœur.

— Vous connaissez Maurice depuis longtemps? »

Elle fit non de la tête. « Ça semble long, pourtant.

— Combien de temps? »

Elle baissa les paupières. « Je trahis.

— Tu sais très bien que je ne dirai rien. »

Et de nouveau elle leva les yeux vers moi, d'un air incertain, interrogateur, qui semblait me reprocher mon insistance. Elle dut voir que j'allais m'obstiner. Elle se pencha, et dit doucement :

« On nous a fait venir il y a un mois sous un prétexte fallacieux. Nous avons été stupides de rester.

— Quel prétexte? »

J'avais l'impression d'aiguillonner une mule récalcitrante — quoique charmante — qui semblait redouter chaque pas en avant. Tête baissée elle cherchait ses mots. « Ce que j'essaie de dire c'est qu'en dépit de tout nous sommes à Bourani de notre plein gré. Si nous ne savons pas ce qu'il y a derrière... tout ce qui se passe ici, nous n'en ressentons pas moins une sorte de gratitude envers Maurice. Nous lui faisons confiance. » Elle s'arrêta, j'allais parler, mais elle me lança un regard suppliant. « Je t'en prie, laisse-moi terminer. » Elle prit son visage entre ses mains. « C'est si difficile à expliquer. Nous estimons toutes les deux que nous lui devons beaucoup. Et puis, si je répondais à toutes les questions que tu brûles de me poser ce serait... ce serait comme te raconter le scénario d'un film policier que tu vas aller voir.

— Tu pourrais au moins me dire comment tu en es venue à jouer ce film.

— Cela aussi fait partie de l'intrigue. »

Je perdais pied une fois de plus. Un énorme hanneton brun bourdonnait autour des branches hautes de l'amandier. En bas la statue se dressait, dans le soleil, commandant éternellement au vent et à la mer. J'observais le visage de Julie, dans l'ombre et un peu penché, presque timide à présent.

« Tout à l'heure, tu n'avais pas l'air ravie de ce qu'il vous fait faire.

— C'est que nous ne savons jamais ce que nous devons croire de ce qu'il raconte. Il ne faudrait pas que tu te figures que nous savons tout et toi rien. Il nous en a dit beaucoup plus qu'à toi sur ses projets, mais cela peut n'être que mensonges. » Elle haussa les épaules. « Nous sommes quelque part en avant de toi dans le labyrinthe. Ça ne veut pas dire plus près du centre. »

Après un moment je demandai : « Tu as déjà fait du théâtre?

— Oui, mais en amateur.

— A l'université? »

Elle eut un sourire ironique et ne répondit pas.

« Pourquoi ne veux-tu rien me dire? Personne ici ne peut nous entendre.

— Il y a autre chose. Une autre façon pour lui d'entendre nos conversations. Je ne peux pas te dire comment. Je crois que ce soir tu comprendras. » Elle ne me laissa pas le temps de montrer mon scepticisme. « Cela n'a rien à voir avec la télépathie.

— Mais alors?

— T'en dire plus serait tout gâcher. Je peux seulement t'affirmer que l'expérience est unique. Unique et... d'un autre monde.

— Et tu l'as faite?

— Oui. Ça n'a rien d'effrayant. C'est même une des raisons pour lesquelles nous avons décidé, June et moi, de faire confiance à cet homme. Il est impossible que quelque chose d'aussi merveilleux soit l'œuvre d'un esprit malfaisant.

— Je ne comprends toujours pas comment il peut nous entendre. »

Elle contemplait la mer, déserte sur des kilomètres. « Si je ne te donne pas d'explications, c'est aussi parce que je ne sais pas si tu ne vas pas tout lui raconter.

— Grand Dieu... Je viens de te dire... Je n'ai pas la moindre intention de te trahir. »

Elle tourna son regard vers moi, puis le reporta vers la mer. « Nous ne sommes pas sûres, June et moi, que tu sois ce que tu prétends être — ce que Maurice dit que tu es.

— C'est absurde.

— J'essaye simplement de t'expliquer que tu n'es pas le seul à ne pas trop savoir où est la vérité. En dépit des apparences tu peux nous cacher quelque chose.

— Il te suffit de traverser l'île. Là-bas il y a le collège.

Interroge les gens. » J'ajoutai : « Et tous les autres ici, qui sont-ils?

— Ils ne sont pas anglais. Ils obéissent aveuglément à Maurice. Ils ne restent jamais longtemps.

— Veux-tu dire que j'aurais pu être engagé pour te duper?

— C'est possible.

— Seigneur! » D'un regard éloquent je tentai de la convaincre du ridicule de la supposition. Elle ne s'en obstinait pas moins dans sa méfiance. « Personne ne pourrait jouer aussi bien la comédie, voyons. »

Elle eut un léger sourire. « Il est vrai que c'est très bien joué.

— Je vais te faire visiter le collège. Tu peux sûrement t'éloigner d'ici?

— Il m'a fait clairement comprendre que je ne dois pas.

— Ce serait bien fait pour lui.

— Le plus drôle c'est que... » Elle secoua la tête.

« Julie. Tu peux me faire confiance. »

Elle hésitait. « Eh bien... c'est que je ne suis pas même certaine de ne pas devoir désobéir aux règles. Je n'ai jamais vu personne comme lui. Ce n'est pas vraiment jouer à cache-cache. Plutôt à colin-maillard. Comment savoir où se diriger après que l'on vous a fait tourbillonner comme une toupie? Tout ce qu'il dit, tout ce qu'il fait peut s'interpréter de différentes façons.

— Alors désobéis aux règles. Tu verras bien ce qui arrivera. »

De nouveau elle parut indécise, puis me fit un sourire plus sincère. Elle voulait bien me croire mais je devais être patient. « Ça te plairait que demain tout s'arrête?

— Non.

— Nous dépendons de son bon vouloir. J'ai essayé deux ou trois fois de te le faire comprendre.

— J'ai compris.

— Tout cela est si fragile. Comme une toile d'araignée. Je veux dire intellectuellement, ou dramatiquement, peut-être. Certaines façons de nous comporter pourraient d'un seul coup tout détruire. C'est vrai, tu sais. » Elle me regardait. « Ne crois pas que je plaisante.

— Est-ce qu'il te paie pour ta présence ici?

— Oui. Et même généreusement. Mais ce n'est pas cela qui compte. Si nous ne savions pas que cette expérience est extraordinaire, unique... Bien sûr cet homme peut paraître absurde. Exaspérant. Un vieux cabotin, presque... Mais je crois qu'il a découvert un indice. Vers quelque chose...

— Que je ne dois pas savoir.

— Quelque chose qu'on regretterait trop d'avoir gâché, après. » Elle ajouta : « Je commence seulement à avoir l'intuition de ce dont il s'agit. Quoique je ne pourrais pas encore t'en parler d'une façon cohérente. Même si... »

Elle resta silencieuse.

« Il est évident qu'il a des pouvoirs de persuasion. J'imagine qu'hier soir c'était ta sœur.

— As-tu été choqué?

— Je viens seulement maintenant d'apprendre qui elle est. »

Elle dit doucement : « Même des sœurs jumelles n'ont pas toujours la même façon de voir les choses. » Et après un moment : « Ce que tu penses, je peux l'imaginer sans peine. Pourtant il n'y a pas eu le moindre signe qu'il... Si cela s'était produit nous ne serions plus ici. » Elle ajouta : « June a toujours été moins prude que moi en ce domaine. En fait elle a bien manqué d'être renvoyée de... »

Elle s'était arrêtée brusquement. Mais il était trop tard. Elle eut un petit geste trahissant son regret d'en avoir trop dit. Je souris de sa confusion.

« Si vous aviez été à Oxford je l'aurais su. Donc elle a été renvoyée de Cambridge?

— Mon Dieu, comme je suis stupide! » Elle se fit pressante : « Ne le dis pas à Maurice.

— Promis.

— Ce n'était rien. Elle a posé une fois pour des croquis de nu. Un pari. Quelqu'un a bavardé.

— Qu'as-tu étudié à Cambridge? »

Elle sourit doucement. « Pas encore. Un autre jour.

— Mais il est vrai que tu étais à Cambridge? » Elle hésita et comme à regret fit oui de la tête. « Ils ont eu de la chance à Cambridge. »

Un silence encore. Puis elle reprit, à voix plus basse : « Il est si malin. Si je t'en dis plus il le saura tout de suite.

— Conchis ne s'attend tout de même pas à me voir avaler l'histoire de Lily?

— Non. Pour cela, il est désormais inutile de feindre.

— Et toi et moi, à présent, était-ce écrit dans le scénario?

— Oui. En un sens cela en fait partie. » Elle hésita, reprit : « Bientôt, ta crédulité va être mise à plus rude épreuve.

— Bientôt?

— Je le connais; dans une heure tu ne sauras plus si

tu dois croire un seul mot de tout ce que je viens de te dire.

— Le bateau, c'est lui? »

Elle hocha la tête. « Sans doute nous observe-t-il à présent. Il attend le moment de nous donner la réplique. »

Je jetai un coup d'œil circonspect vers la maison, à travers les arbres; puis je me retournai, ne vis rien derrière moi.

« Combien de temps nous reste-t-il?

— Rien ne presse. C'est en partie moi qui décide. »

Elle se pencha, cueillit dans un buisson un rameau d'origan, l'éleva vers son visage. Je cherchai parmi les arbres, au-dessous de nous, une tache de couleur dans le bois. Les mille questions que je voulais poser n'auraient pas de réponse, elle me l'avait clairement signifié. Notre conversation m'avait du moins donné quelques indications d'ordre psychologique. Je la voyais à présent, et malgré son physique, comme une fille un peu bas-bleu, intellectuelle plutôt qu'instinctive. Et cependant je ne pouvais me débarrasser de l'impression qu'il y avait en elle quelque chose de plus animal qui demandait à s'exprimer, qui l'avait poussée par exemple à se joindre à la troupe théâtrale de l'université. Aujourd'hui encore elle jouait un personnage, mais cette fois c'était une façon de se défendre et de cacher ses sentiments à mon égard.

« Il me semble qu'une partie du scénario demanderait une certaine collaboration entre les acteurs. » J'ajoutai : « des répétitions.

— Quelle partie?

— Les scènes que nous devons jouer ensemble. »

Sa main lissait le tissu de sa jupe contre ses genoux. « Tu n'es pas le seul à avoir été grandement surpris aujourd'hui. J'ai entendu parler de ton amie australienne pour la première fois il y a deux heures.

— Je t'ai dit l'entière vérité; c'est exactement où les choses en sont.

— Excuse-moi d'avoir été indiscrète. Mais c'était...

— C'était quoi?

— Bizarre. Comme si tu avais l'intention de m'embrouiller.

— Rien ne pourra me faire aller à Athènes si on m'invite à venir ici. » Elle restait silencieuse. « Est-ce au programme?

— Autant que je sache. » Elle haussa les épaules. « Mais ça dépend de Maurice. » Elle cherchait mon regard. « En fait nous sommes aussi des mouches prises dans sa toile. » Elle sourit : « Je vais être très honnête, il voulait t'inviter, et puis, au déjeuner il nous a averties qu'il allait peut-être changer ses plans.

— Je vais le convaincre de n'en rien faire.

— Alors à toi de jouer. »

Je la regardais qui faisait tourner entre ses doigts le brin d'origan. « Le propos de ce premier acte était apparemment que tu me séduises. En tout cas c'est ce qui est arrivé. Si tu es toi aussi une mouche prise dans la toile, tu me sembles être tout autant la mouche qu'on fixe à l'hameçon.

— Une mouche artificielle, alors...

— Elles sont quelquefois les plus dangereuses. » Elle ne répondit pas. Ses yeux étaient baissés. « Peut-être n'aurais-je pas dû aborder ce sujet.

— Tu as eu raison, au contraire.

— Si tu as joué ton rôle à contrecœur, tu ferais mieux de me le dire.

— Que je réponde oui ou non, ce ne sera pas l'entière vérité.

— Alors, où en sommes-nous à présent?

— Là où nous en serions si nous nous étions rencontrés tout à fait naturellement, ailleurs qu'ici. » Elle hésita. Elle effeuillait la petite branche avec une étrange application. « Je crois que j'aurais envie de te connaître mieux. »

Je pensai à la scène de la plage, mais je savais ce qu'elle voulait dire; elle n'était pas de celles qu'on peut brusquer. Je me penchai, les coudes sur les genoux.

« C'est tout ce que je voulais savoir. »

Elle dit lentement : « Il est évident que ce qu'on attend de moi c'est que je t'incite à revenir.

— Et ça marche. »

Elle reprit après une hésitation : « Il y a quelque chose qui m'ennuie... Maintenant qu'on en est là, je ne voudrais pas que tu croies...

— Tu veux dire que tu as quelqu'un d'autre?

— Non. Ecoute, je n'ai pas caché à Maurice que je pouvais jouer certains rôles — comme ce matin par exemple — mais s'il fallait aller plus loin...

— Tu te réserves le droit de t'arrêter où tu veux.

— Oui.

— A-t-il suggéré?...

— Oh, pas du tout. Il n'a cessé de répéter que nous sommes libres de ne pas faire ce qui nous déplaît.

— Et ce qu'il y a derrière tout ça, ne peux-tu au moins m'en donner une idée?

— Tu dois déjà en avoir une.

— Je me sens une sorte de cobaye. Et Dieu seul sait pourquoi moi. Cet homme est fou. Je suis entré ici par hasard il y a trois semaines pour demander un verre d'eau.

— Je ne crois pas que ce soit un simple hasard. Je veux dire... Tu es venu comme ça, sans raison, mais il aurait de toute façon trouvé un moyen de t'attirer ici. Son premier prétexte pour nous garder à Bourani, nous ne pouvions plus y croire. Alors il nous a annoncé ta venue prochaine.

— Il a dû trouver mieux à vous offrir qu'un jeu.

— Oui. » Elle se tourna vers moi, un bras le long du dossier du siège, et s'excusant d'un léger sourire : « Nicholas, je ne peux pour le moment t'en dire davantage. D'ailleurs je dois partir. Oui, bien sûr, il a trouvé mieux à nous offrir. Quant à être des cobayes... ce n'est pas tout à fait ça. C'est mieux que ça, aussi, une des raisons pour lesquelles nous sommes encore ici. » Elle regarda la place vide, entre nous. « Et je dois ajouter que cette conversation a été pour moi un grand soulagement. Je suis heureuse que tu l'aies provoquée. Nous nous trompons peut-être au sujet de Maurice. Dans ce cas nous aurons besoin d'un chevalier servant.

— Je vais fourbir mes armes. »

Son regard se fit insistant. Il y restait une trace de suspicion. Elle finit pourtant par sourire. Puis elle se leva.

« Marchons jusqu'à la statue. Et nous nous dirons au revoir. Tu retourneras à la maison. »

Je restais assis. « Quand vais-je te revoir?

— Il m'a demandé de ne pas m'éloigner. Je ne suis pas sûre de ce qu'il veut.

— Et toutes ces questions qui montent à mes lèvres, comme les bulles dans une bouteille de soda!

— Sois patient. » Elle étendit la main. Je me levai. Tandis que nous descendions la pente je déclarai : « En fait, c'est toi qui m'a poussé à te demander des explications. Lorsque tu as prétendu que Lily Montgomery était ta mère. » Elle sourit. « A-t-elle jamais existé?

— Je n'en sais pas plus que toi à ce sujet. » Elle me glissa un regard aigu. « Moins, peut-être.

— Sûrement pas.

— Tu as dû te rendre compte que tu es entre les mains d'un maître dans l'art d'arranger la réalité à sa guise. »

Nous étions au pied de la statue, les yeux levés vers elle.

Je dis : « Ce soir... cette expérience?

— N'aie pas peur. C'est... c'est comme en dehors du jeu. A moins que ce n'en soit le centre même. » Elle se tut un instant, puis se tourna, me fit face. « Il faut que tu partes à présent. »

Je lui pris les mains. « Je voudrais t'embrasser. »

Elle baissa les yeux. Le personnage de Lily tendait à réapparaître.

« J'aimerais mieux que tu t'en dispenses.

— Tu n'en as pas envie?

— On nous surveille.

— Ça ne répond pas à ma question. »

Elle ne dit rien mais ses mains restèrent dans les miennes. Puis je l'entourai de mes bras et l'attirai contre moi. Un instant elle se déroba, enfin mes lèvres touchèrent les siennes qui restèrent étroitement closes; elles eurent un léger frémissement, mais aussitôt Julie me repoussa. Cela n'avait rien de sexuel et pourtant je vis dans ses yeux un trouble manifeste, comme si le baiser avait été pour elle bien plus important que pour moi, comme si elle voulait se garder d'un danger. Je la rassurai d'un sourire, elle pouvait me croire, nous n'avions rien fait de mal. Son regard était fixe, intense, puis elle baissa les paupières. Notre demi-heure de conversation rationnelle n'avait donc servi à rien. Ou bien peut-être jouait-elle encore un rôle au bénéfice de Conchis. Mais elle leva à nouveau les yeux et je sus que son regard ne s'adressait qu'à moi.

« Si jamais je m'aperçois que tu m'as menti, j'arrête tout. »

Sans me laisser le temps de répondre elle fit demi-tour et s'éloigna, presque à la hâte. Je la regardai un moment. Elle descendait vers la mer, à travers la pinède. J'hésitai à la suivre, me retournai vers le ravin. Je finis par allumer une cigarette, puis, jetant un dernier regard sur l'énigmatique Poséidon, me dirigeai vers la maison. Je me retournai juste avant d'atteindre le bord escarpé. Je vis encore une tache blanche glisser entre les arbres avant de disparaître. Toutefois je n'étais pas seul. Je venais de monter les marches à l'extrémité du ravin lorsque j'aperçus Conchis.

A une soixantaine de mètres, me tournant le dos, il semblait observer à travers des lunettes d'approche un oiseau perché haut dans les arbres. Je me dirigeai vers lui, il se retourna, et sourit comme s'il venait seulement de m'apercevoir. La scène n'était vraiment pas à la mesure de ses talents. J'ignorais alors qu'il se réservait pour la suivante.

35

Ses vêtements étaient plus conventionnels que ceux qu'il portait d'habitude dans la journée : pantalon bleu foncé et sweater à col ouvert, d'un bleu encore plus sombre. En marchant vers lui, sur le tapis d'aiguilles de pin, je décidai de me tenir sur mes gardes; son air ironique m'y engageait plutôt. Je pensais que son actrice-vedette ne m'avait pas menti lorsqu'elle avait manifesté de l'admiration pour lui et la certitude qu'il ne pouvait être malfaisant. J'avais pourtant détecté chez elle plus de doute et même de crainte au sujet du rôle qu'elle jouait que ses propos n'en révélaient. Elle cherchait à se convaincre elle-même. Il me suffisait de revoir Conchis pour savoir qu'en moi la méfiance l'emportait sur le respect.

« Bonjour.

— Bonjour, Nicholas. Excusez-moi, j'ai dû m'absenter. Il y a eu à Wall Street un début de panique. » Pour moi Wall Street n'était pas de l'autre côté du monde mais dans un autre univers. Je m'efforçai cependant de paraître intéressé.

« Vraiment?

— J'ai fait la sottise d'entrer il y a deux ans dans un consortium de financement. Pouvez-vous imaginer Versailles et non pas un, mais cinq Rois-Soleil?

— Le financement de quoi?

— De diverses choses. » Vivement il ajouta : « J'ai dû aller à Nauplie pour téléphoner à Genève.

— J'espère que vous n'êtes pas en faillite.

— Cela n'arrive qu'aux imbéciles. Et chez eux c'est congénital. Vous avez vu Lily?

— Oui.

— Très bien. »

Nous nous dirigions vers la maison. Je le toisai. « Et j'ai fait connaissance de sa sœur jumelle. »

Il toucha les puissantes lunettes d'approche pendues à son cou. « J'ai cru entendre cet oiseau, vous savez... une fauvette passerinette. La migration doit être finie, pourtant. »

Il ne s'agissait pas là d'une rebuffade mais plutôt d'un tour de prestidigitation pour faire disparaître le sujet dangereux. Je m'obstinai.

« Ou plutôt j'ai *vu* sa sœur. »

Il avança de quelques pas. Il paraissait chercher la réponse adéquate.

« Lily n'avait pas de sœur. Par conséquent elle n'a pas de sœur ici.

— Je voulais dire seulement que pendant votre absence j'ai été en bonne compagnie. »

Il inclina la tête. Nous nous taisions à présent. Il était comme un maître aux échecs, hésitant entre deux coups, calculant en toute hâte les combinaisons possibles. Un moment il se tourna vers moi pour me parler, puis changea d'avis.

Nous arrivions à l'esplanade. « Comment trouvez-vous mon Poséidon?

— Merveilleux. J'allais... »

Sa main sur mon bras. Il baissa les yeux, sembla chercher ses mots.

« Il faut la distraire. C'est ce dont elle a besoin, mais pas la troubler. Pour des raisons que vous devez comprendre à présent. Je regrette de vous avoir entouré au début de tout ce petit mystère. » Il me pressa le bras et reprit sa marche.

« Vous voulez dire... l'amnésie? »

Il s'arrêta une fois de plus. Nous arrivions au bord des marches.

« Rien d'autre en elle ne vous a frappé?

— Bien des choses.

— Rien de pathologique?

— Non. »

Il leva légèrement les sourcils, comme surpris de ma réponse, monta les marches, posa les lunettes d'approche sur le vieux canapé de rotin et revint vers la table à thé. Debout près de ma chaise je l'interrogeai à mon tour d'un signe de tête. Il reprit : « Ce goût obsessif du déguisement, ce besoin de motivations fallacieuses... N'en avez-vous rien conclu? »

Je me mordis les lèvres, mais tout en ôtant la mousseline qui recouvrait la nourriture il gardait un visage impassible, comme figé.

« Je pensais que c'était ce qu'on attendait d'elle.

— Attendait? » Il n'eut qu'un instant l'air déconcerté. « Ah, vous voulez dire que ce sont les symptômes habituels de la schizophrénie?

— La schizophrénie?

— N'était-ce pas ce dont vous parliez? » Il me fit signe de m'asseoir. « Excusez-moi. Peut-être ce jargon de psychiatre ne vous est-il pas familier.

— Si. Mais...

— Dédoublement de la personnalité.

— Je sais ce qu'est la schizophrénie. Mais vous avez dit que Lily faisait toujours ce que vous vouliez.

— Naturellement. C'est ce qu'on dit aux enfants. Pour les encourager à obéir.

— Elle n'est pas une enfant.

— J'emploie des métaphores. Comme je l'ai fait aussi hier soir, bien entendu.

— Mais elle est très intelligente. »

Il prit un ton professionnel. « Nul n'ignore que la schizophrénie va souvent de pair avec un haut degré d'intelligence. »

J'avalai mon sandwich et je me mis à rire. « Un jour, je gagnerai le marathon, après un tel entraînement! On ne cesse de me faire marcher, ici. »

Il parut stupéfait, un peu irrité, même. « Je ne vous fais certainement pas marcher en ce moment. Pas du tout.

— Ce n'est guère mon avis. Mais qu'importe. »

Il repoussa sa chaise et fit un nouveau geste, pressant ses mains contre ses tempes comme s'il prenait conscience d'avoir fait quelque erreur impardonnable. Le geste était insolite. Je sus qu'il jouait la comédie.

« J'étais si sûr qu'à présent vous aviez compris.

— Je crois que j'ai compris, en effet. »

Son regard se voulait persuasif, pourtant il me laissa insensible.

« Même si je ne l'aimais pas comme ma fille, il y a des raisons personnelles — dans lesquelles je n'entrerai pas pour le moment — pour que je me sente une grande responsabilité envers l'infortunée créature qui vous a tenu compagnie aujourd'hui. » Il versa de l'eau bouillante dans la théière d'argent. « Elle est la principale raison, la vraie raison pour laquelle je viens m'isoler à Bourani. Je pensais que vous en aviez pris conscience.

— Oui... en un sens.

— C'est le seul endroit où la pauvre enfant peut vagabonder librement et se livrer à ses fantaisies.

— Que cherchez-vous à me dire? Qu'elle est folle?

— Folle?... En langage médical cela ne veut rien dire. Elle souffre de schizophrénie.

— Aussi se croit-elle votre fiancée morte depuis longtemps?

— Je lui ai confié ce rôle. Délibérément. Il est sans danger et il lui plaît. C'est dans certains de ses autres rôles qu'elle est moins inoffensive.

— Des rôles?

— Attendez. » Il rentra dans la maison et en revint une minute plus tard apportant un livre. « Voici un manuel de psychiatrie classique. » Il le feuilleta. « Permettez-moi de vous en lire un passage : “ Un des caractères spécifiques de la schizophrénie est la présence d'hallucinations qui peuvent s'organiser suivant un schéma préexistant, ou au contraire échapper à toute prévision. ” » Il me regarda. « Les fantasmes de Lily entrent dans la première catégorie. “ Ces hallucinations ont en commun la tendance du malade à tout ramener à lui. On y trouve souvent incorporés des éléments de préjugés populaires contre certains groupes d'activités; et elles prennent la forme générale d'idées de grandeur ou d'un sentiment de persécution. Une malade se croira Cléopâtre et s'attendra à ce que tout le monde la reconnaisse pour telle. Cependant qu'un autre soutiendra que sa propre famille a décidé de l'assassiner et ne cessera de suspecter les paroles et actions les plus innocentes, les plus compatissantes. " Et ceci encore : " Il n'est pas rare que restent intacts de vastes champs de conscience. Pour tout ce qui les concerne le malade peut sembler si sensé et si logique que même un observateur non informé mettra en doute le diagnostic. " »

Il sortit de sa poche son stylo-mine en or, marqua les passages qu'il avait lus et me passa le livre ouvert. J'y jetai un coup d'œil. Puis, souriant toujours, je demandai :

« Et sa sœur?

— Un autre biscuit?

— Merci. » Je posai le livre. « Sa sœur, monsieur Conchis?... »

Il sourit. « Oui, bien sûr, sa sœur, sa sœur...

— Et...

— Oui, et les autres. Nicholas, elle est reine ici. Pour un mois ou deux nous nous conformons tous aux exigences de sa triste vie. »

Il y avait sur son visage une douceur, une sollicitude qui devaient chez lui être rare, que seule Lily, sans doute, avait le pouvoir de faire apparaître. Je perdais ma belle assurance. Comment être sûr qu'il ne faisait qu'ajouter un acte nouveau à sa comédie? Je me repris à sourire.

« Et moi?

— Est-ce que les enfants anglais jouent encore à ce jeu... » Il mit la main sur ses yeux, hésita : « Cache-cache, je crois. »

Je tressaillis, ne me souvenant que trop bien de la conversation dans laquelle la même comparaison avait été utilisée. La petite garce, le vieux renard, pensai-je. J'étais la balle qu'ils se lançaient l'un à l'autre à tour de rôle. Ce dernier regard qu'elle avait eu vers moi... Tous ces discours pour me recommander de ne pas la trahir... J'étais humilié et pourtant fasciné. J'acquiesçai.

« Bien sûr, ils jouent toujours à cache-cache.

— Certains se cachent?

— Et moi je cherche!

— Il faut quelqu'un pour chercher ceux qui se cachent, c'est le jeu. Pour les chercher sans cruauté, sans les regarder de trop près.

— J'ai plutôt eu l'impression que l'attention était dirigée sur moi.

— C'est que je veux, mon ami, votre participation. Je veux que ceci soit pour vous fructueux. Je ne peux vous faire l'insulte de vous offrir de l'argent. Mais j'espère que pour vous aussi il y aura une récompense.

— Je ne me plains pas de mon salaire. Je voudrais simplement en savoir un peu plus au sujet de mon employeur.

— Je crois que je vous ai dit que je n'ai jamais pratiqué la médecine. Ce n'est pas tout à fait vrai, Nicholas. Dans les années vingt j'ai suivi les cours de Jung. Je ne me considère pas comme un de ses disciples. Toutefois la psychiatrie est restée mon principal intérêt. Avant la guerre j'ai eu à Paris une petite clientèle. Je m'étais spécialisé dans les cas de schizophrénie. Voulez-vous des témoignages? » Et s'appuyant des deux mains sur le bord de la table : « Je peux vous montrer des articles publiés dans différents journaux.

— J'aimerais bien les lire. Plus tard. »

Il se laissa retomber sur sa chaise. « Bien. Ecoutez à présent. Vous ne devez sous aucun prétexte répéter ce que je vais vous dire. » Son regard se fit grave, pénétrant. « Le vrai nom de Lily est Julie Holmes. Il y a quatre ou cinq ans son cas a été beaucoup discuté dans les milieux psychiatriques. C'est un des mieux étudiés. Il est en lui-même tout à fait inhabituel. Et unique en ce que la sœur jumelle de Lily est d'un type psychologique parfaitement courant et qui peut donc fournir ce que les scientifiques appellent un contrôle.

— Avez-vous la documentation sur son cas?

— Je vous la communiquerai un jour. Pour le moment, cela ne pourrait que vous gêner dans le rôle que vous avez à jouer. Il est essentiel que Lily se figure que vous ne savez pas qui elle est. Et vous ne pourrez créer cette impression si vous connaissez tous les détails cliniques. N'est-ce pas votre avis?

— Je suppose.

— Comme tous les cas les plus frappants, Julie courait le danger qu'on fasse d'elle un monstre de la grande parade des phénomènes psychiatriques. C'est ce que j'essaie d'éviter à présent. »

Le doute m'envahit à nouveau. Après tout, elle m'avait averti, tout ce que je pouvais croire serait remis en question. Il me semblait impensable que la fille que je venais de quitter soit une malade mentale, une folle de grand renom. Par contre, une menteuse... oui.

« Puis-je vous demander comment vous en êtes venu à vous intéresser à elle?

— La raison en est très simple et n'a rien à voir avec la médecine. Elle n'est pas seulement pour moi une malade,

Nicholas, elle est aussi ma filleule. Ses parents sont de très vieux amis.

— Je croyais que vous aviez perdu tout contact avec l'Angleterre?

— Ils ne vivent pas en Angleterre mais en Suisse. Où d'ailleurs elle passe la plus grande partie de l'année. Dans une clinique privée. Je ne peux hélas lui consacrer toute ma vie. »

Sa volonté de me convaincre était évidente. Je baissai les yeux, puis les relevai vers lui, esquissant un sourire. « Avant que vous m'expliquiez tout cela, je m'apprêtais à vous féliciter d'avoir engagé une jeune actrice aussi experte. »

Il fut soudain en alerte. Son regard m'interrogeait avec une étrange véhémence.

« Elle ne vous aurait rien suggéré de ce genre, par hasard?

— Mais non. »

Je savais qu'il ne me croyait pas. D'ailleurs, je ne cherchais pas à le convaincre. Il courba un instant la tête puis se leva et gagna le bord de la colonnade, le regard tourné vers la mer. Puis il me fit un sourire qui acceptait la défaite.

« Je vois que j'ai été gagné de vitesse par les événements. Elle a adopté envers vous un nouveau rôle. N'est-ce pas?

— Elle ne m'en a pas avisé. »

Il continuait de m'observer et je lui rendis un regard que je voulais inexpressif. Il frappa ses mains l'une contre l'autre comme pour se reprocher sa propre stupidité. Puis il retourna s'asseoir.

« Non, Nicholas, je ne l'ai certainement pas " engagée " comme vous dites. Pourtant vous avez raison, elle est une jeune actrice de grand talent. Laissez-moi vous rappeler qu'un grand nombre des plus audacieux abus de confiance dans l'histoire du crime ont été perpétrés par des schizophrènes. » Il appuya ses bras croisés sur la table. « Vous ne devez pas l'encourager, ou bien elle vous étourdira de ses mensonges. Pour vous ce n'est pas grave parce que vous êtes normal. Pour elle cela peut signifier une rechute sérieuse. L'effort de plusieurs années réduit à rien.

— N'auriez-vous pas dû m'avertir plus tôt? »

Il me regarda fixement un instant encore, puis baissa les yeux.

« C'est vrai. J'aurais dû vous prévenir. Je commence à me rendre compte que je me suis trompé dans mes calculs.

— Pourquoi?

— Parce que vous insistez trop pour savoir la vérité, cela risque de gâcher nos... jeux. Et ils sont, je peux vous l'assurer, d'un grand intérêt thérapeutique. » Il hésita, puis reprit : « Certains d'entre nous ont été depuis longtemps frappés par la façon paradoxale dont nous traitons habituellement les anomalies mentales de nature paranoïaque. Nous plaçons nos patients dans des conditions telles qu'ils sont continuellement observés, surveillés, interrogés. Certes, on peut dire que c'est pour leur bien. Mais en réalité c'est surtout pour notre bien, le bien de la société. Le traitement en clinique, avec sa routine et ses règles strictes, n'a souvent, en fait, pour seul résultat que de fournir des bases plausibles à la folie de la persécution. Ce que j'essaie de créer ici est une ambiance qui permette à Julie de croire qu'elle est capable d'influer sur les circonstances dans lesquelles elle vit. Je voudrais que pour une fois elle ne soit pas celle qu'on persécute... celle qui en sait toujours moins que les autres. Nous essayons tous de contribuer à lui donner cette impression. Je la laisse aussi se figurer de temps à autre que je ne sais pas très bien ce qui se passe, qu'elle me manœuvre à sa guise. »

Le ton de sa voix réussissait à suggérer que j'aurais bien dû deviner tout cela moi-même. Ce qui me frappait à nouveau, comme au cours des précédentes conversations à Bourani, c'était mon incapacité à reconnaître à quoi s'appliquaient réellement les propos de Conchis. Devais-je comprendre, dans le cas présent, que Lily était une malade, une schizophrène, ou bien que la schizophrénie n'était évidemment qu'un nouveau masque dans le jeu?

« Excusez-moi. » Il eut de la main un geste indulgent. Je n'avais pas à m'excuser. Je décidai, à mon tour, de jouer la crédulité. « C'est donc pourquoi elle doit rester dans les limites de Bourani?

— Bien entendu.

— Ne pourrait-elle pas sortir... » Je regardai le bout de ma cigarette... « sous surveillance »?

— Légalement, elle devrait être enfermée. Et elle est incurable. C'est sous mon entière responsabilité qu'elle reste libre. Moi seul peux lui éviter l'asile.

— Mais vous la laissez se promener aux alentours. Elle pourrait aisément s'échapper. »

Il secoua énergiquement la tête. « Impossible. Son infirmier ne la quitte pas.

— Son infirmier?

— Il est très discret. Lily s'irriterait de l'avoir toujours à ses côtés, ici en particulier, aussi reste-t-il à l'arrière-plan. Vous le verrez un jour. »

Avec sa tête de chacal! Je me dis que non, vraiment, ça ne prenait pas. Mais le plus extraordinaire c'est que j'étais à peu près certain que Conchis savait fort bien que ça ne prendrait pas. Il y avait des années que je n'avais pas joué aux échecs, néanmoins je me souvenais que plus on progresse dans le jeu et plus on estime nécessaires les coups ayant pour seul but d'évaluer la force de l'adversaire. Conchis prenait la mesure de mon incrédulité.

« C'est pourquoi elle vit sur le yacht?

— Un yacht?

— Je pensais que c'était là qu'elle vivait.

— Laissez-lui le plaisir d'avoir un secret.

— Vous l'amenez ici tous les ans?

— Oui. »

L'un des deux mentait, et la conviction grandissait en moi qu'à présent ce n'était pas cette fille, cette Lily devenue Julie. Je souris. « Voilà donc pourquoi mes deux prédécesseurs sont venus ici et n'ont rien voulu dire.

— John était excellent dans le rôle de celui qui " colle ". Mais Mitford a été un désastre. Il s'est laissé complètement duper par Lily dans une de ses phases de persécution. Et comme d'habitude je suis devenu, moi qui lui consacre tous mes étés, le persécuteur. Une nuit, Mitford a voulu la " sauver ", comme il disait. Sa tentative a été d'une brutalité, d'une maladresse extrême. Bien entendu, l'infirmier est intervenu. Cela a fait tout un drame, et Julie en a été profondément bouleversée. Si je vous parais parfois irritable, c'est que je ne veux pas risquer que se reproduise ce qui s'est passé l'année dernière. » Il leva la main. « En fait, je ne devrais pas m'inquiéter. Vous êtes très intelligent et vous êtes un gentleman; ce sont des qualités qui faisaient défaut à Mitford. »

Je me frottai le nez et passai en revue les autres questions embarrassantes que j'aurais pu poser; je décidai d'arrêter là. Cette façon de vanter sans cesse mon intelligence me rendait soupçonneux. Il y a trois catégories de gens intelligents; ceux qui le sont suprêmement et trouvent tout naturel qu'on le leur dise avec insistance, ceux qui le sont suffisamment pour voir qu'on cherche à les flatter; et les derniers, enfin, qui ne le sont pas assez pour douter de ce qu'on leur dit. J'appartenais à la deuxième catégorie. Je ne pouvais pas refuser *systématiquement* de croire Conchis; tout ce qu'il racontait pouvait à la rigueur être vrai. Je supposais qu'il existait bien encore de pauvres petits psychotiques dotés de parents fortunés qui les préservaient de l'asile. Mais Conchis n'était pas homme à se comporter de la sorte; ça ne collait pas; ça ne tenait pas. Certains regards de Lily, ses accès d'émotion inattendus, ses larmes soudaines, tout cela semblait appuyer le récit, sans pourtant apporter de preuves irréfutables. Peut-être s'efforçait-elle simplement de suivre de son mieux le plan établi?

« Eh bien, dit-il, me croyez-vous?

— Ai-je l'air de ne pas vous croire?

— Nous ne sommes ni l'un ni l'autre ce dont nous avons l'air.

— Ce coup de dé... La dent... Vous n'auriez pas dû.

— A présent, vous vous figurez que tout mon acide prussique n'est que du ratafia?

— Je n'ai pas dit cela. Je suis votre invité, monsieur Conchis. Naturellement, je vous crois sur parole. »

J'eus, pour un instant, l'impression que l'un et l'autre nous laissions tomber les masques. Je voyais devant moi un visage totalement dépourvu d'humour, et lui, je pense, en voyait un sans trace d'indulgence et même ouvertement hostile. C'était un choc de volontés qui se terminait par des sourires, mais nous savions bien tous les deux que les sourires recouvraient une vérité fondamentale : nous ne pouvions le moins du monde nous faire confiance.

« Pour finir, je vous dirai encore deux choses, Nicholas. Que vous croyiez ou non ce que je vous ai dit n'a qu'une importance toute relative. Toutefois il y a un point sur lequel vous devez me croire. Julie est — sans même s'en rendre compte — susceptible et très dangereuse. Elle peut être aisément blessée mais elle peut aussi blesser. Nous avons tous appris — nous avons dû apprendre — à rester totalement indifférents sur le plan émotionnel. Parce que c'est de nos émotions qu'elle se prévaudra, si nous lui en donnons l'occasion. »

Mon regard ne quittait pas le bord de la nappe. Ce que j'avais découvert en Julie, cette timidité de jeune vierge, cette naïveté, que j'avais prises pour des traits de caractère, pouvaient aussi bien être pathologiques. Son innocence pouvait être due à une ignorance totale du comportement des hommes dans les relations amoureuses. Aussi absurde qu'elle paraisse, il me fallait admettre que l'explication de Conchis méritait réflexion.

« Et le second point?

— C'est un sujet délicat, mais qu'il me faut aborder. Une

des tragédies de la situation de Julie tient à ce que, tout en étant normale sexuellement, elle n'a guère l'opportunité d'exprimer normalement ses sentiments, ses émotions. Vous êtes là, jeune, d'un physique agréable, vous lui offrez cette opportunité, ce qui en soi est bénéfique. Pour parler franchement, elle a besoin de quelqu'un avec qui flirter, sur qui exercer son charme. J'imagine qu'elle a déjà remporté quelque succès à ce jeu.

— Vous venez de me voir l'embrasser. Vous ne m'aviez pas averti... »

Il m'arrêta d'un geste de la main. « Je ne vous blâme pas. Si une jolie fille vous invite à l'embrasser... qu'y pouvez-vous? Mais à présent que vous connaissez les faits, je dois insister sur le rôle difficile, délicat, que je vous demande de jouer. Non pas que vous deviez repousser toute avance, refuser d'entendre toute allusion de sa part à quelque intimité physique, mais il vous faut accepter qu'il y a certaines limites que vous ne devez pas franchir. Je ne puis le permettre, pour des raisons médicales évidentes. Si... ce n'est qu'une simple hypothèse... si toutefois venait un moment où vous trouviez la tentation trop forte, je devrais intervenir. N'a-t-elle pas, l'année dernière, réussi à convaincre Mitford qu'en l'emmenant et l'épousant il en ferait une jeune femme normale! Oh, il ne s'agit pas d'un calcul de sa part. Dans ce genre de déclarations, elle est sincère. C'est pourquoi ses mensonges sont si convaincants. »

J'aurais voulu sourire. Même si le reste était vrai, je ne pouvais croire que Julie ait pu ressentir la moindre sympathie pour cet idiot de Mitford. Mais je lisais dans les yeux du vieil homme une conviction si profonde, un sens si aigu de ses responsabilités que je n'eus pas le courage de me moquer de lui.

« Je regrette que vous ne m'ayez pas tout raconté un peu plus tôt.

— C'est que vous m'avez gagné de vitesse. Je ne m'attendais pas à une réaction aussi rapide de la patiente à votre égard. » Il sourit, se laissa aller légèrement en arrière. « Nicholas, j'ai ceci encore à ajouter. Je peux vous assurer que je ne me serais jamais lancé dans cette affaire si je n'avais été persuadé que vous étiez alors complètement libre, je veux dire sans attache affective. D'après ce que vous m'avez raconté...

— C'est fini. Vous parlez, je suppose de celle qui m'a envoyé ce message. Je n'irai pas la retrouver à Athènes. »

Il baissa les yeux, secoua la tête. « Bien entendu, ça ne me regarde pas. Pourtant ce que vous m'avez dit de cette jeune femme — de la profondeur de vos sentiments à son égard — m'a impressionné. Je crois que vous auriez grand tort de rejeter cette occasion de renouer des liens d'amitié.

— Excusez-moi, mais... c'est vrai, ça ne vous regarde pas.

— Si votre décision devait être inspirée par ce qui se passe ici, je le regretterais vivement.

— Ce n'est pas le cas.

— Néanmoins, et puisque à présent vous savez ce qui est réellement en jeu, je pense qu'il serait bon que vous vous demandiez si vous désirez toujours continuer vos visites. Je comprendrais parfaitement que vous décidiez de ne plus venir désormais. » J'allais parler; il m'arrêta. « Pour moi, je veux donner quelque répit à ma pauvre filleule. J'ai décidé de l'éloigner pour une dizaine de jours. » Il quêtait mon approbation comme il aurait consulté un collègue en psychiatrie. « Une stimulation excessive perd toute valeur thérapeutique. »

Je me sentais cruellement désappointé et maudissais Alison et son câble. J'étais pourtant décidé à n'en rien laisser paraître.

« Je n'ai pas à réfléchir pour savoir si je veux continuer. C'est oui. »

Il m'observa un moment, avant d'incliner la tête. Le vieux malin. Son attitude impliquait que c'était lui qui pouvait douter de ma sincérité.

« Je ne vous en recommande pas moins de réfléchir encore, et de passer un bon week-end à Athènes avec cette jeune femme qui me paraît charmante. » J'allais répondre; il se hâta de continuer. « Je suis médecin, Nicholas. Permettez-moi de parler franchement. A votre âge on n'est pas fait pour une vie de célibat comme celle que vous menez à Phraxos.

— Je l'ai appris à mes dépens.

— Oui, je m'en souviens. C'est une raison de plus pour...

— Et le week-end d'après?

— Nous verrons. Pour le moment, restons-en là. » Il se leva brusquement et me tendit la main. Je la serrai. « Bien. Très bien. Je suis heureux que tout soit clair entre nous. » Il mit les mains sur les hanches. « Et maintenant, que diriez-vous d'un peu de travail manuel?

— Rien de bon. Mais allons-y. »

Il m'emmena vers un coin du jardin. Le mur qui soutenait une terrasse s'était en partie effondré; il voulait le consolider. Il me donna ses directives. Il fallait briser la terre sèche avec une pioche, redresser les lourdes pierres, tasser entre elles de la terre qui, une fois mouillée, assurerait la cohésion de l'ensemble. J'étais à peine au travail qu'il disparut. La brise soufflait toujours, plus fraîche que d'habitude, mais je fus bientôt trempé de sueur. Je devinai la raison pour laquelle on faisait de moi un manœuvre. On voulait m'occuper, me tenir à l'écart. Pendant ce temps Conchis irait trouver Julie pour tenter de découvrir ce qui s'était passé entre nous, ou bien pour la féliciter d'avoir si bien joué son nouveau rôle.

Trois quarts d'heure plus tard, alors que je m'accordai un peu de répit pour fumer une cigarette, Conchis apparut soudain au-dessus de l'endroit où j'étais assis, adossé au tronc d'un pin, souffrant déjà de courbatures. Il me jeta un regard sardonique.

« Le travail est la gloire suprême de l'homme.

— Pas de celui que vous avez devant vous.

— Je cite Marx. »

Je levai les mains; le manche de la pioche leur avait été rude.

« Je cite mes ampoules.

— Ce n'est rien. »

Il continuait de m'observer; il paraissait content de lui, ou peut-être avait-il découvert en moi, au cours de l'après-midi, quelque trait qui lui plaisait. Les philosophes n'ont-ils pas une certaine tendresse pour les clowns? J'avais encore une question à lui poser.

« Je ne dois pas croire les histoires de Julie... mais les vôtres? Votre passé? Qu'y a-t-il de vrai dans ce que vous me racontez? »

Je pensais qu'il allait se vexer. Mais son sourire s'épanouit.

« La vérité a toujours de multiples facettes. »

Je lui rendis son sourire. « Je ne suis pas persuadé qu'il y ait une différence entre ce que vous réalisez ici et ce que vous détestez tant — la fiction.

— Je n'ai rien à objecter contre les principes du roman, je dis seulement qu'ils restent toujours de simples principes. » Il dit encore : « Laissez-moi énoncer un axiome applicable à notre espèce : il ne faut jamais prendre à la lettre ce que déclare un être humain.

— Ici, je ne m'y risquerai pas. »

Il baissa les yeux puis me fit face à nouveau. « Ce que j'utilise à présent, Nicholas, est une technique psychiatrique toute nouvelle. Elle ne fait que commencer à se développer en Amérique. On l'appelle la psychothérapie de situation.

— J'aimerais lire vos articles.

— Ce qui me rappelle... Je viens juste de faire des recherches et je crois bien que je les ai égarés. »

C'était dit sans la moindre gêne, et avec une pointe d'ironie. Comme s'il ne voulait pas même prendre la peine de déguiser son mensonge.

« C'est bien dommage. »

Il croisa les bras. « Ecoutez, Nicholas, j'ai pensé... cette maison dans le village, où vit Hermès, elle est à moi, comme vous le savez peut-être. Hermès n'occupe que le rez-de-chaussée. Le premier étage est assez spacieux, et meublé, quoique sommairement équipé. Je le mets avec grand plaisir à la disposition de votre amie. J'ai pensé que vous pourriez aimer la faire venir à Phraxos pour quelque temps. »

Je tombais des nues. Ce que je percevais dans sa proposition n'était pas de la gentillesse mais bien plutôt un aplomb colossal. Il n'avait pas ménagé sa peine pour me prendre dans ses filets et voilà qu'il cherchait à présent à me fournir les moyens de m'en échapper. Fallait-il donc qu'il soit sûr de sa prise! Un instant je fus tenté d'accepter son offre. Je ne voulais pas d'Alison dans un rayon de cent kilomètres mais j'aurais été satisfait de voler à Conchis son triomphe.

« Je ne serais plus alors d'aucune aide ici.

— Vous pourriez peut-être nous aider tous les deux.

— Elle n'abandonnerait pas son métier. Et je ne veux vraiment pas renouer les relations passées. » J'ajoutai : « Néanmoins, je vous remercie.

— Très bien. L'offre demeure. »

Et il me tourna brusquement le dos, comme si, cette fois, je l'avais offensé. Je me remis au travail, y trouvant un bon dérivatif pour ma rage impuissante. Une demi-heure plus tard, le mur avait plus ou moins repris sa forme. J'allai ranger les outils dans un appentis derrière le cottage et m'en revins vers la maison. Conchis était assis sous la colonnade, lisant tranquillement un journal grec.

« C'est fait? Bravo. Merci. »

Je m'obstinai. Une dernière fois.

« Monsieur Conchis... Cette autre fille... C'était une histoire ridicule. Juste une aventure, et qui est bien finie.

— Pourtant elle veut encore vous voir.

— Plutôt par curiosité. Vous savez qu'il en est toujours ainsi avec les femmes. Et sans doute parce que l'homme avec lequel elle vit à présent s'est éloigné pour quelques jours.

— Pardonnez-moi. Je n'interviendrai plus. Vous devez agir comme bon vous semble. C'est évident. »

Je m'éloignai, regrettant déjà mes paroles, quand il prononça mon nom. Je tournai la tête. D'un ton impérieux, et pourtant paternel, il déclara :

« Allez à Athènes, mon ami. » Puis jetant un regard vers les arbres : « *Guai a chi la tocca.* »

Je savais peu d'italien, mais je compris ce qu'il voulait dire. Je me dirigeai vers ma chambre, me déshabillai puis allai dans la salle de bains prendre une douche d'eau salée. Ce qu'il cherchait à exprimer me semblait soudain très clair : Julie n'était pas pour moi. C'était ainsi. Cela n'avait rien à voir avec la schizophrénie ou les rôles dans la comédie, quel que soit le personnage. Il venait de me donner un ultime avertissement mais qui restait sans pouvoir sur un homme dont les ancêtres avaient été des joueurs invétérés.

J'étais étendu sur le lit, encore nu, le regard au plafond, m'efforçant d'évoquer le visage de Julie, ses cils recourbés, la douceur de sa main, sa bouche, le trop bref contact de son corps quand je l'avais embrassée; et aussi le corps de sa sœur aperçu le soir précédent. J'imaginais Julie venant à moi en cet instant, dans la chambre. Ou bien c'était la forêt, l'obscurité barbare et un viol consenti. Je devenais le satyre; puis je me souvins de ce qui lui était arrivé. Je commençais à voir toutes les implications des supercheries de Conchis; je choisis de me calmer et d'enfiler mes vêtements. Moi aussi, désormais, je saurais attendre.

36

Le dîner ne fut guère plaisant. Dès mon arrivée, il m'avait tendu un livre :

« Les articles. Je les ai retrouvés. »

Une fois de plus, il n'avait cherché qu'à me mystifier. Le livre était plutôt mince, la médiocre reliure de toile verte ne portait aucun titre. Je l'ouvris. Il y avait des pages de différents formats, aux caractères d'imprimerie variés, certaines jaunies. Il était évident qu'elles avaient été détachées de brochures diverses, puis reliées. Les textes semblaient tous rédigés en français. Je vis une date : 1936. Quelques titres. *Dépistage précoce de la schizophrénie légère. Influence de la profession sur les syndromes de paranoïa. Expérimentation sur l'usage du stramonium en psychiatrie.* Je relevai la tête.

« Qu'est-ce que le stramonium?

— Le *datura.* Ou pomme épineuse. Cela produit des hallucinations. »

Je reposai le livre. « Je lirai ça avec grand intérêt. »

En un sens, la preuve qu'il m'apportait était superflue. A la fin du dîner j'étais pour le moins convaincu que les connaissances de Conchis en psychiatrie dépassaient très largement celles d'un profane intéressé par le sujet; et qu'il avait réellement connu Jung. Bien sûr, cela ne signifiait pas nécessairement que je devais croire ce qu'il disait de Julie. J'aurais voulu qu'il me parle d'elle encore. Il se montra inflexible — moins j'en saurais sur son cas, à ce stade, mieux cela vaudrait. Il promettait de tout m'expliquer avant la fin de l'été. J'étais sans cesse tenté de le défier mais la violence croissante de mon ressentiment me faisait redouter une confrontation. N'allais-je pas risquer de tout perdre? Conchis n'en viendrait-il pas à me fermer sa porte? Je savais qu'il réagirait à mon insistance comme la pieuvre réagit au danger, en secrétant une encre épaisse. Je ne pouvais marquer des points qu'en essayant de rendre énigme pour énigme. Je le soupçonnais de s'interdire toute nouvelle référence à Alison et à ce week-end à Athènes afin d'éviter de m'exaspérer et de s'exposer ainsi à des questions embarrassantes.

Aussi longtemps que dura le repas je fus tout à la fois un invité courtois écoutant les propos avisés d'un vieux médecin et une souris guettée par le chat. J'étais impatient de revoir Julie et curieux d'en savoir plus long sur l'expérience prévue pour le soir même. La flamme de la lampe tremblait dans un dernier souffle de vent, tantôt pâle, tantôt rougeoyante, et cette lumière instable ne faisait qu'ajouter à mon excitation. Conchis, lui, semblait parfaitement calme.

Le repas terminé il m'offrit un alcool. De la petite bouteille en forme de bonbonne coulait un liquide clair, couleur de paille.

« Qu'est-ce que c'est?

— Du *raki*. De Chios. C'est très fort. Je veux vous enivrer un peu. »

Déjà il n'avait cessé, pendant le dîner, de me verser l'épais vin rosé d'Anticythère.

« Pour émousser mon sens critique?

— Pour vous rendre réceptif.

— J'ai lu votre opuscule.

— Et pensé que c'était stupide?

— Difficile à vérifier.

— La vérification est le seul critère scientifique pour qui cherche la vérité. Cela ne veut pas dire qu'il ne puisse y avoir des vérités invérifiables.

— Et les réactions?

— Ceux qui ont répondu — ils ont été nombreux — sont tous ceux qui ne m'intéressent pas. Les misérables vautours qui prennent avantage de l'intérêt passionné de l'homme pour la recherche de ses fins dernières. Les spirites, les extra-lucides, les explorateurs de l'éther, ceux des limbes et ceux des astres, tous ces charlatans... » Il prit un air sévère : « Ceux-là ont répondu.

— Mais aucun vrai scientifique?

— Non. »

Je bus une gorgée de *raki*. C'était du feu. De l'alcool presque pur.

« Vous avez dit que vous aviez des preuves.

— J'avais des preuves. Toutefois il n'était guère facile de les communiquer aux autres. Et plus tard j'ai décidé que les autres n'avaient pas à les connaître. A l'exception de quelques-uns d'entre eux.

— Ceux que vous choisissez?

— Exactement. Et cela parce que le mystère renferme une énergie qu'il transmet à ceux qui tentent de l'élucider. Si vous dissipez le mystère, vous privez par là même ceux qui " cherchent " d'une source importante d'énergie. » Le mot « cherchent », qu'il accentuait, gardait ici sans conteste la signification particulière que nous lui avions donnée déjà.

« Et le progrès scientifique?

— Je suis pour le progrès scientifique. La solution des problèmes physiques auxquels l'homme se trouve confronté est une question de technologie. Mais je parle de la santé psychologique de l'espèce humaine. L'homme a besoin de mystère. Pas de solutions. »

Je vidai mon verre. « Cet alcool est prodigieux. »

Il sourit, comme pour approuver l'adjectif, et leva le flacon.

« Encore un verre. Et ce sera tout. La *dive bouteille* peut être aussi du poison.

— Et l'expérience commence?

— L'expérience commence. A présent, je voudrais que vous preniez votre verre et vous étendiez sur l'une des chaises longues. Ici, très exactement. » Il désigna l'endroit, je déplaçai la chaise. « Allongez-vous. Rien ne presse. Je veux que vous regardiez une étoile. Connaissez-vous le Cygne? Cette constellation en forme de croix, juste au-dessus de nous? »

Je remarquai qu'il n'allait pas s'installer sur l'autre chaise longue. Et soudain je devinai.

« Est-ce... de l'hypnotisme?

— Oui, Nicholas, mais ne vous alarmez pas. »

L'avertissement de Lily : « Ce soir vous comprendrez. » J'hésitai, puis m'allongeai.

« Ce que je crains c'est que ça ne marche pas avec moi. Quelqu'un a essayé à Oxford.

— Nous verrons. Il faut une harmonie de volontés. Ce n'est pas un combat. Faites simplement ce que je suggère. » Au moins n'avais-je pas à soutenir ce regard magnétique. Je ne pouvais reculer. Mais je me tenais sur mes gardes. « Vous voyez le Cygne?

— Oui.

— Et à gauche une étoile très brillante, au sommet d'un triangle dont un angle est obtus?

— Oui. » J'avalai en une gorgée le reste du raki; je suffoquai, puis sentis le liquide me brûler l'estomac.

« C'est une étoile connue sous le nom d'*alpha* Lyrae. Dans un instant je vous demanderai de bien l'observer. » L'étoile, d'un blanc bleuâtre, scintillait dans un ciel dégagé par le vent. Je regardai Conchis qui était toujours assis à la table mais avait tourné le dos à la mer pour me faire face. Je souris dans l'obscurité.

« Je me croirais presque sur le divan d'un psychiatre.

— Bien. Allongez-vous à présent. Contractez un peu vos muscles puis relâchez-les. Le *raki* va vous y aider. Vous ne verrez pas Julie ce soir, donc oubliez-la. Oubliez l'autre fille aussi. Et toutes vos perplexités, toutes vos aspirations. Tous vos soucis. Je ne vous veux pas de mal. Rien que du bien, au contraire.

— Les soucis... Ce n'est pas si facile. » Il resta silencieux. « Je vais essayer.

— Si vous regardez l'étoile, cela vous aidera. Ne la quittez pas des yeux. Allongez-vous. »

Je me mis à fixer l'étoile. Je bougeai un peu afin de m'installer plus confortablement. Je froissai sous ma main le tissu de mon vêtement. Le travail manuel m'avait fatigué, je commençai à comprendre son vrai but. C'était bon de rester ainsi étendu, à regarder le ciel. Il y eut un long silence. Plusieurs minutes. Un instant je fermai les yeux, puis les rouvris à nouveau. L'étoile paraissait flotter comme un minuscule soleil blanc dans son propre petit océan d'espace. Je pouvais sentir l'effet de l'alcool mais j'étais parfaitement conscient de tout ce qui m'entourait, beaucoup trop conscient pour être hypnotisable.

Il y avait la terrasse. J'étais étendu sur la terrasse d'une maison dans une île, en Grèce. Il y avait le vent, je pouvais même entendre le faible bruit des vagues sur les galets, en bas, à Moutsa. Conchis se mit à parler.

« Maintenant je veux que vous regardiez l'étoile, je veux que vous relâchiez tous vos muscles. Contractez-les. Relâchez. Maintenant regardez l'étoile. Le nom de l'étoile est *alpha* Lyrae. »

Grand Dieu, il essaie vraiment de m'hypnotiser, pensai-je. Je voulais jouer selon les règles; j'allais me tenir tranquille et prétendre que j'étais hypnotisé.

« Etes-vous détendu oui vous êtes détendu. » Je remarquai l'absence de ponctuation. « Vous êtes fatigué vous vous détendez. Laissez-vous aller. Laissez-vous aller. Vous regardez une étoile vous regardez une... » La répétition. Je me souvenais d'une expérience semblable à Oxford, avec un Gallois un peu fou de Jesus College, un soir où nous avions bu. Nous avions fini par jouer simplement à nous regarder dans les yeux.

« Je dis que vous regardez une étoile une étoile regardez une étoile c'est une pâle étoile blanche étoile pâle étoile... »

Il continuait. Sans plus rien de sa brièveté, sa brusquerie coutumières. Le murmure berceur de la mer, la fraîcheur du vent, la texture de mon vêtement, et la voix de Conchis... tout cela se dérobait peu à peu à ma conscience. J'étais encore moi, pourtant, étendu sur ma chaise longue. Conscient d'être là étendu et de regarder l'étoile.

Puis je fus le jouet d'une étrange illusion. Je regardais dans l'espace, mais pas au-dessus de moi : en bas. Comme on regarde dans un puits. Les limites s'abolirent entre moi et le monde. Il y avait l'étoile, comme vue à travers un télescope qui l'aurait isolée sans pourtant la rapprocher; existant désormais en elle-même, indépendamment de la constellation, et flottant dans une sorte de vide, l'haleine bleue de l'espace. Je me souviens clairement de cette sensation, de cette perception nouvelle et étrange, cette étoile, cette boule de lumière blanche qui naissait du vide autour d'elle et l'engendrait tout à la fois, et moi, semblable à elle, suspendu dans un vide sombre. Et moi regardant l'étoile qui me regardait aussi. Deux masses égales, un parfait équilibre, un même poids de conscience d'être sur chaque plateau de la balance. Nous étions deux entités identiques et opposées, dénuées de toute sensibilité, de toute signification, et qui dureraient sans fin, en suspension dans le vide. Beauté, moralité, divinité, géométrie, tout cela ne voulait plus rien dire. Seul subsistait le sentiment tout animal d'une position.

Puis la tension s'accrût. J'attendais. J'attendais quelque

chose. Je n'aurais pu dire lequel de mes sens était à l'affût. Mais *cela* approchait. J'essayais de comprendre *sa* venue. Il n'y avait plus d'étoile. Peut-être Conchis m'avait-il fait fermer les yeux. Il n'y avait plus que le vide. Je me souvenais de deux mots. Conchis avait dû les prononcer. Luisante. Attente. L'obscurité luisante, le vide en attente. Immobilité noire. Tendue. Puis je sentis l'air sur mon visage, une sensation toute physique. Le vent était doux et chaud, je m'efforçai de lui faire face et soudain je me rendais compte qu'il venait de partout à la fois, je le sentais aussi contre ma main levée. Un vent sombre que soufflaient sur moi des milliers d'éventails invisibles. Cela aussi dura très longtemps.

Puis, presque imperceptiblement, il y eut un changement. Le vent devint lumière. Je le sus sans même le voir (ou peut-être Conchis me l'annonça-t-il) et cette lumière était un plaisir intense, une sorte de bain de soleil mental après un long et sombre hiver. Sensation exquise : avoir conscience de la lumière et en même temps l'attirer, l'attirer et la recevoir.

Je fis bientôt une autre découverte. Toute cette lumière tombant sur moi tombait à cause de moi. Cela avait un sens profond. J'étais. Et j'étais sûr d'être. A cette certitude s'ajoutait à présent une intuition nouvelle. Je percevais un cheminement, une transformation; comme le jet de la fontaine est façonné par le vent, comme s'enflent et s'étalent les remous dans l'eau. Et le vent et la lumière se révélaient n'avoir été que les voies menant à un état nouveau sans dimensions ni sensations, conscience de pure existence, ou peut-être pure conscience d'exister.

Cela dura; et puis changea. Un autre état. Il m'était imposé de l'extérieur. Il ne se déversait pas sur moi comme le vent et la lumière; et pourtant il coulait comme un flot. Ce n'était pas là le mot exact; il n'y avait pas de mot; cela arrivait, descendait, me pénétrait. Non pas un état immanent, mais quelque chose qu'on m'accordait, dont on me faisait présent; cette fois encore je recevais le don de toutes les directions à la fois. Mais « direction » n'est pas non plus le mot; mes impressions ne correspondaient à rien de ce qui peut être décrit dans notre langage habituel, orienté vers le réel, le concret. Je pense que j'étais conscient du caractère symbolique de tout ce que je ressentais; je percevais les mots comme des chaînes qui me retenaient, comme des murs percés de trous à travers lesquels la réalité me parvenait morcelée, fragmentaire. C'est là du moins l'interprétation que je peux donner de mon effort pour retrouver ma sensation d'alors; mais décrire altère ce qu'on décrit.

J'avais l'impression d'être en rapport avec la réalité fondamentale et cette réalité s'annonçait à moi et m'interpellait de toutes parts. Pas de sens du divin, de la communion, de la fraternité humaine, rien de ce à quoi je m'étais attendu. Et pas davantage de panthéisme, d'humanisme. Mais l'impression de quelque chose de beaucoup plus large, de plus froid, de plus complexe. Cette réalité était universelle interaction. Il n'y avait ni bien ni mal; ni beauté ni laideur. Aucun mouvement de sympathie ni d'antipathie. Rien d'autre qu'une pure interaction. Et cette totale interaction du Tout ne se différenciait pas de l'Un dans sa solitude, son parfait isolement. Les contraires étaient abolis. Il n'y avait plus d'oppositions mais communication immédiate et liaison nécessaire. J'eus l'intuition soudaine, toute nouvelle pour moi et prodigieusement intense, de l'existence de l'Autre.

Je n'avais aucun désir de définir, d'analyser, pas même d'affirmer cette interaction. Je voulais simplement la constituer — mais à vrai dire je ne voulais rien, je ne pouvais rien vouloir — je la constituais. Volontés, connaissances, sagesse, éducation, savoirs de toutes sortes, sensibilité, sexualité, tout cela semblait superficiel. Rien n'avait de sens. A part « être ».

Et je fus emporté dans un nouveau tourbillon. D'abord ce fut comme un retour à ce moment où un vent sombre soufflait sur moi de partout à la fois. Quoiqu'il n'y eût pas de vent — le vent n'était que métaphore. A présent j'étais envahi par des millions, des trillions d'états de conscience, d'innombrables noyaux d'espoir suspendus dans une vaste solution de hasard, tout un déversement non pas de photons mais de particules infimes de conscience d'être. La vertigineuse découverte de l'univers innombrable. Innombrable et tout à la fois immuable et changeant. J'étais comme un germe qui soudain se trouve non seulement dans un milieu de culture qui lui convient et le nourrit mais dans une situation où sa finalité apparaît. C'était un plaisir physique et intellectuel aigu, un merveilleux état d'équilibre, une parfaite harmonie intérieure, la suprême réalisation de l'être.

C'était aussi une chute. Un cri. Et la chute et le cri, et ce qu'il y avait en eux de mouvant et de fugace participaient de l'expérience. L'être et le devenir se confondaient enfin.

Je pense qu'alors je revis l'étoile durant un peu de temps, l'étoile telle qu'en elle-même, pareillement suspendue dans le ciel au-dessus de moi, mais maintenant autre et m'apparaissant dans la totalité de son être-et-devenir. J'étais comme celui qui, ayant passé une porte, aurait fait le tour du monde pour se retrouver enfin devant la même porte, la même et pourtant différente.

Puis ce fut l'obscurité. Je ne me souviens de rien.

Puis la lumière.

37

On avait frappé avec insistance. Devant moi je voyais le mur. J'étais au lit, en pyjama. Sur la chaise, mes habits pliés. Dehors, il faisait à peine jour. Seul un mince rayon de clarté éclairait la cime des pins. Je regardai ma montre. Il allait être six heures.

Je m'assis au bord du lit. J'étais submergé par la honte. J'avais été à la merci de Conchis, nu et en son pouvoir. Et, pire encore, d'autres sans doute avaient été témoins de mon humiliation. Julie. Les autres. Je les vis assis en cercle, moi étendu au milieu d'eux, cependant que Conchis me posait des questions et qu'ils souriaient de mes réponses sans détours. Mais Julie? Sans doute l'avait-il hypnotisée, elle aussi. C'est pourquoi elle ne pouvait pas lui mentir.

Svengali et Trilby : nous étions ces personnages du roman de George du Maurier.

Je crus soudain comprendre ce qu'avait été cette expérience mystique, dont je me souvenais si nettement, comme d'une leçon apprise par cœur, comme des péripéties d'un voyage à travers une contrée nouvelle. Je vis ce qui s'était passé. Le raki contenait une drogue, un hallucinogène. Ce « stramonium » mentionné dans les articles, sans doute. Puis, alors que je demeurais étendu, il avait suffi que Conchis me suggère d'avancer par étapes successives sur le chemin de la Connaissance. Je cherchai autour de moi le livre relié en toile verte; il n'était pas dans la pièce.

Ce dont je me souvenais me semblait exaltant, mais qu'en était-il du reste, ce que j'avais oublié? Et comment distinguer dans tout cela le bon et le mauvais? Je restai plusieurs minutes immobile, la tête dans mes mains, partagé entre le ressentiment et la gratitude.

Puis je fis ma toilette, me regardai longuement dans le miroir et descendis prendre le café que m'avait préparé Maria-la-silencieuse. Je savais que Conchis ne se montrerait pas, que Maria ne dirait rien. On ne me donnerait aucune explication, tout était calculé pour me maintenir dans l'attente anxieuse jusqu'à ma prochaine visite.

Tout en me dirigeant vers le collège je tentais de faire le point, de déterminer pourquoi une expérience si merveilleuse, si intensément réelle, avait aussi un côté sinistre. Je ne trouvais plus rien de sinistre dans ce paysage et cette lumière de l'aube, et pourtant je continuais à être obsédé par un sentiment d'humiliation auquel s'ajoutait la certitude nouvelle qu'on ne s'aventure pas sans danger dans certains domaines étranges et obscurs. La peur que Julie déclarait ressentir devenait plus convaincante que la compassion semi-professionnelle du vieux médecin à son égard. Il se pouvait qu'elle soit une schizophrène; mais lui, sans aucun doute, était un hypnotiseur. Rien ne prouvait qu'ils ne travaillaient pas ensemble à me duper. Je commençai à chercher fébrilement dans ma mémoire les circonstances où j'aurais pu me laisser hypnotiser sans même en prendre conscience.

Je me souvins avec quelque amertume que l'après-midi même, parlant à Julie, j'avais comparé mon sens du réel à la force de gravité. Pour un instant je me crus emporté par le tourbillon de la folie. Je me souvenais de cet état de transe où se trouvait Conchis pendant la scène d'Apollon. M'avait-il forcé à tout imaginer? Était-ce un sommeil de commande qui m'avait terrassé, un après-midi, juste à l'endroit qui convenait pour l'apparition de Foulkes? Etaient-ils réels, cet homme et cette jeune fille debout en face de moi? Et Julie, Julie elle-même... J'évoquai la douceur de sa peau, ses lèvres réticentes. Je revins sur terre. Mais j'étais bouleversé.

Si je perdais toute assurance, ce n'était pas seulement à cause de Conchis. D'une façon plus subtile, Julie aussi m'hypnotisait. Jusque-là j'avais toujours pensé, et pas seulement par cynisme, qu'un homme et une femme pouvaient dire dans les dix minutes qui suivaient leur première rencontre s'ils avaient envie de coucher ensemble. Le temps qui s'écoulait avant que leurs vœux se réalisent représentait le prix à payer, parfois raisonnable, trop souvent excessif. Non seulement je prévoyais que cette fois la note serait exorbitante, mais Julie remettait en cause toute ma théorie. Elle avait un certain goût de la soumission. Elle était une porte attendant qu'on l'ouvre cependant qu'au-delà s'étendait une région obscure où je n'osais m'aventurer. Ce qui me retenait c'était sans doute en partie la nostalgie de la femme du passé — celle dont Lawrence avait si bien parlé — n'ayant sur l'homme qu'une seule supériorité, le grand pouvoir de la beauté et du sombre mystère féminin. Le mâle superbe et viril, la femelle obscure et pâmée. Dans ce XXe siècle androgyne les caractères propres à chacun des deux sexes en venaient à se confondre. Aussi trouvais-je fascinant ce retour à une situation dans laquelle une femme était vraiment femme et me forçait à être pleinement viril. C'était quitter un appartement moderne, étriqué et anonyme, pour une vieille maison, vaste et mystérieuse. Et si j'avais maintes fois trouvé un grand charme au désir purement physique, je découvrais à présent, comme un enchantement, le désir d'aimer.

Ce matin-là je fis la classe dans une sorte de rêve, presque encore en état d'hypnose. Je voyais en Conchis, tantôt ce qu'il prétendait être, un romancier sans roman, se servant des êtres plutôt que des mots pour élaborer son œuvre, tantôt un vieil homme compliqué et pervers; tantôt un Svengali, tantôt le plus génial des mystificateurs. Mais toujours j'étais fasciné. Et Julie... Lily, cheveux au vent, Julie le visage brouillé de larmes, Lily la première fois, toute d'ivoire froid à la clarté de la lampe. Je ne pouvais nier que j'étais ensorcelé par Bourani. C'était une force, un aimant qui m'entraînait loin du collège, dans l'air bleu, vers la crête centrale puis de l'autre côté, jusqu'où je voulais être. Les rangées de sombres têtes courbées, aux visages olivâtres, l'odeur de craie, et cette vieille tache d'encre de forme bizarre, sur mon bureau... tout cela était noyé de brume, comme irréel, fantomatique.

Après le déjeuner, Demetriades vint dans ma chambre et voulut savoir qui était Alison. Refusant de lui répondre, j'eus droit à tout son répertoire d'obscénités, ses habituelles plaisanteries grecques sur les tomates et les concombres. Je lui criais d'aller se faire foutre et finis par le jeter dehors. Il en fut vexé et m'évita tout le reste de la semaine. Je m'en moquais. J'étais même plutôt satisfait d'être débarrassé de lui.

Le dernier cours terminé, je ne pus résister plus longtemps à mon désir de retourner là-bas. Je ne savais pas ce que je ferais, mais il me fallait retrouver le domaine. Dès que je vis, loin en bas, la ruche de secrets, tranquille, dans l'or du soleil couchant, j'en ressentis un grand soulagement, comme si j'avais craint qu'elle puisse disparaître soudainement avec ses occupants. Je m'en approchai comme un voleur. Pourtant je voulais simplement les voir, savoir qu'ils étaient là, qu'ils m'attendaient.

J'arrivai dans le crépuscule à la limite de la propriété, me glissai sous le grillage et avançai sans bruit dans la pinède, dépassant la statue de Poséidon, traversant le ravin, jusqu'à me trouver en vue de la maison. Les volets du pignon étaient fermés. Pas de fumée au-dessus du cottage. Je me déplaçai de façon à voir la façade de la maison. On avait tiré les volets des portes-fenêtres de la galerie et de celles qui se trouvaient entre la chambre de Conchis et la terrasse. Il n'y avait personne. Je repartis dans l'obscurité. Je me sentais déprimé et en voulais à Conchis d'avoir ainsi subtilisé ce qui devenait ma drogue, de m'en priver sans pitié.

Le jour suivant j'écrivis à Mitford, lui racontant que j'étais allé à Bourani, avais vu Conchis, et insistant pour qu'il ne me cache rien de sa propre expérience. J'envoyai la lettre dans le Northumberland.

Je revis aussi Karazoglou et tentai d'en obtenir des informations supplémentaires au sujet de Leverrier. Mais il était persuadé que Leverrier n'avait jamais rencontré Conchis. Tout ce qu'il m'apprit de nouveau, ce fut que Leverrier était catholique; il allait à la messe à Athènes. Et il me répéta plus ou moins ce que m'avait dit Conchis : « Il avait toujours l'air un peu triste, il ne s'est jamais habitué à la vie ici. » Conchis avait cependant ajouté que Leverrier était un excellent « chercheur ».

L'économe du collège me procura l'adresse de Leverrier en Angleterre. Je ne voulais pas écrire pour le moment; toutefois en cas de besoin je l'aurais sous la main.

Je fis aussi quelques recherches au sujet d'Artémis. Dans la mythologie la sœur d'Apollon est Artémis ou Diane, protectrice des vierges et patronne des chasseurs. La robe couleur safran, les cothurnes et l'arc d'argent (croissant de la nouvelle lune) composent dans les poèmes anciens son uniforme habituel. Il est bien dit qu'elle semble toujours prête à jouer de l'arc et des flèches contre les jeunes hommes amoureux, mais nulle part il n'est fait mention de l'aide de son frère. Elle est un élément de l'ancien culte matriarcal de la déesse lunaire et s'apparente à Astarté en Syrie et à Isis en Egypte. Je remarquai qu'Isis était souvent accompagnée par Anubis, à tête de chien, gardien des enfers, qui plus tard devenait Cerbère.

Le mardi et le mercredi, la surveillance de l'étude me retint au collège. Le jeudi j'allai de nouveau à Bourani. Rien n'avait changé. L'endroit était aussi désert que le lundi précédent.

Je montai jusqu'à la maison, secouai les volets, errai dans le jardin, descendis sur la plage et constatai que le bateau était absent. Je restai une demi-heure sous la colonnade, assis dans le noir, maussade. On s'était servi de moi puis on m'avait rejeté. Je finissais par tourner ma colère contre moi-même. J'avais été fou de me laisser prendre au jeu, et j'étais plus fou encore de vouloir continuer, tout en ayant peur de ce qui suivrait.

Pendant ces quelques jours j'avais une fois de plus changé d'opinion. La schizophrénie me semblait à présent une explication possible et même probable. Je ne voyais pas d'autres raisons pour lesquelles Conchis aurait arrêté le jeu aussi brusquement. S'il s'était agi simplement d'un divertissement, il aurait continué.

Il y avait aussi de l'envie dans ma mauvaise humeur. J'enviais à Conchis cette liberté d'esprit ou peut-être cette arrogance qui lui faisait laisser dans une maison déserte ses Modigliani et ses Bonnard. De Bonnard mes pensées allèrent vers Alison. Il y avait ce soir-là, à minuit, un service de bateau organisé spécialement pour conduire à Athènes élèves et professeurs en vacances de demi-trimestre. Il faudrait passer la nuit à somnoler dans un fauteuil du minable salon de première classe, mais on aurait toute la journée du vendredi à Athènes.

Je ne pourrais dire avec certitude ce qui me décida à partir : la colère, le dépit ou le désir de vengeance; Alison m'attendait à Athènes. Malgré mon vif désir de parler à quelqu'un ce n'était sûrement pas la raison qui me poussait à m'y rendre. Peut-être s'agissait-il simplement d'une ultime résurgence de ma période existentialiste, le temps où j'avais cru découvrir que la liberté pouvait se fonder sur le caprice.

Une minute plus tard je descendais le sentier vers la barrière. Je me retournai une dernière fois dans l'espoir — l'infime espoir — que quelqu'un me ferait signe de revenir sur mes pas.

Je ne vis personne. Et n'ayant rien de mieux à faire je pris le bateau.

38

Athènes n'était que poussière, sécheresse, ocre et grisaille. Même les palmiers avaient l'air épuisé. Sur les visages toute humanité s'était retirée derrière le hâle sombre et les lunettes encore plus sombres. A deux heures de l'après-midi, la ville et ses habitants renonçaient à bouger. Les rues vides n'étaient plus que chaleur et indolence. Je somnolais, affalé sur un lit derrière les volets d'un hôtel du Pirée. La ville était pour moi doublement éprouvante. Après Bourani je supportais mal ce retour dans le monde des machines, du bruit, des tensions.

L'après-midi traînait ses heures languissantes. A mesure qu'approchait le moment de rencontrer Alison je me sentais plus incertain des motifs qui m'avaient poussé à la revoir. Je savais que si j'étais venu à Athènes c'était afin de poursuivre sur mon propre terrain la partie engagée par Conchis. Vingt-quatre heures plus tôt, sous la colonnade, je n'avais vu en Alison qu'un pion à opposer au jeu de l'adversaire. Mais maintenant qu'approchait le moment de la retrouver je ne souhaitais guère faire l'amour avec elle. Et non plus lui raconter ce qui se passait à Bourani. Je ne savais plus pourquoi j'étais venu. J'avais envie de m'enfuir, de repartir pour l'île. Je ne voulais ni tromper Alison ni renouer avec elle. Pourtant quelque chose me retenait là, un reste d'intérêt à son égard, de la pitié, le souvenir d'une ancienne tendresse. Je voulais aussi prendre la juste mesure de mes sentiments envers Julie et des doutes qu'éveillaient en moi son attitude et celle de Conchis, en confrontant secrètement l'aventure intérieure dans laquelle elle m'avait engagé avec le monde du dehors qu'Alison représentait. J'avais aussi découvert, durant la longue nuit sur le bateau, un moyen sûr de rendre notre rencontre anodine, de garder Alison à distance tout en m'assurant sa compassion.

A cinq heures je me douchai, m'habillai et pris un taxi pour l'aéroport. Je m'assis sur un banc en face du long comptoir de la réception. Bientôt je me levai, m'éloignai, m'irritant de ma nervosité croissante. Plusieurs hôtesses passèrent, simples silhouettes, très droites, immaculées, d'une beauté glacée, toute professionnelle, des héroïnes pour film de science-fiction.

Six heures. Six heures un quart. Je me décidai à m'adresser à la réception. Il y avait là une fille grecque, dans le même uniforme que celui d'Alison. Elle avait des dents d'une blancheur éclatante et des yeux sombres dont le regard provocant semblait faire partie de son lourd maquillage.

« Je dois retrouver ici une de vos hôtesses, Alison Kelly.

— Allie? Son avion est arrivé. Elle est allée se changer. » Elle prit le téléphone, composa un numéro sur le cadran, découvrit ses dents en un large sourire. « Allie? Quelqu'un pour toi. » Sa prononciation était impeccable, son accent américain. « Si tu ne viens pas immédiatement il m'emmène à ta place. » Elle me tendit le récepteur. « Elle veut vous parler.

— Dites-lui que j'attendrai. Qu'elle prenne son temps.

— Il est timide. » Alison dut répondre quelque chose. La fille sourit. Elle raccrocha.

« Elle arrive.

— Qu'est-ce qu'elle a dit?

— Elle a dit que vous n'étiez pas timide. C'est un genre que vous vous donnez.

— Oh! »

Elle me glissa ce qui voulait être un regard tranquillement audacieux entre ses longs cils noirs, puis se tourna vers deux femmes qui par chance étaient apparues à l'autre extrémité du comptoir. Je m'échappai, me réfugiai près de l'entrée. A mes débuts sur l'île, les retours vers Athènes et la vie citadine étaient des retours vers des choses familières, vers la normalité; maintenant je découvrais que je détestais cette ambiance, les propos désinvoltes au bureau de réception, avec leurs vulgaires implications érotiques, les frissons à fleur de peau, les émois stéréotypés. J'avais peur de ce monde étranger; je venais d'une autre planète.

Alison arriva quelques minutes plus tard. Ses cheveux étaient courts, trop courts; elle portait une robe blanche et j'en fus immédiatement irrité, sachant bien qu'elle voulait ainsi me rappeler notre première rencontre. Sa peau me semblait plus pâle. Elle ôta ses lunettes sombres et je vis son visage fatigué, ses traits tirés. Un assez joli corps, d'assez jolis vêtements, une certaine allure, toujours ce même visage comme blessé et le même regard allant au fond des choses. Elle vint vers moi avec un petit sourire. Je souris en réponse.

« Salut.

— Bonjour, Alison.

— Excuse-moi, je suis en retard. Comme à l'habitude. »

Elle parlait comme s'il y avait à peine huit jours que nous nous étions quittés. Mais ça ne marchait pas. Les huit mois de séparation se tenaient entre nous comme un crible qui laissait passer les mots mais retenait l'émotion. « On s'en va? »

Je pris sa sacoche et ausitôt dehors arrêtai un taxi. Assis à l'extrémité de la banquette je me tournai pour lui faire face. Elle me regarda et sourit : « Je pensais que tu ne viendrais pas. »

— Je ne savais pas où t'écrire pour refuser.

— J'ai su m'y prendre. »

Elle tourna la tête vers la vitre. Un homme en uniforme passa près de la voiture. Elle agita la main en un geste amical. Je trouvais qu'elle paraissait plus âgée, plus expérimentée après tous ces voyages. Il aurait fallu que je la redécouvre. Le courage me manquait soudain.

« J'ai retenu deux chambres sur le port.

— Parfait.

— Dans les hôtels grecs, tu sais... Avec leurs sacrés principes...

— Tu t'inquiètes donc toujours de ce qui se fait? » Ses yeux gris me lancèrent un regard ironique. Puis elle se reprit : « Eh bien, vive ce qui se fait! » Je voulais me lancer dans le petit discours que j'avais préparé mais elle laissait entendre que je n'avais pas changé, que j'étais toujours esclave des conventions et cela m'agaçait. Cela m'agaçait même qu'elle l'accepte avec tant d'indulgence.

Je pris la main qu'elle me tendait et elle me serra les doigts. Puis elle se pencha, m'ôta mes lunettes noires.

« Tu es incroyablement beau, à présent. Tu le sais? Tellement brun. Brûlé de soleil. Tu as l'air... tout buriné. Déjà. A quarante ans qu'est-ce que ce sera! »

Je souris, baissai les yeux, et laissai retomber sa main pour prendre une cigarette. Je savais ce que signifiait sa flatterie; l'invitation se précisait.

« Alison, je suis dans une drôle de situation. »

Toute sa légèreté factice disparut d'un seul coup. Elle regardait droit devant elle.

« Une autre fille?

— Non. » Elle me lança un coup d'œil vif. « J'ai changé, je ne sais pas où commencer pour t'expliquer.

— Et tu voudrais que je ne sois pas venue.

— Non. Je suis... content que tu sois venue. » Son regard restait soupçonneux. « Je t'assure. »

Elle fut un moment silencieuse. Le taxi obliquait vers la route de la côte.

« Avec Pete, c'est fini.

— Tu me l'as déjà dit.

— J'avais oublié. »

J'étais sûr qu'elle s'en souvenait.

« Et depuis que c'est fini avec lui c'est fini aussi avec tous les autres. » Elle regardait toujours à travers la vitre. « Excuse-moi j'aurais dû commencer par des banalités. »

— Non. Je veux dire... Tu sais bien... »

Elle me glissa un regard de côté. Je la devinais blessée, s'efforçant de ne pas l'être. Elle s'obstina.

« Je vis de nouveau avec Ann. Seulement depuis la semaine dernière. Dans l'ancien appartement. Maggie est repartie.

— J'aimais bien Ann.

— Oui, elle est gentille. »

Un long silence. Nous passions Phaléron. Elle avait tourné la tête et bientôt elle ouvrit son sac et en sortit des lunettes sombres. Je savais pourquoi, je pouvais voir sous ses yeux les lignes humides et brillantes. Je ne la touchai pas, ne repris pas sa main, je me mis à parler de la différence entre le Pirée et Athènes, à expliquer que le port était plus grec, plus pittoresque, et c'est pourquoi j'avais pensé... En fait, si j'avais choisi le Pirée c'était par crainte de rencontrer Conchis et Julie à Athènes. Je ne pouvais courir ce risque, si minime fût-il. C'eût été trop horrible. Je tremblais à imaginer le regard de Julie, froidement amusé, méprisant. Telle était Alison, telles étaient ses habitudes de facilité, de liberté, que lorsqu'elle se trouvait avec un homme elle finissait toujours par faire l'amour. Et je me demandais comment, pendant ces trois jours, j'allais pouvoir y échapper.

Je donnai un pourboire au garçon d'étage et il quitta la chambre. Elle alla à la fenêtre. Elle regardait au-delà du large quai de pierre blanche la foule lente du soir, les flâneurs et le port animé. Je me tenais derrière elle. Après un court instant de réflexion je passai le bras autour d'elle et elle s'appuya aussitôt contre moi.

« Je hais les villes, je hais les avions. Je voudrais vivre dans une chaumière en Irlande.

— Pourquoi l'Irlande?

— Parce que je n'y suis jamais allée. »

Je sentais la chaleur de son corps déjà prêt à s'abandonner. Elle allait tourner son visage vers moi, et il me faudrait l'embrasser.

« Alison. Je ne... Je ne sais trop comment t'annoncer ça. » Je retirai mon bras, me tins plus près de la fenêtre afin qu'elle ne puisse voir mon visage. « Il y a deux ou trois mois j'ai attrapé une maladie. Eh bien... oui, la syphilis. » Je me tournai vers elle et vis son regard — inquiet, stupéfait, incrédule. « Maintenant je vais bien. Mais... Tu vois, je ne peux pas... »

— Tu es allé... » Je fis oui de la tête. Elle me croyait à présent. Elle baissa les yeux.

« Tu as eu ta revanche. »

Elle s'approcha, m'entoura de ses bras. « Oh, Nicko, Nicko.

— Je ne dois pas avoir de contact buccal, pas de rapports sexuels pendant encore un mois. Je ne savais pas quoi faire. Je n'aurais jamais dû t'écrire. Nous n'aurions pas dû nous revoir. »

Elle s'éloigna de moi et alla s'asseoir sur le lit. Je vis que je n'avais fait que compliquer la situation. A présent elle pensait avoir l'explication de la gêne qu'il y avait eu entre nous jusque-là. Elle me fit un petit sourire tendre.

« Raconte-moi. »

Je marchais de long en large, parlant de Pataresçu, de la

clinique, des poèmes et même de ma tentative de suicide; de tout, excepté de Bourani. Après un moment elle s'allongea sur les couvertures, fumant une cigarette, et curieusement je me sentis heureux de ma duplicité; je goûtais à mon tour ce plaisir que Conchis devait, j'imagine, éprouver en ma compagnie. Je finis par m'asseoir au bord du lit. Elle était étendue, le regard au plafond.

« Est-ce que je peux à présent te parler de Pete?

— Bien sûr. »

Je l'écoutais un peu distraitement, encore conscient de jouer un rôle. Soudain je commençai à me sentir à l'aise dans cette chambre d'hôtel, où pénétrait le murmure de la foule, le bruit des sirènes et l'odeur de la mer paresseuse; je ne ressentais pour Alison ni attirance ni tendresse, le récit de la rupture orageuse avec ce rustre de pilote australien ne m'intéressait guère, mais j'étais sensible à la subtile tristesse de cette chambre où l'ombre grandissait. Le ciel avait perdu sa lumière et le crépuscule tombait. Toutes les traîtrises de l'amour paraissaient justifiées, et je gardais mon grand secret bien enfermé, bien protégé. C'était la Grèce à nouveau, la Grèce alexandrine de Cavafy, où rien ne comptait que les diverses formes du plaisir esthétique et les recherches raffinées d'une sensibilité décadente. Le sens moral était une invention de l'Europe du Nord, un mensonge.

Il y eut un long silence.

Elle demanda : « Où en sommes-nous, Nicko?

— Que veux-tu dire? »

Elle était appuyée sur un coude, m'observant. Mais je détournai la tête. Elle continua :

« A présent que je sais... bien sûr. Mais je ne suis pas venue pour être ton vieux copain. »

Je me pris la tête dans les mains.

« Alison, j'en ai assez des femmes, de l'amour, des coucheries, de tout. Je ne sais pas ce que je veux. Je n'aurais jamais dû te demander de venir. » Elle baissa les yeux, en une sorte d'assentiment tacite. « Seulement, voilà... Je suppose qu'en ce moment j'ai surtout besoin d'une sœur. Je comprendrai si tu dis que ça t'emmerde. Je n'ai pas le droit d'avoir des exigences.

— D'accord. » Elle leva la tête. « Ta sœur. Mais un jour tu vas être guéri.

— L'avenir... Je ne sais plus. » Il y avait dans ma voix juste ce qu'il fallait d'égarement. « Ecoute, tu peux me laisser, me maudire, tout ce que tu voudras, mais vraiment, pour l'instant... je suis comme mort. » J'allai vers la fenêtre.

« Et c'est ma faute. Et je ne peux pas te demander de passer trois jours avec un mort.

— Un mort que j'ai aimé. »

Le silence se glissait à nouveau entre nous. Mais soudain elle se redressa, se leva, alluma la lumière, se recoiffa. Puis sortant de son sac les boucles de jais que j'avais laissées pour elle à Londres, elle les fixa à ses oreilles. Enfin elle mit du rouge à lèvres. J'imaginai Lily, ses lèvres nues, sa fraîcheur, son mystère, son élégance. J'étais comme émerveillé de me sentir sans désir devant une autre fille, de me découvrir pour la première fois capable d'être fidèle.

Par une méchante ironie du sort, il nous fallut traverser, pour aller au restaurant, le quartier aux lanternes rouges. Ce n'étaient que bars, enseignes au néon en plusieurs langues, photos de strip-tease et de danse du ventre, petits groupes de marins en bordée; à travers les rideaux de perles on pouvait apercevoir des intérieurs très Toulouse-Lautrec, avec des rangées de femmes près des bancs rembourrés. Dans les rues se cotoyaient les souteneurs, les putains, les vendeurs de pistaches et de graines de tournesol poussant leur petite voiture, les marchands de châtaignes ou de tartes au fromage, les camelots offrant des billets de tombola. Des portiers nous faisaient signe d'entrer, des individus louches se faufilaient parmi la foule, proposant des montres, des cigarettes anglaises, des souvenirs de pacotille. Tous les dix mètres un homme se retournait sur Alison et la sifflait.

Nous avancions sans un mot. J'imaginais Lily marchant dans cette rue, réduisant tout au silence, purifiant tout, au lieu de provoquer, d'ajouter encore à la vulgarité. Alison gardait un visage fermé et nous pressions le pas pour sortir de ce quartier. Mais il y avait dans sa façon de se déplacer quelque chose de sensuel, que je reconnaissais. Cela avait toujours été un de ses traits particuliers et les hommes le remarquaient tout de suite.

Et pourtant j'avais choisi le Pirée, et même choisi de prendre cette route pour aller au restaurant.

Quand nous fûmes chez Spiro, elle dit, avec trop d'entrain : « Eh bien, frère Nicholas, que vas-tu faire de moi?

— Veux-tu qu'on en reste là?

— Et toi?

— Réponds d'abord.

— Moi, non. A toi.

— On pourrait faire quelque chose. Aller quelque part

où tu n'es pas allée. » Elle m'avait déjà dit, à mon grand soulagement, qu'elle avait passé une journée à Athènes, au début de l'été et vu ce qu'on voit d'habitude.

« Je ne veux pas faire une visite touristique. Trouve un endroit où personne ne va, un lieu où on soit tranquilles. » Vivement, elle ajouta : « C'est à cause de mon métier. Je déteste les gens.

— Tu peux marcher?

— J'aime ça. Où?

— Eh bien, il y a le Parnasse. Apparemment c'est facile d'y grimper. C'est juste une longue marche. On pourrait louer une voiture et continuer après jusqu'à Delphes.

— Le Parnasse? » Elle fronça les sourcils, pas très sûre de savoir où cela se trouvait.

« D'où jaillissent les Muses. La montagne.

— Oh, Nicholas! » C'était comme une étincelle de l'Alison d'autrefois, toujours prête à partir sur l'heure.

On apporta notre *barbounia.* Nous mangions, et elle était à présent pleine d'entrain, et même toute surexcitée à l'idée d'escalader le Parnasse, rivalisant avec moi pour vider les verres de *retsina.* Julie ne se serait jamais comportée de la sorte. Puis, à sa manière habituelle, Alison brusquement cessa le jeu.

« Je sais que j'en fais trop. Mais c'est à cause de toi.

— Si seulement...

— Nicko.

— Alison, si seulement tu voulais...

— Nicko, écoute. La semaine dernière, j'étais dans l'appartement, dans mon ancienne chambre. C'était la première nuit que j'allais passer là et j'entendais des pas, à l'étage au-dessus. J'ai pleuré. Tout comme j'ai pleuré aujourd'hui dans le taxi. Et comme je pleurerais bien encore à présent. » Elle sourit, un petit sourire forcé. « Je pourrais même pleurer parce que nous ne cessons de nous appeler par nos prénoms.

— Et alors?

— Nous ne le faisions jamais. Nous étions si proches que ce n'était pas nécessaire. Ce que je veux dire c'est... N'importe. Mais je t'en prie, sois gentil avec moi. Ne juge pas de haut tout ce que je dis, tout ce que je fais. » Elle me fixait du regard, me força à la regarder dans les yeux. « Je suis ce que je suis, je n'y peux rien. » J'inclinai la tête, pris un air contrit et pour l'apaiser lui touchai la main. S'il y avait une chose dont je ne voulais pas c'était bien une querelle. La simple émotion, le constant rappel du passé, c'était déjà trop.

Un moment plus tard elle s'était ressaisie. Nous échangions en souriant nos premiers regards honnêtes depuis que nous nous étions retrouvés.

Je lui dis bonsoir à la porte de sa chambre. Elle m'embrassa sur la joue et j'appuyais mes mains sur ses épaules pour bien lui faire sentir qu'une femme ne pouvait vraiment pas apprécier à sa juste valeur la noblesse de mon comportement.

39

A huit heures et demie nous étions sur la route. Après la traversée des montagnes ce fut Thèbes où Alison s'acheta des chaussures plus solides et un blue-jean. Le soleil brillait, il y avait une brise agréable, la route était déserte et la vieille Pontiac que j'avais louée le soir précédent se montrait encore très vaillante. Tout intéressait Alison, les gens, le paysage, et dans mon vieux Baedeker de 1909 les paragraphes concernant les endroits où nous passions. Ce mélange d'enthousiasme et d'ignorance qui m'avait agacé autrefois me semblait à présent l'expression naturelle de sa vitalité, de sa candeur, de son désir de faire partager ses émotions, ses expériences. Mais je me voulais irrité et je trouvais d'autres prétextes : son entrain, l'aisance avec laquelle elle surmontait les pires désappointements. J'aurais voulu moins d'exubérance. Et même de la tristesse.

Après un moment elle me demanda si j'avais eu quelques éclaircissements au sujet de la « salle d'attente », mais sans quitter du regard la route étroite, je répondis que je ne savais rien de plus, qu'il y avait simplement une villa. Ce que Mitford avait voulu dire restait un mystère. Puis je fis glisser la conversation sur un autre sujet.

Le voyage fut d'abord rapide entre Thèbes et Livadia, dans la large vallée verte avec ses champs de maïs et ses plants de melons. Près d'arriver au terme je dus m'arrêter pendant qu'un troupeau de moutons traversait la route. Nous sortîmes de la voiture pour les regarder. Le berger n'avait pas plus de quatorze ans. Il était vêtu de haillons et grotesquement chaussé de brodequins beaucoup trop grands. Sa sœur l'accompagnait, une petite fille de six ou sept ans, aux yeux sombres. Alison sortit des bonbons de sa poche, mais la petite fille se cacha timidement derrière son frère. Alison s'accroupit à deux mètres d'elle, et d'un air engageant tendit le bonbon. Les clochettes des moutons tintaient autour de nous, la fillette regardait Alison fixement; je commençais à m'impatienter.

« Comment dois-je dire pour qu'elle vienne le chercher? »

Je parlais en grec à l'enfant. Elle ne parut pas comprendre mais son frère décida qu'on pouvait nous faire confiance et la pressa d'avancer.

« Pourquoi a-t-elle peur?

— C'est qu'elle ne sait pas.

— Elle est si mignonne. »

Alison se mit un bonbon dans la bouche et en tendit un autre à la petite fille qui, poussée par son frère, s'approcha lentement. Comme elle tendait la main, Alison lui offrit la friandise et la fit asseoir à son côté. Le garçon vint s'agenouiller près de sa sœur, essayant de lui faire dire merci. Mais elle restait là, silencieuse, suçant gravement son bonbon. Alison l'entoura de son bras et lui caressa la joue.

« Tu ne devrais pas. Elle a probablement des poux.

— Je le sais bien. »

Elle ne leva pas la tête vers moi, n'arrêta pas ses caresses. Un instant plus tard la petite fille tressaillit.

Alison se pencha vers elle. « Regarde ça, oh! regarde. » C'était un furoncle éraflé et enflammé sur l'épaule de la petite. « Apporte-moi mon sac. » J'allai le chercher, la regardai repousser l'encolure de la robe et étendre la crème sur l'endroit douloureux, puis, sans avertissement, en appliquer un peu sur le nez de l'enfant. La petite fille essuya la crème de son doigt sale et soudain, comme un crocus jaillit du sol encore givré, un sourire illumina son visage levé vers Alison.

« Puis-je lui donner un peu d'argent?

— Non.

— Pourquoi pas?

— Ce ne sont pas des mendiants. D'ailleurs ils le refuseront. »

Elle chercha dans son sac, en sortit un billet, le tendit au garçon, pointant le doigt vers lui puis vers la petite fille. Il hésita, prit l'argent.

« Prends une photo, veux-tu. »

De mauvaise grâce, je retournai à l'auto, en ramenai l'appareil et photographiai les deux enfants. Le garçon insista pour nous donner son adresse; il voulait une photo, en souvenir de nous.

Nous nous dirigeâmes vers la voiture, suivis par la petite fille. Il semblait qu'à présent son sourire ne cesserait plus, ce sourire toujours prêt à s'épanouir derrière la timidité solennelle des enfants de paysans grecs. Alison se pencha, embrassa la fillette, et quand l'auto démarra elle se retourna et agita la main. Puis l'agita une fois encore. Je l'observais à la dérobée. Elle tourna vers moi son visage rayonnant et, voyant soudain mon air réprobateur, s'appuya au dossier du siège.

« Excuse-moi, je ne m'étais pas rendu compte que nous étions si pressés. »

Je haussais les épaules. Je savais très bien ce qu'elle avait essayé de me dire, quoiqu'il y eût aussi une part de sincérité dans la scène qu'elle venait de jouer pour moi. Nous continuâmes notre route en silence; elle ne dit rien jusqu'à Livadia. Là, nous devions acheter des provisions et il fallut bien parler.

L'incident aurait pu jeter une ombre sur la journée. Il n'en fut rien. Peut-être parce que c'était un jour merveilleux et le paysage un des plus grandioses du monde. Ce que nous faisions à présent recouvrait ce que nous étions d'une grande ombre bleue, l'ombre même du Parnasse.

Nous prîmes la route en lacets qui montait dans les hautes collines. Le déjeuner fut un pique-nique dans une prairie au trèfle épais, bordée de genêts et bourdonnante d'abeilles. Puis nous arrivâmes au carrefour où, dit-on, Œdipe a tué son père. Nous fîmes une halte près d'un mur de pierres sèches, dans les chardons fanés; c'était le haut-pays, anonyme, silencieux, exorcisé par la solitude. Pendant tout le voyage jusqu'à Arachova, encouragé par Alison, je parlai de mon père et peut-être pour la première fois sans le blâmer, sans amertume; un peu comme Conchis parlait de sa propre vie. Alors, jetant un coup d'œil de côté à Alison appuyée contre la portière de l'auto, me regardant, il me vint à l'esprit qu'il n'y avait qu'elle au monde à qui je pouvais parler de la sorte. Je me retrouvais avec elle dans une situation comparable à celle d'autrefois, lorsque nous ne nous appelions pas même par nos prénoms, parce que *nous étions si proches que cela n'était pas nécessaire*. A nouveau je fixai la route, mais Alison était encore tournée vers moi.

« A quoi penses-tu?

— Je pense que tu as l'air en pleine forme.

— Tu n'as pas écouté.

— Mais si.

— En me regardant tout le temps. Ça me rend nerveux.

— Alors les sœurs ne peuvent plus regarder leurs frères?

— Pas incestueusement. »

Docilement, elle s'appuya à nouveau contre le dossier, le regard levé vers les falaises grises, colossales, sous lesquelles nous serpentions.

« Le Parnasse : une simple promenade!
— Je sais. Moi aussi je me demande...
— A cause de moi ou de toi?
— Surtout à cause de toi.
— Nous verrons qui flanchera le premier. »

Arachova était un escarpement romantique, planté de maisons roses et ocres, un village de montagne perché au-dessus de la vallée de Delphes. Quand je demandai des renseignements, on m'indiqua une chaumière près de l'église. Une vieille femme vint à la porte; dans l'ombre derrière elle je pouvais distinguer sur un métier à tisser un grand tapis pourpre en cours d'exécution. Après une brève conversation mes craintes se trouvèrent confirmées.

Alison me regarda. « Que dit-elle?
— Elle dit qu'il faut bien marcher pendant six heures. Une marche difficile.
— Parfait. C'est ce que j'ai lu dans le Baedeker. On y sera à l'heure dite, au coucher du soleil. » Je levai les yeux vers l'énorme paroi grise. La vieille femme ôta une clef d'un crochet derrière la porte.

« Que dit-elle?
— Il y a là-haut une cabane.
— Alors de quoi t'inquiètes-tu?
— Elle dit qu'il fera diablement froid. » Mais c'était difficile à croire, dans l'ardente chaleur de la mi-journée. Alison mit ses mains sur ses hanches.

« Tu m'as promis l'aventure. Je la veux. »

Je regardai la vieille femme, puis Alison qui ôta vivement ses lunettes, me fixa d'un regard oblique et résolu. Il y avait une part de jeu dans son attitude, mais j'y discernais aussi une légère méfiance. Si elle commençait à se dire que je m'efforçais d'éviter de passer la nuit seul avec elle, elle allait bientôt deviner que je n'avais aucun droit à l'auréole du martyre.

A ce moment un homme passa, conduisant une mule, et la vieille femme l'appela. Il allait chercher du bois et monterait presque jusqu'au refuge. Alison pouvait s'asseoir sur le bât.

Le sort en était jeté.

40

Le long sentier zigzaguait au flanc de l'escarpement. Au-delà de son sommet était le Haut-Parnasse, dominant le monde des collines d'où nous venions. Deux ou trois kilomètres de pâturages que traversait un vent frais, printanier et, plus loin, des sapins sombres, des contreforts de roc gris dont les arcs s'enfonçaient dans le moutonnement des nuages. Alison descendit de la mule. Nous marchions sur l'herbe, près du muletier. Il avait environ quarante ans, une moustache farouche sous un nez cassé et un bel air d'indépendance. Il nous racontait sa vie de berger; les heures de soleil, les bêtes à compter, à traire, la fragile clarté des étoiles, les vents froids et le silence, un silence infini, parfois troublé pourtant par le bruit des clochettes sonnant l'alarme contre le loup ou l'aigle; la même vie qu'il y avait six mille ans. Je traduisais pour Alison. L'homme lui plaisait, et entre eux deux, au-delà de la barrière du langage, s'établissait une relation où l'attirance spontanée se nuançait de sensualité.

Il raconta qu'il avait travaillé un moment à Athènes, mais *then hyparchi esychia,* là-bas il n'y avait pas de paix silencieuse. Le mot plut à Alison, elle répétait *esychia, esychia.* Il rit et corrigea sa prononciation, l'arrêtant, la dirigeant comme un chef d'orchestre ses musiciens. Alison jetait vers moi des regards furtifs comme pour s'assurer que sa conduite trouvait grâce à mes yeux. Je gardais un visage impassible. Et pourtant cet homme me plaisait, c'était un de ces fiers paysans grecs qui savent être chaleureux sans aucune trace de servilité. Alison lui montrait de l'amitié et je ne pouvais m'empêcher d'en être touché.

Au bout des pâturages, il y avait près d'une source deux *kalyvia,* des cabanes de pierres sèches. A cet endroit, notre muletier prenait un autre sentier. Impulsivement, Alison fouilla dans le sac grec qu'elle portait à l'épaule et mit dans la main de l'homme deux paquets de cigarettes. Le muletier dit « *esychia* », échangeant avec Alison de vigoureuses poignées de main pendant que je les prenais en photo.

« *Esychia, esychia.* Dis-lui que je comprends ce qu'il veut dire.

— Il le sait. Et c'est ce qu'il aime en toi. »

Nous arrivions enfin parmi les sapins.

« Tu penses que je suis trop sentimentale.

— Mais non. Je pense simplement qu'un paquet de cigarettes aurait suffi.

— Il m'a donné de la joie pour deux paquets. »

Plus tard elle dit « Et ce mot merveilleux...

— Un mot condamné. »

Nous continuâmes à grimper. Elle soupira : « Ecoute. »

Nous étions arrêtés sur le sentier pierreux, ce n'était que

silence, *esychia,* et murmure du vent dans les branches. Elle prit ma main. Nous repartîmes.

Le sentier montait interminablement à travers les arbres, à travers les clairières vibrantes de papillons, à travers des étendues rocheuses où il s'effaça plusieurs fois. Comme nous montions, le temps fraîchit, et la montagne, d'un gris froid et brumeux, disparut complètement dans les nuages. Essoufflés, nous parlions très peu. Mais la solitude, l'effort et le contact de nos mains — car il me fallait très souvent aider Alison sur le chemin qui devenait par places un escalier abrupt — tout cela dissipa notre réserve, établissant entre nous une sorte de camaraderie asexuée.

Il était environ six heures quand nous arrivâmes au refuge, relégué au fond d'un ravin, au-dessus de la forêt, minuscule bâtiment sans fenêtre, au toit voûté et percé d'une cheminée. On pouvait encore voir sur la porte de fer rouillé les traces de balles de quelque bataille avec les résistants communistes, durant la guerre civile. A l'intérieur, quatre couchettes, une pile de vieilles couvertures rouges, un poêle, une lampe, une scie et une hache et même une paire de skis. Des objets qui semblaient abandonnés.

Je soupirais : « Je m'en tiendrais bien là. » Alison enfila un pull-over, sans même prendre la peine de répondre.

Le ciel s'assombrit. Il commença à bruiner et, sur la crête, le vent nous cingla comme une bise de janvier en Angleterre. Soudain, les nuages nous entourèrent en un brouillard tourbillonnant qui nous laissait tout juste trente mètres de visibilité. Je me tournai vers Alison. Son nez était rouge; elle paraissait glacée; mais elle me montra du doigt la pente suivante, parsemée de rochers.

En haut il y avait un col, et miraculeusement, comme si désormais l'épreuve du brouillard et du froid était dépassée, le ciel commença à s'éclaircir. Les nuages se dissipaient, percés de rayons obliques, puis troués des grandes flaques d'un ciel limpide et bleu. Bientôt nous marchions à nouveau au soleil. Devant nous s'étendait un large bassin tapissé d'un gazon très vert, encerclé de pics et festonné de coulées de neige s'accrochant aux éboulis et aux creux des pentes plus raides. Il y avait des fleurs partout, campanules, gentianes, géraniums alpins d'un rouge profond, saxifrages, asters au jaune intense. Il en jaillissait de chaque fente de rocher; chaque étendue de gazon en était émaillée. C'était comme revenir d'une saison en arrière. Alison s'élança en une course sauvage, se retourna soudain, riant, bras tendus comme des ailes d'oiseau sur le point de prendre son vol, puis elle reprit sa course, bleu sombre et bleu de jeans, dans un nouvel élan puéril, absurde.

Lykeri, le pic le plus élevé, était beaucoup trop raide pour qu'on puisse en faire une rapide escalade. Nous nous aidions des mains pour grimper et nous devions nous reposer fréquemment, parmi des parterres de violettes épanouies, d'énormes fleurs pourpres au parfum délicat. Une fois franchis les derniers mètres de pente rude ce fut le sommet.

« Oh! mon Dieu, oh! mon Dieu », dit Alison.

Sur le côté le plus éloigné, une crevasse de cinq cents mètres ouvrait son gouffre d'ombre. A l'ouest le soleil touchait l'horizon, mais les nuages avaient disparu. Le ciel était d'azur pâle, d'une limpidité, d'une pureté absolues. Il me semblait que nous nous tenions à une hauteur infinie, loin des villes, des sociétés, de tout ce qui abîme et souille.

Plus bas, et dans toutes les directions sur plus de cent kilomètres, il y avait d'autres montagnes, des vallées, des plaines, des îles, des mers, l'Attique, la Béotie, l'Argolide, l'Achaïe, la Locride, l'Etolie, tout le cœur ancien de la Grèce. Le soleil couchant, en les adoucissant, précisait les couleurs. On découvrait à l'est des ombres d'azur profond, à l'ouest des pentes couleur de lilas, le vert cuivré des vallées, la terre bistre comme un Tanagra. La mer lointaine rêvait, sous une brume laiteuse, calme comme du verre bleu, le bleu des vitraux. Juste au-delà du cairn, quelqu'un, avec une splendide simplicité, avait assemblé de petites pierres pour former les lettres du mot ΦΩΣ : Lumière. Et en vérité le pic se dressait dans un monde de lumière, littéralement et métaphoriquement. Il n'en appelait pas aux émotions; il était trop grand, trop inhumain, trop serein; et avec une acuité délicieuse, une jubilation intellectuelle mêlée à la joie physique, je percevais que l'endroit était aussi idéalement beau et calme que les poètes l'avaient pressenti.

Nous prîmes des photos. De nous et du paysage. Bientôt, assis contre le cairn, sous le vent, nous fumions, blottis l'un contre l'autre pour nous tenir chaud. Les corbeaux des montagnes, au-dessus de nos têtes, lançaient leurs cris aigus déchirés par le vent, un vent froid comme la glace, âpre comme un acide. Le souvenir du voyage que Conchis m'avait fait faire sous hypnose me revint à l'esprit. Les expériences étaient parallèles, mais celle-ci était plus belle parce que directe, immédiate.

Je jetai un regard vers Alison; le bout de son nez était rouge vif. Je pensai qu'après tout elle ne manquait pas de courage et que c'était grâce à elle si nous étions là, triomphants, le monde à nos pieds, si en cet instant tout ce que je ressentais pour la Grèce se cristallisait en se sublimant.

« Tant de beauté... Et toi, tu vois ça tous les jours!

— Non, rien de semblable. Et même rien qui approche de ça. » Quelques minutes plus tard elle dit : « C'est la première fois depuis des mois qu'il m'arrive quelque chose de bien. Aujourd'hui. Ça. » Après un moment elle ajouta : « Et toi.

— Non, je t'en prie. Moi je profane le reste.

— Et pourtant je ne voudrais être ici avec personne d'autre. » Elle regardait vers l'Eubée; pour une fois son visage, quoique toujours comme meurtri, était paisible. Elle se retourna et me regarda : « Et toi?

— Parmi les filles que j'ai connues je n'en vois aucune autre qui aurait pu marcher aussi loin. »

Elle parut réfléchir, me regarda à nouveau.

« Eh bien, voilà une jolie réponse!

— Je suis content qu'on soit venus. Kelly, tu es un vrai frère d'armes.

— Et toi, Urfe, un vrai salaud. »

Mais je voyais bien qu'elle n'était pas fâchée.

41

Sur le chemin du retour, la fatigue nous prit presque tout de suite. Alison se découvrit une ampoule au talon gauche, là où la chaussure neuve avait frotté, et bientôt nous perdions un pâle reste du jour à improviser un pansement. La nuit tomba comme un rideau de théâtre, et le vent se leva. Le ciel restait clair, les étoiles brûlaient, très brillantes. Mais je ne voyais rien sur la pente rocheuse, là où je m'attendais à trouver le refuge. Quelque part, dans la descente, nous avions pris une mauvaise direction. On distinguait à peine le sol. Incapables de réfléchir calmement, nous continuâmes à descendre dans un vrai paysage lunaire, une vaste cuvette volcanique aux parois striées de neige contre lesquelles hurlait le vent tourbillonnant. Les loups n'étaient plus seulement un amusant sujet de conversation mais une menace très réelle.

Sans doute Alison avait-elle encore plus peur et plus froid que moi. Comme nous arrivions au centre de la cuvette il devint évident que nous ne pourrions en sortir qu'en rebroussant chemin. Nous prîmes quelques minutes de repos, assis à l'abri d'un énorme rocher. Je tenais Alison serrée contre moi pour la réchauffer. Elle enfonçait sa tête dans mon pull-over. Notre étreinte n'avait absolument rien de sensuel, et la sentant frissonner contre ma poitrine, dans ce paysage fantastique, à un million d'années, à un million de kilomètres de la nuit étouffante d'Athènes, je me répétais que cela ne voulait rien dire, cela ne devait rien vouloir dire, c'eût été exactement pareil avec quelqu'un d'autre. L'austérité du paysage me semblait à présent à l'image de ma vie et je me souvins de ce que m'avait dit le muletier : les loups ne chassent jamais seuls mais en bande. Le loup solitaire est un mythe.

J'obligeai Alison à se relever et nous revînmes péniblement sur nos pas. Le long de la crête il y avait à l'ouest un autre col et la pente descendait vers l'océan noir des sapins. Nous vîmes enfin se découper contre le ciel une colline conique que j'avais remarquée en montant. Le refuge était de l'autre côté. Alison paraissait indifférente à tout, et je dus la tirer par la main pour l'obliger à poursuivre. Vingt minutes plus tard, le cube sombre du refuge apparut dans sa petite combe.

Je regardai ma montre. Il nous avait fallu une heure et demie pour atteindre le sommet. Et plus de trois heures pour en redescendre.

J'entrai à l'aveuglette et fis asseoir Alison sur une couchette. Puis je frottai une allumette, trouvai la lampe et essayai de l'allumer, en vain, elle n'avait ni mèche ni huile. Je m'occupai alors du poêle. Par bonheur il y avait dedans du bois sec. Je déchirai en menus morceaux tout le papier que je pus trouver, un livre de poche qu'Alison avait dans son sac, les papiers qui enveloppaient la nourriture que nous avions achetée. Puis j'y mis le feu, et attendis, anxieux. Il y eut d'abord des bouffées d'une fumée noire, mais bientôt une odeur de résine et le petit bois flamba. La cabane s'éclaira d'une lumière rouge, vacillante, projetant sur les murs des ombres sépia; le feu dégageait une chaleur bienfaisante. Je pris un seau. Alison releva la tête.

« A présent je vais aller chercher de l'eau. »

Elle eût un pâle sourire. « D'accord.

— Tu devrais te mettre sous les couvertures. »

Elle fit oui de la tête. Mais quand je revins du ruisseau, cinq minutes plus tard, je la trouvai qui alimentait le feu, enfonçant délicatement les bûches par l'ouverture supérieure du poêle. Elle était pieds nus sur la couverture rouge qu'elle avait étendue entre les bat-flancs et le feu. Sur la couchette inférieure était étalé ce qui devait constituer notre repas : du pain, du chocolat, des sardines, des *paximadia,* des oranges. Elle avait même trouvé une casserole.

« Je vous avais ordonné de vous coucher, Kelly.

— Je me suis soudain rappelé que je suis supposée être une hôtesse de l'air, le bon ange en cas de désastre. » Elle prit le seau, s'accroupit pour nettoyer la casserole. Je vis les marques rouges sur ses talons. Elle demanda : « Est-ce que tu regrettes d'être venu?

— Non. »

Elle tourna la tête vers moi. « Seulement non?

— Je suis ravi. »

Satisfaite, elle reprit sa casserole, la remplit d'eau, se mit à casser le chocolat. Je m'assis sur le bord de la couchette et enlevai mes chaussures et mes chaussettes. Je m'efforçais d'être naturel, n'y réussissais guère et elle non plus. Nous étions là tous les deux, dans cette pièce minuscule et bien chaude, au milieu d'un désert glacé.

« Excuse-moi. J'ai été la " faible femme ". Ça n'arrivera plus. »

Je perçus dans sa voix une touche de sarcasme. Je ne pouvais voir son visage. Elle faisait chauffer le chocolat sur le poêle.

« Ne dis pas de bêtises. »

Une rafale de vent s'abattit contre le toit de tôle et la porte s'entrouvrit en grinçant.

Elle dit « Sauvés de la tempête ».

Je bloquai la porte avec un des skis et, me retournant, la regardai.

Elle faisait fondre le chocolat, le remuant avec une brindille; elle se tenait de côté pour éviter la chaleur du feu, et m'observait. Puis, regardant les murs sales autour de nous elle fit la grimace : « C'est romantique, non?

— Tant qu'on est à l'abri du vent. » Elle eut un petit sourire et baissa les yeux vers la casserole.

« Pourquoi souris-tu?

— Parce que c'est romantique. »

Je m'assis à nouveau sur la couchette. Elle fit passer son pull-over par-dessus sa tête et secoua ses cheveux. J'appelais à mon aide l'image de Julie, mais Julie n'aurait jamais pu se trouver dans une telle situation. J'essayai pourtant de paraître à mon aise.

« Tu as l'air en forme. Dans ton élément.

— Rien d'étonnant. Je passe ma vie à trimer dans une galère de cinquante centimètres de large. » Elle restait immobile, la main sur la hanche, un instant silencieuse : Russel Square; les vieux souvenirs : moi la regardant faire la cuisine. « Quelle était cette pièce de Sartre que nous avons vue?

— *Huis clos*.

— C'est l'huis encore plus clos, à présent.

— Pourquoi? »

Elle restait le dos tourné. « Quand je suis fatiguée, ça me rend érotique. » Je respirai plus fort. Puis elle ajouta doucement : « Ce n'est qu'un risque de plus. »

Elle souleva la brindille au-dessus de la casserole, il en tomba d'épaisses gouttes brunes. « Je crois que ce délicieux *consommé à la reine* est prêt. »

Elle vint vers moi, salua, et avec le regard plongeant et le sourire mécanique des hôtesses de l'air :

« Voulez-vous boire quelque chose avant le dîner, monsieur? »

Elle me poussa la casserole sous le nez, se moquant d'elle-même, riant de mon sérieux, et je ris à mon tour. Son sourire en réponse était tendre. Je pris la casserole. Elle s'éloigna et commença à déboutonner son chemisier.

« Qu'est-ce que tu fais?

— Je me déshabille. »

Je détournai les yeux. Quelques secondes plus tard elle se tenait près de moi, une des couvertures drapée autour d'elle à la façon d'un sari; puis elle s'assit tranquillement sur une autre couverture pliée sur le sol, prenant garde de laisser un espace entre nous. Quand elle se retourna pour atteindre les victuailles disposées sur le lit derrière elle, la couverture glissa sur ses jambes. Elle la rajusta. Mais quelque part, dans un recoin de ma mémoire, le petit Priape ricanait en dressant les bras au ciel, et un autre membre aussi.

Nous mangions. Les *paximadia,* biscottes frites dans l'huile d'olive, étaient comme toujours insipides. Le goût du chocolat à l'eau et celui des sardines ne s'harmonisaient guère, mais nous avions trop faim pour nous en soucier. J'avais fini par me laisser glisser par terre, moi aussi, et bientôt rassasiés, le dos appuyé au bord des couchettes, nous ajoutions à celle du poêle la fumée de nos cigarettes. J'éprouvais ce qu'éprouve un garçon qui est pour la première fois avec une fille, juste au moment où il faut s'arrêter si on ne veut pas aller jusqu'au bout. J'avais peur du moindre de mes gestes. Ses épaules roses étaient petites, rondes et délicates. Je voyais la courbe des seins au-dessus de la couverture qu'elle avait rabattue sous son aisselle.

Le silence devenait insupportable. Pour moi du moins. C'était une sorte de test d'endurance, à qui de nous deux tiendrait le plus longtemps. Alison avait posé sa main entre nous sur la couverture, afin que je la prenne dans la mienne. Je commençais à croire qu'elle avait exploité la situation à son avantage, s'arrangeant pour me placer dans une position difficile, pour m'enfermer dans ce silence où mon désir d'elle n'apparaissait que trop clairement, non pas spécialement le désir d'Alison mais de n'importe quelle fille qui se serait trouvée près de moi à cet instant. Je finis par jeter ma cigarette dans le poêle, par m'appuyer contre la couchette, les yeux fermés, comme si je ne voulais rien d'autre que dormir — et en effet, à part Alison, c'était tout ce que je voulais. Elle remua soudain et j'ouvris les yeux. Elle était à côté de moi, nue, la couverture rejetée.

« Alison. Non. » Mais elle s'agenouilla et se mit à me déshabiller.

« Pauvre petit gars. »

Elle enfourcha mes jambes, déboutonna ma chemise, la tira hors du pantalon. Je fermai les yeux et la laissai me mettre torse nu.

« C'est trop injuste pour toi.

— Tu es si bronzé. »

Elle fit courir ses mains le long de mon corps, mes épaules, mon cou, mes lèvres, me palpa, m'examina comme un enfant qui a un nouveau jouet. Elle s'agenouilla, m'embrassa dans le cou, et le bout de ses seins caressa ma peau.

Je dis : « Je ne me le pardonnerais jamais si...

— Tais-toi. Et ne bouge pas. »

Elle me déshabilla complètement, puis guida mes mains sur son corps, me le faisant reconnaître, sa peau douce, les courbes, la minceur, sa nudité toujours naturelle. Ses mains... Pendant qu'elle me caressait, je pensais : c'est comme une prostituée; ses mains étaient aussi habiles; il ne s'agissait que de plaisir... Et je cédai à ce plaisir qu'elle me donnait. Après un moment elle s'allongea sur moi, la tête sur ma poitrine. Ce fut un long silence. Le feu pétillait, nous brûlait les jambes, je lui caressai le dos, les cheveux, le cou, sensible à toutes les vibrations de mes nerfs surexcités. Je m'imaginais étendu ainsi auprès de Julie, et combien ma joie eût été infiniment plus troublante, infiniment plus passionnée. Sans cette familiarité, cette lassitude douloureuse, ces moiteurs, cette lascivité un peu vulgaire. Une passion à la fois brûlante et fraîche, mystérieuse et claire, submergeant tout.

Alison chuchota quelque chose, me mordit, bougea contre mon ventre en une caresse qu'elle appelait la caresse du pacha; elle savait que j'aimais ça, que tous les hommes aiment ça. Alison, ma maîtresse, mon esclave.

Je me rappelle que nous nous sommes laissés tomber sur une couchette; la paillasse rude, les couvertures rêches, Alison me serrant encore, et avant que je puisse m'écarter m'embrassant, puis me tournant le dos; ma main sur ses seins mouillés et sa main y retenant la mienne, le ventre lisse, l'odeur légère de ses cheveux lavés de pluie; puis, presque immédiatement, trop vite pour avoir le temps d'analyser mes sensations, je plongeai dans le sommeil.

Je m'éveillai dans la nuit et j'allai boire un peu d'eau. Les trous ronds de la porte découpaient à présent de minces baguettes d'un clair de lune tardif. Je revins vers le lit, me penchai au-dessus d'Alison. Elle avait repoussé la couverture et sa peau, à la lueur des braises, était d'un rouge profond aux ombres accentuées; un sein nu, un peu affaissé, la bouche entrouverte, un léger ronflement; elle était là, innocente et perverse, jeune et venant du fond des âges, la femme et son éternel mystère.

J'eus vers elle un élan d'affection et de tendresse; et soudain la certitude s'imposa à mon esprit avec l'évidence et la force d'une révélation qu'il faudrait le lendemain lui dire la vérité; et si je devais faire cette confession, c'était pour lui permettre de comprendre que ce dont je souffrais n'était pas, comme la syphilis, une maladie passagère et guérissable, mais plutôt le besoin profond et irrépressible de ne m'attacher définitivement à aucune femme. Je me tenais penché vers elle, prêt à la toucher, à arracher la couverture pour me jeter sur elle, m'enfoncer en elle et lui faire enfin l'amour comme elle le voulait. Non, je n'en fis rien. Je recouvris doucement le sein nu, et rassemblant quelques couvertures j'allai dormir sur la couchette voisine.

42

Nous fûmes éveillés par quelqu'un qui frappa à la porte, puis l'ouvrit à demi. Le soleil entra le premier. L'homme se retira lorsqu'il vit que nous étions encore couchés. J'enfilai mes vêtements et sortis. C'était un berger. Quelque part dans le lointain j'entendais les clochettes du troupeau. L'homme repoussa d'un coup de sa houlette les deux énormes chiens qui montraient les dents et sortit des poches de sa houppelande un fromage enveloppé dans des feuilles d'oseille; il l'avait apporté pour notre déjeuner. Quelques minutes plus tard, Alison nous rejoignait, enfonçant sa chemise dans ses jeans et battant des paupières face au soleil. Bientôt nous partagions avec le berger ce qui restait des biscottes et des oranges et nous prenions les dernières photos. J'étais content qu'il soit là. Je pouvais voir clairement dans les yeux d'Alison qu'elle pensait que nous en étions revenus à nos relations d'autrefois. En même temps elle me laissait l'initiative. Elle avait fait le premier pas, c'était à moi de poursuivre.

Le berger se leva, nous serra la main et partit avec ses deux fauves. Alison s'étira, s'étendit au soleil sur la grande dalle de rocher qui nous avait tenu lieu de table. Le vent avait faibli, il faisait une tiédeur d'avril, le ciel était d'un bleu éblouissant. Les clochettes des moutons sonnaient au loin et un oiseau — une alouette, peut-être — chantait au-dessus de nous, en haut de la pente.

« Je voudrais qu'on reste là toujours.

— Il faut que je ramène la voiture pour demain matin.

— C'était juste un souhait. » Elle me regarda. « Viens t'asseoir là. » Elle désignait de la main le rocher à côté d'elle. Ses yeux gris me fixaient, plus candides que jamais.

Je me courbai, l'embrassai sur la joue et elle m'entoura de ses bras. J'étais à demi étendu sur elle. Nous chuchotions, de bouche à oreille.

« Dis que tu voulais.

— Je voulais.

— Dis que tu m'aimes encore un peu.

— Je t'aime encore un peu. » Elle me pinça le dos. « Encore beaucoup.

— Et tu vas guérir.

— Hmm.

— Et tu n'iras jamais plus avec ces horribles femmes.

— Jamais.

— C'est trop idiot quand tu peux avoir l'amour pour rien. Et de la tendresse en plus.

— Je sais. »

Mon visage était tout près du sien et frôlait ses cheveux; je ne cessais de me dire qu'il fallait parler, à présent, mais j'y répugnais autant qu'à mettre le pied sur une fleur quand il suffit de faire un pas de côté pour l'éviter.

Je me redressai : « Mon dos me fait mal. » Elle me retint par les épaules et je ne pus détourner les yeux. Pendant un instant je soutins son regard, un regard d'une honnêteté désarmante. Puis je m'assis en lui tournant le dos.

« Qu'est-ce qui ne va pas?

— Rien. Je me demandais simplement quel dieu mauvais pousse une brave gosse comme toi à s'intéresser à un salaud comme moi.

— Ça me rappelle une définition de mots croisés. Je l'ai inventée il y a des mois. Prêt? » Je hochai la tête. « L'essentiel de Nicholas, mais tout bouleversé : en six lettres ».

Je lui souris : « Il n'y a que deux lettres en trop.

— En trop, il y a eu mes larmes. Comme d'habitude. »

Je dis : « Si seulement la vie était aussi simple qu'un anagramme. »

Et l'oiseau, au-dessus de nous, chanta dans le silence.

Nous descendions. Il faisait de plus en plus chaud à mesure que nous perdions de l'altitude. L'été montait à notre rencontre. Alison marchait devant. Elle ne se retournait pas. J'essayai d'y voir clair dans mes sentiments envers elle. Qu'elle puisse avoir une telle foi en l'acte sexuel, l'orgasme partagé m'irritait, et qu'elle puisse prendre ça pour l'amour, qu'elle ne voie pas que l'amour était autre chose, mystère et réserve, promenade sous les arbres, bouche qui se dérobe... Sur le Parnasse plus que partout ailleurs, son manque de subtilité, son inaptitude à s'abriter derrière des métaphores aurait dû m'agacer, tout comme m'agaçait la poésie trop facile. Et pourtant, d'une certaine façon que je ne pouvais définir, elle avait — et avait toujours eu — un talent secret pour se faufiler parmi les obstacles que j'élevais entre nous, comme si elle était en réalité ma sœur et pouvait aisément, en insistant sur nos ressemblances, m'amener à tenir nos différences pour insignifiantes.

Elle se mit à parler d'elle et de son travail.

« Excitant? La bonne blague! Pendant deux voyages, mais guère plus. De nouveaux visages, de nouvelles villes, de nouveaux flirts avec des pilotes bien musclés... Des gars qui nous considèrent comme des avantages en nature, et se figurent qu'on attend toutes impatiemment de pouvoir apprécier les mérites de leurs manches à balais glorieux! »

Je ris.

« Nicko, ce n'est pas drôle. Ça vous détruit. Cette maudite boîte à sardines. Et dehors tout cet espace, cette liberté... Souvent j'ai envie de tirer la poignée de sécurité et de me faire happer par le vide. Cette chute... Une minute d'une chute merveilleuse, solitaire, sans passagers...

— Tu plaisantes.

— Moins que tu ne penses. Nous appelons ça la " déprime-sourire ". Quand il faut sourire constamment avec une précision d'automate. Quelquefois on est tellement occupées, après le décollage, qu'on ne se rend pas compte que l'avion grimpe si haut. Et puis on regarde et ça fait un de ces chocs! Eh bien c'est comme ça pour le reste aussi. On prend soudain conscience d'être très loin de ce qu'on est vraiment. Ou de ce qu'on était. Je m'explique plutôt mal.

— Mais non. C'est très clair.

— On commence à sentir qu'on n'est plus de nulle part. Comme si je n'avais pas déjà assez de problèmes de cet ordre. Je veux dire... L'Angleterre devient impossible, un vrai merdier sous ses airs de honni-soit-qui... Et l'Australie... Ah, l'Australie! Je hais mon pays, le plus sordide, le plus laid, le plus stupide de tous. »

Elle resta un moment silencieuse. Puis : « C'est simplement que je n'ai plus de racines. Je vais d'un lieu à l'autre, je survole des continents, mais c'est tout. Alors il n'y a plus que les gens que j'aime bien. Ou que j'aime. Ils sont le seul pays qui me reste. »

Elle jeta un regard en arrière, comme si elle venait de confesser ce qu'elle avait jusque-là gardé soigneusement pour elle, cette impression d'être sans port d'attache, que moi aussi je ressentais.

« Au moins, nous nous sommes débarrassés de bon nombre d'illusions inutiles.

— Oh, nous sommes de petits malins. »

Elle se tut. J'avalai le reproche. En dépit de son indépendance de façade, il y avait en elle le besoin fondamental d'un point fixe où s'accrocher. Toute sa vie était une tentative pour le nier et ne faisait ainsi qu'en donner la preuve. C'était une anémone de mer. A peine effleurée elle adhérait à ce qui la touchait.

Elle s'arrêta. Tous les deux en même temps nous avions entendu : au-dessous de nous, à droite, le bruit de l'eau, de beaucoup d'eau.

« J'aimerais bien me tremper les pieds. On peut descendre? »

Il fallait quitter le sentier et se diriger droit parmi les sapins; plus loin serpentait une piste à peine visible qui se terminait en bas dans une clairière. A l'une des extrémités il y avait une chute d'eau d'environ cinq mètres de haut. Dessous s'était formé un bassin d'eau tranquille. La clairière, remplie de fleurs et de papillons, était une corbeille d'or après la forêt sombre que nous avions traversée. Un petit escarpement la bordait en haut, creusé d'une grotte peu profonde devant laquelle un berger avait entrelacé des branches de sapin qui formaient une tonnelle. Les crottes des moutons sur le sol étaient desséchées. Personne sans doute n'était venu là depuis le début de l'été.

« On se baigne?

— Cela va être de la glace.

— Sûr. »

Elle passa son chemisier par-dessus sa tête et, souriante,

détacha son soutien-gorge dans l'ombre mouchetée de la tonnelle.
« J'imagine que l'endroit grouille de serpents.
— Tout comme le jardin d'Eden. »
Elle se débarrassa de ses jeans et de son slip blanc. Puis elle allongea le bras, détacha une pomme de pin d'une des branches de la tonnelle et me la tendit. Je la regardai courir nue vers le bassin, dans l'herbe haute, tâter l'eau du pied, pousser un gémissement. Elle s'avança en pataugeant et se plongea dans l'eau avec un cri aigu. C'était vert jade, de la neige fondue; quand je plongeai auprès d'elle le froid me fit un coup au cœur. Et pourtant c'était merveilleux. Le soleil sur la clairière, l'ombre des feuillages, le bouillonnement blanc de la petite cascade, le contact glacé de l'eau, la solitude, le rire, la nudité... tout cela composait un de ces moments exceptionnels que la mort seule peut effacer.

Assis dans l'herbe, près de la tonnelle, nous finissions le chocolat en laissant le soleil nous sécher. Puis Alison s'allongea, bras écartés, jambes un peu ouvertes, abandonnée au soleil, abandonnée à mon désir aussi. Je restai étendu auprès d'elle et fermai les yeux.

Enfin elle annonça : « Je suis la reine de mai. »

Elle était assise, tournée vers moi, appuyée sur un bras. Elle avait tressé grossièrement une couronne de marguerites et d'œillets sauvages qui poussaient dans l'herbe autour de nous et l'avait posée de travers sur ses cheveux mêlés. Elle souriait. Un sourire d'une innocence touchante. Ce fut d'abord pour moi sans qu'elle s'en rendit compte, un moment intensément littéraire, sortant tout droit de cette anthologie élisabéthaine, *England's Helicon.* J'avais oublié que les plus grands poèmes sont généralement directs, sans rien de métaphysique. Soudain elle était l'un d'eux et une vague de désir passionné me submergeait. Mais il y avait là bien plus que la simple sensualité. C'était un de ces moments où je lui trouvais un charme bouleversant. Avec ses petits seins, sa taille fine, elle paraissait avoir seize ans plutôt que vingt-quatre. Sa joue un instant se creusait d'une fossette; puis elle reprenait un air à la fois grave et enfantin. A travers tout ce qui, en cette époque obscure, dérobe à nos yeux la réalité profonde d'un être, je la découvrais soudain dépouillée, comme son corps, de tout voile. C'était Eve qui revenait après dix mille générations.

Et ce fut comme une révélation : je l'aimais. Je voulais la garder et en même temps garder — ou trouver — Julie. Je ne voulais pas l'une plus que l'autre, je les voulais toutes les deux; il n'y avait là aucune malhonnêteté, la seule malhonnêteté était de le cacher. C'est par amour que j'en vins à me confesser, et non pour me libérer au prix d'un aveu cruel. Je pense qu'Alison à ce moment-là s'en rendit compte. Elle dut lire sur mon visage quelque chose de déchiré et de triste qui lui fit demander, avec une grande douceur dans la voix : « Qu'est-ce qui ne va pas?

— J'ai menti. Je n'ai pas eu la syphilis. »

Elle me fixa d'un regard intense, puis se laissa retomber sur l'herbe.

« Oh, Nicholas.

— Je veux te dire...

— Pas maintenant. Je t'en prie. Peu importe ce qui est arrivé. Viens me faire l'amour. »

Alors nous avons fait l'amour. Nous nous aimions. Et je crois, profondément. Il aurait pourtant été plus sage de ne rechercher que le plaisir des sens.

Etendu auprès d'elle j'essayais de décrire ce qui s'était passé à Bourani. Les anciens Grecs disaient qu'après une nuit sur le Parnasse on se réveillait fou ou inspiré. Moi j'étais fou. J'avais à peine commencé à parler que je savais déjà que j'aurais mieux fait de me taire ou d'inventer quelque chose. Mais l'amour, cela voulait dire le besoin de se mettre à nu... J'avais choisi le pire moment pour être honnête et, comme tous ceux qui ont triché, sur le plan sentimental, pendant la plus grande partie de leur vie d'adulte, je surestimais la sympathie que me vaudrait mon repentir tardif. C'était l'amour qui m'inspirait, le besoin d'être compris. Et aussi nous étions sur le Parnasse, en un lieu où tout mensonge est une souillure.

Bien entendu elle voulut savoir la raison du prétexte bizarre que j'avais pris pour me dérober mais je tenais à lui faire comprendre l'étrangeté de Bourani avant de mentionner ce qui m'y attirait le plus. Je ne cachai rien délibérément; néanmoins il y avait de grandes lacunes dans mon récit.

« Ce n'est pas que je croie vraiment tout ce qu'il raconte, et non plus que je sois dupe de ses manœuvres. Pourtant... depuis qu'il m'a hypnotisé je ne sais vraiment plus... Lorsque je suis avec lui je sens qu'il a accès à un certain pouvoir. Pas occulte, non; je ne peux pas expliquer.

— Tout ça doit être truqué, voyons.

— D'accord. Les incidents sont truqués. Mais pourquoi moi? Comment savait-il que j'allais venir? Je ne suis rien pour lui; il est évident qu'il me méprise plutôt. Il ne cesse de se moquer de moi.

— Je ne comprends toujours pas. » Soudain elle sut. Elle me regarda : « Il y a quelqu'un d'autre.

— Alison chérie, je t'en prie, essaie de comprendre. Ecoute-moi.

— Je t'écoute. » Mais elle détournait son visage.

Et je lui parlais enfin de Julie, sans cependant lui avouer directement ce que je ressentais pour elle. L'attraction qu'elle exerçait sur moi devenait une simple fascination sur un plan psychologique, sans rapport avec la sexualité.

« Pourtant elle t'attire.

— Allie, je ne peux te dire combien je me suis détesté, ce week-end. J'ai essayé de tout te raconter une demi-douzaine de fois déjà. Je ne voulais pas me laisser attirer par elle. D'aucune façon. Il y a un mois, trois semaines même, je n'aurais pas pu y croire. Je ne sais pas bien où j'en suis. Je t'assure. Je sais seulement que là-bas je me trouve comme hanté, possédé. Pas seulement par elle, mais aussi par tout le reste. Il se passe quelque chose de si étrange... Et je suis... pris au piège. » Elle ne paraissait guère impressionnée. « Et il faut bien que je retourne dans l'île. A cause de mon travail. Je ne suis pas libre d'agir à ma guise.

— Mais cette fille... » Le regard fixé au sol, elle arrachait de hautes herbes, en faisait glisser les graines dans sa main.

« Elle ne compte guère, je t'assure. Elle n'est qu'une très petite partie de l'ensemble.

— Alors pourquoi toute cette histoire?

— Tu ne peux pas comprendre. Je suis... écartelé.

— Elle est jolie?

— Si je ne tenais pas si fort à toi ce serait facile.

— Elle est jolie?

— Oui.

— Très jolie?

— Oui, je crois. »

Elle enfonça son visage dans ses bras. Je caressai son épaule.

« Elle est complètement différente de toi. Différente de toutes les filles modernes. Je ne peux pas t'expliquer. » Elle détourna la tête. « Alison.

— Je dois te paraître... » Elle s'arrêta.

— Allons, tu es ridicule.

— Vraiment? »

Il y eut un silence tendu.

« Ecoute. En ce moment même, et pour la première fois dans ma misérable vie, j'essaie désespérément d'être honnête. Je n'ai pas d'excuses. Si je rencontrais cette fille demain, d'accord, je pourrais dire, j'aime Alison, Alison m'aime, rien à faire. Mais je l'ai rencontrée il y a quinze jours. Et je vais la revoir.

— Et tu n'aimes pas Alison. » Elle détournait les yeux. « Ou, si tu m'aimes, c'est seulement jusqu'à ce que se présente un plus joli cul.

— Ne sois pas vulgaire.

— Je suis vulgaire. En pensée, en paroles. Grossière. Vulgaire. » Elle s'agenouilla, reprit son souffle. « Et alors? Maintenant? Je tire ma révérence?

— Je voudrais tant être moins compliqué.

— Compliqué? » Elle ricanait, méprisante.

« Egoïste.

— Le terme est mieux choisi. »

Deux papillons jaunes, accouplés, passèrent en voletant lourdement.

« Je voulais simplement que tu saches comment je suis.

— Je sais comment tu es.

— Si tu avais su, tu m'aurais envoyé promener dès le début.

— Pourtant je sais. »

Son regard gris et froid me transperçait. Elle se leva et alla se laver. Je ne pouvais pas expliquer, c'était sans espoir, je ne m'en sortirais pas, elle ne comprendrait jamais. J'enfilai mes vêtements et lui tournai le dos pendant qu'elle s'habillait en silence.

Quand elle fut prête, elle dit : « N'ajoute rien, je t'en prie. Je ne pourrais pas le supporter. »

Nous fûmes à Arachova vers cinq heures et comme nous nous dirigions vers Athènes j'essayai par deux fois de reprendre la conversation. Alison s'y refusa. Ce qui pouvait être dit, nous l'avions dit déjà. Elle fit tout le voyage en silence, remâchant sa rancune. Vers huit heures trente nous passions le col à Daphni aux dernières lueurs du jour qui touchaient la ville d'ambre et de grenat. Les premières enseignes au néon s'allumaient à Syntagma, à Ommonia, qui semblaient deux joyaux lointains. Je pensais au lieu où nous étions la veille à la même heure, et jetai un coup d'œil vers Alison. Elle se mettait du rouge à lèvres. Peut-être y avait-il une solution, après tout : la ramener à l'hôtel, lui faire l'amour, lui prouver ainsi que je l'aimais, et même — pourquoi pas — lui permettre de découvrir que, tout compte fait, et tel que j'étais et serais toujours, je valais bien quelque souffrance. Je me mis à parler un peu d'Athènes, d'un air détaché. Mais les réponses d'Alison étaient si indifférentes que je ne pus supporter le ridicule de notre conversation. Le rose du ciel tourna au violet. Bientôt ce fut la nuit.

Nous arrivâmes à l'hôtel du Pirée où j'avais réservé les mêmes chambres. Alison monta pendant que je conduisais la voiture au garage. En revenant je vis un marchand de fleurs et lui achetai une douzaine d'œillets. J'allai droit à la chambre d'Alison et frappai à la porte. Je dus frapper trois fois avant qu'elle ouvre. Elle avait pleuré.

« Je t'ai apporté des fleurs.

— Tes saletés de fleurs, tu peux les garder.

— Ecoute Alison, ce n'est pas la fin du monde.

— Non, simplement de notre liaison. »

Un silence. Je demandai : « Ne vas-tu pas me laisser entrer?

— Et pourquoi, bon Dieu? »

Elle tenait la porte tout juste entrebâillée sur la pièce obscure. Son visage était défait, bouffi, exprimant sans retenue la souffrance et la rancune.

« Laisse-moi seulement te parler.

— Non.

— Je t'en prie.

— Va-t'en. »

J'entrai par force, je fermai la porte. Elle se tenait contre le mur. La lumière montait de la rue et je pouvais voir ses yeux qui me fixaient durement. J'offris les fleurs. Elle me les arracha des mains, alla à la fenêtre et les lança dans la nuit; puis resta là, me tournant le dos.

« Cette expérience. C'est comme avoir lu déjà la moitié d'un livre. Je ne peux pas jeter ça au rebut.

— Aussi tu m'y jettes à la place. »

Je m'approchai, tendant les mains vers ses épaules. Elle se déroba d'une secousse rageuse.

« Va te faire foutre. »

Je m'assis sur le lit et allumai une cigarette. Dans la rue, en bas, un air de folklore macédonien sortait du haut-parleur criard d'un café. Mais nous étions comme coupés des choses extérieures, même les plus proches.

« Je suis venu à Athènes sachant bien que je n'aurais pas dû te voir. J'ai vraiment fait ce que j'ai pu le premier soir et hier pour me prouver que je ne ressentais plus pour toi rien de spécial, rien que de l'amitié. Mais ça n'a pas marché. C'est pourquoi j'ai parlé. D'une façon aussi stupide et avec si peu d'à-propos. » Elle n'avait pas l'air d'écouter. Je sortis mon atout. « Et parlé quand j'aurais pu me taire. Quand je pourrais encore te laisser croire...

— C'est toi qui crois n'importe quoi.

— Ecoute...

— Et qu'est-ce que ça signifie " ne ressentir rien de spécial "? Bon Dieu, tu n'as pas seulement peur de l'amour, à présent, tu as même peur de te servir du mot.

— L'amour, je ne sais pas ce que c'est. »

Elle fit volte-face. « Eh bien, laisse-moi te le dire. L'amour, ce n'est pas seulement ce que j'ai dit dans ma première lettre. Pas seulement ne pas avoir la force de se retourner une dernière fois vers l'être qu'on perd. L'amour, c'est prétendre qu'on va travailler, le dernier matin, et aller en cachette à la gare Victoria. Pour te donner une dernière surprise heureuse, un dernier baiser, un dernier... n'importe. Je t'ai vu acheter des magazines. Moi, ce matin-là, je n'aurais pu rire avec qui que ce soit. Mais toi tu t'en foutais, et tu riais. Je t'ai vu rire avec un porteur. Comme ça, à l'aise. C'est là qu'on découvre ce que c'est que l'amour. En voyant que le seul être avec lequel on veut vivre est heureux de vous avoir échappé.

— Mais pourquoi n'as-tu pas...

— Tu sais ce que j'ai fait? Je suis partie en douce. Et toute cette journée dégueulasse je l'ai passée sur *notre* lit. Pas parce que je t'aimais. Parce que j'étais folle de rage et de honte.

— Je ne pouvais pas savoir. »

Elle se détourna. « Je ne pouvais pas savoir! Sacré bordel, il faut entendre ça! » Elle continuait : « Autre chose. Tu penses que l'amour c'est baiser. Mais laisse-moi te dire que si je te voulais seulement pour ça je t'aurais quitté après la première nuit.

— Toutes mes excuses. »

Elle me regarda, reprit son souffle, eut un petit sourire amer. « Bon, le voilà vexé à présent. J'essaie de te dire que je t'aime pour toi. Pas pour ta foutue bite. » Elle dirigea à nouveau ses regards vers la fenêtre. « Bien sûr, au lit, avec toi, ce n'est pas mal. Mais tu n'es pas... »

— Ce que tu as eu de mieux.

— Non, si c'était ça qui comptait. » Elle revint vers le lit; s'appuya contre l'extrémité. « Tu es aveugle. Tu n'as pas encore compris que tu ne m'aimes pas. Tu ne sais pas même que tu es une espèce de salaud infect qui ne peut pas — c'est une forme d'impuissance —, ne pourra jamais penser à autre chose qu'à lui-même. Parce que rien ne peut te faire mal, Nicko, te toucher en profondeur, là où ça compte. Tu as construit ta vie de sorte que rien ne puisse jamais t'atteindre. Et ainsi quoi que tu fasses tu peux dire " Tant pis, c'est comme ça, c'est inévitable... " Tu es toujours gagnant. Toujours libre pour ta nouvelle aventure, tes nouvelles amours dégueulasses.

— Tu déformes tout.

— Je déforme? Bon Dieu, tu peux en parler! Toi qui ne peux même pas énoncer un simple fait sans ajouter des fioritures. »

Je me tournai vers elle. « Que veux-tu dire?

— Tous ces mystères. Tu crois que ça prend avec moi? Il y a une fille sur ton île et tu as décidé de te l'offrir. C'est tout. Mais bien sûr, c'est moche, c'est vulgaire. Alors tu enjolives. Tu t'arranges pour avoir l'air tout pétri d'innocence. Le grand intellectuel qui ne peut refuser une nouvelle expérience. Tu ne veux rien perdre. Il te faut tout. Toujours.

— Je te jure... » Mais elle s'éloigna brusquement, marchant de long en large dans la chambre. J'essayai une autre excuse. « Parce que je ne veux pas t'épouser, ni personne d'autre, d'ailleurs, ne va pas en conclure que je ne t'aime pas.

— Ça me rappelle... Cette enfant. Tu crois que je n'ai pas remarqué? La petite fille au furoncle. Ça t'a rendu furieux. Alison montrant comme elle s'y prend bien avec les enfants. Alison dans le rôle de la mère. Et tu veux savoir? Eh bien oui, je répétais mon rôle. Je l'ai pensé quand elle a souri. Un instant, je me suis dit que j'aimerais avoir des enfants de toi, les entourer de mes bras et te voir auprès d'eux. C'est terrible, n'est-ce pas? J'ai cette maladie dégoûtante, puante, qu'on appelle l'amour. Bon sang, mais la syphilis c'est gentil comme tout comparé à ça. Et je suis si dépravée, si frustre, si dégénérée que j'ai l'audace de te montrer...

— Alison. »

Elle suffoquait, tout près des larmes.

« Je m'en suis rendu compte aussitôt que nous nous sommes retrouvés, vendredi. Pour toi je serai toujours l'Alison qui couche avec n'importe qui. Cette Australienne qui s'est fait avorter. Ce boomerang humain. Rejetez-la, elle reviendra toujours pour un autre week-end de pauvre petit baisage.

— C'est ce que j'appelle un coup bas. »

Elle alluma une cigarette. J'allai vers la fenêtre, et restai là, immobile. Elle me parlait à travers la pièce. « Tout ce temps où nous étions ensemble, l'automne dernier, je n'aurais jamais pensé que je pouvais devenir de plus en plus vulnérable, je croyais au contraire que je m'endurcissais. Dieu seul sait pourquoi je me sentais plus proche de toi que d'aucun autre avant toi. Malgré tes manières agaçantes : le je-sais-tout britannique. Ton sale esprit de caste. Alors, ton départ, je ne m'en suis jamais remise. J'ai essayé Pete, et puis un autre garçon, ça n'a pas marché. Il y avait toujours ce stupide, ce pathétique petit rêve : un jour tu m'écrirais... Aussi, pour organiser ces trois jours... J'étais dingue. J'avais tout misé là-dessus. Bien que j'aie tout de suite pu voir — ça crevait les yeux — que tu t'ennuyais, c'était tout.

— Ce n'est pas vrai. Je ne m'ennuyais pas.

— Tu pensais à cette fille, à Phraxos.

— Tu m'as manqué aussi. C'était infernal, les premiers mois. »

Soudain elle appuya sur le commutateur.

« Retourne-toi. Regarde-moi. »

J'obéis. Elle se tenait près de la porte, en jeans et chemise bleu foncé. Le visage grisâtre, sans expression : un masque.

« J'ai économisé un peu d'argent. Et tu ne peux pas être absolument fauché. Tu n'as qu'un mot à dire : demain j'abandonne mon travail et je viens vivre avec toi sur ton île. Je parlais d'une chaumière en Irlande, une chaumière sur Phraxos fera l'affaire. Tu peux avoir ça. Cette responsabilité terrible : devoir vivre avec quelqu'un qui t'aime.

— Ou bien?

— Tu peux dire non.

— C'est un ultimatum?

— Oui ou non. C'est clair.

— Alison, si...

— Oui ou non.

— On ne peut pas décider comme ça. »

Son ton monta à l'aigu. « Oui ou non. »

Je la regardai. Elle plissa les lèvres en une grimace méprisante et répondit pour moi.

« Non.

— C'est seulement parce que... »

Elle courut à la porte et l'ouvrit. J'étais furieux de m'être laissé prendre au piège de ce choix ridicule, face à une réalité tellement plus complexe. Je contournai le lit pour atteindre Alison et lui fis brutalement lâcher la porte que je repoussai du pied. Je saisis Alison par les épaules et tentai de l'embrasser tout en allongeant le bras pour éteindre la lumière. Dans l'obscurité elle luttait sauvagement, tournant violemment la tête à droite, à gauche; je la tirai en arrière et tombai avec elle en travers du lit, renversant la lampe et le cendrier posés sur la table de nuit. Je pensais qu'elle allait céder, il faudrait bien qu'elle cède, mais soudain elle hurla, et si fort que le cri, traversant tout l'hôtel, alla résonner en écho de l'autre côté du port.

« LÂCHE-MOI! »

Je me redressai légèrement et elle me frappa de ses poings serrés. Je lui pris les poignets.

« Je t'en prie.

— JE TE DÉTESTE.

— Reste tranquille. »

Je la poussai, l'allongeai de force sur le côté. Quelqu'un frappa à la cloison. Elle hurla de nouveau, m'écorchant les nerfs.

« JE TE DÉTESTE!

— Reste tranquille. »

Je la giflai. Elle se mit à sangloter violemment, recroquevillée au pied du lit, hurlant vers moi des mots entrecoupés de halètements et de larmes.

« Laisse-moi tranquille. Laisse-moi. Espèce de fumier! Sale égoïste! » Les sanglots redoublèrent. Ses épaules s'agitaient convulsivement. Je me levai, allai vers la fenêtre.

Comme si les mots ne suffisaient plus, elle se mit à frapper de ses poings les barreaux du lit. Moi aussi je la détestais : ce manque de contrôle, cette hystérie. Je me souvins qu'il y avait en bas, dans ma chambre, une bouteille de scotch. Elle me l'avait offerte le premier jour.

« Ecoute. Je vais te chercher à boire. A présent, arrête de gémir. »

Je me penchai sur elle, elle n'y prit pas garde et continua de frapper contre les barreaux. J'allai jusqu'à la porte, hésitai, la regardai, et sortis. Dans le couloir, trois Grecs, un homme, une femme, un vieillard, se tenaient sur le seuil de leurs chambres et me dévisageaient comme si j'étais un meurtrier. Je descendis, débouchai la bouteille, avalai au goulot une bonne gorgée d'alcool, puis remontai.

La porte était fermée à clef. Les trois spectateurs m'observèrent pendant que j'essayai d'ouvrir, frappai, essayai encore, frappai, appelai Alison.

L'homme le plus âgé vint vers moi. Quelque chose n'allait pas?

Je marmonnai « la chaleur ».

Il le répéta aux deux autres sans aucune nécessité. « Ah, la chaleur... » dit la femme, comme si ça expliquait tout. Elle ne bougeait toujours pas.

Je fis une dernière tentative. J'appelai, la bouche contre la fente entre deux panneaux de bois. Je n'entendais rien. Je haussai ostensiblement les épaules et retournai dans ma chambre.

Je revins dix minutes plus tard, et quatre ou cinq fois durant l'heure suivante; secrètement soulagé de trouver à chaque fois la porte fermée.

On me réveilla à huit heures comme je l'avais demandé. Je m'habillai aussitôt et me dirigeai vers la chambre d'Alison. Je frappai et n'eus pas de réponse. Quand je tournai la clenche, la porte s'ouvrit. Le lit était défait. Alison n'était plus là, ses affaires non plus. Je me précipitai à la réception. Un vieil homme ratatiné, des lunettes sur le nez, était assis derrière le comptoir. C'était le père du propriétaire. Il avait vécu en Amérique et parlait bien anglais.

« Dites-moi... cette fille avec qui j'étais hier soir... est-elle sortie ce matin?

— Oh oui, elle est partie.

— Quand? »

Il regarda la pendule. « Ça fait à peu près une heure. Elle m'a remis ça pour vous. »

Une enveloppe. Mon nom était dessus.

« Elle n'a pas dit où elle allait?

— Elle a juste payé sa note et elle est partie. »

A la façon dont il me regardait, je compris que la veille au soir il avait entendu les cris ou qu'on lui en avait parlé.

« Mais j'avais dit que je paierais.

— Je le lui ai dit. »

Comme j'allais m'éloigner, il me lança :

« Hé, vous savez ce qu'ils disent en Amérique. *Y a bien d'autres poissons dans la mer.* Vous saviez? Bien d'autres à attraper. »

Je retournai dans ma chambre et ouvris la lettre. Elle avait griffonné quelques mots, décidant au dernier moment de laisser un message.

> Pense à ce que ce serait si tu retournais dans l'île et qu'il n'y ait plus de vieil homme, plus de fille, plus de jeux, plus de mystère. La maison fermée pour toujours.
> C'est fini, fini. *Fini.*

Vers dix heures je téléphonai à l'aéroport. Alison n'était pas revenue et on ne l'attendait pas avant son vol pour Londres, l'après-midi à cinq heures. J'essayai de nouveau à onze heures trente, juste avant le départ du bateau. Même réponse. Comme le bateau, avec sa cargaison d'élèves du collège, s'éloignait du quai, je scrutai la foule des parents, des amis et des badauds. J'imaginais qu'Alison était parmi eux, m'observant. Je ne la vis pas.

Les quais du Pirée et leurs mornes équipements portuaires s'éloignèrent peu à peu, et le bateau se dirigea au sud vers l'élégant pic bleu d'Aegina. J'allai au bar, c'était le seul endroit interdit aux élèves, et commandai un grand *ouzo*. J'en bus une gorgée, et non sans quelque amertume me portai à moi-même une sorte de toast. J'avais choisi ma propre route, difficile, hasardeuse, poétique. Je ne pouvais revenir en arrière.

Quelqu'un se glissa sur le tabouret à côté de moi. C'était Demetriades. Il claqua des doigts pour appeler le barman.

« Espèce d'Anglais perverti, paie-moi un verre et je te raconterai comment j'ai passé un week-end des plus drôles. »

43

« *Pense à ce que ce serait si tu retournais dans l'île et...* » J'eus tout le mardi pour y penser, ne penser qu'à cela, me voir moi-même comme Alison me voyait. J'écrivis le brouillon d'une longue lettre, de plusieurs lettres, mais aucune n'exprimait ce que je voulais dire : que je détestais la façon dont je l'avais traitée mais que je n'y pouvais rien, que, pareil aux marins d'Ulysse, j'avais été changé en porc, et que j'avais agi conformément à ma nouvelle condition. Je déchirai les feuillets, incapable d'expliquer que j'étais la victime d'un enchantement et que, si absurde que cela puisse paraître, j'étais enchanté d'en être la victime.

Les cours furent pour moi une saine distraction, et pour une fois je m'appliquai consciencieusement à ma tâche, trouvant ainsi le temps moins long. Le mercredi soir, en rentrant dans ma chambre après la dernière classe, je vis qu'on avait déposé un message sur ma table. Mon cœur battit plus fort. J'avais immédiatement reconnu l'écriture.

La lettre disait : *Nous serons heureux de vous voir samedi. Sauf avis de votre part, je compte sur vous. Maurice Conchis.* Au-dessus il y avait la date; mercredi matin. Je ressentis aussitôt, en même temps qu'un grand soulagement, une nouvelle ardeur. Et soudain ce qui s'était passé pendant le dernier week-end me sembla sinon justifié, du moins nécessaire.

J'avais des devoirs à corriger, mais je ne pouvais rester enfermé. Je montai vers la crête centrale jusqu'à l'escarpement à l'intérieur des terres. Je voulais revoir Bourani, le toit de la maison, la partie sud de l'île, la mer, la montagne et m'assurer de l'existence de ce qui était pourtant presque irréel. Je n'étais plus poussé, comme la semaine précédente, par le besoin irrésistible d'épier, de savoir. Plein d'impatience, je me sentais, en même temps, rassuré. Ces êtres qui vivaient là-bas, j'étais à eux, et ils étaient à moi, une symbiose parfaite.

Chose étrange, sur le chemin du retour, mon propre bonheur me rappela Alison. C'était presque de la pitié que je ressentais pour elle qui ne connaissait pas même sa vraie rivale. Sur une impulsion soudaine, avant de commencer mes corrections, je griffonnai un petit mot.

> Allie chérie, on ne peut pas dire à quelqu'un « j'ai décidé que je dois t'aimer. » Je peux compter un million de raisons pour lesquelles je devrais t'aimer, et je t'aime à ma manière, celle d'un salaud, j'en conviens. Sur le Parnasse, c'était merveilleux. Je t'en prie, ne crois pas que cela n'a rien signifié pour moi, que c'était seulement le plaisir physique, ne crois pas que je puisse jamais oublier. Gardons au moins cela, veux-tu. Je sais que c'est fini. Nous aurons l'un et l'autre d'autres amours. Et pourtant ces quelques instants près du petit lac n'en finiront pas d'exister.

J'expédiai ma lettre le matin suivant. Ça me soulageait un peu la conscience. La dernière phrase était la seule exagération délibérée.

A quatre heures moins dix, ce samedi, j'atteignais la grille de Bourani, et je vis Conchis qui venait vers moi, sur le sentier. Il portait une chemise noire, un short kaki, des chaussettes d'un vert fané, des chaussures brunes. Il marchait d'un air très décidé, presque à la hâte, comme s'il avait voulu s'éloigner des lieux avant mon arrivée. Mais dès qu'il me vit il leva le bras. Nous étions arrêtés au milieu du sentier, à deux mètres l'un de l'autre.

« Nicholas.

— Bonjour. »

Il fit son habituel petit geste de la tête.

« Ces vacances?

— Rien de bien agréable.

— Vous êtes allé à Athènes? »

J'avais déjà arrêté ce que j'allais lui dire. Je savais qu'il était possible qu'Hermès ou Patarescu lui racontent que j'étais parti.

« Mon amie n'a pas pu venir. Il y a eu des changements d'horaires.

— Ah! Quel dommage! »

Je l'observai, haussai les épaules. « J'ai passé tout mon temps à me demander si je devais revenir ici. Je n'avais jamais encore été hypnotisé. »

Il sourit, et comme s'il comprenait ce que je voulais vraiment savoir : « C'est à vous seul d'accepter ou de rejeter ce qui a été suggéré. »

Souriant légèrement à mon tour, je me souvins que j'étais de retour dans un monde où tout avait une multiplicité de significations.

« Je vous suis reconnaissant de me laisser ce choix.

— Il n'y a pas d'autre attitude possible. »

Mon regard sceptique parut lui déplaire et il continua d'un ton un peu acerbe. « Je suis médecin, c'est-à-dire lié par le serment d'Hippocrate. Si jamais je souhaitais vous poser des questions sous hypnose je vous demanderais d'abord votre permission. C'est d'ailleurs une méthode plutôt décevante. Il a été maintes fois démontré que les patients sous hypnose sont tout à fait capables de mensonges.

— Et toutes ces histoires qu'on raconte, de sinistres hypnotiseurs forçant leurs victimes à...

— Un hypnotiseur peut obliger son patient à faire des choses incongrues, stupides. Toutefois je puis vous assurer que le surmoi échappe à son pouvoir. »

Je laissai passer un moment. Puis : « Vous allez vous promener?

— J'ai écrit toute la journée. J'ai besoin de marcher un peu. Mais je suis venu d'abord au-devant de vous. Quelqu'un vous attend pour vous servir le thé.

— Comment dois-je me comporter? »

Il jeta un regard en arrière dans la direction de la maison, puis, me prenant par le bras, me fit aller à son pas vers la grille.

« L'humeur de notre malade est incertaine. Julie ne peut guère dissimuler sa satisfaction de vous savoir de retour, mais non plus sa déception de me voir partager votre secret.

— Quel secret? »

Il fronça le sourcil. « Sur elle je pratique l'hypnose investigatrice. Cela fait partie du traitement.

— Avec sa permission?

— Avec celle de ses parents.

— J'aurais dû m'en douter.

— Je sais qu'à présent elle prétend être une actrice. Et je sais aussi pourquoi. C'est pour vous plaire.

« Me plaire?

— Si j'ai bien compris, vous l'avez accusée de jouer un rôle. Elle a accepté avec reconnaissance l'occasion de vous donner raison. » Il me serra le coude. « Mais la voici confrontée à un nouveau problème. Je lui ai dit que j'avais été informé par vous du nouveau rôle qu'elle s'attribue.

— Elle ne va plus me faire confiance.

— Elle ne vous a jamais fait confiance. Elle a aussi révélé sous hypnose que dès le début elle vous a soupçonné d'être un psychiatre, et de travailler avec moi. »

Je secouai la tête. Je me souvenais qu'elle s'était plainte d'être traitée comme le joueur de colin-maillard qu'on fait tournoyer, un bandeau sur les yeux.

« Mais maintenant que vous m'avez dit... la vérité, elle verra qu'elle avait raison de se méfier.

— Précisément. » Il leva le doigt, l'air ravi, comme pour féliciter un élève spécialement brillant, s'obstinant absurdement à paraître ignorer ma stupéfaction. « Votre tâche est donc à présent de gagner sa confiance. Il faut que vous feigniez de soupçonner vous aussi les motifs de mes actes. Acceptez pour vrai ce qu'elle vous racontera. Prenez garde, cependant; elle peut vous tendre des pièges. Si elle va trop loin, faites des objections. Souvenez-vous toujours que dans tout cas de dédoublement de la personnalité il y a une part de l'être qui reste capable d'un jugement rationnel et habile à tourner en dérision les médecins dont la technique est de ne jamais contrarier le malade, même au risque de se placer dans des situations absurdes. Je sais qu'un jour ou l'autre elle vous racontera que je la persécute et voudra s'assurer votre alliance. »

Je retins mon sourire.

« Mais puisque nous savons tous qu'elle ne peut pas être Lily?

— Les rôles ont changé. Je suis devenu un Grec excentrique, et millionnaire. Elle et sa sœur sont deux jeunes actrices que j'ai amenées ici — pour quelque raison bizarre qu'elle va inventer sans peine — et dans un but mauvais, probablement d'ordre sexuel, c'est du moins ce qu'elle peut essayer de vous faire croire. Vous lui demanderez alors... des preuves. » Il agitait la main comme pour dire qu'il n'ajouterait rien de plus, que mon rôle dans tout cela était trop évident pour qu'il soit nécessaire qu'on m'en fixe les détails.

— Qu'arrivera-t-il si elle essaie de répéter ce qu'elle a fait l'année dernière? Si elle veut que je l'enlève? »

Son regard fut sévère : « Vous devez aussitôt me prévenir. » Mais il ajouta : « Je ne pense pas que cela se produise. Son aventure avec Mitford lui a servi de leçon. Et souvenez-vous qu'elle n'a pas confiance en vous, même si elle dit le contraire. Bien entendu vous maintiendrez que vous ne m'avez pas dit un mot de ce qui s'est passé durant votre dernière visite. »

Cette fois je souris. « Bien entendu.

— Je suis sûr que vous voyez à présent où je vais. Je veux amener cette pauvre enfant à prendre conscience de son propre problème en l'obligeant à reconnaître le caractère artificiel de la situation dans laquelle nous la faisons vivre ici. Le premier signe d'un retour vers la normalité, ce sera quand elle pourra dire : " Ceci n'est pas le monde réel. Il n'y a rien de réel dans les relations que j'ai avec vous tous. "

— Quelles sont ses chances?

— Elles sont faibles. Cela vaut pourtant la peine d'essayer. Si vous jouez bien votre rôle... Sans doute ne vous fait-elle pas confiance. Mais elle est attirée par vous.

— Je ferai de mon mieux.

— Merci. Je compte sur vous, Nicholas. » Il me tendit la main. « Je suis ravi de vous voir de retour. »

Je continuai seul mon chemin mais après quelques pas je me retournai. Apparemment il descendait vers Moutsa. Je ne croyais pas qu'il était sorti avec la seule intention de se promener un moment. Il avait le pas vif, l'air affairé. Une fois de plus je ne savais trop que penser; j'étais venu à Bourani bien décidé, après des heures de spéculation inutile, à me méfier à la fois de lui et de Julie. Et maintenant c'était elle surtout que j'allais épier. Le vieux s'était intéressé à la psychologie, il pouvait hypnotiser; cela, c'était prouvé. Mais Julie ne m'avait donné aucune preuve formelle qu'elle disait vrai quand elle parlait d'elle-même. Il y avait aussi la possibilité qu'ils se liguaient pour me duper : dans ce cas la jeune fille de notre temps qui me parlait, quinze jours plus tôt, n'était pas plus la vraie Julie que ne l'était le personnage de Lily.

Je m'approchai de la maison et traversai l'esplanade sans voir personne. J'escaladai les marches et me dirigeai tranquillement, en contournant l'angle de la maison, vers la large surface dallée sous la colonnade.

Julie se tenait immobile sous une des arches face à la mer, juste à la limite de l'ombre. Et quoique j'aurais pu m'attendre à cette transformation, je fus saisi d'étonnement en la voyant en vêtements modernes : un chemisier à manches courtes vert foncé, un pantalon de plage blanc à ceinture rouge. Elle était pieds nus, les cheveux sur le dos, elle eût été à sa place sur la terrasse de n'importe quel hôtel méditerranéen. Et je vis immédiatement que sa beauté était indépendante du costume qu'elle portait. Elle se tourna vers moi. Il y avait une extrême élégance dans chacun de ses mouvements. Nous nous regardions en silence, avec une légère méfiance. Chez elle c'était aussi de la surprise, comme si elle avait décidé que je ne viendrais pas, puis du soulagement, mais presque aussitôt elle marquait ses distances. Je découvrais dans son regard une légère inquiétude, qui sans doute tenait à ce qu'elle avait abandonné son déguisement habituel et ne savait pas ce que j'en penserais. C'était la timidité d'une femme se montrant dans des vêtements neufs à l'homme qui va les payer. Elle baissa les yeux. Je sentais sur moi l'ombre d'Alison, la marque qu'avaient laissée ces moments sur le Parnasse, les traces de l'adultère; j'étais coupable. Cela dura quelques secondes. Puis, de nouveau, elle me regarda, qui me tenais à cinq ou six mètres, mon sac de toile à la main. Je remarquai quelque chose encore : sa peau couleur de miel, le début d'un hâle. J'essayai de la voir comme l'auraient vue un psychologue ou un psychiatre. Très vite j'abandonnai. Je dis : « Ça te va bien, ta tenue d'aujourd'hui. »

Mais elle semblait incertaine, comme si ces quinze jours d'absence avaient été pour elle l'occasion de se poser trop de questions.

« L'as-tu vu?

— Vu qui? » C'était une faute de ma part, elle me lança un coup d'œil impatient. « Le vieux? Oui. Il allait faire un tour. »

Elle gardait encore son air soupçonneux et continua à me fixer du regard. Puis, jouant l'indifférence, elle demanda : « Veux-tu du thé?

— Avec plaisir. »

Sans bruit, pieds nus, elle se dirigea vers la table. Il y avait une paire d'espadrilles rouges près de la porte de la salle de musique. Je la regardai allumer le réchaud à alcool, puis installer la bouilloire sur son support. Elle détournait les yeux, jouant avec les carrés de mousseline qui recouvraient les biscuits. Je pouvais voir la cicatrice sur son poignet. Elle paraissait presque maussade. Je laissai tomber mon sac contre le mur et m'approchai.

« Qu'est-ce qui ne va pas?

— Rien.

— Je ne t'ai pas trahie, quoi qu'il ait pu dire. » Elle leva les yeux vers moi et presque aussitôt les baissa à nouveau. Je cherchai des sujets de conversation anodins. « Où êtes-vous allés?

— Sur le yacht.

— Où?

— En croisière. Dans les Cyclades.

— Tu m'as manqué. »

Elle ne répondit rien. Elle évitait de me regarder. J'avais imaginé toutes sortes d'accueils; mais pas de la voir manifester comme un regret que je sois revenu. Un petit frisson de crainte me parcourait, elle avait l'air un peu tendu, légèrement égaré. Si je refusais d'admettre la raison donnée par Conchis, comment pouvais-je expliquer qu'une fille aussi jolie n'ait pas d'autres hommes autour d'elle?

« Il n'y a plus de Lily, j'imagine? »

Elle baissait les yeux vers la table. « Tu ne sembles pas très surpris. »

— Ici rien ne me surprend. Rien ne me surprend plus. » Elle haussa les épaules. Je demandai : « Officiellement, à quoi jouez-vous à présent? »

Elle s'assit. Elle avait déjà dû faire chauffer l'eau car très vite la bouilloire se mit à siffler. Soudain Julie me regarda. La question était manifestement une accusation : « Athènes, c'était bien?

— Non. Et je n'ai pas vu mon amie.

— Maurice m'a dit que tu l'avais vue. »

Je le maudis silencieusement. J'eus un instant l'horrible peur du menteur qui se voit démasqué.

« C'est bizarre. Il n'en savait rien il y a cinq minutes. Puisqu'il m'a lui-même posé la question.

— Et pourquoi ne l'as-tu pas vue?

— Pour les raisons que je t'ai données. Parce qu'entre nous c'est fini. »

Elle versa un peu d'eau bouillante dans la théière puis traversa la galerie pour la vider sur le gravier. Comme elle revenait vers moi j'ajoutai : « Et parce que je savais que j'allais te revoir. »

Elle s'assit, prit dans la boîte une cuillerée de thé qu'elle mit dans la théière. « Commence à manger si tu en as envie.

— J'ai surtout envie d'apprendre pourquoi nous nous comportons comme des étrangers.

— Parce que c'est précisément ce que nous sommes.

— Pourquoi ne veux-tu pas répondre quand je t'interroge sur ton nouveau rôle?

— Tu connais déjà la réponse. »

Elle leva vers moi ses yeux gris-bleu. Puis elle souleva la bouilloire et remplit le pot. Elle dit, en baissant la flamme du réchaud : « Si tu me croyais folle je te comprendrais. Je commence à me demander moi-même si je ne le suis pas. Excuse-moi si j'ai plutôt gâché le scénario. » Elle eut un sourire contraint. « Tu veux de cet horrible lait de chèvre, ou bien du citron?

— Du citron. »

Je me sentais soulagé. Parlant de la folie comme elle n'aurait pu le faire si le vieux avait dit vrai, elle venait de lever mon inquiétude à son sujet. Ou alors c'est qu'il y avait dans sa folie tant de ruse que le vieux était battu. Je me souvins du rasoir d'Occam : entre plusieurs explications, choisir toujours la plus simple. Toutefois je restai circonspect.

« Pourquoi devrais-je donc penser que tu es folle?

— Pourquoi devrais-je donc penser que tu es celui que tu prétends être?

— C'est vrai, pourquoi?

— Parce que la question que tu viens de me poser suffit à me donner des doutes. » Elle poussa la tasse vers moi. « Bois. »

Je regardai la tasse, levai les yeux vers Julie. « Non je ne peux croire que tu sois un cas célèbre de schizophrénie. »

Elle me regarda, pas encore convaincue de ma sincérité. « Monsieur Urfe, n'allez-vous pas m'offrir un sandwich? »

Après un silence et sans un sourire, je repris :

« Julie, c'est absurde. Nous tombons dans tous les pièges que cet homme pose pour nous. Je croyais que la dernière fois nous nous étions mis d'accord pour ne pas mentir quand il n'est pas là. »

Brusquement elle se leva, se dirigea vers l'extrémité de la galerie, à l'ouest, où des marches descendaient vers le jardin potager. Elle s'appuya au mur de la maison, me tournant le dos, le regard perdu vers les montagnes lointaines du Péloponèse. Après un moment je la rejoignis. Elle ne se retourna pas.

« Julie, je te comprends, tu sais. S'il t'a dit autant de mensonges sur mon compte qu'il m'en a dit à ton sujet... » Je tendis la main, pris la sienne. « Ecoute, la dernière fois on en était arrivés à se faire confiance, non? » Je serrai sa main et n'eus pas de réponse.

Puis elle se décida : « Je suppose que tu veux encore m'embrasser? »

Le ton brusque me surprit.

« Est-ce un crime? »

Elle libéra sa main, croisa les bras, et s'adossant au mur me fit face, en me fixant d'un regard intense.

« M'embrasser et coucher avec moi?

— Seulement si tu veux. »

Elle me dévisagea longuement, puis baissa les yeux.

« Et si je ne veux pas?

— Dans ce cas...

— Alors ce n'est pas la peine que tu te fatigues.

— Bon sang, arrête de m'insulter. »

C'était dit avec assez de force pour qu'elle n'ose pas continuer. Elle courba la tête, les bras toujours croisés sur la poitrine.

Je repris d'une voix plus douce : « Qu'est-ce qu'il t'a encore raconté? »

Elle fut longtemps silencieuse, puis elle murmura : « Si seulement je savais ce que je dois croire!

— Essaie de te fier à ton intuition.

— J'ai l'impression que je l'ai perdue, depuis que je suis arrivée ici. » Il y eut un nouveau silence puis elle agita faiblement sa tête toujours courbée. Et sa voix se fit presque humble : « Il a dit quelque chose de dégoûtant, la dernière fois. Que tu... que tu allais au bordel et qu'il fallait se méfier des bordels grecs. Donc que je ne devais pas te laisser m'embrasser.

— Et tu t'imagines que c'est de là que je viens?

— Je ne sais pas d'où tu viens.

— Tu crois tout ce qu'il invente! » Elle ne dit rien. J'étais furieux. Cet homme qui m'avait parlé du serment d'Hippocrate! Un tel aplomb! Julie baissait toujours la tête. Je me décidai : « J'en ai assez. Je m'en vais. »

Je me dirigeai vers la table. Je ne voulais pas vraiment partir, mais elle dit vivement : « Nicholas, je t'en prie... » Il y eut une très courte pause. « Je n'ai pas dit que je le croyais. »

Je m'arrêtai, me retournai. Il y avait enfin dans ses yeux quelque chose de sincère; un appel.

« Pourtant, tout ton comportement...

— C'est que je ne comprends pas pourquoi il s'obstine à me dire des choses qu'il sait bien que je ne peux pas croire.

— Si c'était vrai, il t'aurait avertie dès le début.

— J'y ai pensé. » Elle ajouta, d'une voix encore plus douce : « Ne t'en va pas, je t'en prie.

— Es-tu encore convaincue qu'il est bon?

— D'une certaine façon, oui. » Mais elle avait hésité.

« Il m'a fait faire l'expérience de télépathie universelle.

— Oui, il nous l'a dit.

— Il t'a hypnotisée déjà?

— Oui, plusieurs fois.

— Il prétend que c'est ainsi qu'il peut savoir tout ce qui se passe dans ta tête. »

Elle eut l'air scandalisé; puis elle battit des paupières et soupira : « C'est ridicule. Je ne le laisserais jamais faire ça. June est toujours là. Lui-même demande qu'elle soit présente. Ce n'est qu'une technique, une technique merveilleuse pour entrer dans le rôle. Il dit qu'il ne fait que parler et encore parler de Lily, ce personnage mythique, et ainsi, je l'intègre en quelque sorte.

— Et cet autre personnage mythique : Julie?

— C'est mon vrai nom. Je te montrerai mon passeport. »

Je détournai les yeux, puis la regardai à nouveau. « Dans tout ce qu'il dit il y a, je suppose, ceci de vrai : il est psychiatre. »

Elle hocha la tête. « Voilà quelque temps déjà que nous le savons.

— Ainsi tout ce qui se passe ici est en rapport avec son intérêt pour la psychiatrie.

— C'est ce que nous pensons.

— Vous en savez toutes les deux plus que moi à ce sujet. » Je vis ses yeux s'emplir de doute. Je souris. « Moi je n'y comprends rien. Toi et June vous devez être au courant. »

A nouveau elle parut hésitante. Puis elle baissa les yeux. « Il parle beaucoup de situations expérimentales. Des divers types de comportement de l'individu confronté à des situations qu'il ne comprend pas. Il parle aussi beaucoup de schizophrénie, de la façon dont la personnalité face à l'inconnu peut se dédoubler, de toutes sortes de manières. Un jour que pour la cinq millième fois nous nous efforçions de lui faire dire à quoi il vise, il a déclaré que " ne pas savoir " est le grand moteur de toute l'existence. Je pense qu'il entendait par là ne pas savoir pourquoi nous existons. La mort. Et après la mort. Tout ça.

— Mais que veut-il que nous démontrions pour lui? »

Elle secoua la tête. « Nicholas, honnêtement, c'est sans espoir. Nous nous sommes tant de fois efforcées de l'amener à nous répondre. Il est toujours évasif. Il reprend sans cesse le même argument : si nous connaissions son but, ce qu'il attend de nous, notre comportement en serait affecté. Il y a là une sorte de logique.

— J'ai entendu ça, moi aussi. Quand j'ai essayé de me renseigner sur ce qu'il appelle ton *cas.* » Cette fois nos regards se rencontrèrent. Elle semblait à présent me faire confiance, quêter une opinion, un conseil. Je dis : « Une chose est claire, nous sommes tous les deux des cobayes et pour quelque raison il nous abreuve de mensonges. Mais rien ne nous oblige à agir de la même façon entre nous. Tu n'es pas plus schizophrène que je ne suis syphilitique. Je l'ai su dès que je t'ai revue. Si cela fait partie du jeu, de quelque expérience qu'il veut réaliser, ça m'est complètement égal qu'il invente toutes ces histoires à mon sujet. Ce qui ne m'est pas du tout égal c'est que tu te mettes à les croire. »

Elle eut un léger sourire, baissa les yeux puis elle dit dans un murmure, avec une modestie quelque peu affectée sans doute : « J'aimerais bien te prouver que je ne les crois pas. »

C'était clairement une invitation et j'en profitai sans délai. Cette fois ce fut un baiser partagé. Ses lèvres étaient chaudes, elles tremblaient sous les miennes et elle me laissa la tenir étroitement contre moi, reconnaître les courbes de son corps, sa minceur flexible, et reconnaître aussi, en une perception immédiate et délicieuse, que tout était beaucoup moins compliqué qu'il n'y paraissait. Ce baiser, elle le désirait, nos langues se touchèrent, nous nous serrions l'un contre l'autre, passionnément. Puis elle tourna brusquement la tête contre mon épaule, sans pourtant s'écarter de moi. J'embrassai ses cheveux, murmurai : « J'ai pensé à toi à en devenir fou. »

Elle chuchota : « Si tu n'étais pas venu aujourd'hui j'en serais morte.

— Et ça c'est la réalité. Rien d'autre ne compte.

— C'est bien ce qui m'effraie.

— Pourquoi?

— Vouloir être sûre... et ne pas pouvoir. »

Je resserrai mes bras autour d'elle. « On se verra ce soir? Seuls quelque part? » Elle restait silencieuse. J'ajoutai vivement : « Ne peux-tu me faire confiance? Je suis incapable de te vouloir du mal. »

Elle se détacha doucement de moi, prit mes mains. « Ce n'est pas cela. Mais nous sommes entourés par plus de gens que tu ne crois.

— Où dors-tu?

— Il y a... une sorte de cachette. » Elle dit encore : « Je te montrerai, je te promets.

— Y a-t-il quelque chose de prévu pour ce soir?

— Il va nous raconter ce qu'il prétend être un autre épisode de sa vie. Je vais vous rejoindre après dîner. » Elle sourit : « Je n'en sais pas plus.

— Donc nous pourrions nous voir après?

— J'essaierai. Je ne promets rien, cette fois.

— Minuit? Près de la statue?

— Si je peux. » Elle jeta un coup d'œil vers la table, serra mes mains. « A présent, tu vas boire du thé froid. »

Nous reprîmes nos places à la table. Je lui enjoignis de ne pas refaire de thé, nous bûmes celui qu'elle avait préparé, tout juste tiède à présent. Je mangeai quelques sandwiches. Elle fumait, nous parlions. Il apparaissait que tout comme moi Julie et June n'arrivaient pas à comprendre comment Conchis pouvait être à la fois déterminé à nous attirer dans son jeu, et pourtant prêt à tout instant à abandonner ce jeu.

« Chaque fois que nous montrons quelques scrupules il offre de nous renvoyer immédiatement en Angleterre. Un soir, pendant la croisière, nous sommes allées le trouver — où voulait-il en venir, ne pouvait-il nous expliquer... Et pour la première fois nous l'avons troublé. Au point que le lendemain nous nous sommes senties obligées de le prier de nous pardonner notre curiosité.

— Il s'y prend de la même façon avec chacun de nous. »

Elle fit tomber sur le dallage un peu de cendre de sa cigarette. « Et il ne cesse de me dire de te tenir à distance. De ne pas te laisser m'en conter. » Elle sourit. « Il a même dit l'autre jour qu'il fallait qu'on t'excuse, que tu avais l'esprit lent. J'ai trouvé ça un peu fort. Si l'on considère qu'il t'a suffi de cinq secondes pour percer à jour l'histoire de Lily.

— N'a-t-il pas essayé d'insinuer que j'étais... un jeune psychiatre : son assistant en quelque sorte? »

Je pouvais voir qu'elle était à la fois surprise et troublée. Elle hésita. Puis elle dit : « Non, mais l'idée nous en est déjà venue. » Elle ajouta : « Est-ce vrai? »

Je ris. « Il vient juste de me déclarer que tu lui as raconté ça sous hypnose. Tu me soupçonnerais, prétend-il, de cacher ma véritable identité. Julie, nous devons vraiment être sur nos gardes. Il veut nous entraîner sur un terrain mouvant. »

Elle éteignit sa cigarette. « Mais ne veut-il pas aussi que nous prenions conscience d'être en situation périlleuse?

— Afin de nous amener... où nous en sommes? »

Son regard était sérieux. « C'est ce que je crois. Je suis sûre qu'il ne souhaite pas le moins du monde que nous nous séparions.

— Donc l'énigme est seulement : Pourquoi? » Elle inclina la tête. « Et aussi pourquoi tu doutes de moi. »

Elle soupira : « Et toi, tu ne doutes pas de moi?

— Ecoute. La dernière fois tu as dit que nous devions nous comporter comme si nous nous étions rencontrés ailleurs qu'ici et d'une façon toute naturelle. C'est pour nous une garantie, une sécurité que de nous connaître mieux. » Je lui souris.

« Ce qu'il y a pour moi de plus incroyable c'est que tu n'aies pas quitté Cambridge au bras d'un mari. »

Elle courba la tête puis leva les yeux en un sourire forcé. « Ça a bien manqué d'arriver.

— C'est... du passé?

— Oui, bien sûr.

— Il y a tant de choses que je voudrais savoir au sujet de la vraie Julie.

— La vraie Julie est bien moins intéressante que les personnages qu'elle anime.

— Où vit ta famille?

— Dans le Dorset. Ma mère. Mon père est mort.

— Que faisait-il? »

Mais je ne devais pas avoir la réponse. Elle regardait derrière moi, l'air stupéfait. Je fis volte-face. C'était Conchis. Il avait dû s'approcher en prenant garde de ne pas faire de bruit. Je n'avais rien entendu. Il tenait à deux mains une hache longue d'un mètre, et il semblait se demander s'il n'allait pas la lever et me l'enfoncer dans le crâne. J'entendis la voix brève de Julie.

« Maurice, ce n'est pas drôle! »

Il l'ignorait. Me regardait.

« Avez-vous pris le thé?

— Oui.

— J'ai trouvé un pin abattu. Je désirerais qu'il soit débité en bûches. »

Le ton était absurdement brusque et autoritaire. Je jetai un coup d'œil à Julie. Elle était debout, face au vieil homme, et l'air furieux. Je compris que quelque chose n'allait pas. Ils semblaient oublier ma présence. « Maria a besoin de bois pour son poêle », dit Conchis, et curieusement la remarque semblait sinistre et déplacée.

La voix de Julie était âpre, violente, presque hystérique. « Me donner une telle émotion! Comment pouvez-vous! »

Je jetai vers elle un autre regard rapide et vis ses yeux dilatés, comme si Conchis la tenait sous l'effet de son magnétisme. Elle lui cracha quelques mots au visage :

« Je vous déteste!

— Mon enfant, tu es surexcitée. Va te reposer.

— Non.

— Allons, va.

— Non. »

Le ton était à la fois venimeux et désespéré, et toutes mes nouvelles certitudes se brisaient. Affolé, je cherchais en vain sur leurs visages des signes de complicité. Conchis baissa la hache.

« Julie, j'ai dit. »

Je percevais l'affrontement de leurs deux volontés; soudain Julie tourna le dos, enfonça ses pieds dans les espadrilles qu'elle avait laissées près de la porte de la salle de musique. Elle ne m'avait pas jeté un seul regard. Comme elle revenait vers la table, apparemment dans l'intention de sortir de la maison, elle se saisit de ma tasse de thé et m'en jeta le contenu au visage. Le liquide avait refroidi et d'ailleurs la tasse était presque vide, mais le geste trahissait un dépit puéril et inquiétant : un geste si prompt qu'elle n'avait pas même eu besoin de s'arrêter. Elle continuait à s'éloigner tandis que je me remettais de ma surprise. Conchis la rappela d'une voix cinglante : « Julie! »

Elle s'immobilisa, le dos tourné, à l'extrémité de la galerie.

« Julie, tu te comportes comme une enfant gâtée. Ton geste est impardonnable. On peut permettre aux actrices des inégalités d'humeur mais pas qu'un simple spectateur en soit la victime innocente. Maintenant viens t'excuser. »

Elle hésita et, pivotant brusquement, revint vers moi. Il y avait une légère rougeur sur ses joues et ses yeux évitaient les miens. Elle s'arrêta devant moi et se tint là, le regard fixé au sol, toute son attitude exprimant la révolte. J'examinai son visage aux paupières baissées, puis ne sachant que faire regardai Conchis et dis :

« C'était si inattendu! »

Derrière le dos de la jeune fille, Conchis fit de la main un geste d'apaisement. Puis il s'adressa à Julie.

« Nous attendons tes excuses. »

Et soudain elle me regarda.

« Vous, je vous déteste aussi. »

C'était la voix rageuse d'un enfant qu'on a contrarié. Mais miraculeusement — à ce qu'il me sembla — elle battit des paupières : Je ne devais pas croire un mot de cette petite scène. J'eus peine à garder un visage impassible. Cependant elle avait fait demi-tour et à nouveau passait près de Conchis qui tendit la main pour la retenir. Elle arrêta rageusement son geste et en courant descendit les marches, traversa l'esplanade; après un moment elle cessa de sourire et ses mains montèrent à son visage cependant qu'elle continuait à s'éloigner d'un pas rapide. Conchis se retourna vers moi, vit l'inquiétude que j'avais réussi tant bien que mal à simuler et me sourit.

« Ne prenez pas trop au sérieux ce petit accès de colère. Il y a toujours en Julie une forte tendance régressive. Elle jouait la comédie.

— J'aurais pu m'y laisser prendre.

— C'est ce qu'elle voulait. Pour vous prouver que je suis un tyran.

— Et un amateur de scandale, à ce qu'il semble. » Il me jeta un vif coup d'œil. Je continuai : « Quelques gouttes de thé au visage, ce n'est pas grave. Mais vos mensonges? Pourquoi avez-vous déclaré que j'avais la syphilis quand vous savez très bien qu'il n'en est rien... »

Il sourit. « Vous avez sûrement deviné pourquoi.

— Pas encore.

— Je lui ai dit aussi que la semaine dernière, vous aviez vu votre amie. Cela devrait vous mettre sur la voie. » Il vit mon visage fermé, hésita, me tendit la hache. « Venez, je vous expliquerai. »

Je me levai, pris la hache. Nous nous dirigeâmes vers la grille.

« Il arrivera un moment, cet été, où tout cela devra prendre fin. Julie en éprouvera de la souffrance et dès maintenant je voudrais me préparer à lui éviter qu'elle ne soit trop cruelle. Ces petits mensonges à votre sujet m'y aideront. Elle sait qu'il y a quelqu'un d'autre dans votre vie, que vous n'êtes peut-être pas un jeune homme dont la fréquentation soit pour elle aussi souhaitable qu'il semble à première vue. De plus les schizophrènes sont instables sur le plan émotionnel, comme vous venez de vous en rendre compte. Je sais que je peux vous faire confiance, vous ne prendrez pas avantage de sa maladie mentale pour établir avec elle des relations sexuelles, mais il vous sera plus facile de rester maître de la situation si j'ai dressé dans son esprit des obstacles supplémentaires. »

J'étais béatement satisfait. D'un simple clin d'œil Julie avait enlevé aux paroles de Conchis toute crédibilité. Cela me permettait même de le duper.

« De ce point de vue... Oui, bien sûr, je comprends.

— C'est pourquoi j'ai interrompu votre tête-à-tête. Elle a besoin de problèmes à résoudre, de petites difficultés à surmonter. Tout comme quelqu'un qui s'est brisé un membre a besoin d'exercices de rééducation. Et dites-moi, Nicholas, comment l'avez-vous trouvée?

— Comme vous l'avez dit : très méfiante.

— Mais vous avez réussi...

— Ça commençait.

— Bien. Demain je vais disparaître. Ou du moins je vais lui laisser croire que j'ai à m'absenter. Vous aurez toute la journée à passer avec elle dans une apparente solitude. Nous verrons ce qu'elle en fera.

— Je suis ravi que vous m'accordiez tant de confiance. »

Il me toucha le bras. « Je dois avouer que je cherche aussi à provoquer une réaction excessive de sa part. Pour votre bénéfice. Au cas où vous auriez encore quelques doutes au sujet de sa maladie.

— Je n'en ai plus à présent. Plus du tout. »

Il inclina la tête. Je retins un sourire. Nous étions arrivés près de l'arbre déjà abattu. Il désirait qu'il soit coupé en bûches de longueur raisonnable aisées à manipuler et que, plus tard, Hermès transporterait dans la maison; pour moi, il me suffirait de les mettre en tas. A peine avais-je commencé à brandir la hache qu'il me quitta. Une fois de plus j'eus l'impression qu'il cherchait surtout à m'écarter de son chemin. Mais le travail me satisfaisait beaucoup plus que la première fois. Les petites branches étaient si sèches, si cassantes qu'elles se rompaient au premier coup de hache; et chaque coup était comme un symbole. Comme j'amassais les branches en un tas régulier il me sembla mettre aussi quelque ordre dans la confusion et le mystère de Bourani et de Conchis. J'allais tout découvrir au sujet de Julie. J'avais déjà découvert l'essentiel : elle était de mon côté. Conchis nous utilisait comme des personnifications de l'attitude ironique qu'il prenait face au monde, comme ses partenaires dans l'exploration de l'ambivalence. Chez lui mensonge et vérité en arrivaient à se confondre. En dépit des pièges qu'il me tendait, des tours qu'il me jouait, je commençais à ne plus douter de sa bienveillance profonde. Je me souvenais de la sculpture qu'il m'avait montrée, cette tête souriante, sa vérité ultime. Il était certainement beaucoup trop intelligent pour s'attendre à nous voir abusés par ses pantomimes; sans doute voulait-il d'ailleurs que nous n'en soyons pas dupes. Quant à leur but réel et leur vraie signification, j'attendrais patiemment qu'on me les révèle.

Balançant la hache, dans le soleil de l'après-midi, heureux de prendre un peu d'exercice, je me sentais à nouveau sûr de moi, je pensais à Julie, au rendez-vous de minuit, au lendemain, au baiser. Alison était oubliée. Je pouvais attendre tout l'été si Conchis le voulait. Je souhaitais même ardemment que l'été ne finisse pas.

44

Elle vint vers nous dans la lumière douce de la lampe, vers la table installée dans le coin sud-est de la terrasse supérieure. Ce fut l'antithèse de la première fois, de son arrivée cérémonieuse dans le rôle de Lily Montgomery. Elle portait le même pantalon blanc que l'après-midi, mais à présent avec un chemisier blanc aux manches un peu larges, légère concession aux règles commandant la façon de s'habiller pour le soir. Un collier de corail, la ceinture et les espadrilles rouges, un soupçon de fard sur les paupières, un peu de rouge à lèvres. Nous nous levâmes, Conchis et moi. Elle hésita, me faisant face, et me lança un long regard désolé.

« Je suis si honteuse de ce qui s'est passé cet après-midi. Voulez-vous me pardonner?

— Ce n'est rien. N'y pensez plus. »

Elle jeta alors un coup d'œil vers Conchis, quêtant son approbation. Il sourit, désigna la chaise entre nous. Mais la main de Julie monta vers la boutonnière de son chemisier et en détacha un brin de jasmin qu'elle me tendit.

« En gage de paix. »

L'odeur était douce. « C'est très gentil. »

Elle s'assit. Conchis lui versa une tasse de café pendant que je lui offrais une cigarette et l'allumais. Elle semblait tranquillisée et prenait soin maintenant d'éviter mes yeux.

Conchis déclara : « Nicholas et moi, nous avons parlé religion. »

C'était vrai. Il avait apporté à table une bible avec deux signets marquant des pages, et nous nous étions mis à discuter de l'existence de Dieu.

« Ah, oui? » Elle baissa les yeux vers son café puis leva la tasse et but, mais je sentis au même moment une légère pression sur mon pied, sous la longue nappe.

« Nicholas se prétend agnostique. Il dit qu'en fait ces problèmes ne l'intéressent pas. »

Elle leva poliment les yeux vers moi. « Vraiment?

— Il y a des choses plus importantes. »

Elle toucha la petite cuiller posée près de sa tasse dans la soucoupe. « J'aurais pensé que rien n'était plus important.

— Que l'attitude à prendre envers ce qu'on ne saura jamais avec certitude? Cela me semble du temps perdu. » J'avançai mon pied sous la table, cherchant le sien mais il s'était retiré.

Elle se pencha, saisit la boîte d'allumettes que j'avais laissée entre nous et, la secouant, fit tomber une douzaine d'allumettes sur la nappe blanche.

« Peut-être avez-vous peur de penser à Dieu? »

Sa façon de parler n'était pas naturelle. Il était clair que la scène avait été préparée à l'avance par Conchis. Julie disait ce que Conchis voulait qu'elle dise.

« On ne peut pas *penser* à ce qui ne peut pas être connu.

— Vous ne *pensez* jamais à ce qui n'est pas certain? A demain? A l'année prochaine?

— Oui, bien sûr. Je peux faire à ce propos des prophéties raisonnables. »

Ses longs doigts jouaient avec les allumettes qu'elle disposait négligemment en divers assemblages. Je regardai sa bouche et souhaitai mettre fin à ce froid dialogue.

Elle répliqua :

« Je peux faire des suppositions raisonnables à propos de Dieu.

— C'est-à-dire?

— Il est très intelligent.

— Pourquoi pensez-vous cela?

— Parce que je ne peux pas le comprendre. Pourquoi il est. Qui il est. Comment il est. Et Maurice dit que je suis intelligente. Je pense que Dieu doit être très intelligent pour l'être tellement plus que je le suis. Pour ne pas me donner d'indices. Pas de certitudes. Pas d'éclaircissements. Pas de raisons. Pas de motifs. »

Elle leva les yeux vers moi, ils brillaient intensément, pareils à ceux de Conchis.

« Très intelligent... ou très cruel?

— Très sage. Si je priais, je demanderais à Dieu de ne jamais se révéler à moi. Parce que s'il le faisait je saurais qu'il n'est pas Dieu. Mais un menteur. »

A présent elle regardait Conchis qui tournait vers la mer son visage impassible, attendant — pensai-je — qu'elle ait fini de jouer son rôle. Soudain je vis l'index de Julie taper sur la table deux coups silencieux. Encore une fois son regard alla furtivement vers Conchis puis revint à moi et elle eut un hochement de tête très léger, presque imperceptible. Elle avait posé deux allumettes se croisant en diagonale, et deux autres à côté : XII. J'avais compris. Elle évita mon regard; puis repoussant les allumettes en un petit tas elle se pencha en arrière hors du rond de lumière de la lampe et se tourna de nouveau vers Conchis, murmurant :

« Mais nous sommes là pour vous écouter.

— Nicholas, je comprends votre point de vue, dit Conchis en souriant. Je pensais encore comme vous alors que j'avais pourtant dépassé l'âge qui est le vôtre à présent et que j'avais plus d'expérience. Ni vous ni moi ne pouvons bénéficier de la connaissance intuitive qui est le privilège des femmes, aussi ne peut-on nous blâmer. »

Ce n'était pas dit sur le ton de la galanterie mais comme une simple déclaration. Julie ne voulait pas me regarder en face. Son visage restait dans l'ombre. Conchis reprit : « Mais ce qui est arrivé ensuite, et ce que je vais maintenant vous raconter, m'a amené à comprendre ce que Julie vient de dire. Elle nous a fait l'honneur de parler de Dieu au masculin. Pourtant je crois que, comme toute femme, elle sait que les définitions profondes de Dieu sont toujours des définitions en référence à la mère : à celle qui donne. Et ce qui est donné est parfois le plus inattendu. Car tel est le prodige de l'instinct religieux qu'il sait découvrir en chaque situation ce qu'elle nous apporte et le don qu'elle nous fait. »

Il s'installa plus confortablement sur sa chaise.

« Je crois vous avoir dit que lorsque l'histoire moderne a frappé de Deukans en 1922 par le truchement d'un chauffeur qui lui-même symbolisait la démocratie, l'égalité, le progrès, je me trouvais à l'étranger. En fait, j'étais alors tout au nord de la Norvège, à la recherche d'oiseaux ou plus exactement de chants d'oiseaux. Vous n'ignorez pas que d'innombrables espèces d'oiseaux rares se reproduisent là-bas sur la toundra arctique. J'ai de la chance, j'ai l'oreille absolue. J'avais à cette époque publié quelques articles sur les problèmes que pose la notation précise des cris et chants d'oiseaux. J'avais même commencé un petit échange de correspondance scientifique avec des experts comme le docteur Van Oort de Leyde, l'Américain A. A. Saunders, les Alexanders en Angleterre. En 1922 j'ai quitté Paris au début de l'été pour aller passer trois mois dans l'Arctique. »

Julie se déplaça légèrement et je sentis une autre pression sur mon pied; c'était celle, très douce, d'un pied nu. J'étais chaussé de sandales; prenant appui du talon contre le sol, je libérai mon pied gauche. Je sentis le contact du pied de Julie glissant contre le mien, ses orteils caressaient les miens. C'était innocent et pourtant érotique. J'essayai de poser mon pied sur les siens. Cette fois la pression exprima le blâme. Nous pouvions rester en contact mais pas plus. Conchis, cependant, continuait.

« Sur mon chemin vers le nord, un professeur de l'université d'Oslo m'a parlé d'un homme qui, après avoir fait des études, était retourné vivre sur une ferme au cœur de l'immense forêt qui recouvre la Norvège septentrionale, la Finlande et s'étend jusqu'à la Russie. Cet homme, disait-il, connaissait bien les oiseaux. Il envoyait au professeur — qui en fait ne l'avait jamais rencontré — des relevés de migrations et autres renseignements utiles. Il y avait dans la forêt de sapins quelques espèces rares dont je voulais entendre le chant, aussi me suis-je décidé à rendre visite à ce fermier. Lorsque j'ai estimé que la toundra de l'extrême nord m'avait livré toutes ses richesses ornithologiques, j'ai traversé le fjord Varanger et atteint la petite ville de Kirkenes. De là, muni d'une lettre d'introduction, je me suis mis en route pour Seidevarre.

« Il m'a fallu quatre jours pour parcourir cent cinquante kilomètres. Au début de mon voyage j'ai emprunté une route à travers la forêt. Ensuite j'ai dû continuer en barque sur la rivière, la Pasvik, d'une ferme à une autre ferme isolée. La forêt est interminable. D'énormes et sombres sapins pendant des kilomètres, et le fleuve aussi large et silencieux qu'un lac de légende. Un miroir dans lequel personne ne s'était contemplé depuis le commencement du monde.

« Le quatrième jour deux bateliers ont ramé pour moi toute la journée et nous n'avons pas vu de ferme, pas le moindre signe d'une présence humaine. Rien que le miroitement bleu argent de la rivière sans fin dans la forêt sans fin. Vers le soir nous avons aperçu une maison dans une clairière. Deux petites prairies couvertes de renoncules, plaques d'or dans la forêt sombre. Nous étions arrivés à Seidevarre.

« Il y avait là trois bâtiments : une petite maison d'habitation, au bord de l'eau, à demi cachée dans un bosquet de bouleaux argentés; puis une longue grange au toit de tourbe; enfin un hangar bâti sur pilotis pour que les rats ne puissent y accéder. Un bateau était amarré à un poteau près de la maison. Des filets séchaient sur une palissade.

« J'ai sauté à terre. Le fermier était un homme de cinquante ans environ, plutôt petit, aux yeux bruns et vifs. Il a lu ma lettre. Une femme plus jeune de quelques années est apparue derrière lui. J'ai été frappé par son visage sévère mais saisissant et, bien que ne comprenant pas ce qu'elle disait au fermier, je pouvais voir qu'elle ne voulait pas que je reste. J'ai aussi remarqué qu'elle a ignoré les deux bateliers. Il la dévisageaient d'ailleurs comme si elle était pour eux une étrangère. Elle n'a pas tardé à rentrer dans la maison.

« Cependant le fermier m'a souhaité la bienvenue. Ils parlait, comme on me l'avait dit, un anglais hésitant mais très compréhensible. Je lui ai demandé où il l'avait appris. Il m'a déclaré que, dans sa jeunesse, il avait fait des études pour être vétérinaire et passé un an à Londres. Mon intérêt pour lui s'en est accru. Je ne pouvais imaginer ce qui l'avait finalement amené à vivre dans cet endroit perdu tout au nord de l'Europe.

« La femme n'était pas son épouse comme je l'avais cru tout d'abord, mais sa belle-sœur. Elle avait deux enfants, de grands adolescents. Ni eux ni leur mère ne parlaient anglais. Elle m'a fait comprendre silencieusement, et poliment, que j'étais là contre son gré. Mais nous nous sommes, Gustav Nygaard et moi, tout de suite pris d'amitié l'un pour l'autre. Il m'a montré ses livres sur les oiseaux, ses carnets de notes. Il était enthousiaste. Je ne l'étais pas moins.

« Bien sûr, j'ai parlé de son frère. Nygaard s'est troublé. Il m'a répondu qu'il était parti. Puis, comme si c'était une explication et pour couper court à d'autres questions, il a ajouté : " Cela fait bien des années. "

« La maison était très petite. On a fait une place pour mon lit de camp dans le grenier à foin, au-dessus de la grange. Je prenais mes repas avec la famille. Nygaard ne parlait qu'à moi. Sa belle-sœur gardait le silence, et de même la jeune fille, d'aspect anémique. Je crois que le garçon aurait aimé surmonter sa gêne et participer à nos conversations mais il était rare que son oncle prenne la peine de lui traduire nos propos. Pendant les premiers jours, la singularité d'une telle situation domestique ne m'a guère frappé. J'étais subjugué par la beauté de l'endroit, par l'extraordinaire variété des oiseaux. Je passais mes journées à épier les espèces rares de canards et d'oies, les huards, les cygnes sauvages qui abondaient le long du rivage dans toutes les criques et lagons. En ces lieux la nature triomphait de l'homme. Non pas l'exubérant triomphe des régions tropicales. Un triomphe calme et noble. Si je parle de l'âme du paysage je vais vous paraître bien sentimental mais celui-là avait une caractéristique qui nulle part ailleurs ne m'a semblée aussi marquée; il ignorait l'homme. L'homme trouvait là pourtant de quoi subsister. La rivière était pleine de saumons et autres poissons, et l'été assez long et chaud pour qu'on puisse récolter des pommes de terre et du foin. Mais le pays était trop vaste et cette démesure rendait vain tout effort pour le domestiquer. Je vous le fais paraître plutôt rébarbatif. Pourtant si son isolement m'a impressionné à mon arrivée, deux ou trois jours plus tard j'en étais tombé amoureux. J'aimais ses silences. Ses soirs. Cette paix immense. Le jaillissement de l'eau sous l'envol d'un canard, le cri d'une orfraie, des sons qu'on pouvait entendre à des kilomètres de distance, d'une clarté incroyable, qui prenaient bientôt une étrange résonance, comme le cri lancé dans une maison vide. Et la paix paraissait plus profonde. Le silence plus intense. Les bruits n'étaient là que pour le définir.

« C'est le troisième jour, je crois, que j'ai découvert le secret de Seidevarre. Dès le premier matin Nygaard m'avait indiqué une longue langue de terre couverte d'arbres qui s'avançait dans la rivière, à huit cents mètres de la ferme et m'avait demandé d'éviter cet endroit. Il disait qu'il y avait placé des boîtes pour la couvaison et établi ainsi une colonie prospère d'harles-piettes et de morillons, et il ne voulait pas qu'on les dérange. Même à cette latitude l'époque me semblait tardive pour que les oiseaux couvent encore mais, bien entendu, j'ai rassuré Nygaard.

« Puis j'ai remarqué que nous n'étions jamais tous ensemble à prendre le repas du soir. Le premier jour la fille n'était pas là, le second, le garçon est apparu quand nous avions déjà terminé, bien que je l'aie vu assis près du rivage, l'air morose, à peine quelques minutes avant que Nygaard soit venu m'appeler pour le dîner. Le troisième jour il était tard lorsque j'ai songé au retour et, comme je rentrais à la ferme à travers la forêt de sapins, je me suis arrêté pour observer un oiseau. Là, sans l'avoir voulu, j'étais caché. »

Conchis se tut un moment. Je le voyais parmi les arbres de Norvège. Ainsi l'avais-je vu la semaine précédente, lorsque j'avais quitté Julie. Et ces deux visions se répondaient parfaitement.

« Soudain j'ai aperçu la fille à deux cents mètres de moi. Elle marchait dans la forêt, près du fleuve. D'une main elle tenait un seau couvert d'un linge, de l'autre un bidon de lait. Je suis resté derrière mon arbre à l'observer. J'ai été surpris de la voir suivre la rive et gravir le promontoire interdit. Je l'ai épiée avec les jumelles jusqu'à ce qu'elle soit hors de vue.

« Nygaard n'aimait pas que lui et moi nous soyons réunis avec sa famille dans la même pièce. Leur silence désapprobateur l'irritait. Aussi a-t-il vite pris l'habitude de venir fumer une pipe et converser avec moi dans ma “ chambre ” de la grange. Ce soir-là je lui ai dit que j'avais vu sa nièce emportant des vivres vers le promontoire. Je lui ai demandé qui vivait là. Il n'a pas essayé de mentir. C'était son frère. Il était fou. »

Mon regard se porta de Conchis à Julie puis revint vers

Conchis; mais aucun des deux ne paraissait remarquer que le passé et le présent — du moins le présent tel que Conchis voulait me l'imposer — avaient d'étranges similitudes. Mon pied effleura celui de Julie. Elle répondit par une légère pression, puis retira son pied. Elle était si intéressée par ce que racontait Conchis qu'elle refusait d'être distraite.

« J'ai aussitôt demandé si un médecin avait jamais examiné le malade. Nygaard a secoué la tête comme s'il ne faisait pas grand cas des médecins, du moins en la circonstance. Je lui ai rappelé que j'étais moi-même médecin. Après un silence il a déclaré : " Je pense qu'ici nous sommes tous fous ". Il est sorti, pour revenir après quelques minutes, rapportant un petit sac qu'il a secoué sur mon lit de camp, bientôt jonché de pierres arrondies et de silex, de tessons de poteries primitives décorées de bandes et d'ornements gravés; et j'ai su que ce que je voyais datait de l'âge de pierre. Je lui ai demandé où il avait trouvé tout cela. " A Seidevarre. " Et il m'a alors expliqué que la ferme devait son nom à celui de l'avancée de terre. Seidevarre était un mot lapon qui signifiait la colline-de-la-pierre-sacrée, du dolmen. Le promontoire avait été autrefois un lieu saint pour les Lapons Polmaks qui étaient à la fois des pêcheurs et les bergers de troupeaux de rennes; eux-mêmes succédaient là à des civilisations beaucoup plus anciennes.

« A l'origine la ferme n'était rien de plus qu'une *dacha* d'été, un pavillon de chasse et de pêche construit par le père de Nygaard, un prêtre un peu original auquel un riche mariage avait apporté une fortune suffisante pour lui permettre de satisfaire des goûts très divers. Pasteur luthérien très rigide mais aussi défenseur des traditions rurales norvégiennes, féru d'histoire naturelle et considéré localement comme un érudit, c'était un passionné de chasse et de pêche, prônant le retour à la vie primitive. Ses fils, au moins dans leur jeunesse, s'étaient tous deux révoltés contre son fanatisme religieux. Henrik, l'aîné, s'était embarqué comme ingénieur mécanicien, Gustav était entré dans une école vétérinaire. A sa mort, le père avait laissé presque tout son argent à l'Eglise. Pendant un séjour chez Gustav qui avait alors commencé à exercer à Trondheim, Henrik rencontrait Ragna et l'épousait. Je crois qu'il a alors repris la mer une fois encore mais, très peu de temps après son mariage, une crise nerveuse lui a fait abandonner sa carrière et il s'est retiré à Seidevarre.

« Tout a été normal pendant un an ou deux. Puis son comportement est devenu bizarre et cela n'a cessé de s'aggraver. Finalement Ragna a écrit à Gustav et ce qu'elle lui a dit l'a déterminé à prendre le premier bateau pour le Nord. Il a découvert que depuis près de neuf mois sa belle-sœur, qui avait la charge de deux enfants en bas âge, avait dû aussi s'occuper toute seule de la ferme. Il n'est retourné à Trondheim que le temps de régler ses affaires et est revenu prendre la responsabilité de la famille et du bien de son frère.

« Il m'a dit " Je n'avais pas le choix ". C'est ce que la tension entre lui et sa belle-sœur m'avait déjà laissé soupçonner. Il était — ou du moins avait été — amoureux de Ragna. Maintenant ils étaient liés l'un à l'autre plus étroitement que par l'amour. C'était de son côté à lui une dévotion non payée de retour. Du sien, à elle, une totale loyauté.

« J'ai voulu savoir quelle forme avait pris la folie du frère. Là, hochant la tête au-dessus de sa collection de pierres, Gustav s'est remis à parler de Seidevarre. Pour commencer son frère avait pris l'habitude de se rendre là-bas pour de courtes périodes — afin de " méditer ", disait-il. Puis la conviction lui est venue qu'un jour Dieu lui rendrait visite, ou du moins viendrait en ces lieux. Pendant douze ans il avait vécu en ermite, attendant cette visite.

« Il n'était jamais revenu à la ferme. Les deux frères, au cours des deux dernières années, avaient à peine échangé une centaine de mots. Ragna n'était jamais allée voir Henrik. Bien sûr il dépendait d'eux pour tous ses besoins matériels. Et davantage encore depuis le moment où, par surcroît de malheur, il était devenu presque aveugle. Gustav pensait qu'il ne se rendait plus très bien compte de ce qu'on faisait pour lui. Il ne posait pas de questions, ne montrait pas de gratitude. C'était la manne qui lui tombait du ciel. J'ai demandé à Gustav : " Quand lui avez-vous parlé pour la dernière fois? " Nous étions au début du mois d'août. Il m'a dit, l'air honteux, avec un haussement d'épaules désespéré : " En mai ".

« Désormais j'étais plus intéressé par les quatre habitants de la ferme que par mes oiseaux. Maintenant, quand je regardais Ragna, je découvrais en elle, dans ses beaux yeux aussi durs et sombres que l'obsidienne, le tragique d'une héroïne d'Euripide. Je n'étais pas moins navré par les conditions dans lesquelles vivaient les deux enfants, dans un monde tout imprégné de sombre mélancolie et dont ils ne pouvaient jamais s'échapper, car les plus proches voisins étaient à trente kilomètres et à soixante le premier village. Je comprenais pourquoi Gustav avait béni mon arrivée. Lui du moins gardait tout son bon sens et une juste appréciation des choses.

Pourtant il avait aussi sa folie : l'amour sans espoir qu'il vouait à sa belle-sœur.

« Avec la tranquille assurance de la jeunesse je me suis vu comme un catalyseur, et celui qui aiderait à résoudre les problèmes. J'avais pour moi mes études de médecine. J'étais au courant des travaux du gentleman de Vienne qui n'étaient pas connus de tous à cette époque. J'ai immédiatement identifié le syndrome d'Henrik. Une parfaite illustration pour manuel de psychanalyse : la fixation au stade anal. Avec, jusqu'à l'obsession, l'identification au père. Le tout encore aggravé par l'isolement dans lequel vivait la famille. Cela me semblait aussi clair que le comportement des oiseaux que j'observais tous les jours. Maintenant qu'il s'était confié à moi, Gustav était disposé à me parler librement et ce qu'il m'a dit le soir suivant a confirmé mon diagnostic.

« Henrik avait toujours aimé la mer. C'est pourquoi il avait fait des études d'ingénieur-mécanicien. Mais peu à peu il s'était rendu compte qu'il n'aimait pas les machines et n'aimait pas non plus les hommes. Son aversion pour l'univers des machines avait précédé sa haine du monde des hommes; et son mariage avait été probablement une ultime tentative contre la misanthropie. Il avait toujours désiré l'espace, la solitude. C'est pourquoi il aimait la mer et sûrement pourquoi il en était arrivé à détester sa vie de marin-ingénieur enfermé à l'étroit dans les odeurs de graisse et le vacarme de la chambre des machines. Ah! si seulement il avait pu naviguer seul autour du monde... Mais non, il était venu vivre à Seidevarre dans l'immensité des terres. Là ses enfants étaient nés. Puis sa vue avait commencé à baisser. A table il renversait les verres; dans la forêt il trébuchait sur les souches. Sa folie avait commencé.

« Henrik était janséniste : son Dieu était un dieu cruel. Et lui avait été choisi spécialement pour être tourmenté et puni. Pour perdre sa jeunesse sur de mauvais bateaux dans des climats insalubres. Pour que sa récompense, sa part de paradis lui soit arrachée dès qu'il croyait la tenir enfin. Il ne pouvait admettre que le destin est hasard : rien n'est injuste pour tous, quoique chacun puisse souffrir personnellement de nombreuses injustices. Le sentiment de l'injustice de Dieu lui était une constante brûlure. Et sa révolte se manifestait jusque dans son refus d'aller à l'hôpital pour s'y faire examiner les yeux. Ce n'était pas pour méditer qu'il se retirait au bord du fleuve, mais pour haïr.

« Il va sans dire que je désirais passionnément rencontrer ce fou mystique. J'y étais poussé non seulement par la curiosité du médecin mais aussi par la sympathie grandissante que je ressentais pour Gustav. J'ai essayé de lui expliquer ce qu'était la psychiatrie. Il n'a pas semblé s'y intéresser. Il s'est contenté de dire qu'il valait mieux laisser faire. Je lui ai promis une fois de plus d'éviter le promontoire. Et nous en sommes restés là.

« Peu de temps après, un jour de grand vent, j'avais parcouru quatre ou cinq kilomètres le long de la rivière, vers le sud, quand j'ai entendu crier mon nom. C'était Gustav qui m'appelait de sa barque. Je me suis avancé près de la berge et il a ramé vers moi. Je pensais qu'il était allé tendre des filets pour le *sik,* mais en fait il était venu à ma recherche. Il voulait que je voie son frère. Nous nous mettrions à l'affût pour l'observer comme nous observions les oiseaux. Gustav m'a expliqué que c'était le bon moment. Son frère avait l'ouïe très fine mais la direction du vent, ce jour-là, favorisait notre entreprise.

« Je suis monté dans la barque et nous avons ramé jusqu'à une petite plage près de la pointe du promontoire. Gustav, qui s'était éloigné, est revenu en disant qu'Henrik se trouvait maintenant près du *seide,* le dolmen lapon. C'était pour nous le moment de visiter sa cabane. Nous nous sommes frayés un chemin entre les arbres, montant une légère pente, puis, passant sur le côté nord, nous avons trouvé, au plus épais de la forêt, dans une dépression, une hutte bizarre. Elle avait été enfoncée dans le sol de telle façon que, sur trois côtés, seul le toit de tourbe était visible. Le quatrième côté, dans la pente du terrain, était percé d'une porte et d'une petite fenêtre. Le tas de bois derrière la maison était le seul signe qu'elle était occupée.

« Gustav m'a proposé d'entrer pendant que lui restait dehors à guetter. La cabane était sombre et aussi nue que la cellule d'un moine. Un lit bas. Une table grossière. Des bougies dans une boîte de fer-blanc. A part un vieux poêle, rien qui manifestât quelque préoccupation de bien-être. Ni tapis, ni rideaux. Le centre de la pièce était à peu près propre mais des détritus s'amassaient dans les coins : feuilles mortes, poussière, toiles d'araignée. Une odeur de vêtements sales. Il y avait un seul livre posé sur la table près de l'unique petite fenêtre, une grosse Bible noire, imprimée en très gros caractères. A côté une loupe. Et des flaques de cire tombées des bougies.

« J'ai allumé une des bougies pour examiner le plafond. Les poutres soutenant le toit avaient été décapées et on y avait gravé en lettres brunes deux longs textes de la Bible.

Ils étaient bien sûr en norvégien mais j'ai pris note des références. Une autre phrase en norvégien était inscrite sur la poutre du mur opposé à la porte.

« Quand je suis sorti à nouveau au soleil j'ai demandé à Gustav ce que voulait dire cette phrase. Il a traduit : " Henrik Nygaard, maudit par Dieu, a écrit ceci avec son propre sang, l'an 1922. " C'était dix ans plus tôt. Maintenant je vais vous lire les deux autres textes. Il en avait creusé les lettres dans le bois et les avait teintées de son sang. »

Conchis ouvrit le livre posé près de lui. L'un des passages était tiré de l'Exode : *Ils campèrent en bordure du désert. Et le Seigneur marcha devant eux le jour comme une colonne de nuées, la nuit comme une colonne de feu.* L'autre, écho du premier, venait des Apocryphes. Le voici. Du livre d'Esdras : *Je vous ai donné la lumière en une colonne de feu et pourtant vous m'avez oublié, dit le Seigneur.*

« Ces textes m'ont rappelé Montaigne. Vous savez qu'il avait fait peindre sur les poutres au plafond de sa " librairie " quarante-deux proverbes et citations. Mais Henrik n'avait pas l'équilibre, la belle santé de Montaigne. Et ce qui s'exprimait là, c'était plutôt l'extrême intensité du fameux *Mémorial* de Pascal — ces deux heures cruciales dans son existence qu'il n'a pu évoquer ensuite que d'un seul mot : *feu.* Parfois les demeures semblent s'imprégner de l'esprit des gens qui y ont vécu — pensez à la cellule de Savonarole à Florence. Il en était ainsi de cette cabane. Sans qu'il fût nécessaire de connaître le passé de celui qui l'occupait, les souffrances, l'agonie mentale, la folie y apparaissaient, aussi palpables que des tumeurs.

« J'ai quitté la hutte et nous nous sommes dirigés sans bruit vers le *seide.* Je l'ai aperçu entre les arbres. Ce n'était pas un vrai dolmen mais simplement un grand bloc de pierre auquel la morsure du vent et du gel avaient donné une forme pittoresque. Gustav m'a fait un signe. A quelque cinquante mètres, de l'autre côté d'un bosquet de bouleaux invisible du *seide,* se tenait un homme. J'ai réglé mes jumelles pour l'observer. Il était plus grand que Gustav, maigre, le nez aquilin, les cheveux et la barbe d'un gris sombre, grossièrement taillés. A un moment il s'est retourné, nous a fait face et j'ai pu voir nettement son visage décharné. J'ai été surpris par son air farouche, d'une sévérité presque féroce. Je n'avais jamais vu un visage exprimer une telle détermination à ne jamais transiger, à ne jamais céder. A ne jamais sourire. Et les yeux! Ils étaient légèrement exorbités, d'un bleu glacé et glacial. Des yeux de dément sans aucun doute. Il portait une vieille blouse lapone aux bords gansés de rouge fané, un pantalon sombre et de lourds brodequins lapons à bout carré. Et il tenait un bâton à la main.

« J'ai observé quelque temps cette créature d'un modèle peu commun. Je m'étais attendu à voir un être fuyant, marmonnant des paroles indistinctes et se glissant entre les arbres. Pas cet épervier farouche et aveugle. Gustav a touché mon bras. Le neveu est apparu près du *seide* portant le seau et le bidon de lait. Il les a posés sur le sol, a pris un seau vide qu'Henrik avait dû placer là, a regardé autour de lui, et il a crié, pas très fort, quelque chose en norvégien. Il savait certainement où était son père car il se tournait vers le bosquet de bouleaux. Puis il a disparu parmi les arbres. Cinq minutes plus tard, Heinrik s'est approché du *seide,* en s'aidant de son bâton pour reconnaître le sol. Il montait droit vers lui. Il a saisi le seau et le bidon, et, le bâton sous le bras, il est reparti vers sa hutte par le sentier familier. Le sentier l'a amené à une vingtaine de mètres des maigres bouleaux sous lesquels nous nous tenions. Juste comme il nous dépassait j'ai entendu, haut dans les airs, un bruit fréquent au bord du fleuve, un bruit merveilleux, comme l'appel des trompettes de Toutankhamon : le cri d'envol d'un huard. Le son devait être pour lui aussi banal que le bruit du vent dans les arbres; Henrik, pourtant, s'est arrêté. Il se tenait là, le visage levé vers le ciel, sans émotion ni crainte, mais écoutant, attendant, comme s'il espérait surprendre les premières notes des trompettes célestes annonçant la grande visite.

« Puis il est reparti. Nous l'avons perdu de vue. Je suis rentré à la ferme avec Gustav. Je ne savais pas quoi lui dire. Je ne voulais pas le désappointer. Mon fol orgueil m'interdisait d'admettre ma défaite. Après tout, j'étais un membre fondateur de la Société de la Raison. J'ai fini par imaginer un plan. J'irais seul voir Henrik. Je lui dirais que j'étais médecin et que j'aimerais examiner ses yeux. Et sous le prétexte de cet examen j'essaierais de voir aussi ce qui se passait dans sa tête.

« Le jour suivant je suis arrivé à midi devant la cabane d'Henrik. C'était un jour gris. Il pleuvait un peu. J'ai frappé à la porte et me suis reculé de quelques pas. Un long moment a passé. Puis Henrik est apparu, habillé exactement comme le soir d'avant. Mais plus encore que la veille j'ai été frappé par son air farouche. Il était difficile de le croire presque aveugle tant ses yeux bleu pâle semblaient vous fixer. Pourtant, à présent que j'étais près de lui, je pouvais voir une sorte de flottement dans son regard. Et je remarquais aussi dans les deux yeux l'opacité caractéristique de la cataracte. Il a dû être frappé de stupeur mais il n'en a rien montré. Je lui ai demandé s'il comprenait l'anglais. Gustav m'avait dit qu'il le comprenait mais je voulais qu'il me réponde. Il n'a fait que lever son bâton comme pour me tenir à distance. C'était un geste d'avertissement plutôt que de menace. J'ai cru que cela voulait dire que je pouvais continuer pourvu que je n'approche pas.

« J'ai expliqué que j'étais médecin, que je m'intéressais aux oiseaux, que j'étais venu à Seidevarre pour les étudier. Je parlais lentement, me souvenant que cela devait bien faire au moins quinze ans qu'on ne lui avait pas parlé anglais. Il a écouté sans montrer aucun signe d'intérêt ou d'émotion. Je lui ai dit qu'il existait des méthodes modernes de traitement de la cataracte. J'étais sûr qu'à l'hôpital on pourrait faire quelque chose pour lui. Toujours pas le moindre mot. J'ai fini par me taire.

« Il a fait demi-tour, est allé vers sa cabane. Il a laissé la porte ouverte et j'ai attendu. Soudain il est réapparu. Il tenait à la main ce que je tenais, Nicholas, quand je suis venu vers vous cet après-midi. Une longue hache. Mais j'ai su immédiatement qu'il ne pensait pas plus à casser du bois qu'un berserk sur le point de livrer bataille. Il a hésité un moment, puis s'est précipité vers moi, brandissant sa hache. S'il n'avait pas été presque aveugle il m'aurait certainement tué. J'ai sauté en arrière, évitant de justesse la hache qui s'est enfoncée profondément dans le sol. Pendant qu'il l'en arrachait j'ai pu prendre la fuite.

« En trébuchant, il m'a poursuivi à travers la petite clairière devant la cabane. J'ai couru vers la forêt et m'y suis enfoncé d'une trentaine de mètres. Lui s'est arrêté dès le premier arbre. A cinq ou six pas il ne pouvait probablement plus me distinguer parmi les fûts. Il tenait la hache à deux mains, tendant le cou, écoutant. Il devait savoir que je l'observais car brusquement il s'est retourné et il a lancé la hache juste en face de lui, contre un bouleau argenté; c'était un arbre de bonne taille mais le choc l'a ébranlé tout entier. Ce fut sa seule réponse. Je ne pouvais bouger tant sa violence me faisait peur. Il a regardé un moment en direction des arbres sous lesquels je me tenais, puis a fait demi-tour et a marché vers la cabane laissant la hache là où elle avait frappé.

« C'est un jeune homme plus sage qui est rentré à la ferme. Il me semblait incroyable qu'un homme puisse rejeter la Médecine, la Raison, la Science avec tant de violence.

Mais je devinais que cet homme, s'il m'avait connu, aurait de même rejeté tout ce qui me paraissait essentiel — ma poursuite du plaisir, mon goût passionné pour la musique aussi bien que la raison ou la médecine. Cette hache aurait fait voler en éclats notre civilisation tournée vers la jouissance. Notre science, notre psychanalyse. Pour lui tout, hormis la grande rencontre, n'était que la poursuite futile de choses sans importance, ce que les bouddhistes hindous appellent *lilas*. Et bien sûr, se soucier de ses yeux n'eut été encore qu'une futilité de plus. Il voulait être aveugle. C'était pour lui l'espoir qu'un jour il verrait la Lumière.

« Je devais partir quelques jours plus tard. Le dernier soir Gustav est resté longtemps à parler avec moi. Bien sûr je ne lui avais rien dit de ma visite. C'était une nuit sans vent mais là-haut, en août, il commence à faire froid. Quand Gustav m'a quitté je suis sorti de la grange pour uriner. La lune brillait dans un ciel de fin d'été de l'extrême nord, quand un peu de jour traîne encore dans la nuit et que le firmament a d'étranges profondeurs. Ces nuits où des mondes nouveaux semblent sur le point de naître. J'ai entendu un cri. Il venait de l'autre côté de l'eau, de Seidevarre. Un moment, j'ai pensé que c'était un oiseau, puis j'ai su que c'était Henrik. J'ai regardé du côté de la ferme. Gustav était sorti aussi, écoutant comme moi. Un autre cri, le long hurlement de quelqu'un qui veut que sa voix porte loin. Je me suis dirigé vers Gustav, à travers la prairie. J'ai demandé : “ Appelle-t-il à l'aide? ” Il a secoué la tête, est resté immobile, le regard tourné vers l'ombre noire de Seidevarre sur l'eau nacrée par la lune. “ Que crie-t-il? ” Gustav a traduit : “ M'entends-tu? Je suis là. ” Puis il a lancé les deux cris à nouveau, séparés par un intervalle et j'ai pu distinguer les mots norvégiens “ *Hører du mig? Jeg er her.* ” Henrik s'adressait à Dieu.

« Je vous ai dit comme les sons portaient loin à Seidevarre. Chaque fois qu'il lançait son appel, le cri semblait s'étirer infiniment à travers la forêt, au-dessus des eaux, jusqu'aux étoiles. Puis ont résonné des échos de plus en plus lointains, et quelques cris perçants d'oiseaux tirés de leur sommeil. Un bruit est venu de la ferme derrière nous. Levant les yeux j'ai vu une forme blanche à une des fenêtres d'en haut. Ragna ou sa fille, je ne pouvais dire. Nous demeurions tous pétrifiés, comme sous un mauvais charme.

« Pour le briser je me suis mis à poser des questions à Gustav. Criait-il souvent de la sorte? Pas très souvent, m'a-t-il dit, deux ou trois fois l'an, par les nuits de pleine lune, quand il n'y avait pas de vent. Prononçait-il quelquefois d'autres phrases? Gustav a réfléchi. Oui. L'une était " J'attends ". Une autre " Je suis purifié ". Et une autre encore " Je suis prêt ". Mais les deux phrases que nous avions entendues étaient les plus fréquentes.

« Je me suis tourné vers Gustav et lui ai demandé si nous pouvions aller voir de nouveau ce que faisait Henrik. Il a acquiescé d'un signe de tête et nous nous sommes mis en route. Il nous a fallu dix à quinze minutes pour atteindre la base du promontoire. De temps à autre nous entendions les cris; nous sommes arrivés au *seide* mais ils venaient de plus loin. Gustav a dit : " Il est tout au bout. " Nous avons dépassé la hutte, et faisant le moins de bruit possible nous avons atteint l'extrémité du promontoire. Là finissait la forêt.

« Au-delà s'étendait une plage. Trente à quarante mètres de galets. La rivière se rétrécissait légèrement et la force du courant — si peu qu'il y en eût — se brisait sur la pointe. Même par une nuit aussi calme un murmure naissait sur les pierres à fleur d'eau. Henrik se tenait à l'extrémité du rivage, de l'eau jusqu'aux chevilles et tourné vers le nord-est, là où s'élargissait le fleuve que la clarté lunaire couvrait d'un reflet de soie grise. Au large traînaient de longues bandes de brouillard. Comme nous observions Henrik, il a hurlé " *Hører du mig?* "; il paraissait s'adresser à quelqu'un, très loin, sur l'invisible rive opposée. Un long silence. Puis " *Jeg er her* ". J'ai dirigé mes jumelles sur lui. Il se tenait jambes écartées, son bâton à la main, tel un personnage biblique. Tout était silencieux. Sa silhouette noire se détachait sur l'eau miroitante.

« Puis nous l'avons entendu dire encore un seul mot, cette fois beaucoup plus calmement. " *Takk* ". Le mot norvégien pour " merci ". Je l'observais. Il a reculé d'un pas ou deux hors de l'eau, s'est agenouillé sur les galets que nous avons entendus rouler. Il était tourné dans la même direction, les mains le long du corps, et son attitude ne me semblait pas être celle de la prière mais plutôt d'une attente à genou. Il y avait là, tout près, quelque chose d'aussi visible pour Henrik que l'étaient pour moi la tête sombre de Gustav, les arbres, le clair de lune sur les feuilles autour de nous. J'aurais bien donné dix ans de ma vie afin de pouvoir me glisser en lui et regarder vers le nord. Je ne savais pas ce qu'il voyait mais j'étais certain que c'était d'une telle puissance, d'un tel mystère que tout s'en trouvait expliqué. Et comme un reflet de l'illumination qui le frappait lui-même j'ai eu la révélation fulgurante de ce qu'était le secret d'Henrik. Il n'attendait pas de rencontrer Dieu. Il le rencontrait. Et depuis bien des années sans doute. Il ne cherchait pas une certitude. Il la possédait. Vous devez vous être rendu compte que jusqu'à ce moment de mon existence mon approche de la réalité se réduisait à une série d'observations scientifiques ou médicales qu'ensuite je classais et cataloguais. J'étais conditionné par mon goût de l'ornithologie qui me faisait considérer l'homme en termes d'espèces, de comportements. Mais là, pour la première fois, j'ai mis en doute mes propres critères, mes convictions, mes a priori. J'ai compris que l'expérience vécue par cet homme, là-bas, sur le cap, dépassait de loin les limites de mes connaissances scientifiques, les bornes de mon raisonnement. J'ai su que ma science et ma raison seraient toujours perdantes tant que je n'aurais pas saisi ce qui se passait dans l'esprit d'Henrik. J'ai su que là-bas sur l'eau il voyait une colonne de feu. Et qu'un feu brûlait aussi en lui.

« Alors, en un éclair, m'est apparue l'extrême fragilité de nos explications, classifications, dérivations, étiologies. La réalité n'était plus ce grand monstre passif, facile à manier. Je lui découvrais une puissance mystérieuse, des formes neuves, des possibilités nouvelles. Le filet où nous voulions la saisir ne valait rien, la réalité passait au travers. Peut-être quelque courant télépathique nous a-t-il joint, Henrik et moi. Je ne sais pas.

« Cette simple phrase "Je ne sais pas" a été ma propre colonne de feu. Pour moi aussi c'était une totale révélation qui a suscité en moi un désir presque forcené d'humilité. C'était un profond mystère qui m'a donné le sentiment de la vanité de tant de choses que notre époque considère comme importantes. Je ne dis pas que sans Henrik je n'aurais pas fini par faire un jour cette même découverte. Mais je suis certain qu'en une seule nuit j'ai gagné une douzaine d'années.

« Bientôt nous avons vu Henrik revenir vers les arbres. Je ne pouvais discerner son visage. Je crois que l'expression si intensément farouche qu'on y lisait à la lumière du jour lui venait de sa rencontre avec la colonne de feu. Pour lui peut-être, la colonne de feu, ce n'était plus assez; et ainsi attendait-il encore de rencontrer Dieu. Vivre est désirer plus encore, et sans fin, pour l'épicier le plus vulgaire comme pour le plus sublime des mystiques. Il y a toutefois une chose dont je suis sûr. S'il cherchait encore Dieu, Henrik était déjà dans la lumière de l'Esprit-Saint.

« Je suis parti le jour suivant. J'ai dit adieu à Ragna dont l'hostilité ne s'était pas relâchée. Je crois que contrairement à Gustav elle avait deviné le secret de son mari, et que toute tentative pour le guérir le tuerait. Gustav, accompagné de son neveu, m'a emmené en barque jusqu'à la ferme la plus proche, à trente kilomètres au nord. Nous nous sommes serré la main, avons promis de nous écrire. Je ne pouvais lui offrir la moindre consolation et je ne pense pas qu'il en ait cherché car il y a des situations où les paroles de réconfort ne font que menacer l'équilibre qui s'est établi avec le temps. Et je suis rentré en France. »

45

Julie jeta un coup d'œil vers Conchis, puis vers moi, comme si c'était à mon tour de parler. Je n'aurais pas été surpris d'entendre une voix lancer de Moutsa un appel en norvégien, ou de voir s'élever hors de la forêt une colonne de feu réalisée avec grand art. Mais il y eut un long silence que troublait seulement le chant des grillons.

« Vous n'êtes jamais retourné là-bas?

— Cela m'aurait paru inconvenant.

— Vous deviez pourtant être curieux d'apprendre comment cela s'était terminé?

— Pas du tout. Un jour peut-être, Nicholas, il vous sera donné de vivre une expérience qui aura pour vous beaucoup d'importance. » L'ironie était implicite même si je ne la percevais pas dans le ton de sa voix. « Alors vous comprendrez ce que je veux dire quand je déclare qu'on peut être assez profondément marqué par certaines expériences pour ne plus tolérer la pensée qu'elles n'appartiennent pas au présent pour toujours. Je ne veux pas que le temps touche Seidevarre. Ce que cet endroit pourrait être devenu ne m'intéresse pas. Non plus ce qu'ils sont devenus, eux. S'ils sont encore vivants.

— Mais vous aviez dit que vous écririez à Gustav?

— Je l'ai fait. Et il m'a répondu. Il m'a écrit régulièrement pendant deux ans, au moins une fois par saison. Cependant il n'a jamais parlé de ce qui vous intéresse, sauf pour dire que la situation n'avait pas changé. Ses lettres étaient pleines de notations au sujet des oiseaux. Elles m'ont paru très ennuyeuses parce que j'avais perdu presque tout intérêt pour la partie de l'histoire naturelle qui n'est que classification. Nos lettres se sont faites plus rares. Je crois que j'ai encore reçu de lui une carte de Noël en 1926 ou 1927. Rien d'autre depuis. A présent il est mort. Henrik est mort. Ragna est morte.

— Que vous est-il arrivé quand vous êtes revenu en France?

— J'ai vu Henrik rencontrer sa colonne de feu, aux alentours de minuit, le 17 août 1922. A Givray-le-Duc le feu s'est déclaré la même nuit à la même heure. »

J'hésitai : « Vous n'allez pas suggérer...

— Je ne suggère rien. Il n'y avait pas de lien entre les deux événements. On ne peut en trouver aucun. Ou plutôt je suis le seul lien. C'est moi qui donne un sens à la coïncidence. »

Je discernais dans sa voix une nuance de vanité inhabituelle. Comme s'il croyait vraiment que si les deux événements avaient eu lieu, et de plus en même temps, il y était pour quelque chose. Je pressentais que cette coïncidence n'était qu'une invention de son esprit toujours prêt à découvrir partout des symboles. Les deux épisodes étaient liés par ce qu'ils signifiaient. Je devais me servir des deux pour comprendre ce qui se cachait derrière le jeu de Conchis. L'histoire d'Alphonse de Deukans m'avait quelque peu éclairé sur Conchis lui-même. Maintenant c'était l'hypnose qui m'apparaissait sous un autre jour, la réalité faisait table rase des certitudes de la science. Cela m'avait rappelé quelque chose de trop proche de mon expérience de l'hypnose pour qu'il s'agisse d'un simple hasard. Ces rapports inattendus entre les faits, ces fils reliant les incidents les plus éloignés étaient les procédés les plus couramment utilisés dans le grand jeu que menait Conchis.

Il se tourna vers Julie. Et avec un ton d'autorité paternelle : « Mon petit, je crois que c'est l'heure d'aller au lit. » Je jetai un coup d'œil à ma montre. Il était à peine plus de onze heures. Julie eut un petit haussement d'épaules. Qu'importait l'heure?

Elle demanda : « Pourquoi nous avez-vous raconté cela, Maurice?

— C'est que le passé contient le présent. Seidevarre contenait Bourani. Tout ce qui arrivera ici, tout ce qui gouverne les événements présents est en partie, non, est déjà essentiellement dans ce qui est arrivé il y a trente ans dans cette forêt norvégienne. »

Cette fois il lui parlait comme il me parlait souvent. Il semblait admettre que la position de Julie n'était pas différente de la mienne, qu'elle n'en savait pas plus que moi sur ce qui se passait à Bourani. Je sus qu'il amorçait un nouveau tournant dans nos relations, ou les conventions qui les régissaient. A présent il était notre maître à tous les deux, nous jouions ensemble le rôle de disciples. Je me souvenais de cette image victorienne très populaire représentant un marin élisabéthain, barbu, la main tendue vers la mer, racontant une histoire à deux petits garçons qui ouvraient de grands yeux. Julie me lança un rapide coup d'œil. Il était clair que la situation avait évolué. Puis je sentis son pied toucher le mien, en une furtive caresse.

« Eh bien, je suppose que je dois me retirer », dit-elle. Nous étions debout tous les trois. « Maurice, c'était très intéressant. Vraiment extraordinaire. »

Elle s'approcha, lui posa sur la joue un rapide baiser. Puis elle me tendit la main. Dans ses yeux l'ombre d'un sourire de connivence; sur ma main l'infime pression de ses doigts. Elle partait. Elle s'arrêta.

« Oh, j'ai oublié de remettre vos allumettes dans leur boîte.

— Aucune importance. »

Conchis et moi nous étions de nouveau assis et silencieux. Quelques instants plus tard j'entendis un léger bruit de pas sur l'esplanade. Je souris en regardant Conchis, son visage sans expression; un masque où luisaient les yeux aux pupilles noires. Je sus qu'il m'observait.

« Le texte n'aura-t-il pas d'illustrations ce soir?

— Trouvez-vous qu'il en ait besoin?

— Non. Le seul récit était... parfait. »

Il haussa les épaules, coupant court à mes compliments, puis d'un geste désigna la maison, les arbres, la mer.

« L'illustration, la voici. Les choses comme elles sont. Dans mon petit domaine. »

En pareille circonstance, avant ce jour, j'aurais soulevé des objections. Dans son domaine, pas si petit qu'il voulait bien le dire, la mystification l'emportait sur le mysticisme. Tout ce dont on pouvait être sûr, c'est que les choses n'y étaient pas ce qu'elles semblaient être. Conchis avait sans doute son côté sérieux, profond, mais il n'en était pas moins un vieux charlatan plein d'astuce.

Je dis tranquillement : « Ce soir, votre malade m'a paru beaucoup mieux.

— Il se peut qu'elle vous semble demain tout à fait normale. Ne vous laissez pas prendre aux apparences.

— Aucun danger.

— Demain, comme je vous l'ai dit, je resterai hors de vue. Viendrez-vous au prochain week-end?

— Je viendrai.

— Parfait. Eh bien... » Il se leva, comme s'il n'avait fait qu'attendre un certain temps, le temps qu'il fallait à Julie pour disparaître, sans doute.

Je dis, en me levant moi aussi : « Merci une fois de plus de me tenir en votre pouvoir. »

Il inclina la tête, comme un imprésario confirmé, et trop habitué aux compliments des soirs de générale pour les prendre vraiment au sérieux. Nous rentrions dans la maison. Par la porte ouverte de sa chambre je vis les deux Bonnard luire doucement sur le mur. Je m'arrêtai sur le palier et soudain déclarai :

« Je crois bien, monsieur Conchis, que je vais aller faire un tour. Je ne me sens guère envie de dormir. Je descends juste à Moutsa. »

Il pouvait répondre qu'il allait m'accompagner, rendant par là impossible le rendez-vous près de la statue, à minuit; mais je lui donnais ainsi un gage de mon innocence. C'était aussi pour moi courir un moindre risque; s'il nous surprenait cette nuit je pourrais toujours prétendre que la rencontre était fortuite. Au moins n'avais-je pas caché que je sortais.

« Comme vous voulez. »

Il tendit la main, serra la mienne, puis me regarda descendre l'escalier. Avant même d'arriver en bas je l'entendis refermer sa porte. Il pouvait être à présent sur la terrasse, me guettant. Je piétinais bruyamment le gravier en me dirigeant vers le sentier. Mais une fois arrivé à la barrière, au lieu de descendre vers Moutsa je montai la colline et m'assis contre un tronc d'arbre. De là je pouvais observer le sentier et l'entrée du domaine. La nuit était sombre, sans lune; les étoiles pourtant diffusaient sur toute chose une pâle luminescence; c'était doux comme un son étouffé, le frôlement de la soie sur l'ébène.

Mon cœur battait précipitamment parce que j'allais retrouver Julie, mais aussi pour quelque raison plus obscure : l'impression que j'étais à présent au plus profond du plus étrange des labyrinthes. Cette fois j'étais vraiment Thésée. Ariane m'attendait au fond des ténèbres. Le Minotaure aussi peut-être.

Je restai assis là un quart d'heure, l'oreille et l'œil aux aguets, fumant une cigarette en prenant soin d'en dissimuler le bout rouge. Je ne vis personne entrer à Bourani. Et personne en sortir.

A minuit moins cinq je franchis à nouveau la barrière et me dirigeai vers l'ouest, à travers la pinède, en direction du ravin. J'avançais lentement, m'arrêtant souvent. J'atteignis la gorge, attendis un moment, puis la traversai et, aussi silencieusement que possible, montai le sentier jusqu'à la clairière où se trouvait la statue. Bientôt je vis sa forme majestueuse. Il n'y avait personne sous l'amandier. Je me tenais au bord de la clairière, immobile et tendu, dans la clarté des étoiles, certain que quelque chose allait se passer, scrutant l'ombre dense au-delà des arbres. L'idée me vint qu'elle abritait un homme aux yeux bleus brandissant une hache.

Il y eut un bruit sec, on avait lancé une pierre contre la statue. J'avançai hors de l'obscurité des pins. J'entendis bouger quelqu'un et un instant plus tard un caillou roula sur le sol jusqu'à mes pieds. J'entrevis une forme blanche à demi cachée derrière un arbre sur le même côté de la clairière, mais plus haut. Je sus que c'était Julie.

Je montai la pente en courant, trébuchai, me redressai. Elle se tenait dans l'ombre épaisse de l'arbre. Je pouvais voir ses cheveux blonds, son chemisier et son pantalon blancs. En trois enjambées je fus auprès d'elle, ses bras m'entourèrent. Nous étions enlacés, unis en un baiser passionné que nous n'interrompions que pour reprendre souffle, réajustant fiévreusement notre étreinte, la faisant durer encore... et cette fois je pensai qu'enfin je connaissais Julie. Elle me laissait presser son corps contre le mien. J'atteignis sa main, voulus l'embrasser, mes lèvres effleurèrent la paume, se posèrent sur le poignet et glissèrent vers la cicatrice.

Une seconde plus tard je m'écartais et cherchais les allumettes dans ma poche. J'en grattai une et levai le poignet gauche de ma compagne. Il ne portait pas de cicatrice. Je déplaçai l'allumette. Les yeux, la bouche, la forme du menton... C'étaient les traits de Julie. Mais ce n'était pas Julie. Celle-ci avait des petits plis au coin des lèvres, une vivacité un peu forcée, une sorte d'impudence calculée. Elle soutint mon regard puis baissa les yeux, et bientôt les leva à nouveau sous ses longs cils. Elle avait l'espièglerie impertinente de Julie. Mais pas sa douceur tranquille.

« Bon Dieu! » Je jetai l'allumette et en grattai une autre. Elle souffla vivement dessus.

« Nicholas. » La voix était basse, le ton, celui du reproche. Une voix inconnue.

« Vous faites erreur. Nicholas est mon frère jumeau. »

— J'ai cru que minuit ne viendrait jamais.

— Où est-elle? »

Je n'éprouvais pas autant d'irritation que je tentais de le faire croire. C'était une incursion dans le monde de Beaumarchais, des comédies du XVIIIe siècle. Et c'est à la colère de celui qui est dupe qu'on mesure à quel point il a été dupé.

« Qui, elle?

— Tu as oublié ta cicatrice.

— Comme tu es malin d'avoir deviné que c'était du maquillage.

— Et ta voix?

— C'est la fraîcheur de la nuit. » Elle toussa.

Je la saisis par la main et l'entraînai jusqu'au banc sous l'amandier.

« Alors, où est-elle?

— Elle n'a pas pu venir. Et ne soyez pas aussi brutal.

— Eh bien, où est-elle? » Elle resta silencieuse. Je dis : « Ce n'était pas drôle du tout.

— Moi j'ai trouvé ça plutôt exaltant. » Elle s'assit, leva les yeux : « Et vous aussi.

— Mais bon Dieu, j'ai cru... » Je ne pris pas la peine de finir ma phrase. « Vous êtes June? »

— Oui, Nicholas. »

Je m'assis à côté d'elle et sortis de ma poche un paquet de Papastratos. Elle en prit une et je la dévisageai à la lumière de l'allumette. Elle m'examina à son tour, d'un regard beaucoup moins frivole que sa voix n'avait été jusqu'ici.

La ressemblance frappante avec sa sœur me troublait d'une façon inattendue. June semblait être un aspect de Julie dont jusque-là je n'aurais pas encore pris conscience, et dont j'aurais fort bien pu me passer; une complication superflue. Peut-être était-ce le hâle sur la peau de cette fille, cet air plus robuste, comme si elle menait une vie plus sportive, ces joues juste un peu plus rondes. Elle semblait être ce qu'aurait été Julie dans des circonstances plus normales. Je me penchai en avant, les coudes sur les genoux.

« Pourquoi n'est-elle pas venue elle-même?

— Je croyais que Maurice vous avait expliqué. »

Je ne bougeais pas. J'étais comme un joueur d'échecs plein de confiance en lui-même qui voit soudain sa reine qu'il croyait imprenable sur le point de lui être enlevée. Une fois de plus je cherchai avidement dans mes souvenirs. Le vieux avait peut-être raison quand il disait que les schizophrènes étaient très intelligents. Si la folie n'était qu'une ruse, la scène de la tasse de thé ne se justifiait guère. Pourtant un peu plus de ruse encore pouvait l'expliquer comme le moyen choisi pour amener le clin d'œil complice. Et puis ces frôlements de pieds nus sous la table... Ce message des allumettes...

« Ce n'est pas votre faute. Julie a réussi à abuser des gens plus expérimentés.

— Etes-vous sûr que je m'y sois laissé prendre?

— Vous n'auriez pas embrassé de cette façon une fille que vous auriez crue être une malade mentale. » Elle ajouta : « Du moins je l'espère. » Et comme je ne répondais rien : « Ce n'est vraiment pas votre faute. Je sais combien elle est habile à suggérer que ce sont les autres autour d'elle qui sont fous. Elle aime jouer la biche aux abois. »

Il y avait comme une hésitation dans sa voix. Elle paraissait se demander comment j'allais réagir et jusqu'où allait ma crédulité.

« Elle est certainement plus habile à son propre jeu que vous ne l'êtes au vôtre. »

Elle resta un moment silencieuse. Puis : « Vous ne me croyez pas?

— Vous le savez bien. Et je pense que votre sœur, en ne me faisant pas confiance, manque de générosité. »

Le silence fut plus long encore.

« Nous ne pouvions pas nous échapper ensemble. » Elle ajouta à voix plus basse : « Et aussi je voulais être sûre. »

— Sûre de quoi?

— Que vous êtes bien celui que vous prétendez être.

— Je lui ai dit la vérité.

— C'est ce qu'elle ne cesse de me répéter. Avec un peu trop d'enthousiasme pour que je la croie en état d'en décider impartialement. » Elle ajouta avec quelque ironie : « Un enthousiasme que je commence à comprendre. Du moins sur le plan physique.

— Vous pouvez aisément vérifier que je travaille au collège, de l'autre côté de l'île.

— Nous savons qu'il y a une école. Je suppose que vous n'avez sur vous aucun papier d'identité?

— C'est ridicule.

— Dans les circonstances présentes, ne rien vous demander le serait plus encore. »

Je devais reconnaître à cela quelque sagesse. « Je n'ai pas mon passeport. Un permis de séjour grec, si cela vous suffit.

— Puis-je le voir, je vous prie? »

Je fouillai dans ma poche. Puis je frottai trois ou quatre allumettes pendant qu'elle examinait le permis qui portait mon nom, mon adresse et ma profession. Elle me le rendit.

« Satisfaite? »

Son ton était sérieux. « Pouvez-vous jurer que vous ne travaillez pas pour lui?

— Seulement de la façon que vous savez. C'est-à-dire qu'il m'a déclaré que Julie est soumise à une sorte de psychothérapie expérimentale pour le traitement des schizophrènes. Je ne l'ai jamais cru. Du moins je ne pouvais plus le croire quand je me retrouvais auprès d'elle.

— Vous ne connaissiez pas Maurice avant de venir à Bourani, il y a un mois?

— Non, je vous le jure.

— Vous n'avez pas signé un contrat avec lui? »

Je la regardai : « Cela veut dire que vous en avez signé un?

— Oui. Mais pas pour ce qui se passe à présent.

— Alors? »

Elle hésita : « Julie vous le dira demain.

— J'aimerais bien moi aussi que vous me montriez des papiers d'identité. »

— D'accord. Ce n'est que justice. » Sa cigarette tomba. Elle l'écrasa du pied. La question suivante me prit au dépourvu : « Y a-t-il de la police sur l'île?

— Un brigadier et deux hommes. Pourquoi?

— Je me demandais, c'est tout. »

J'hésitai; me décidai : « Voyons, faisons le point. D'abord vous étiez des fantômes. Puis des schizophrènes. Maintenant vous êtes la prochaine cargaison à expédier au harem.

— Je le souhaiterais presque. Ce serait plus simple. » Elle dit vivement : « Nicholas, chacun sait que je ne prends jamais rien au sérieux et c'est en partie pourquoi nous sommes ici; d'ailleurs, même à présent, ça ne manque pas d'attrait. Mais nous ne sommes vraiment que deux jeunes Anglaises qui se sont mises dans une telle situation, ces deux derniers mois, que... » Elle s'arrêta brusquement. Un silence. Je demandai : « Etes-vous, tout comme Julie, fascinée par Maurice? »

Elle ne répondit pas tout d'abord. Je la regardai. Elle eut un petit sourire. « Je sens que vous et moi nous sommes faits pour nous comprendre.

— Donc, vous n'êtes pas sous l'empire du vieux? »

Elle baissa les yeux. « Julie est beaucoup plus brillante que moi sur le plan de l'intelligence pure. J'ai par contre un solide bon sens dont elle est totalement dépourvue. Moi, quand je ne comprends pas ce qui se passe, je deviens méfiante. Julie, elle, s'en laisse aisément conter.

— Pourquoi avez-vous mentionné la police?

— Parce qu'ici nous sommes retenues prisonnières. Oh, d'une façon très subtile. L'argent ne compte pas, il n'y a pas de barreaux. Elle vous a dit, j'imagine, qu'on nous assure constamment que nous pouvons rentrer chez nous à tout moment. Cependant nous sommes toujours sous bonne garde.

— Et en ce moment? Sommes-nous seuls?

— Je l'espère. Mais je dois rentrer bientôt.

— Si vous le désirez, je peux aisément prévenir la police.

— C'est un soulagement de le savoir.

— Et quelle est votre théorie au sujet de ce qui se passe ici? »

Elle me sourit pensivement : « J'allais vous demander la vôtre.

— Je suppose qu'il est vrai que Conchis s'est réellement intéressé à la psychiatrie?

— Il interroge Julie pendant des heures après vos visites. Ce que vous avez dit, comment vous vous êtes comporté, quels mensonges elle vous a racontés. Cela n'en finit pas. On a l'impression qu'à recevoir tous les détails de sa bouche il trouve le même plaisir que s'il assistait à vos entretiens.

— Est-ce qu'il hypnotise Julie?

— Oui. Il m'a hypnotisée aussi. Une fois seulement. C'est extraordinaire. Et vous? Est-ce qu'il...?

— Oui. Une fois.

— Et Julie plusieurs fois. Pour l'aider à apprendre ses rôles. Les faits au sujet de Lily. Puis elle a eu droit à toute une séance sur le comportement des schizophrènes.

— L'interroge-t-il sous hypnose?

— A vrai dire, non. Il exige toujours que celle qu'il ne va pas hypnotiser soit présente. J'ai toujours été là. J'écoutais. Julie trouve que c'est merveilleux, d'un point de vue technique. Pour entrer dans un rôle.

— Mais vous avez des doutes? »

Une fois de plus elle hésita. « Il y a quelque chose qui nous ennuie. Le côté “voyeur” chez Conchis. Nous avons l'impression qu'il vous observe, Julie et vous, tombant amoureux l'un de l'autre. » Elle me regardait. « Est-ce que Julie vous a parlé des Trois Cœurs? » Elle vit que j'ignorais de quoi il s'agissait. « Je préférerais qu'elle vous en parle elle-même. Demain.

— Quels Trois Cœurs?

— Initialement, il était prévu que je ne resterais pas toujours à l'arrière-plan.

— Et?

— J'aime mieux qu'elle vous le dise elle-même. »

Je risquai une suggestion : « Vous et moi? »

Elle hésita. « C'est abandonné, à présent. A cause de ce qui est arrivé. Pourtant nous avons l'impression que même l'abandon de ce projet faisait partie du plan. C'est pourquoi je m'interroge sur les raisons de ma présence ici.

— Mais c'est abject. Nous ne sommes pas des pions sur un échiquier.

— Et il le sait bien, Nicholas; mais il ne veut pas seulement être pour nous un mystère. Il veut que nous aussi nous l'étonnions. » Elle sourit, murmura : « Quant à moi, je ne suis pas sûre d'être totalement satisfaite de l'abandon du projet initial.

— Puis-je dire ça à votre sœur? »

Elle sourit, baissa les yeux. « Il ne faut pas me prendre trop au sérieux.

— Je m'en suis déjà aperçu. »

Elle reprit, après un court silence : « Julie vient seulement de se remettre d'une aventure amoureuse particulièrement désastreuse. C'est une des raisons pour lesquelles elle voulait quitter l'Angleterre.

— Comme je la comprends!

— Oui, je sais. Mais ce que je dois ajouter c'est que je ne veux pas qu'elle recommence à souffrir.

— Ce n'est pas moi qui lui ferai du mal. »

Elle se pencha vers moi : « Julie a le don des choix malheureux. Ce n'est pas une attaque contre vous que je ne connais pas. Simplement, ce qui lui est arrivé dans le passé me donne des raisons d'être inquiète. C'est pourquoi j'aimerais bien jouer son rôle. Afin de la protéger.

— Elle n'a nul besoin de protection contre moi.

— Je veux dire qu'elle est toujours à la recherche de poésie, d'esprit, de sensibilité, tous ces ingrédients romantiques. Mon menu est plus frugal.

— Et vous ne souffrez jamais de la faim?

— Je ne m'attends pas que les hommes qui m'attirent aient nécessairement de belles âmes. »

C'était dit avec une froide ironie pourtant teintée de regret, et cela me plut. Je contemplais son visage se profilant sur le ciel sombre et j'entrevis un monde où elle et Julie joueraient toutes deux le même rôle, où je les aurais toutes les deux, l'une sombre et l'autre pâle, qui durant la nuit se succéderaient auprès de moi comme dans ces histoires grivoises de la Renaissance. J'imaginais un avenir charmant, où, bien sûr, j'épouserais Julie, mais aussi où cette belle-sœur également attirante et de toute évidence différente ferait comme partie du mariage, du moins sur le plan esthétique. Des jumelles... Et tout ce que cela impliquait, suggérait... La confusion, le trouble... deux esprits et deux corps qu'on ne peut plus qu'à peine distinguer l'un de l'autre, l'un et l'autre tout aussi obsédants.

Elle murmura : « A présent, je dois rentrer.

— Vous ai-je convaincue?

— Autant qu'il est possible.

— Puis-je vous reconduire jusqu'où vous vous cachez?

— Vous ne pourrez pas entrer.

— D'accord. Mais moi aussi j'ai besoin qu'on me rassure. »

Elle hésita. « Si vous promettez de me laisser aller lorsque je vous le dirai.

— Entendu. »

Nous étions debout à présent, et nous nous mîmes à redescendre vers la statue de Poséidon. Nous venions de l'atteindre lorsque je vis que nous n'étions pas seuls. Une silhouette blanche se profilait à vingt mètres environ parmi les buissons qui, du côté de la mer, fermaient la clairière entourant la statue. Nous avions parlé trop bas pour qu'on ait pu nous entendre. Nous n'en étions pas moins bouleversés.

June murmura : « Oh, mon Dieu!

— Qui est-ce? »

Elle prit ma main et m'obligea à me retourner.

« Notre chien de garde bien-aimé. Ne bougez pas. Je vais vous laisser ici. »

Je jetai un regard en arrière et cette fois distinguai mieux l'intrus. C'était un homme vêtu d'une blouse blanche, une blouse d'infirmier peut-être; sur le visage, un masque sombre dont je ne pouvais distinguer les traits. June pressa ma main, leva les yeux vers moi, un regard aussi direct que celui que m'avait lancé Julie en me quittant et, adoptant le tutoiement : « Je te fais confiance. Fais-nous confiance toi aussi.

— Que va-t-il arriver à présent?

— Je ne sais pas. Mais ne commence pas à discuter. Maintenant il faut seulement retourner dans ta chambre. »

Elle se pencha, m'attirant légèrement vers elle, et m'embrassa sur la joue. Puis elle marcha vers l'homme en blouse blanche. Quand elle fut près de lui je la suivis. Il s'effaça pour la laisser s'enfoncer dans l'obscurité plus profonde du sous-bois avant de me barrer de nouveau le passage. J'eus un choc encore plus violent que le premier en m'apercevant soudain qu'il ne portait pas de masque. C'était un Noir; un homme grand et massif, d'une trentaine d'années. Il me fixait d'un regard sans expression. Je m'approchai de lui, jusqu'à moins de trois mètres.

Il étendit alors le bras dans un geste d'interdiction. Je pouvais voir que sa peau était plus claire que celle de certains Noirs, son visage lisse, et il y avait quelque chose de glauque et d'animal dans ses yeux aux aguets; il semblait qu'il fût uniquement concentré sur le problème de savoir quel serait mon prochain geste. Il se tenait là très droit et pourtant prêt à bondir, comme un athlète, un boxeur qui rassemble ses forces.

Je m'arrêtai. Je dis : « Tu me plaisais mieux avec ton masque de chacal. »

Il ne bougea pas. Mais le visage de June réapparut derrière lui, anxieux, suppliant.

« Nicholas, retourne à la maison. Je t'en prie. » Mon regard alla de ses yeux inquiets à ceux de l'homme immobile. Elle dit : « Il ne répondra pas. Il est muet.

— Je croyais que les eunuques noirs avaient disparu avec l'Empire ottoman. »

Le visage de l'homme resta impassible. J'eus l'impression qu'il n'avait pas même compris mes paroles. Mais après un moment il croisa les bras, écarta un peu plus les jambes. Je pus voir sous la blouse blanche un sweater noir à l'encolure ronde. Je sentais que l'homme désirait une confrontation et j'étais tenté de le satisfaire.

Je laissai à June la décision finale. Je demandai pourtant : « Tu n'auras pas d'ennuis?

— Non. Pars, veux-tu.

— Je vais attendre près de la statue. »

Elle inclina la tête et s'éloigna. Je retournai vers le dieu de la mer et m'assis sur le rocher qui le supportait. Sans trop savoir pourquoi j'étendis les mains et les refermai sur la cheville de bronze. Le Noir se tenait immobile, bras croisés, comme un gardien de musée que sa charge ennuie, ou peut-être comme un janissaire, le cimeterre au côté, devant le portail d'un harem impérial. Ma main abandonna la cheville divine pour prendre une cigarette. J'avais besoin de fumer pour retrouver mon calme. Une minute passa. Deux minutes. En dépit de ce que disaient les deux sœurs, je ne croyais guère à la cachette, et je guettais le bruit d'un moteur de bateau. Mais tout était silencieux. Au-delà du dépit d'avoir été traité comme un petit garçon devant une jolie fille, je me sentais mal à l'aise, coupable même. Conchis allait à présent être mis au courant du rendez-vous clandestin. Peut-être allait-il apparaître. La perspective d'avoir à lui dire son fait au sujet de cette absurde histoire de schizophrénie ne me faisait pas peur, mais par contre je craignais de me faire congédier pour de bon, après avoir violé si ouvertement nos conventions. Je me demandai un instant si je ne devais pas essayer de discuter avec le Noir, de plaider ma cause, de le suborner. Mais il ne m'y encourageait guère, immobile dans l'obscurité, et sa réserve me le rendait doublement étranger.

Soudain un coup de sifflet déchira le silence. Ensuite tout se passa très vite.

En quelques rapides enjambées l'homme fut près de moi. Je ne bougeai pas et simplement demandai : « Hé, qu'est-ce qui te prend? » Mais il était fort et vif comme un léopard, plus grand que moi de cinq bons centimètres. Et sur son visage furieux pas la moindre trace d'humour. Il me faisait peur, je l'avoue, ses yeux brûlaient d'une violence démentielle; et je le vis brusquement comme la réplique noire d'Henrik Nygaard. Soudain il me cracha en plein visage, puis de sa main ouverte me repoussa brutalement contre le piédestal de roc. Ma jambe heurta la pierre aiguë et je dus m'asseoir. Comme j'essuyais mon nez et ma joue je vis l'homme qui déjà descendait la pente. J'ouvris la bouche pour crier quelque chose puis me ravisai. Je sortis mon mouchoir et continuai de m'essuyer. C'était dégoûtant, je me sentais souillé. Si Conchis s'était tenu devant moi à ce moment je l'aurais étranglé.

Je ne fis pourtant que retourner jusqu'à la barrière et descendre le sentier vers Moutsa. Il me fallait sortir du domaine. Une fois sur la plage je me déshabillai et me plongeai dans la mer, frottai mon visage d'eau salée puis nageai vers le large sur une centaine de mètres. Des algues phosphorescentes tourbillonnaient en longs rubans qui s'accrochaient à mes mains et à mes pieds. Je plongeai en profondeur et, me retournant, contemplai à travers l'eau les taches brouillées des étoiles. Je sentais sur mon sexe la fraîcheur de la mer, sa douceur soyeuse. J'étais là, protégé, libéré, hors de leur portée à eux tous.

J'avais toujours soupçonné quelque sens caché dans l'histoire de Deukans et sa galerie d'automates. Ce que Conchis avait fait — ou du moins essayait de faire — c'était transformer Bourani en une galerie du même genre, mais ses automates étaient des êtres humains. Je ne le supportais plus. Le bon sens de June lorsqu'elle tentait de définir la situation m'avait impressionné et il était évident que j'étais le seul homme sur les lieux à qui les deux sœurs pouvaient faire confiance. Elles avaient besoin de moi, du moins de mon aide, de ma force. Je savais qu'il ne me servirait à rien de courir vers la maison et de m'en prendre à Conchis. Il ne ferait qu'inventer d'autres mensonges. Ce qu'il fallait plutôt c'était le traiter comme un animal qu'on tente par la douceur de faire sortir de son trou pour le traquer et le détruire.

Je marchai dans l'eau silencieuse. La longue pente de Bourani la barrait à l'est. Peu à peu je me calmai. Ce n'était qu'un crachat, après tout; ça aurait pu être pire; et j'avais insulté cet homme. Je me reconnaissais bien des défauts mais je n'étais pas raciste. Ou du moins j'aimais à le croire. D'ailleurs c'était au vieux de jouer à présent. Quelle que soit la façon dont il réagirait, j'en apprendrais un peu plus à son sujet. Je devais attendre de voir ce que l'incident de la nuit apporterait au scénario du lendemain. Et je fus à nouveau repris par l'enchantement. Que vienne la suite, même le sombre Minotaure, n'importe, mais que cela dure encore et que j'atteigne enfin le centre et obtienne ma récompense.

Je revins sur la rive et me séchai avec ma chemise. Puis je me rhabillai et retournai vers la maison. Elle était silencieuse. J'écoutais à la porte de Conchis, sans m'inquiéter de savoir s'il n'allait pas se rendre compte que je m'étais arrêté là. Il n'y avait aucun bruit.

46

Au réveil je me sentais brisé, fourbu, dans un état proche de la stupeur. Et c'était bien pire que l'effet habituel de la chaleur en Grèce. Il était presque dix heures. Je plongeai la tête dans l'eau froide, enfilai mes vêtements, et je descendis sous la colonnade. Je soulevai la mousseline étalée sur la table et vis mon petit déjeuner préparé, ainsi que le réchaud à alcool pour le café. J'attendis un moment mais personne ne vint. Le silence m'intriguait, la maison semblait déserte. Je m'étais attendu à voir Conchis, dans un nouveau développement de son rôle, et non pas une scène vide.

Mon repas terminé j'emportai la vaisselle sale jusqu'au cottage de Maria sous prétexte de lui éviter du travail, mais sa porte était fermée à clef. C'était un premier échec. Je montai l'escalier, frappai à la porte de Conchis, tournai la poignée. Deuxième échec. J'explorai alors toutes les pièces du rez-de-chaussée; je fis même des recherches hâtives sur les rayonnages dans la salle de musique, espérant y découvrir ses dossiers de psychiatrie, mais là encore je n'eus aucun succès; et soudain la peur me prit : après ce qui s'était passé la nuit précédente tout était fini. Ils avaient tous disparu pour de bon.

J'allai jusqu'à la statue puis fis lentement le tour du domaine. Près d'une heure s'était écoulée quand je revins à la maison. Elle était toujours déserte. Je commençai à me sentir à la fois désespéré et complètement désorienté. Que faire à présent? Aller au village et prévenir la police? Je me décidai à descendre vers la plage. Le bateau était parti. Je nageai hors de la crique et contournai le promontoire. A cet endroit, parmi un amoncellement de rocs brisés et d'énormes pierres, les plus imposantes falaises de l'île, hautes d'une trentaine de mètres, tombaient dans la mer. Elles dessinaient vers l'est une très large courbe, pas assez marquée pour former une baie, mais suffisamment pour cacher celle où se trouvaient les trois maisonnettes. J'examinai soigneusement les falaises. Pas d'endroit où l'on puisse descendre, et non plus où un bateau, même petit, puisse accoster. Et cependant c'était la direction que prenaient les deux sœurs quand elles rentraient « chez elles ». Sur la pente raide en haut des falaises, à la lisière de la pinède, il n'y avait que des buissons rabougris, ne pouvant guère offrir qu'une cachette provisoire. Il ne restait qu'une possibilité : elles longeaient la côte, décrivaient un quart de cercle vers l'intérieur de l'île et redescendaient au-delà des maisons.

Je nageai un peu plus loin vers le large. Un courant froid me fit me retourner vers le rivage. Et immédiatement je la vis, une fille en robe d'été rose pâle se tenant à la lisière des pins, en haut de la falaise, à une centaine de mètres à l'est de l'endroit où je me trouvais. Elle était dans l'ombre, et pourtant sa silhouette colorée, joyeuse, s'imposait au regard. Elle agita la main et je fis le même geste en retour. Elle parcourut quelques mètres le long du mur vert des arbres; le soleil entre les branches tachait d'or le rose pâle de sa robe. Et je vis alors une autre robe rose, une autre fille. Elles se tenaient là, deux formes identiques, et la plus proche agita de nouveau la main, me faisant signe de revenir au rivage. Puis toutes les deux firent demi-tour et disparurent comme si elles s'étaient mises en route pour me rencontrer à mi-chemin.

Quelques minutes plus tard, ayant passé une chemise sur mon slip de bain mouillé, j'arrivai tout essoufflé à l'extrémité du petit ravin. Ni June ni Julie n'étaient aux alentours de la statue et pour un instant je me demandai avec irritation si on ne se moquait pas encore de moi, si je ne les avais vues que pour mieux les perdre. Je descendis vers les falaises, au-delà du caroubier, vers le bleu brûlant de la mer tout au bout de la pinède. Soudain j'aperçus leurs silhouettes. Elles étaient assises à l'ombre, sur une butte de terre et de roc. Je ralentis le pas. Leurs robes étaient exactement semblables et très simples, avec des manches courtes légèrement bouffantes, un décolleté profond. Elles portaient des bas fins, bleu cendré, des chaussures grises. On eût dit deux jeunes filles d'à peine vingt ans, jolies, très féminines, mais elles avaient un petit air de citadines endimanchées, et le panier de jonc posé près de June évoquait leur vie d'étudiantes à Cambridge.

Quand je m'approchai, June se leva et vint à ma rencontre. Comme sa sœur elle avait libéré ses cheveux qui tombaient sur ses épaules; sa peau était dorée; le hâle plus marqué qu'il ne m'avait paru le soir précédent; de près son visage paraissait plus ouvert, avec un certain air d'audace allègre. Je voyais que Julie nous observait, distante, sans un sourire. June rit.

« Je lui ai dit qu'il t'était indifférent de savoir laquelle d'entre nous tu verrais ce matin.

— Très gentil de ta part. »

Elle me prit la main, m'entraîna jusqu'à la butte, et souriant à Julie :

« Voici ton chevalier dans toute sa gloire. »

Julie me lança un regard plutôt froid. « Bonjour.

— Elle sait tout », dit June.

Julie lui glissa un coup d'œil oblique :

« Je sais aussi qui est coupable. »

Cependant elle se leva, s'approcha de nous, et dans ses yeux le reproche fit place à la sollicitude.

« Es-tu rentré sans ennui? »

Je racontai ce qui s'était passé, et que le Noir m'avait craché au visage. Les deux sœurs oublièrent aussitôt leur mésentente, levant vers moi leurs yeux gris-bleu où je lisais le trouble. Puis elles se regardèrent. J'avais confirmé sans doute quelque chose qu'elles venaient de discuter. Julie parla la première.

« As-tu vu Maurice ce matin?

— Non. Pas même entrevu. »

Elles échangèrent de nouveau un bref coup d'œil.

« Nous non plus, dit June.

— L'endroit semblait complètement désert. Je vous ai cherchées partout. »

June jeta un regard derrière moi, vers la pinède. « Cela peut sembler désert. Mais je parie bien que ça ne l'est pas.

— Qui est ce foutu nègre?

— Maurice l'appelle son valet de chambre. Quand tu n'es pas là il lui arrive même de servir à table. Il est chargé de s'occuper de nous quand nous nous cachons. Je dois avouer qu'il nous fait plutôt peur.

— Est-il vraiment muet?

— A toi d'en juger. Nous, nous en doutons. Il reste pendant des heures, assis, le regard fixe, comme quelqu'un qui aurait vu tant et tant de choses...

— Il n'a jamais... »

Julie secoua la tête. « C'est à peine s'il semble se rendre compte que nous sommes des femmes.

— Il doit aussi être aveugle. »

June fit une petite grimace. « Nous en serions vexées si ce n'était rassurant.

— Le vieux doit être au courant de ce qui s'est passé la nuit dernière.

— C'est ce que nous voudrions bien savoir. »

June ajouta : « Une énigme à résoudre. Comme dans Sherlock Holmes, le mystère du chien qui n'a pas aboyé pendant la nuit. »

Je la regardai. « Je croyais qu'officiellement je ne savais pas que tu existais.

— Nous allions nous rencontrer aujourd'hui. Je devais confirmer l'histoire de Maurice. »

Julie ajouta : « J'aurais joué d'abord une de mes scènes fameuses, dans mon rôle de folle.

— Mais il doit...

— Ce qui nous intrigue c'est qu'il a omis de nous raconter le dernier chapitre, ce que nous devenons quand tu as compris que la schizophrénie est une supercherie.

— Aussi avons-nous décidé d'être nous-mêmes et de voir ce qui va se passer.

— A présent il faut me dire tout ce que vous savez. »

Julie lança un bref regard vers sa sœur. June eut un petit geste simulant la surprise.

« Serais-je de trop par hasard?

— Tu peux aller parfaire ton bronzage dégoûtant. Nous te tolérerons peut-être pour le déjeuner. »

June fit une révérence puis alla ramasser son panier et levant le doigt en signe d'avertissement : « Je veux savoir tout ce qui me concerne. »

Je souris et pendant qu'elle s'éloignait je vis un reproche voilé dans le regard de Julie.

« Il faisait si sombre. Et ces vêtements pareils aux tiens. Vraiment, je...

— Je lui en veux. Les choses sont déjà assez compliquées.

— Elle est très différente de toi.

— Nous avons cultivé les différences. » Sa voix se fit plus douce, plus franche. « En réalité nous nous entendons très bien. »

Je lui pris les mains : « C'est toi que je veux. » Elle ne me laissa pas l'attirer contre moi mais, m'entraînant : « J'ai trouvé un endroit le long de la falaise où on peut parler sans être vus. »

Nous marchions à travers la pinède; je lui serrai la main.

« Tu n'es pas vraiment en colère?

— Tu as été content de l'embrasser?

— Seulement parce que je croyais que c'était toi.

— Ça a duré longtemps?

— Juste quelques secondes. »

Elle secoua ma main : « Menteur. »

Elle réprimait mal un sourire. Elle me fit contourner un amas de rochers, un pin solitaire, puis redescendre la pente jusqu'au bord de la falaise. Le roc formait derrière nous, à l'intérieur de l'île, un mur naturel nous protégeant des regards. Un autre panier était posé sur un tapis de bain vert foncé étendu dans l'ombre légère d'un arbre courbé par le vent. Après un coup d'œil aux alentours je pris Julie dans mes bras. Cette fois elle me laissa l'embrasser, mais aussitôt détourna la tête.

« La nuit dernière, je désirais tant te rejoindre.

— C'était horrible.

— Elle prétend qu'elle n'a que les ennuis et moi tout le plaisir. » Et après un léger soupir : « J'ai dû la laisser faire.

— N'importe. Nous avons toute la journée. »

Elle m'embrassa l'épaule à travers ma chemise humide. « Il faut que nous parlions. »

Elle se débarrassa de ses chaussures puis s'assit sur le tapis, les jambes repliées sous elle. Les bas bleus ne montaient que jusqu'aux genoux. La robe n'était pas uniformément rose mais faite d'un tissu blanc imprimé de minuscules fleurs roses en un dessin serré. Le décolleté descendait jusqu'à l'endroit où deux courbes douces annonçaient les seins. Ainsi vêtue Julie avait l'air d'une écolière dont la sensualité est encore innocence. Le vent de midi jouait avec les mèches de ses cheveux sur son dos comme au temps de Lily sur la plage. Mais tout ce qui composait le personnage de Lily avait fui comme l'eau entre les doigts. Je m'assis auprès d'elle; elle se pencha pour atteindre le panier. L'étoffe se tendait sur ses seins. Elle se redressa. Mon regard rencontra le regard attentif de ses beaux yeux gris-bleu.

« Vas-y. Pose toutes les questions que tu veux.

— Que faisais-tu à Cambridge?

— Des études classiques. » Elle vit ma surprise. « C'est ce que mon père avait fait lui-même. Il était comme toi, professeur.

— Etait?

— Il est mort à la guerre.

— Et June? »

Elle sourit : « J'ai été l'agneau du sacrifice. June a pu faire ce qu'elle aimait : des langues vivantes.

— Quand avez-vous quitté Cambridge?

— L'année dernière. » Elle allait dire quelque chose, se ravisa, prit le panier et le posa entre nous deux. « J'ai apporté tout ce que j'ai pu. Viens plus près. J'ai si peur qu'ils voient ce que je fais. »

Je jetai un coup d'œil aux alentours. Le mur naturel nous protégeait et, pour nous observer, il aurait fallu s'avancer sur la crête. Elle sortit du panier un petit livre défraîchi, râpé, avec un dos de cuir noir et une reliure en carton aux marbrures vertes. Je regardai le titre *Quintus Horatius Flaccus, Parisiis.*

« C'est un Didot aîné.

— Qui est-ce? » On pouvait lire la date : 1800.

« Un imprimeur français de grand renom. »

Elle ouvrit le livre. Il y avait une dédicace écrite en travers, sur la page de garde : *Les idiotes de IVB à leur charmant professeur Miss Julia Holmes.* En dessous, une quinzaine de signatures : *Penny O'Brien, Susan Smith, Susan Mowbray, Jane Willings, Lea Gluckstein, Jean Ann Moffat...*

« Où était-ce?

— Regarde cela d'abord, je te prie. »

Elle me tendait quelques enveloppes. Sur trois d'entre elles je pouvais lire : Miss Julie et Miss June Holmes, aux bons soins de M. Maurice Conchis, Bourani, Phraxos, Grèce. Les timbres étaient anglais, les cachets récents. Et du Dorset.

« Tiens, lis celle-là. »

Je sortis la lettre de l'enveloppe. Elle était écrite sur papier à en-tête : Ansty Cottage, Cerne Abbas, Dorset, et avait dû être griffonnée à la hâte.

> Mes chéries, j'ai été terriblement occupée avec tout ce branle-bas pour l'exposition. Et M. Arnold a choisi précisément ce moment pour décider qu'il voulait commencer les peintures. Puis Roger a téléphoné. (Roger! Je n'en revenais pas!) Il est en garnison à Bovington à présent. Il s'est invité pour le week-end. Il ne savait pas que vous étiez toutes les deux à l'étranger et il a été bien déçu. Je l'ai trouvé beaucoup plus agréable, il ne joue plus au monsieur important. Et pourtant le voilà capitaine! Comme je ne savais vraiment pas quoi faire de lui j'ai invité à dîner la petite Drayton et son frère et ma foi ça s'est bien passé. Billy devient trop gras, le père Tom dit que c'est toute cette herbe, aussi ai-je demandé à la petite Drayton si elle ne voulait pas le monter un peu, je sais que vous serez d'accord.

Je regardai la fin de la lettre. Elle était signée *Maman.* Je levai les yeux et Julie fit une grimace : « Elle écrit comme elle parle. »

Elle me tendit trois autres lettres. L'une lui était adressée par un ancien collègue et donnait des nouvelles des autres professeurs, des élèves, des activités scolaires. Une autre était signée « Claire », le nom d'une amie, me dit-elle. La troisième, envoyée à June par une banque de Londres, lui faisait savoir qu'une somme de cent livres avait été versée à son compte le 31 mai.

« Notre salaire. »

Ce fut mon tour d'être surpris. « Il vous paie cela tous les mois?

— Oui, à chacune.

— Eh bien, mes félicitations! »

Je repris la lettre de la banque et notai mentalement l'adresse. Barclays Bank, Englands Lane, N.W. 3. Le nom du directeur : P.J. Fearn.

« Et ça encore. »

C'était son passeport. Miss J.N. Holmes.

« N?

— Neilson. Le nom de famille de ma mère. »

Je lus le signalement, sur le feuillet à côté de la photo. *Profession :* Enseignante. *Date de naissance :* 16.1.28. *Lieu de naissance :* Winchester.

« C'est à Winchester que ton père enseignait?

— Il y était professeur principal de lettres classiques. »

Lieu de résidence : Angleterre. *Taille :* 1 m 67. *Couleur des yeux :* gris. *Cheveux :* blonds. *Signes particuliers :* cicatrice au poignet gauche. Sœur jumelle. Elle avait signé en bas, d'une nette écriture penchée. Je feuilletai le passeport, examinant les cachets : deux voyages en France, un en Italie l'été précédent. Un visa d'entrée en Grèce daté d'avril. Un tampon le 2 mai, à l'arrivée à Athènes. Rien pour l'année précédente. Et je songeai à ce 2 mai, où tout se préparait déjà.

« Vous étiez dans quel collège, à Cambridge?

— Girton.

— Vous avez dû connaître la vieille Miss Wainwright. Docteur Wainwright.

— A Girton?

— Une spécialiste de Chaucer. Langland. » Elle m'observait, puis baissa les yeux, les releva vers moi avec un petit sourire. Elle ne s'y laisserait pas prendre. Je souris à mon tour. « Bon. Excuse-moi. D'accord. Tu étais étudiante à Girton. Puis tu as été professeur. »

Elle nomma une *Grammar School* bien connue, dans le nord de Londres.

« Ce n'est pas très plausible.

— Pourquoi?

— Une école aussi peu distinguée...

— Tout ce que je voulais, c'était être à Londres. » Elle sourit, et d'un geste machinal tirant sa jupe sur ses genoux : « Ne crois pas que j'aie l'habitude du genre de vie qu'on mène ici.

— Pourquoi voulais-tu être à Londres?

— June et moi nous avons fait du théâtre à Cambridge. Nous avions un métier l'une et l'autre mais...

— Et son métier à elle?

— Dans la publicité. Elle rédigeait des textes. C'est un milieu qui ne me plaît guère. En tout cas pas les hommes qu'on y rencontre.

— Excuse-moi, je t'ai interrompue.

— Je voulais juste dire que pour différentes raisons nous n'étions, ni l'une ni l'autre, passionnées par notre travail. Nous avons fait la connaissance d'une compagnie théâtrale amateur appelée le Tavistock Repertoire. Ils ont un petit théâtre à Canonbury.

— Oui. Je sais. J'y suis allé une fois. »

Je m'accoudai sur le sol. Elle était assise un peu de côté, appuyée sur un bras. Derrière elle la limite devenait incertaine entre le bleu du ciel et le bleu de la mer. Une brise passait entre les branches, nous caressant la peau comme un courant d'eau tiède. Cette nouvelle Julie, la vraie, avec son air sérieux et sa simplicité, je la trouvais délicieuse. Je prenais conscience de ce qui m'avait manqué jusque-là : la sentir accessible.

« Donc, en novembre dernier, on a monté *Lysistrata.*

— Dis-moi d'abord pourquoi tu n'aimes pas l'enseignement.

— Et toi? Tu aimes ça?

— Non. Du moins je n'aimais pas ça avant de te rencontrer.

— C'est simplement que pour moi... le cœur n'y est pas. Et puis cet air digne qu'il faut prendre! »

Je souris et inclinai la tête : « *Lysistrata.*

— Je pensais que tu en avais peut-être entendu parler à l'époque. Ou lu un article. Non? Eh bien, un directeur astucieux appelé Tony Hill a décidé que le rôle principal serait joué par nous deux à la fois. Je me tenais sur le devant de la scène et disais le texte, certains passages en grec. Et June était chargée du jeu corporel. On en a parlé dans plusieurs journaux et il est venu beaucoup de gens de théâtre. Des vrais. Pour la mise en scène, pas pour nous. »

Elle fouilla dans son panier, en sortit un paquet de cigarettes et continua. « Un jour, vers la fin de la représentation, un homme a pénétré dans les coulisses et nous a dit qu'il était un imprésario et qu'il connaissait quelqu'un qui voulait nous rencontrer. Un producteur de films, bien entendu! » Elle sourit. « Et il était si réservé à ce sujet que ça semblait vraiment cousu de fil blanc. Mais quelques jours plus tard deux énormes bouquets nous étaient adressés avec une invitation à déjeuner au Claridge de la part de quelqu'un qui signait...

— Maurice Conchis. »

Elle eut un bref hochement de tête. « Nous avons un peu hésité; puis nous avons accepté; ça nous semblait drôle. » Après un silence elle reprit : « Quand nous avons vu Maurice... eh bien, il nous a éblouies. Peut-être parce que nous nous attendions à un de ces individus répugnants qui se donnent le genre d'Hollywood et dix minutes après le début de la première conversation commencent à vous tripoter. Non que j'en aie déjà rencontré, mais tout le monde sait bien... Et il y avait là ce vieil homme charmant, cultivé, d'une parfaite correction, qui, après le déjeuner, alors que nous avions toutes les raisons d'être enchantées, s'est mis à nous expliquer ce qu'il attendait de nous.

— Il vous a parlé de lui? »

Elle rejeta ses longs cheveux en arrière.

« Il s'est présenté comme un homme d'affaires, riche, intéressé par toutes sortes de choses. Il nous a dit qu'il avait des résidences en France et en Grèce. Il montrait un goût prononcé pour le théâtre et il était très érudit. Il nous a décrit Bourani; une description très précise. Et il a mentionné plusieurs fois sa société de production cinématographique installée à Beyrouth. » J'allais parler; elle m'arrêta. « Et soudain, il nous a fait cette offre; jouer dans un film qu'il voulait tourner cet été. Il nous a raconté le scénario, je vais te le dire dans un instant.

— Vous avez dû...

— Nous avons ri. C'était presque un fou rire. Alors, il a donné des chiffres : notre salaire. » Son visage reprenait l'air presque incrédule qu'elle avait dû avoir alors : « Cinq mille livres pour nous deux et cent livres par mois chacune pour nos dépenses personnelles. Et en fait il se trouve que nous n'en avons pratiquement pas.

— Et cet argent? Vous l'avez touché?

— Deux mille cinq cents livres. Le reste nous est versé mensuellement. » Elle baissa la tête, comme si elle avait honte, comme si elle craignait que je la juge sévèrement. « C'est la raison majeure qui nous fait rester ici. De l'argent gagné si aisément. C'est absurde...

— Donc, vous avez dit oui.

— Pas tout de suite. Nous ne pouvions pas y croire. On nous a reconduites chez nous. En Rolls. Nous allions réfléchir. Chez nous c'était, dans Belsize Park, un logement exigu, sous les combles. Nous étions deux cendrillons. Conchis savait s'y prendre. Il n'a jamais vraiment insisté. Nous l'avons vu encore deux autres fois, puis une autre. Il nous a emmenées au théâtre, à l'opéra. Sans jamais tenter de se trouver avec seulement l'une d'entre nous. Il y a des choses que j'oublie mais tu sais bien ce dont il est capable quand il veut charmer. Cette impression qu'il peut donner de tout connaître, de tout comprendre.

— Qu'en pensaient les autres? Je veux dire vos amis, le directeur de la compagnie?

— Ils trouvaient que nous devions faire une enquête. Aussi sommes-nous allées dans une agence. Là, on nous a dit que la Société de production cinématographique existait vraiment. Elle fait surtout des films pour le marché arabe. Pour l'Egypte.

— Cela s'appelle comment?

— Les films Polymus. » Elle épela le nom. « C'est dans l'annuaire du Cinéma. Cela semble parfaitement respectable.

— Et vous vous y êtes laissé prendre?

— Ça nous paraissait une chance extraordinaire. »

Elle me regardait d'un air hésitant, comme si elle n'était pas sûre que j'allais la croire ni croire qu'elle ait pu être aussi crédule. « Nous en étions venues à le connaître. Ou du moins c'est ce que nous pensions. » Elle eut un mouvement des épaules. « Et il y avait aussi... la Grèce. J'ai fait des études de lettres classiques. J'ai toujours eu un désir ardent de voir la Grèce. Ça a été un de nos mobiles. Maurice nous assurait que nous aurions le temps de tout voir. En cela il nous a comblées. Je veux dire... Il y a bien ce jeu, ces scènes à jouer. Mais pour le reste, les mois que nous avons passés ici ont été comme de longues vacances. » A nouveau elle semblait presque embarrassée d'avoir été si bien rémunérée. « Il a un yacht fabuleux. Nous vivons là comme des princesses.

— Et votre mère?

— Oh, Maurice a fait ce qu'il fallait. Il a insisté pour la rencontrer un jour qu'elle était venue nous voir à Londres. Elle a été subjuguée par ses manières de gentleman. » Elle sourit tristement. « Et aussi par son argent.

— Elle sait ce qui se passe ici?

— Nous lui avons dit que nous en sommes encore aux répétitions. Nous ne voulons pas l'inquiéter. » Elle fit une grimace. « Elle fait toujours un tas d'histoires pour rien.

— Et ce film?

— L'intrigue est tirée d'un roman en grec démotique dont l'auteur se nomme *Theodorakis*. En as-tu entendu parler? *Trois Cœurs?* » Je secouai la tête. « Il ne semble pas que ce soit traduit. Ça date des années vingt. C'est l'histoire de deux Anglaises, les filles de l'ambassadeur — mais il ne s'agit pas de jumelles dans le livre. Elles vont en vacances dans une île grecque pendant la Première Guerre mondiale et rencontrent là un poète grec; c'est un génie, il va mourir, et elles tombent toutes les deux amoureuses de lui qui est amoureux des deux à tour de rôle; à la fin ils sont tous très malheureux et renoncent les uns aux autres. Voilà. » Et en réponse à ma grimace : « Toutefois, quand Maurice nous l'a raconté, cela avait une sorte de charme romantique, très *Dame aux Camélias*.

— Tu l'as lu?

— J'en ai lu des passages. »

Je dis :*«Xerete kala ta nea ellenika?* »

Elle me répondit dans un grec démotique bien plus aisé et mieux accentué que le mien. « Avoir étudié le grec, ça aide. Mais les deux langues sont très différentes. » Elle me regardait avec un grand sérieux et je pris l'air attentif du bon élève.

« A Londres, Maurice nous a montré un long synopsis de son film. Il nous a dit que le découpage était sur le point d'être terminé. Notre agent a trouvé que cela paraissait absolument normal. » Elle arracha un fil qui pendait de la couture de sa robe. « A présent, nous nous méfions de lui aussi. Maurice avait fort bien pu le payer pour qu'il nous rassure.

— J'ai peine à croire que dans une agence...

— Et pourquoi pas? Tu sais comment on les appelle dans les milieux artistiques? Des négriers. »

Me tournant le dos elle fouilla dans le panier. Puis elle se rapprocha de moi, tenant à la main un portefeuille dont elle sortit deux coupures de presse. Sur l'une d'elles je la voyais, photographiée avec sa sœur dans une rue de Londres. Elles riaient, c'était l'hiver, elles portaient des manteaux et des bonnets de laine. Même si je n'avais pas reconnu la typographie caractéristique du journal j'aurais eu pour me renseigner la référence de l'argus de presse : *Evening Standard, 8 janvier 1953*. Je lus en dessous :

ET EN PLUS, DES INTELLECTUELLES!

Deux jumelles qui ont bien de la chance, de gauche à droite June and Julia Holmes, seront cet été les vedettes d'un film tourné en Grèce. Les jumelles viennent de terminer leurs études à Cambridge, elles ont fait du théâtre à l'Université et parlent huit langues à elles deux.

Avertissement à nos lecteurs: ni l'une ni l'autre ne veulent se marier pour le moment.

« Ce n'est pas nous qui avons écrit la légende.

— Je m'en serais douté. »

L'autre coupure venait de *Cinema Trade News*. Elle donnait la même information, mais avec des tournures américaines.

« Oh, et ceci... Ma mère. » Elle me tendait une photo; une femme aux cheveux frisottés était assise dans un jardin, un épagneul à ses pieds. Il y avait encore dans le portefeuille une autre photo que je demandai à voir. C'était un homme en chemisette de sport, au visage énergique et intelligent. Il paraissait avoir une trentaine d'années.

« C'est...?

— Oui.

— Et tu ne veux pas en parler? »

Elle secoua la tête et je lui rendis la photo. Elle reprit : « Nous avons fait des bouts d'essai. Une femme que Maurice connaissait nous a donné des leçons de maintien. » Elle effleura sa robe du doigt : « Il y a eu les essayages. Puis, en mai, nous sommes parties. Maurice nous attendait à Athènes. Il a dit que le reste de la troupe ne serait pas réuni avant une quinzaine de jours. Nous ne sommes pas venues ici. Il nous a emmenées en croisière. A Mykonos. En Crète. Partout. Sur son yacht, l'*Arethusa*.

— Qui n'accoste jamais ici?

— Il est mouillé à Nauplie, d'habitude.

— Et quand vous êtes à Athènes? Vous habitez chez Conchis?

— Je ne crois pas qu'il ait une maison à Athènes. Il dit qu'il n'en a pas. Nous allons toujours à l'hôtel de Grande-Bretagne.

— Pas de studios?

— Je sais, nous aurions dû nous méfier. Mais nous avons pensé que seuls les extérieurs seraient tournés ici. Et les intérieurs à Beyrouth. Il nous a montré les maquettes de décors. Ça n'avait vraiment pas l'air d'une plaisanterie. Et nous avons rencontré deux hommes. L'acteur grec qui devait jouer le rôle du poète. Et le réalisateur, un autre Grec. Nous avons dîné ensemble. Et en fait ils nous plaisaient. On a beaucoup parlé du film.

— Vous n'avez pas cherché à vous renseigner à leur sujet?

— Nous avons eu si peu de temps. Tout semblait parfaitement normal. Ils évoquaient des films qu'ils avaient faits ensemble.

— Comment s'appelaient-ils?

— L'acteur était Harry Tsimbou. Et le réalisateur Yanni Papaioannou. Nous ne sommes restées que deux jours à Athènes. Nous avons dîné avec eux. Puis nous sommes parties sur *l'Arethusa*.

— Ils ne vous ont pas accompagnées?

— Non. Seulement Maurice. Les autres devaient venir nous rejoindre. Ça nous a semblé bizarre qu'il n'y ait pas de publicité, mais à cela on nous a rétorqué qu'ici, lorsqu'on dit qu'on va tourner un film, des centaines de figurants viennent aussitôt proposer leurs services.

— Je peux essayer de me renseigner sur ces deux types, au collège.

— Vraiment? C'est une bonne idée. Mais je parie que personne n'en a entendu parler.

— Puis vous êtes venues ici.

— Après une merveilleuse croisière. Ensuite, tout a changé. Deux jours après notre arrivée nous nous étions déjà rendu compte que Maurice était différent. Je ne t'ai pas donné tous les détails, mais vois-tu, sur le yacht, bien qu'il ait toujours été très vague quand il s'agissait de son passé, nous avons eu des soirées merveilleuses, des discussions extraordinaires. Sur la littérature, l'amour, la vie... Tout... »

Elle me sourit comme pour s'excuser de garder encore quelque admiration pour le vieil homme. Je dis : « Donc, une fois arrivées...

— C'est alors que ça a commencé. Nous avons voulu voir le village. Il nous l'a interdit. Il voulait être aussi tranquille que possible pour tourner son film. En fait, ici, c'était trop tranquille. Personne, à part nous. Et rien de tout ce dont on a besoin pour faire du cinéma : les générateurs, les projecteurs, les rails de travelling... Rien non plus qui aurait indiqué la venue prochaine d'une unité de production. En revanche, cette impression que Maurice nous observait constamment. Il y avait quelque chose d'irritant dans la façon dont il souriait à présent, comme s'il savait quelque chose que nous ignorions et n'avait plus à s'en cacher désormais.

— Oui, je vois très bien ce que tu veux dire.

— C'était le second, non, le troisième après-midi. Pendant que je faisais la sieste June a décidé d'aller se promener. Elle s'est dirigée vers la barrière, et soudain ce nègre silencieux que nous n'avions encore jamais vu s'est avancé au milieu du sentier et l'a arrêtée. Et sans un mot il l'a empêchée d'aller plus loin. Bien sûr, elle a eu peur; elle est revenue tout droit à la maison et nous sommes allées aussitôt trouver Maurice. » Elle s'arrêta un instant : « Alors il nous a dit qu'il n'y aurait pas de film, ou plutôt pas celui que nous comptions tourner. Il nous a déclaré que ce qu'il voulait faire, c'était une expérimentation psychologique de la plus haute importance. Ce sont ses propres termes. Et pour la première fois il a parlé de toi. Il allait organiser une action dramatique et tu aurais un rôle à y jouer. Quant à nous deux, nos rôles seraient à peu près ceux des *Trois Cœurs*.

— Et vous n'avez pas protesté?

— Mais oui, bien sûr. Nous étions stupéfaites. » Son regard se tourna vers la mer puis revint vers moi. « Vois-tu, Nicholas, nous n'aurions jamais cru qu'une telle aventure pourrait nous arriver. Mais tu sais comment il est, il parle, il parle, et je suppose que nous étions alors plus ou moins sous le charme. C'était comme un jeu étrange et nouveau, une sorte d'extension fantastique de la méthode de Stanislavski. Tout cela voilé de jargon psychiatrique. Il a dit que tu serais comme un homme traversant une forêt guidé par une voix mystérieuse, plusieurs voix même. Il nous a parlé de situations de ce genre. Il a dit que rien ne nous obligeait à accepter. June lui a demandé pourquoi il ne nous avait pas expliqué tout cela au début et il a répondu qu'il lui fallait d'abord gagner notre confiance. C'était fou, mais en même temps il y avait là quelque chose de plausible. Si nous étions encore méfiantes, si nous refusions de jouer le jeu nous pouvions partir immédiatement et même garder mille livres sur les deux mille cinq cents qu'il nous avait versées.

— Donc, une sorte de chantage.

— Sans doute. Mais nous nous sentions un peu coupables. Tout cet argent gagné à ne rien faire! Et pour mieux nous tenir il prenait soin d'en dire le moins possible. Nous voulions savoir. » Elle sourit un peu tristement. « Nous avons passé la nuit à discuter toutes les deux. Au matin, nous avons donné à Maurice notre accord conditionnel. » Un autre petit sourire. « June dit que nous sommes les laborantines les mieux payées d'Europe.

— Et en quoi consiste exactement cette expérimentation?

— C'est là où il montre toute son habileté. Il dit que s'il nous expliquait avec précision de quoi il s'agit, notre comportement manquerait de naturel. »

Elle tenta d'ajouter quelques éclaircissements : « Il veut que nous nous comportions naturellement, sans effort. Cette histoire, hier soir... Seidevarre. Je pense que c'est une sorte d'indice. La place du mystère dans la vie humaine. Et comme le rappel qu'il ne faut jamais être sûr de rien. Un monde où l'on doit sans cesse tout remettre en question, voilà ce qu'il essaie de créer ici.

— June dit qu'il t'interroge à mon sujet. »

Elle leva les yeux au ciel. « Ah, si tu savais... Pas seulement à ton sujet. Il veut aussi que je lui dise ce que je ressens. Si je te crois. Et il voudrait aussi savoir si j'arrive à deviner ce qu'il a lui-même dans la tête. C'est inimaginable.

— Toi, tu as dû voir tout de suite que je n'étais pas un bon comédien.

— Mais pas du tout. Je t'ai trouvé splendide dans le rôle de celui qui ne sait pas jouer un rôle. » Elle se retourna, s'allongea à plat ventre, le visage tourné vers moi. « La première indication qu'il nous a donnée était une ruse, cela fait longtemps que nous nous en sommes rendu compte. D'après ses plans nous devions te tromper. Mais te tromper c'est nous tromper aussi.

— Et le scénario?

— Le mot est inexact car il se contente de régler nos apparitions, les entrées, les sorties, l'atmosphère à créer. Et parfois quelques répliques.

— Ce petit discours théologique, hier soir...?

— Oui. Il m'avait demandé de te dire ça. » Elle eut un bref sourire. « Et au fond c'est aussi un peu ce que je crois.

— Mais pour le reste, vous improvisez?

— Il répète que si les choses ne suivent pas exactement le découpage établi cela n'a guère d'importance tant que nous restons fidèles à la ligne générale. » Elle ajouta : « Il veut aussi étudier la façon dont les gens réagissent dans des situations qu'ils ne comprennent pas, lorsqu'ils ne savent pas trop quel rôle on leur fait jouer. Je te l'ai déjà dit. Ça l'intéresse aussi.

— Une chose est évidente : il s'efforce de nous faire croire qu'il élève toutes sortes d'obstacles entre nous. Pour nous donner ensuite toute opportunité de les surmonter.

— Au d.but, il n'était pas question que tu tombes amoureux de moi, excepté d'un amour éthéré, style 1915. Puis, la semaine dernière, il m'a persuadée que je devais trouver un moyen terme entre mon personnage fictif de 1915 et ta personnalité présente en 1953. Il m'a demandé ce que je ferais si tu voulais m'embrasser. » Elle haussa les épaules. « Après tout, sur la scène, il m'arrivait d'avoir à embrasser des partenaires. A la fin j'ai dit que si c'était absolument nécessaire... Mais ce deuxième dimanche je n'avais encore rien décidé. C'est pourquoi j'ai inventé l'épisode ridicule de la tasse de thé.

— C'était très bien joué.

— Cette première conversation avec toi... J'avais un trac épouvantable. Bien pire que tout ce que j'ai jamais ressenti sur scène.

— Mais tu m'as laissé t'embrasser.

— Seulement parce que je pensais qu'il le fallait. » Mon regard suivit la courbe de ses reins. Elle restait immobile, le menton dans les mains et les yeux baissés.

Puis elle dit : « Quelquefois je pense que pour lui c'est comme une proposition mathématique. A la différence que nous sommes tous *x* et qu'il peut nous mettre où il veut dans son équation. » Il y eut un petit silence. « Pour être honnête je dois avouer que je voulais savoir ce que ça me ferait d'être embrassée par toi.

— En dépit de la propagande adverse.

— C'est seulement après ce dimanche soir qu'il a inventé que je courais des risques. Encore qu'il n'ait cessé de me dire depuis le début de ne pas me laisser troubler. »

Elle regardait fixement le tapis. Un papillon jaune voleta au-dessus de nous, s'éloigna.

« A-t-il donné des raisons? »

— Oui. Il disait qu'un jour il se pourrait que j'aie à m'efforcer de te déplaire. » Elle hésita. « Parce qu'il faudrait que tu en arrives à être attiré par June. On en revient à ce thème ridicule des *Trois Cœurs.* Le personnage du poète opère un transfert de ses sentiments. L'une des sœurs est volage, l'autre en prend avantage. Tu vois la situation... » Elle ajouta : « Il ne cesse de te discréditer. C'est comme s'il demandait à la meute de l'excuser pour lui avoir fourni un renard aussi déplorable. Ce qui est vraiment absurde, alors que c'est toi qui étais le chasseur. » Elle s'appuya sur un coude pour me faire face. « Te souviens-tu de ce discours qu'il m'a tenu quand j'étais Lily, m'assurant que tu n'avais ni humour ni sens de la poésie? Je suis sûre que cela s'adressait à moi tout aussi bien qu'à toi. Et cette conversation au sujet de Dieu, hier soir. " Dieu " ou " Maurice ", c'est pareil.

— Mais pourquoi veut-il nous réunir? »

Elle hésitait : « Je ne crois pas qu'on puisse trouver l'explication dans l'histoire des *Trois Cœurs.* Elle serait plutôt dans une autre œuvre littéraire, une œuvre beaucoup plus importante. » Elle s'arrêta, pour me laisser réfléchir. Puis elle murmura : « Hier après-midi, après ma petite scène... Un autre magicien envoya un jour un jeune homme couper du bois.

— C'est vrai. Comment n'y ai-je pas pensé? Prospero et Ferdinand.

— Ce passage que je t'ai récité.

— A présent je me souviens... A ma première visite il a fait allusion à *la Tempête*. Avant même que je sache que tu existais. » J'hésitai : « Dans *la Tempête,* tout finit bien. Crois-tu encore que ses intentions soient bonnes? »

Elle dit lentement, gardant les yeux baissés : « Je pense qu'il faut avoir confiance. Je ne peux pas croire que Maurice puisse nous vouloir du mal.

— Mais il a un Caliban ».

— Je sais. » Elle soupira : « Ou plutôt, je ne sais pas. Joe fume de la marijuana. C'est encore une autre histoire.

— Tu l'as dit au vieux?

— Oui, et il a répondu que ça ne crée pas d'accoutumance. Quand il s'agit de Joe, Maurice est tout indulgence.

— As-tu parlé aux autres gens d'ici?

— Il n'y a jamais personne à qui parler, à l'exception de Maria dont on ne peut rien tirer. Elle pourrait aussi bien être muette comme Joe.

— L'équipage du yacht?

— Ce sont des Grecs. Je ne crois pas qu'ils sachent ce qui se passe. » Elle demanda soudain : « Est-ce que June t'a dit que nous croyons qu'il y a un espion dans ton collège?

— Vraiment?

— Maurice nous a dit un jour que tu étais très distant avec les autres professeurs. Et qu'ils ne t'aimaient pas. »

Je songeai aussitôt à Demetriades. A la réflexion il était étrange qu'un tel bavard n'ait pas raconté à tout le monde mes visites à Bourani. De plus c'était vrai, j'étais distant et ne fréquentais guère que lui.

« Je devine de qui il s'agit. C'est tout de même un peu fort! » Mais je me souvins soudain, à mon grand soulagement, que je lui avais menti au sujet de ma rencontre avec Alison, non par ruse mais pour éviter ses plaisanteries de mauvais goût.

« Cela ne fait que renforcer la théorie de June : Maurice est un voyeur. Pas un voyeur ordinaire mais tout de même un voyeur », reprit Julie. Nous étions conscients d'être pris dans un réseau serré de supercheries. Elle ajouta : « Il a une caméra, avec un télé-objectif. Il prétend que c'est pour les oiseaux. »

Je lui lançai un regard bref. « Ça expliquerait pourquoi il ne te touche jamais.

— C'est aussi ce que dit June.

— Ce vieux salaud... Si jamais je l'y prenais...

— Il sait très bien ce que nous ferions. » Elle se tut, son regard chercha le mien, demanda un conseil. « Devons-nous continuer? Qu'en penses-tu?

— Ne vous a-t-il pas promis qu'un jour il vous dirait à quoi sert tout cela?

— Une bonne douzaine de fois.

— Es-tu inquiète?

— A présent je me sens plus audacieuse.

— Nous pourrions continuer encore un peu. Et voir ce qui se passera. Quand revient-il? Ou du moins, quand a-t-il dit qu'il rentrerait?

— Il a dit hier qu'il rentrerait ce soir.

— Cela pourrait être une petite réunion très intéressante.

— Il va me renvoyer pour incompétence! »

Je souris : « Je te trouverai du travail. » Il y eut dans son regard une lueur d'ironie. J'ajoutai : « Tu ferais bien de me dire où vous vous cachez. Au cas où... »

Elle hésitait. « C'est que... si on nous surveille on me verrait te montrer l'endroit. » Elle jeta un coup d'œil par-dessus son épaule. « C'est très près d'ici.

— Une sorte de grotte?

— Tu brûles. » Elle sourit.

« Mais suppose qu'il arrive quelque chose?

— Nous nous échapperons. L'une de nous en tout cas.

— Pourquoi ne puis-je pas savoir?

— Parce que je ne sais pas moi-même si nous n'avons pas intérêt à cacher notre complicité.

— Alors je m'en tiens à cette stupide histoire de schizophrénie?

— Et moi je continue à prétendre que je me méfie de toi.

— Je n'aime pas que tu prétendes. Ça a toujours l'air vrai. »

Ses yeux étaient baissés mais ses lèvres souriaient. Je regardai autour de nous, puis étendant la main effleurai son visage, ses paupières, ses lèvres. Je l'attirai vers moi.

Nous étions étendus sur le sol l'un contre l'autre. Je l'embrassais. Elle répondait à mes baisers et pourtant je sentais encore en elle une réserve. Elle voulait et ne voulait pas. M'écartant légèrement je regardai son visage. Je ne m'en fatiguerais jamais, ce serait une source éternelle de désir, d'amour, de tendresse protectrice. Elle ouvrit les yeux et me fit un sourire, à la fois doux et réticent.

« A quoi penses-tu?

— Je pense que tu es très belle.

— Si tu ne m'avais pas rencontrée... serais-tu allé retrouver ton amie?

— Probablement. » Il y eut une ombre dans ses yeux. « Je n'aurais pas dû dire cela, sans doute. »

Mais elle secoua la tête, avec un petit sourire : « Je hais la malhonnêteté dans les rapports affectifs.

— Moi aussi. C'est pourquoi je devais rompre avec elle. »

Elle rit : « Voilà que je commence à la plaindre.

— Elle n'en mourra pas. »

Je pris la main de Julie, y posai mes lèvres; effleurai aussi d'un baiser la cicatrice du poignet.

« Comment as-tu eu cela? »

Elle leva le poignet, le regarda. « En jouant à cache-cache. Quand j'avais dix ans. » Elle fit une légère grimace : « C'était stupide de ma part. Je me suis cachée dans l'appentis du jardin et j'ai heurté un grand bâton avec quelque chose au bout. J'ai levé le bras pour me protéger. » Elle mimait la scène. « C'était une faux. »

Un autre baiser sur le poignet meurtri. Je la serrai contre moi, posai mes lèvres sur les siennes, sur ses tempes, son cou, la peau douce au-dessus des seins dans le décolleté de la robe. Et encore sur les lèvres chaudes. Puis je demandai : « Tu as dit que tu voulais savoir ce que cela te ferait si je t'embrassais. Eh bien, qu'est-ce que ça fait? »

Elle hésita. « Je me sens... un peu inquiète. »

— Pourquoi?

— Parce que... »

Je plongeai mon regard dans ses yeux. De tout près. J'y voyais encore une incertitude mais qui n'était qu'une brume légère toute prête à se dissiper. Soudain elle baissa les paupières et sa bouche chercha la mienne comme si c'était la meilleure réponse. Mais alors que nous nous abandonnions l'un à l'autre, étroitement enlacés et nos lèvres jointes, un bruit soudain nous fit nous séparer.

C'était la cloche de la maison, monotone, insistante comme un tocsin. Déjà nous étions aux aguets. Personne. Julie prit ma main et regarda ma montre.

« C'est probablement June qui nous appelle pour le déjeuner. »

Je me penchai, mis un baiser sur sa nuque. « J'aimerais mieux rester ici.

— Je lui ai promis. » Elle baissa les yeux. « Sais-tu que les hommes la trouvent en général plus attirante que moi... »

— Ces hommes-là sont des idiots. »

La cloche ne sonnait plus. Julie gardait ma main dans la sienne. « Peut-être veulent-ils seulement quelque chose qu'elle peut leur donner plus aisément que moi.

— Ce qu'ils veulent, n'importe quelle fille peut le leur offrir. » Elle paraissait troublée, jouant avec ma main comme avec un objet. « Cet homme, à Cambridge, qu'a-t-il été pour toi?

— Beaucoup et rien.

— Qu'est-ce qui n'a pas marché? »

Elle secoua la tête, comme si c'était trop compliqué. Puis elle dit : « Je ne suis pas vierge, Nicholas. Ce n'est pas cela.

— Ce n'est pas cela? Alors c'est la peur de souffrir à nouveau?

— La peur qu'on se serve de moi.

— Comment se servait-il de toi? »

La cloche se remit à sonner. Elle leva les yeux, me sourit. « Je te le dirai. Un jour. Je te le promets. »

Nous étions debout à présent, échangeant un dernier baiser. Elle prit son panier. Je pliai le tapis de bain et le mis sur mon bras et nous nous dirigeâmes vers la maison. Nous avions à peine fait quelques pas dans la pinède que j'aperçus une silhouette furtive, une forme sombre disparaissant dans l'enchevêtrement des branches basses, à quelque soixante mètres de là. J'avais eu à peine le temps de voir le nègre, mais j'avais pourtant reconnu sans hésitation la façon dont il se déplaçait.

« On nous surveille. C'est Joe. »

Nous nous étions arrêtés. Son regard explorait l'ombre du sous-bois. « Nous ne pouvons rien faire. Seulement l'ignorer.

— Que vas-tu dire au vieux, ce soir?

— Je ne sais pas. Ça dépend de lui. S'il semble vouloir que le jeu continue. »

Caché quelque part derrière nous, le Noir nous épiait, je le savais, et cela me mettait mal à l'aise. Je pris Julie par la main et l'attirai plus près de moi.

47

Comme nous approchions de la colonnade, June, en chemisier rouge et les jambes nues, se dressa au bord des marches où elle était assise au soleil. J'avais pensé que Conchis serait peut-être là, lui aussi. Mais elle était seule.

« J'avais si faim que j'allais commencer sans vous. »

Son chemisier s'ouvrait sur un bikini bleu foncé. A l'époque on venait seulement d'inventer le bikini et c'était la première fois que j'en voyais un ailleurs que sur la couverture d'un magazine. Le ventre nu, les longues jambes, la peau dorée, des yeux un peu moqueurs guettant ma réaction : j'étais troublé.

Je vis Julie froncer les sourcils devant cette jeune déesse méditerranéenne qui répondit par un sourire radieux. Comme nous la suivions jusqu'à la table du déjeuner, qu'on avait installée à l'ombre des arches, je me souvins de l'histoire des *Trois Cœurs* mais m'interdis aussitôt d'y penser. Du coin de la galerie, June appela Maria, puis se tourna vers sa sœur.

« Maria essaie de me dire quelque chose au sujet du yacht. Je n'arrive pas à la comprendre. »

Nous étions assis quand Maria apparut et se mit à parler à Julie. Je pouvais suivre leur conversation sans trop de peine. Le yacht serait là à cinq heures pour emmener les jeunes filles. Hermès viendrait chercher Maria et la conduirait au village où elle irait chez le dentiste. Elle ne rentrerait que le lendemain à Bourani. Le « jeune gentleman » devait retourner au collège, la maison serait fermée. Julie demanda où irait le yacht. *Then xero, despoina;* je ne sais pas, mademoiselle. Elle répéta, comme si c'était là l'essentiel : à cinq heures. Puis elle fit sa petite courbette habituelle et se retira.

Julie traduisit pour June ce qu'avait dit Maria.

Je demandai : « Ce n'était pas prévu?

— Je pensais que nous allions rester ici. » Julie regarda sa sœur d'un air interrogateur, June à son tour me regarda, puis se tourna vers Julie, et avec une pointe d'ironie :

« Nous lui faisons confiance? Et il nous fait confiance?

— Oui. »

June me fit un petit sourire. « Alors, sois le bienvenu, Pip.

— Pip? »

Je regardai Julie, cherchant son aide. Elle murmura : « Je croyais que tu avais étudié la littérature, à Oxford. Dickens n'était pas au programme? »

Je sentais renaître en elle un soupçon que je voulus aussitôt dissiper : je fis remarquer combien j'étais différent du jeune Pip de *Great Expectations*; bien sûr, lui aussi était dominé par deux présences dans sa vie, Miss Havisham et Estella, l'une disposant des pouvoirs, élaborant les projets, tandis que le rôle de l'autre consistait seulement à les exécuter... June m'arrêta :

« Ce n'était qu'une plaisanterie de notre part. »

Julie protesta : « De *ta* part. »

June continuait, tournée vers moi : « Une plaisanterie que j'ai essayé de faire partager à Maurice. Sans aucun succès, je dois dire. » Elle appuya ses coudes sur la table : « Alors, vous deux... A quelles conclusions avez-vous abouti? »

Nous continuâmes la discussion pendant tout le déjeuner. June était pour Julie comme une sœur aînée. Son attitude protectrice révélait une certaine expérience des hommes et une assurance qui manquait à Julie. La distribution des rôles prenait appui sur le réel. L'une des sœurs s'affirmait sans crainte, l'autre était plus hésitante, plus fragile. J'étais assis entre elles, face à la mer, cherchant du regard le guetteur habituel. J'étais sûr qu'il nous épiait encore. Les deux filles se mirent à poser des questions sur ma vie, mon passé.

Nous parlions donc de Nicholas, de sa famille, de ses ambitions, de ses erreurs. Et si j'en parle ici à la troisième personne, c'est que je leur présentais une sorte de moi fictif, une victime des circonstances, dont la volonté de faire face, jointe à la rigueur morale, était toujours teintée d'humour. Il fut brièvement question d'Alison. Et là j'accusai le hasard, le sort, parlai d'affinités électives, d'un courant qui vous emporte; et prenant modèle sur Julie je leur laissai entendre qu'il me serait pénible d'entrer dans les détails de cette aventure. Elle était finie, bien finie, si pâle et fade comparée au présent.

Ce long déjeuner, les plats savoureux, le *retsina*, ces discussions, ces questions, moi entre elles deux, l'une presque nue, l'autre en robe légère... Je les sentais à chaque instant plus près de moi. Elles me parlaient de leur père, de leur vie dans l'ombre d'un pensionnat de garçons, puis de leur mère et c'était à qui raconterait, avec une tendresse moqueuse, la meilleure anecdote illustrant sa sottise. J'avais l'impression d'entrer dans une pièce délicieusement tiède et voluptueuse après un long voyage dans le froid. Vers la fin du repas June ôta son chemisier. Julie lui fit une grimace et n'obtint en retour qu'un léger sourire. Je ne pouvais m'empêcher de regarder June : le soutien-gorge du bikini couvrait à peine les seins; le slip était attaché sur les hanches par des cordons qui laissaient voir largement la peau. Je savais que June en se montrant à moi dans cette tenue voulait prendre sa revanche pour avoir dû si longtemps rester dans les coulisses. Et j'étais ravi de ce flirt innocent.

Vers trois heures nous traversions l'esplanade. C'était en partie pour savoir si on nous permettrait d'aller nous baigner à Moutsa. Je promis de ne pas défier Joe si d'aventure il nous barrait la route. Les filles semblaient lui reconnaître une force exceptionnelle. Nous descendions le sentier, nous attendant à ce qu'on nous arrête comme c'était arrivé à June. Mais il n'y avait personne; rien que les pins, le soleil, le bruissement des cigales. Bientôt nous étions installés près de la petite chapelle au milieu des arbres à mi-chemin de la plage. J'étendis les deux tapis sur le sol parsemé d'aiguilles de pin. Julie, qui s'était éclipsée quelques instants, avant que nous quittions la maison, se débarrassa de ses bas d'écolière puis fit passer sa robe par-dessus sa tête. Elle était en maillot de bain d'une seule pièce. Sa sœur eut un petit rire moqueur : « Maurice a oublié d'engager les sept nains! Mais tu es vraiment blanche comme neige.

— Tais-toi. Ce n'est pas juste. Je ne pourrai jamais te rattraper. » Puis elle me dit sur un ton qui était presque de reproche : « Quand nous étions sur ce maudit yacht, Conchis m'obligeait à demeurer à l'abri du soleil, alors qu'elle pouvait se faire bronzer librement pendant des heures. » Elle se détourna et plia sa robe.

Toutes les deux nouèrent leurs cheveux en un chignon serré. Je les suivis sur les galets brûlants. Comme nous nagions assez loin du rivage je regardai du côté de Bourani et ne vis personne. Nous étions seuls au monde, trois visages riants au-dessus de l'eau. Je ressentis soudain une joie parfaite, un sentiment d'équilibre que rien ne menaçait plus. Je ne savais pas comment tout cela finirait mais je découvrais le charme de l'incertitude, qui me permettait une identification plus complète avec le moment présent, avec la Grèce, cet endroit perdu, ces deux nymphes bien réelles. Nous revînmes au rivage, nous nous étendîmes au soleil, Julie et moi sur l'un des tapis de bain, June sur l'autre, allongée sur le ventre, la tête appuyée sur la main et le visage tourné vers nous. Julie s'enduisait d'huile solaire. Je pensai au collège, aux professeurs aigris et aux élèves brimés, le collège où manquaient insupportablement la féminité, la sexualité naturelle. Puis, une fois encore, nous parlâmes de Maurice. Julie mit ses lunettes de soleil, s'étendit sur le dos. Je restai appuyé sur un coude.

A présent nous gardions le silence, comme étourdis par le soleil ou le vin du déjeuner. June glissa une main contre son dos, détacha le crochet du soutien-gorge de son bikini qu'elle ôta et posa sur une pierre pour le faire sécher au soleil. Un instant j'entrevis ses seins nus et le long dos bruni séparé des longues jambes dorées par le triangle bleu foncé du slip. Sa peau était uniformément bronzée, les seins comme le reste; les bains de soleil torse nu devaient être une habitude. Il n'y avait aucune gêne dans ses gestes. Quand elle s'étendit de nouveau, toujours tournée vers nous, je dirigeais mes regards vers la mer. Une fois de plus, j'étais choqué. Il ne s'agissait plus, comme pour le bikini lui-même, de la dernière mode vestimentaire, mais d'une façon de se comporter très impudique pour l'époque. Je sentais son regard sur moi, m'invitant à une comparaison, guettant une réaction de ma part, et j'en éprouvais quelque confusion. Après un moment, elle se déplaça légèrement et tourna la tête. Je la regardai; puis m'allongeant sur le dos, regardai Julie immobile à mon côté et lui pris la main. Elle replia ses doigts sur les miens, les pressa. Je fermai les yeux. L'obscurité. Elles deux. Les éternelles tentations de la Grèce.

Une minute plus tard, et comme pour me punir de ma rêverie lascive, l'air vibra d'un vrombissement formidable. Pendant un instant d'affolement je pensai que cela venait de Bourani. Puis je compris qu'il s'agissait d'un bruit que je n'avais pas entendu depuis que j'étais sur l'île; celui d'un avion volant très bas, et d'après le son, un avion de chasse. Déjà nous nous redressions, Julie et moi. June s'appuya sur un coude, nous tournant le dos. L'avion avait surgi de derrière le cap à quelques centaines de mètres vers le large, et filait comme un frelon furieux au-dessus de l'eau vers le Péloponèse. Encore quelques secondes et il disparaissait derrière le promontoire à l'ouest; nous avions eu le temps de voir qu'il était américain. Moi, du moins, car Julie paraissait plus intéressée par le dos nu de sa sœur.

« Quel toupet, dit June.

— Il va sûrement revenir à présent qu'il t'a vue dans cette tenue.

— Ne fais pas la prude.

— Nicholas n'ignore pas que nous sommes bien faites. »

June se tourna vers nous, appuyée sur ses coudes, je pouvais voir un de ses seins au-dessous du bras replié. Elle souriait, moqueuse : « Je ne savais pas que les choses étaient allées aussi loin! »

Julie regardait droit devant elle, le visage fermé. « Ce n'est pas du tout drôle.

— Nicholas n'a pas l'air d'être de ton avis.

— Tu tiens absolument à te faire remarquer.

— Mais Nicholas a déjà eu le divin bonheur de me voir nue.

— June! »

Julie ne m'avait pas regardé durant cet échange de propos un peu aigres. Mais elle se tournait vers moi à présent et il était évident que je devais prendre son parti. C'était un moment délicieux : l'attitude de June l'irritait, elle y voyait de la provocation; elle était comme une eau tranquille soudain ridée par le vent. Elle me dévisageait d'un air de reproche, comme si tout était ma faute.

« Je veux aller voir la chapelle. »

Docilement, je me levai. June me lança un coup d'œil impudent et sarcastique. Je retins un sourire. Nous marchions à l'ombre des pins, Julie et moi, les pieds nus. Ses joues étaient toutes roses et ses lèvres boudeuses.

« Elle te taquine, c'est tout.

— Parfois j'ai envie de lui arracher les yeux.

— Toi qui as fait des études classiques, tu ne devrais pas être choquée par la nudité en Grèce.

— Ça n'a rien à voir avec la Grèce classique. Je suis simplement une fille qui se sent à son désavantage. »

Je me penchai, mis un baiser sur sa tempe. Elle me repoussa, mais faiblement.

Nous arrivions à la chapelle aux murs blancs. Je pensais qu'elle serait fermée à clef comme le jour où j'avais essayé d'entrer, mais le loquet de bois céda sous ma poussée. Quelqu'un avait dû venir là et oublier de refermer la porte. Il n'y avait pas de fenêtres, pas d'autres ouvertures par où aurait pu entrer la lumière. Pas de bancs. Seulement un candélabre avec, sur les supports, quelques bouts de chandelles, une iconostase au dessin naïf occupant tout le fond, et dans l'air un léger parfum d'encens. Nous allâmes regarder les saints grossièrement représentés sur le bois rongé par les vers, mais je savais que Julie était comme moi consciente avant tout de l'obscurité et de l'isolement dans lesquels nous nous trouvions. Je passai un bras autour de sa taille. Un instant plus tard elle se retournait et nous nous embrassions. Puis elle posa sa joue sur ma poitrine. La porte était restée ouverte; après l'avoir repoussée je m'y adossai et doucement attirai Julie contre moi. Je couvris de baisers son cou et ses épaules, puis passai ma mains sous les bretelles du costume de bain.

« Non, il ne faut pas. »

C'était dit sur ce ton faussement indigné que prennent les femmes lorsqu'elles ne veulent surtout pas qu'on tienne compte de leurs protestations. Je détachai le haut du maillot, le fis glisser jusqu'à la taille où mes doigts restèrent un instant avant de remonter lentement vers les seins fermes, encore un peu humides, mais chauds et tendus. Je me penchai, léchai le sel sur les mamelons bruns tandis que Julie me caressait le dos et la nuque. Ma main redescendit jusqu'à sa taille, là où le haut du maillot pendait contre son ventre plat. Mais ses mains m'arrêtèrent brsuquement.

Elle murmura : « Je t'en prie, pas encore. »

Mes lèvres effleuraient sa bouche. « Je te veux.

— Je sais.

— Tu es si belle.

— Pas ici, ce n'est pas possible.

— Tu me veux aussi, n'est-ce pas?

— Tu le sais bien. Mais pas maintenant. »

Elle glissa ses bras autour de mon cou et je la pressai étroitement contre moi, en un baiser prolongé. Je passai mes mains sous le tissu léger du maillot, découvris la rondeur des fesses, serrai Julie plus fort, nos bouches étroitement jointes, nos langues mêlées, avides. Julie bougeait doucement contre moi, contre mon sexe durci et je sentais son désir s'exaspérer, répondre au mien; je savais qu'elle s'abandonnait, que cette obscurité, nos corps nus, ces émotions si longtemps contenues et soudain libérées...

Il y eut un bruit. Un bruit très léger dont je ne pouvais identifier la cause. Mais il venait sans aucun doute du fond de la chapelle. Nous restions immobiles, saisis d'inquiétude, accrochés l'un à l'autre. Julie tourna la tête dans la direction de mon regard, mais les minces raies de lumière, de chaque côté de la porte, laissaient la pièce dans la pénombre. Ma réaction instinctive fut de rajuster le maillot de bain. Julie s'y employait elle-même hâtivement. Puis je la saisis par la main et, l'entraînant le long du mur, atteignis la porte et l'ouvris brusquement. La lumière ne révéla rien d'autre que l'iconostase en face de nous, derrière le candélabre de fer noir. Mais je pus voir aussi que l'iconostase se trouvait placée, comme dans toutes les petites chapelles grecques, à un mètre environ en avant du mur du fond, et qu'il y avait une porte étroite à l'une des extrémités. Soudain Julie me fit face, secouant violemment la tête en silence. Elle avait dû sentir que j'allais bondir. Car j'avais immédiatement deviné : c'était ce maudit nègre, qui s'était introduit dans la chapelle pendant que nous nous baignions, pensant que nous ne quitterions pas la plage.

Après un rapide coup d'œil derrière elle Julie me tira par la main et je la laissai m'entraîner au dehors. Je refermai la porte d'un coup de pied, puis me tournai vers la jeune fille.

« Le salaud!

— Il ne pouvait pas savoir que nous allions venir ici.

— Mais ce porc aurait pu nous avertir de sa présence. »

Nous parlions à voix basse. Elle me conduisit un peu

plus loin. De là nous pouvions voir June étendue au soleil, la tête levée vers nous. Elle avait dû m'entendre claquer la porte.

Julie soupira :

« Maintenant Maurice n'aura plus aucun doute.

— Je m'en fiche complètement. Merde, il est bien temps qu'il sache. »

June demandait : « Qu'est-ce qui ne va pas? »

Julie posa un doigt sur ses lèvres. Sa sœur se releva, et tout en attachant son soutien-gorge, vint au-devant de nous. Julie chuchotait :

« Joe est là. Caché. »

June regarda, derrière nous, les murs blancs de la chapelle. Elle n'avait plus l'air moqueur, son visage était soucieux.

Julie décida : « Je vais m'expliquer avec Maurice. Ou bien Joe part ou nous partons.

— Ça fait des semaines qu'on dit ça.

— Je sais.

— Vous parliez? A-t-il entendu? »

Julie baissa les yeux. « On ne parlait pas, mais... » Elle rougit. June me fit un petit sourire indulgent et eut la bonne grâce de détourner les yeux.

Je proposai : « Je retournerais volontiers là-bas si je croyais... »

Elles s'y opposèrent fermement. Nous reprimes nos affaires, continuant de discuter en guettant à la dérobée la porte de la chapelle. Elle resta fermée. Mais l'endroit était gâché. Cette invisible présence noire s'infiltrait dans tout le paysage, assombrissait le soleil, l'après-midi entier. Et aussi je me sentais frustré. Juste une minute de plus... Mes regrets n'y pouvaient rien changer, et nous décidâmes de rentrer à la maison.

Maria était assise, toujours aussi impassible, à la porte de son cottage et parlait à Hermès, l'ânier. Elle nous annonça que le thé était servi. Les deux villageois, sur leurs chaises de bois, nous fixaient d'un regard sans expression, comme si nous étions totalement étrangers à leur monde simple, et si loin d'eux que toute communication était impossible. Pourtant Maria fit soudain un geste vers la mer et dit deux ou trois mots que je ne compris pas. Nous aussi, nous regardions la mer, sans rien voir de particulier.

Julie traduisit : « Elle parle d'une flotte de navires de guerre. »

Du bord de l'esplanade, au sud de la maison, nous découvrîmes ce dont il s'agissait... A l'horizon, leur coque disparaissant déjà, des navires gris se dirigeaient vers l'est, à travers la mer

Egée, entre Malea et Skyli, un porte-avions, un cuirassé, quatre destroyers et un autre bateau, croisant résolument vers quelque nouvelle Troie. Cela expliquait l'irruption brutale de l'avion dans notre monde de paix.

June suggéra : « Le dernier tour que nous joue Maurice, peut-être? Un bombardement de l'île? »

Julia rit. Je ris à mon tour. Mais nous ne quittions pas des yeux ces formes gris de cendre, sur le bord lumineux du monde. Machines de mort transportant dans leurs flancs des milliers d'hommes mastiquant du chewing-gum et munis de préservatifs. Et ces navires étaient très loin. A bien plus que trente kilomètres. Comme s'il y avait plutôt entre eux et nous une distance de trente années; et comme si nous regardions non pas vers le sud mais vers l'avenir, vers un monde sans Prospero, sans domaine fabuleux, sans poésie ni fantaisie ni douces promesses érotiques... A cet instant, immobile entre les deux jeunes filles, je ressentis soudain tout ce qu'il y avait d'extraordinairement précaire et fuyant dans la folle entreprise du vieil homme, et combien le temps lui-même était fragile. Je savais que jamais plus je ne vivrais pareille aventure. Tout ce que la vie pourrait m'apporter, j'en faisais volontiers le sacrifice pour ne retenir que cet après-midi. Je voulais cet après-midi-là, je le voulais se poursuivant sans fin. Ou revenant éternellement. Eternellement le même.

Mon euphorie se dissipa un peu plus tard alors que nous prenions le thé. June et Julie portaient à présent leur robe à fleurs roses. Le yacht ne tarderait pas à arriver et il y avait quelque confusion dans notre conversation. Elles ne savaient trop à quoi se résoudre. Elles envisagèrent un moment de venir avec moi de l'autre côté de l'île et de s'installer à l'hôtel. Finalement il fut décidé que nous donnerions à Conchis une dernière chance, un dernier week-end pour abattre ses cartes. Nous en discutions encore quand notre regard fut de nouveau attiré vers la mer. Un bateau, venant du côté de Nauplie, contournait le promontoire.

Elles m'avaient parlé du yacht de Maurice, si luxueux qu'il était une preuve indéniable de sa richesse, disaient-elles. Je n'en fus pas moins impressionné. Nous nous étions approchés du bord de l'esplanade pour le mieux voir. C'était un deux-mâts. Il avançait lentement, au moteur, ses voiles ferlées; une longue coque blanche, les cabines qui s'élevaient au-dessus du pont, à l'avant et à l'arrière. En poupe flottait paresseusement le pavillon grec. Je vis une demi-douzaine de silhouettes en bleu et blanc, l'équipage sans doute. C'était trop loin — cinq cents mètres au moins — pour qu'on puisse distinguer les visages.

Je dis : « Comme prison, ce n'est vraiment pas mal! »

June répliqua : « Et si tu voyais l'intérieur! Il y a huit marques différentes de parfums français sur notre coiffeuse. »

Le yacht était à présent presque immobile. Trois hommes se tenaient près d'un bossoir, s'apprêtant à descendre un canot à la mer. Une sirène mugit, avec insistance. Ma réaction, caractéristique des gens d'Oxford, était tout à la fois une pointe d'envie et un secret mépris. Le yacht lui-même n'avait rien de vulgaire mais je trouvais vulgaire de posséder un yacht. Et pourtant je désirais monter un jour à bord de celui-là. Je n'avais jamais pénétré jusqu'ici dans le monde des grosses fortunes. A Oxford, je côtoyais des garçons très riches, des gens comme Billie Whyte, mais je n'avais jamais été vraiment introduit dans leur milieu. Et j'enviais les deux filles; c'était pour elles bien plus facile, elles avaient leur charme pour passeport. C'était aux hommes de faire de l'argent, une façon sublimée d'être virils. Peut-être Julie comprit-elle intuitivement ce que je ressentais. Lorsque nous revînmes sous la colonnade, afin que les deux sœurs rassemblent leurs affaires, elle me prit la main brusquement et m'entraîna à l'intérieur de la maison, là où June ne pouvait nous voir ou nous entendre.

« C'est pour quelques jours seulement.

— Des jours qui vont être des années.

— Pour moi aussi. »

Je dis encore : « Toute ma vie j'ai attendu de te rencontrer. »

Elle baissa les yeux. Nous étions très près l'un de l'autre. « Je sais.

— Et toi? Tu as aussi le sentiment que ce que tu attendais est enfin arrivé?

— Je ne sais pas, Nicholas. Mais j'aime que tu m'aimes.

— Quand tu reviendras, pourras-tu sortir un soir pendant la semaine? »

Elle jeta un coup d'œil vers les portes ouvertes, puis me regarda. « Je voudrais bien, mais...

— Je peux venir mercredi. On pourrait se retrouver en bas, près de la chapelle. » J'ajoutai : « Pas à l'intérieur.

— Il se peut que nous ne soyons pas encore de retour.

— Je viendrai de toute façon. Dès qu'il fera sombre. J'attendrai jusqu'à minuit. Ça vaudra toujours mieux que de rester à me ronger les ongles dans ce foutu collège.

— J'essaierai. Si je peux. Si nous sommes là. »

Je me penchai, l'embrassai. Il y avait quelque chose de brisé. C'était déjà trop tard.

Dehors, June attendait près de la table et aussitôt qu'elle

nous vit elle fit un signe de tête en direction de l'esplanade. Le nègre s'y trouvait, près du sentier qui descendait à la plage privée, en pantalon et tricot noir, les yeux dissimulés derrière des lunettes noires. Il attendait. La sirène du yacht retentit de nouveau. Je pouvais entendre le bruit d'un petit moteur hors-bord qui se rapprochait rapidement du rivage.

June me tendit la main. Julie souriait. Je leur souhaitai bon voyage. Puis je les regardai traverser l'esplanade, en robes roses et bas bleus, leurs paniers à la main. Le nègre avait fait demi-tour bien avant qu'elles le rejoignent et descendait le sentier, comme s'il ne doutait pas un instant qu'elles suivraient. Quand elles eurent disparu, j'allai jusqu'en haut du sentier. Le canot à moteur pénétrait dans la petite anse; il vint accoster le long de la jetée sur laquelle s'avançait à présent la silhouette sombre que suivaient de près les deux silhouettes roses. Il y avait un marin dans le bateau, vêtu d'un short blanc, d'un maillot bleu foncé à manches courtes avec sur la poitrine un nom en lettres rouges que je ne pouvais pas lire de là où j'étais. Sans doute *Arethusa*. Le marin aida les deux sœurs à embarquer, puis le nègre les rejoignit. Il s'assit à la proue, les deux sœurs lui tournaient le dos. Le bateau partit. Après quelques instants, June et Julie, m'apercevant immobile sur mon promontoire, firent des gestes d'adieu, et encore lorsque le canot quitta la baie et fila droit vers le yacht.

Une mer d'après-midi s'étendait devant moi jusqu'à la Crète à cent cinquante kilomètres. La flotte avait presque complètement disparu. A mi-hauteur de la falaise un cyprès coupait de son ombre noire qui s'allongeait déjà une bande de terre rougeâtre et desséchée. Le jour finissait. Je me sentais dépossédé. Ce rendez-vous que j'avais donné à Julie, je ne pensais pas qu'elle y viendrait. Et pourtant j'étais envahi par une exaltation joyeuse; comme le joueur de poker qui sait qu'une seule carte lui manque pour avoir en main un jeu imbattable.

Je retournai vers la maison que Maria s'apprêtait à fermer. Je n'essayai pas de l'interroger, je savais que c'était inutile; je montai dans ma chambre et préparai mon sac. Quand je redescendis je vis qu'on hissait le canot à bord du yacht qui maintenant appareillait. Il décrivit d'abord une large courbe puis mit le cap vers l'extrémité sud du Péloponèse. J'étais tenté de rester à le regarder jusqu'à ce qu'il disparaisse. Mais, sans doute, on m'observait de là-bas, et je décidai que je ne jouerais pas le rôle du triste naufragé abandonné sur son île.

Quelques minutes plus tard je me mettais en route pour

le sinistre bagne, de l'autre côté du rêve, comme Adam quittant le jardin d'Eden. Mais moi je savais qu'il n'y avait pas de dieux et que rien ne m'empêcherait de revenir.

48

Durant la longue montée vers la crête centrale je me sentais mal à l'aise, une réaction inévitable sans doute, après les événements de la journée. Julie m'avait donné la preuve qu'elle était capable d'émotions vraies, mais maintenant me venaient à l'esprit toutes les questions que j'aurais dû lui poser, et je me souvenais aussi qu'en plusieurs occasions j'avais été tout près de croire à cette histoire de schizophrénie inventée par Conchis. Il n'était pas impossible, après tout, que les deux sœurs jouent double jeu. Julie pouvait me trouver physiquement attirant et pourtant ne pas hésiter à me raconter des mensonges. Mais j'aurais désormais des moyens de contrôle. Je pensais aussi à ma prochaine rencontre avec Conchis. Si j'arrivais à recueillir quelques témoignages prouvant que je n'ignorais plus rien de l'histoire des deux jumelles, je saurais m'en servir.

Ce même dimanche soir, de retour dans ma chambre, j'écrivis trois lettres, l'une à Mrs. Holmes à Cerne Abbas, une autre à Mr. P.J. Fearn et la troisième à la directrice du collège où Julie avait enseigné. A Mrs. Holmes j'expliquai que j'avais rencontré ses filles à l'occasion du film qu'elles allaient tourner. L'instituteur de l'école du village souhaitait que je lui procure l'adresse d'une école rurale d'Angleterre qui pourrait fournir des « correspondants », et les jeunes filles m'avaient suggéré d'écrire à leur mère pour lui demander de me mettre en rapport avec l'école primaire de Cerne Abbas; et le plus tôt serait le mieux car le trimestre scolaire allait bientôt finir. Dans la seconde lettre je déclarai que je voulais ouvrir un compte bancaire et que j'avais la recommandation d'une cliente de la banque. Dans la troisième, je me faisais passer pour le directeur d'un institut de langues étrangères qui s'ouvrirait à Athènes en automne. Une certaine demoiselle Holmes avait sollicité un poste.

Le lundi je relus soigneusement les brouillons, changeai quelques mots, puis recopiai à la main les deux premières lettres et tapai laborieusement la troisième dans le bureau de l'économe où il y avait une vieille machine à écrire au clavier anglais. Je savais que cette dernière lettre laissait soupçonner une supercherie car les vedettes de cinéma n'en sont généralement pas réduites à enseigner à l'étranger. Mais quelle qu'elle soit, la réponse pourrait m'être utile.

Au point où j'en étais je ne voyais aucune raison de ne pas continuer : j'écrivis donc encore deux lettres, l'une au Tavistock Theatre, l'autre à Cambridge.

Je mis ces lettres à la poste et aussi une pour Leverrier. J'avais eu quelque espoir d'en trouver une de Mitford en rentrant au collège. Mais la mienne lui avait sûrement été réexpédiée et il n'avait pas encore eu le temps de répondre. Répondrait-il d'ailleurs? Ma lettre à Leverrier était brève. J'expliquais simplement qui j'étais et j'ajoutais :

> Mon vrai motif pour vous écrire est la situation plutôt compliquée où je me trouve à présent à Bourani. J'ai appris que vous aviez coutume de rendre visite à M. Conchis, c'est lui-même qui me l'a dit. J'ai vraiment besoin de conseils et je dois ajouter que ce n'est pas seulement pour moi; d'autres personnes se trouvent mêlées à cette affaire. Nous vous serions très reconnaissants si vous pouviez nous répondre, et je crois savoir que vous comprendrez les raisons de mon insistance.

A peine l'enveloppe fermée je savais déjà que le silence de Mitford et de Leverrier était pour moi de bon augure : si les années précédentes il leur était arrivé à Bourani quelque chose de vraiment désagréable ils auraient sûrement parlé; s'ils gardaient le silence ce devait être le silence de la gratitude. Je n'avais pas oublié la querelle avec Conchis dont m'avait parlé Mitford. Ni son avertissement. Mais je commençais à m'interroger sur les motifs de son comportement.

Plus j'y pensais et plus j'étais certain que Demetriades était l'espion. La première règle du contre-espionnage est d'avoir l'air de se laisser berner, aussi, le dimanche après dîner, me montrai-je particulièrement amical envers lui. Nous fîmes un tour sur la jetée près du collège pour profiter du moindre souffle d'air dans la chaleur oppressante de la nuit. Et je dis, oui, merci Méli, j'ai passé un très bon week-end à Bourani. J'ai lu, nagé, écouté de la musique. J'allais jusqu'à rire de ses suppositions obscènes sur mon emploi du temps véritable, quoique la raison de leur obscénité me parut claire à présent. Conchis s'assurait ainsi que je savais me taire. Je remerciai aussi Méli de n'avoir rien dit aux autres professeurs.

Nous flânions. Je regardai l'eau sombre du détroit entre

l'île et le continent. Je me demandais ce que les deux sœurs faisaient là-bas, sur d'autres eaux sombres... La mer silencieuse, secrète mais sans hostilité, et inlassablement la même : je me sentais à présent initié à ses mystères.

Mercredi... Mercredi... Mais j'étais incapable d'attendre jusque-là. Le mardi après-midi je renonçai à ma sieste habituelle et, m'étant assuré que tout le monde dormait au collège, je grimpai jusqu'à la crête centrale. J'étais convaincu que c'était en vain. Je me trompais. Ce que je vis me fit battre follement le cœur; tout en bas, à l'entrée de la baie de Moutsa, le long yacht blanc était à l'ancre. Le vieil homme avait capitulé.

49

Il était neuf heures du soir quand j'arrivai à la barrière. Je restai là un moment à écouter et, n'entendant rien, quittai le sentier pour m'engager sous les arbres en direction de la maison. Elle était là, silencieuse, noire contre la dernière clarté bleue venant de l'ouest; seule la salle de musique était éclairée. Tout près, le petit-duc lança son appel. Comme je retournai vers la barrière, une forme noire glissa au-dessus de ma tête et plongea vers la mer entre les arbres : Conchis, le magicien, changé en hibou.

Je descendis vivement le sentier vers la plage de Moutsa. La forêt était sombre au-dessus de l'eau au clapotis léger. A cinq cents mètres au large le yacht était à l'ancre; je voyais briller le feu de bâbord. C'était la seule lumière. D'un pas rapide, à la lisière des arbres, j'avançai vers la chapelle.

Adossée au mur, mince silhouette se détachant sur la blancheur de la chaux, Julie m'attendait. Dès qu'elle me vit venir elle s'avança vers moi. Elle était vêtue d'une grande jupe de coton pâle et d'un de ces maillots bleu marine à manches courtes que portaient les hommes de l'*Arethusa*. Sa coiffure, les cheveux tirés en arrière et retenus par un ruban serré, lui donnait l'air d'une institutrice. Nous nous arrêtâmes à un mètre l'un de l'autre, comme intimidés soudain.

« Tu as réussi à t'échapper?

— Tout va bien. Maurice sait que je suis ici. » Elle sourit. « Et maintenant plus d'espionnage. Nous nous sommes expliqués.

— Tu veux dire...

— Toi et moi. Il sait, à présent. Je lui ai dit. J'ai dit aussi que si j'étais schizophrène dans l'intrigue qu'il a imaginée je ne le suis certainement pas dans la vie réelle. »

Elle sourit de nouveau. Je m'avançai et elle vint dans mes bras. Mais lorsque, l'embrassant, je voulus resserrer mon étreinte elle me repoussa légèrement, baissant la tête.

« Julie? »

Elle porta une de mes mains à ses lèvres.

« Sois gentil... c'est juste que... c'est le mauvais moment du mois. Je n'ai pas osé te le dire dimanche. »

J'étais interdit. Je m'étais préparé à tout; à tout sauf à ce contretemps banal. Ma bouche contre ses cheveux à l'odeur sucrée je protestai :

« Bon Dieu! Tu plaisantes!

— Je voulais tellement que tu viennes... »

Puis, cachant mal mon dépit, je soupirai : « Marchons jusqu'au bout de la plage. »

Je lui pris la main. Nous allions lentement, dépassant la chapelle, entrant dans la pinède. Elle me raconta qu'elle et June, aussitôt à bord, le dimanche précédent, avaient eu avec Maurice l'explication qu'il tentait d'éviter. June s'était lancée dans des accusations contre Joe, Joe caché dans la chapelle, Joe chargé de nous espionner. Elle avait menacé de tout laisser tomber et Conchis avait alors perdu sa belle assurance. Il reconnaissait qu'il avait eu trop d'exigences, et qu'il était victime de ses propres mensonges.

Elle ajouta : « En fait, il a dit que dès qu'il t'avait vu il avait craint le pire.

— Le pire?

— Que l'agneau ne tombe amoureux du lion qu'il est chargé d'attirer dans le piège.

— Et le piège? Qu'est-ce que c'est?

— Il n'a pas voulu en parler encore. Mais il a promis qu'il nous dirait tout au prochain week-end, à toi aussi. Il a ajouté — et c'est peut-être encore le plus extraordinaire — qu'il a, si nous sommes tous les trois d'accord, quelque chose d'autre en tête. Il appelle ça du méta-théâtre.

— Qu'est-ce que ça peut bien signifier?

— Au-delà du théâtre. C'est tout ce que nous avons pu tirer de lui. Ça et la promesse que la prochaine fois il nous tiendra au courant de ses projets. Il ne nous a donné qu'une très vague idée de ce que cela pourrait être. Il semble que d'autres gens vont bientôt arriver. En somme il faudrait qu'on l'aide à les divertir.

— Quels gens?

— Il ne l'a pas dit.

— Il est vraiment fou.

— Il prétend que tout ce qui s'est passé n'est qu'une sorte de répétition. Nous ne lui avons pas caché que nous en avions assez — ou du moins que moi j'en avais assez de faire les yeux doux à des inconnus. Il a juré ses grands dieux qu'il ne s'agirait plus de ça.

— Et tu l'as cru? »

Elle hésita un moment. « Ce que nous en sommes venues à penser, June et moi, c'est qu'il avait probablement décidé dès le début que tout se passerait ainsi. Il savait que ces rôles stupides qu'il me faisait jouer nous mèneraient là où nous en sommes.

— Et il veut ma participation?

— Je suis chargée de te transmettre ses offres. Pour te tenter.

— Tu es déjà la plus irrésistible des tentations. »

Elle appuya sa joue contre mon épaule. « Conchis n'a pas l'intention de te faire travailler pour rien. Toi aussi tu auras un salaire. De toute façon ce ne sera qu'après la fin du trimestre scolaire. Et il veut que nous vivions dans la maison du village, tous les trois, ou du moins que nous y dormions. Pour commencer ce sera comme si nous ne le connaissions pas.

— Et cela te tente? »

Elle resta un moment silencieuse. « Il y a un autre petit inconvénient. Il voudrait que toi et moi, quand ses visiteurs viendront, nous fassions comme si nous étions mariés.

— Je ne pourrai pas “ faire comme si ”. Je n'ai pas tes dons pour la comédie. »

Elle me serra la main : « Sois sérieux.

— Je le suis. Plus que tu ne le crois. »

Elle leva le visage vers moi. « Alors dis-moi ce que tu en penses.

— Cela dépend du prochain week-end. Quand nous saurons vraiment de quoi il s'agit.

— C'est bien aussi ce que nous pensons.

— Il a dû vous donner quelques éclaircissements.

— Il dit que c'est en partie une expérience de psychiatrie. Et aussi étrange que cela puisse paraître, une expérience en rapport avec la schizophrénie. Le dédoublement de la personnalité. Nous sommes bien des sortes de cobayes. Il voulait absolument savoir pourquoi j'ai fini par te “ faire confiance ”.

— Et qu'as-tu dit?

— Qu'il y a entre les êtres des sentiments dont la sincérité ne peut être mise en doute. Et que je te crois incapable de te jouer de mes émotions.

— A-t-il été aimable, ces derniers jours?

— Oui. Très gentil. Du moins chaque fois que nous l'avons vu. Il est resté seul plus souvent que d'habitude.

— A préparer quelque autre tour?

— A régler des affaires, disait-il. Mais comment savoir?

— Où êtes-vous allées?

— Dans les environs. Jusqu'à Cythère. Nous sommes revenus hier. »

Je songeais à ces trois derniers jours, la pile toujours renouvelée des devoirs à corriger, les études à surveiller, l'odeur fade de la craie. Mais le trimestre finissait, il y aurait cette maison au village, isolée derrière ses murs, la présence constante des deux jeunes femmes.

Julie demanda : « T'es-tu renseigné au sujet des *Trois Cœurs*?

— Oui. J'ai demandé à un des professeurs. Ça paraît être un classique de la littérature grecque moderne. Mais il n'a entendu parler d'aucun projet d'en faire un film, et ne sait rien des deux hommes dont tu m'as donné le nom. »

Nous arrivions à l'extrémité de la plage. Une dernière clarté bleuâtre flottait au-dessus du cap. L'air était parfaitement immobile.

Elle dit : « J'aime les nuits ici. Plus encore que les jours.

— Moi aussi.

— On se mouille les pieds? »

Déjà nous allions vers la mer à travers les galets, nous ôtions nos sandales, nous étions debout dans l'eau tiède, tout près l'un de l'autre. Elle me laissa l'embrasser à nouveau; sa bouche, ses yeux, son cou. J'essayai de me contenter de caresses légères. Je lui murmurai à l'oreille :

« Foutue physiologie féminine. »

Elle se rapprocha de moi, pour manifester son regret, sa tendresse, soupirant : « Je sais. Moi aussi je suis déçue.

— Je ne cesse de te revoir comme tu étais dans la chapelle.

— Je me sentais déflorée.

— Le terme est réservé aux vierges.

— Près de toi je suis vierge à nouveau.

— Il y a eu plusieurs autres hommes?

— Un ou deux.

— Et celui dont tu m'as parlé? » Elle ne dit rien. « J'aimerais bien que tu me racontes.

— Il n'y a pas grand-chose à dire.

— Allons nous asseoir. »

Nous remontions parmi les arbres, le long de la pente où s'appuyait le promontoire de l'ouest. Quelques rochers avaient roulé jusque-là. Je m'installai, le dos appuyé contre l'un d'eux, et Julie se blottit contre moi. Je dénouai le ruban de ses cheveux qui flottèrent librement sur ses épaules.

Elle me parla de son premier amour. C'était un jeune professeur de Cambridge, un mathématicien, de dix ans son aîné, très intelligent, mais pas du tout le genre intellectuel à idée fixe; un homme sensible et cultivé. Ils s'étaient connus alors que Julie était en deuxième année, mais leurs relations étaient restées assez longtemps plutôt platoniques, en fait jusqu'à l'année suivante.

« Et alors, je ne sais pourquoi, peut-être parce que je n'avais plus que deux trimestres à passer à Cambridge, Andrew a commencé à protester si je sortais avec quelqu'un d'autre. Il décidait, en quelque sorte, qu'il lui fallait être amoureux de moi. Il était toujours très attentionné — parfois c'était même drôle la façon dont il me reprochait gentiment d'avoir corrompu un célibataire endurci. Mais ce n'était pas du tout le célibataire égocentrique; il était très généreux, il m'offrait des fleurs et des livres; nous allions souvent à la campagne. J'aimais bien être avec lui. Pourtant je n'ai jamais ressenti pour lui une vraie attirance physique. Tu sais, ça arrive... on aime en un homme toutes sortes de qualités; on se sent flattée, et même, quand c'est un professeur, un peu embarrassée; on l'admire intellectuellement et...

— Et on ne voit pas l'évidence.

— Il a insisté pour que nous annoncions nos fiançailles. C'était au début du dernier trimestre et je travaillais comme une brute. Nous n'avions pas fait l'amour. Je prenais ses hésitations pour de la délicatesse. Nous devions passer nos vacances en Italie et nous marier à l'automne. »

Elle se tut.

« Et qu'est-il arrivé?

— C'est si difficile... »

Je lui caressai les cheveux. « Dis quand même; cela vaut mieux que de garder tout cela enfermé en toi. »

Elle hésita; puis reprit d'une voix encore plus basse :

« J'avais toujours su qu'il y avait quelque chose qui n'allait pas. Je n'aurais pu dire quoi avec précision, mais c'était un peu l'impression qu'Andrew cherchait toujours à faire “ ce qu’il fallait ”. Il y manquait le naturel. Les baisers c’était parce que les filles s’attendent à ce qu’on les embrasse et non l’expression d’un désir réel. » Elle tira sa jupe sur ses genoux. « En Italie, j’ai enfin découvert qu’il avait... de sérieux problèmes. C’est alors qu’il m’a avoué qu’au collège il avait eu des expériences homosexuelles. Et même à Cambridge avant la guerre, lorsqu’il était étudiant. » Elle s’arrêta un moment. « Je dois te paraître épouvantablement innocente.

— Non; innocente, simplement.

— Vraiment, je ne pouvais me douter... Ça ne se voyait pas. Il voulait désespérément être normal. Trop désespérément, peut-être.

— Je comprends.

— Je ne cessais de répéter que ça ne faisait rien. Je le lui disais, je me le disais à moi-même. Et il y avait aussi des fois où... ça allait bien. Et puis, hors du lit, il était charmant. » Elle resta un long moment silencieuse. « Nicholas, c’est terrible ce que j’ai fait alors. J’ai quitté l’hôtel où nous logions, à Sienne, et j’ai pris le train pour l’Angleterre. Comme ça, sans même le prévenir. En moi, brusquement, quelque chose a craqué. Je ne pouvais ignorer plus longtemps qu’il y aurait toujours ce problème entre nous. Souvent nous sortions après... nos échecs, et je regardais les hommes, ces Italiens, et je pensais... » Elle s’arrêta brusquement, comme honteuse encore de ce qu’elle avait pensé. Puis elle dit : « Et ce que j’ai éprouvé dans la chapelle avec toi... ça m’a paru si vrai, si simple...

— Tu ne l’as pas revu?

— Hélas, oui.

— Raconte.

— Je suis rentrée à la maison. Je ne pouvais pas dire à ma mère ce qui s’était réellement passé. Andrew est revenu, il a insisté pour que nous nous retrouvions à Londres. » Elle secoua la tête. « Il était si désespéré, au bord du suicide, presque. A la fin, j’ai... J’ai cédé. Je ne te donnerai pas tous les détails sordides, il n’était plus question de mariage. J’ai pris un poste dans un collège de Londres afin d’être loin de Cambridge. Nous avons fait... de nouvelles tentatives et... oh, ça a traîné pendant plusieurs mois. Deux êtres humains qu’on disait intelligents et qui lentement se détruisaient l’un l’autre. S’il téléphonait pour dire qu’il ne pourrait pas venir à Londres au week-end je n’en ressentais que du soulagement. » Elle s’arrêta encore une fois, détourna son visage. « Ça allait mieux si... je le laissais se servir de moi comme d’un garçon. Mais je détestais ça. Et je crois bien que lui aussi. » Je l'entendis soupirer contre ma poitrine. « June m'a poussée à faire ce que j'aurais dû faire des mois plus tôt. Il m'écrit de temps en temps mais c'est tout, à présent. » Il y eut un nouveau silence. Puis elle ajouta : « Fin d'une petite histoire triste.

— Il ne faut plus y penser.

— Je ne suis pas prude, je t'assure, mais...

— Ce n'est pas de ta faute.

— Ça devenait du masochisme. Plus c'était horrible plus je me sentais noble et généreuse.

— Et depuis, il n'y a eu personne?

— Au début de l'année je suis sortie avec un des acteurs de la troupe du Tavistock. Mais il n'a pas tardé à trouver que je ne lui convenais pas. »

Je faisais glisser entre mes doigts les longues mèches de ses cheveux.

« Pourquoi?

— Parce que je ne voulais pas faire l'amour avec lui.

— C'était un principe?

— Il y a eu quelqu'un d'autre à Cambridge. La première année.

— Et alors?

— C'était le contraire d'Andrew. Il était bien plus agréable au lit que hors du lit. » Elle ajouta, moqueuse : « Malheureusement il le savait. J'ai découvert un jour que je n'étais pas sa seule conquête.

— Quel pauvre idiot!

— Je sais bien que pour les hommes c'est différent. Du moins pour les hommes dans son genre. Mais j'étais si humiliée de n'être qu'une pièce de plus à son tableau de chasse! »

Je posai mes lèvres sur son front. « Au moins j'approuve entièrement son goût en ce qui concerne le gibier. »

Elle reprit, presque timidement cette fois :

« As-tu couché avec beaucoup de filles?

— Aucune comme toi. Et je n'ai jamais joué au Don Juan. »

Elle sembla se rendre compte de la naïveté de sa question. « Je n'aurais peut-être pas dû... » C'était un sujet sur lequel je préférais ne pas m'étendre mais visiblement, il la fascinait : « C'est que je ne peux avoir dans ce domaine l'objectivité de June.

— Je suppose qu'elle est aussi objective quand elle parle de moi?

— Oh, toi, tu lui plais.

— Ça n'a pas l'air de t'enchanter.

— Dimanche je l'ai détestée. » Elle me poussa du coude. « Et toi aussi parce que tu ne la détestais pas.

— C'est simplement qu'à la voir à demi nue, je pouvais t'imaginer...

— Et depuis elle n'a pas cessé de plaisanter à ce sujet. Elle prétend qu'elle est ton type. Bien plus que moi. »

Je la serrai un peu plus fort. « Moi je sais celle que je préfère. »

Elle prit ma main, effleura mes doigts d'une caresse légère. « Nous sommes venues ici hier soir.

— Pourquoi?

— Pour nous baigner. Il faisait si chaud. Nous ne pouvions pas dormir. » Elle ajouta : « June espérait qu'un charmant berger grec allait bondir hors de la pinède.

— Et toi?

— J'attendais celui qui est venu pour moi des verts pâturages de la lointaine Angleterre.

— Dommage que nous n'ayons pas pris les maillots de bain. »

Sa main continuait la caresse.

« Hier soir non plus, nous ne les avions pas. »

J'attendis un moment avant de demander : « Ce qui veut dire?

— Oh, simplement que ça n'empêche pas de se baigner. » Puis elle se tourna vers moi avec un sourire espiègle. « June a parié que je n'oserais pas.

— Eh bien, on va lui faire perdre son pari.

— On se baigne, c'est tout.

— Mais seulement parce que...

— Pourquoi les hommes tiennent-ils toujours à préciser ce qui est évident? »

Elle se pencha, m'embrassa, se leva vivement et me tendit les mains. Je me levai à mon tour. Bientôt nous étions sur la plage. La lumière rouge flottait contre le flanc pâle du yacht et son reflet scintillait dans l'eau. Une lueur brillait du côté de la maison, entre les arbres les plus hauts. Quelqu'un veillait. Je m'approchai de Julie, elle leva les bras pour me permettre de lui enlever son tricot, puis se détourna afin que je détache son soutien-gorge pendant qu'elle dégrafait sa jupe. Mes mains touchèrent sa poitrine. La jupe tomba. Julie resta un moment appuyée contre moi, ses mains immobilisant les miennes contre les seins nus. Je me penchai, posai mes lèvres sur sa nuque. Puis je la regardai se diriger vers l'eau, pâle silhouette aux longs cheveux, les hanches entourées d'une étroite bande blanche. Elle était, dans la nuit, l'image en écho de sa sœur telle qu'elle m'était apparue trois jours plus tôt, dans le soleil. J'ôtai mes vêtements. Elle avança dans l'eau jusqu'à la taille, sans se retourner, puis s'allongeant elle se mit à nager vers le yacht. Un instant plus tard j'étais à côté d'elle et nous nagions encore un peu plus loin. Elle s'arrêta la première, se redressa. Elle avait osé, elle avait gagné son pari, elle riait.

Elle prononça quelques phrases en grec; toutefois ce n'était pas le grec que je connaissais mais une langue beaucoup plus archaïque, plus articulée.

« Qu'est-ce que c'est?

— Sophocle.

— Qu'est-ce que ça veut dire?

— Oh, c'est juste pour le son des mots. Quand je suis arrivée ici je ne pouvais pas y croire. Ces milliers de petits signes noirs qui prenaient vie brusquement; qui appartenaient soudain au présent...

— Oui, je comprends.

— J'étais comme quelqu'un qui découvre qu'il a toujours vécu en exil.

— J'ai éprouvé cela moi aussi.

— Est-ce que l'Angleterre te manque?

— Non. »

Je la vis sourire. « Il doit bien y avoir un point sur lequel nous ne sommes pas d'accord?

— Dans une autre vie, peut-être.

— Je vais faire la planche. Je viens tout juste d'apprendre ça. »

Elle étendit les bras et se renversa sur le dos, riant comme un enfant fier de son exploit. En deux brasses je fus tout près d'elle. Elle restait allongée dans l'eau, immobile et les yeux clos, un petit sourire sur les lèvres, et sa chevelure mouillée la faisait paraître très jeune. La mer était absolument calme, comme du verre noir.

« On dirait Ophélie.

— Dois-je entrer au couvent?

— Je n'ai jamais été si peu Hamlet.

— Peut-être es-tu le fou qu'il veut que j'épouse?

— Tu as joué le rôle d'Ophélie?

— Au collège. Ces quelques scènes seulement. Avec une lesbienne horriblement refoulée, ravie de porter le haut-de-chausses.

— Mais n'ayant rien dans la brayette. »

Elle protesta, baissant la voix :

« Monsieur Urfe, une telle vulgarité m'étonne de votre part. »

Je m'approchai encore un peu mais comme je voulais la toucher de mes lèvres elle fit un mouvement brusque et s'enfonça dans l'eau. Une courte lutte, un tourbillon, le jaillissement de l'eau : elle m'avait échappé. Pourtant ses lèvres vinrent effleurer les miennes puis elle s'écarta de nouveau et je la vis se remettre à nager sagement vers la plage. Elle ralentissait ses gestes, comme si l'effort l'avait épuisée et bientôt elle s'arrêta, se redressa, de l'eau jusqu'aux aisselles. Je repris pied à côté d'elle, nos mains se joignirent sous l'eau; cette fois elle me laissa l'attirer vers moi, et mes mains la saisirent à la taille. Elle leva les bras, les mit autour de mon cou, puis baissa les yeux. Ma main suivait sous l'eau les courbes de son corps, les seins, les aisselles. Je la serrai un peu plus contre moi, la soulevant légèrement; elle leva la tête, les yeux fermés, jusqu'à toucher mon visage de sa joue. Je glissai une main sous l'étroite ceinture, l'autre contre sa poitrine. Fraîcheur délicieuse, mollesse, abandon... cela n'avait rien de comparable à notre étreinte fiévreuse dans la chapelle.

Quand Julie m'avait raconté l'échec de sa liaison à Cambridge, j'avais deviné ce qu'elle me taisait, ce délicat équilibre de timidité physique et d'imagination sensuelle qui lui était particulier. Parce que timide elle avait été attirée par cet homme, puis elle l'avait repoussé quand sa sensualité avait été déçue. Elle était une nymphe effarouchée, en cela bien différente de sa sœur qui pourtant avait été choisie pour jouer le rôle de la nymphe. Mais la fuite des nymphes devant le satyre, n'est-elle pas aussi une invite? Il y avait en Julie quelque chose de l'animal sauvage, toujours sur ses gardes et que met en fuite la moindre tentative pour l'apprivoiser. Elle avait circonscrit un petit territoire personnel protégé par des pièges et des barrières invisibles où elle évoluait librement. Je pressentais pourtant qu'au-delà de ce système défensif s'ouvrait une contrée sans limite où un jour tout me serait permis. Et ce jour je le savais proche car elle s'accrochait à moi, s'abandonnait à sa sensualité, vraie femme en cet instant, pressée contre moi, et nos bouches jointes et nos langues mêlées jouaient, mimaient nos plus secrets désirs.

Le silence, l'eau noire, le firmament étoilé; et mon excitation sexuelle qu'elle devait sentir. Soudain elle détourna la tête, presque avec violence, tout en continuant de s'agripper à moi. Après un moment je l'entendis murmurer :

« Mon pauvre chéri.

— Je n'y peux rien. Tu m'excites trop.

— J'aime que tu n'y puisses rien. »

Elle s'écarta un peu et sa main s'enfonça dans l'eau, glissa le long de mon ventre, puis, lentement, avec des timidités et des hésitations, se referma sur mon sexe. Et je percevais encore dans cette caresse légère et fuyante comme un retour de la naïveté qu'elle avait manifestée tout à l'heure et qui bientôt allait se trouver démentie. La caresse se faisait déjà plus précise, plus pressante, plus sûre. Julie leva les yeux vers moi :

« Oh, Nicholas, moi aussi je désire. »

Je mis mes bras autour de ses épaules et l'appuyai très fort contre moi.

« Non, dit-elle, non, pas maintenant, tu sais bien que ce n'est pas possible. »

Elle s'écarta de nouveau, recommença la même caresse, puis encore hésitante, quêtant un accord ou un encouragement :

« Aimes-tu comme ça? »

— Idiote. »

Alors, libérée de ses dernières craintes, sa main après avoir erré sur mes flancs, sur mon ventre, fut la main douce et ferme d'une amante attentive et experte. Et nos lèvres se retrouvèrent. Et je ne pouvais plus rien voir ni savoir de ce qui nous entourait. Le monde avait basculé; il n'y avait plus rien que sa langue cherchant la mienne, son corps contre le mien, le doux rythme de sa main sous l'eau. J'aurais voulu que ce moment dure toute la nuit, et que la nuit ne finisse pas; et que renaisse toujours le ravissement de cette heure merveilleuse où Julie, si longtemps réservée et distante, soudain se tranformait en une geisha obéissante, une adorable sirène.

Toute la nuit. Mais le plaisir se faisait plus violent et elle sembla découvrir d'instinct que sa caresse devait se rendre plus autoritaire et plus rapide; elle m'enlaça plus étroitement encore; lorsque sa main perçut le spasme son mouvement s'alanguit, puis s'arrêta; et comme si elle aussi avait atteint l'insupportable de la volupté, penchant sa tête vers mon corps elle me mordit en gémissant.

Lentement, sa main remonta vers ma poitrine.

Elle était encore courbée sur moi; je l'obligeai à se redresser et l'embrassai avec gratitude, stupéfait pourtant de la disparition de sa récente pudibonderie. Sans doute les taquineries de June pouvaient-elles expliquer en partie une telle métamorphose. Mais la vraie raison était en Julie; il y avait au plus profond d'elle quelque chose de brûlant qu'elle n'avait pas su reconnaître, un long et secret désir.

Nous étions toujours agrippés l'un à l'autre, sans nul besoin de parler, de bouger; sachant que désormais il n'y aurait plus de barrières entre nous.

Cela dura un moment. Puis elle murmura :

« Il faut que je rentre. June est restée à m'attendre. »

Un dernier et rapide baiser. En quelques brasses je regagnai la rive, Julie derrière moi. Main dans la main nous remontions à présent vers l'endroit où nous avions laissé nos vêtements. Sans prendre la peine de se sécher elle enfila sa jupe. Mes lèvres touchèrent ses seins mouillés puis je fixai le crochet du soutien-gorge, l'aidai à remettre le tricot, et à son tour elle m'aida à me rhabiller. Nous nous dirigeâmes enlacés vers Bourani. J'avais l'impression que ce qui s'était passé était pour elle très important; elle découvrait — ou redécouvrait — à travers la satisfaction de mon désir, sa propre sexualité latente. Et dans la nuit, la chaleur, l'éternelle magie de la Grèce, son visage paraissait plus doux, plus ouvert, dépouillé de tout masque. Je savais aussi, et j'en étais ravi, que les derniers germes de méfiance cultivés entre nous par Conchis étaient détruits à présent. Je n'avais plus besoin d'une réponse à mes lettres. Nous nous étions livrés à un jeu érotique très banal mais c'était un plaisir partagé, répondant à deux désirs semblables, et pour bien m'en assurer j'attirai Julie vers moi. Elle se laissa faire et me tendit ses lèvres avec autant de spontanéité que si elle avait pu lire mes pensées. Entre nous, désormais, tout était transparent.

Je la reconduisis jusqu'aux abords de la maison. Il n'y avait plus de lumière dans la salle de musique, mais la fenêtre de la chambre où je logeais d'habitude était éclairée. On avait apporté un second lit, June et Julie dormaient là lorsque j'étais au collège. Julie dormirait dans " mon " lit et c'était symboliquement la parfaite conclusion de cette soirée. Je posai quelques brèves questions au sujet du week-end mais tout paraissait facile, à présent. Conchis avait tenu parole, personne ne nous avait épiés. Il me reconnaissait enfin comme le Ferdinand de sa Miranda aux cheveux d'eau, aux lèvres douces, aux mains habiles. Elle m'embrassa, s'éloigna, et après quelques pas se retourna et se précipita contre moi pour m'embrasser une fois encore. Je ne bougeai pas avant de l'avoir vue se glisser sous la galerie et disparaître.

J'étais fatigué. Pourtant je montai le sentier vers la crête centrale d'un pas rapide, pour sécher mes vêtements humides.

C'est à peine si je pensais à ce jour qui commençait, au manque de sommeil qui m'obligerait à lutter pour rester éveillé pendant les heures de cours. Tout était désormais supportable. Julie me tenait sous son charme. J'avais trouvé une belle-au-bois-dormant et libéré, en l'éveillant, tout à la fois ses sentiments amoureux et ses désirs érotiques. J'étais presque certain que Julie ne s'était jamais comportée avec un autre homme comme avec moi; elle découvrait là des émotions nouvelles et sans doute y trouvait-elle un contraste délicieux avec l'amère désillusion de sa précédente aventure amoureuse. J'imaginais une Julie qui aurait acquis l'habileté semi-professionnelle d'Alison, ses élans passionnés, ses savantes lubricités, mais tout cela enrichi, diversifié par une naturelle élégance, plus d'intelligence, plus de poésie et d'humour aussi. Je souriais tout en avançant à la clarté des étoiles et d'un mince croissant de lune. Je reconnaissais à présent mon chemin sans hésitation à travers la forêt silencieuse, énigmatique.

En marchant j'essayai à nouveau de débrouiller ce mystérieux arrangement de causes et d'effets qui nous avait réunis. Une fois encore je m'interrogeais sur les buts poursuivis par Conchis. Quand on possède une ménagerie privée, ne devrait-on pas se contenter de garder les animaux en cage sans chercher à leur imposer un comportement? Conchis nous entourait de barreaux. Il jouait de nos tendances psychologiques, de nos pulsions érotiques pour nous retenir à Bourani. Il était pareil à ces nobles élisabéthains qui entretenaient une compagnie théâtrale : nous étions sa troupe du comte de Leicester. Mais il n'ignorait pas le principe d'Heisenberg et son expérience était en partie indéterminée, aussi bien pour lui, observateur-voyeur, que pour nous qu'il observait. Je devinais qu'il voulait nous imposer le contraste simpliste entre une Europe sagace et une Angleterre infantile. En dépit de tout son jargon gnomique il était, comme tant d'autres Européens, absolument incapable de comprendre les subtilités des Anglais dans leur façon de concevoir l'existence. Il nous prenait, les filles et moi, pour très naïfs. Mais nous pouvions nous révéler dix fois plus perfides que lui, et cela précisément parce que nous étions anglais : dès le jeune âge habitués à porter le masque et dressés pour le mensonge.

J'arrivai à la crête principale. Je heurtai une pierre ici et là, en marchant, et c'était le seul bruit. Loin en bas, au-delà du velours froissé des cimes, la mer luisait, obscure, sous le ciel étoilé. Le monde appartenait à la nuit.

Les arbres s'éclaircissaient là où le terrain s'élevait en

pente raide au versant du petit escarpement central. Je m'arrêtai un moment pour reprendre mon souffle et me retournai, regardant une dernière fois du côté de Bourani. Un coup d'œil à ma montre : il était un peu plus de minuit. Je me sentais exister et, sans même en éprouver de mélancolie j'avais cette impression, que donnent quelquefois les nuits tranquilles, d'être dans l'univers entier tout seul à exister.

Puis j'entendis un bruit derrière moi. Cela venait de plus haut sur la crête. C'était un son très léger mais suffisant pour me faire abandonner le sentier et gagner le couvert d'un pin. Un être là-haut, homme ou bête, avait heurté une pierre. Il y eut un long silence. Et ce ne fut pas seulement la stupeur qui me figea sur place, mais aussi la prudence. Un homme se tenait en haut de l'escarpement, silhouette grise sur le ciel nocturne. Puis un autre apparut. Et un troisième. Je pouvais entendre le faible bruit de leurs pieds sur le rocher, le tintement étouffé d'un objet métallique. Et comme par magie, soudain, il furent six. Six ombres dressées le long de la ligne d'horizon. L'un d'eux leva un bras, désignant quelque chose, mais je n'entendis pas de bruit de voix. Des gens de l'île? En été ils n'empruntaient presque jamais la crête centrale; et jamais à cette heure-là. Je compris quels étaient ces hommes : des soldats. Je distinguais vaguement la forme des fusils, le reflet mat d'un casque.

Il y avait eu des manœuvres de l'armée grecque sur le continent un mois plus tôt et des allées et venues de canots de débarquement dans le détroit. Ces hommes devaient effectuer un exercice de commando du même genre. Toutefois, prudemment, je ne bougeai pas.

L'un d'eux rebroussa chemin et les autres suivirent. Je croyais savoir ce qui s'était passé : ils étaient venus le long de la crête et avaient dépassé sans le voir le sentier transversal qui descendait à Bourani et Moutsa. Comme pour confirmer mes suppositions il y eut au loin un craquement soudain, semblable au bruit d'un pétard de feu d'artifice. Je vis, venant de quelque part à l'ouest de Bourani, une fusée luire dans le ciel, du genre obus éclairant et qui tomba en une lente parabole. J'avais tiré moi-même des douzaines de fusées semblables durant les nuits d'exercice. Il était évident que les six hommes s'en allaient « attaquer » un point situé de l'autre côté de Moutsa.

Néanmoins j'inspectai les lieux. Vingt mètres plus loin il y avait des rochers entre lesquels poussaient de petits arbustes qui suffiraient pour m'abriter. Je courus sans bruit sous les arbres et me laissai tomber dans un creux entre deux blocs de pierre qui gardaient encore la chaleur du soleil. De là j'observai l'échancrure dans la ligne d'horizon, à l'endroit où commençait le sentier.

Quelques secondes plus tard je vis bouger des formes pâles et je sus que j'avais deviné juste. Les hommes descendaient. C'était sans doute tout simplement un groupe de gars bien inoffensifs, venant de l'Epire ou d'ailleurs. Pourtant je m'aplatis au sol du mieux que je pus. Quand je me rendis compte, au bruit, qu'ils étaient à ma hauteur, à environ trente mètres de moi, je risquai un regard furtif entre les branchages qui me protégeaient.

Mon cœur battit : ils portaient l'uniforme allemand. Un instant je pensai qu'on les avait déguisés en « ennemis » pour les manœuvres; mais il était impensable, après les atrocités de l'Occupation, que des soldats grecs revêtissent de leur plein gré l'uniforme allemand, même pour un exercice. Et soudain je compris : Conchis n'avait pas renoncé; l'action se jouait à présent au-delà des limites du domaine.

Le dernier homme portait un paquetage plus volumineux que celui des autres et d'où s'élevait, tout juste visible, une mince baguette. La vérité éclatait à mes yeux. Une antenne! En un instant je sus qu'il y avait un deuxième espion au collège. C'était un Grec qui avait l'air d'un Turc, un homme massif et taciturne, à la tête rasée. Il enseignait les sciences. Il vivait dans son laboratoire, on ne le voyait jamais dans la salle des professeurs. Ses collègues le surnommaient *o Alchemikos,* l'alchimiste. Je découvrais de nouveaux abîmes de traîtrise : il était, je m'en souvenais, dans les meilleurs termes avec Patarescu. Et ce dont je m'étais immédiatement rappelé c'est qu'il avait dans son laboratoire un émetteur radio, à l'usage de quelques élèves qui voulaient devenir officiers de transmission... Le collège avait même un indicatif de station amateur. Je frappai le sol du poing, tout devenait clair, rien d'étonnant à ce que Conchis ait toujours été averti de mon arrivée. Le collège n'avait qu'une seule porte; le vieux gardien était toujours de service...

Les hommes avaient disparu. Pour faire si peu de bruit ils devaient porter des bottes de caoutchouc et un paquetage fait avec soin; ils s'étaient tenus là à m'attendre pour s'emparer de moi. Mais j'avais marché trop vite et ainsi déjoué leurs calculs. On les avait rappelés : cela expliquait la fusée éclairante.

J'étais ravi de les avoir déçus. J'étais sûr que Julie n'avait pas été mise au courant des plans de Conchis, il n'allait pas courir le risque qu'elle m'en parle. Peut-être espérait-il pourtant que je la soupçonnerais d'avoir voulu me faire prendre à ce piège auquel je venais d'échapper. En ce cas la ruse avait échoué. Je fus tenté de suivre les hommes, mais je me souvins des vieilles leçons de ma propre instruction militaire : pas de patrouilles durant les nuits sans vent, l'homme qui se tient entre vous et la lune vous voit mieux que vous ne le voyez. Trente secondes s'étaient écoulées depuis le passage des soldats et déjà je ne les entendais plus qu'à peine. Il y eut encore un heurt contre une pierre, puis le silence. Un autre coup très léger. Je leur donnai encore trente secondes puis me redressai et me mis à courir en montant le sentier.

En haut la crête s'aplatissait et il me fallait traverser cinquante mètres de terrain découvert avant la plongée côté nord. L'endroit était battu des vents, parsemé de pierres et de quelques buissons. Tout au bout il y avait une large étendue de tamaris. Mon sentier découpait un trou noir dans la dentelle de leurs rameaux. Je m'arrêtai, écoutai. Pas un bruit. Je me lançai à découvert.

J'étais arrivé à peu près à mi-chemin des tamaris lorsque j'entendis une détonation. Une seconde plus tard une fusée éclairante éclatait à deux cents mètres à droite. La crête en fut inondée de clarté. Je me jetai à terre, détournant mon visage. La lumière baissa. A l'instant même où la fusée s'éteignait en sifflant j'étais à nouveau sur mes pieds et sans me soucier du bruit de ma course je fuyais vers les tamaris. Une fois sous leur abri je m'arrêtai un moment, essayai de comprendre quel nouveau subterfuge insensé avait imaginé Conchis. Puis j'entendis courir le long de la crête, les pas venaient de la direction d'où on avait tiré la fusée. Je me mis à dévaler le sentier entre les buissons hauts de deux mètres.

J'arrivai à une courbe plus large du chemin, plat à cet endroit, où je pus accélérer encore. Soudain quelque chose retint mon pied et, terrifié, je plongeais de tout mon long sur le sol. Je sentis comme une vive brûlure quand ma main tendue en avant frappa le bord aigu d'une pierre; une douleur atroce au côté; j'entendis l'expulsion violente de mon souffle lors de l'impact et une voix hébétée, la mienne, qui disait « oh, merde ». Il me fallut un moment pour comprendre ce qui m'était arrivé. Puis, derrière les tamaris, à droite, une voix basse donna un ordre bref. Je ne savais que quelques mots de la langue mais le son me parut authentiquement allemand.

Il y eut du bruit tout autour de moi, des deux côtés du sentier. Des hommes m'entourèrent, vêtus comme des soldats allemands. Ils étaient sept.

« A quoi jouez-vous, bon Dieu? »

Je me dressai sur les genoux frottant mes paumes couvertes

de terre. Il y avait du sang sur l'une d'elles. Deux hommes arrivèrent derrière moi, me saisirent par les bras, me mirent brutalement sur mes pieds. Un autre était au milieu du sentier. Il semblait détenir l'autorité. Il n'avait pas comme les autres un fusil ou une mitrailleuse mais seulement un revolver. Je jetai un regard au fusil que l'homme à ma gauche avait remis en bandoulière. Ça avait l'air d'un vrai fusil, pas d'un accessoire de théâtre. Et le soldat avait l'air d'un Allemand; pas d'un Grec déguisé en Allemand.

L'homme au revolver, un sous-officier, de toute évidence, parla de nouveau en allemand. Deux hommes, un de chaque côté du sentier, se baissèrent pour détacher quelque chose, près des tiges de tamaris : un fil de fer tendu. L'homme au revolver donna un léger coup de sifflet. Je regardai les deux soldats.

« Vous parlez anglais? *Sprechen Sie Englisch?* »

Ils ignorèrent totalement ma question, se contentant de me tirer les bras en arrière un peu plus fort pour me faire taire. Je pensai : Bande de salauds, attendez que je revoie Conchis. Le gradé était sur le sentier, me tournant le dos, et les quatre autres se rassemblèrent au-delà. Deux d'entre eux s'assirent.

L'un d'eux demanda quelque chose. Ce devait être la permission de fumer que le gradé lui donna.

La flamme de l'allumette éclaira leurs visages casqués. Ils se mirent à parler : un murmure de voix étouffées. Ils parlaient allemand et pas comme des Grecs qui n'en savent que quelques mots. Je m'adressai au sergent :

« Quand vous aurez fini vos pitreries, peut-être me direz-vous ce que nous attendons? »

L'homme se retourna, vint vers moi. Il avait environ quarante-cinq ans, un visage allongé, qu'il approcha très près du mien. Il ne paraissait pas particulièrement brutal mais il était bien dans son rôle. Je m'attendais à ce qu'on me crache au visage une nouvelle fois mais il dit simplement, tranquillement : « *Was sagen sie?*

— Oh, va te faire foutre! »

Il resta un moment à me dévisager, comme s'il ne comprenait pas; du moins s'intéressait-il enfin quelque peu à moi. Puis il se détourna, impassible. Les soldats relâchèrent un peu leur prise. Si je m'étais senti moins contusionné j'aurais pu tenter de fuir. C'est alors que j'entendis des pas sur la crête au-dessus de nous. Quelques secondes plus tard, les six hommes que j'avais vus tout d'abord descendirent le sentier en une simple file. Ils ne vinrent pas jusqu'à nous mais s'arrêtèrent près de ceux qui fumaient.

Celui qui me tenait à droite n'avait guère plus de vingt ans. Il se mit à siffloter en sourdine, et cet air qu'il fredonnait était le plus fameux de tous, « Lili Marlène ». Je trouvai qu'il compromettait par un détail superflu ce qui avait été jusqu'ici une représentation plutôt réussie. Il avait une énorme mâchoire couverte d'acné; je supposai qu'on l'avait spécialement choisi pour son aspect teutonique, sa curieuse indifférence de machine. Il ne devait pas savoir pourquoi il était là, ni qui j'étais et s'en moquait, se contentant d'exécuter les ordres.

Je calculais : treize hommes dont au moins la moitié étaient allemands, qu'il avait fallu amener jusqu'à Athènes et ensuite d'Athènes sur l'île. L'équipement. L'entraînement. Les répétitions. Le voyage de retour en Allemagne. Ça ne pouvait se faire à moins de cinq cents livres. Et dans quel but? Pour effrayer — ou peut-être seulement impressionner — un individu sans importance. En même temps, à présent que se dissipait mon premier sentiment de panique, je voyais les choses sous un autre angle. Cette scène était si bien montée, avec tant de raffinement dans le détail, que je tombais à nouveau sous le charme de Conchis le magicien. Effrayé certes, mais surtout fasciné, je ne souhaitais déjà plus que la scène n'ait pas eu lieu. C'est alors que j'entendis d'autres bruits de pas sur le sentier.

Deux hommes apparurent. L'un, petit et mince, descendait le sentier à grandes enjambées. Un autre, plus grand, venait derrière, et tous les deux portaient la casquette à visière des officiers, ornée de l'aigle germanique. Les soldats que l'homme dépassait se levèrent à la hâte mais d'un geste de la main il leur commanda le repos et vint droit vers moi. C'était de toute évidence un acteur qui se spécialisait dans le rôle des colonels allemands; le visage dur, la bouche mince, il ne lui manquait que les lunettes aux verres oblongs et à la monture d'acier.

« Salut. »

Il ne répondit pas, mais me regarda tranquillement comme l'avait fait le sergent qui à présent se tenait raide à quelques pas derrière lui. L'autre officier devait être un lieutenant, un aide de camp. Je remarquai qu'il boitait légèrement; il avait belle allure, le visage d'un Italien, des sourcils très sombres, des joues pleines et bronzées.

« Où est le metteur en scène? »

Le colonel sortit un étui de sa poche intérieure, choisit une cigarette. Le lieutenant lui tendit du feu. Derrière eux je vis un des soldats traverser le sentier, tenant à la main quelque chose enveloppé d'un papier — un sandwich sans doute. Les hommes se mirent à manger.

« Je dois reconnaître que vous êtes exactement le personnage. »

Il ne prononça qu'un seul mot, soigneusement formé en pinçant les lèvres et craché comme un pépin de raisin.

« *Gut.* »

Il tourna la tête, dit quelque chose en allemand. Le sergent monta le sentier et revint avec une lampe-tempête qu'il alluma, puis posa derrière moi.

Le colonel se déplaça vers le sergent et je restai face au lieutenant. Il me regardait étrangement, comme s'il voulait me demander quelque chose et ne pouvait le faire, et cherchait sur mon visage la réponse à sa question silencieuse. Son regard vacilla, et brusquement, maladroitement, l'homme pivota sur les talons et rejoignit le colonel. J'entendis des mots à voix basse, en allemand, puis le commandement laconique du sergent.

Les hommes se levèrent, et, sans que je puisse comprendre pourquoi, s'alignèrent des deux côtés du sentier, se faisant face, mais irrégulièrement et pas au garde-à-vous; comme s'ils attendaient simplement que quelqu'un passe. Je pensai qu'ils allaient m'emmener quelque part, qu'il me fallait passer entre eux. Mais les deux gardes me tirèrent en arrière, me contraignant à m'aligner avec les autres. Seuls le sergent et les deux officiers se tenaient au milieu du sentier. La lampe projetait son cercle autour de moi. Je me rendais compte qu'elle avait une fonction dramatique.

Il y eut un silence tendu. Mon rôle était celui d'un spectateur plutôt que d'un protagoniste. Enfin j'entendis venir d'autres personnages. Une silhouette différente apparut, celle d'un civil. Un instant je crus qu'il était ivre. Je vis alors que ses mains étaient liées derrière son dos; c'était un prisonnier comme moi. Nu jusqu'à la taille, il ne portait qu'un pantalon sombre. Derrière lui venaient deux soldats. L'un d'eux dut lui donner un mauvais coup entre les côtes; je l'entendis gémir. Comme il s'approchait de moi je vis qu'il avait les pieds nus et j'éprouvais alors la sensation aiguë que la représentation était sur le point d'échapper à tout contrôle. Sa démarche hésitante, trébuchante, n'était pas jouée. Il arriva à ma hauteur; jeune, plutôt petit; un Grec de toute évidence. Son visage était affreusement meurtri, bouffi, et couvert du sang qui coulait d'une entaille près de l'œil droit. Il paraissait frappé de stupeur, à peine capable de marcher. Il ne sembla pas me remarquer jusqu'au moment où il s'arrêta et me regarda alors sauvagement. Je fus saisi d'une terreur soudaine : c'était un garçon du village dont ils s'étaient emparés et qu'ils avaient matraqué, quelqu'un qui devait non pas jouer son rôle mais le vivre. Sans un mot, sans avertissement, le soldat qui le suivait lui enfonça son fusil dans les reins. Ça ne pouvait pas être un truquage. J'avais vu, et vu aussi le bond spasmodique en avant, j'entendis le râle de douleur qui paraissait à l'oreille absolument authentique. L'homme avança encore de quelques pas trébuchants. Puis le colonel lança un seul mot, sèchement. Les gardes se saisirent brutalement du prisonnier, l'immobilisèrent. Les trois hommes se tinrent là, sans bouger, sur le sentier face à la pente. Le colonel descendit se placer juste devant moi et le lieutenant, en boitant, vint se mettre à son côté. Ils me tournaient le dos.

Un silence encore. Le souffle haletant de l'homme. Puis, presque aussitôt, une autre silhouette semblable, mains liées derrière le dos, et que suivaient deux soldats. Maintenant je savais où j'étais : en Grèce dix ans plus tôt, 1943. J'avais devant moi les résistants capturés par les Allemands.

Le deuxième homme — lourdement charpenté, environ quarante ans, au moins un mètre quatre-vingts, était sûrement le *kapetan,* le chef. Il avait un bras nu en écharpe et autour de l'épaule un bandage sommaire, trop mince pour étancher le sang, et qui semblait fait de la manche déchirée de sa chemise. Comme il descendait vers moi je pus voir son magnifique visage de klephte à l'épaisse moustache noire, au nez courbe. Je n'avais vu qu'une ou deux fois un semblable visage dans le Péloponèse, mais je savais d'où venait cet homme, parce qu'il portait sur le front le bandeau noir à franges des montagnards crétois. Il aurait pu figurer sur une gravure du début du XIXe siècle, noble brigand du mythe byronien vêtu du costume traditionnel, les pistolets et le yatagan à poignée d'argent passés dans la ceinture. En réalité il était vêtu d'un pantalon de treillis et d'une chemise kaki. Lui aussi marchait nu-pieds. Mais il semblait s'appliquer à ne pas trébucher. Il avait dû recevoir moins de coups que l'autre prisonnier, peut-être à cause de sa blessure.

Lorsqu'il arriva à ma hauteur il s'arrêta et, ignorant le colonel et le lieutenant, regarda droit vers moi. Je compris qu'il devait me connaître, que je l'avais déjà rencontré. Son regard exprimait la plus violente aversion. Le mépris, et en même temps un désespoir furieux. Il resta un moment sans parler. Puis, d'une voix sifflante, il dit simplement, retroussant les lèvres pour prononcer en *v* le *delta* démotique : « *Prodotis* ».

Traître.

Un seul mot, mais d'une telle puissance... L'homme était tout entier dans son rôle; et à peine consciemment, comme si je sentais que moi aussi j'avais un rôle à jouer, je retins cette fois mes remarques désinvoltes. J'acceptai en silence son regard et sa haine. Pendant un moment, je fus le traître.

Un coup de pied le fit avancer mais il se retourna et lança vers moi un dernier regard brûlant avant de quitter la partie du sentier éclairée par la lampe. Puis, à nouveau, il prononça, comme s'il craignait que je n'aie pas bien entendu la première fois :

« *Prodotis.* »

Au même moment il y eut un cri, une exclamation. L'ordre bref du colonel : « *Nicht schiessen!* » Mes gardes resserrèrent l'étau. Le premier homme venait de s'échapper, plongeant brusquement de côté dans les tamaris. Les deux gardes s'y jetèrent à sa suite, puis trois ou quatre des soldats qui se tenaient au bord du sentier. L'homme ne pouvait avoir pris plus de dix mètres d'avance. Un autre cri. Des mots en allemand. Un hurlement de douleur à vous glacer le sang, un autre. Puis ce fut le bruit d'un corps frappé à coups de pied, à coups de crosse de fusil.

Au second cri le lieutenant, qui était resté immobile juste devant moi à observer la scène, se détourna et son regard fixa les ténèbres. Il voulait me faire sentir qu'il était révolté par cette brutalité. Cela expliquait le premier regard qui m'avait surpris. Le colonel jeta un coup d'œil rapide vers le lieutenant, puis vers les gardes qui me tenaient et parla, mais en français, évitant ainsi d'être compris des gardes, s'assurant en même temps que je le comprendrais :

« Mon lieutenant, voilà pour moi la plus belle musique du monde. »

Son accent était fortement germanique et il prononçait le mot *musique* avec une sorte d'affectation sarcastique et méprisante qui donnait à la situation tout son sens. Il était l'Allemand sadique traditionnel, le lieutenant le bon Allemand de la tradition.

Le lieutenant parut sur le point de répondre, mais de nouveau un formidable cri déchira la nuit. C'était l'autre homme qui le lançait, le noble brigand, et on aurait pu l'entendre d'un bout à l'autre de l'île. Il hurlait un seul mot, mais le plus grec de tous.

Je savais bien qu'il jouait un rôle, et il le jouait magnifiquement. Ça jaillissait, âpre comme du feu, un rugissement d'enfer, sorti tout droit des abîmes de l'être.

Ce fut pour le colonel comme un farouche coup d'éperon. Il devait comprendre le grec. Il bondit. En trois enjambées il était devant le Crétois et lui assenait sauvagement une gifle fracassante. L'homme pencha la tête sous le coup, et immédiatement la redressa. A nouveau je fus presque aussi horrifié que si j'avais été celui qu'on frappait. Les meurtrissures, le bras ensanglanté pouvaient être truqués mais ce coup ne l'était pas.

Plus bas, les soldats réapparurent sur le sentier, traînant l'autre homme hors des broussailles. Il ne pouvait plus se tenir debout. Ils le laissèrent tomber au milieu du chemin et il resta étendu là, gémissant. Le sergent s'approcha, s'empara de la gourde d'un des soldats, et vida l'eau sur le visage de l'homme qui tenta de se relever. Sur un ordre du sergent les deux gardes s'en saisirent pour le remettre sur ses pieds.

Le colonel parla.

Les soldats se séparèrent en deux sections et se mirent en marche. En moins d'une minute le dernier avait disparu. J'étais seul avec mes deux gardes, le colonel et le lieutenant.

Le colonel vint vers moi. Son regard avait la froideur de celui du basilic. Il parlait en détachant les syllabes avec un soin méticuleux.

« Ce. N'est. Pas. Fini. »

Sur son visage un sourire sans humour se changea presque aussitôt en une expression menaçante. Comme si ce qu'il voulait dire n'était pas que cette scène aurait une suite mais que la *Weltanschauung* des nazis ressusciterait un jour. Il était le type parfait de l'homme de fer germanique. Il fit soudain demi-tour et partit derrière les soldats. Le lieutenant le suivit. Je criai :

« Qu'est-ce qui n'est pas fini? »

Mais je n'obtins pas de réponse. Les deux silhouettes sombres, la plus grande boitillant, disparurent entre les murs pâles des tamaris. Je me retournai vers mes gardes.

« Et maintenant? »

Pour toute réponse ils me poussèrent en avant, puis me tirèrent en arrière d'une secousse, m'obligeant à m'asseoir. Il y eut quelques instants d'une lutte ridicule qu'ils gagnèrent aisément. Une minute plus tard ils avaient noué une corde étroitement autour de mes chevilles puis me redressaient de façon à m'adosser au rocher. Le plus jeune explora la poche de sa vareuse et me lança trois cigarettes que j'examinai à la lueur de la flamme d'une allumette : des cigarettes bon marché, manifestement. Chacune d'elles portait, imprimés, les mots *Leipzig dankt euch*. Celle que je fumais avait un goût de vieux tabac, du tabac datant d'au moins dix ans, comme s'ils avaient poussé le souci de précision jusqu'à utiliser les cigarettes d'un paquet de l'époque de la guerre, des cigarettes qui avaient été fraîches en 1943.

Je fis des tentatives répétées pour leur parler. En anglais, puis dans mon très mauvais allemand, en français, en grec.

Mais ils restèrent impassibles, assis en face de moi de l'autre côté du sentier. Ils n'échangèrent guère plus de dix mots, et il était évident qu'ils avaient reçu l'ordre de ne pas m'adresser la parole.

J'avais regardé ma montre au moment où ils m'attachaient. Elle marquait minuit trente-cinq. Il était à présent une heure trente. Quelque part, sur la côte nord de l'île, deux ou trois kilomètres à l'ouest du collège, j'entendis le premier halètement d'un moteur, le bruit du diesel d'un grand caïque côtier plutôt que celui d'un yacht. La troupe avait rembarqué. Les deux hommes se levèrent aussitôt. Le plus vieux me montra un couteau de table, qu'il jeta à l'endroit où ils s'étaient assis. Et sans un mot, ils s'éloignèrent, mais pas dans la même direction que les autres. Eux grimpèrent à nouveau sur la crête et redescendirent vers Bourani.

Dès que je fus certain qu'ils étaient partis je rampai parmi les pierres jusqu'à l'endroit où se trouvait le couteau. La lame était émoussée, la corde neuve. Il me fallut encore, pour me libérer, vingt minutes exaspérantes.

Je remontai sur la crête d'où je pouvais voir le côté sud de l'île. J'avais devant moi un paysage serein, incliné vers les étoiles, une île égéenne reposant dans son habituelle paix nocturne. Le yacht était encore à l'ancre. J'entendais toujours le caïque, derrière moi, s'éloignant vers Nauplie. Je songeai un instant à me précipiter à Bourani, à éveiller Julie et June, à défier Conchis en exigeant sur l'heure une explication. Mais je me sentais épuisé, j'étais sûr de l'innocence des deux filles et il me semblait improbable qu'on me laisse m'approcher de Bourani. Conchis devait bien s'attendre à une telle réaction de ma part. Je n'avais pas la moindre chance d'avoir le dessus si je tentais d'enfreindre ses interdictions. J'éprouvais aussi pour ce que réalisait Conchis un respect craintif qui l'emportait sur la colère. Une fois de plus j'étais prisonnier d'un mythe, incapable de le comprendre mais conscient qu'il devait se poursuivre même quand la péripétie devenait sinistre.

50

Les cours du matin commençaient à sept heures, aussi, quand j'entrai en classe, avais-je dormi moins de cinq heures. Et c'était une de ces dures journées sans vent, impitoyablement chaudes et étouffantes. Le soleil fanait toutes les couleurs de l'île; les rares verts qui subsistaient paraissaient fragiles, épuisés. Des processions de chenilles massacraient les pins; les fleurs des lauriers-roses étaient déjà roussies. Seule la mer vivait, et ce ne fut qu'à midi, une fois les cours terminés, que, m'étant plongé dans ses eaux tranquilles, enfin apaisé, je me sentis à nouveau capable d'une réflexion cohérente.

Une idée m'était venue pendant la matinée. A part les acteurs principaux, presque tous les « soldats » allemands m'avaient paru très jeunes — entre dix-huit et vingt ans. On était au début de juillet; l'année universitaire, en Allemagne comme en Grèce, devait être terminée. Si Conchis avait vraiment quelque chose à voir avec la production de films il pouvait probablement, et sans trop de difficultés, engager des étudiants allemands qui, après avoir travaillé pour lui, passeraient le reste de leurs vacances en Grèce. Ce que j'avais peine à croire, c'est que les ayant amenés jusqu'ici il ne s'en serve qu'une seule fois. Comme le colonel m'en avait averti, le jeu sadique n'était pas fini.

Mais déjà je savais que je n'écrirais pas la lettre furieuse et sarcastique que j'avais composée dans ma tête en redescendant au collège. Après tout, Conchis m'offrait un prodigieux divertissement. Il eût été ridicule de se plaindre de la façon dont la chose était réalisée quand le seul fait qu'elle le soit était en lui-même stupéfiant.

Je flottai sur l'eau, bras en croix, les yeux clos, essayant d'élaborer un plan d'action. Avant tout June et Julie devaient sortir d'une situation qui devenait difficile. Je le leur déclarerais clairement au week-end; et tant pis si cela voulait dire l'échec de l'expérience.

Le courrier vint par le bateau de midi et fut distribué au déjeuner. J'avais trois lettres; l'une des rares que m'écrivait mon oncle de Rhodésie, une autre contenant le bulletin d'informations envoyé par le bureau du British Council à Athènes; et la troisième... je reconnaissais les grandes lettres arrondies, l'écriture un peu relâchée. Je déchirai l'enveloppe. Ma lettre à Alison en tomba, elle n'avait pas été ouverte. Il n'y avait rien d'autre. Quelques minutes plus tard, de retour dans ma chambre, je posai ma lettre sur un cendrier et la brûlai.

Le jour suivant était un vendredi. A l'heure du déjeuner on me remit une autre lettre. Elle ne portait pas de timbre. Quelqu'un l'avait déposée au collège. Je reconnus l'écriture. J'attendis pour l'ouvrir d'avoir regagné ma chambre, ce qui valait aussi bien car je lançai en la lisant un énorme juron.

C'était si inattendu, si brutal : une gifle en plein visage. Pas de date, pas d'indication de lieu, pas d'en-tête. Mais simplement :

> Toute autre visite à Bourani serait en vain. Je ne crois pas avoir à vous expliquer pourquoi. Vous m'avez gravement déçu.
>
> Maurice CONCHIS.

J'étais tout à la fois stupéfait, furieux et amèrement désappointé. De quel droit Conchis prenait-il une décision aussi arbitraire? C'était incompréhensible, en contradiction avec tout ce que Julie m'avait dit; par contre, ce ne l'était pas avec ce qui était arrivé après que je l'eus quittée. L'accusation de traîtrise prenait là une signification nouvelle. Je me rendais compte, à mon grand effroi, que l'épisode de l'occupation pouvait représenter le dernier acte du drame, une façon de me donner congé; le meneur de jeu n'avait plus de temps à me consacrer. Mais alors, les deux filles? Quelle histoire avait-il bien pu leur raconter? Ou leur raconterait-il lorsqu'elles découvriraient qu'il leur avait menti?

J'eus, durant toute cette journée, quelque espoir de les voir apparaître au collège. Elles ne devaient plus se faire d'illusions au sujet de Conchis, à présent. Je fus tenté à plusieurs reprises d'aller au commissariat de police ou d'entrer en contact avec l'ambassade britannique à Athènes. Mais peu à peu je me calmai. Cette fois encore je songeais à *la Tempête,* et je pouvais y retrouver une situation du même genre lorsque le jeune usurpateur est jugé par le vieil homme qui l'a surpris dans son domaine. Il y avait aussi toutes les occasions où Conchis, délibérément, disait le contraire de ce qu'il pensait. Et enfin il y avait Julie. Pas seulement son corps nu dans la mer mais sa confiance instinctive à l'égard du vieil homme.

Quand vint l'heure de me coucher j'en étais arrivé à penser qu'il ne fallait voir dans le message de Conchis qu'une mauvaise plaisanterie de sa part, la dernière. Une façon de me mettre encore une fois à l'épreuve, comme avec le jeu de dés et le poison. Je refusais d'accepter qu'il me prive de Julie pendant une semaine, qu'il me prive aussi de la vérité. Il devait bien savoir que j'irais le lendemain à Bourani. Peut-être continuerait-il à feindre une désapprobation totale mais j'étais sûr qu'il serait là. Et son autre marionnette serait là, elle aussi, pour m'aider à ne pas être dupe.

Le samedi après-midi, il n'était guère plus de deux heures quand je me mis en route vers les collines. A trois heures je pénétrai dans le bosquet de tamaris. Dans la chaleur brûlante — par un temps qui restait lourd, sans un souffle de vent — il était difficile de croire que la scène de l'autre jour avait vraiment eu lieu. Je vis néanmoins quelques branches et brindilles récemment brisées; et là où le « prisonnier » avait plongé pour s'enfuir, des pierres étaient déplacées, encore tachées d'un peu de terre rouge; dans les tamaris d'autres rameaux étaient rompus; un peu plus haut je ramassai plusieurs mégots écrasés; j'en trouvai même un qui était assez long pour qu'on y lise encore *Leipzig da...*

Je m'arrêtai en haut de l'escarpement et vis tout de suite que le yacht n'était pas dans la baie; je n'en gardais pas moins quelque espoir. Je restai là-haut un moment : si quelqu'un me guettait je voulais qu'on sache que j'étais en route. Déjà j'avais dit à Demetriades que je partais pour une longue promenade; et je m'étais assuré que le vieux Barba Vassili m'avait vu passer les grilles du collège, afin que le renseignement puisse être transmis par radio si c'était bien là le procédé habituel.

J'arrivai à la barrière et me dirigeai droit vers la maison. Elle était, dans le soleil, fermée, déserte.

Je secouai les volets des portes-fenêtres, essayai les autres, mais aucun ne céda. Je ne cessai en même temps de regarder autour de moi, non que j'eusse vraiment l'impression qu'on me guettait, mais plutôt parce que je sentais que j'aurais dû l'avoir. Car « ils » me guettaient, j'en étais sûr, de l'intérieur de la maison peut-être, et souriant dans l'obscurité, à deux pas de moi, juste derrière les volets. Sous la chaleur écrasante je descendis inspecter la plage privée, la jetée, l'abri de la pompe, le vieux cabrion d'arrimage, la bouche noire de la petite grotte. Pas de bateau. J'allai ensuite rendre visite au Poséidon, statue de silence entre les branches immobiles. Et je finis par m'arrêter à l'endroit de la falaise où je m'étais assis avec Julie, le dimanche précédent.

Un zéphyr égaré ridait çà et là la mer inanimée, ou bien c'était le long trait en pointillé d'une procession de sardines. Des bandes sombres, d'un bleu cendré, tantôt larges tantôt étroites, se déroulaient en lents serpents sous la surface miroitante et trompeuse, comme si l'eau engendrait une secrète corruption.

Je me dirigeai, longeant la côte, vers la baie aux trois maisonnettes. Le paysage s'élargissait à l'est. J'atteignis le grillage délimitant Bourani. Comme partout ailleurs il était rouillé et ne constituait guère qu'une barrière symbolique. A une courte distance au-delà, la falaise intérieure tombait en un brusque escarpement d'une vingtaine de mètres jusqu'au sol en contrebas. Je passai sous le grillage pour suivre le bord de l'à-pic. Par endroits on aurait pu descendre en s'accrochant aux rochers mais il y avait au fond une jungle impénétrable de lierre et de broussailles. J'arrivai là où la clôture tournait à l'ouest vers la barrière. Si l'endroit était parfois fréquenté, rien ne l'indiquait. Pas la moindre pierre déplacée, pas de brèche visiblement utilisée comme lieu de passage. En suivant la falaise jusqu'au point où elle s'aplanissait je finis par retrouver le sentier mal marqué que j'avais pris lors de mes précédentes visites aux chaumières de la baie.

Peu de temps après je traversai le petit verger d'oliviers qui les entourait. Comme j'approchais, j'observai entre les arbres les trois maisons blanchies à la chaux. Il était étrange de ne pas même rencontrer une poule ou un âne. Ni même un chien, alors que je me souvenais en avoir vu rôder là.

Les maisons n'avaient qu'un rez-de-chaussée. Deux d'entre elles étaient mitoyennes; leurs portes de devant étaient fermées, les poignées des loquets cadenassées. J'essayai la porte de la troisième, mais, sous ma poussée, le battant ne s'écarta que d'un ou deux centimètres : il y avait une barre de bois à l'intérieur. Je fis le tour de la maison. De l'autre côté aussi la porte était verrouillée. Contournant une cage à poules j'arrivai au dernier pignon et découvris que les deux volets fermaient mal. A travers les vitres sales je vis un vieux lit de cuivre, les couvertures pliées en tas au milieu; un mur tapissé de photographies et d'icônes; deux chaises de bois au siège canné, un berceau près de la fenêtre, un vieux coffre. Devant moi, sur le rebord de la fenêtre, il y avait une chandelle brune enfoncée dans une bouteille de *retsina,* une guirlande rompue d'immortelles, une roue dentée, rouillée, détachée de quelque machine; et un mois de poussière. Je refermai les volets.

La porte de derrière de la seconde maison était aussi fermée par un cadenas. La troisième avait bien le loquet mais la poignée était simplement attachée avec un bout de cordeau pour la pêche. Je frottai une allumette. Trente secondes plus tard j'étais à l'intérieur. Rien dans la chambre sombre ne paraissait le moins du monde inquiétant. Je traversai la cuisine puis la salle commune. De là une porte ouvrait directement sur la maison voisine : une autre cuisine; puis une autre chambre à l'odeur de moisi. J'ouvris un placard et quelques tiroirs; ne trouvai rien d'anormal. Des logements typiques de villageois pauvres. Tout truquage était hors de question. Simplement il semblait étrange que les maisons soient abandonnées.

Je sortis et rattachai la poignée du loquet avec un bout de fil de fer. Je me dirigeai vers la petite cabane qu'on apercevait parmi les oliviers, à une cinquantaine de mètres. Je poussai la porte. Les murs blanchis à la chaux entouraient une fosse d'aisances rudimentaire; les araignées avaient tissé leur toile en travers du trou creusé dans le sol. Sur la paroi à droite étaient accrochés à un clou rouillé les morceaux jaunis d'un vieux journal grec.

C'était un échec total.

J'allai à la citerne à côté de la maison double, ôtai le couvercle de bois. Une bouffée d'air frais jaillit de l'orifice comme un serpent prisonnier. Je fis descendre un vieux seau attaché à une corde, qui se trouvait près de la margelle blanchie à la chaux. Assis là j'avalai de grandes gorgées d'eau. Elle était, comme toute eau de citerne, à la fois vivante et glaciale, d'une saveur bien plus agréable que le goût fade de l'eau du robinet.

Une araignée sauteuse, rouge et noire, se faufilait vers moi le long de la margelle. J'étendis la main en travers de sa route et elle fit un bond, retombant dans ma paume. De près je pouvais voir ses yeux minuscules, deux petites lanternes noires. Elle ne cessait de remuer sa tête massive et carrée en une parodie arachnoïdale du geste railleur de Conchis. Et une fois de plus, comme pour le hibou, je pressentais un monde de sortilèges, soumis à l'omniprésence de Conchis, obsédante, hallucinante. D'une pichenette j'envoyai l'araignée sur le sol et levai les yeux vers la lointaine crête centrale.

J'étais irrité, blessé; le message de Conchis m'avait apporté la preuve que je n'étais pas indispensable. J'avais cru jouer un des premiers rôles dans le grand théâtre du vieux mais je n'étais probablement qu'un comparse dans une intrigue secondaire et on me rejetait aussitôt que j'essayais de prendre un peu trop d'importance. Le plus exaspérant, c'était encore de me voir relégué, sans même savoir pourquoi, au rang de Mitford. En même temps j'étais pris de peur et d'une crise aiguë de paranoïa. J'avais d'abord soupçonné Conchis d'avoir menti aux deux filles et inventé des raisons convaincantes pour excuser mon absence ce week-end. Mais bientôt j'imaginai qu'elles étaient de connivence avec lui pour se moquer de moi. Pourtant comment croire à cette duplicité après les baisers de Julie, son abandon, ses caresses dans l'eau nocturne et notre pacte amoureux? Quelle fille aurait alors pu feindre à moins d'être une prostituée? Non, c'était impossible. Peut-être devais-je chercher la réponse dans ma soudaine découverte qu'on pouvait se passer de moi : on m'enseignait ainsi quelque obscure vérité métaphysique sur la place de l'homme dans l'existence, sur les limitations de l'attitude égocentrique. Mais plutôt qu'une volonté d'enseignement je trouvais là le goût de la cruauté gratuite à l'égard d'un être sans défense. Mille soupçons m'envahissaient et ce que je mettais en doute c'étaient les motifs profonds aussi bien que les apparences. Pendant des semaines j'avais eu la sensation d'être séparé de ma personnalité antérieure, de cette structure complexe d'idées et de sentiments qui constituent le moi : ce moi, on l'avait mis en pièces qu'on avait éparpillées sans précautions sur l'établi de l'horloger. Mais l'horloger était parti. Et tous ces rouages délicats je ne savais pas très bien comment les assembler de nouveau.

Je me mis à penser à Alison, et pour la première fois avec un sentiment de regret plutôt que de culpabilité. Je souhaitais presque qu'elle soit là, près de moi, comme un bon compagnon à qui on peut parler. Je n'avais guère pensé à elle depuis le retour de ma lettre. Tout ce qui m'était arrivé durant ces dernières semaines avait relégué son image dans le passé. Maintenant je me souvenais de ces moments sur le Parnasse : le bruit de la chute d'eau; la chaleur du soleil sur mes épaules; ses yeux clos; ses reins cambrés pour que j'entre en elle plus profond; cette étrange certitude que j'avais toujours eue de savoir, lorsqu'elle mentait, en quoi et pourquoi elle mentait, de sorte qu'elle ne pouvait mentir. Aussi, dans la vie quotidienne, ne me surprenait-elle jamais. Une telle transparence engendrait l'ennui. Ce qui m'avait toujours attiré chez les femmes, c'était ce qu'elles essayaient de cacher. Les séduire devenait l'art de les dépouiller de leurs mensonges tout autant que de leurs vêtements. Avec Alison cela avait toujours été trop facile. D'ailleurs... Je me levai, foulai aux pieds ma lascivité en écrasant ma cigarette. Alison, c'était fini... c'était trop tard. Et mon plus violent désir me portait vers Julie.

Je passai le reste de l'après-midi à explorer la côte à l'est des trois petites maisons; puis, revenant sur mes pas, les longeai à nouveau et rentrai à Bourani très ponctuellement pour l'heure du thé. Mais la galerie était toujours déserte. Pendant une heure encore je cherchai un message, quelque chose, un signe... ça devenait aussi stupide que de s'acharner à fouiller un tiroir qu'on a déjà vidé dix fois.

A six heures je repris le chemin du collège, la rage au cœur, une rage futile. J'en voulais à Conchis, à Julie, au monde entier.

A l'autre bout du village il y avait un deuxième port que les pêcheurs locaux utilisaient. Tout le personnel du collège, et tous ceux qui prétendaient faire partie de la « bonne société » évitaient ce quartier passablement délabré. Par endroits ne subsistaient que des pans de mur croulants. Les maisons encore debout, le long des quais défoncés, étaient recouvertes de tôle ondulée, et consolidées, rapiécées tant bien que mal ici et là par des raccords de ciment grossiers. Il s'y trouvait trois tavernes, dont deux minuscules et une troisième devant laquelle on avait disposé quelques tables de bois rugueux.

Une fois déjà, au retour d'une de mes promenades hivernales, j'étais entré prendre un verre. Je me souvenais que, à la différence des autres villageois, le patron était loquace; que ses bavardages n'étaient pas trop difficiles à comprendre pour un étranger, et qu'il se montrait sociable. Il avait un museau de renard, une poignée de cheveux gris et une petite moustache qui lui donnait une ressemblance comique avec Hitler. Il se nommait Georgiou. Ce dimanche matin, je m'assis sous un catalpa et il vint vers moi, obséquieux, ravi d'une telle aubaine : un riche client qui l'invitait à boire un ouzo avec lui. Il appela un de ses enfants, lui ordonna de nous servir le meilleur ouzo, les meilleures olives. Comment ça marchait au collège? Et la Grèce? Est-ce que je m'y plaisais? Je le laissai poser les questions habituelles. Puis ce fut mon tour de prendre l'offensive. Une douzaine de caïques verts et rouges flottaient devant nous sur l'eau calme. Je les désignai d'un geste :

« C'est dommage que vous n'ayez pas de touristes étrangers ici. Des yachts.

— Tch. » Il cracha un noyau d'olives. « Phraxos est morte.

— Je croyais que M. Conchis, de Bourani, laissait parfois son yacht ici.

— Oh, celui-là! » Je sus immédiatement que Georgiou était un des ennemis de Conchis au village. « Vous l'avez rencontré? »

Je dis non, mais que j'avais l'intention de lui rendre visite. Il avait bien un yacht?

« Oui. Mais il n'est jamais venu de ce côté de l'île. »

Et lui, avait-il déjà rencontré Conchis?

« *Ochi.* Non.

— A-t-il des maisons dans ce village? »

Seulement celle où vivait Hermès, à l'arrière du village, près d'une église appelée Saint-Elias. Comme s'il me passait une autre idée en tête je l'interrogeai nonchalamment sur les trois maisonnettes, près de Bourani. Où étaient allées les familles?

Il agita la main vers la mer. « Sur le continent. Pour l'été. » Il m'expliqua que certains pêcheurs de l'île vivaient en semi-nomades. L'hiver ils pêchaient dans les eaux abritées aux alentours de Phraxos. L'été, emmenant leurs familles, ils parcouraient les eaux du Péloponèse, parfois même allaient jusqu'en Crète dans l'espoir de pêches plus abondantes. Puis Georgiou en revint aux maisonnettes, pointa le doigt vers le sol puis fit le geste de boire. « Les citernes sont mauvaises. Pas d'eau potable en été.

— Vraiment? Pas d'eau?

— Non.

— Quel dommage!

— C'est de sa faute. Celui de Bourani. Il pourrait faire de meilleures citernes. Mais il est bien trop avare.

— Alors, les maisons sont à lui?

— *Vevaios.* » Bien sûr. « De ce côté-là de l'île, tout est à lui.

— Toutes les terres? »

Il fit le compte sur ses doigts boudinés : Korbi, Stremi, Bourani, Moutsa, Pigadi, Zastena. Rien que des noms de baies et de caps autour de Bourani; et apparemment c'était encore un sujet de ressentiment. Il y avait à Athènes des gens aisés qui auraient aimé se faire construire là-bas des villas. Mais Conchis refusait de vendre la moindre parcelle de ses terres. Il privait l'île d'une prospérité dont elle avait grand besoin. Un âne chargé de bois trottinait vers nous le long du quai, frottant ses pattes l'une contre l'autre avec la démarche affectée d'un modèle présentant une robe de grand couturier. Tout ce que j'apprenais là devait être connu de tous. Et je tenais ainsi la preuve de la complicité de Demetriades puisqu'il s'était bien gardé d'en parler.

« Ce Conchis... Je suppose que vous voyez ses invités au village? »

Il leva la tête pour dire non, l'air indifférent. Les éventuels invités de Conchis ne l'intéressaient pas. Je m'obstinai. Savait-il s'il y avait des étrangers qui séjournaient là-bas?

Mais il haussa les épaules. « *Isos.* » Peut-être. Il ne savait pas.

Néanmoins, j'eus de la chance. Un vieillard sortit d'une ruelle latérale et s'avança dans notre direction; il portait une casquette de marin tout avachie, un costume de toile bleue pâli par les lessives jusqu'à paraître presque blanc au soleil. Comme il passait près de notre table, Georgiou lui jeta un coup d'œil, puis l'appela.

« *Eh, Barba Dimitraki! Ela.* Viens ici. Viens parler au professeur anglais. »

L'homme s'arrêta. C'était un octogénaire aux mains tremblantes, au menton mal rasé. Mais il n'était pas sénile. Le regard conservait une certaine vivacité. Georgiou se tourna vers moi.

« Avant la guerre il faisait comme Hermès. Il portait le courrier à Bourani. »

J'insistai pour que le vieux prenne un siège, commandai de l'ouzo et un autre *mezé.*

« Vous connaissez bien Bourani? »

Il agita sa main ridée. Cela signifiait : très bien, mieux qu'il ne pouvait dire. Il prononça quelques mots que je ne compris pas. Georgiou, qui n'était pas sans invention en matière de linguistique, empila comme des briques nos paquets de cigarettes et nos boîtes d'allumettes. La construction de la maison.

« C'était... En 1929? »

Le vieil homme hocha la tête.

« Est-ce que M. Conchis recevait beaucoup de monde avant la guerre?

— Beaucoup. Beaucoup. » Cela surprit Georgiou; il répéta ma question et obtint la même réponse.

« Des étrangers?

— Beaucoup d'étrangers. Des Français, des Anglais, de tout.

— Et les professeurs anglais de l'école? Ils y allaient?

— *Ne, ne. Oloi.* Oui, tous.

— Vous ne vous souvenez pas de leurs noms? »

Ma question ridicule le fit sourire. Il ne pouvait pas même se rappeler comment ils étaient. A l'exception d'un seul, qui était très grand.

« Est-ce que vous les rencontriez au village?

— Des fois. Des fois.

— Que faisaient-ils à Bourani, avant la guerre?

— Ils étaient étrangers. »

Devant ce déploiement de logique villageoise, Georgiou s'impatienta. « *Ne, Barba. Xenoi. Ma ti ekanon?* »

« De la musique. Ça chantait. Ça dansait. » Cette fois encore Georgiou ne crut pas. Il me fit un clin d'œil comme pour me dire que le vieux n'avait plus toute sa tête. Mais je savais que Georgiou n'était venu à Phraxos qu'en 1946.

« Quelle sorte de chants et de danses? »

Il ne savait pas. Ses yeux larmoyants semblaient vouloir scruter un passé qui se dérobait à leur pauvre regard. Il ajouta : « D'autres choses aussi... Ils jouaient dans des pièces. » Georgiou se mit à rire bruyamment mais le vieillard, indifférent à la moquerie, haussa les épaules et murmura : « C'est vrai. »

Georgiou se pencha en avant, avec un large sourire. « Et vous, Barba Dimitraki, vous étiez quoi? Karayozis? » Karayozis, c'était le nom de Polichinelle dans le théâtre d'ombre, en Grèce.

Je tenais à ce que le vieux sache que je le croyais. « Quel genre de pièces? »

Mais je lisais l'incertitude sur son visage. « Il y avait un théâtre dans le jardin.

— A quel endroit, dans le jardin?

— Derrière la maison. Avec un rideau. Un vrai théâtre.

— Vous connaissez Maria? »

Mais, à ce qu'il semblait, il y avait alors une autre gouvernante, nommée Soula, morte à présent.

« Ça fait longtemps que vous êtes allé là-bas?

— Des années. C'était avant la guerre.

— Et vous aimez bien M. Conchis? »

Barba hocha la tête, d'un geste bref, un peu contraint. Georgiou intervint :

« Son fils aîné a été tué dans l'exécution.

— Oh, je vous en prie, excusez-moi. »

Le vieil homme haussa les épaules; le destin. Il dit : « Ce n'est pas un mauvais type.

— A-t-il collaboré avec les Allemands, pendant l'Occupation? »

Barba leva le menton : un « non » très ferme. Georgiou, d'un bruyant raclement de gorge, exprima un opinion contraire. Ils se mirent à discuter, parlant si rapidement que je ne pouvais les suivre. Mais j'entendis Barba conclure : « J'étais là et pas toi. »

Georgiou, se tournant vers moi, marmonnait : « Il lui a donné une maison. Tous les ans il lui donne de l'argent. Alors il ne peut pas dire ce qu'il pense vraiment.

— Fait-il la même chose pour les autres familles?

— Bah. Une ou deux. Pour les vieux. Pourquoi pas? Il a des millions. » Il fit le geste de la corruption : l'argent glissé dans la main, mais là il s'agissait d'un moyen pour apaiser une conscience troublée.

Soudain le vieil homme reprit : « *Mia phora*... une fois il y a eu un grand *paneyiri* avec beaucoup de lumières et de musique et des feux d'artifice et beaucoup d'invités.

— C'était quand?

— Peut-être trois ans avant la guerre. Ou cinq ans.

— Et à quelle occasion? »

Il ne savait pas.

« Vous y étiez?

— J'étais avec mon fils. On pêchait. On a entendu toutes ces voix. On a vu là-haut, à Bourani, toutes ces lumières, toutes ces voix, *kai ta pyrotechnimata.* » Et les feux d'artifice.

Georgiou dit : « Eh, tu étais ivre, Barba.

— Non, je n'étais pas ivre. »

J'eus beau faire, je ne pus rien obtenir de plus. J'étais de service au déjeuner; l'après-midi aussi; il fallait s'en tenir là. Je serrai la main des deux hommes, payai la note modeste, y ajoutant un généreux pourboire, et rentrai au collège.

Une chose était claire : il y avait eu Leverrier, Mitford et moi, mais aussi d'autres, en remontant jusque dans les années trente, beaucoup d'autres dont je ne savais pas les noms. Cela me redonnait de l'espoir, et le courage de faire face à ce qui se préparait dans ce théâtre dont le rideau s'était levé à nouveau là-bas, à l'autre bout de l'île.

Ce soir-là je retournai au village. Je montai par les ruelles étroites aux pavés irréguliers, bordées de murs blanchis, de maisons paysannes, traversant de minuscules places ombragées d'amandiers et conduisant tout en haut, là où les grands rameaux pourpres des bougainvillées flamboyaient dans le soleil ou luisaient doucement dans l'ombre pâle du soir. Le quartier était en quelque sorte la casbah du village, une jolie casbah, avec de soudaines échappées, en bas sur la mer bleu de plombagine en fin d'après-midi, en haut sur les collines aux pins verts touchés d'or. Les gens assis devant leur porte me souhaitaient le bonsoir et derrière moi se formait l'inévitable ribambelle d'enfants que tout étranger traîne dans son sillage, ces gosses qui se contentent de rire si on se retourne et les chasse. Arrivé à l'église, je poussai la porte et entrai, afin de justifier ma présence dans le quartier. L'intérieur était lugubre, oppressant; il y traînait des miasmes d'encens; une rangée d'icônes aux sombres silhouettes sur un fond d'or terni fixaient d'un regard sévère l'étranger que j'étais dans leur monde byzantin et secret.

Je ressortis après cinq minutes, constatant avec satisfaction que les enfants avaient disparu. Je pris, à droite de l'église, la ruelle bordée d'un côté par les contreforts des absides et de l'autre par un mur de trois mètres de haut. Le mur continuait après le tournant; en son milieu, je voyais une poterne dont la clef de voûte portait, gravée dans la pierre, une date : 1823, surmontée d'un panneau où manquait le blason. Je devinais que la maison derrière le mur avait été construite par un de ces « amiraux » pirates de la Guerre d'Indépendance. Dans la moitié droite du double vantail on avait ménagé une porte étroite avec une fente pour le courrier. Au-dessus je vis un nom peint en blanc sur une vieille plaque métallique noire : *Hermès Ambelas.* A gauche le terrain descendait en pente derrière l'église. De ce côté il était impossible de regarder pardessus le mur. Je poussai doucement la petite porte, mais elle était fermée. Les habitants de l'île étaient notoirement honnêtes, il n'y avait pas de voleurs. Et nulle part à Phraxos je n'avais encore vu — me semblait-il — une porte extérieure verrouillée de la sorte.

La ruelle rocailleuse descendait abruptement entre deux masures. En bas un passage transversal, contournant la maison, me ramena de l'autre côté : le sol descendait encore plus rapidement et je me trouvai au pied de plusieurs mètres de roc vertical à la base du mur. La maison, de ce côté, était visible au-dessus de la paroi rocheuse et de l'enceinte du jardin. Je pus constater qu'elle n'était pas très grande, mais comparée à celle des autres villageois, ce n'en était pas moins, pour un ânier, une demeure presque grandiose.

Deux fenêtres au rez-de-chaussée, trois à l'étage, leurs volets fermés et touchés maintenant par les derniers rayons du soleil. On devait avoir de ces fenêtres une belle vue sur le village et le détroit séparant l'île du continent. Cette vue, Julie un jour était-elle venue la contempler? Je me sentais comme Blondel sous la fenêtre de Richard Cœur de Lion, quoique incapable de transmettre mon message dans une chanson. En bas, sur une petite place, je remarquai deux femmes qui m'observaient; je leur fis un salut de la main et continuai en flânant comme si une simple curiosité de promeneur m'avait conduit là-haut. J'arrivai à une autre ruelle transversale et la remontai jusqu'à mon point de départ, près de l'église Saint-Elias. La maison ne livrait rien au regard des passants.

Plus tard, quand je me retrouvai devant l'hôtel Philadelphia, je me retournai et longuement embrassai du regard l'endroit d'où je venais. Par-dessus les toits je voyais l'église et la maison à droite avec ses cinq fenêtres aveugles qui pourtant semblaient me défier.

51

Le lundi fut un jour de fastidieuses tâches scolaires. Il me fallait venir à bout des piles de devoirs à corriger qui semblaient déferler sans trêve sur mon bureau; un vrai travail de Sisyphe. Je devais aussi « mettre au point » — triste expression pour une triste besogne — les sujets des examens de fin de trimestre. Et durant tout ce temps m'imposer de ne pas penser à Julie.

Je savais qu'il était inutile de demander à Demetriades de m'aider à retrouver les noms des professeurs anglais qui avaient enseigné au collège avant la guerre : s'il les connaissait il n'en dirait rien, et il était fort probable qu'il ne les connaissait pas. Je m'adressai à l'économe qui cette fois ne me fut d'aucun secours : tous les registres de l'économat avaient disparu dans la tourmente de 1940. Le mardi je me rendis à la bibliothèque et interrogeai le maître qui en avait la charge. Il alla droit à un rayonnage et en tira un recueil relié de tous les programmes, un par an jusqu'à la guerre, de la fête commémorative de la fondation de l'école. On n'avait rien négligé qui puisse impressionner les parents en visite et au dos de chaque programme annuel figurait la liste des classes et aussi la liste des professeurs. En dix minutes j'eus le nom de six d'entre eux qui avaient enseigné l'anglais entre 1930 et 1939. Mais pas leurs adresses.

La semaine s'éternisait. A l'heure du déjeuner je guettais le facteur du village; il apportait les lettres et les donnait au surveillant qui faisait alors lentement — si lentement — le tour des tables, et passait devant moi sans s'arrêter. Je m'attendais bien que Conchis n'ait pour moi aucune pitié, mais il m'était difficile de trouver des excuses au silence de Julie. Cependant trois explications semblaient possibles. La première, la plus évidente, était un départ brusqué pour l'Angleterre. Toutefois, ne m'aurait-elle pas alors écrit immédiatement, au moins pour me prévenir? Seconde éventualité : elle avait dû accepter la décision de Conchis de ne pas me recevoir ce week-end; mais, là encore, elle aurait pu m'écrire pour m'informer, me consoler... Enfin il se pouvait qu'on la tienne prisonnière, ou du moins *incommunicado,* incapable même de m'envoyer une lettre; hypothèse peu vraisemblable et qui pourtant provoquait en moi des accès de colère et l'envie de prévenir la police.

Les jours n'en finissaient pas. Je fis pourtant par hasard une petite découverte qui me donna un plaisir passager. J'étais dans la bibliothèque, feuilletant des livres, à la recherche d'un texte qui convienne pour l'épreuve de traduction des examens. Je pris sur les rayons un roman de Conrad. Il y avait un nom sur la page de garde : D.P.R. Nevinson. Je savais qu'il avait été au collège avant la guerre. Dessous était écrit « Balliol College, 1930 ». Je me mis à chercher dans les autres livres. Nevinson en avait laissé plusieurs, mais, à part Balliol, il n'y avait pas d'adresse. Le nom W. A. Hughes, un autre professeur de la période d'avant-guerre, apparaissait sur la page de garde de deux volumes de poésie, là encore sans adresse.

Le jeudi, je quittai rapidement la table du déjeuner, demandant à un élève de m'apporter mes lettres s'il y en avait au courrier. A vrai dire, j'avais renoncé à en attendre. Mais dix minutes plus tard, alors que j'étais déjà en pyjama pour la sieste, le garçon frappa à ma porte. Il me tendit deux lettres : une de Londres, l'adresse tapée à la machine, un catalogue de quelque éditeur d'ouvrages pédagogiques, sans doute. Mais l'autre...

Le timbre grec. Le cachet de la poste indéchiffrable. L'écriture nette. En anglais.

Siphnos, lundi.

Mon cher et gentil Nicholas,

Je sais que tu as dû être déçu de manquer ce week-end et j'espère que tu vas mieux à présent. Maurice m'a remis ta lettre. Je suis vraiment désolée, mais pour moi c'était pareil, j'attrapais toutes les maladies que cette sale marmaille apportait à l'école. Je n'ai pas pu écrire plus tôt, nous étions en mer et c'est la première fois aujourd'hui que je peux approcher une boîte à lettres. Il faut que je me presse car on vient de me dire que le bateau qui prend le courrier pour Athènes part dans une demi-heure. Je te griffonne cette lettre dans un café sur le port.

Maurice, quoique toujours muet, a été un ange. Il insiste pour ne rien dire avant ta venue, ce week-end, si toutefois tu es guéri. (Oh, je t'en prie sois guéri, et pas seulement pour ça.) En fait Maurice a aussi pris l'air d'être un peu blessé par l'obstination de ces deux créatures irrationnelles que nous sommes, June et moi, qui refusons de promettre de l'aider dans son nouveau projet avant de savoir où cela peut nous mener. Nous n'essayons plus de tirer de lui des éclaircissements, ce serait perdre notre temps, il est ravi d'être obscur, énigmatique. Ce qui me rappelle — j'allais oublier — qu'il a tout de même daigné admettre qu'il voudrait bien te raconter le « dernier chapitre » de sa vie (ce sont là ses propres termes), ajoutant que tu savais dès à présent à quoi t'attendre. C'était dit avec un sourire complaisant, comme si quelque chose était arrivé mais qu'il se garderait bien de nous mettre au courant. Il est terrible, il n'arrête pas de jouer la comédie. J'espère que tu sais de quoi il s'agit.

J'ai gardé la meilleure nouvelle pour la fin. Il a juré que c'en était fini de tous ces déplacements. Nous pouvons, si nous le voulons, aller habiter dans sa maison du village. Mais tu ne m'aimeras peut-être plus si tu me vois tous les jours. Ça c'est June qui le prétend, par simple dépit de voir que je vais bientôt être aussi bronzée qu'elle!

Tu auras cette lettre dans deux ou trois jours au plus. Maurice peut encore nous jouer un dernier tour, alors, je t'en prie, attention, souviens-toi qu'on ne t'a rien dit au sujet du dernier chapitre, laisse-le jouer à t'intriguer si ça lui fait plaisir. Je crois qu'il est un tout petit peu jaloux. Il ne cesse de dire que tu as bien de la chance... et il n'écoute pas quand je réponds... tu sais très bien ce que je réponds.

Nicholas.

L'eau nocturne. Je t'aimais bien.

Il faut que j'arrête.

Je t'aime.

Ta Julie.

Je relus la lettre deux fois, puis une troisième fois et je compris que le vieux renard était encore capable de toutes les ruses. Julie n'avait jamais rien vu qui fût écrit de ma main, il avait été facile à Conchis de faire un faux, et même, s'il tenait à bien faire les choses, Demetriades avait pu lui fournir un spécimen de mon écriture. Mais pourquoi vouloir encore des délais? Pourquoi continuer à dresser des obstacles? N'importe. La lettre de Julie, les derniers mots, la pensée qu'elle allait habiter au village... c'était à présent tout ce qui comptait pour moi. Je me sentais de nouveau plein d'allégresse. Tout irait bien, aussi longtemps qu'elle serait en Grèce, m'attendant, me désirant...

Je fus éveillé à quatre heures par la cloche de la fin de la sieste qu'un surveillant faisait sonner avec une violence vengeresse dans le large corridor de pierre du bâtiment des professeurs. Il y eut le chœur habituel d'exclamations furieuses. Je me soulevai sur un coude et relus la lettre de Julie. Puis je me souvins de l'autre que j'avais jetée sur mon bureau. J'allai la chercher en bâillant.

Il y avait à l'intérieur une note tapée à la machine, ainsi qu'une enveloppe de poste aérienne, non cachetée; mais mon attention fut tout de suite attirée par deux coupures de journal épinglées en haut de la note. Les premiers mots.

Des mots terribles.

Cela m'était déjà arrivé, exactement la même chose, les mêmes sensations, la même impression que ce ne pouvait être vrai mais que pourtant c'était vrai, la chute vertigineuse après un calme de surface. Je sortais du Randolph, à Oxford, avec deux ou trois camarades, je montais vers Carfax, un homme, au bas de la tour, vendait *l'Evening News*. Moi restant là immobile et une fille stupide disant « regardez Nicholas, il fait semblant de pouvoir encore lire ». Et moi relevant la tête, sur le visage la mort de mes parents, l'avion en flammes à Karachi, moi disant « ma mère, mon père ». Comme si je venais seulement de découvrir qu'ils avaient existé.

La première coupure était extraite d'un journal londonien; c'était au bas d'une colonne :

SUICIDE D'UNE HÔTESSE DE L'AIR

Une hôtesse de l'air australienne, Alison Kelly, 24 ans, a été trouvée hier étendue sans connaissance sur son lit par son amie Ann Taylor, elle aussi Australienne, en rentrant d'un week-end à Stratford-on-Avon, dans l'appartement de Russell Square qu'elles partageaient.

Elle a été emmenée d'urgence au *Middlesex Hospital* où l'on n'a pu que constater le décès. Miss Taylor, très traumatisée par ce tragique événement, a dû recevoir des soins. Une enquête a été ouverte.

Et l'autre coupure :

MALHEUREUSE EN AMOUR,
ELLE SE SUICIDE

L'agent de police Henry Davis a déclaré mardi au commissaire d'Holborn que dimanche soir 29 juin il a trouvé dans un appartement de Russel Square une jeune femme couchée sur le lit, un tube de somnifère vide à côté d'elle. Il avait été appelé sur les lieux par Miss Ann Taylor, une psychothérapeute australienne qui partageait l'appartement avec la jeune femme et, à son retour d'un week-end à Stradford-on-Avon, l'avait trouvée inanimée. Il s'agit d'Alison Kelly, 24 ans. L'enquête a conclu au suicide.

Miss Taylor a déclaré que, bien que son amie ait été sujette à des accès de dépression et se soit plainte récemment de ne pouvoir dormir elle n'avait aucune raison de supposer que Miss Kelly envisageait de mettre fin à ses jours. Interrogée sur les motifs possibles de ce drame, Miss Taylor a répondu : « Mon amie avait été récemment très déprimée par une déception amoureuse, mais je pensais qu'elle s'en était remise. »

Le médecin traitant de Miss Kelly, le docteur Behrens, a déclaré au juge que celle-ci lui avait laissé entendre que son travail était la cause des insomnies dont elle souffrait. Le juge ayant demandé si le docteur avait coutume de prescrire en une seule fois d'aussi fortes doses de somnifère le docteur a répondu qu'il avait pris en considération le fait que Miss Kelly pouvait avoir des difficultés à se rendre fréquemment chez le pharmacien. Il n'avait aucune raison de la soupçonner de penser au suicide.

Le juge a déclaré que deux messages trouvés sur les lieux par la police n'apportaient aucune lumière sur le motif réel de cette tragique affaire.

La lettre tapée à la machine était d'Ann Taylor.

Cher Nicholas Urfe,

Les coupures de journaux ci-jointes vous expliqueront pourquoi je vous écris. Excusez-moi si je n'ai pas su comment vous apprendre cette terrible nouvelle d'une façon moins brutale. Alison était très déprimée lorsqu'elle est rentrée d'Athènes mais elle ne voulait pas en parler. A qui la faute, je n'en sais rien. Il y a eu un moment où elle a beaucoup parlé de suicide mais nous pensions qu'elle plaisantait.

Elle a laissé une enveloppe pour vous. La police l'a ouverte. Il n'y avait pas de lettre à l'intérieur, je vous l'envoie. Il y avait un message pour moi mais c'était seulement pour me dire de ne pas lui en vouloir.

Ici nous sommes tous bouleversés. Je sens que c'est de ma faute. Maintenant qu'elle n'est plus là nous nous rendons compte de ce qu'elle était. Un homme qui aurait su ce qu'elle était vraiment aurait voulu l'épouser, j'en suis sûre. Ou bien c'est que je ne comprends pas les hommes.

Très tristement.

Ann TAYLOR

P.S. Je ne sais pas si vous voulez écrire à sa mère. Les cendres seront envoyées là-bas. Voici l'adresse : Mrs. Mary Kelly, 19, Liverpool Avenue, Goulburn, N.S.W.

Je regardai l'enveloppe jointe. Elle portait mon nom, c'était l'écriture d'Alison. Je renversai le contenu sur la table : un enchevêtrement de fleurs séchées; des œillets sauvages et quelques violettes. Les tiges de deux d'entre elles encore entrelacées.

C'était trois semaines plus tôt.

J'étais épouvanté, je me mis à pleurer.

On ne me laissa pas le temps de pleurer. La cloche sonnait pour les cours. Demetriades frappait à ma porte. Je m'essuyai les yeux du revers de la main et allai ouvrir, encore en pyjama.

« Eh bien, qu'est-ce qui t'arrive? Tu es en retard.

— Je ne me sens pas très bien.

— Tu as un drôle d'air, mon vieux. » Il me regardait, perplexe. Je lui tournai le dos.

« Dis au premier groupe de réviser pour l'examen. Et dis aux autres... d'en faire autant.

— Mais...

— Laisse-moi tranquille.

— Qu'est-ce qu'il faut leur raconter?

— Ce que tu voudras. » Je le poussai dehors.

Dès que je n'entendis plus de bruit de pas ni de voix et que je sus que les classes avaient commencé je m'habillai et je sortis. Je voulais fuir l'école, le village, Bourani, je voulais tout fuir; je longeai la côte nord jusqu'à une baie déserte et, m'asseyant sur une pierre, sortis les coupures de journaux et les relus. 29 juin. C'était très peu de temps avant cette date qu'elle avait renvoyé ma lettre sans l'ouvrir. Si peu de temps avant de mourir. J'en voulais à l'autre fille; puis je me souvins de son regard bienveillant dans un visage ingrat. Elle écrivait un anglais guindé mais elle était de celles qui ne peuvent voir quelqu'un souffrir sans chercher à l'aider. Mais, cette fois, elle n'avait rien vu. Je connaissais bien ces deux aspects d'Alison, tantôt une fille au rude sens pratique capable de surmonter n'importe quel coup dur, et tantôt une autre Alison, plus théâtrale, qu'il était difficile de prendre au sérieux. Ces deux facettes de sa personnalité avaient fini par coïncider : avec elle pas de suicide manqué. Pas d'absorption hâtive d'une légère dose de barbituriques après s'être assuré que quelqu'un viendra dans moins d'une heure. Tout un week-end pour mourir.

Ce n'était pas seulement que je me sentais coupable de m'être à Athènes débarrassé sans façon d'Alison. Je savais aussi, par une de ces intuitions secrètes qui existent parfois entre les êtres, que le récit de ma tentative de suicide l'avait encouragée à mourir. Les brèves litotes de ma confession voulaient laisser deviner des profondeurs de souffrance insoupçonnées et elle m'avait montré, pour la dernière fois, qu'elle n'était pas dupe. *Je ne crois pas que tu saches ce qu'est la tristesse.*

Je me souvenais de ces scènes hystériques à l'hôtel du Pirée. Ces notes sur son carnet qu'elle m'avait fait lire un jour, juste avant que je quitte Londres, et que j'avais alors considérées comme un chantage au suicide. Je la revoyais sur le Parnasse, je la revoyais dans l'appartement de Russell Square; je me souvenais des moindres détails, ce qu'elle faisait, ce qu'elle était. Et j'étais écrasé sous le noir fardeau de ma culpabilité, de mon atroce égoïsme. Dès le début elle n'avait pas hésité à me dire d'amères vérités... et pourtant elle s'obstinait à m'aimer. Un jour elle m'avait déclaré : « *Quand tu m'aimes* (et ça ne voulait pas dire " quand tu me fais l'amour ") *c'est comme si Dieu me pardonnait toutes mes erreurs et folies* »; et je n'avais vu là qu'un discours habile, un autre chantage émotionnel pour me persuader que je lui étais essentiel et me donner un sentiment de responsabilité envers elle. Sa mort était en quelque sorte un dernier chantage dont j'étais la victime; mais une victime qui se sentait coupable. Je retombais dans la fange au moment où, désespérément, je cherchais à retrouver une sorte de pureté. Libéré pour l'avenir, je n'en étais que plus étroitement enchaîné au passé.

Julie. Julie. Elle me devenait totalement nécessaire. Je voulais l'épouser. Mais d'abord je la voulais pour confidente. Si elle avait été près de moi, à ce moment, j'aurais pu tout lui avouer, afin de retrouver une nouvelle innocence. J'avais désespérément besoin de me livrer à elle, d'obtenir son pardon. C'était à présent tout ce qui pouvait encore justifier mon existence. J'étais écœuré des mensonges, les miens et ceux des autres; et surtout j'en avais assez de me mentir à moi-même, d'être à la merci de mes instincts, de mes désirs effrénés qui ne me conduisaient qu'à l'échec.

Ces fleurs. Je ne pouvais plus les supporter.

Mon crime monstrueux était celui d'Adam, le plus ancien, le plus vicieux des égoïsmes mâles. J'avais contraint Alison à jouer le personnage dont j'avais besoin. C'était pire qu'un crime de *lèse-majesté*. Un crime de *lèse-humanité*. Qu'avait-elle dit au sujet du muletier, après lui avoir offert des cigarettes? *Il m'a donné de la joie pour deux paquets.*

Et moi, que lui avais-je donné qu'elle payait de sa mort?

En rentrant ce soir-là j'écrivis deux lettres; l'une pour Ann Taylor, l'autre à la mère d'Alison. Je remerciai Ann et fidèle à mes nouvelles résolutions me déclarai le seul vrai coupable. A la mère d'Alison j'envoyai une lettre de condoléances dont la rédaction n'avait pas été facile parce que j'ignorais ce qu'Alison lui avait raconté.

Avant de me coucher je pris mon anthologie de la poésie anglaise et je relus Marlowe.

Come live with mee, and be my love,
And we will all the pleasures prove,
That Vallies, groves, hills and fieldes,
Woods or steepie mountaine yeeldes

And wee will sit upon the Rocks,
Seeing the sheepheards feede theyr flocks,
By shallow Rivers, to whose falls
Melodious byrds sing Madrigalls.

And I will make thee beds of Roses,
And a thousand fragrant poesies,
A cap of flowers, and a kirtle,
Imbroydred all with leaves of Mirtle...

Viens vivre avec moi et sois mon amante
Nous goûterons à tous les plaisirs
Dont bois et vallons, collines et prairies,
Forêts et montagne escarpée sont prodigues

Nous nous assiérons sur les pierres
Pour voir les bergers nourrir leurs troupeaux
Là où, près des cascades, des rivières peu profondes,
Les oiseaux mélodieux chantent leurs madrigaux.

Je te ferai des lits de roses,
Je te ferai mille suaves bouquets,
Une couronne de fleurs, une tunique
Toute brodée de feuilles de myrte.

52

Le samedi matin de la même semaine je reçus une autre lettre d'Angleterre. Il y avait au revers de l'enveloppe un petit aigle noir : le sigle de la banque Barclay.

Monsieur,

J'ai bien reçu votre lettre où vous vous recommandiez de Miss Holmes. Je vous prie de trouver ci-joint un formulaire que vous voudrez bien remplir et me retourner, ainsi qu'une brochure qui vous donnera les détails des services particuliers que nous offrons à nos clients d'outremer.

Considérations distinguées.

P.J. FEARN.
Directeur d'agence.

Je levai les yeux, rencontrai le regard du garçon assis en face de moi et lui fis un sourire, le sourire de satisfaction du joueur novice qui ne sait pas garder pour lui ce qu'il éprouve.

Une demi-heure plus tard je montai vers la crête à travers la forêt immobile. Dans l'air chaud les montagnes paraissaient irréelles. A l'est, une étrange illusion d'optique faisait vaciller les îles qui soudain tournoyaient au-dessus de l'eau tranquille. Une fois au sommet, je marchai jusqu'à un endroit ombragé d'où je pouvais voir Bourani. Le yacht était à l'amarre. Je restai là une demi-heure, la mort d'Alison pesant sur moi comme un noir fardeau qui me maintenait dans une sorte d'hébétude, traversée pourtant par un nouvel espoir : Julie était là, tout près de moi, et, si je la voulais tant, c'est que mon âme acceptait déjà la mort d'Alison comme une fatalité, et que le sentiment de ma faute faisait place à une douleur plus paisible et plus supportable.

Pour la bercer, cette douleur, j'appelais à mon secours le vieil adage qui veut que la souffrance ennoblisse celui qui l'a infligée ou du moins le garde de commettre toute autre ignominie, et ainsi j'arrivais à m'absoudre, à me croire investi d'une nouvelle dignité; par une chaîne de raisonnements douteux, par ce passage subreptice — où notre XXe siècle se montre si habile — du contenu à la forme, du sens à l'apparence, du stade éthique au stade esthétique, j'en venais à penser qu'il y a dans toute souffrance une manière d'enrichissement, dans celle qu'on impose comme dans celle qu'on subit. Je décidai de ne pas parler d'Alison à Bourani. J'étais encore déterminé à me confier à Julie mais en choisissant le moment, et après m'être assuré qu'elle saurait se montrer prodigue de sympathie et de tendresse.

Avant de repartir je sortis de ma poche la lettre de la banque et la relus. J'en tirais une satisfaction qui me portait à une certaine indulgence envers Conchis. Désormais je ne voyais pas d'objection à quelque dissimulation supplémentaire, aussi bien de son côté que du mien.

C'était comme la première fois. Je n'étais pas invité. Incertain, je passai la barrière, m'approchai de la maison toujours aussi mystérieuse dans le soleil et le silence et contournai la colonnade. Là aussi tout était pareil, la table prête pour le thé, les assiettes recouvertes de mousseline. La mer, la lumière à travers les arches, le sol dallé, le silence, l'attente. Et ma nervosité dont pourtant la cause était à présent différente. Je posai mon sac sur le canapé de rotin et entrai dans la salle de musique. Quelqu'un assis au clavecin se leva en silence à mon approche.

« Vous m'attendiez?

— Oui.

— En dépit de votre message? »

Il me dévisagea, puis regarda ma main encore meurtrie après l'épisode des soldats nazis, dix jours auparavant, et que l'infirmière du collège avait largement barbouillée de mercurochrome.

« Il y a toujours un risque de tétanos. Il faut être prudent. »

J'eus un sourire sarcastique : « C'est bien mon intention. »

Pas d'excuses, pas d'explications, et sans doute si je l'interrogeais s'abstiendrait-il même de répondre. Il était clair qu'en dépit de ce qu'il avait dit aux deux filles il n'en avait pas fini avec ses mystifications. Derrière lui, à travers la vitre, je vis passer Maria portant un plateau. Je vis aussi que la photo de Lily avait disparu du cabinet de curiosités aux objets obscènes. Cela me rappela mon talisman : ce qui s'était passé entre Julie et moi à Moutsa, et qui, dans ce monde truqué et menteur, avait du moins valeur d'absolue certitude.

Je posai mon sac sur le sol, croisai les bras et souriant : « L'autre jour, j'ai parlé avec Barba Dimitraki.

— Vraiment?

— Je me rends compte que vous avez eu bien d'autres victimes.

— Des victimes?

— Si on désigne par ce terme ceux qui doivent souffrir sans l'avoir choisi.

— Cela me semble une excellente définition de l'homme.

— Ce qui m'intéresse, moi, c'est la définition de l'homme qui a l'air de croire qu'il est Dieu. »

Il sourit enfin, comme s'il prenait pour un compliment des paroles que je voulais blessantes.

Il vint vers moi, contournant le clavecin.

« Montrez-moi cette main. » A regret, je la tendis. Les coupures des jointures étaient cicatrisées. Il les examina, me demanda s'il n'y avait pas eu d'infection. Puis il me regarda droit dans les yeux : « Entendez-moi bien : ce n'était pas voulu.

— Monsieur Conchis, je ne veux plus rien entendre. A part la vérité.

— Vous risquez de découvrir que vous étiez plus heureux quand vous ne la connaissiez pas.

— Je suis prêt à courir ce risque. »

Il parut me jauger, puis haussa les épaules :

« Très bien. Prenons le thé. »

Je le suivis sous la colonnade. Il resta debout près de sa chaise pour emplir les tasses, me désignant d'un geste impatient la chaise opposée. Puis indiquant l'assiette de sandwiches : « Je vous en prie. » Je me servis, mais avant de commencer à manger :

« Je croyais que June et Julie viendraient entendre la vérité avec moi.

— Elles la connaissent déjà. » Il s'assit.

« Savent-elles aussi que vous avez adressé à Julie une lettre signée Nicholas?

— Ce sont les lettres qu'elle vous écrit qui sont des faux. »

Je remarquai le pluriel. Il croyait qu'elle m'avait écrit plusieurs fois.

Je souris. « Excusez-moi, ça ne prend plus. »

Il baissa les yeux, puis, un peu déconcerté me sembla-t-il, lissa de la paume le bord de la nappe. Il ignorait visiblement jusqu'où allaient mes relations avec Julie. J'eus droit à un long regard.

« Que croyez-vous donc que je fasse?

— Vous prenez des libertés diaboliques.

— Qui vous a jamais forcé à revenir? Et même à venir ici la première fois?

— Vous voilà soudain bien naïf. Vous savez foutre bien qu'aucun homme normal n'aurait résisté à la curiosité. Et malgré ça — je levai ma main blessée — ne croyez pas que je sois un ingrat. Mais le premier acte de la comédie — ou, si vous préférez, de l'expérimentation — est terminé. Vos cobayes ont pigé le truc. » Son regard m'interrogeait. Je traduisis : « ont compris ». « Et il n'y a aucune raison pour que je me laisse faire à nouveau sans même savoir pourquoi. »

Il me regardait toujours. Je me souvins de ce que June m'avait dit : *il ne veut pas seulement être pour nous un mystère. Il veut que, nous aussi, nous l'étonnions.* Toutefois il ne nous consentait qu'une liberté restreinte, une part de mystère très limitée. S'il nous proposait un labyrinthe aux détours innombrables, il s'assurait que tous nos mouvements restaient dans son champ de vision. Il parut prendre une soudaine décision :

« Barba Dimitraki vous a dit qu'avant la guerre il y avait ici un petit théâtre privé?

— Oui.

— Pendant la guerre, alors que j'avais beaucoup de temps pour réfléchir et pas d'amis pour me distraire, j'ai conçu un nouveau genre théâtral dans lequel serait abolie la séparation conventionnelle entre les acteurs et le public. Dans lequel on ne tiendrait plus compte de la tradition scénique, des notions de proscénium, de scène et de salle. On ne s'y souciait plus d'une continuité de la représentation dans le temps ou l'espace. L'intrigue restait fluide, le point de départ et le point d'aboutissement étant seuls fixés à l'avance. Entre ces deux points, les participants inventaient l'action à leur gré. » Il me fixait de son regard aigu. « Et vous pourrez constater qu'Artaud, Pirandello et Brecht, chacun à sa façon, cherchaient aussi dans cette direction. Mais ils n'ont eu ni l'argent ni la volonté — ni le temps sans nul doute — qui leur auraient permis d'aller aussi loin que moi. Le public restait pour eux un élément non négligeable. »

Mon sourire était sceptique. Ce qu'il disait là était plus acceptable que ses précédentes « explications », mais il n'avait pas l'air de se rendre compte que je ne pourrais jamais plus croire ce qu'il disait; il me débitait son histoire avec une tranquille assurance, sans que paraisse l'effleurer un instant l'idée que je puisse avoir le moindre doute.

« Ici, mon ami, nous sommes tous des acteurs. Aucun de nous n'est ce qu'il est réellement. Nous mentons tous de temps en temps, et quelques-uns d'entre nous mentent tout le temps.

— Pas moi.

— Vous avez encore beaucoup à apprendre. Vous êtes

aussi étranger à votre vrai moi que ce masque égyptien l'est au vrai visage de Joe, notre ami américain. »

Je protestai : « Votre ami. Pas le mien.

— Si vous l'aviez vu jouer Othello vous ne pourriez plus lui en vouloir. C'est un jeune acteur accompli.

— Il doit l'être en effet. Il est parfait dans le rôle du muet.

— J'ai donc de bonnes raisons de louer son talent.

— Mais ici il le gaspille. » Conchis restait assis immobile, me regardant d'un air légèrement amusé. Je dis : « Votre compte en banque doit subir d'importantes fluctuations.

— Pour les gens très riches il n'y a plus de surprises à attendre d'un compte en banque; c'est là leur limitation. Mais j'avoue que ce que je voulais réaliser cette année devait être une sorte d'apothéose. » Il ajouta : « Parce qu'il est possible que pour moi il n'y ait pas d'année suivante.

— Votre cœur?

— Mon cœur, oui. »

Son visage bronzé, son allure sportive... non, il n'éveillait en moi aucune compassion.

« Pourquoi avez-vous dit " devait être "?

— Parce que vous vous êtes montré incapable de jouer convenablement votre rôle. »

Je souris. Cela devenait absurde. « Si seulement j'avais su quel rôle on m'attribuait.

— On vous a donné maintes indications. »

J'en avais assez de ses reproches. « Ecoutez, monsieur Conchis, je sais ce que vous avez dit à Julie au sujet de la fin de l'été. Je ne suis pas venu ici pour me laisser entraîner dans une querelle. Arrêtez donc, je vous prie, de m'accuser de vous avoir déçu. Si je vous ai déçu c'est que vous vouliez qu'il en soit ainsi.

— Ce que je veux dire, c'est que, en tant que metteur en scène, je ne vous donnerai pas de rôle à jouer. Mais si cela peut vous consoler je vous dirai aussi que même si je vous en donnais un, cela ne vous aiderait pas à gagner la jeune femme que vous convoitez. Cet échec était le point d'aboutissement que d'avance j'avais fixé.

— J'aimerais bien l'entendre me le confirmer.

— C'est vous-même qui auriez refusé de la voir plus longtemps. La comédie est finie.

— J'ai l'intention de reconduire l'actrice chez elle, après la représentation.

— Elle vous a affirmé qu'elle le souhaitait, je suppose?

— Et elle est bien plus convaincante que vous.

— Ses promesses sont sans valeur. Ici, tout n'est qu'artifice. Elle joue un rôle, elle s'amuse. Elle est Olivia et vous, Malvolio.

— Sans doute son vrai nom n'est pas Julie Holmes?

— Son vrai prénom est Lily. »

Je ne pus m'empêcher de rire et l'admirai une fois de plus de savoir garder un visage impassible. Je finis par baisser les yeux.

« Où sont-elles? Puis-je les voir à présent?

— Elles sont à Athènes. Vous ne reverrez jamais ni Lily ni Rose.

— Rose? » Ma question était à la fois sarcastique et incrédule. Il hocha simplement la tête. Je m'exclamai : « C'est par trop démodé! Aucune fille de leur âge n'a jamais porté un nom pareil.

— Vous ne les reverrez plus.

— Je les reverrai. D'abord parce que vous voulez que je les revoie. Ensuite parce que, même si vous ne le vouliez pas et si vous leur aviez raconté des mensonges pour les faire rester à Athènes ce week-end, rien ne pourrait m'empêcher d'aller retrouver Julie... Et enfin parce que les sentiments que nous éprouvons l'un pour l'autre, Julie et moi, ne vous regardent absolument pas.

— Je serais d'accord... s'ils étaient réels des deux côtés. »

Je m'efforçai d'être moins agressif.

« Je sais aussi que vous êtes beaucoup trop raisonnable pour croire que vous pouvez commander aussi aisément les émotions des autres.

— C'est plus facile qu'on ne pourrait croire. A partir du moment où on connaît l'intrigue.

— L'intrigue est usée à présent. Cette histoire des *Trois Cœurs*... Et vous le savez bien. » Je tentai une fois encore de lui faire entendre raison. « Je sais que vous en avez convenu. Alors pourquoi essayez-vous de me persuader du contraire? » Il ne répondit pas. J'ajoutai d'une voix très calme : « Monsieur Conchis, vous n'avez pas à chercher à nous convaincre. Nous reconnaissons volontiers que nous nous laissons prendre à vos sortilèges. Et nous serons ravis de continuer le jeu, dans des limites raisonnables.

— Il ne peut être question de limites dans le métathéâtre.

— Alors vous ne devriez pas y impliquer des êtres humains ordinaires. »

Le coup porta. Il baissa les yeux et pour un instant

je crus que j'avais gagné. Mais cela ne dura pas, son regard me fixa à nouveau.

« Ecoutez mon conseil. Retournez en Angleterre et retrouvez cette fille dont vous m'avez parlé. Epousez-la et apprenez à être celui que vous êtes vraiment. »

Je détournai les yeux. J'aurais voulu lui crier qu'Alison était morte, en partie à cause de lui, parce qu'il avait décidé que Julie et moi devions nous rencontrer. J'étais sur le point de lui dire que j'en avais assez des mensonges et des discours ambigus. Mais je gardai le silence. Je ne voulais pas qu'il s'érige en juge de mon comportement — ce qu'il aurait fait inévitablement.

« Se marier et avoir des enfants? Est-ce ainsi qu'on apprend à se connaître vraiment?

— Pourquoi pas?

— Un bon métier? Une maison en banlieue?

— C'est ainsi que vivent la plupart des gens.

— Plutôt mourir. »

Il haussa les épaules. Et cela exprimait en même temps du regret et de l'indifférence pour tout ce qui me concernait.

« Nous nous verrons au dîner.

— J'aimerais bien voir le yacht.

— Ce n'est pas possible.

— Je veux parler aux deux filles.

— Elles sont à Athènes. Je vous l'ai déjà dit. » Il ajouta : « Ce soir, j'ai l'intention de vous raconter quelque chose qui n'est pas pour les femmes. »

Je devinais de quoi il parlait. Le dernier chapitre.

« Ce qui est arrivé pendant la guerre?

— Oui. Ce qui est arrivé alors. » Il me fit un petit signe de tête. « A tout à l'heure. »

Il me tourna le dos, rentra dans la maison. J'étais furieux mais dans ma colère il n'y avait aucune crainte. Je supposais que nous avions, Julie et moi, gâché son plaisir; nous avions vu clair dans son jeu, et plus vite qu'il ne s'y attendait. D'où cette irritation puérile du vieil homme. Je savais que les filles étaient sur le yacht. Si je ne les voyais pas ce soir même je les verrais demain. Je pris un gâteau et tout en le grignotant je réfléchis qu'il était ridicule de faire des préparatifs aussi compliqués en vue de réjouissances estivales pour y renoncer au moment même où ça devenait intéressant. Il fallait continuer. Ce dont je venais d'être témoin n'était qu'un peu de bluff au début d'une partie de poker. Le vrai jeu n'avait pas encore commencé.

Je me souvins du déjeuner à cette même table, quinze

jours plus tôt, puis jetai un coup d'œil hors de la galerie. Les deux sœurs étaient peut-être là, attendant, cachées dans la pinède. Ce n'était qu'une idée perverse du vieil homme pour m'inciter à les chercher. Je montai mes affaires dans ma chambre; je soulevai l'oreiller, fouillai l'armoire, au cas où Julie m'aurait laissé un message mais ne trouvai rien. Je sortis.

Je parcourus le domaine, dans la chaleur suffocante. Je m'arrêtai à chacun des endroits où nous nous étions arrêtés, Julie et moi. J'allais et venais, écoutant, regardant... Rien. Ni personne. Personne non plus ne se montra sur le yacht; il n'y avait pas un signe de vie quoique le canot à moteur fût à l'eau, amarré au bateau, près d'une échelle de corde. La scène était vide. Et comme toutes les scènes vides elle devenait inquiétante. Le vieux renard avait voulu cette déception, cette angoisse.

Nous devions dîner non pas au premier étage comme d'habitude mais sous la colonnade. La table avec nos deux couverts avait été placée à l'extrémité ouest, d'où l'on voyait Moutsa, en bas, par-dessus la cime des arbres. Il y avait près des marches montant à la terrasse une autre table, sur laquelle étaient posés les flacons de sherry et d'ouzo, un bol d'olives, une carafe d'eau. Je buvais mon second verre lorsque le vieux apparut. Le crépuscule s'assombrissait. Tout était calme, l'air immobile.

J'avais réfléchi, en attendant Conchis, et décidé de me montrer plus diplomate. Je le soupçonnais d'être secrètement ravi de me voir en colère. Je me résignai à ne pas voir les deux sœurs, et à paraître accepter son explication. Il s'approcha silencieusement. Je lui souris.

« Puis-je vous verser à boire?

— Un peu de sherry. Merci. »

Je lui tendis le verre.

« Si j'ai fait échouer vos plans, j'en suis vraiment désolé.

— Mes plans? Tout ce qui arrive en fait partie. » Il leva son verre. « Aussi n'y pouvez-vous rien changer.

— Mais vous deviez bien savoir que nous ne serions pas dupes des rôles que vous nous donniez. »

Il regarda la mer. « C'est précisément l'objectif du méta-théâtre : permettre aux participants d'y voir clair dans leur rôle, au début de la pièce. Mais c'est seulement le *catastasis.*

— Excusez-moi mais... je ne sais pas ce que ce mot veut dire.

— Ce qui précède l'acte final, ou catastrophe, dans la tragédie classique. » Il ajouta : « Ou la comédie, suivant les cas.

— Quels cas?

— Cela dépend de notre aptitude à retirer un enseignement des rôles que nous nous attribuons dans la vie quotidienne. »

J'imitai son propre style pour ma question suivante, la lançant brusquement, après un silence :

« Et que vous ne m'aimiez pas fait partie de votre rôle, sans doute? »

Cela ne le troubla guère. « Aimer ou pas est sans importance. Du moins entre hommes. »

L'ouzo brûlait en moi. « D'accord. Mais vous reconnaissez que vous ne m'aimez pas? »

Son regard sombre fixa le mien. « Dois-je vraiment répondre? » J'inclinai la tête. « Eh bien, non. Mais j'aime très peu de gens. Et surtout pas ceux de votre âge et de votre sexe. Aimer est une illusion qu'il nous faut préserver en nous si nous voulons vivre en société, mais moi je l'ai bannie depuis longtemps, tout au moins depuis que je vis seul ici. Vous voulez qu'on vous aime. Je veux simplement " être ". Peut-être saurez-vous un jour ce que cela veut dire. Alors vous sourirez. Un sourire d'approbation, cette fois. »

Après un temps de silence, je déclarai :

« On croirait entendre un de ces chirurgiens qui sont beaucoup plus intéressés par l'opération que par le malade.

— Pour moi je n'aurais confiance qu'en cette sorte de chirurgien.

— Donc, votre... méta-théâtre est un théâtre thérapeutique? »

L'ombre de Maria glissa derrière lui. Maria apportait une soupière qu'elle posa dans le cercle de lumière sur la nappe blanche.

« Vous pouvez le considérer ainsi. Moi je préfère y voir un théâtre métaphysique. » Maria annonça que nous pouvions prendre place à table. Il fit de la tête un signe d'assentiment mais ne bougea pas. « Et c'est surtout une tentative pour échapper à ces catégories.

— Plus un art qu'une science?

— Toute science véritable est art, tout art véritable est science. »

Il posa son verre. Et sur cet apophtegme bien frappé mais creux il me dirigea vers la table. Je répliquai, tout en le suivant :

« J'imagine que, d'après vous, je suis ici le seul vrai schizophrène. »

Il ne répondit qu'une fois assis à table.

« Les vrais schizophrènes n'ont pas le choix. »

Je me tenais en face de lui. « Alors je suis un faux schizophrène? »

Il parut un peu détendu comme si j'avais dit quelque chose de puéril et néanmoins plutôt drôle. Et me faisant signe de m'asseoir :

« Cela n'a plus d'importance. Mangeons. »

Nous venions à peine de commencer quand j'entendis des pas derrière moi sur l'esplanade dans la direction du cottage de Maria.

Je jetai un regard en arrière, mais la table avait été placée — sans doute délibérément — de façon que je ne puisse rien voir.

« Ce soir, je veux illustrer mon histoire, dit Conchis.

— J'ai l'impression que vous l'avez fait déjà. Et l'illustration n'était que trop vivante.

— Il y a des documents authentiques. »

D'un geste il m'enjoignit de continuer mon repas; il ne dirait rien de plus. J'entendis alors les pas au-dessus de nos têtes, sur la terrasse contiguë à ma chambre. Il y eut un petit bruit aigu, un grincement métallique. Je terminai ma soupe et pendant que nous attendions Maria, me hasardai à déclarer :

« J'aurais aimé en savoir plus sur votre vie avant la guerre.

— Vous avez entendu l'essentiel.

— Si j'ai bien compris l'épisode norvégien, vous avez rejeté la science. Mais plus tard ne vous êtes-vous pas tourné vers la psychiatrie? »

Il haussa les épaules : « Tout juste un peu de bricolage.

— Lorsque vous m'avez laissé jeter un coup d'œil à vos notes, ça m'a semblé autre chose que du bricolage.

— Ce n'est pas moi qui ai écrit ces ouvrages. J'ai falsifié les pages de titre. »

Je ne pus m'empêcher de sourire. La brutalité de l'affirmation était le signe manifeste qu'elle ne reposait sur rien de réel et avait pour seul but de me décourager. Lui ne sourit pas. Il devait sentir qu'il lui fallait confirmer dans mon esprit l'image d'un homme profondément sérieux en dépit de toutes ses facéties.

« Il y a cependant du vrai dans ce que je vous ai dit. Votre étonnement est donc justifié. Dans ma vie a eu lieu un événement analogue à celui de l'histoire que j'ai inventée. »

Il s'arrêta un moment. Puis se décida à continuer : « Et chaque fois que j'ai pensé à cet événement j'ai vu qu'il y avait toujours eu en moi un désaccord entre mon goût du mystère et ma soif de connaissance. Comme docteur, comme socialiste et rationaliste j'avais voulu la connaissance, je l'avais vénérée. Mais j'ai vu alors que mes efforts pour expliquer la réalité scientifiquement, lui donner un nom, la classer, l'analyser pour mieux l'étudier, c'était aussi absurde que de vouloir enlever l'air de l'atmosphère; le vide qui en résultait entraînait la mort de l'expérimentateur pour la simple raison qu'il était lui-même à l'intérieur de ce vide. Et il s'est trouvé que ce changement s'est fait au moment où j'avais l'argent et le loisir qui me permettaient de faire de ma vie ce que je voulais. Il me fallait non pas la vague, mais l'eau. Et voilà.

— Lorsque vous êtes devenu riche... ça s'est passé comme dans l'histoire de Deukans?

— Non, bien sûr. Cette histoire est une pure invention. Mais j'ai hérité de ce qui était pour l'époque une fortune considérable.

— Et vous êtes venu en Grèce?

— Je ne suis pas venu ici pour... chercher l'eau. Je suis venu parce que ma mère avait un cancer, et qu'elle était condamnée. On ne le lui avait pas dit; en ce temps-là ça ne se faisait pas. Elle savait, pourtant. Et elle voulait revoir sa terre natale une dernière fois. C'est ainsi que nous avons pris le bateau à Marseille. C'était en 1927. Je me souviens l'avoir un matin fait monter sur le pont. Pendant la nuit nous étions entrés dans le golfe de Corinthe. Elle se tenait agrippée à la rambarde, dans le soleil éblouissant, face aux montagnes d'Achaia. Les larmes ruisselaient sur son visage. A ce moment-là, moi, je n'éprouvais rien. C'est venu plus tard. A la fin de nos tristes vacances j'ai su que je m'étais découvert une patrie. Je pourrais presque dire une terre natale. Ma mère est morte cinq mois après notre retour à Paris.

— Et vous êtes revenu ici?

— J'ai toujours voulu un " territoire ". J'emploie le mot dans un sens technique, son sens ornithologique. Un domaine bien défini dans lequel aucun autre être de mon espèce ne pourrait entrer sans permission.

— Mais vous vivez très peu ici.

— La vie est plus compliquée pour les êtres humains que pour les oiseaux.

— Et vous n'avez jamais pratiqué la psychiatrie? »

Maria apporta un plat d'agneau braisé et enleva nos

assiettes à potage; sans se soucier de sa présence il continua « La richesse, c'est monstrueux, il ne faut pas plus d'un mois pour s'habituer à manipuler de l'argent, mais apprendre à ne pas en être esclave demande des années. Pendant longtemps j'ai vécu une vie égoïste, ne me refusant aucun plaisir. J'ai beaucoup voyagé. J'ai perdu quelque argent dans mes entreprises théâtrales et j'en ai gagné à la Bourse. Je me suis fait beaucoup d'amis dont certains sont célèbres à présent. Mais je n'ai jamais été vraiment heureux. J'ai fini toutefois par découvrir ce que bien des gens riches ne découvrent jamais : c'est que nous avons tous une certaine aptitude au bonheur qui ne dépend pas des hasards de la fortune.

— Quand avez-vous commencé à faire du théâtre ici?

— Des amis venaient en visite. Ils s'ennuyaient. Souvent ils m'ennuyaient aussi. Quelqu'un qui vous amuse à Paris peut devenir insupportable sur une île de la mer Egée. J'ai fait installer un petit théâtre. La scène était montée là où est à présent le Priape.

— Etes-vous resté en relations avec mes prédécesseurs? »

Il saisit le couvert de service, déposa une côtelette d'agneau sur son assiette. « Avant la guerre ce n'était pas comme à présent. Nous mettions en scène les pièces des autres, pas les nôtres.

— Barba Dimitraki m'a parlé d'un feu d'artifice. Il l'a vu de la mer. »

Il hocha la tête : « Il a été sans le savoir le témoin d'un moment très important de ma vie.

— Il n'a pas pu se souvenir de l'époque à laquelle ça s'est passé.

— En 1938. » Il me fit attendre un moment. « J'ai mis le feu au théâtre. Les fusées célébraient l'événement. »

Je me souvins qu'il m'avait un jour raconté avoir brûlé tous ses romans. J'allais le lui rappeler, mais soudain il leva la main.

« Assez. Mangeons. »

Il mangea très peu, se leva bien avant que j'aie terminé. « Finissez votre dîner. Je reviens. »

Il rentra dans la maison. Peu de temps après j'entendis, venant du premier étage, un murmure de voix qui parlaient en grec; puis tout redevint silencieux. Maria apporta le dessert, le café. J'attendais, fumant une cigarette. J'espérais encore contre tout espoir que Julie et sa sœur allaient apparaître. J'avais besoin de leur présence. Elles étaient normales, elles, et chaleureuses; et elles étaient anglaises. A table, pendant que Conchis me parlait, je l'avais vu sombre et sur ses gardes, comme si ce n'était pas seulement une comédie qui finissait. Il avait renoncé à bien des faux-semblants mais il conservait la même attitude à mon égard. Je le croyais quand il me déclarait qu'il ne m'aimait pas. J'étais à présent presque certain qu'il n'empêcherait pas les deux filles de me voir. Mais comment ne rien redouter d'un homme qui se montrait tellement doué pour le mensonge... Je ne pouvais me libérer tout à fait d'une horrible crainte : et s'il savait que j'étais allé retrouver Alison à Athènes? Et s'il fournissait à Julie la preuve que moi aussi je n'étais qu'un menteur, et un menteur beaucoup plus vulgaire?

Il réapparut sur le seuil de la salle de musique, tenant à la main un dossier de carton.

« J'aimerais que nous nous installions là. » Il désignait, près de l'arche centrale, la petite table que Maria avait débarrassée des bouteilles et des verres. « Si vous voulez bien apporter deux chaises. Et aussi la lampe. »

J'allai chercher les chaises. Comme je déplaçais la lampe, j'entendis quelqu'un contourner l'angle de la colonnade. Mon cœur battit plus fort, un instant je pensai que c'était Julie, que nous avions attendu sa venue. Mais ce fut le nègre qui apparut, entièrement vêtu de noir. Il s'engagea sur l'esplanade, portant un paquet encombrant qu'il déposa à quelques mètres devant nous. Il s'affaira un moment à mettre en place sur un trépied un petit écran de cinéma. Il déroula le carré de toile blanche, j'entendis le cliquetis des crochets; puis il corrigea la position de l'écran. Quelqu'un au-dessus de nous dit tranquillement :

« *Entaxi.* » Ça va. C'était une voix grecque que je ne reconnus pas.

Le nègre s'éloigna silencieusement, sans regarder de notre côté. Conchis baissa la lampe, puis me fit asseoir à côté de lui, face à l'écran.

« Ce que je vais vous dire à présent vous aidera peut-être à comprendre pourquoi je vais vous demander de cesser vos visites à partir de demain. Et pour une fois c'est une histoire vraie. » Je m'abstins de tout commentaire bien qu'il marquât un temps d'arrêt, comme s'il s'attendait à ce que je proteste. « J'aimerais aussi que vous considériez que ces événements n'ont pu avoir lieu que dans un monde où l'homme s'estime supérieur à la femme. Dans ce que les Américains appellent *a man's world,* c'est-à-dire un monde gouverné par la force brutale, l'arrogance qu'aucun humour ne tempère, le goût du panache et la stupidité foncière. » Il continua, fixant l'écran du regard : « Les hommes aiment la guerre parce qu'elle leur semble le seul moyen d'être pris au sérieux, d'échapper à la dérision des femmes. La guerre leur permet de maintenir les femmes au rang d'objets. C'est la grande différence entre les deux sexes : les hommes voient des objets là où les femmes voient des relations entre les objets : relations nées d'un besoin de l'autre, de l'amour pour l'autre, d'un désir d'harmonie. C'est, dans le domaine des sentiments, une dimension qui fait totalement défaut aux hommes, et qui conduit toutes les vraies femmes à ne voir dans la guerre qu'une odieuse absurdité. Je vais vous dire ce qu'est la guerre. C'est une psychose causée par notre inaptitude à percevoir les liaisons : notre rapport aux autres hommes, à la situation économique ou historique dans laquelle nous nous trouvons; et surtout notre relation au néant — à la mort. »

Il s'arrêta. Sur son visage qui gardait l'immobilité d'un masque se lisait plus que jamais la concentration, l'intériorité. Il dit simplement : « Eh bien, je commence. »

Ελευθερια

53

« Quand, en 1940, les Italiens ont envahi la Grèce, j'avais déjà décidé que je ne partirais pas. Je serais bien incapable de vous dire pourquoi. Ce pouvait être de la curiosité, la crainte de me sentir coupable, ou tout simplement de l'indifférence. Il ne fallait pas un bien grand courage pour rester dans cet endroit perdu, sur une petite île à l'écart du monde. Le 6 avril 1941 les Allemands ont remplacé les Italiens. Le 27 avril ils étaient à Athènes. En juin ils sont entrés en Crète et pour un temps nous nous sommes trouvés au cœur de la guerre. Des avions de transport militaire sillonnaient le ciel au-dessus de l'île et les ports étaient remplis de canots de débarquement. Toutefois, l'île, qui n'avait de valeur stratégique ni pour les forces de l'Axe ni pour la Résistance ne tarda pas à retrouver la paix. L'effectif de la garnison était très réduit. C'étaient des Autrichiens — car là où l'occupation était facile les nazis envoyaient toujours des Autrichiens ou des Italiens — quarante hommes commandés par un lieutenant qui avait été blessé en France.

« J'avais dû quitter Bourani au moment de l'invasion de la Crète. Une section de surveillance y avait établi ses quartiers et ce poste d'observation était la vraie raison de la présence de soldats dans l'île. J'avais par chance cette maison dans le village. Les occupants se sont montrés corrects; ils ont transporté toutes mes affaires jusqu'à mon nouveau logis et m'ont même offert une petite indemnité de réquisition. Mais juste comme le calme revenait, le *proedros,* le maire du village, est mort subitement d'une thrombose. Deux jours plus tard j'ai été convoqué par le commandant de l'île, nouvellement débarqué. Il s'était installé avec ses hommes dans votre collège, fermé depuis Noël.

« Je m'attendais à rencontrer un vieux sergent-chef récemment monté en grade; j'ai trouvé là un très beau garçon de vingt-sept ou vingt-huit ans, qui m'a déclaré, dans un français excellent, qu'il savait que je parlais couramment cette langue. Il s'est montré extrêmement poli, s'est excusé de m'avoir dérangé et, pour autant qu'il soit possible en de telles circonstances, nous avons sympathisé. Il n'a pas tardé à me dire pourquoi il m'avait fait venir : il voulait que je sois le nouveau maire du village. J'ai refusé tout net. Je ne voulais rien avoir à faire avec la guerre. Il a alors envoyé chercher quelques notables du village, m'a laissé seul avec eux, et j'ai découvert qu'ils avaient eux-mêmes proposé mon nom. Bien sûr, aucun d'eux ne voulait d'une tâche vouée à l'avance à la réprobation, et j'étais le bouc émissaire idéal. Ils ont essayé les considérations hautement morales, les louanges, et j'ai maintenu mon refus. Puis ils ont été plus francs et m'ont promis leur appui tacite. En bref, j'ai fini par accepter.

« L'honneur douteux qu'on m'avait fait signifiait des contacts fréquents avec le lieutenant Kluber. Cinq ou six semaines après notre première rencontre il m'a dit, un soir, qu'il aimerait que je l'appelle Anton lorsque nous étions seuls. Cela vous montre que nous étions souvent seuls; et qu'une sympathie mutuelle était née entre nous. Notre premier lien a été la musique. Comme beaucoup d'amateurs réellement doués il chantait Schubert et Wolf mieux que bien des professionnels, à part les très grands chanteurs de *lieder,* et avec plus de sentiment. C'est du moins ce que je ressentais. A sa première visite chez moi il a vu mon clavecin. Et avec quelque malice je lui ai joué les *Variations Goldberg.* Je ne connais rien de mieux pour faire couler les pleurs d'un Allemand sensible. Il n'était d'ailleurs que trop aisé d'émouvoir Anton, tant il était prêt à avoir honte du rôle qu'il jouait et à oublier dans l'admiration désintéressée de quelque grand et pur génie ses compromissions d'officier nazi.

« Un jour, il m'a demandé de l'accompagner sur le piano du collège qu'il avait fait placer dans une des pièces où il vivait.

Ce fut à mon tour d'être impressionné; je ne suis pas allé jusqu'aux larmes, mais il chantait vraiment très bien. Et j'ai toujours eu un faible pour Schubert.

« J'ai voulu savoir pourquoi Anton, qui parlait si bien français, n'était pas en France occupée. Certains de ses compatriotes — semblait-il — ne le considéraient pas comme suffisamment “ allemand ” dans son attitude vis-à-vis des Français. Il était certainement allé un peu trop loin, au mess des officiers, dans la défense de la culture française. Et c'est pourquoi on l'avait relégué dans des eaux dormantes. J'ai omis de vous dire qu'il boitait, ayant été blessé au genou durant l'invasion de 1940, ce qui le rendait inapte au service actif. Il n'était pas autrichien mais allemand. Sa famille était riche et, avant la guerre, il avait étudié en Sorbonne pendant un an. Enfin il s'était décidé pour une carrière d'architecte. La guerre avait interrompu ses études. »

Conchis s'arrêta, monta la flamme de la lampe, puis ouvrit le classeur et déplia un plan : quelques croquis — en perspective et en élévation — d'un bâtiment tout en verre et béton. Je levai les yeux vers les arches de la galerie. Conchis sourit : « Anton ne me cachait pas son mépris pour cette maison. Il se promettait de revenir après la guerre et de m'en construire une autre, toute différente, selon les principes du Bauhaus. »

Les notes étaient écrites en français; pas un mot d'allemand. Le plan était signé *Anton Kluber, le 7 juin, l'an 4 de la Grande Folie*. Conchis me laissa le regarder un moment puis baissa la lampe.

« La première année de l'occupation fut supportable. Il y avait des restrictions alimentaires mais Anton et ses hommes fermaient les yeux sur tout un petit trafic clandestin.

« Il serait absurde de considérer l'occupation uniquement comme une confrontation entre les S.S. casqués et bottés et une population hostile. La plupart des soldats autrichiens étaient des pères de famille de plus de quarante ans, proies faciles pour les enfants du village. Un matin d'été, en 1942, un avion allié est venu torpiller un bateau transportant le ravitaillement des troupes et qui, en route pour la Crète, avait jeté l'ancre dans le vieux port. Il a coulé. Des centaines de caisses de vivres sont remontées à la surface de l'eau. Cela faisait alors un an que les gens de Phraxos ne mangeaient plus que du poisson et du pain noir et ils n'ont pu résister à la vue des boîtes de lait, de viande et autres victuailles. Bientôt la baie était couverte de tout ce qui pouvait flotter. Quelqu'un m'a averti de ce qui se passait et je me suis précipité sur le port.

Mais quand je suis arrivé dans la baie j'ai vu les habitants de l'île s'affairant à tirer les caisses vers le rivage, à moins de cent mètres de la mitrailleuse. Anton et la section de garde étaient dehors, non loin du poste. Pas un coup de feu n'a été tiré.

« Un peu plus tard, ce matin-là, Anton m'a convoqué. Je l'ai vivement remercié. Il a dit qu'il allait mentionner dans son rapport que plusieurs membres de l'équipage de l'embarcation sinistrée avaient été sauvés par la prompte action des villageois lançant leurs barques à la mer. Il faudrait néanmoins lui remettre quelques caisses comme une preuve des efforts tentés pour récupérer le chargement. Le reste serait considéré comme perdu. C'est ainsi que s'est dissipée le peu d'hostilité que les villageois gardaient encore envers Anton et ses hommes.

« Je me souviens qu'un soir, environ un mois plus tard, des soldats un peu ivres se sont mis à chanter, près du port. Et soudain les Grecs ont chanté à leur tour. Puis encore les Autrichiens. Et de nouveau les Grecs. Un Noël tyrolien, puis un *kalamatiano*. C'était étrange. A la fin chaque groupe chantait les refrains de l'autre groupe.

« Mais ce fut l'apogée de notre âge d'or. Il devait y avoir un espion parmi les soldats autrichiens. Une semaine environ après l'épisode des chants, une section d'éléments " durs " a été rattachée au contingent d'Anton. Un jour celui-ci est venu me trouver et m'a déclaré, du ton d'un enfant en colère : " Il paraît que je suis en danger de discréditer la Wehrmacht et que je dois m'amender. " Les hommes se sont vu interdire de donner des vivres à la population et ils sont venus moins fréquemment au village. Puis, en novembre de la même année, l'exploit de Gorgopotamos a créé des tensions nouvelles. Mais les villageois qui, un peu trop généreusement d'ailleurs, estimaient me devoir les facilités de la bonne période, ont accepté sans trop de mauvaise grâce ce changement de situation. »

Conchis s'arrêta, puis tapa deux fois des mains.

« J'aimerais vous montrer Anton.

— Je crois que je l'ai vu déjà.

— Non. Anton est mort. Vous avez vu un acteur qui lui ressemble. Mais je parle du vrai Anton. Pendant la guerre j'avais une petite caméra et des bobines de pellicules que j'ai conservées jusqu'en 1944. J'ai pu alors les faire développer. Le film est de très mauvaise qualité. »

J'entendis le faible ronronnement d'un projecteur. Un faisceau lumineux descendit au-dessus de nos têtes, fut réglé et centré sur l'écran. Une image floue, une mise au point hâtive et je vis un jeune homme au physique agréable, à peu près de mon âge. Quoique ayant comme lui d'épais sourcils noirs ce n'était pas celui que j'avais vu la semaine précédente. Sans nul doute s'agissait-il d'un officier pendant la guerre. Ce qui frappait en lui ce n'était pas une sentimentalité romantique mais plutôt une élégante insouciance qui évoquait celle des pilotes de la bataille d'Angleterre. Il suivait un sentier le long d'un mur élevé, le mur de la maison d'Hermès Ambelas, peut-être. Il souriait et toute son attitude avait quelque chose d'à la fois théâtral et un peu embarrassé. La séquence de dix secondes finissait brusquement. Dans la suivante il buvait du café, jouait avec un chat, jetait un regard de côté vers la caméra, un regard timide et sérieux comme si quelqu'un lui avait dit de ne pas sourire. Le film était flou, saccadé, du travail d'amateur. Une autre séquence : des soldats en colonne faisaient le tour du port; apparemment pris d'en dessus par une fenêtre à un étage supérieur.

« Ce lieutenant, qui vient le dernier, c'est Anton. »

Il boitait légèrement. Et j'eus la preuve que ce que je voyais n'était pas truqué. Sur le large quai au second plan, on avait construit après la guerre les bâtiments de la douane et la maison du garde-côte. Or, le quai était nu, sur le film.

Le faisceau de lumière s'éteignit.

« Voilà. J'ai pris d'autres scènes, mais une bobine a été abîmée. Celles-ci sont tout ce que j'ai pu sauver. » Après un temps d'arrêt, il continua : « L'officier responsable d'un durcissement de l'autorité dans cette partie de la Grèce était un colonel S.S. appelé Wimmel. Dietrich Wimmel. Au moment dont je parle, des mouvements de résistance avaient commencé en Grèce, partout où le terrain le permettait. Bien entendu, parmi les îles, seule la Crète offrait un champ suffisant pour les activités du maquis. Mais au nord, là-bas dans le Péloponèse, ELAS et les autres groupes avaient commencé à s'organiser. On leur parachutait des armes et des spécialistes du sabotage. Wimmel est arrivé à Nauplie à la fin de l'année 1942, venant de Pologne où il s'était rendu célèbre. Il était responsable de la Grèce du sud-ouest dont nous faisions partie. Sa technique était simple : il avait établi son barême des prix : pour chaque Allemand blessé, dix otages exécutés; pour chaque Allemand tué vingt otages. Comme vous pouvez l'imaginer le système était efficace.

« Il avait sous ses ordres une compagnie de monstres teutons soigneusement sélectionnés, qui se chargeaient des interrogatoires, tortures, exécutions et le reste. Ils étaient connus comme *die Raben*, les corbeaux, à cause de l'insigne qu'ils portaient. Quand j'ai rencontré Wimmel pour la première fois, ses infamies n'étaient pas encore notoires. Un matin d'hiver, j'ai entendu dire qu'une vedette allemande avait amené sur l'île un officier de haut grade dont personne n'attendait la venue. Plus tard, ce même jour, Anton m'a envoyé chercher. Dans son bureau j'ai été présenté à un petit homme maigre, qui avait ma taille et mon âge. D'une netteté impeccable et d'une politesse scrupuleuse. Il parlait un peu anglais, assez pour se rendre compte que mon anglais était meilleur que le sien. Quand j'ai confessé que j'étais à moitié Anglais de naissance, il a déclaré : " La grande tragédie de notre temps est que l'Angleterre et l'Allemagne en soient venues à se battre. " Anton m'a dit qu'il avait parlé au colonel de nos soirées musicales. Le colonel souhaitait que je déjeune avec eux et qu'après le repas j'accompagne Anton au piano. J'ai accepté ce qui faisait en quelque sorte partie de mon office.

« Je n'aimais pas du tout le colonel. Il avait un regard froid et perçant. Les yeux les plus déplaisants que j'aie jamais vus chez un être humain. Sans la moindre sympathie pour ce qu'ils voyaient. Je crois que j'aurais préféré découvrir dans son regard la brutalité, le sadisme plutôt que cette froideur terrible. L'homme n'était rien que calcul. Cela n'allait pas, toutefois, sans un certain raffinement. Le colonel avait apporté quelques bouteilles de vin du Rhin et cela faisait longtemps que je n'avais pas aussi bien déjeuné. Nous avons discuté de la guerre, très brièvement, un peu comme on discute du temps qu'il fait. C'est Wimmel lui-même qui a changé de sujet et s'est mis à parler littérature. Sans aucun doute il était cultivé. Il connaissait bien Shakespeare, n'ignorait rien de Goethe et de Schiller. Il faisait des comparaisons intéressantes entre les littératures anglaise et allemande — et pas toutes en faveur de l'Allemagne. Je me rendais compte qu'il buvait moins que nous. Et aussi qu'Anton se laissait aller à trop parler. En fait nous étions étroitement surveillés. Je l'ai compris vers le milieu du repas et le colonel l'a bien vu. Anton ne comptait plus. Il n'y avait face à face que deux hommes plus âgés qui se jaugeaient l'un l'autre. Le colonel n'aurait dû avoir que du mépris pour le maire d'un village grec et j'étais grandement honoré d'être traité par lui comme un gentleman et un égal. Mais je n'étais pas dupe.

« Après le déjeuner Anton a chanté quelques *lieder* et Wimmel nous a beaucoup complimentés. Il a ensuite formulé le désir d'inspecter le poste de guet. L'endroit n'était pas d'une grande importance stratégique, aussi m'a-t-il invité à l'accompagner. La vedette nous a conduits à Moutsa puis nous sommes montés jusqu'à la maison. Il y avait là tout un appareil militaire, des barbelés, quelques casemates. Mais j'ai été heureux de voir que la maison n'avait souffert aucun dommage. Le colonel a passé les hommes en revue et s'est adressé à eux en allemand. Il a parlé de moi comme de “ ce gentleman ” et a insisté pour que mon bien soit respecté. Mais je me souviens d'un détail significatif. Comme nous partions, il s'est arrêté pour faire remarquer quelque petite incorrection dans la façon dont un des hommes portait son équipement. Il s'est tourné vers Anton en disant : “ *Schlamperei, Herr Leutnant, Sehen Sie?* ” *Schlamperei* signifie négligence, manque de tenue. C'est un mot que les Prussiens utilisent en parlant des Bavarois. Et des Autrichiens. Il était évident que Wimmel reprenait une observation déjà faite. Et il livrait là un trait dominant de son caractère.

« Nous ne l'avons pas revu pendant neuf mois, jusqu'à l'automne 1943. Cette année-là, à la fin de septembre, tard dans l'après-midi d'une merveilleuse journée, Anton est entré chez moi et j'ai su immédiatement qu'il était arrivé quelque chose de terrible. Il revenait de Bourani où une douzaine d'hommes étaient cantonnés. Le matin, quatre d'entre eux qui n'étaient pas de garde étaient descendus à Moutsa pour se baigner. Et sans doute devenus encore plus négligents, plus enclins à la *schlamperei* qu'au début, ils n'avaient pas pris le soin de laisser un guetteur sur la plage. Ils étaient ensuite ressortis de l'eau un à un et avaient joué au ballon en se faisant sécher au soleil. C'est alors que, derrière eux, trois hommes étaient sortis de la pinède. L'un avait une mitraillette. Les Allemands étaient perdus.

« Le sous-officier responsable du poste a entendu les coups de feu. Il a envoyé à Anton un message radio puis est descendu à Moutsa. Il a trouvé là trois cadavres et un homme qui est resté en vie assez longtemps pour raconter ce qui était arrivé. Les maquisards avaient disparu, emportant les fusils des soldats. Anton a pris une vedette et s'est rendu immédiatement à Bourani.

« Pauvre Anton. Il était déchiré entre le sentiment du devoir à accomplir et le désir de retarder le moment où le colonel Wimmel apprendrait la nouvelle. Il savait, bien entendu, qu'il ne pouvait s'abstenir de rendre compte de ce qui s'était passé. C'est ce qu'il a fait, mais pas avant le soir, et après m'avoir vu. Selon lui, il s'agissait d'*andarte* du continent qui s'étaient introduits de nuit dans l'île et ne se risqueraient pas à repartir au grand jour. Il a donc fait le tour de l'île, inspectant soigneusement chaque endroit où un bateau aurait pu être caché. Et il en a trouvé un qui avait été tiré hors de l'eau jusqu'à la pinède, là-bas, au bout de l'île, en face de Pétrocaravi. Les maquisards devaient avoir entendu la vedette. Il y avait des instructions très strictes du Haut Commandement sur la façon d'agir en de telles circonstances : on détruisait tout ce qui facilitait la retraite. Anton n'avait pas le choix. Il a fait mettre le feu au bateau. Le piège était refermé. Les tarifs fixés par Wimmel en pareil cas étaient alors bien connus : nous lui devions quatre-vingts hommes. Anton pensait qu'il ne nous restait qu'une seule chance : capturer les maquisards et les remettre à Wimmel quand il viendrait le jour suivant. Ce serait au moins une preuve qu'ils n'étaient pas des habitants de l'île mais des agents provocateurs. Ce devaient être des communistes, des membres d'ELAS dont la politique consistait à provoquer les représailles des Allemands afin d'exciter contre eux la haine des Grecs. Au XVIIIe siècle, les Klephtes utilisaient cette même tactique pour soulever contre les Turcs une paysannerie trop passive.

« A huit heures, le même soir, j'ai convoqué chez moi les notables du village et leur ai expliqué la situation. Il était trop tard pour agir dès cette nuit, mais le lendemain il n'y aurait qu'une ligne à suivre : coopérer avec les troupes d'Anton dans une fouille minutieuse de l'île. Bien sûr les villageois étaient fous de rage de voir leur paix menacée, et leur vie même. Ils ont promis de monter la garde toute la nuit près de leurs bateaux et de leurs citernes et de se mettre dès l'aube à la recherche des maquisards.

« Mais à minuit j'ai été éveillé par un bruit de pas. Quelqu'un a frappé à ma porte. Anton est entré à nouveau, il venait m'annoncer que c'était trop tard, qu'on lui interdisait toute initiative. Wimmel arriverait au matin avec une compagnie de “ corbeaux ”. Je devais être mis immédiatement en état d'arrestation. Tous les villageois mâles de quatorze à soixante ans seraient rassemblés à l'aube. Anton marchait de long en large dans ma chambre, retenant difficilement ses larmes, cependant qu'assis au bord de mon lit je l'écoutais déclarer qu'il avait honte d'être allemand, honte d'être au monde, et qu'il se serait donné la mort s'il n'avait pas eu le devoir d'essayer d'intercéder auprès du colonel, le jour suivant. Nous avons parlé longtemps. Il m'a dit tout ce qu'il savait sur Wimmel. Nous étions très isolés et il y avait beaucoup de choses que j'ignorais. Il a fini par dire que cette guerre avait eu pourtant une conséquence heureuse : elle lui avait permis de faire ma connaissance. Nous nous sommes serré la main, puis je l'ai accompagné jusqu'au collège où j'ai dormi sous bonne garde.

« Quand on m'a emmené au port, le matin suivant, à

neuf heures, j'y ai retrouvé tous les hommes et la plupart des femmes du village. Les troupes d'Anton gardaient toutes les issues. Et bien sûr personne n'avait vu les maquisards. Les villageois étaient au désespoir, mais ils ne pouvaient rien faire.

« A dix heures les " corbeaux " sont arrivés dans un canot de débarquement. Entre eux et les Autrichiens la différence était frappante. Ils étaient plus disciplinés et beaucoup moins accessibles aux sentiments d'humanité. Et si jeunes! Cette jeunesse, c'est ce qui m'a semblé le plus terrible en eux, la jeunesse et son fanatisme. Deux minutes plus tard un hydravion s'est posé sur l'eau. Je me souviens de l'ombre de ses ailes comme une grande faux noire sur les maisons blanches. Près de moi un jeune pêcheur a cueilli une fleur d'hibiscus et l'a fixée sur sa poitrine, à la place du cœur. Nous avons tous compris ce qu'il voulait dire.

« Wimmel a débarqué. Il a donné un ordre. Les soldats ont obligé les hommes à s'entasser sur le quai et pour la première fois les habitants de l'île ont su ce que c'était d'être frappés à coups de crosse et à coups de pied par une troupe étrangère. Les femmes ont été repoussées dans les rues et les venelles avoisinantes. Puis Wimmel est entré dans une taverne, Anton à sa suite. Peu de temps après on m'a appelé. Tous les villageois ont fait le signe de la croix et deux soldats m'ont brutalement conduit vers l'auberge. Wimmel ne s'est pas levé pour m'accueillir, il m'a parlé comme à un étranger. Il n'a pas même voulu parler anglais. Il avait amené avec lui un interprète grec, un collaborateur. Visiblement, Anton était bouleversé et se sentait totalement impuissant.

« Wimmel a fait connaître sa décision. Il allait choisir immédiatement quatre-vingts otages. Tout le reste des hommes fouillerait l'île, trouverait les maquisards, les ramènerait au village ainsi que les armes volées. Il ne servirait à rien de produire les cadavres de trois héroïques volontaires. Si les conditions étaient remplies dans les vingt-quatre heures les otages seraient déportés dans les camps de travail. Sinon ils seraient fusillés.

« J'ai demandé comment, en supposant que nous les trouvions, nous pourrions nous emparer de trois hommes armés et désespérés. Wimmel a simplement regardé sa montre et a dit en allemand : " Il est onze heures. Vous avez jusqu'à demain midi ".

« Sur le quai on m'a fait répéter ce qui avait été décidé. Puis les hommes se sont mis à crier des suggestions, proférer des plaintes, réclamer des armes. Le colonel a fini par rétablir le calme en tirant un coup de feu en l'air. On a fait l'appel des hommes du village et quand ils ont été rangés en une file, Wimmel a désigné lui-même les otages. J'ai remarqué qu'il choisissait les plus vigoureux, ceux qui avaient entre vingt et quarante ans, comme s'il pensait déjà au camp de travail. Mais je crois bien que s'il choisissait les plus beaux spécimens c'était plutôt pour les envoyer au peloton d'exécution. Il en a pris soixante-dix-neuf, puis m'a désigné du doigt : je serais le dernier.

« On nous a tous dirigés vers le collège et gardés là sous étroite surveillance. Nous étions entassés dans une seule salle de classe. Nos geôliers, *die Raben,* nous ont refusé à manger ou à boire, nous refusant aussi l'accès des installations sanitaires. Le pire était encore d'être sans nouvelles. C'est seulement beaucoup plus tard que j'ai découvert ce qui s'était passé pendant ce temps.

« Les hommes qui restaient se sont précipités chez eux et se sont emparés de bâtons, de faux, de couteaux, tout ce qu'ils ont pu trouver, avant de se rassembler sur une colline au-dessus du village. Des vieillards pouvant à peine marcher, des garçons de dix ou douze ans. Quelques femmes ont voulu se joindre à eux mais elles ont été repoussées. Elles étaient la meilleure garantie que les hommes reviendraient.

« Ceux qui composaient ce triste régiment ont commencé par discuter — c'est ce que font toujours les Grecs — décidant d'un plan puis d'un autre. A la fin quelqu'un a pris la direction des opérations, désigné des positions et réparti les zones à explorer. Ils étaient cent vingt et les cent vingt se sont mis à l'œuvre. Ils ne pouvaient pas savoir que leur recherche était vouée à l'échec. Et même si les partisans avaient été dans la forêt de pins je ne crois pas qu'ils les auraient trouvés. Il y avait tant d'arbres, tant de ravins, tant de rochers...

« Ils sont restés toute la nuit dehors, dans les collines, formant en travers de l'île un cordon de surveillance, dans l'espoir que les maquisards essaieraient d'atteindre le village. Le matin suivant ils ont continué des recherches acharnées. A dix heures ils se sont réunis et ont parlé de se lancer en une attaque désespérée contre les troupes cantonnées au village. Mais les plus raisonnables savaient bien que cela ne pouvait finir qu'en une tragédie encore plus horrible. Dans un village du Mani, deux mois plus tôt, les Allemands avaient tué tout le monde — hommes, femmes, enfants — en représailles pour une provocation beaucoup moins sérieuse.

« A midi les hommes sont descendus vers le village, portant une croix et des icônes. Wimmel les attendait. Leur porte-parole, un vieux marin, a annoncé, en un dernier et inutile mensonge, qu'ils avaient vu les partisans s'échapper dans une petite barque. Wimmel a souri, a secoué la tête et fait arrêter le vieil homme : un otage supplémentaire. Ce qui était arrivé était plus simple. Les Allemands avaient capturé eux-mêmes les maquisards dans le village. Mais voyons un peu ce Wimmel. »

A nouveau Conchis frappa ses mains l'une contre l'autre.

« Le voici à Athènes. Un des groupes de résistance l'a pris en photo afin que nous puissions le reconnaître plus tard. »

L'écran s'éclaira. Je vis une rue dans une ville. Un véhicule allemand ressemblant à une jeep s'arrêta dans l'ombre, de l'autre côté de la rue. Trois officiers en sortirent et marchèrent en plein soleil, s'avançant diagonalement vers la caméra qui avait dû être placée dans la pièce du rez-de-chaussée de la maison voisine de celle dans laquelle ils entraient. La tête d'un passant, au premier plan, cacha les trois hommes. Puis je vis que l'un d'eux marchait devant, le plus petit, le plus soigné des trois, et je lui reconnus un air d'autorité incontestable. Les deux autres ne faisaient que l'escorter. Quelque chose brouilla l'image et tout devint sombre. Puis l'écran s'éclaira à nouveau : c'était à présent une vue fixe d'un homme en vêtements civils.

« C'est la seule photo de lui avant la guerre. La seule connue. »

Un visage assez ordinaire, mais la bouche était cruelle. La photo me rappela qu'il y avait des regards intenses et sans humour beaucoup plus déplaisants que celui de Conchis. Je ne trouvais dans les traits qu'une vague ressemblance avec ceux du visage du colonel sur la crête.

« Et voici des extraits de documentaires filmés en Pologne. »

Cependant que les images apparaissaient sur l'écran, Conchis commentait : « Le voilà, derrière le général », ou bien : « Wimmel est à l'extrême gauche. » Quoique bien évidemment le film fût authentique, j'avais cette impression d'irréalité que me donnaient toujours les films nazis, la conscience d'une distance énorme entre une Europe qui pouvait engendrer de tels monstres et une Angleterre qui en était incapable. Et sans doute Conchis voulait-il me persuader de cette innocence de notre race. Quand je regardai son visage sur lequel se reflétait la lumière dansante de l'écran, il me semblait encore plus absorbé dans ce qu'il voyait que je ne l'étais moi-même; pour lui ce passé restait le présent.

« Voilà ce qu'ont dû faire les partisans. Aussitôt qu'ils ont vu leur bateau brûlé ils se sont repliés vers le village. Ils en étaient probablement déjà tout près lorsque Anton est venu me voir. Ce que nous ne savions pas, c'est que l'un d'eux avait des parents à la lisière du village, leur nom de famille était Tsatsos. Il y avait deux filles de dix-huit et vingt ans, leur père et leur frère. Les deux hommes étaient partis la veille pour Le Pirée avec une cargaison d'huile d'olive. Ils possédaient un petit caïque et les Allemands permettaient quelques déplacements le long des côtes. Un des partisans était cousin des Tsatsos, et probablement amoureux de la fille aînée.

« Les maquisards ont atteint la maison sans se faire voir, avant que le village ne soit au courant de la catastrophe. Sans doute comptaient-ils utiliser le caïque de la famille. Mais le bateau était parti. Plus tard une voisine en larmes est venue apprendre aux deux sœurs la nouvelle de l'attentat et leur répéter ce que j'avais dit aux hommes. Les partisans étaient alors cachés. Nous ne savons pas exactement où ils ont passé la nuit. Probablement dans une citerne. Des groupes hâtivement constitués d'hommes chargés d'inspecter les maisons sont entrés partout, y compris chez les Tsatsos et n'ont rien trouvé de suspect. Nous ne saurons jamais si les jeunes filles avaient trop peur pour rien révéler ou bien si elles ont manifesté ce jour-là un patriotisme inhabituel. Elles n'avaient pas de famille proche au village, et bien sûr leur père et leur frère étaient à l'abri.

« Les maquisards, le jour suivant, ont décidé de se disperser; et les filles se sont mises à faire du pain. Une voisine à l'œil inquisiteur l'a remarqué et s'est souvenue que les filles avaient cuit le pain deux jours plus tôt, avant le départ du père et du frère. Sur le moment elle n'a pas eu de soupçons, mais un peu plus tard, vers cinq heures, elle est allée jusqu'à l'école et a parlé aux Allemands. Il y avait trois hommes de sa famille parmi les otages.

« Une escouade de " corbeaux " est descendue chez les Tsatsos. Il n'y avait là que le cousin qui s'est jeté dans un placard. Il a entendu qu'on frappait les jeunes filles qui se sont mises à hurler. Il a su que tout était perdu, aussi a-t-il bondi dans la pièce, le revolver à la main. Il a tiré avant que les Allemands aient eu le temps de réagir. En vain. Le revolver s'était enrayé.

« Les soldats l'ont emmené ainsi que les deux sœurs et les ont interrogés. Les jeunes filles ont été torturées et le cousin s'est vite laissé persuader de coopérer avec les Allemands. Deux heures plus tard, à la nuit tombée, le garçon les a conduits jusqu'à une maison vide, a frappé au volet, et a chuchoté un message à ses deux camarades : les deux sœurs avaient réussi à trouver un bateau. Quand ils ont passé la barrière, les Allemands ont bondi. Le chef des maquisards a eu une balle dans le bras; personne d'autre n'a été blessé. »

J'interrompis Conchis pour demander : « Il était Crétois? »

« Oui. Comme l'homme que vous avez vu. Mais plus petit et plus trapu. Tout ce temps, nous les otages, nous étions toujours dans la salle de classe. Les fenêtres donnaient sur la forêt, aussi ne pouvions-nous rien voir de ce qui se passait au village. Mais vers neuf heures nous avons entendu deux terribles hurlements de douleur et une seconde plus tard un cri effroyable. Rien qu'un mot : *Eleutheria.*

« Vous pensez peut-être que nous avons crié en réponse. Eh bien, non. C'était de l'espoir que nous ressentions, parce que les partisans étaient pris. Peu de temps après il y a eu deux coups de feu. Et bientôt la porte de la pièce où nous étions rassemblés a été ouverte avec violence. On m'a appelé ainsi qu'un autre otage, le boucher du village.

« On nous a fait descendre, et nous rendre dans l'aile du collège où, si je ne me trompe, les maîtres vivent à présent, le bâtiment à l'ouest. Wimmel se tenait à l'entrée avec un de ses lieutenants.

« Derrière eux le collaborateur qui faisait office d'interprète était assis au bord des marches, la tête dans les mains, très pâle, visiblement traumatisé. Vingt mètres plus loin, près du mur, il y avait deux cadavres. Comme nous approchions, des soldats les ont chargés sur des brancards. Le lieutenant s'est avancé et d'un geste a ordonné au boucher de le suivre. Wimmel a fait demi-tour, il est entré dans le bâtiment. Je l'ai vu de dos s'enfoncer dans le couloir obscur et on m'a poussé à sa suite. Il m'a attendu tout au bout, sur le seuil d'une porte d'où sortait de la lumière. Quand je l'ai rejoint il m'a fait signe de passer devant lui.

« Je crois qu'à part un médecin, quiconque serait entré là se fût évanoui. J'aurais bien voulu m'évanouir. La pièce était nue. Il y avait une table au milieu. Un jeune homme était lié dessus avec des cordes. Le cousin. Il avait pour tout vêtement un maillot de corps taché de sang. Le pourtour de sa bouche et de ses yeux portait des brûlures profondes. Un instant plus tard je ne pouvais plus détacher mon regard de l'endroit où auraient dû être les organes génitaux et où je ne voyais plus qu'un trou sanglant. Ils lui avaient coupé le pénis et les testicules. Avec une paire de cisailles.

« Dans le coin opposé à l'entrée était étendu un autre homme, nu, le visage contre le sol. Je ne pouvais voir ce qu'ils lui avaient fait. Il ne bougeait pas. Je n'oublierai jamais le calme de cette pièce. Il y avait là quatre soldats. Des soldats? Non, des tortionnaires, des psychopathes sadiques. L'un d'eux tenait une longue tige de fer. Un radiateur électrique, renversé sur le sol, était allumé. Trois des hommes portaient des tabliers de cuir, des tabliers de forgeron protégeant leurs uniformes. Ils opéraient dans une affreuse odeur d'excréments et d'urine.

« Je vis dans un coin un autre homme lié à une chaise. On l'avait bâillonné. C'était un gars solide, massif, il avait une blessure au bras droit et était couvert d'ecchymoses mais apparemment on ne l'avait pas torturé. Wimmel avait commencé par les plus vulnérables.

« J'ai vu des films comme ceux de Rossellini, par exemple, qui tentent de montrer de nobles réactions à de telles scènes. L'acteur s'en prend aux monstres fascistes et les condamne avec une concision magnifique. Il les met à jamais à leur vraie place, en parlant au nom de l'histoire et de l'humanité. Je dois confesser que pour ma part c'est une peur intense qui m'a immédiatement envahi. C'est que j'ai alors pensé, et le long silence de Wimmel m'en a laissé le temps, qu'ils allaient à présent me torturer à mon tour. Je ne voyais pas pourquoi ils l'auraient fait. Mais le monde était à jamais privé de raison puisque des hommes pouvaient traiter leurs semblables de la sorte.

« Je me suis retourné. J'ai regardé Wimmel. Le plus extraordinaire c'est qu'il paraissait être le seul à rester quelque peu humain. Il avait l'air fatigué, en colère. Un peu dégoûté, même; comme honteux de toute cette boucherie.

« Il m'a dit, en anglais : " Ces hommes font ça pour le plaisir. Pas moi. Avant qu'ils commencent à s'occuper de ce criminel, je désire que vous lui parliez. "

« Je demandai : " Que dois-je dire? "

« " Je veux les noms de ses amis. Je veux le nom de ceux qui l'aident. Je veux qu'il dise où sont ses cachettes et les endroits où sont gardées les armes. Vous lui donnerez ma parole que si j'obtiens de lui ces renseignements il sera simplement abattu par un peloton d'exécution. "

« " Et les autres? Ne vous en ont-ils pas assez dit? "

« " Tout ce qu'ils savaient. Mais lui en sait plus. C'est un homme que depuis longtemps je voulais rencontrer. Ses amis n'ont pu le faire parler. Je ne crois pas que nous y réussirons. Mais vous, par contre, le pouvez peut-être. Vous allez lui dire ceci, c'est-à-dire la vérité : vous n'aimez pas les Allemands; vous êtes un homme civilisé; vous voulez seulement arrêter ce qui se passe ici. Vous lui conseillerez de dire ce qu'il sait. S'il parle, maintenant qu'il est pris, il n'a pas à se sentir coupable. C'est compris? Venez avec moi. "

« Nous sommes passés dans la pièce voisine. Quelques instants plus tard deux soldats ont traîné le blessé toujours attaché à sa chaise jusqu'au milieu de la pièce. On m'a fait asseoir en face de lui. Le colonel est resté en arrière et il a fait signe aux tortionnaires de s'éloigner. Je me suis mis à parler.

« J'ai suivi exactement les ordres de Wimmel. J'ai supplié le prisonnier de dire tout ce qu'il savait. Vous allez penser que c'était honteux parce que vous considérez les familles et les patriotes qu'il aurait pu trahir. Mais cette nuit-là, la seule réalité était pour moi ces deux chambres de torture. En dehors d'elles il n'y avait plus rien. J'étais intensément convaincu que mon devoir consistait à arrêter cette atroce dégradation de l'homme. Et le mutisme obstiné du Crétois qui rendait possible une telle dégradation finissait par en faire partie.

« Je lui ai dit que je n'étais pas un collaborateur mais un médecin dont l'ennemi était la souffrance humaine. Que c'était au nom de la Grèce que je l'assurais que Dieu lui pardonnerait s'il parlait. Il y avait une limite à ce que l'homme pouvait subir. J'ai continué longtemps, employant tous les arguments auxquels je pouvais songer, mais son visage n'a montré que de l'hostilité et de la haine. Je me demande s'il m'écoutait. Il devait avoir décidé que j'étais un traître, tout ce que je disais n'était que mensonge.

« J'ai fini par me taire, par me tourner vers le colonel. Il me fallait admettre que j'avais échoué. Wimmel a dû faire un signe aux gardes dans le couloir car l'un d'eux est entré, est passé derrière le Crétois et a dénoué le bâillon. Immédiatement, l'homme a crié un mot, à pleine gorge, le même mot, le seul : *Eleutheria*. Le cri n'avait rien de noble. L'homme lançait son rugissement sauvage comme il aurait jeté sur nous un bidon d'essence enflammée. Le garde a tordu le bâillon et refait le nœud.

« Il était bien évident que pour le Crétois le mot n'était pas seulement un concept ou l'expression d'un idéal mais la dernière arme qui lui restât.

« Le colonel a ordonné : “ Emmenez-le et attendez mes ordres. ” Les soldats ont traîné le prisonnier vers la sinistre pièce voisine. Le colonel s'est approché de la fenêtre aux volets fermés, il les a ouverts sur l'obscurité et s'est tenu là une minute avant de se tourner vers moi. Enfin il a déclaré : “ Maintenant vous voyez pourquoi il me faut parler un autre langage. ”

« J'ai dit : “ Je ne vois pas, je ne vois plus rien. ” Wimmel a répliqué : “ Je devrais peut-être vous demander d'être présent pendant le dialogue entre mes hommes et ce fauve. ” J'ai dit : “ Non, je vous en prie ”. Il m'a demandé si je pensais que de telles scènes le réjouissaient. Je n'ai pas répondu. Il a ajouté : “ Je serais très heureux de rester tranquillement à mon quartier général, de n'avoir rien d'autre à faire que de signer des papiers et de jouir de la beauté des monuments classiques. Vous ne me croyez pas? Vous pensez que je suis un sadique. Mais non, je suis un réaliste."

« Je n'ai pas bougé, n'ai rien répondu. Il est venu se placer en face de moi, il m'a dit : " Vous allez être conduit dans une pièce où vous serez seul. Je veux vous traiter comme un homme civilisé en traite un autre, je donnerai des ordres pour qu'on vous serve à boire et à manger. Je regrette ce qui s'est passé aujourd'hui, ce qui a eu lieu dans la pièce voisine. Bien entendu vous ne serez pas retenu comme otage. "

« J'ai levé les yeux vers lui. Ils devaient exprimer une stupéfaction mêlée de gratitude.

« Il continua : " Souvenez-vous, je vous prie, que ma vie, comme celle de tout officier, n'a qu'un seul but : travailler à l'accomplissement de la mission historique de l'Allemagne qui est d'imposer l'ordre à une Europe dans le chaos. Quand ce sera fait, le temps viendra de chanter des *lieder*. "

« Je ne pourrais dire d'où me venait cette certitude mais je savais qu'il mentait. Une des aberrations de l'histoire contemporaine consiste à poser pour indiscutable que les nazis ont pris le pouvoir parce qu'ils ont remplacé le chaos par l'ordre. C'est le contraire qui est vrai. Ils ont réussi parce qu'ils ont imposé le chaos à ce qui était l'ordre. Ils ont fait table rase des Commandements; ils ont nié le surmoi. Ils ont dit qu'il était permis de persécuter les faibles, de torturer, de tuer, de copuler et se reproduire sans y être poussé par l'amour. Ils ont dévoilé à l'humanité toutes ses mauvaises tentations. Rien n'est vrai, tout est permis. Je crois qu'à la différence de la plupart des Allemands Wimmel savait cela, et avait toujours su ce qu'il était, ce qu'il faisait. Il se jouait de moi. Pourtant cela ne m'est pas apparu tout de suite. Il est sorti après m'avoir jeté un dernier regard et je l'ai entendu parler à un des gardes qui m'avait amené. On m'a conduit à l'étage supérieur jusqu'à une pièce où on m'a donné quelque chose à manger et une bouteille de bière allemande. Le sentiment qui dominait en moi était l'espoir de survivre. Je verrais encore le soleil, je respirerais, je mangerais le pain, je poserais mes doigts sur un clavier.

« La nuit a passé. Au matin on m'a apporté du café, on m'a permis de me lever. Puis, à dix heures et demie on m'a fait sortir. Dehors j'ai retrouvé tous les otages. Eux n'avaient rien bu, rien mangé, et il m'était interdit de leur adresser la parole. Ni Wimmel ni Anton n'étaient visibles.

« On nous a dirigés vers le port. Le village entier était là, quatre ou cinq cents personnes dans leurs pauvres vêtements noirs, gris ou bleus, entassées sur les quais, surveillées par une ligne de “ corbeaux ”. Les prêtres, les femmes et même les gosses. Quand nous sommes apparus ils ont poussé des cris. Ils étaient agglutinés en une grande masse amorphe.

« Nous avons continué d'avancer. Face au port, il y a une grande maison avec d'énormes acrotères attiques — vous la connaissez? En ce temps-là le rez-de-chaussée était occupé par une taverne. Sur le balcon au-dessus j'ai vu Wimmel, avec Anton derrière lui et, de chaque côté, des hommes armés de mitraillettes. On m'a fait quitter la colonne et me tenir sous le balcon contre le mur, parmi les chaises et les tables. Les otages s'éloignaient dans une rue montante et je les ai perdus de vue.

« Il faisait très chaud. C'était un jour tout bleu, un jour parfait. Les villageois ont été chassés du quai, repoussés jusqu'à la terrasse où sont les vieux canons, devant la taverne. Ils se tenaient là, pressés les uns contre les autres, leurs visages bruns levés dans le soleil, les fichus noirs des femmes agités par la brise. Je ne pouvais voir le balcon mais je savais que le colonel, au-dessus de moi, attendait, les écrasant tous de sa présence silencieuse. Et peu à peu ils se sont tus, sont restés immobiles : un mur de visages en attente. Au-dessus d'eux je voyais des hirondelles et des martinets tournoyant avec insouciance tout comme les enfants continuent à jouer dans une maison où les adultes sont accablés par le deuil. Et c'était si étrange... Tant de Grecs réunis sur cette place et pour tout bruit les cris légers des oiseaux.

« Wimmel s'est mis à parler. Le collaborateur traduisait.

« “ Vous allez voir à présent ce qu'il advient... des ennemis de l'Allemagne... et de ceux qui aident les ennemis de l'Allemagne... par ordre de la cour martiale du Haut Commandement allemand, réunie hier soir... trois hommes ont été exécutés... Deux de plus vont l'être à présent. ”

« Les mains brunes se sont levées et ont fait le signe de la croix. La langue allemande est aussi parfaitement accordée à la mort que le latin au rituel religieux. Wimmel a repris :

« “ A la suite de quoi... les quatre-vingts otages... en raison des lois de l'occupation... en représailles pour le meurtre sauvage de quatre soldats des forces armées allemandes... ” Il s'est encore arrêté un moment... “ seront exécutés ”.

« Quand l'interprète a traduit la dernière phrase un immense gémissement lui a répondu comme si chacun avait reçu un coup de poing dans l'estomac. De nombreuses femmes et quelques hommes sont tombés à genoux, implorant l'homme au balcon. Non pas l'homme mais le *deus vindicans* que l'humanité souffrante cherchait en vain à apitoyer. Puis les prières sont devenues lamentations. J'en ai conclu que Wimmel s'était retiré.

« On m'a alors obligé à suivre les otages. Des soldats, les Autrichiens, se tenaient à l'entrée du port et repoussaient les villageois. J'étais horrifié de voir qu'ils pouvaient aider les " corbeaux ", pouvaient obéir à Wimmel et se tenir là, le visage impassible, rejetant brutalement en arrière des gens envers lesquels, la veille encore, j'en étais sûr, ils ne ressentaient aucune haine.

« La ruelle tournait et montait entre les maisons vers la place, derrière l'école du village. La place formait comme une scène de théâtre descendant en pente douce vers le nord, avec la vue sur la mer et le continent, au-dessus des toits les plus bas. Du côté le plus élevé elle était fermée par le mur de l'école, à l'est et à l'ouest par deux autres grands murs. Vous vous souvenez sans doute qu'il y a un vieux noyer dans le jardin de la maison, à droite. Les branches passent par-dessus le mur. Quand je suis arrivé sur la place voilà ce que j'ai vu tout de suite : trois corps pendus aux branches, pâles dans l'ombre, aussi monstrueux que des gravures de Goya. Le corps nu du cousin avec son effroyable blessure. Et les corps des deux jeunes filles. On leur avait enlevé les entrailles par une fente allant du sternum au pubis. Des carcasses éventrées se balançant légèrement dans la brise de midi.

« Au-delà de ces trois formes atroces : les otages. On les avait parqués contre l'école, derrière des barbelés.

« L'ombre du mur tombait sur ceux qui se tenaient au fond. Ceux du premier rang étaient au soleil. Aussitôt qu'ils m'ont aperçu ils se sont mis à crier. Je ne pouvais m'y tromper, il y avait des insultes mais aussi des supplications; comme s'ils croyaient encore possible que mon intervention fléchisse le colonel. Il était là, au milieu de la place, avec Anton et vingt " corbeaux ". Sur le troisième côté, à l'est, il y a un long mur. Vous l'avez vu? Avec une porte au milieu, une porte aux barreaux de fer. Les soldats ont attaché les deux partisans à la grille. Pas avec des cordes, avec des fils de fer barbelés.

« On m'a conduit derrière les deux rangs de soldats, à quelque vingt mètres de l'endroit où se trouvait Wimmel. Anton évitait de se tourner vers moi, mais Wimmel un instant m'a fait face. Anton. La fixité de son regard me donnait l'impression qu'il s'était lui-même hypnotisé jusqu'à croire que rien de ce qu'il voyait n'existait vraiment, que lui-même n'existait plus. D'un signe, le colonel a fait venir l'interprète auprès de lui. Peut-être voulait-il savoir ce que criaient les otages. Il a paru réfléchir un moment puis s'est dirigé vers eux. Ils se sont tus. Eux ne savaient pas encore qu'il les avait déjà condamnés. Il a dit quelque chose qu'on leur a traduit. Je n'ai pu entendre les paroles prononcées mais elles ont réduit les villageois au silence. Ce n'était donc pas l'arrêt de mort. Le colonel est revenu vers moi.

« Il m'a déclaré : " J'ai fait une offre à ces paysans. " Je l'ai regardé. Il n'y avait sur son visage aucune trace de trouble, de nervosité. L'homme était parfaitement maître de lui. Il a continué : " Je ne les ferai pas exécuter. Je les enverrai dans un camp de travail. Ceci, à une condition : c'est que vous, maire de ce village, vous mettiez vous-même à mort ces deux meurtriers. "

« J'ai dit : " Je n'ai pas à servir de bourreau. "

« Les hommes du village se sont mis à hurler.

« Il a regardé sa montre. Il a dit : " Vous avez trente secondes pour vous décider. "

« Dans de telles situations, bien sûr, on ne peut pas réfléchir. L'esprit est totalement incohérent. Souvenez-vous de ceci : à partir de ce moment j'ai agi sans réflexion ni raisonnement. J'étais au-delà de la raison.

« J'ai dit : " Je n'ai pas le choix ".

« Il s'est dirigé vers l'extrémité d'une des rangées de soldats qui me faisaient face, il a pris la mitraillette accrochée à l'épaule d'un des hommes, il m'a paru s'assurer qu'elle était correctement chargée, puis il est revenu vers moi, me l'a présentée à deux mains, comme s'il me remettait un prix que j'avais gagné. Les otages m'ont acclamé et ont fait le signe de la croix. Puis il y a eu un grand silence. Le colonel m'observait. J'ai eu un instant l'idée folle de tourner le fusil contre lui. Mais bien sûr le village tout entier aurait été massacré en représailles.

« J'ai marché vers les hommes attachés aux grilles. Je savais pourquoi Wimmel agissait ainsi. On en parlerait dans tous les journaux, les Allemands les tenaient sous leur contrôle, on ne mentionnerait pas le chantage, on me présenterait comme un Grec qui coopérait avec les Allemands, qui se ralliait à leur théorie de l'ordre. Un avertissement pour les autres maires. Un exemple pour terroriser un peu plus les autres Grecs partout ailleurs. Mais ces quatre-vingts otages, comment pouvais-je les condamner?

« Je suis venu me placer devant les maquisards, très près, à cinq mètres, parce que je n'avais pas touché un fusil depuis les jours lointains de 1915. Jusqu'à ce moment je ne les avais pas regardés en face. J'avais regardé les tuiles en haut du mur, les hideux vases de céramique, sur les piliers qui flanquaient la grille et, au-delà, les feuilles d'un poivrier. A présent il me fallait les voir. Le plus jeune était comme mort, la tête penchée sur la poitrine. Je ne sais pas exactement ce qu'ils lui avaient fait : ses doigts étaient couverts de sang. Non, il n'était pas mort. Je l'entendais gémir, marmonner quelque chose. Il délirait.

« Et l'autre. On lui avait écrasé la bouche à coups de poing ou de pied. Les lèvres étaient effroyablement lacérées, sanguinolentes. Ce qui en restait a remué faiblement comme je me tenais là et levai le fusil. Sa mâchoire était défoncée, sa bouche une vulve noirâtre. Mais j'avais trop hâte d'en finir pour me poser des questions sur l'étendue du ravage. Lui aussi avait eu les doigts écrasés ou les ongles arrachés et je pouvais voir sur son corps de multiples blessures. Toutefois les Allemands avaient fait une terrible erreur. Ils ne lui avaient pas crevé les yeux.

« J'ai levé le fusil, j'ai pressé la détente. Il ne s'est rien passé. Un déclic. Je l'ai pressée à nouveau. Un autre déclic. Rien.

« Je me suis retourné. Wimmel et les deux gardes, à dix mètres de moi, m'observaient. Les otages se sont mis à crier. Ils pensaient que je n'avais plus le courage de tirer. J'ai essayé une fois encore. Et de nouveau sans résultat. J'ai fait en direction du colonel un geste avec mon fusil, pour lui montrer qu'il ne fonctionnait pas. Je me sentais au bord de la syncope dans la chaleur qui montait. Pris de nausée. Mais je ne pouvais pas m'évanouir.

« Wimmel a demandé : “ Quelque chose qui ne va pas? ”

« J'ai répondu : “ Le fusil. ”

« “ C'est un Schmeisser. Une arme excellente. ”

« “ J'ai essayé trois fois ”.

« “ Il ne fonctionne pas parce qu'il n'est pas chargé. Toute détention d'une arme chargée est strictement interdite à la population civile. ”

« Je l'ai regardé, j'ai regardé le fusil. Je ne comprenais toujours pas. Les otages attendaient, silencieux.

« Désemparé, j'ai demandé : “ Comment puis-je les tuer? ”

« Il a souri. Un mince sourire sardonique. Puis il a dit : “ J'attends. ”

« Alors j'ai compris. Je devais les assommer à coups de crosse. J'ai compris bien des choses. Ce que Wimmel était vraiment, ce qu'il voulait être. J'en suis venu à me rendre compte qu'il était fou, et par conséquent innocent, comme le sont les fous, même les plus cruels. Il représentait une sombre possibilité de l'être; la vie la plus intense, la plus primitive dans son aboutissement extrême. Cela expliquait sans doute qu'il puisse s'imposer aussi impérieusement, comme quelque noire divinité. Car dans ses charmes maléfiques il y avait quelque chose qui échappait à l'humain. Aussi la vraie monstruosité était-elle dans les autres Allemands, ces lieutenants, ces caporaux, ces simples soldats qui, eux, n'étaient pas fous, et se tenaient là, témoins de la scène, sans un mot pour protester.

« J'ai marché vers lui. Les deux gardes ont cru que j'allais l'attaquer, ils ont brusquement levé leurs fusils, mais il les a calmés d'un mot et il est resté parfaitement immobile. Je me suis arrêté à trois mètres de lui. Nous nous regardions dans les yeux.

« " Au nom de la civilisation européenne, je vous supplie d'arrêter cette barbarie. "

« " Et moi je vous ordonne de continuer ce châtiment. " Il ajouta, sans baisser les yeux : " Le refus d'exécuter cet ordre aura pour seul résultat votre exécution immédiate. "

« Et à nouveau j'ai marché vers la grille. Je me suis retrouvé en face de ces hommes. J'allais dire à celui qui me semblait encore capable de comprendre que je n'avais pas le choix, je devais lui faire subir cette horreur. Mais j'ai laissé passer quelques secondes; c'est qu'en m'approchant de lui, j'ai compris soudain ce qu'on lui avait fait. Sa bouche n'avait pas seulement été écrasée à coups de matraque ou à coups de pied, elle avait été brûlée. Je me suis souvenu du radiateur électrique et de la barre de fer dans les mains d'un des soldats. Ils lui avaient défoncé la mâchoire et brûlé la langue au fer rouge, brûlé jusqu'à la racine. Ce mot qu'il criait, ils avaient dû finir par ne plus pouvoir le supporter. Et en ces cinq stupéfiantes secondes, les plus importantes de ma vie, j'ai compris ce guérillero. Je veux dire que j'ai compris beaucoup mieux qu'il ne le comprenait lui-même ce qu'il était, ce qu'il représentait. Cela m'a aidé. Il a réussi à tendre la tête vers moi et à dire le mot qu'il ne pouvait plus dire. Ce n'était pas même un son mais une simple contraction de la gorge, un gargouillement de quatre syllabes. Et pourtant, une fois de plus, une dernière fois, c'était ce mot, on ne pouvait s'y tromper. Et le mot était dans ses yeux, dans son être tout entier. Qu'a dit le Christ sur la croix? " Pourquoi m'as-tu abandonné "... Ce que cet homme disait était beaucoup moins pitoyable, beaucoup moins humain même, et beaucoup plus profond. Il habitait un monde à l'opposé du mien. Dans le mien la vie valait plus que tout, telle était sa valeur qu'elle n'avait pas de prix. Dans le sien une seule chose n'avait pas de prix : c'était *eleutheria,* la liberté. Cet homme témoignait de ce qu'on ne peut briser, fausser, déformer, qui se tient au-delà de la raison, au-delà de la logique, de la civilisation, de l'histoire. Il n'était pas Dieu parce qu'il n'y a pas de Dieu que nous puissions connaître. Mais il était la preuve qu'il y a un Dieu, que nous ne connaîtrons jamais. Il était, lui ou ce qui se manifestait à travers lui, même Wimmel et sa folie, même les méprisables troupes allemandes et autrichiennes, le droit final de choisir. Il était chaque liberté, de la pire à la meilleure. La liberté de déserter, sur le champ de bataille de Neuve-Chapelle. La liberté, à Seidevarre, de faire face à un dieu primitif. La liberté d'éventrer de jeunes paysannes et celle de châtrer avec des cisailles. Il était au-delà des lois morales parce que sa force jaillissait de l'essence même des choses, englobait la liberté de tout faire, avec pour unique refus celui de toute interdiction.

« Pour vous expliquer cela il m'a fallu bien des phrases et je ne vous ai rien dit de cette intense certitude que j'ai alors ressentie : cette intransigeance, ce pouvoir de refus absolu étaient essentiellement grecs. Je me suis enfin reconnu pour grec. Tout cela ne m'a pris que quelques secondes, ou même s'est passé hors du temps. Et j'ai su que j'étais le seul être, sur cette place de village à qui était donnée la liberté de choisir, et que, plutôt que me rendre au bon sens, à l'instinct de conservation, il me fallait proclamer et défendre cette liberté, aux dépens de ma vie et de celle des otages. Depuis lors, ces quatre-vingts hommes n'ont cessé de se lever dans la nuit pour m'accuser. N'oubliez pas que j'étais certain que j'allais mourir aussi. Ces quelques instants de connaissance transcendantale, voilà tout ce que j'ai à opposer à leurs visages torturés. Mais c'était une certitude brûlante, inébranlable. Ma raison m'a dit maintes fois que j'avais eu tort. Pourtant mon être tout entier me dit encore que j'ai bien fait.

« Je suis resté là, immobile. Combien de temps? Quinze secondes? C'est difficile à dire car le temps, dans de telles situations, ne signifie plus rien. J'ai laissé tomber le fusil, je suis allé me placer près du chef des partisans. Je voyais que le colonel m'épiait. Pour lui, et pour ce qui restait d'un homme, auprès de moi, j'ai prononcé le seul mot que je pouvais encore dire.

« Sur la place, j'ai vu Anton se diriger vers Wimmel. Mais c'était trop tard. Le colonel a lancé un ordre, les mitrailleuses ont crépité et j'ai fermé les yeux à l'instant même où claquaient les premières balles. »

54

Après un long silence, il se pencha en avant et remonta la mèche de la lampe; puis il me regarda. Je pouvais enfin sentir en lui de l'émotion. Mais bientôt son regard n'exprima plus que l'ironie, l'ambiguïté habituelle.

« Le désavantage de notre nouveau jeu dramatique, c'est que, dans votre rôle, vous ne savez pas ce que vous devez croire. Il n'y a plus personne dans l'île de ceux qui étaient ce jour-là sur la place du village. Mais beaucoup peuvent vous confirmer tous les autres événements que je vous ai racontés. »

Je pensais à la scène sur la crête centrale; qu'elle ne puisse s'insérer dans l'histoire vécue rendait finalement celle-ci plus plausible. Je ne mettais pas en doute ce que racontait Conchis. Je savais que j'avais écouté le récit de ce qui s'était passé réellement; et que, dans l'histoire de sa vie, il avait gardé pour la fin la vérité indiscutable.

« Et après qu'ils eurent tiré?

— J'ai été touché, je suis tombé et je ne sais rien de plus parce que je me suis évanoui. Je crois qu'avant d'être plongé dans la nuit j'ai entendu les hurlements des otages. C'est sans doute ce tumulte qui m'a sauvé. J'imagine que les soldats étaient quelque peu affolés. L'ordre avait été donné d'abattre les otages. On m'a dit qu'une demi-heure plus tard, quand les gens du village ont été autorisés à venir pleurer leurs morts, on m'a trouvé étendu dans une flaque de sang, aux pieds des partisans. C'est Hermès qui m'a trouvé, ainsi que ma gouvernante Soula — celle qui a précédé Maria. Quand ils ont voulu m'emporter ils ont vu que j'étais encore en vie. Soula m'a caché dans sa chambre. Pataresco est venu me soigner.

— Patarescu? »

— Patarescu. » Je m'efforçai de déchiffrer son regard. Conchis sourit. Il semblait admettre qu'il avait été de connivence avec Patarescu contre moi et ne se sentait pas coupable; qu'il était prêt à se justifier si je l'exigeais.

— Et le colonel?

— Dès la fin de la guerre on l'a recherché pour d'innombrables atrocités. Plusieurs d'entre elles sur le même modèle : une offre de grâce au dernier moment, qui bientôt s'avérait n'être qu'une simple prolongation de l'agonie des otages. La Commission sur les crimes de guerre a fait de son mieux. Mais il est en Amérique du Sud. Ou peut-être au Caire.

— Et Anton?

— Anton a cru que j'avais été tué. Mes domestiques n'ont confié leur secret à personne, à l'exception de Pataresçu. On m'a enterré. C'est-à-dire qu'on a enterré un cercueil vide. Wimmel a quitté l'île ce même après-midi, laissant Anton au milieu du carnage et des ruines des bonnes relations qu'il avait réussi à établir. Il a dû passer toute la soirée, peut-être toute la nuit, à écrire un rapport détaillé de ce qui était arrivé, il l'a dactylographié en sept exemplaires, lui-même donne cette précision dans le rapport, c'était sans doute le nombre maximum de copies qu'il pouvait faire en une seule fois sur la machine. Il n'a rien caché, n'a cherché à excuser personne et surtout pas lui-même. Je vous montrerai le dossier dans un instant. »

Le nègre traversa l'esplanade et se mit à démonter l'écran. Je pouvais entendre du bruit, en haut.

« Qu'est-il devenu?

— Deux jours plus tard on a trouvé son corps contre le mur de l'école du village, là où le sol était déjà noirci par le sang des otages. Il s'était tué d'un coup de revolver. C'était, bien entendu, un acte de contrition, et il voulait que les villageois le sachent. Les Allemands ont étouffé l'affaire. Peu de temps après ils ont changé la garnison. Mais le rapport était écrit.

— Qu'avait fait Anton des sept exemplaires?

— Il en a donné un à Hermès, le jour qui a suivi le drame, en lui demandant de le remettre au premier de mes amis étrangers qui, après la guerre, s'inquiéterait de savoir ce que j'étais devenu. Il en a confié un autre au prêtre du village avec les mêmes instructions. Le jour où il s'est tué il en a laissé un sur son bureau, bien en évidence, sans doute voulait-il que ses hommes le lisent, ainsi que le Haut Commandement allemand. Trois exemplaires ont disparu. Il les avait probablement expédiés à des parents ou des amis en Allemagne. Il se peut qu'ils aient été interceptés. Et un dernier exemplaire est réapparu après la guerre. Il avait été envoyé à un des journaux d'Athènes, avec une petite somme d'argent à remettre à une œuvre charitable. Le cachet de la poste indiquait que la lettre venait de Vienne. Manifestement Anton avait remis cet exemplaire à un de ses hommes.

— Et il a été publié?

— Oui. En partie.

— Anton a-t-il été enterré ici?

— Non. Près de Leipzig. Dans le caveau de sa famille. »

Les cigarettes...

« Et ces gens qui vivent à présent au village ont-ils su que vous aviez choisi?

— Quand le rapport a été publié, quelques-uns ont cru ce qu'ils lisaient, d'autres pas. Bien entendu j'ai fait en sorte que les familles des otages ne souffrent pas de la gêne.

— Et les partisans? Avez-vous découvert quelque chose à leur sujet?

— Le cousin et l'autre homme, oui, nous connaissons leurs noms. Il y a un monument à leur mémoire dans le cimetière du village. Mais leur chef... J'ai fait mon enquête. Avant la guerre il avait passé six ans en prison, condamné une fois pour meurtre — un crime passionnel; une ou deux autres fois pour violences et vol. En Crète on disait qu'il avait pris part à quatre autres meurtres au moins. L'un d'eux était particulièrement brutal. Au moment de l'invasion allemande l'homme était recherché par la police. Il a alors accompli un certain nombre d'exploits barbares dans le sud du Péloponèse. A ce qu'il semble, il n'appartenait pas à un groupe de résistants organisés mais parcourait le pays, tuant et pillant quand bon lui semblait, et deux fois au moins ses victimes avaient été non pas des Allemands mais des Grecs. Nous avons pu retrouver plusieurs hommes qui ont combattu à ses côtés. Certains ont dit qu'il leur faisait peur, d'autres qu'ils admiraient son courage. Mais rien de plus... J'ai parlé avec un vieux fermier du Mani qui lui avait plusieurs fois donné asile. Il a conclu : *Kakourgos, ma Ellenas.* Un scélérat, mais un vrai Grec... Ces mots conviennent bien pour son épitaphe. »

Je repris, après un silence :

« Ces années ont dû changer quelque peu votre philosophie. Je pense au sourire de la tête de pierre.

— Au contraire. Cette expérience m'a fait prendre conscience de ce qu'est réellement l'humour. Une manifestation de la liberté. C'est parce qu'il y a liberté qu'il y a sourire. Un univers totalement déterminé en serait dépourvu. Finalement c'est seulement en devenant la victime qu'on échappe à l'ultime plaisanterie que nous ménage la vie lorsqu'on découvre qu'à force de s'être enfui de partout on s'est enfui de soi-même au point qu'on n'est plus libre et qu'on n'existe plus. C'est ce que la grande majorité des êtres humains ont à découvrir. » Il prit en main le dossier cartonné : « Mais laissez-moi vous montrer pour finir le rapport rédigé par Anton. »

Je vis un mince paquet de feuillets dactylographiés. Une page de titre : *Bericht über die von deutschen Besetzungstruppen unmenschliche Grausamkeiten...*

« Il y a au verso une traduction en anglais. »

Je tournai la page. Je lus :

Rapport concernant les atrocités commises par les troupes allemandes d'occupation sous le commandement du colonel Dietrich Wimmel, à Phraxos, entre le 30 septembre et le 2 octobre 1943.

Je tournai une page.

Le matin du 29 septembre 1943 quatre soldats du poste d'observation n° 10, secteur d'Argolis, situé sur le cap connu sous le nom de Bourani, sur la côte sud de l'île de Phraxos, étant de repos, ont été autorisés à se baigner. A 12.45...

Conchis intervint : « Lisez le dernier paragraphe. »

Je jure par Dieu et par tout ce qui m'est sacré que les événements relatés ci-dessus sont décrits exactement comme ils se sont passés. J'en ai été le témoin et ne suis pas intervenu. C'est pourquoi je me condamne moi-même à mort.

Je levai les yeux : « Un bon Allemand.

— Non. A moins que vous n'approuviez le suicide. Pour moi le désespoir est une maladie aussi dangereuse que celle de Wimmel. » Je me souvenais soudain de Blake... que disait-il donc... Plutôt tuer un enfant au berceau que nourrir des désirs insatisfaits... Un texte dont je m'étais souvent servi pour leurrer les autres et me leurrer moi-même. Conchis continua : « Nicholas, il faut choisir. Ou bien suivre ce *kapetan,* ce meurtrier qui ne connaissait qu'un mot, mais le seul qui compte, ou bien suivre Anton. Regarder et désespérer. Ou bien désespérer et regarder. Dans le premier cas c'est le suicide. Dans le deuxième aussi, mais un suicide moral.

— Je peux tout de même ressentir de la pitié pour Anton.

— Vous le pouvez. Mais le devez-vous? »

Je pensai à Alison. Je sus que je n'avais pas le choix. J'éprouvais de la pitié pour elle comme j'en avais éprouvé pour ce visage allemand inconnu, sur quelques mètres de mauvaise pellicule. Et peut-être de l'admiration, cette sorte d'admiration qui est en réalité de l'envie envers ceux qui sont allés beaucoup plus loin sur la route que l'on suit soi-même. Tous les deux avaient assez désespéré pour ne plus vouloir regarder. Mon suicide à moi, c'était le suicide moral.

Je dis : « Oui, nous devons avoir pitié d'Anton. Il ne pouvait se comporter différemment.

— Si vous raisonnez ainsi, mon jeune ami, vous êtes un malade. Vous vivez en accord avec la mort.

— Ça, c'est votre opinion.

— Non, pas mon opinion, ma conviction profonde, parce que ce que je vous ai raconté résume toute l'histoire de l'Europe. Voilà l'Europe : un colonel Wimmel; un rebelle sans nom; et entre eux deux un Anton déchiré, se tuant quand il est trop tard. Réaction infantile.

— Je n'ai peut-être pas le choix. »

Il me regarda, ne dit rien. Je sentais son énergie, son ardeur farouche, sa dureté, son impatience face à ma stupidité, ma mélancolie, mon égoïsme. Sa haine aussi, non seulement envers moi mais envers tout ce que je représentais à ses yeux. J'étais là, passif, anglais, toujours prêt à abdiquer. Il était, lui, un homme qui voulait tout changer et ne le pouvait pas; que son impuissance consumait et qui n'avait que moi, adversaire minuscule, à convertir ou détester. Pour la première fois il m'apparaissait dépouillé de tout masque, comme si tout ce qui s'était passé jusque-là n'avait pour but ultime que cette dernière confrontation avec le sombre point culminant de sa vie. Nous restions immobiles et nous nous dévisagions. Il n'avait plus rien à me dire, je ne signifiais plus rien pour lui.

Je finis par baisser les yeux. « Vous me considérez donc comme un autre Anton? C'est ce que je dois conclure, je suppose?

— Vous êtes quelqu'un qui ne comprend pas ce qu'est la liberté. Et surtout qu'on la perd dès qu'on a compris ce qu'elle est. »

J'essayai d'accepter le paradoxe. « Et cette liberté, moi j'en prends trop, à votre goût?

— Oui. Trop pour m'intéresser encore. » Il referma le dossier. « A présent, je vous conseille d'aller vous coucher. »

Ma voix se fit brutale. « Vous ne pouvez traiter les gens de cette façon. Comme des villageois que vous laissez fusiller au nom de quelque définition abstraite de la liberté. »

Il se leva, baissa les yeux vers moi. « Aussi longtemps que vous restez attaché à l'idée que, pour le moment, vous vous faites de la liberté, c'est vous qui tiendrez le fusil. »

Je pensai à Alison. M'efforçai de chasser son image. « Comment pouvez-vous être sûr que vous connaissez mon vrai moi?

— Je n'ai pas dit cela. Ma décision est basée sur la certitude que vous êtes incapable de le connaître vous-même.

— Vous vous croyez vraiment Dieu! »

A ma stupéfaction, il ne protesta pas; et ses yeux disaient que c'était peut-être la seule hypothèse qui me serait laissée. Je fis entendre un léger ricanement et continuai :

« Que voulez-vous que je fasse à présent? Que je prenne mes affaires et retourne au collège? »

Je fus surpris de le voir un peu décontenancé. Il eut avant de répondre une légère hésitation, révélatrice de son trouble.

« Comme vous voulez. Il devait y avoir demain matin une petite cérémonie finale. Mais c'est sans importance.

— Je m'en voudrais de manquer ça. »

Mon sourire était amer. Il inclina légèrement la tête.

« Je vous souhaite une bonne nuit. » Je lui tournai le dos. Le bruit de ses pas s'éloigna. Mais il s'arrêta sur le seuil de la salle de musique.

« Je dois vous dire encore que personne ne viendra. »

Je ne répondis pas. Il entra dans la pièce. Je pensais qu'il disait vrai, personne ne viendrait, et pourtant je souriais dans l'ombre. Je l'avais alarmé en menaçant de partir sur-le-champ; il avait cherché en toute hâte quelque chose qui me tenterait, qui m'obligerait à rester. C'était encore une épreuve qu'il me fallait passer avant d'entrer dans le cercle des initiés. J'étais de plus en plus persuadé que les filles étaient sur le yacht. J'avais été en quelque sorte amené face au peloton d'exécution, mais cette fois, à la dernière minute, la grâce serait accordée. S'il continuait à m'empêcher de voir Julie, il agirait là selon les principes de Wimmel, et je savais bien que Conchis n'était pas un Wimmel. S'il était cruel c'était pour le bien ultime de ses victimes, du moins tel qu'il le concevait.

Je fumai une cigarette, puis une autre. Le calme, le silence m'oppressaient. Entre les pins luisait une lune bossue, monde mort au-dessus d'un monde qui mourait. Je me levai et, à travers l'esplanade, gagnai le banc au bord du chemin qui descendait à la plage.

Je ne m'étais pas douté que l'aventure se terminerait ainsi. Cette distance qu'il mettait à présent entre nous... Mais il n'avait pu deviner en quoi j'étais concerné par ses déclarations. Il avait simplement compris que pour moi la liberté signifiait la possibilité de satisfaire mes désirs personnels, mes petites ambitions. Il opposait à cela une liberté qui vous laissait entièrement responsable; quelque chose qui devait remonter à bien plus loin que l'existentialisme, un impératif moral, un concept chrétien presque, et certainement ni politique ni démocratique. Je revis ces dernières années, cette recherche de l'individualité qui avait obsédé toute ma génération, après les limitations, le conformisme que nous avait imposés la guerre, notre repli sur nous-mêmes, notre dédain des idées de société et de nation... Je savais que je ne pouvais pas vraiment répondre à l'accusation de Conchis ni à la question que posait son récit; que je ne pouvais m'en tirer en déclarant que j'étais une victime de l'histoire, et condamné à l'égoïsme; ou du moins plus maintenant. Il m'avait planté une banderille sur l'épaule, avait fait de moi la proie d'un succube en me donnant la connaissance que je n'avais pas demandée.

Une fois de plus mes pensées, dans le silence de la nuit, retournaient non pas vers Julie mais vers Alison. Fixant la mer du regard j'essayais de ne plus m'adresser à elle comme si elle existait encore, quelque part, même si ce « quelque part » n'était que le souvenir; comme si, encore obscurément vivante, elle respirait et bougeait, et n'était pas seulement une poignée de cendres à présent dispersées. Alison, un lien rompu, une impasse, un éloignement sans fin hors du réel, un être qui avait été prodigieusement complexe et maintenant s'amenuisait; s'amenuisait encore, encore, toujours plus, et ne laisserait bientôt qu'une trace à peine visible, poussière de suie sur une feuille blanche.

C'était trop peu désormais pour qu'on s'en afflige. Le deuil n'était plus de mise. Pourtant Donne, en poète inspiré, avait raison : la mort d'Alison enlevait à ma vie, et cela pour toujours. Chaque mort pèse sur les vivants d'un poids terrible, refusant de se détacher, leur rappelant sans cesse leur dureté, leur définitive culpabilité et leur imposant une tristesse sans fin.

Je ne priai pas pour Alison, la prière est sans effet; je ne pleurai pas sur son sort; ni sur le mien, parce qu'il n'y a que les extravertis pour pleurer deux fois; je restai assis dans le silence de la nuit, dans son hostilité infinie envers l'homme, envers ce qui dure ou veut durer, envers l'amour. Me souvenant. Me souvenant.

55

Dix heures. Je sautai du lit, conscient d'avoir dormi trop longtemps. Je me rasai à la hâte. En bas quelqu'un donnait des coups de marteau. J'entendais une voix d'homme et la voix de Maria. Mais lorsque je descendis, la colonnade était déserte. Il y avait quatre caisses près du mur. Trois d'entre elles, pas encore fermées, contenaient des tableaux. Je jetai un coup d'œil dans la salle de musique. Le Modigliani était parti, et aussi le petit Rodin et le Giacometti; et je devinai que les deux autres caisses renfermaient les Bonnard du premier étage. Mon optimisme du soir précédent s'évanouit rapidement à voir démonter les décors du « théâtre ». J'avais soudain l'effroyable intuition que Conchis avait parlé sérieusement. Maria apparut, apportant du café. Je fis un geste vers les caisses.

« Que se passe-t-il?

— *Phygoume.* » Nous partons.

« *O' Kyrios Conchis?*

— *Tha eltei.* » Il vient. J'en restai là, avalai une tasse de café, puis une autre. Un vent vif s'élevait. C'était un jour radieux, très Dufy dans son animation colorée. Je m'approchai du bord de l'esplanade. Il y avait à présent du mouvement sur le yacht, je pouvais voir des gens sur le pont. Des hommes. Je me retournai vers la maison. Conchis se tenait sous la colonnade, comme s'il attendait mon retour.

Ses vêtements paraissaient insolites : un déguisement. Il avait l'air d'un homme d'affaires quelque peu intellectuel; il portait un costume bleu foncé, une chemise crème, un nœud papillon à pois et il tenait à la main un porte-documents de cuir noir. C'était parfait pour Athènes mais ridicule à Phraxos. Il aurait pu attendre et se changer sur le yacht; la traversée durerait au moins six heures. Sans doute voulait-il démontrer qu'il était repris par un autre monde. Lorsque je vins vers lui il ne sourit pas.

« Je pars dans très peu de temps. » Il jeta un coup d'œil à sa montre-bracelet que jamais jusque-là je n'avais vue à son poignet. « Demain, à cette heure-là, je serai à Paris. »

Le vent fit craquer les palmes frissonnantes et lustrées. Le dernier acte allait se jouer *prestissimo.*

« C'est la tombée du rideau?

— Dans une vraie pièce, il n'y a pas de rideau. On joue, et puis on continue sur la lancée. »

Nous nous regardions.

— Et les filles?

— Elles m'accompagnent à Paris. » J'hésitai, fis une petite moue sceptique. Il dit : « Vous êtes bien naïf.

— Pourquoi?

— Parce que vous avez l'air de croire que les hommes riches abandonnent leurs jouets.

— Julie et June ne sont pas vos jouets. » Il sourit sans humour et je criai, furieux : « Vous ne me ferez pas croire ça.

— Vous pensez que l'intelligence et le bon goût, pour ne rien dire de la beauté, ne sont pas à vendre? Vous vous trompez.

— Alors vous avez deux maîtresses joliment infidèles. »

Cela ne fit que l'amuser. « Quand vous serez plus âgé,

vous vous rendrez compte que ce genre d'infidélité importe peu. Je paie pour qu'elles soient là, agréables à regarder, pour qu'elles me parlent. C'est tout ce que j'achète. A mon âge on n'a guère besoin d'autre chose.

— Pensez-vous vraiment que je vais vous croire... »

Il m'arrêta : « Je sais ce que vous pensez : je les ai enfermées dans une cabine; contre leur gré; c'est le point final de toutes les absurdités que nous vous avons infligées. En fait, nous n'avons pas voulu vous voir au dernier week-end pour une raison très simple : il fallait que Lily se décide à choisir entre la vie avec un maître d'école sans un sou et peu doué, me semble-t-il, et un tout autre genre d'existence, dans un monde tellement plus riche, plus passionnant.

— Si elle était ce que vous dites elle n'aurait pas hésité. »

Il croisa les bras. « Si cela peut être une consolation pour votre amour-propre, je vous avouerai qu'elle a hésité. Mais le bon sens l'a emporté : tout un avenir morne et sans surprise, c'est un prix beaucoup trop élevé pour la satisfaction d'une attirance sexuelle passagère. »

Je gardai un instant le silence. Je posai ma tasse sur la table. « Lily? Et l'autre, comment l'appelez-vous? Rose?

— Je vous l'ai dit hier soir. »

Je le regardai fixement, puis sortis mon portefeuille et en retirai la lettre de la banque Barclay que je lui tendis. Il la prit, mais ne fit que lui jeter un coup d'œil rapide.

« C'est un faux. Excusez-moi. »

Je lui arrachai la lettre des mains. « Monsieur Conchis, je veux voir ces deux filles. Je sais comment vous avez réussi à les faire venir ici. La police pourrait bien trouver quelque intérêt à mon récit.

— Alors ce sera la police d'Athènes, puisque c'est là qu'elles se trouvent, et là qu'elles tourneront vos accusations en ridicule.

— Je ne vous crois pas. Elles sont sur le yacht.

— Si vous y tenez, vous pouvez monter à bord avec moi. Inspecter les lieux, interroger l'équipage. Je vous ferai reconduire à terre avant l'appareillage. »

Ce pouvait être du bluff. Toutefois je n'en avais pas l'impression. Pour garder les filles enfermées contre leur gré, il aurait choisi une meilleure cachette.

« N'en parlons plus. Je vous crois assez malin pour trouver mieux. Mais aussitôt de retour au village je mettrai l'ambassade britannique au courant de toute l'affaire.

— Lorsqu'ils découvriront là-bas que c'est tout simplement un amoureux déçu qui réclame leur aide, la plaisanterie leur semblera mauvaise. » Et comme s'il trouvait ennuyeux cet échange de menaces il enchaîna vivement : « Allons, deux de mes acteurs voudraient vous dire au revoir. » Il se dirigea vers l'angle de la maison.

« Catherine... »

Il prononçait le nom à la française. Il se retourna vers moi. « Bien entendu, Maria n'est pas une simple paysanne grecque. »

Mais je refusai de me laisser distraire, d'oublier même un instant mes griefs. « De toute façon, Julie, même si elle était ce que vous prétendez, aurait au moins le courage de m'annoncer sa décision.

— Des scènes de ce genre appartiennent au théâtre du passé. Elles n'ont pas leur place dans celui d'aujourd'hui.

— Ce qu'est Julie n'a rien à voir avec le théâtre.

— Peut-être un jour la rencontrerez-vous à nouveau. Vous pourrez alors vous laisser aller à vos instincts masochistes. »

L'apparition de Maria mit un terme à notre discussion. C'était encore une femme d'un certain âge, au visage ridé, mais elle portait un tailleur noir, une broche d'or et de grenat au revers de la veste. Des bas, des chaussures à talon bottier; un peu de poudre et de rouge à lèvres. La bourgeoise de soixante ans qu'on peut voir dans les beaux quartiers d'Athènes. C'était la surprise, le rôle à transformations. Conchis me regardait, le visage impassible.

« Nicholas, je vous présente Mme Catherine Athanasoulis, qui s'est spécialisée dans les rôles de paysanne. Elle m'a aidée bien souvent déjà. »

Il tendit la main, l'invitant courtoisement à s'approcher. Elle avança, levant légèrement le bras dans un geste qui pouvait exprimer le regret de m'avoir si totalement berné. Bien que surpris je la regardai froidement. Je n'allais certes pas lui faire des compliments. J'ignorai la main qu'elle me tendait. Elle fit de la tête un petit salut ironique.

Conchis demanda : « Les valises?

— Tout est prêt. » Elle m'observait. « Eh bien, monsieur, adieu. »

Elle se retira, aussi calmement qu'elle était venue. Je commençai à me sentir envahi par une stupeur, qui était presque du désespoir. Je savais que Conchis mentait, mais il mentait avec tant de constance, tant d'à propos... Et cela continuait... Il regardait du côté de l'esplanade.

« Ah, très bien. Voici Joe. C'est ce qu'on appelle de la désintoxication. »

C'était le nègre, montant le sentier de la plage. Il était

vêtu avec élégance : costume roux et chemise rose, et portait des lunettes noires. Quand il vit que nous l'attendions, il leva la main d'un air dégagé et vint dans notre direction. Un sourire à Conchis. Vers moi une moue un peu moqueuse.

« Voici Joe Harrison.

— Salut. »

Je ne répondis pas. Un rapide regard vers Conchis et il me tendit la main : « Excusez-moi, mon vieux. Le maître a parlé, j'ai obéi.

— Avec beaucoup de conviction.

— Hé..., c'est que nous, les nègres, nous sommes tous cousins germains du singe. Si on nous appelle eunuques, nous n'y comprenons rien. Voilà tout. » Il parlait avec désinvolture, comme si cela n'avait plus d'importance.

« Je n'ai pas voulu dire...

— Bon. D'accord. »

Nous échangeâmes un regard méfiant. Puis il se tourna vers Conchis. « Ils viennent chercher les affaires. »

Conchis déclara : « J'ai encore quelques petites choses là-haut. »

Je restai avec Joe. Un groupe d'hommes apparut sur le sentier, cinq marins en tricot bleu marine et short blanc. Quatre avaient le type grec, mais le dernier, aux cheveux blonds, devaient être allemand ou scandinave. Les filles ne m'avaient guère parlé de l'équipage — c'était simplement « des marins grecs ». Je ressentis une nouvelle pointe de jalousie qui accrut mon incertitude. Je commençais à comprendre que j'étais vraiment congédié comme un importun et... un imbécile. Ils me prenaient tous pour un imbécile. J'observai Joe qui se tenait paresseusement appuyé contre une colonne. C'était ma dernière chance :

« Où sont les filles? »

Il leva vers moi un regard nonchalant, derrière les lunettes noires. « A Athènes. » Et soudain il tourna vivement la tête vers la porte par laquelle Conchis avait disparu, puis me fit face en ébauchant un sourire un peu mélancolique. Enfin il secoua la tête. Et le geste semblait exprimer quelque sympathie.

« Qu'est-ce que tout cela veut dire? » Il haussa légèrement les épaules. C'était ainsi. Je demandai : « Tu t'y es fait prendre aussi? »

Il murmura : « Ça se pourrait bien. »

Les marins passèrent à côté de nous et s'emparèrent des caisses. Puis Hermès apparut près de la maison, portant deux valises, et se dirigea vers le sentier de la plage. Maria dans ses beaux atours le suivait quelques pas en arrière. Joe traînait derrière les autres; il s'approcha de moi, me tendit un paquet de cigarettes américaines. J'hésitai, puis j'en pris une, et comme je me penchais vers la flamme de son briquet il prononça à voix basse :

« Elle a dit qu'elle regrette. » J'interrogeai son regard quand il releva la tête après avoir allumé sa cigarette. « C'est pas du baratin. Elle le pense. O.K.? » Je le regardais toujours, et une fois de plus il jeta un coup d'œil vers les portes de la maison comme s'il craignait qu'on le surprenne à m'adresser la parole. « Mon vieux, ils ont tous les atouts et toi... pas ça. Laisse tomber. Compris? »

Je ne voulais pas croire ce qu'il disait et pourtant c'était beaucoup plus convaincant que tous les beaux discours du vieux. Je fus tenté de charger Joe d'un message pour Julie, quelque amer reproche, mais j'en étais encore à chercher mes mots que déjà c'était trop tard. Conchis se tenait sur le seuil de la porte, une petite valise à la main. Il parla en grec à l'un des marins. Joe toucha mon bras, d'un geste qui, encore une fois, semblait trahir une sympathie secrète et alla prendre la valise des mains de Conchis. En passant près de moi il fit une grimace :

« Tu la connais celle-là : " Lourd est le fardeau des Blancs, mais ce sont les Noirs qui le portent. " »

Il me fit de la main un salut désinvolte, puis suivit Hermès et Maria. Les marins emportaient les caisses. Je me trouvai une fois de plus seul avec Conchis. Il écarta les bras, sans un sourire, l'air presque sarcastique : à présent il me fallait bien le croire.

Je dis : « Vous entendrez encore parler de moi.

— A votre place, je serais raisonnable. Dans ce pays, l'argent a bien du pouvoir.

— Et le sadisme aussi, à ce qu'il semble. »

Il me dévisagea une dernière fois. « Hermès va revenir dans une minute pour fermer la maison. Vous avez eu vos chances. Je vous suggère d'essayer de découvrir pourquoi vous les avez laissées passer.

— Allez au diable! »

Il ne répondit pas, me fixant simplement du regard, comme s'il pouvait m'obliger, en m'hypnotisant, à revenir sur mes paroles.

Je dis : « Oui, au diable! C'est là que je voudrais vous voir. »

Il resta un moment silencieux, puis secoua lentement la tête : « Vous ne pouvez pas savoir ce que vous voulez. Pas encore. Vous ne pouvez pas savoir où je veux en venir. »

Puis il s'en alla sans me tendre la main, il devait se douter que je ne l'aurais pas prise. Mais au bord des marches, il s'arrêta, se retourna :

« J'allais oublier. Mon sadisme ne va pas jusqu'à vous priver de déjeuner. Hermès vous donnera des sandwiches. Ils sont prêts. »

Il était déjà au milieu de l'esplanade quand je lui lançai ma dernière riposte :

« Des sandwiches au cyanure! »

Il ne parut pas m'entendre. J'avais envie de courir après lui, de l'attraper par le bras, de le retenir de force, de faire n'importe quoi mais au moins quelque chose. En même temps je savais que je ne pouvais rien faire. Hermès apparut, revenant de la plage. J'entendis le bruit du canot à moteur qui effectuait son premier voyage. Hermès s'approchait. Les deux hommes s'arrêtèrent, échangèrent quelques mots et une poignée de main, puis l'ânier vint vers moi. Conchis descendit le sentier de la plage et fut vite hors de vue. Hermès s'immobilisa au pied des marches. Le profil qu'il me présentait était celui de l'œil muré; il leva un trousseau de clefs. Je demandai, en grec :

« Les deux jeunes filles? Sont-elles sur le yacht? » Il plissa les lèvres. Il ne savait pas. « Les avez-vous vues aujourd'hui? »

Il releva le menton : Non.

Dégoûté, je lui tournai le dos. Hermès me suivit à l'intérieur de la maison, et même jusqu'au premier étage. Toutefois il m'abandonna à la porte de ma chambre, sans doute pour aller fermer les volets des autres pièces. Je ne m'inquiétai pas de ce qu'il faisait, car aussitôt entré dans ma chambre j'avais vu une enveloppe posée sur mon oreiller; elle était bourrée de billets grecs. Je les comptai : vingt millions de drachmes. Même en tenant compte de l'inflation aiguë, cela faisait plus de deux cents livres, plus du tiers de mon salaire annuel. Je sus alors pourquoi, avant de partir, le vieux était remonté subrepticement au premier. Cette enveloppe qui suggérait qu'on pouvait m'acheter me rendit furieux. C'était l'humiliation finale. C'était aussi beaucoup d'argent. J'eus envie de me précipiter vers la plage, où Conchis devait attendre le retour du canot, et de lui jeter les billets au visage. Je n'en fis rien, pourtant. Quand j'entendis approcher Hermès j'enfonçai l'enveloppe dans mon sac. Il resta sur le seuil de la porte, m'observant, pendant que je rassemblai le reste de mes affaires; puis il me suivit au rez-de-chaussée, comme s'il lui fallait surveiller tous mes mouvements.

J'embrassai d'un regard la salle de musique, notai le rectangle plus pâle où j'avais vu le Modigliani. Quelques minutes plus tard je me tenais sous la colonnade, écoutant le bruit des clefs d'Hermès dans les serrures intérieures. J'entendis revenir le canot, je fus une fois de plus tenté de descendre mais je voulais faire davantage qu'un geste purement symbolique.

Avec quelque chance je pourrais persuader le brigadier de police de me laisser me servir de l'émetteur radio de la côte. Désormais je ne me souciais plus du ridicule. Je gardais un dernier espoir : Conchis avait raconté une nouvelle histoire aux deux sœurs pour leur faire accepter le départ. Il me vint à l'esprit qu'elles pouvaient se trouver dans la même situation que moi : il les avait persuadées que j'étais à sa solde, que je n'avais fait que leur mentir. Il me fallait les voir, au risque de découvrir qu'elles étaient bien telles qu'il prétendait. Je ne le croirais pas avant de les avoir entendues. J'appelais à l'aide le souvenir de Julie nue dans la mer, et de tant d'autres moments où elle avait dû être sincère. Je me répétais qu'elle était anglaise, et que nous venions du même milieu et avions fréquenté des universités semblables. Pour se vendre, même à un Conchis, il fallait un manque total d'objectivité et d'humour, et bien de la légèreté pour croire qu'on peut sans rien perdre troquer la décence contre le luxe, et l'intégrité pour des biens matériels. Toutefois ces réflexions ne menaient à rien. Et si, comme beaucoup de mes compatriotes, je refusais naïvement d'admettre la vénalité européenne, je ne pouvais m'expliquer pourquoi deux filles aussi ravissantes acceptaient l'absence d'admirateurs et vivaient à l'écart du monde, derrière un purdah. Il y avait aussi cette emprise intellectuelle que Conchis exerçait sur Julie; il y avait sa fortune, et l'impression troublante que les deux sœurs étaient plus habituées à une vie de luxe qu'elles ne voulaient l'avouer. C'était trop compliqué. J'abandonnai.

J'entendis Hermès sortir par la porte du bout de la galerie; cette porte qu'on n'ouvrait guère et qu'ornait un marteau en forme de dauphin. Il la fermait à clef. Puisque j'étais décidé à agir, le plus tôt serait le mieux. Je fis demi-tour, et sautant de la galerie sur l'esplanade, me dirigeai vers la barrière. J'entendis l'appel impératif d'Hermès :

« *Kyrios!* Vos sandwiches! »

Je fis un geste de refus, sans même m'arrêter. Qu'il aille se faire foutre avec ses sandwiches. Je vis l'âne, chargé de deux gros sacs, et attaché à la longe à côté de la porte du cottage. Comme animé d'une absurde crainte de ne pas exécuter à la lettre les ordres de Conchis, l'ânier courut vers l'endroit où était l'âne. Je continuai à m'éloigner sans m'occuper de lui; je vis pourtant qu'il avait pris quelque chose qui était à l'abri du soleil derrière la porte du cottage. Puis j'entendis derrière moi ses pas précipités. Je me retournai pour l'enjoindre, impatiemment, de me laisser tranquille. Mais ma main retomba; je restai immobile.

Il me tendait un panier de jonc. Celui-là même que j'avais vu près de Julie, durant le dimanche que nous avions passé ensemble. Je levai les yeux vers Hermès. Il avança vers moi, l'air engageant. Puis il dit en grec : « Il faut. » Pour la première fois depuis que je le connaissais je vis sur ses lèvres l'ombre d'un sourire.

J'hésitais pourtant. Je finis par poser mon sac, pris le panier et l'ouvris : deux pommes, deux oranges, deux paquets soigneusement enveloppés de papier blanc et dessous, à demi cachée, la collerette dorée du goulot d'une bouteille. J'écartai les sandwiches : du champagne, je lus Krug, sur l'étiquette. Je levai les yeux et je suppose qu'ils exprimaient un étonnement ravi, enfantin. Hermès ne prononça qu'un mot :

« *Perimeni.* »

Elle attend. Il fit de la tête un geste vers les falaises à l'est de la plage privée. Je regardai dans la même direction, pensant y découvrir une silhouette. Le silence fut troublé par le bruit du canot qui regagnait la côte. Cette fois Hermès tendit la main vers la falaise, en répétant le même mot.

Qu'avait dit Conchis? « *Vous ne pouvez pas savoir où je veux en venir.* »

M'efforçant de garder un semblant de dignité, j'avançai d'un pas assez calme jusqu'aux marches au-dessus du ravin; là, ne pouvant résister plus longtemps à mon impatience je dévalai le sentier et dans le même élan grimpai l'autre versant. La statue de Poséidon se dressait dans le soleil mais cette fois elle avait quelque peu perdu de sa majesté. On avait suspendu à son bras levé une pancarte qui claquait dans la brise comme un vêtement oublié sur un fil à linge. Dessus était sommairement dessinée une main à l'index tendu qui indiquait à travers la pinède la direction des falaises. Je descendis à travers les buissons jusqu'aux arbres.

56

Je la découvris enfin, entre les pins clairsemés. Elle se tenait au bord de la falaise, en pantalon bleu pâle et chemisier bleu foncé, un chapeau de soleil rose sur la tête. Elle regardait dans ma direction. J'agitai la main et elle fit de même, mais au lieu de venir vers moi elle tourna le dos et, descendant la pente raide, immédiatement au-dessus de la falaise abrupte, elle disparut à ma vue. J'étais trop soulagé, trop heureux pour me poser des questions. Sans doute voulait-elle simplement signaler à Conchis sur le yacht que tout se passait bien. Je me mis à courir. Il ne s'était pas passé plus de trente secondes entre le moment où je l'avais vue et mon arrivée à l'endroit où elle se tenait alors et où à présent je me tenais moi-même, incrédule : le sol descendait en pente raide sur vingt mètres, avant le bord de la falaise. Il n'y avait nulle part où se cacher, rien que des pierres et quelques broussailles presque au ras du sol; et pourtant elle avait disparu. Vêtue comme elle l'était, elle ne pouvait aussi aisément se confondre avec le paysage. Je posai à terre mon sac et le panier et longeai le haut de la pente dans la direction qu'elle avait prise. Mais c'était inutile, il n'y avait pas de gros rochers, pas de fissures secrètes. Je m'aventurai jusqu'au bord même de la falaise. Seul un spécialiste de la varappe, muni d'une bonne corde, aurait pu descendre.

C'était absurde, incroyable. Elle s'était évaporée. J'observai le yacht. Je pouvais voir sur le pont au moins dix personnes, passagers et membres de l'équipage; on hissait le canot à bord. La longue coque bougeait déjà et semblait pointer vers l'endroit où je me trouvais, comme s'ils voulaient là-bas se moquer une dernière fois.

Et soudain il y eut derrière moi une toux discrète. Je me retournai brusquement et ce que je vis me coupa le souffle. A quelques mètres de là émergeaient du sol, à mi-pente, la tête et les épaules de Julie. Elle était accoudée au sol et, comme une grotesque et sinistre auréole, un cercle noir au pourtour ébréché entourait son visage. Le sourire de Julie n'avait rien de sinistre. Il était simplement malicieux.

« As-tu perdu quelque chose?

— Bon Dieu! »

Je grimpai vers elle, m'arrêtai à deux mètres de l'endroit où son visage me souriait. Un visage beaucoup plus bronzé, à présent, presque autant que celui de June. Je pouvais voir que le cercle derrière elle était un couvercle de fonte à charnières, comme les plaques d'égout. Des pierres avaient été fixées par du ciment tout autour et sur la partie supérieure du cercle. Julie se tenait dans un tube métallique enfoncé verticalement dans le sol. Deux câbles d'acier partaient du couvercle pour former une sorte de balancier. Elle se mordit les lèvres et d'un index recourbé me fit signe d'avancer.

« Je suis l'araignée guettant sa victime. »

Et c'était vrai qu'on voyait partout dans l'île les trous piégés de la mygale. J'avais observé les garçons du collège essayant de l'attirer hors de son repaire. Mais soudain Julie ne sourit plus, changea de ton :

« Oh, mon chéri, ta main... Qu'est-il arrivé?

— Il ne t'a pas dit? » Elle secoua la tête, l'air un peu inquiet. « Ce n'est rien. C'est de l'histoire ancienne.

— Ça a l'air d'une vilaine blessure. »

Elle grimpa hors du trou, resta un instant immobile puis tendit la main, prit la mienne, examina la cicatrice, leva vers moi un regard plein de sollicitude. Je souris.

« Ce n'est rien. Attends que je te raconte tout ce qu'il m'a fallu subir pendant les dernières vingt-quatre heures.

— Je m'en doutais. » Elle regarda ma main. « A présent, c'est supportable?

— Laisse-moi me remettre de toutes mes émotions. » Je fis un geste vers le trou dans le sol : « Foutre, et ça... Qu'est-ce que c'est encore?

— Les Allemands. Pendant la guerre.

— Ah oui, bien sûr. J'aurais dû deviner. »

Le poste d'observation... Conchis en avait simplement dissimulé l'entrée, bouché les ouvertures vers la mer. Je m'approchai. C'était très sombre, je distinguai pourtant une échelle de fer, les lourds contrepoids au bout des filins et, au fond, une surface cimentée. Julie se pencha, fit basculer le couvercle qui retomba doucement sur le sol. Les pierres fixées au pourtour et sur la surface extérieure s'adaptaient aux pierres environnantes commes les pièces d'un puzzle. L'entrée du poste était invisible. Si on marchait dessus, l'immobilité des pierres pouvait paraître anormale mais le couvercle et son camouflage formaient une petite proéminence qu'il était naturel d'éviter.

Je dis : « Je n'en crois pas mes yeux.

— Tu ne pensais sûrement pas que j'allais... » Elle s'arrêta.

« Il y a une demi-heure il m'a dit que tu étais sa maîtresse. Que je ne te reverrais jamais.

— Sa maîtresse!

— Et June aussi. »

C'était à son tour d'être scandalisée. Elle me regarda fixement, comme pour s'assurer qu'il ne s'agissait pas d'une sorte d'épreuve, puis elle protesta :

« Ne me dis pas que tu l'as cru!

— J'ai été... ébranlé. »

Cette fois son regard se fit presque sévère :

« Si tu me dis que tu l'as cru une seule seconde, je ne t'adresserai jamais plus la parole. »

L'instant d'après mes bras l'entouraient et nos bouches se joignaient. Ce fut bref, mais convaincant. Elle détourna doucement la tête.

« Je crois qu'on nous observe. »

Je regardai le yacht, en bas, et la laissai s'écarter un peu de moi, gardant ses mains dans les miennes.

« Où est June?

— Devine.

— Ah non, j'en ai assez.

— Aujourd'hui je viens de très loin. C'était une ravissante promenade.

— Le village? La maison d'Hermès?

— Nous y sommes depuis vendredi. Si près de toi! C'était épouvantable.

— Maurice...

— Il nous l'a prêtée pour l'été. » Son sourire s'épanouit. Oh, je sais. Moi-même je peux à peine y croire.

— Et le reste? Ses nouveaux projets?

— Abandonnés. Il a brusquement annoncé un soir qu'il n'avait plus le temps cette année. Il a parlé de l'année prochaine mais... » Elle haussa légèrement les épaules. Ce serait le prix de notre bonheur. Je cherchai son regard.

« Tu veux toujours rester? »

Un instant, elle hésita, puis baissa la tête. « Crois-tu que nous serons capables de nous accepter comme des gens ordinaires... Quand il n'y aura plus toute cette agitation, ces... aventures?

— Ta question est si stupide que je n'y répondrai même pas. »

Elle sourit : « Alors, te voilà donc encombré de moi. »

La sirène du yacht retentit. Main dans la main, nous le regardions. Il était à présent juste en face de nous, à quelque trois cents mètres du rivage. Julie leva le bras, l'agita; après un moment je fis de même. Je pouvais distinguer Conchis et Joe, et entre eux la silhouette noire de Maria. Ils levaient aussi le bras, agitaient la main. Conchis fit un signe aux hommes à l'avant. Une légère volute de fumée blanche, une détonation, et presque aussitôt un minuscule objet noir fila verticalement vers le ciel. Il monta, ralentit, éclata. Une pluie d'étoiles incandescentes scintilla un moment en crépitant dans le bleu du ciel, puis une autre, et une troisième. La pièce finissait en beauté, sur un feu d'artifice. La sirène gémit longuement. Là-bas les bras s'agitaient. Julie envoyait des baisers. Je fis encore un geste d'adieu. La longue coque blanche commença à décrire une courbe l'éloignant de la côte.

« A-t-il vraiment dit que j'étais sa maîtresse? »

Je répétai mot pour mot les paroles de Conchis. Elle regardait s'éloigner le yacht. Je repris :

« Je me doutais bien qu'il bluffait. C'est bien lui cette façon d'inventer froidement n'importe quoi.

— Attends, moi aussi, froidement, je lui dirai ce que j'en pense quand je le reverrai. June sera furieuse. » Elle se calma, me sourit : « N'en parlons plus. Cette marche m'a affamée.

— Je veux voir où vous habitiez.

— Plus tard. Déjeunons, je t'en prie. »

J'allai chercher le panier là où je l'avais laissé et bientôt nous étions installés sous un pin. Elle ouvrit le paquet de sandwiches, je débouchai la bouteille de champagne, il avait chauffé et j'en perdis un peu. Mais nous bûmes à notre amour, et après un dernier baiser nous commençâmes à manger. Je dus raconter à Julie tout ce qui était arrivé, non seulement le jour précédent mais aussi bien avant, l'épisode des soldats, et l'assurer que la lettre qu'elle avait reçue était un faux, que je n'avais jamais été malade.

« Tu as eu ma lettre de Siphnos?

— Oui.

— En fait nous nous demandions si ce n'était pas un dernier tour qu'il nous jouait. Mais il a été si gentil avec nous depuis que nous nous sommes expliqués... »

Je demandai à quoi elles avaient passé le temps en Crète et sur le bateau.

« A prendre des bains de soleil. Et à nous ennuyer.

— Je ne vois pas pourquoi il fallait ce délai. »

Julie hésita : « Au week-end il a suggéré que je pourrais essayer de... te passer à June. Je suppose qu'il gardait encore un petit espoir que ça puisse s'arranger.

— Regarde ça. » Je sortis de mon sac l'enveloppe bourrée de billets. J'énonçai la somme et avouai ce que j'avais encore envie d'en faire. Elle protesta vivement :

« Cet argent, il faut le garder. Tu l'as bien gagné, et lui en a tant... » Elle sourit : « Et il faudra peut-être bientôt que tu me nourrisses maintenant que je suis sans travail.

— Il n'a pas essayé de te tenter avec de l'argent?

— Oui, bien sûr. C'était la maison du village et toi contre... » Elle sourit : « ... il n'a pas donné de chiffre précis.

— C'est un peu dur pour June.

— Elle n'avait pas son mot à dire.

— Ton chapeau te va à ravir. »

Il était en tissu souple, à bords étroits, comme ceux qu'on met aux enfants. Elle l'ôta, le contempla, et son sourire même était enfantin, comme si personne ne l'avait jamais complimentée. Je me penchai pour mettre un baiser sur sa joue puis j'entourai ses épaules de mon bras et l'attirai vers moi. Le yacht était à présent à quatre ou cinq kilomètres, il allait disparaître derrière la pointe est de Phraxos.

« Et la grande énigme? Il ne vous a rien dit?

— Rien. Nous l'avons presque supplié. En vain. Il nous faut renoncer à en savoir plus long, c'est le prix à payer pour arrêter ce jeu absurde.

— Ce que je voudrais savoir, c'est ce qui s'est passé ici l'année dernière; et celle d'avant.

— Personne ne t'a raconté...

— Non. » J'ajoutai : « Je ferais aussi bien de t'avouer... » Et je lui parlai des lettres que j'avais écrites à son sujet, lui montrai la réponse de la banque.

« Nicholas, tu es infect de ne pas nous avoir fait confiance. » Elle réprima un petit rire. « Presque aussi infect que June qui a téléphoné au British Council, à Athènes, pour s'assurer que tu ne nous trompais pas. » Je souris. Elle ajouta. « J'avais misé sur toi : dix shillings. J'ai gagné.

— Dix shillings! C'est tout ce que je vaux?

— Tout ce qu'elle méritait. »

Je regardai vers l'est. Le yacht avait disparu, la mer était vide à présent, Julie riait, le vent soufflait doucement dans les pins et faisait voler des mèches de ses cheveux. J'étais assis, le dos appuyé au tronc d'un pin, elle se blottissait contre moi, je me sentais tout en effervescence, comme le champagne, comme le feu d'artifice. Je touchai son visage, le tournai vers moi, l'effleurai de mes lèvres. Nous étions à présent étroitement enlacés, dans l'ombre mouchetée de soleil. Je désirais Julie mais sans impatience maintenant que je voyais s'étendre devant nous tout un été. Pour l'instant je me contentai de la douceur de sa peau sous le chemisier léger, de sa bouche contre la mienne. Elle finit par s'allonger tout contre moi, silencieuse, ses lèvres sur ma joue.

Je murmurai : « Je t'ai manqué?

— Je ne te dirai pas à quel point. Ça te rendrait prétentieux.

— Je voudrais passer comme ça toutes les nuits de ma vie.

— Pas moi. Ce n'est pas assez confortable.

— Ne prends pas tout à la lettre. » Je la tins un peu plus étroitement : « Dis que je pourrai, ce soir. »

Ses doigts, sous ma chemise, caressaient ma poitrine.

« Ton amie australienne... elle était agréable, au lit? »

Je restai immobile, soudain glacé, fixant du regard le ciel entre les branches, tenté de me confier à elle. Mais non. Il valait mieux attendre.

« Un jour je te dirai tout. »

Elle me pinça doucement. « Je croyais que tu ne m'avais rien caché.

— Alors, pourquoi demandes-tu?

— Parce que...

— Pourquoi?

— Je ne suis sans doute pas aussi... Enfin, tu comprends.

— Idiote. » Je la serrai contre moi. « Tu as déjà prouvé que tu étais très habile. »

Elle se tut un moment, elle ne paraissait qu'à demi rassurée.

« Je n'ai jamais encore été amoureuse. Physiquement, je veux dire.

— Ce n'est pas une maladie.

— Mais c'est une contrée inconnue.

— Je te promets qu'elle te plaira. »

Un autre petit silence. Et puis : « C'est dommage qu'il n'y ait pas un autre toi pour June.

— Elle veut rester?

— Oui. Un petit moment. » Elle murmura : « Voilà l'ennui quand on est sœurs jumelles : on a toujours les mêmes goûts.

— Je croyais que vous n'étiez pas d'accord quand il s'agissait des hommes? »

Elle mit sa bouche contre mon cou. « Excepté pour celui-là.

— Elle te taquine.

— Je parie que tu regrettes qu'on n'ait pas joué les *Trois Cœurs*.

— J'en grince des dents de désappointement. »

Elle me pinça à nouveau, plus fort cette fois.

« C'est vrai?

— Parfois tu es comme une petite fille.

— Je suis une petite fille. Et tu es mon jouet. A moi.

— Un jouet que tu vas prendre avec toi dans ton lit.

— C'est un lit très étroit.

— Alors il n'y aura pas de place pour les pyjamas.

— En fait, ici, j'ai cessé d'en porter.

— Tu me rends fou.

— Je me rends folle moi-même étendue dans mon lit, toute nue, pensant à toi.

— Et qu'est-ce que je fais?

— Toutes sortes de choses défendues.

— Dis-moi.

— Je ne les imagine pas avec des mots.

— Des choses douces ou des choses brutales?

— Des choses.

— Dis-moi. Juste une. »

Elle hésita, puis murmura : « Je m'enfuis et tu m'attrapes.

— Et après? Qu'est-ce que je fais après? »

Elle ne dit rien. Je fis glisser ma main le long de son dos. « Je te prends sur mes genoux et je te donne la fessée?

— Parfois il me faut être très très lentement séduite.

— Parce que personne ne t'a encore fait l'amour?

— Mm...

— Je veux te déshabiller maintenant.

— Alors il faudra que tu me portes pour me ramener à la maison.

— Entendu. »

Elle s'appuya sur un coude, se pencha vers moi, sourit.

« Ce soir. Je te promets. Allons, June nous attend.

— Laisse-moi d'abord voir votre cachette.

— C'est horrible. On croirait une tombe.

— Juste un coup d'œil. »

Elle me regarda un moment comme si elle était tentée d'essayer de me faire changer d'avis, puis elle sourit, se leva, tendit une main vers moi. Nous descendions la pente au-dessus de la mer. Julie se pencha et saisit une pierre, tira; le couvercle se souleva, découvrant le trou noir. Elle se tourna, s'agenouilla, cherchant du pied le barreau supérieur de l'échelle, commença à descendre. Bientôt elle atteignit le fond, environ cinq mètres plus bas, et leva son visage vers moi.

« Fais attention. Il y a des barreaux qui sont usés. »

Je descendis à mon tour. A l'intérieur du conduit on se sentait désagréablement à l'étroit, mais au fond s'ouvrait une pièce d'environ cinq mètres sur cinq. Dans la demi-obscurité je distinguai une porte sur chaque paroi latérale. Du côté de la mer on avait obstrué ce qui avait dû être des meurtrières pour les longues-vues, les mitrailleuses. Une table, trois chaises de bois, un petit placard. Une odeur fade qui semblait l'odeur même du silence.

« As-tu du feu? »

Elle me tendit une lampe-tempête que j'allumai. Le mur à gauche était recouvert d'une fresque maladroite; une scène de cabaret : des chopes de bière mousseuse, des filles aux seins provocants et à l'œil enjôleur. Il y avait encore de vagues traces de couleur mais seuls les contours noirs restaient nettement visibles. Cela semblait aussi insolite en ces lieux qu'une peinture étrusque; comme les vestiges d'une civilisation totalement disparue. Sur le mur de droite on pouvait voir quelque chose de plus artistique : une rue en perspective que j'imaginais dans une ville autrichienne — Vienne, peut-être. Je me demandais si Anton avait aidé à l'exécuter. Les deux portes latérales ressemblaient aux portes étanches d'un bateau. Sur chacune d'elles, un cadenas massif.

Julie les désigna d'un geste de la tête. « Là, derrière, c'était notre chambre, et l'autre celle qu'occupait Joe.

— Cette odeur... Quel endroit sinistre...

— Nous l'appelions *la tanière*. C'est l'odeur des tanières de renard.

— Pourquoi les portes sont-elles fermées?

— Je ne sais pas. Elles ne l'étaient jamais. Je suppose qu'il doit y avoir des gens sur l'île qui connaissent l'existence de la cachette. » Elle me sourit, un peu moqueuse. « Tu ne perds rien, tu sais. Il y a seulement des lits. Des déguisements. Et des peintures murales encore plus horribles que celles-ci. »

Je la regardai à la clarté de la lampe. « Sais-tu que tu es très brave? Un pareil trou...

— Nous le détestions. Tous ces hommes aigris, tous ces malheureux enfermés ici, privés de la lumière du soleil... »

Je lui touchai la main. « Ça va. J'en ai assez vu. »

Julie se tourna pour grimper à l'échelle. « Veux-tu éteindre la lampe? »

Ses jambes fines... dans la lumière qui venait d'en haut... J'attendis un moment qu'elle eût atteint le milieu de l'échelle, puis la suivis. Le haut de son corps disparut.

C'est alors qu'elle hurla mon nom.

Quelqu'un avait jailli de derrière le couvercle et l'avait saisie à bras-le-corps. On la soulevait, on l'emportait. Je vis s'agiter violemment une de ses jambes comme si elle essayait d'accrocher du pied le filin des contrepoids. Elle cria encore une fois mon nom, ou plutôt les deux premières syllabes — on l'avait brusquement fait taire. J'entendis un bruit de pierres qu'on racle. J'escaladais les derniers barreaux. Pendant une fraction de seconde un visage apparut dans l'ouverture. Un jeune homme aux cheveux blonds coupés en brosse, le marin que j'avais vu le matin près de la maison. Comme j'arrivais en haut, il laissa brusquement retomber le couvercle. Les contrepoids vinrent sonner contre la paroi de métal, à la hauteur de mes pieds. L'obscurité était totale. Je vociférai :

« Bon Dieu! Attendez une minute! »

Je pressai de toute ma force contre le cercle de fonte. Le déplacement fut infime. Quelqu'un devait se tenir dessus. A la seconde tentative le couvercle ne bougea même pas. Je ne pouvais le pousser violemment, gêné par l'étroitesse du conduit. Je m'obstinai, mais sans succès. J'écoutai. Pas un bruit. Je m'efforçai une dernière fois de soulever la plaque. Puis j'abandonnai et redescendis jusqu'au fond. Je frottai une allumette et rallumai la lampe; j'essayai d'ouvrir les deux portes massives. Impossible. J'arrachai la porte du placard. Il était vide. Fou de rage je me souvenais du départ du yacht, Conchis le bon génie, les joyeux adieux, les fusées, la bouteille de champagne. Finies les réjouissances. Prospero n'était qu'un maniaque veillant jalousement sur sa Miranda, bien déterminé à la garder captive.

Je me tenais au pied de l'échelle, frémissant d'indignation, m'efforçant pourtant de comprendre ce nouveau double jeu sadique du vieux, de déchiffrer ses tablettes. Du « théâtre sans spectateurs »? Cela n'avait aucun sens, ce ne pouvait être l'explication. S'il y a quelque chose dont acteurs et actrices ne peuvent se passer c'est d'un public. Conchis avait élaboré une théorie particulière sur le théâtre, mais n'avait-il pas dit lui-même que le jeu n'était qu'une métaphore? Alors? Quelque nouvelle et incompréhensible philosophie : le métaphorisme? Peut-être se voyait-il lui-même dans une sorte d'Empson, chargé d'enseigner une esthétique de l'ambiguïté? Je tournais et retournais dans ma tête toutes les hypothèses pour n'aboutir à rien d'autre qu'encore un peu plus d'incertitude. J'en revins à l'histoire de la schizophrénie. C'était donc vrai, tout était prévu depuis le début, Julie me serait toujours refusée, on n'en finirait pas de me tourmenter, de se moquer de moi, nouveau Tantale. Et pourtant je pouvais encore sentir la douceur des baisers, me souvenir de chaque mot de notre dialogue murmuré, délibérément érotique; et c'était elle qui avait commencé, elle, Julie, une malade mentale qui ne pouvait tenir ses promesses.

Mais comment un homme qui se prétendait médecin pouvait-il laisser faire de telles absurdités?

Une demi-heure plus tard, après plusieurs vaines tentatives, le couvercle céda enfin sous ma poussée. En trois secondes j'étais à la lumière du jour. La mer, la pinède autour de moi étaient désertes. Je grimpai le long de la pente afin de pouvoir découvrir une plus grande partie du domaine; je ne vis rien d'insolite. Le vent soufflait dans les pins, indifférent, inhumain, un vent d'une autre planète. Un bout de papier blanc, vestige de notre déjeuner, palpitait dans les rafales, accroché à vingt mètres de là dans un buisson de smilax. Le sac et le panier se trouvaient toujours là où je les avais laissés. Le chapeau de soleil là où Julie l'avait posé.

Deux minutes plus tard j'étais près de la maison, aux portes et volets toujours fermés. Je pris le sentier menant à la barrière. Alors, tout comme à ma première visite à Bourani, je vis qu'on avait laissé pour moi un signe.

57

Ou plutôt deux.

Ils étaient accrochés à la branche d'un pin et pendaient à trois mètres du sol, juste au milieu du sentier, près de la barrière. Touchés par le soleil ils se balançaient dans le vent avec une innocente nonchalance.

Une poupée et un crâne.

Le crâne pendait au bout d'une corde noire qui passait par un trou percé dans l'os. La poupée au bout d'une corde blanche, son cou dans un nœud coulant : une vraie pendaison. Elle mesurait environ vingt centimètres de haut, elle était sculptée dans du bois, maladroitement, et peinte en noir avec des yeux et une bouche souriante naïvement tracés en blanc. Elle ne portait aucun vêtement à l'exception d'un lambeau de tissu blanc autour de ses chevilles. La poupée, sans doute, représentait Julie et disait qu'elle était maléfique, noire sous le blanc qu'elle portait si souvent.

Je fis tourner le crâne. Quand je le lâchai il tourbillonna. La bouche grimaçait, les orbites étaient remplies d'ombre.

Hélas, pauvre Yorick...

Les cadavres éventrés?

Ou bien Frazer. *Le Rameau d'or?* J'essayai de me souvenir. Quoi donc? Des poupées pendues dans les bois sacrés.

Je regardai autour de moi. Quelque part, des yeux me guettaient. Mais rien ne bougea, ni les arbres au soleil, ni le sous-bois dans l'ombre aride. Une fois de plus je fus envahi par la peur, le sentiment d'un mystère qui était une menace. La réalité paraissait si fragile, sous ces arbres, dans ce soleil. J'étais si totalement exilé. Les plus grandes distances ne sont pas toujours celles qu'on évalue sur une carte.

La lumière. L'allée entre les arbres. Tout était doublé d'obscurité profonde.

Le crâne et sa compagne oscillaient lentement dans une

brise légère. Je les abandonnai à leur mystérieuse communion et m'éloignai en hâte.

J'étais pris dans un réseau serré d'hypothèses, nouveau Gulliver ligoté par de multiples liens. Je n'étais sûr que d'une chose, il me fallait voir Julie, j'étais fou d'elle; sans elle le monde n'avait plus de sens. Je retournai au collège du pas décidé d'un chef de clan tramant sa vengeance dans une saga islandaise. Je gardais toutefois le faible espoir de trouver Julie chez moi, attendant mon retour. Mais la pièce était vide quand je poussai la porte. Je fus alors tenté d'aller trouver Demetriades et de lui arracher la vérité; de l'obliger à m'accompagner chez le professeur de sciences. Je décidai presque de me rendre à Athènes et pris même la valise sur le haut de l'armoire; puis je changeai d'avis. Je n'attachais plus d'importance qu'à un seul fait : il restait deux semaines avant la fin du trimestre; deux semaines pendant lesquelles on pourrait encore me tourmenter.

Finalement je descendis au village et me dirigeai tout droit vers la maison derrière l'église. La grille était ouverte. A travers un verger d'orangers et de citronniers un sentier pavé menait à la porte de la maison. Elle était assez petite, mais je lui trouvais une certaine élégance avec son porche à pilastres et ses fenêtres aux linteaux gracieux. Dans l'ombre, la façade blanchie à la chaux se teintait d'un bleu léger contre le bleu profond du ciel crépusculaire. Alors que je m'avançais entre deux sombres rangées d'arbres, Hermès apparut à la porte. Il jeta un regard derrière moi, comme étonné de me voir seul.

Je demandai en grec : « Est-ce que la jeune dame est là? » Il me regarda fixement, puis ouvrit les mains en un geste d'incompréhension. Je repris avec impatience : « L'autre jeune dame. La sœur. »

Il releva la tête. Non.

« Où est-elle?

— Partie sur le yacht. Après déjeuner.

— Comment le savez-vous? Vous n'étiez pas là. »

Sa femme le lui avait dit.

« Avec M. Conchis? A Athènes?

— *Nai.* » Oui.

Le yacht avait dû accoster dans un des ports du village après avoir disparu à nos yeux, et je supposai que June pouvait bien être montée à bord sans faire d'histoire si on lui avait dit que nous y étions déjà. Peut-être même tout avait-il été arrangé à l'avance. Je regardai toujours Hermès; puis me décidant, je m'avançai et entrai dans la maison.

Un vestibule aéré, frais et nu; un joli tapis de Turquie pendait contre l'un des murs; sur l'autre une sorte d'écusson, un peu comme ces armoiries funéraires qu'on voit en Angleterre. Par la porte ouverte, à gauche, je vis les caisses de tableaux venant de Bourani. Un petit garçon se tenait sur le seuil d'une des portes, un des enfants d'Hermès sans doute. L'homme lui dit quelque chose et l'enfant se retira après un dernier regard sombre et solennel.

Derrière mon dos Hermès demandait : « Qu'est-ce que vous voulez?

— Dans quelles pièces étaient les jeunes filles? »

Il hésita, puis, de la main, m'indiqua l'escalier. J'avais l'impression qu'il ne comprenait vraiment pas ce que je voulais. Je grimpai les marches. Il y avait deux couloirs, l'un à droite, l'autre à gauche, je regardai Hermès qui m'avait suivi. A nouveau il hésita, puis me montra du doigt une porte à droite. J'entrai dans une pièce rustique, au sol de bois ciré, au lit recouvert d'une couverture tissée à la main. J'y voyais une commode, un beau *cassone* et quelques aquarelles représentant des maisons de l'île. On y reconnaissait le trait net, l'élégance géométrique d'un travail d'architecte. Et bien qu'elles ne fussent pas signées, je devinai tout de suite que je me trouvais devant des œuvres d'Anton. Les volets étaient tirés aux trois quarts. Sur le rebord de la fenêtre ouverte, il y avait un kanati, ce récipient de terre poreuse qu'on place à cet endroit pour rafraîchir à la fois l'air et l'eau. Une coupe de jasmins et de dentelaires au bleu pâle et au blanc crémeux était posée sur le *cassone*. La pièce était simple et charmante, accueillante.

J'ouvris l'un des volets pour laisser entrer la lumière. Hermès se tenait à la porte, m'observant avec quelque méfiance. Il me demanda une fois de plus ce que je faisais ici. Je remarquai qu'il ne se préoccupait pas de savoir où était Julie, et cette fois j'ignorai sa question. Je souhaitais presque qu'il essaie de m'arrêter dans mes recherches, je ressentais un besoin grandissant de violence physique. Mais il ne bougea pas. Je passai ma colère sur la commode. Elle contenait des vêtements; et aussi, dans un des tiroirs, des affaires de toilette et de maquillage. Dans un coin de la pièce avait été fixée une tringle d'où pendait un rideau. Je le tirai sur le côté. Des robes, des jupes, des manteaux d'été étaient accrochés là, et je reconnus la robe rose que Julie avait portée ce dimanche où on m'avait dit « la vérité », ou du moins ce qu'alors j'avais cru être la vérité. Par terre, des souliers et, derrière eux, dans un angle du mur, une valise. Je la soulevai, la jetai sur le lit, et sans guère d'espoir essayai les fermoirs. A ma surprise la valise s'ouvrit. J'y trouvai des pull-overs de laine, une jupe de tweed épais, les vêtements dont Julie n'avait pas besoin pendant l'été grec; deux sacs grecs à bandoulière, destinés sans doute à être offerts en cadeau et qui gardaient encore leur étiquette. Dessous, quelques livres. Un guide de Grèce datant d'avant la guerre, et des cartes postales dont aucune n'était écrite. Un roman de Graham Greene. Un livre de poche américain sur la sorcellerie, une lettre glissée entre deux pages. Je la sortis à demi de l'enveloppe. C'était, en provenance du collège où Julie m'avait dit qu'elle avait enseigné, une invitation pour la distribution des prix, une semaine plus tôt. J'examinai l'enveloppe. Elle avait été envoyée à Cerne Abbas, dans le Dorset, d'où on l'avait fait suivre. Je vis aussi un exemplaire de l'*Anthologie palatine.* Je le feuilletai. *Julia Holmes, Girton* et remarquai des notes en marge des poèmes, des mots traduits en anglais, de l'écriture nette de Julie.

Hermès demanda : « Qu'est-ce que vous cherchez? »

Je marmonnai : « Rien. » J'avais de plus en plus l'impression que Conchis opérait suivant les principes en vigueur dans les groupes d'espionnage; on ne disait aux subalternes que ce qu'il leur fallait absolument savoir. Hermès, donc, ne savait pas grand-chose. Peut-être, en l'occurence, lui avait-on dit qu'il se pouvait que j'apparaisse chez lui, l'air en colère, et que son rôle à lui était de me calmer. J'abandonnai la valise et demandai :

« La chambre de l'autre jeune fille?

— Il n'y a rien. Elle a pris toutes ses affaires. »

Je me fis pourtant montrer la pièce qui était contiguë à celle de Julie et pareillement meublée. Mais il n'y avait pas de signe qu'elle fût occupée. Même la corbeille à papier, à côté de la table, était vide.

« Pourquoi n'a-t-elle pas pris aussi les affaires de sa sœur? »

Il haussa les épaules, comme si ma remarque n'était guère raisonnable. « Le maître a dit qu'elle reviendrait. Avec vous. »

Au rez-de-chaussée, j'envoyai Hermès chercher sa femme. Elle avait une cinquantaine d'années, le teint olivâtre, et elle était vêtue de noir comme le sont les femmes de l'île, mais elle semblait moins morose, plus loquace que son mari. Oui, les marins avaient apporté les caisses, le maître était venu. Vers deux heures. La jeune dame était partie avec lui. Avait-elle l'air contrariée? Pas du tout. Elle riait. Une si jolie jeune fille, ajouta la femme. L'avait-elle déjà vue avant cet été? Non, jamais. Elle ajouta, comme si je pouvais ne pas le savoir, que c'était une étrangère. Avait-elle dit où elle allait? A Athènes. Avait-elle dit qu'elle reviendrait? La femme eut un geste vague, elle ne savait pas. Puis elle dit : « *Isos.* » Peut-être. Je posai d'autres questions mais ne reçus pas de réponses plus explicites. Il me paraissait fort étrange que ni elle ni Hermès ne demandent rien en retour. Pourtant j'étais sûr qu'ils étaient de simples pions. D'ailleurs, même s'ils avaient su ce qui se passait, ils n'auraient certainement rien dit.

Eyele. Elle riait. Je crois que ce fut ce mot qui me retint d'aller trouver la police. Je pouvais imaginer Conchis s'efforçant de convaincre June mais elle aurait montré quelque hésitation à le suivre; elle ne se serait pas contentée de rire. C'était comme une fausse note, cela confirmait mes pires soupçons. Et toutes les affaires de Julie restées dans sa chambre... Cela aussi paraissait étrange, quoique plutôt rassurant. Et ces avances qu'on me faisait pour mieux me repousser ensuite et recommencer le manège... Ce n'était pas terminé. Quel que fût mon désappointement, j'étais sûr qu'il me suffisait d'attendre.

Je reçus une lettre le lundi, à l'heure du déjeuner. Elle avait été envoyée de Cerne Abbas, le mardi précédent. La mère de June et Julie écrivait :

> Cher monsieur,
>
> Vous ne m'avez pas causé le moindre dérangement. J'ai transmis votre lettre à Mr. Vulliamy, le directeur de notre école primaire, un homme si gentil, et il est très intéressé par votre idée. Les correspondants en France et en Amérique, ça fait plutôt vieux jeu à présent. Je suis sûre qu'il va se mettre en rapport avec vous.
>
> J'ai été heureuse d'apprendre que vous aviez fait la connaissance de mes filles et qu'il y avait un Anglais sur leur île. Ça me rassure. Rappelez-leur que j'attends des nouvelles. Elles sont si paresseuses pour écrire.
>
> Sincères salutations.
>
> Constance HOLMES

J'étais de service ce soir-là, mais lorsque les élèves furent au lit je sortis à la dérobée et allai jusqu'à la maison d'Hermès. Il n'y avait pas de lumière à l'étage.

Puis ce fut mardi. Je me sentais troublé, agité, incapable de décider quoi que ce soit. Tard dans l'après-midi je rôdai vers la place de l'exécution. On avait posé une plaque sur le mur de l'école du village. A droite il y avait toujours le gros noyer mais à gauche une barrière de bois remplaçait les grilles de fer. Des gamins jouaient au football le long du mur adjacent; et la place était comme exorcisée, tout comme la chambre de torture où j'avais tenté d'entrer le dimanche soir, après ma visite à Hermès. Elle était fermée à clef mais j'avais fait le tour et regardé par une fenêtre. Elle servait à présent de débarras, il y avait à l'intérieur des chevalets, des tableaux, des pupitres. Et j'avais alors pensé qu'on aurait dû la garder telle qu'elle était dix ans auparavant, avec le sang, le radiateur électrique et l'horrible table de torture.

Je me rends compte que j'exagérais mes griefs envers le collège. Les examens avaient eu lieu. Le prospectus garantissait que le travail de chaque étudiant en anglais serait soumis à l'appréciation d'un professeur qualifié, et lui-même de langue anglaise. Cela voulait dire que j'avais deux cents copies à corriger. Mais cela aurait au moins l'avantage de m'aider à tenir en échec mon impatience et mon anxiété.

Le mercredi fut un jour très peu égéen, étouffant, au soleil voilé, un de ces jours où le monde paraît toucher à sa fin. Après dîner je me disposai à passer toute la soirée à corriger les devoirs d'examen. Ils devaient être remis le lendemain à l'assistant du directeur. L'air était lourd et vers dix heures et demie j'entendis des grondements lointains. Une demi-heure plus tard, alors que la pile des copies avait diminué d'un bon tiers, on frappa à ma porte. Je pensai que c'était un des maîtres ou peut-être un élève de la classe terminale qui voulait essayer d'obtenir ses résultats à l'avance. Je lançai un « entrez » sonore.

C'était Barba Vassili, le portier. Il souriait sous ses moustaches tombantes; à ses premiers mots j'abandonnai immédiatement mon travail.

« *Sygnomi, kyrie, ma perimeni mia thespoinis...* »

58

« Excusez-moi, monsieur, mais il y a une demoiselle...

— Où? »

Il fit un geste vers la grille. J'enfilai ma veste. « Une très belle jeune dame. Une étrangère. Elle... »

Déjà je l'avais dépassé et me précipitais dans le couloir. Je me retournai pour lui crier « *To phos!* », afin qu'il éteigne la lumière puis je dévalai l'escalier, bondis hors du bâtiment et courus dans l'allée vers la grille. Une ampoule brillait au-dessus de la fenêtre de Barba Vassili; dessous une flaque de lumière blanche. Il n'y avait personne. La grille était fermée à cette heure; chaque professeur avait sa clef. Je fouillai dans ma poche et me souvins que la mienne était restée dans la vieille veste que je portais en classe. Je regardai à travers les barreaux. Personne sur la route, personne sur la pente couverte d'ajoncs roussis qui descendait jusqu'à la mer. J'appelai à voix basse.

Mais aucune forme ne se détacha du mur. Je me retournai, exaspéré. Barba Vassili, dans l'allée, marchait vers moi en clopinant.

« Elle n'est pas là? »

Il n'en finissait pas d'ouvrir la petite porte latérale que nous utilisions le soir. Une fois sur la route je regardai à droite et à gauche; le vieil homme tendit la main dans la direction opposée au village.

« Par là?

— Je crois. »

Je commençai à me méfier. Ce sourire du vieux... cet atmosphère d'orage... cette route déserte... Mais je pensai : Qu'importe ce qui peut arriver, pourvu que quelque chose arrive.

« Puis-je emprunter votre clef, Barba? »

Il refusa de me donner celle qu'il avait à la main. Il lui fallut retourner dans sa loge et fouiller parmi ses affaires avant d'en trouver une autre. Le faisait-il exprès afin de me retarder? Il finit par me tendre une clef dont je m'emparai brutalement.

J'avançai rapidement sur la route, tournant le dos au village. Des éclairs frémissaient à l'est. Au bout d'une centaine de mètres le mur de l'école tournait à angle droit. Je pensai que peut-être Julie m'attendait là. Toujours personne. La route s'arrêtait trois cents mètres plus loin; après l'angle du mur elle serpentait vers l'intérieur des terres pour traverser le lit d'un torrent desséché. Je voyais le petit pont et au-delà, à droite, au bout de la grande allée de cyprès, une des innombrables petites chapelles de l'île. La lune était complètement obscurcie par un voile épais de nuages mais le paysage baignait dans une lumière grise, la lumière des tableaux de Samuel Palmer. Arrivé au pont, j'hésitai : fallait-il continuer ma route ou retourner vers le village? N'était-elle pas plutôt partie de ce côté? C'est alors que je l'entendis m'appeler.

La voix venait de l'allée de cyprès. Je m'avançai entre les arbres vers la chapelle. A mi-chemin il y eut un mouvement à ma gauche. Elle se tenait à quelques pas de moi, entre deux des plus gros arbres. Elle portait, par-dessus un pantalon et un chemisier qui paraissaient noirs, un imperméable sombre. Un foulard lui couvrait la tête encadrant l'ovale pâle du visage.

« Julie? »

Déjà, pourtant, je savais. C'était quelque chose dans sa façon d'attendre, les mains dans les poches de l'imperméable.

« C'est moi, June. J'avais peur que tu ne puisses pas venir. »

Je m'approchai. « Où est Julie? »

Elle me regarda un long moment, puis baissa la tête.

« Je pensais que tu avais compris.

— Compris quoi?

— Ce qui se passe. » Elle soutint mon regard. « Entre elle et Maurice. »

Je restai un moment silencieux. Elle détourna les yeux. « Bon Dieu, pour qui me prenez-vous tous les trois? » Elle ne dit rien. « Tu as l'air d'avoir oublié qu'on m'a déjà fait le coup de la maîtresse de l'homme riche. »

Elle secoua la tête. « Ce n'est pas ce que je veux dire. C'est seulement... qu'elle fera tout ce qu'il lui demandera. Dans d'autres domaines. »

Elle restait là, tête baissée. Et je pouvais encore choisir. J'aurais dû lui tourner le dos et rentrer au collège, regagner ma chambre, mon bureau, et me remettre à mes corrections d'examen; parce que je voyais bien que je me retrouvais à présent au point de départ du jeu. En fin de compte je n'en savais pas plus au sujet de cette fille que lorsque je l'avais vue courir nue dans la nuit, au-dessous de la terrasse de Bourani. Mais je ne pouvais lui tourner le dos, pas plus qu'une pierre jetée au loin ne peut revenir d'elle-même dans la main qui l'a lancée.

« Et toi, qu'est-ce que tu fais là?

— Je trouve que cette fois ils ont exagéré.

— Quoi? »

Elle leva les yeux. « Tout était convenu à l'avance. Julie savait ce qui allait se passer. Il était entendu qu'on la prendrait " de force ".

— Et ce soir? Ce n'est pas un coup monté, peut-être?

— Tu ne vas tout de même pas croire... » Elle détourna les yeux, l'air résigné. « Oh, bien sûr, ça n'a rien d'étonnant. »

— Tu ne m'as pas dit où était Julie.

— A Athènes, avec Maurice.

— A Athènes d'où tu viens, sans doute? » Elle hocha la tête. « Et pourquoi à une heure pareille? »

Son visage exprimait, face à ma méfiance, et comme

d'ailleurs toute son attitude, l'innocence blessée et le reproche. Il était clair qu'elle jouait un rôle.

« Pourquoi n'as-tu pas attendu à la grille? »

— J'ai pris peur. Le portier a été si longtemps parti. »

Il y eut un bref éclair d'orage, une bouffée de vent, l'odeur de la pluie, et à l'est un grondement presque continu et d'instant en instant plus proche.

« De quoi peux-tu bien avoir peur?

— Je me suis échappée, Nicholas. Ils ont dû découvrir où j'allais.

— Pourquoi n'irais-tu pas au commissariat? Ou à l'ambassade?

— Ce n'est pas Maurice qui est responsable. A l'origine de nos problèmes il y a Julie, ce qu'elle est. Mais employer des artifices pour que quelqu'un tombe amoureux de vous, ce n'est pas un crime. Et puis Julie est ma sœur. »

Il y avait entre les phrases des arrêts qui en disaient long. Elle tenait à s'assurer que je me laissais prendre à ce qu'elle racontait. Dans l'obscurité, la ressemblance avec Julie était hallucinante. Elle continua : « Je voulais seulement t'avertir, c'est tout.

— Et me consoler? »

Un bruit de voix, venant de la route, la dispensa de me répondre. Je jetai un coup d'œil entre les cyprès. Trois formes sombres, trois hommes, marchaient lentement sur le chemin, vers le pont. Ils parlaient grec. Souvent, le soir, des flâneurs, villageois ou professeurs du collège, se promenaient le long de cette route, cherchant la fraîcheur. June me lança un regard qu'elle voulait effrayé; mais ce n'était guère convaincant.

« Tu es venue par le bateau de minuit? »

Elle évita le piège. « Je suis venue par la route. Par Kranidi. »

Un itinéraire qu'empruntaient certains parents de nos élèves, ceux qui n'aimaient pas la mer. Il fallait descendre jusqu'à Corinthe et de là à Kranidi d'où on continuait en taxi avant de louer un bateau pour la traversée. Le voyage durait une journée, un voyage difficile quand on ne parlait pas le grec, ou pas bien.

« Pourquoi?

— Parce que Maurice a des espions partout. Au village.

— Ça, je le crois volontiers. »

Je jetai à nouveau un coup d'œil vers la route. Les trois hommes avaient dépassé l'avenue de cyprès et continuaient leur tranquille promenade, sur la route grise, vers les buissons noirs, la mer sombre. Ils étaient manifestement ce dont ils avaient l'air : de simples flâneurs.

« Ecoute, j'en ai vraiment assez. Il ne faut pas jouer avec les sentiments.

— Et si je te disais que c'est aussi mon opinion?

— Désolé. Cette fois je ne marche plus. »

Baissant la voix elle demanda : « Tu t'y es vraiment laissé prendre, n'est-ce pas?

— C'est que Julie s'entendait mieux que toi à me persuader. Et toi et moi nous avons eu déjà cette même conversation. Alors ça suffit. Où est-elle?

— En ce moment? Probablement au lit avec son vrai amant. »

Je demandai abruptement : « Maurice?

— L'homme que tu connais sous le nom de Joe. »

C'en était trop. Je me mis à rire. Elle dit : « Rien ne t'oblige à me croire.

— Si tu ne veux pas que je regagne ma chambre il faudrait que tu fasses de foutus progrès. » Elle resta silencieuse. « Je suppose que c'est pourquoi il nous guette et nous observe lorsque Julie m'embrasse et que je la caresse?

— Pour lui ce n'est pas trop difficile à accepter puisqu'il a toutes les nuits pour la tenir dans ses bras et lui faire l'amour. Il sait qu'on te tourne en ridicule. »

Elle y allait fort, vraiment. Elle était comme un marchand sans scrupule mais par trop naïf qui essaierait de vendre deux fois la même camelote au même client.

« J'en ai assez. Tout ça me dégoûte. »

Déjà je lui tournais le dos quand elle me saisit par le bras.

« Nicholas, je t'en prie... En plus de tout le reste, je ne sais pas où passer la nuit. Je ne peux pas aller dans la maison du village.

— Essaie l'hôtel. »

Elle baissa la tête. Puis fit une nouvelle tentative : « Ils seront là demain et ils m'accuseront de toutes sortes de méfaits. J'aimerais que tu sois avec moi, que tu me soutiennes. C'est tout. »

Le ton cette fois était plus convaincant. Elle eut finalement un petit sourire triste et qui voulait m'apitoyer. J'adoucis un peu ma voix : « Tu n'aurais pas dû me raconter cette histoire des *Trois Cœurs*.

— Est-elle si extraordinaire?

— Ce qui l'est, c'est ton entêtement à faire coïncider la réalité avec la fiction.

— Je ne vois pas en quoi ce serait si surprenant que toi et moi... » Elle secoua la tête, évitant mon regard.

« Donc nous passons la nuit ensemble. C'est ce que tu veux?

— Je dis seulement que lorsque tu auras découvert la vérité au sujet de Julie, on pourrait... » Mais elle secoua la tête encore une fois.

« Et pourquoi attendre si longtemps?

— Parce que... je sais que tu ne me crois pas encore.

— Je pensais bien que ce n'était pas si simple! »

Mon ton devenait de plus en plus sarcastique. Elle me regarda droit dans les yeux, les siens ouverts très grands comme ceux d'un enfant qu'on provoque.

« Si c'est un défi, je l'accepte. Si c'est la seule façon de t'obliger à me croire.

— Plus je vous connais, Julie et toi, plus je vous trouve incroyables!

— Parce que tu nous plais à toutes les deux? Et que je déplore tes ennuis tout autant que les miens? »

Je la regardai, tenté de la mettre à l'épreuve. Mais c'était moi, je le savais, que l'épreuve concernait.

« Julie t'a-t-elle dit que j'avais écrit à votre mère?

— Oui.

— J'ai eu une réponse, il y a deux jours. Je me demande ce qu'elle penserait si j'écrivais à nouveau pour lui dire à quoi s'occupent ses filles.

— Elle ne penserait rien. Elle n'existe pas.

— Mais il se trouve qu'il y a à Cerne Abbas quelqu'un qui vous écrit et fait suivre votre courrier.

— Je ne suis jamais allée dans le Dorset. Mon vrai nom n'est pas Holmes. Ni June d'ailleurs.

— Nous en revenons donc à Rose et Lily.

— D'habitude on m'appelle Rosie.

— La bonne blague! »

Elle me dévisagea, puis baissa les yeux. « Je ne me souviens pas des mots exacts, mais la lettre que notre mère mythique t'a envoyée était à peu près dans ce genre : Cher monsieur, j'ai transmis votre lettre à Mr Vulliamy, le directeur de notre école primaire. Puis il y avait quelque chose au sujet des correspondants français et américains qui sont plutôt vieux jeu. Et elle disait que ses deux filles lui écrivaient trop rarement. »

A présent c'était moi qui commençais à perdre pied. Comme si souvent déjà, le terrain ferme où je me trouvais un instant auparavant se changeait en sables mouvants.

« Excuse-moi, mais... tu n'as pas entendu parler d'un cachet de poste universel? On a écrit la lettre ici, on a mis un timbre anglais sur l'enveloppe, et puis... un coup de tampon. Voilà. C'est tout simple. »

J'essayai désespérément de rassembler mes idées. S'ils ouvraient mes lettres au départ... alors...

« Ouvrez-vous aussi le courrier qui arrive ici pour moi?

— Oui, je dois l'avouer.

— Alors vous savez?

— Nous savons quoi?

— Mon amie australienne... »

Elle eut un petit haussement d'épaule : évidemment, elle savait. Et pourtant soudain j'étais sûr qu'elle mentait, et que là je la tenais.

« Eh bien, dis-moi.

— Te dire quoi?

— Ce qui est arrivé.

— Vous aviez une liaison.

— Et? » Elle fit un geste vague. « Puisque tu as lu tout mon courrier tu dois être au courant.

— Bien sûr.

— Donc tu sais qu'en fait je l'ai vue à Athènes, aux vacances de demi-trimestre? »

Elle était perplexe, se demandant si j'avais menti auparavant ou bien mentais à présent. Elle hésita, sourit et ne dit rien. J'avais laissé traîner la lettre de sa mère sur mon bureau. Demetriades ou quelqu'un d'autre pouvait être entré et l'avoir lue. Mais la lettre d'Ann Taylor et les coupures de journaux étaient enfermées à clef dans ma valise.

« Nous savons absolument tout, Nicholas.

— Alors, prouve-le. Dis-moi si je l'ai vue à Athènes.

— Tu sais très bien que non. »

Avant qu'elle puisse bouger je la giflai. J'avais mesuré mon geste, c'était juste assez pour lui empourprer la joue. Mais elle parut stupéfaite. Elle leva lentement la main jusqu'à son visage.

« Pourquoi as-tu fait ça?

— Je vais le refaire, et vachement plus fort cette fois, si tu ne te décides pas à me dire la vérité. Est-ce que vous ouvrez tout mon courrier? »

Elle hésita, la main sur la joue; puis elle admit :

« Seulement ce qui a l'air d'avoir pour nous quelque intérêt.

— C'est dommage. Vous auriez pu faire les choses plus

à fond. Et ainsi vous auriez su que je suis allé retrouver cette pauvre fille à Athènes.

— Je ne vois pas ce que...

— A cause de ta sœur je l'ai priée de bien vouloir disparaître de ma vie. » June paraissait se demander où je voulais en venir. Je discernai de la peur dans ses yeux. « Quinze jours plus tard, non seulement elle se retirait de ma vie mais elle en finissait aussi avec la sienne. Elle s'est tuée. » Après un silence j'ajoutai : « A présent tu connais le prix de vos divertissements et feux d'artifice. »

Elle me regardait fixement. Je pensai un moment qu'elle me croyait, cette fois. Mais elle se détourna :

« Je t'en prie, n'essaie pas d'imiter Maurice et ses jeux. »

Je lui pris le bras; la secouai. « Pauvre idiote, je ne joue pas. Elle s'est suicidée. »

Elle essayait encore de ne pas me croire. « Pourquoi... pourquoi ne nous as-tu rien dit? »

Je lâchai son bras. « Parce que je me sentais coupable.

— On ne se suicide pas simplement parce que...

— Il y a des gens qui prennent la vie plus au sérieux qu'aucun de vous ne paraît l'imaginer. »

Elle resta un moment silencieuse. Puis elle demanda avec une sorte de timidité naïve :

« Elle était... amoureuse de toi? »

J'hésitai. « J'ai voulu jouer franc-jeu. Peut-être d'une façon trop brutale. Je l'aurais fait par lettre si vous n'aviez pas changé vos projets de week-end. Ça m'a semblé alors de la lâcheté de ne pas lui dire en face... » Je haussai les épaules.

« Tu lui as parlé de Julie? »

Une inquiétude perçait dans sa voix.

« Ne crains rien. Les cendres sont muettes.

— Ce n'est pas cela. » Elle baissa les yeux. « Et ça a été pour elle un coup très dur?

— Ça ne se voyait pas. Si je m'étais rendu compte... J'essayais simplement d'être honnête. De lui éviter de m'attendre en vain. »

Il y eut un autre silence, puis elle dit à voix basse. « Si c'est vrai je ne peux pas comprendre comment tu as pu... nous laisser continuer.

— C'est que j'étais stupidement amoureux de ta sœur.

— Mais Maurice t'avait mis en garde.

— Lui est-il jamais arrivé de me dire la vérité? »

Elle se taisait, réfléchissant. Elle avait changé, je remarquais qu'elle ne prétendait plus avoir pris mon parti. Elle me regarda dans les yeux.

« Nicholas, c'est très important. Tu ne mens pas?
— J'ai la preuve dans ma chambre. Veux-tu la voir?
— Oui, je t'en prie. »
Sa voix plaidait, à présent.
« Alors sois dans deux minutes à la grille du collège. Si tu n'y es pas, eh bien vous pouvez tous aller vous faire foutre. »

Sans lui donner le temps de répondre je lui tournai le dos et m'éloignai, refusant résolument de regarder en arrière pour voir si elle me suivait. Mais comme j'ouvrais la petite porte de la cour du collège il y eut à nouveau du tonnerre, plus près, et un immense éclair fourchu. Et je l'aperçus marchant sur la route, à une centaine de mètres derrière moi.

Deux minutes plus tard, lorsque je revins, la lettre d'Anne Taylor et les coupures de presse à la main, je la vis immédiatement qui se tenait sur le bord de la route, en face de la grille. Barba Vassili réapparut sur le seuil de sa porte, sa lampe allumée, mais je l'ignorai. Elle vint à ma rencontre, prit l'enveloppe que je lui tendais sans rien dire. Elle ne pouvait plus cacher sa nervosité. Elle se baissa pour ramasser la lettre qu'elle avait fait tomber en la sortant de l'enveloppe. Elle se tourna alors vers la lumière de la loge et se mit à lire. Elle lut d'abord la lettre d'Ann, puis resta un moment immobile, le regard fixe, avant de soulever le feuillet et de parcourir les coupures de presse. Soudain elle ferma les yeux et courba la tête. Un instant je crus qu'elle priait. Enfin elle replia lentement les papiers, les remit dans l'enveloppe qu'elle me rendit. Elle gardait la tête baissée.

« Je suis désolée. Les mots me manquent pour...
— Ça change un peu!
— Je t'assure que nous ne savions pas.
— Eh bien, tu sais à présent.
— Tu aurais dû nous dire.
— Et entendre Maurice déclarer que ça fait partie de la comédie de la vie? »

Elle leva brusquement la tête, piquée au vif. « Là tu es vraiment injuste, Nicholas. Si je pouvais t'expliquer... Oh bien sûr, si... »

Elle me regardait gravement. « Je ne sais plus quoi dire. Ça a dû être...
— Tu peux dire " C'est... "
— Oui, je peux imaginer... » Puis elle ajouta : « Pardonne-moi.
— Ce n'est pas toi qui es le plus à blâmer. »
Elle secoua la tête.

« Mais si, justement. D'une certaine façon. »

Elle n'en dit pas plus. Nous étions là, immobiles; comme deux étrangers au bord d'une tombe. Il y eut un nouvel éclair. Elle parut prendre une soudaine décision et toucha mon bras.

« Attends là un moment. »

Elle fit demi-tour, passa la petite porte, et montant l'allée se dirigea vers Barba Vassili qui n'avait cessé de nous observer tranquillement.

« *Barba Vassili...* » puis je l'entendis parler grec, bien mieux que moi, avec bien plus d'aisance. Après les premiers mots elle baissa le ton. Je vis le vieil homme hocher la tête, et la hocher une fois encore. June revint, s'arrêta à quelques pas de moi. « Viens.

— Où?

— A la maison. Julie t'attend.

— Mais alors... pourquoi...

— Ça n'a plus d'importance. » Elle jeta un coup d'œil vers le ciel où les nuages s'épaississaient. « J'abandonne la partie.

— Tu n'as pas mis longtemps à apprendre le grec.

— C'est que j'ai passé trois étés ici. »

Elle sourit, doucement, comme pour m'apaiser, me rassurer. Puis brusquement elle s'approcha et me saisit par le bras, m'obligeant à la regarder.

« Je veux que tu oublies tout ce que j'ai pu dire ce soir. Mon nom est June Holmes. Ma sœur s'appelle Julie. Nous avons une mère un peu bizarre, mais qui n'habite pas Cerne Abbas. » Je restais méfiant. Elle dit : « Elle écrit comme ça. Mais cette lettre-là c'est nous qui l'avons rédigée.

— Et Joe?

— Julie... l'aime bien. » Une ironie légère passa dans son regard. « Mais je peux t'assurer qu'il n'est pas son amant. » Elle semblait presque impatiente à présent, ne sachant trop comment me désarmer. Elle leva les mains en un geste de prière. « Nicholas, je t'en prie, oh je t'en prie, fais-moi confiance. Juste pour quelques minutes. Le temps d'arriver à la maison d'Hermès. Je jure devant Dieu que nous ne savions rien au sujet de ton amie et que, si nous avions su, nous aurions immédiatement cessé de te tourmenter. Nicholas, il faut me croire. » Le ton se faisait convaincant. Elle était une autre, soudain, grave, décidée, pressante. « Si une minute avec Julie ne te suffit pas pour comprendre que tu n'as aucune raison d'être jaloux, tu peux me noyer dans la citerne la plus proche. »

Et pourtant je me méfiais encore. « Qu'est-ce que tu viens de dire à Barba Vassili?

— Nous avons une sorte de code, en cas d'urgence. Pour arrêter l'expérience.

— Où est le vieux?

— A Bourani. Le message va lui être transmis par radio. »

Derrière elle, Barba Vassili avait fermé la porte. Je le vis s'éloigner vers le bâtiment des maîtres. June parut suivre mon regard; elle me prit la main, cherchant à m'entraîner.

« Viens. »

J'eus un moment d'hésitation. Puis sa détermination tranquille l'emporta sur mes doutes. Elle marchait, me tenant par la main comme si j'étais son prisonnier.

« Pour arrêter l'expérience? Quelle expérience? »

Elle serra légèrement mes doigts et fit quelques pas en silence.

Puis elle soupira : « Maurice va être furieux.

— Pourquoi?

— Parce que ton amie a fait ce contre quoi il a lutté toute sa vie.

— Mais qui est-il donc? »

Elle hésita, parut enfin se décider à ne plus rien cacher.

« A peu près l'équivalent français d'un " emeritus professor of psychiatry ". Jusqu'à ces dernières années il était un des grands noms de la Faculté de Médecine de Paris. » Elle me jeta un regard de côté. « Et je ne suis pas allée à Cambridge mais à l'université de Londres où j'ai fait des études de psychologie, puis à Paris pour suivre les cours de Maurice, travailler avec lui. Joe, lui, est venu d'Amérique dans le même but. Comme plusieurs autres dont tu n'as pas encore fait la connaissance. » Elle ajouta : « Ce qui me rappelle... Tu as dû avoir tant de fois une impression fausse... Il y a une chose que je veux te demander, c'est de ne pas garder à Joe trop de rancune pour la façon dont il t'a traité. C'est en réalité un homme très intelligent et très... courtois. » Elle avait un air tout à la fois un peu embarrassé et légèrement ironique. « Lui, ce n'est pas Julie qu'il revendique.

— Je n'y comprends rien.

— Ne t'inquiète pas, tu comprendras bientôt. Il y a autre chose encore. Julie ne mentait pas quand elle t'a dit que c'était son premier été ici. Elle est en somme, tout comme toi, une victime.

— Pourtant elle savait ce qui se passait.

— Oui. Mais il lui fallait trouver son chemin dans le labyrinthe. Nous avons dû tous le faire par le passé. Joe, moi, tous les autres. Nous savons ce que c'est de se sentir perdu, rejeté, et saisi d'une colère impuissante. Nous savons tous aussi que ça valait la peine. »

Derrière nous des éclairs se succédaient, rasant la mer. Les îles, à quinze ou vingt kilomètres à l'est, se détachèrent sur le ciel puis disparurent. L'odeur de la pluie était lourde dans l'air, le vent se levait en tourbillons précurseurs de l'averse. Nous traversions le village d'un pas rapide. Un volet claqua. Mais nous ne vîmes personne.

« Dis-moi quel est le but de votre expérimentation? »

Elle s'arrêta, me contraignit à lui faire face.

« Ecoute, Nicholas, tu as été jusque-là le plus intéressant de tous nos sujets. Et toutes tes réactions secrètes, tes impressions, tes suppositions et ce que tu n'as pas même avoué à Julie, tout est pour nous d'une importance capitale. Nous avons des centaines de questions à te poser. Mais si nous te donnons trop d'explications à l'avance tes réponses perdront leur intérêt. Je te demande de patienter encore un jour ou deux. »

Son regard était très direct, si direct que je baissai les yeux.

« La patience commence à me faire défaut.

— Je sais que c'est beaucoup exiger. Mais nous t'en serons très reconnaissants. »

Si je ne protestai pas, je ne donnai pourtant aucun signe d'acquiescement. Nous marchions à nouveau. Après quelques pas, comme si elle me sentait encore hostile, elle fit un effort pour me satisfaire.

« Je vais te donner une indication. Maurice a toute sa vie centré ses recherches sur la nature des hallucinations symptomatiques de la folie. » Elle mit les mains dans ses poches. « La psychiatrie s'intéresse de plus en plus à l'autre aspect de la question — pourquoi les gens sont-ils sains d'esprit? — pourquoi n'acceptent-ils pas hallucinations et fantasmes comme réels? Il est évidemment difficile de mener à bien les recherches si on avertit le cobaye, et dans ton cas un cobaye parfaitement sain d'esprit, que tout ce qu'on va lui dire est une tentative pour abuser ses sens. » Je ne fis pas de commentaires et elle continua : « Tu dois penser que nous nous tenons sur la corde raide en ce qui concerne l'éthique médicale. Nous en sommes conscients. Notre justification? Des victimes temporaires de ton genre permettront qu'un jour des êtres humains très gravement atteints reçoivent une aide efficace, plus efficace que tu ne peux l'imaginer. »

Nous fîmes quelques pas en silence. Puis je demandai :

« Et ce soir? Quelle était l'illusion au programme?

— Je devais être la seule amie sincère qui te resterait encore. » Elle ajouta vivement : « Ce qui n'est pas complètement faux. Je veux dire qu'il est vrai que je suis ton amie.

— Je n'allais pas m'y laisser prendre.

— Nous n'y comptions pas vraiment. » Elle eut un bref sourire. « C'est comme jouer aux échecs, mais... pas pour gagner. Simplement pour voir quels pions va déplacer le partenaire.

— Et Lily et Rose? Cette absurdité?

— Les noms sont une sorte de plaisanterie. Il y a une carte du Tarot appelée le Magus. Le magicien, l'illusionniste. Deux des symboles traditionnels sont le lis et la rose. Lily pour Lis, et puis Rose. Ça faisait deux noms tout trouvés. »

Dépassant l'hôtel nous arrivions sur une petite place à l'angle du port principal. A chaque éclair de l'orage les façades s'illuminaient un instant comme un décor de théâtre. Et il y avait en moi la même alternance d'ombre et de lumière, de doute et de confiance. Cependant la confiance commençait à l'emporter.

« Pourquoi Julie est-elle venue cette année, et pour la première fois?

— Sa vie émotionnelle a été... J'imagine qu'elle t'a raconté...

— Elle était à Cambridge?

— Oui. Sa liaison avec Andrew a vraiment été un désastre. Je savais qu'elle s'en remettait mal. J'ai pensé que ça pouvait l'aider de venir ici. Et Maurice trouvait que des sœurs jumelles offraient bien des possibilités.

— Il avait été décidé que je tomberais amoureux d'elle? »

Elle hésita : « Rien dans le cours de l'expérimentation n'est vraiment " décidé ". On peut forcer les gens à faire bien des choses, on ne peut les forcer à ressentir une attirance sexuelle. Et non plus à ne pas la ressentir... » Elle regardait les pavés irréguliers de la rue. « Il n'y a pas de plan précis, Nicholas. C'est plutôt de l'improvisation. Disons si tu veux que le cobaye est mis sur le même plan que l'expérimentateur. C'est parfois lui qui définit les murs du labyrinthe. Ce que tu as fait, sans peut-être en avoir pleinement conscience. » Après quelques pas en silence elle ajouta, d'un ton plus léger : « Je vais te dire un autre secret. Julie n'était pas du tout satisfaite, dimanche dernier, de ce qui était prévu. Le kidnapping. Nous n'étions pas sûrs qu'elle se laisserait faire. »

Je réfléchis; je me souvenais de la répugnance de Julie à me montrer cette maudite cachette souterraine avant notre pique-nique. Et même après, je l'avais presque forcée à m'y conduire.

« Ai-je au moins dans la vie réelle l'approbation de ta sœur?

— Si tu avais vu sa précédente conquête! » Elle ajouta vivement : « Je deviens méchante. Andrew était très intelligent. Sensible. Mais il était... bisexuel. Cela pose de terribles problèmes. Elle a besoin de quelqu'un... » Elle fit la moue et déclara : « D'un point de vue strictement clinique je crois qu'elle l'a trouvé. »

Nous montions une ruelle conduisant à la place de l'exécution.

« Tout ce que le vieux m'a raconté de son passé... est-ce de la pure invention?

— Nous aimerions beaucoup savoir d'abord ce que tu en penses, toi.

— Mais tu connais la vérité? »

Elle hésita : « Je pense que j'en connais la plus grande partie. »

Je désignai sur le mur la plaque commémorative. « Et ça?

— Demande à n'importe qui dans le village.

— D'accord, il était ici. Mais est-ce que cela s'est passé comme il le raconte? »

Elle resta un moment silencieuse. « Pourquoi penserais-tu qu'il invente?

— Tout ce qu'il dit sur cette vision de l'essence même de la liberté, c'est très bien. Pourtant, quatre-vingts vies humaines, ça semble un prix plutôt élevé. Et ça ne s'accorde pas très bien avec la haine du suicide que tu prétends si forte en lui.

— Alors peut-être a-t-il fait une terrible erreur de jugement. »

Je réfléchis un moment. « C'est ce que j'ai pensé.

— Le lui as-tu dit?

— J'y ai seulement fait allusion. »

Je la vis sourire. « C'est peut-être en quoi toi aussi tu as fait une erreur de jugement. » Avant que j'aie pu répondre elle continua : « Une fois, quand j'étais... ce que tu es à présent, il a passé une soirée à détruire en moi toute confiance en ma propre intelligence, en l'utilité de mon travail, et dans des circonstances telles que je ne pouvais que le croire. A la fin, mes nerfs ont lâché. Je ne faisais plus que répéter : " Ce n'est pas vrai, ce n'est pas vrai, je ne suis pas comme ça. " Puis j'ai levé les yeux et vu qu'il souriait. Il a dit simplement : " Enfin. "

— J'aimerais bien qu'il n'ait pas l'air de trouver à faire ça un tel plaisir sadique.

— Mais c'est précisément pourquoi on le croit. Ou, comme il dirait, c'est précisément pourquoi on ne s'oppose plus à la manifestation de la vraie cruauté. » Elle me jeta un regard ironique : « Cette conspiration en apparence sadique montée contre l'individu et que nous appelons Evolution. Ou Existence. Ou Histoire.

— J'étais conscient que le méta-théâtre voulait exprimer quelque chose de ce genre.

— Il a fait un cours célèbre sur l'art en tant qu'illusion élevée au rang d'une institution. » Elle fit la grimace. « Notre crainte secrète c'est toujours que le cobaye l'ait lu. Tu aurais pu l'avoir lu. Et en tout cas nous ne pourrions faire l'expérience avec un jeune intellectuel français.

— Tu admires beaucoup Conchis? »

Elle inclina la tête, puis elle dit tranquillement : « Je pense qu'il est le meilleur professeur au monde. Je ne le pense pas, je le sais. »

— Comment cela s'est-il passé l'année dernière?

— Mon Dieu! Cet homme horrible! Nous avons dû trouver un autre sujet. Pas au collège, à Athènes.

— Et Leverrier? »

Elle eut un sourire chaleureux. Il était évident qu'elle gardait de lui un souvenir affectueux. « John. » Elle me toucha le bras. « C'est une longue histoire. Demain. A présent c'est ton tour. Ton amie... Raconte. »

Je lui en dis un peu plus au sujet d'Alison. A Athènes, je n'avais pas cherché à la tromper, bien entendu. Mais je ne m'étais pas rendu compte à quel point elle m'avait caché ses véritables sentiments.

« Elle n'avait jamais fait auparavant de tentatives de suicide?

— Certainement pas. Elle avait toujours paru être de celles qui prennent les choses comme elles viennent.

— Pas de tendance à la dépression?

— Non.

— Cela arrive, surtout chez les femmes. Un suicide que rien ne laissait prévoir. Le pire c'est que bien souvent elles ne le voulaient pas vraiment.

— Ce n'est pas son cas.

— Il y avait probablement chez elle quelque penchant morbide. Quoique habituellement il y ait des signes. » Elle ajouta : « En général il faut plus qu'une simple rupture pour provoquer le drame. —

— C'est ce que j'essaie de me dire.

— Au moins, tu ne lui avais pas menti. » Elle me pressa la main brièvement. « Ce n'est pas ta faute. »

Nous arrivions à la maison, et juste à temps car les premières gouttes de pluie commençaient à tomber. La tempête paraissait venir droit sur l'île. June poussa la porte extérieure et je la suivis sur le sentier. Elle sortit une clef de sa poche et ouvrit la porte de devant. Le vestibule était éclairé. June se tourna vers moi, dans la lumière de la lampe que l'orage faisait vaciller. Presque timidement elle posa ses lèvres sur ma joue.

« Attends ici. Elle dort peut-être. Juste une seconde. »

Je la regardai monter l'escalier et disparaître. Je l'entendis frapper à la porte de Julie et dire son nom à voix basse. La porte s'ouvrit et se referma. Puis il n'y eut plus que le tonnerre au-dehors et une violente rafale de pluie contre les vitres. Deux minutes passèrent. Un coup de vent froid pénétra dans la maison. A l'étage, la porte invisible s'ouvrit de nouveau.

Julie vint la première, pieds nus, dans un kimono noir sur une chemise de nuit blanche. Elle s'arrêta un moment, le visage anxieux, puis elle descendit l'escalier en courant.

« Oh, Nicholas. »

Elle tomba dans mes bras. June était en haut de l'escalier. Elle souriait. Julie s'écarta de moi, sans me lâcher, cherchant mon regard.

« Pourquoi ne m'as-tu rien dit?

— Je ne sais pas. »

Elle s'appuya de nouveau contre moi, comme si c'était elle qui avait besoin d'être réconfortée. Je la serrai plus fort. June nous envoya un baiser du bout des doigts. Elle me donnait sa bénédiction avant de se retirer.

Julie demanda : « June t'a dit?

— Oui.

— Tout?

— Je ne sais pas. »

Elle me tint encore un peu plus étroitement. « Je suis si soulagée que ce soit terminé.

— Je ne t'ai pas pardonné. Pour dimanche. »

Son visage était grave. Sa voix insistante.

« Nicholas. C'était affreux. J'ai bien manqué de ne rien faire. Tu ne peux pas imaginer à quel point c'était horrible pour moi de savoir ce qui allait arriver.

— Et pourtant tu le cachais avec une aisance... répugnante.

— Seulement parce que je savais aussi que c'était presque terminé.

— Pour ta première année, ce n'est pas mal du tout.

— La première et la dernière. Je ne pourrais pas recommencer. Surtout maintenant... » De nouveau elle faisait appel à mon indulgence, implorait mon pardon : « June était toujours si mystérieuse à propos de ce qui se passait ici. Je voulais voir ce que c'était.

— En fin de compte... j'en suis heureux.

— Tout l'hiver dernier je l'ai passé à me bourrer frénétiquement la tête de grec moderne.

— Et comment vas-tu passer le prochain hiver?

— On verra. » Elle sourit. « Avec un temps pareil, tu ne peux pas retourner au collège.

— J'ai des copies d'examen à corriger. Une pile haute d'un mètre.

— Je t'aiderai. Demain. » Un long regard et elle ajouta : « Je déteste être seule quand il y a du tonnerre et des éclairs.

— Eh bien, moi aussi justement. »

Le dialogue se prolongea par des baisers. Puis elle prit ma main, m'entraîna au premier. Nous étions à la porte de la chambre que j'avais fouillée trois jours plus tôt. Là, elle hésita, me lança un regard où il y avait de la timidité et en même temps comme un peu d'ironie à l'égard d'elle-même.

« Tu te souviens de ce que je t'ai dit l'autre jour?

— Ne sois pas ridicule. Voilà bien longtemps que tu m'as fait oublier toutes les autres filles que j'ai connues. »

Elle baissa les yeux : « Ici s'arrête le pouvoir de mes sortilèges.

— Quand nous sommes Ferdinand et Miranda, c'est mieux. »

Elle sourit doucement, puis ouvrit la porte et nous entrâmes. Il y avait une lampe allumée près du lit, les volets étaient tirés. Je vis le lit comme elle l'avait laissé, le drap et le couvre-lit repoussés, l'oreiller froissé; sous la lampe, un livre ouvert. Je notai les lignes imprimées, de longueurs inégales : des poèmes; près du livre, un coquillage utilisé comme cendrier. Nous restions là, un peu embarrassés, comme on l'est quand arrive enfin ce qu'on a attendu trop longtemps. Les cheveux de Julie recouvraient ses épaules, l'ourlet de sa chemise de nuit atteignait presque ses chevilles. Elle jeta un regard autour d'elle, elle semblait s'efforcer de voir la chambre comme je la voyais moi-même et fit une petite grimace. Elle pensait sans doute que j'allais mépriser une telle simplicité domestique. Je souris, mais sa timidité était contagieuse. Et entre nous il n'y avait plus ce qu'elle avait appelé ses « sortilèges », plus de faux-semblants, de provocations et d'espoirs déçus, ces jeux pervers qui, étrangement, pour quelques secondes, parurent être les symboles de l'âge de l'innocence, celle d'Adam et d'Eve avant la chute.

Par bonheur le monde extérieur vint à notre aide. Il y eut un éclair. La lumière de la lampe trembla et s'éteignit. Presque immédiatement retentit un terrible coup de tonnerre. Il durait encore qu'elle était contre moi et que nous nous embrassions passionnément. D'autres éclairs et le tonnerre, plus fort, plus près. Elle se blottissait contre ma poitrine comme un enfant effrayé. Je mis un baiser sur sa joue en murmurant :

« Veux-tu que je te déshabille, que je te mette au lit et que je te tienne dans mes bras?

— Asseyons-nous une minute. L'orage me rend si inquiète. »

Dans l'obscurité elle me conduisit jusqu'à une chaise, de l'autre côté du lit contre le mur. Je m'assis et elle vint sur mes genoux, sa bouche cherchant la mienne. Puis elle prit ma main, mêla ses doigts aux miens.

« Ton amie... Raconte ce qui est arrivé. »

Je répétai ce que j'avais dit à sa sœur quelques minutes plus tôt. « Je me suis décidé brusquement à aller là-bas, parce que Maurice m'en avait trop fait voir. Et toi aussi. Je ne pouvais pas supporter de rester dans l'île à vous attendre.

— Lui as-tu parlé de moi?

— J'ai dit seulement que j'avais rencontré quelqu'un d'autre à Phraxos.

— A-t-elle paru bouleversée?

— C'est ça le plus absurde. Si seulement... Si elle n'avait pas si bien caché ses sentiments... »

Sa main serra doucement la mienne. « Et tu ne voulais pas d'elle?

— Je la plaignais. J'étais très ennuyé. Mais elle n'a pas semblé tellement surprise.

— Est-ce qu'elle voulait... »

Je souris dans l'obscurité à cette trop évidente bataille entre la sympathie et la curiosité féminine.

« Oui, si j'en avais eu envie.

— Mais tu n'as rien fait?

— Je ne cessais de penser que j'aurais tellement préféré être avec toi...

— La malheureuse. Au moins je peux imaginer ce qu'elle a dû ressentir.

— Elle n'était pas comme toi. Elle ne prenait jamais rien au sérieux. Surtout pas ses aventures amoureuses.

— Mais avec toi, pour finir, elle a pris la chose au sérieux. »

Je m'étais préparé à cela. « Je pense que j'ai été plutôt comme une sorte de symbole de tout ce qui n'avait pas réussi dans sa vie. La goutte d'eau qui fait déborder le vase.

— Qu'avez-vous fait à Athènes?

— Du tourisme : monuments, musée, repas au restaurant. On a parlé. On a bu. Trop. C'était vraiment sans histoires. Du moins en apparence. »

Sa main se crispa légèrement sur la mienne : « Je parie que vous avez couché ensemble.

— Si je disais oui, serais-tu en colère? »

Elle secoua la tête. « Non. Je le méritais. Je comprendrais. » Elle prit ma main, la porta à ses lèvres. « Mais je voudrais que tu me dises.

— Pourquoi es-tu si curieuse?

— Parce qu'il y a tant de choses sur toi que je ne sais pas. »

J'hésitai. « Peut-être aurais-je dû; peut-être serait-elle encore vivante. »

Il y eut un petit silence, puis elle toucha ma joue de ses lèvres. « J'essaie seulement de savoir si l'homme avec qui je passe la nuit est un salaud au cœur de pierre ou un ange au cœur meurtri.

— Il n'y a qu'une façon de le découvrir.

— Tu crois? »

Un autre baiser léger. Je la tenais contre moi mais elle se libéra doucement et s'éloigna un peu en suivant le bord du lit. La chambre était sombre, je n'y voyais rien. Soudain la lueur d'un éclair passa entre les volets. Je n'eus que le temps de l'apercevoir près du *cassone,* se débarrassant de sa chemise de nuit. Puis je l'entendis approcher, le craquement du tonnerre, son souffle précipité; je tendis les bras et la saisissant l'attirai vers moi et la fis s'asseoir sur mes genoux, complètement nue à présent.

Nos bouches se joignirent. J'explorai lentement son corps; les seins, le ventre plat, le triangle de poils bouclés, les hanches. J'aurais voulu avoir une douzaine de mains pour la soumettre enfin, la faire totalement mienne. Elle se leva, puis s'assit de nouveau, enfourchant mes jambes, et se mit à déboutonner ma chemise. Un éclair me révéla l'expression de son visage : la tendre concentration d'un visage de petite fille qui déshabille sa poupée. Elle repoussa la chemise en arrière et aussi la veste que je portais encore. Puis elle joignit ses mains derrière mon cou, comme elle l'avait fait dans la mer, à Moutsa, et s'écarta un peu de moi.

Je soupirai : « Je n'ai jamais rien vu d'aussi beau que toi.

— Tu ne peux pas me voir.

— Jamais rien touché. »

Je me penchai, effleurai ses seins de mes lèvres, puis la serrai dans mes bras et pris sa bouche. Elle avait un étrange parfum à la fois frais et un peu musqué, comme celui des fleurs de coucou; et cela semblait en accord avec ce qu'il y avait en elle d'en même temps sensuel et innocent, un abandon progressif à la passion qui se doublait d'une volonté d'être ce qu'elle pensait que je voulais qu'elle fût : fiévreuse, exaltée, plutôt qu'enjouée. Elle finit par s'arracher à mon baiser, comme épuisée. Après quelques instants, elle murmura :

« Ouvrons les volets. J'aime l'odeur de la pluie. »

Déjà elle était à la fenêtre. Je me débarrassai vivement de mes vêtements. Un instant plus tard, quand elle revint vers le lit, je la saisis par la taille, attirant son dos contre moi, et la retins face à la pluie tombant à verse, face à un mur frais d'air sombre. Il n'y avait plus de lumière dans le village, le fusible du générateur avait dû sauter. Un éclair fendit le ciel du côté du continent et pendant un instant les maisons serrées au-dessous de nous, les murs, les toits et même la mer tout en bas furent inondés d'une étrange clarté mauve. Le grondement du tonnerre ne nous parvint qu'un peu plus tard; l'orage s'éloignait.

Julie se faisait plus lourde, abandonnant son corps nu à la nuit et à mes mains caressantes qui effleuraient le ventre doux, lissaient la toison du pubis. Elle tourna la tête, l'appuyant sur mon épaule puis elle posa un pied sur le tabouret au-dessous de la fenêtre afin de faciliter ma caresse. Elle prit mon autre main, la guida vers sa poitrine et se tint alors absolument immobile, me laissant éveiller ses sens, attendant peut-être que je fasse ce qu'elle avait fait à Moutsa. Des gouttes d'eau rebondissaient du rebord de la fenêtre sur mes mains et sur sa peau; elle ne semblait pas s'en soucier.

Je murmurai : « On serait bien, dehors. »

Ses lèvres touchèrent les miennes mais ses mains retinrent mes mains et les pressèrent pour les garder là où elles étaient. C'était cela qu'elle voulait à présent, être lentement séduite, doucement contrainte. Il y eut encore un éclair mais il semblait venir d'un autre monde. Du monde réel ne subsistait rien à présent que son corps. Les courbes, les creux tièdes, la rondeur soyeuse des seins aux mamelons durcis, et cet endroit secret demandant ma caresse. Rien que son corps et le mien. Je retrouvai l'émotion que j'avais éprouvée au début quand Julie était Lily Montgomery : elle redevenait cette délicate créature, longtemps insaisissable, défaillant à demi, succombant à ce qu'il y avait d'animal en elle, et pas encore tout à fait adulte, retenant quelque chose de l'innocente perversité d'une petite fille jouant à des jeux dangereux avec les petits garçons.

Un instant plus tard elle saisit mes mains et cette fois les garda prisonnières contre son ventre.

« Qu'est-ce qu'il y a?

— Tu fais de vilaines choses.

— C'est bien là mon intention. »

Elle se tourna vers moi, dissimulant son visage contre mon épaule. « Dis-moi ce que tu aimais qu'elle te fasse. »

Je me souvenais de mon vieux principe : en matière de sexualité, le tact que montrent les filles est en raison inverse de leur niveau d'éducation. Mais j'avais là le prétexte à quelque délicieuse initiation.

« Pourquoi veux-tu savoir?

— Parce que je veux te faire les mêmes caresses. »

Je la tins un peu plus étroitement : « Je t'aime comme tu es. »

Il y avait à présent quelque clarté dans la chambre, les nuages se dissipaient, sans doute; je pouvais distinguer la silhouette de Julie.

Elle murmura : « J'aime te sentir dur, là, contre moi. »

Ses mains descendaient vers mon sexe. Je m'écartai un peu d'elle. Etrangement, il y avait pour moi dans son geste quelque chose de virginal, mais en même temps le besoin de se montrer audacieuse, un désir de perversité. Elle murmura :

« As-tu... »

Je dis : « Oui... Dans ma veste. »

J'allai chercher le préservatif.

« Donne, laisse-moi faire. »

Elle le prit, me fit asseoir au bord du lit, s'agenouilla devant moi puis, se penchant, lentement le déroula sur mon sexe. Et s'étant redressée, elle s'accroupit sur les talons, bras croisés, l'air réservé, faussement modeste. Je devinais son sourire.

« Tu as menti. Je ne crois pas du tout que tu sois timide.

— Pendant cinq ans j'ai passé toutes mes nuits dans le dortoir d'un couvent. Rien n'y était laissé à l'imagination. »

La pluie faiblissait, mais sa fraîcheur et une odeur de citerne, une odeur d'eau sur la pierre, pénétraient dans la chambre. Je voyais l'eau ruisseler sur les parois de centaines de citernes et, au fond, des anguilles se démener, tout excitées.

« Et tu parlais de t'enfuir... »

Elle sourit un peu plus sans rien dire. Je lui tendis les mains et elle se leva. M'allongeant sur le lit je l'attirai vers moi. En silence. Nos corps parlaient. Sa bouche jouait à me posséder, à me narguer, à me consoler; puis elle resta immobile, comme si elle allait finir par se fondre en moi, mais parce que je pouvais sentir l'attente en elle je rompis le charme et elle se retourna, le dos reposant sur la toile rêche du couvre-lit, la tête sur l'oreiller. Je m'agenouillai, promenai fiévreusement mes lèvres sur son corps. Je la contemplai un instant encore étendue devant moi, m'allongeai sur elle et soudain la pénétrai profondément.

Et c'était différent de toutes les autres fois; bien plus que le simple plaisir sexuel; c'était un instant chargé d'un passé de frustrations et d'espoirs, chargé aussi de tout un avenir; une possession totale. J'avais gagné beaucoup plus que son corps. J'étais au-dessus d'elle, soulevé sur mes bras, et je voyais briller ses yeux grands ouverts.

Je dis : « Je t'adore.

— Je veux que tu m'adores.

— Pour toujours?

— Pour toujours. »

Je me mis à bouger lentement en elle. Et soudain la lampe de chevet se ralluma. Au village ils avaient réparé le générateur. Je restai immobile et pendant quelques secondes nous fûmes comme deux étrangers dont la gêne est si grande qu'un sourire forcé tente en vain de la cacher. Je vis, joint au mien, son corps mince et lisse, puis mon regard revint sur son visage encore troublé. Mais elle ferma les yeux et tourna légèrement la tête. Qu'il en soit comme je voulais...

Je m'enfonçai, me retirai, m'enfonçai encore en elle. Elle replia ses bras derrière sa tête, sans défense, doublement nue, livrée à ma merci avec un charmant abandon d'esclave. Le sommier du lit craquait rythmiquement. Elle paraissait si petite, si fragile et néanmoins demandant cette brutalité dont elle avait déjà senti l'attrait dans la chapelle, à Moutsa. Ses mains se crispèrent, comme si je lui faisais vraiment mal. Je jouis trop vite, je ne pouvais résister. Je me doutais que c'était trop tôt pour elle, mais comme je finissais, comme je retombais, elle tendit soudain les bras, se cambra vers moi en un petit mouvement convulsif. Elle m'attira violemment contre elle et sa bouche se colla à la mienne.

Nous restâmes un moment immobiles, dans le profond silence de la maison, puis je la quittai et m'allongeai à côté d'elle. Elle étendit la main et éteignit la lampe. Elle se mit sur le ventre, le visage détourné; je caressais son dos et ses fesses. Contrairement à ce qu'on dit d'habitude sur la tristesse de ce moment-là, je me sentais envahi par une merveilleuse euphorie. Je ne m'étais pas attendu à ce que ce soit, dès la première fois, aussi agréable, aussi plein de promesse. J'étais ravi de découvrir une Julie chaleureuse, offerte. Je me disais que pourtant j'aurais pu m'y attendre, que June donnait l'impression d'une fille qui aimait l'amour, que sa sœur devait avoir les mêmes besoins, sans peut-être se l'avouer. Nos corps avaient enfin pu s'exprimer et je savais que l'échange ne ferait, au long des nuits, que devenir plus subtil, plus profond, plus intense, avec d'infinies variations. Je me tenais tout près d'elle, ses cheveux mêlés contre ma bouche. Déjà, dehors, il y avait une clarté nouvelle; la lune avait dû apparaître entre les nuages. C'en était fini des tempêtes et nous restions étendus immobiles dans le silence de l'Eden retrouvé.

Il avait dû s'écouler cinq minutes, sans que nous échangions un mot : nous savions, toute parole était superflue. C'est alors qu'elle se redressa, s'appuya contre moi et après un moment m'embrassa vivement. Elle resta courbée, son visage au-dessus du mien dans le brouillard de ses cheveux, ses yeux fixant les miens, un léger sourire sur les lèvres.

« Nicholas, je voudrais que tu te souviennes toujours de quelque chose à propos de cette nuit. »

Je ris : « Et quoi?

— Que c'est aussi *comment*, pas *pourquoi*. »

Je souris. « *Comment* était merveilleux.

— Comme je voulais que ce soit. »

Elle hésita un très bref moment, comme s'il s'agissait d'une formule qu'elle s'attendait à ce que je répète. Puis soudain elle s'agenouilla, pivota, descendit du lit et enfila son kimono. J'aurais dû réagir plus vite, du moins en voyant avec quelle vivacité elle s'était emparée du vêtement, et même si le ton soudain sérieux de sa voix, qui n'avait plus rien de naïf, ne suffisait pas à m'alerter. Je m'appuyai sur un coude.

« Où vas-tu? »

Elle ne répondit pas tout de suite, se retourna, nouant la ceinture du kimono, me regarda. Je crus voir encore la trace d'un sourire sur son visage.

« Au jugement.

— Quoi? »

Tout alla si vite... J'avais à peine reconnu le changement dans sa voix où ne subsistait plus aucune trace d'innocence qu'elle s'éloignait déjà.

« Julie? »

Elle était près de la porte quand elle se retourna; et après le léger temps d'arrêt de l'actrice avant sa dernière réplique :

« Mon nom n'est pas Julie, Nicholas. Et je regrette que nous ne puissions fournir les flammes traditionnelles. »

Cette fois je m'assis sur le lit. Les flammes? Quelles

flammes? Mais avant que je puisse parler elle avait ouvert la porte et fait un pas de côté. La lumière jaillit.

Des silhouettes bondirent dans la chambre.

59

Trois hommes, en pantalon sombre et pull noir. Ils furent là si soudainement que je ne pus faire rien d'autre qu'un geste instinctif pour me couvrir avec le drap. Le premier était Joe, le nègre. Il se jeta sur moi juste comme j'allais crier. Sa main vint se plaquer brutalement sur ma bouche et il me rejeta en arrière de tout son poids. Un des autres dut rallumer la lampe de chevet. Je vis un visage connu : la dernière fois que je l'avais vu c'était sur la crête et l'homme était alors en uniforme allemand, jouant le rôle d'Anton. Le troisième visage était celui du marin aux cheveux blonds que j'avais rencontré à Bourani le dimanche d'avant. J'essayai de me débarrasser de Joe afin d'apercevoir Julie. Il ne pouvait s'agir que d'un cauchemar. Je vivais l'œuvre d'un relieur fantaisiste qui avait intercalé des pages de Kafka dans un roman de D.H. Lawrence. Mais je ne vis de Julie que son dos comme elle quittait la pièce. Quelqu'un l'accueillit sur le seuil, un bras entoura ses épaules : on la traitait en rescapée d'un accident d'aviation. On l'entraîna hors de ma vue.

Je me mis à lutter violemment. Mais ils avaient prévu ce genre de réaction et s'étaient munis d'une corde. En trente secondes j'étais ficelé et couché de tout mon long, le visage contre le lit. Je ne sais si je continuai à crier des obscénités ou si je les pensais seulement. Puis on me bâillonna. Quelqu'un remonta le drap sur moi. Je réussis à tourner la tête de façon à voir la porte.

Une autre silhouette apparut sur le seuil. Conchis. Il était comme les autres vêtu de noir. Pas de flammes, mais des démons, l'enfer. Il s'approcha de moi et mon regard furieux rencontra le sien, absolument vide d'expression. Toute la haine que je ressentais pour lui, j'essayais de la lui crier, m'efforçant d'émettre des sons qu'il pourrait comprendre. J'évoquai soudain ce qu'il m'avait dit s'être passé pendant la guerre : la pièce au bout du couloir, un homme étendu sur une table, castré. Mes yeux se remplirent de larmes de rage et d'humiliation. Je savais à présent à quoi ressemblait le dernier regard de Julie. A celui d'un chirurgien qui vient de terminer avec succès une opération difficile; qui enlève ses gants de caoutchouc en jetant un ultime coup d'œil à la suture. Un jugement... Ils étaient tous fous, c'était la seule explication, et Julie était la plus vicieuse de tous, impudente, perverse.

« Anton » tenait à la main une petite trousse qu'il ouvrit. Il la tendit à Conchis qui prit une seringue hypodermique, vérifia qu'elle était correctement remplie, puis, se penchant vers moi, me la montra.

« Nous en avons fini de vous faire peur, jeune homme. A présent nous voulons que vous dormiez. Ce sera moins pénible pour vous. Je vous en prie, laissez-vous faire. »

Il me vint à l'esprit le souvenir absurde de la pile de copies d'examen que j'avais encore à corriger. Joe et l'autre homme m'obligèrent à m'allonger sur le dos et saisirent mon bras gauche comme un étau. Après quelques vains efforts, j'abandonnai toute résistance. Un tampon mouillé sur la peau. La piqûre de l'aiguille dans l'avant-bras. Je sentis couler la morphine, ou quelque chose du même genre. L'aiguille qui se retire et à nouveau un tampon mouillé. Conchis se redressa, m'observant un moment, puis se retourna et rangea la seringue dans la trousse.

Il me fallait admettre l'évidence; je me trouvais parmi des gens qui n'acceptaient ni lois ni limites.

Un satyre, une flèche dans le cœur.

Mirabelle, la *Maîtresse-Machine*; une machine horrible dont l'incarnation l'était encore plus.

Quelques minutes passèrent. Puis June apparut sur le seuil. Elle ne me regarda pas. Elle était habillée en noir, comme les hommes, chemise noire et pantalon noir. Et la fureur me reprit quand je me souvins qu'elle portait ces vêtements lorsqu'elle était venue jusqu'au collège, sachant ce qui allait arriver, et tout cela après que j'eus enfin parlé de la mort d'Alison. Elle traversa la pièce. Ses cheveux étaient à présent retenus par un foulard de mousseline noire. Elle se mit tranquillement à remplir la valise avec les vêtements de l'armoire. Ma tête tournait. Visages, objets, plafond, devenaient irréels; je descendais dans un puits noir d'hébétude, d'incompréhension, traversé des inutiles remous d'un violent désir de vengeance.

60

Je sus plus tard que j'avais perdu toute conscience du temps pendant cinq jours. Déjà, quand je m'éveillai pour la première fois, je ne savais pas combien d'heures s'étaient écoulées. Je me souviens seulement que je m'étonnai de me voir en pyjama — mon pyjama — ailleurs que dans ma chambre du collège, et plus encore de découvrir que j'étais sur l'eau, dans une cabine, mais pas un caïque. C'était la cabine avant d'un yacht, elle se rétrécissait à une extrémité. Je m'arrachais à peine au sommeil que déjà je voulais y retourner. Le jeune marin aux cheveux blonds coupés en brosse qui, de toute évidence, attendait mon réveil, me tendit un verre d'eau. J'avais si soif que je bus, bien que l'aspect trouble de l'eau ne fût guère engageant. Et je sombrai à nouveau dans le sommeil.

Le même homme me conduisit plus tard aux toilettes à l'avant du navire et je me souvins qu'il dut me soutenir : je titubais comme un ivrogne; je me rendormis assis sur la cuvette. J'avais pourtant remarqué sur le trajet que les tapes des hublots étaient maintenues fermées par des vis. J'avais même posé une ou deux questions sans que mon gardien daigne répondre, mais je n'y avais guère attaché d'importance.

Une autre fois, deux fois peut-être, je me réveillai encore, dans des circonstances différentes. J'étais à présent dans une vraie pièce, sur un vrai lit; il faisait nuit, ou s'il y avait de la lumière c'était une lumière électrique; des silhouettes ou des voix estompées; puis le noir.

Toutefois, un matin — du moins me semblait-il que c'était le matin, mais il aurait pu tout aussi bien être minuit, ma montre s'était arrêtée — je fus réveillé par le garçon blond qui me fit asseoir sur le lit, m'habiller, marcher une vingtaine de fois de long en large dans la chambre. Un autre homme que je n'avais pas encore vu se tenait près de la porte.

Je m'aperçus que l'extraordinaire peinture murale que je croyais avoir vue en rêve, sur le mur blanchi à la chaux en face du lit, était réelle. Une silhouette noire, bien plus grande que nature, sorte de squelette vivant qui semblait venir de Buchenwald, se dressait à demi sur ce qui pouvait représenter de l'herbe ou des flammes et d'une main décharnée désignait un petit miroir accroché au mur, pour m'exhorter sans doute à m'y contempler en considérant qu'il fallait mourir. Le visage osseux avait une expression intense qui était un étrange mélange de férocité et d'horreur. Je ne pouvais le regarder sans inquiétude et ce qu'il laissait deviner de l'esprit qui avait guidé la main du peintre n'était pas pour me réconforter. La peinture semblait toute fraîche.

Un troisième personnage entra dans la chambre après avoir frappé. Il m'apportait un pot de café sur un plateau : une odeur délicieuse s'en exhalait, l'arôme d'un vrai café, rien de comparable avec le triste café dit « turc » qu'on utilise en

Grèce. Il y avait aussi sur le plateau des petits pains, du beurre et de la marmelade de coings et un plat d'œufs au jambon. On me laissa seul. En dépit des circonstances ce fut un merveilleux petit déjeuner. Chaque saveur avait cette intensité, cette acuité que Proust découvre dans toute sensation. Je m'aperçus que j'étais affamé et dévorai mon repas, bus le café jusqu'à la dernière goutte. J'aurais pu recommencer immédiatement. Il y avait même sur le plateau un paquet de cigarettes américaines et une boîte d'allumettes.

Je m'efforçai de comprendre. J'étais vêtu d'un de mes pullovers et d'un pantalon de serge que je n'avais pas porté depuis l'hiver. La haute voûte au-dessus de moi était celle d'une citerne sous une maison; les murs sans fenêtres, quoique secs, n'en étaient pas moins souterrains. Il y avait l'éclairage électrique. Dans un coin : une petite valise, la mienne. Au-dessus : ma veste accrochée à un clou.

Le mur de briques contre lequel s'appuyait la table avait été construit récemment. On y avait ménagé une lourde porte de bois, sans poignée, sans judas, sans trou de serrure et même sans gonds visibles. Elle résista à ma poussée, elle était fermée de l'extérieur par des verrous ou des barres. Une autre table triangulaire occupait un angle de la pièce, c'était un lavabo à l'ancienne mode. Dessous, un seau hygiénique. Je fouillai dans ma valise : une chemise propre, des sous-vêtements de rechange, un pantalon d'été. Je vis aussi mon rasoir et mon blaireau. Cela me rappela que je pouvais évaluer le temps écoulé à l'aspect de mon menton.

J'allai me regarder dans le miroir. Une barbe d'au moins deux jours. Mon visage me parut étrange : à la fois comme avili et singulièrement indifférent. Je m'assis sur le lit et fixai du regard le personnage macabre. La mort dans une cellule de condamné à mort. Et j'attribuai soudain une raison sinistre à mon merveilleux petit déjeuner. Une exécution pour rire était sans doute la dernière indignité qu'on pourrait encore me faire subir.

Je me mis à marcher de long en large, cherchant à faire le point de la situation.

A la base de tout il y avait la vile, l'impardonnable, l'ultime trahison de Julie. Elle m'avait ridiculisé; elle avait bafoué en moi les instincts les plus nobles. Julie... Lily... J'avais tendance à l'appeler Lily à nouveau, peut-être parce que son premier masque semblait à présent moins malhonnête que les autres puisque plus évidemment faux. J'essayais d'imaginer ce qu'elle était réellement. Une jeune actrice de grand talent, certes, mais sans aucun sens moral; seule une prostituée aurait pu se conduire comme elle s'était conduite. Voilà ce qu'elles étaient, elle et sa sœur, une paire de prostituées, car June-Rose était sans doute toute prête à jouer elle aussi l'abominable scène de séduction finale. Elles auraient aimé pouvoir ainsi m'humilier doublement.

Tout ce qu'elles racontaient n'était que mensonges ou pièges. Les lettres? Des faux. Comment avais-je pu croire qu'elles n'allaient pas brouiller les pistes? Je devais me rendre à l'évidence : mes lettres étaient interceptées avant de quitter l'île; et en tirer une conclusion sinistre : ils avaient dû savoir dès le début la vérité au sujet d'Alison. Lorsque Conchis m'avait conseillé de retourner en Angleterre et d'épouser Alison il savait qu'elle était morte. Lily le savait aussi. Je ne m'arrêtai pas là dans mes déductions. Le gouffre était sans fond, j'avais basculé dans l'abîme qui bordait le monde réel. Ils avaient bien composé quelques fausses coupures de journaux au sujet des deux sœurs, pourquoi n'en auraient-ils pas fabriqué d'autres... Je cherchai dans la poche de ma veste la lettre d'Ann Taylor que j'y avais remise après l'avoir montrée à June. Elle y était encore. Je l'examinai ainsi que les deux articles de journal qui y étaient attachés, cherchant en vain le signe qui aurait prouvé qu'ils n'étaient pas authentiques. Je me souvins de l'autre enveloppe que j'avais laissée dans ma chambre, que June n'avait pas vue, et qui portait mon nom de la main d'Alison, et son pathétique petit enchevêtrement de fleurs flétries. Seule Alison pouvait la leur avoir remise.

Je me regardai fixement dans le miroir. Soudain la réalité de la mort d'Alison — gage de son honnêteté, de sa loyauté — devenait la seule ancre qui me retenait encore. Si elle aussi... Si elle... La vie n'était plus qu'un effroyable complot.

Je m'efforçai de remonter le cours du temps pour retrouver Alison, m'emparer d'elle dans toute sa vérité, au-delà de mon amour et de sa haine. Je ne fis d'abord que m'enfoncer encore un peu plus dans le gouffre des suppositions folles. Et si ma vie, l'année précédente, avait été exactement l'opposé d'une suite de hasards? De ce que si souvent — pour me mystifier un peu plus? — Conchis disait être la vie? Si tout avait été prévu, préparé? L'appartement de Russell Square? Mais j'avais répondu à une annonce du *New Statesman.* La première rencontre avec Alison? Mais il était possible que je n'aille pas à la surprise-partie, que je n'attende pas un moment à la porte... Et Margaret et Ann Taylor et les autres... Tout devenait si improbable que l'hypothèse s'écroulait.

Je me regardais toujours dans le miroir. Ils essayaient de me rendre fou, de me faire subir quelque extraordinaire lavage de cerveau. Je n'en cherchais que plus obstinément un point d'appui solide. Et je le trouvai en ce minuscule cristal limpide d'éternelle loyauté que j'avais reconnu en Alison, comme une lumière dans la nuit la plus sombre, comme l'éclat tremblant d'une larme. La totale inaptitude d'Alison à être aussi cruelle. Les larmes qui me vinrent aux yeux étaient une sorte d'amère assurance que je ne pouvais douter de sa mort.

Je pleurais la mort d'Alison, mais je pleurais de rage aussi. Conchis et Julie savaient qu'elle était morte et avaient fait lever en moi ce nouveau doute, cette impossible espérance afin de me torturer, afin d'accomplir sur moi, pour quelque raison incompréhensible, une vivisection de l'esprit d'une cruauté raffinée.

Comme s'ils ne voulaient rien autre que me punir, me punir encore et encore. Sans en avoir le droit; et sans aucune raison.

Je m'assis, la tête dans mes mains crispées.

J'entendais de nouveau des fragments de choses dites; je donnais à tous les mots un double sens; l'ironie dramatique était constante; les discours de Conchis et de Lily n'étaient que mauvaises plaisanteries, jusqu'à ce dernier dialogue avec June au sujet des hallucinations et de la psychiatrie.

Ils avaient décommandé ma visite du week-end afin que s'écoule un temps raisonnable avant l'arrivée de la lettre de la banque; ils m'avaient retenu un instant au bord du vide pour m'y précipiter plus brutalement encore.

Des images de Lily, la Lily de la phase Julie, ne cessaient de me revenir en mémoire; des moments de passion; ce dernier et total abandon d'elle-même; et d'autres moments de douceur, de sincérité, des gestes qui n'avaient pas été réglés à l'avance, qui étaient commandés par une identification profonde avec le rôle qu'elle jouait. J'en revins même un instant à ma première théorie : elle agissait en état d'hypnose. Mais non, c'était inconcevable.

J'allumai une autre cigarette. J'essayai de réfléchir à ma situation présente. Tout me ramenait à la même colère, la même humiliation profonde. Je ne rêvais que de revanche : humilier Lily à mon tour. J'étais furieux de ne pas l'avoir brusquée, violentée. En un ultime affront, on avait utilisé contre moi ce qui me restait d'honnêteté.

Il y eut du bruit au dehors. La porte s'ouvrit. L'homme aux cheveux blonds entra, suivi par un autre homme également vêtu d'un pantalon noir, d'une chemise noire, d'espadrilles noires. Anton venait par derrière. Il portait une blouse blanche de médecin avec une rangée de stylos dans la poche de poitrine.

Il parlait avec un fort accent allemand, sur le ton enjoué d'un médecin de garde faisant sa ronde. Il ne boitait plus.

« Comment vous sentez-vous? »

Je le regardai, me forçai au calme.

« Merveilleusement bien. Je m'amuse follement. »

Il jeta un coup d'œil au plateau du déjeuner.

« Voulez-vous un peu plus de café? »

Je fis oui de la tête. En réponse à son geste le deuxième homme emporta le plateau. Anton s'assit près de la table et l'autre homme s'adossa tranquillement à la porte. Au-delà de lui je pouvais voir un long corridor se terminant par des marches qui montaient vers la lumière du jour. C'était une citerne bien trop vaste pour qu'elle appartînt à une demeure privée. Anton me regardait. Je ne voulais pas parler. Après un moment il reprit :

« Je suis médecin. Je viens vous examiner. » Il m'observait. Il sourit. « Vous vous sentez... pas trop mal? »

Je m'appuyai contre le mur, le dévisageant sans rien dire.

Il fit du doigt un geste de reproche. « Réponse, s'il vous plaît.

— J'adore être humilié. J'adore voir une fille que j'aime fouler aux pieds toute décence. Chaque fois que ce vieux con me dit un nouveau mensonge, des frissons d'extase me parcourent l'échine. » Je hurlai : « Et à présent, où suis-je, bon Dieu! »

Il me donnait l'impression qu'il n'écoutait même pas ce que je disais, c'était mon comportement qu'il observait.

Il dit lentement : « Bien. Vous êtes réveillé. » Il était assis jambes croisées, le buste un peu en arrière, en une imitation correcte d'un médecin dans son cabinet de consultation.

« Où est cette putain? » Il ne semblait pas comprendre. « Lily. Julie. Quel que soit son nom. »

Il sourit. « Putain veut dire prostituée? »

Je fermai les yeux. J'avais mal à la tête, je voulais rester calme. L'homme sur le seuil se retourna, l'autre apparut dans le couloir portant un plateau qu'il vint poser sur la table. Anton versa du café dans deux tasses. Le petit blond m'en passa une. Anton vida la sienne d'un trait.

« Mon ami, vous vous trompez. C'est une charmante jeune fille. Très intelligente. Très brave. » Et comme je ricanais : « Mais oui, très brave.

— Tout ce que je peux te dire c'est qu'une fois sorti d'ici je vais vous le faire payer, sacré bon Dieu, ce sera un foutu scandale et tous vous regretterez alors... »

Il leva la main dans un geste d'apaisement. « Votre cerveau est fatigué. On vous a beaucoup drogué ces jours derniers.

— Combien de jours?

— C'est dimanche. »

Un trou de trois jours. Je me souvins des maudites copies d'examen. Les élèves, les autres professeurs... Il était impossible que le collège tout entier se soit ligué avec Conchis. J'étais stupéfait par l'audace même du coup bien plus que par les drogues qu'ils m'avaient fait prendre. Ils pouvaient ignorer les lois, les exigences d'un métier, le respect aux morts, tout ce qui garde au monde sa quotidienneté, sa stabilité, son sens. Ce n'était pas seulement la négation de mon propre monde mais aussi de ce que j'avais cru être le monde de Conchis.

Je regardai Anton.

« Je suppose que c'est le genre de bonne plaisanterie que vous appréciez, vous, les Allemands.

— Je suis suisse. Et ma mère est juive. »

Sous les sourcils touffus et sombres, les yeux souriaient. Je fis tournoyer dans ma tasse le reste du café puis le lui jetai au visage, éclaboussant la blouse. Il sortit son mouchoir, s'essuya et dit quelque chose à l'homme qui se tenait derrière lui. Il n'avait pas l'air en colère et haussa simplement les épaules. Puis il regarda sa montre.

« Il est dix heures trente...-huit. Aujourd'hui a lieu le jugement. Vous devez être réveillé. » Il montra sa blouse. « Parfait. Vous êtes réveillé »

Il se leva.

« Le jugement?

— Bientôt nous irons là où vous nous jugerez.

— Je vous juge?

— Oui. Vous vous croyez un prisonnier. Mais non, vous êtes un juge. Alors peut-être pourriez-vous... » Il passa la main sur son menton.

« Va te faire foutre!

— Il y aura beaucoup de monde, là-bas. » Je le regardai, incrédule. « Ça serait mieux. » Puis il haussa les épaules et fit un signe de tête au petit blond. « N'importe. Adam — il accentuait la deuxième syllabe — Adam reviendra dans vingt minutes pour vous préparer.

— Me préparer?

— Ce n'est rien. Nous avons un petit rituel. Ce n'est pas pour vous. C'est pour nous.

— Nous?

— Bientôt vous comprendrez tout. »

Je regrettai de n'avoir plus de café à lui jeter au visage. Il sourit, salua, sortit. Les deux autres fermèrent la porte.

J'entendis qu'on poussait le verrou. Je regardai le squelette sur le mur. Et à sa façon sinistre il semblait dire la même chose : bientôt tu comprendras. Tout.

61

Je remontai ma montre. Vingt minutes plus tard exactement les trois hommes en « uniforme » entrèrent de nouveau dans ma cellule. Leurs vêtements noirs de fascistes les faisaient paraître plus agressifs qu'ils ne l'étaient vraiment; leurs visages n'avaient rien de particulièrement brutal. Le blond Adam vint se placer devant moi. Il portait à la main une curieuse petite mallette.

« S'il vous plaît... pas bataille. »

Il posa la mallette sur la table, en retira deux paires de menottes. Je tendis les poignets d'un geste méprisant et le laissai m'attacher aux deux autres hommes. Puis il sortit un curieux bâillon noir, concave, avec un épais bourrelet dans lequel il fallait mordre.

« S'il vous plaît... je mets ça. Fait pas mal. »

L'un et l'autre nous hésitions. J'étais déterminé à ne pas me débattre, à rester calme et à attendre le moment où je pourrais m'en prendre à quelqu'un que je voulais vraiment blesser. Il avança précautionneusement le bâillon de caoutchouc et je haussai les épaules. Je pris entre mes dents la langue noire au goût de désinfectant. Adam attacha adroitement les courroies derrière ma tête. Puis il sortit de la mallette un large ruban adhésif noir et fixa les bords du bâillon contre ma peau. Je me pris à regretter de ne m'être pas rasé.

L'opération suivante me surprit plus encore. Adam s'agenouilla et, relevant la jambe droite de mon pantalon jusqu'au genou, la retint dans cette position avec une jarretelle élastique. Puis on me dit de me lever. Adam me rassura d'un geste : je n'avais pas à m'alarmer. Il fit passer mon pull-over par-dessus ma tête et le tira en arrière jusqu'à ce qu'il pende à mes poignets. Il déboutonna alors ma chemise et en dégagea mon épaule gauche. Il sortit ensuite de la mallette deux rubans blancs de trois centimètres de large sur lesquels étaient cousues deux rosettes rouge sang. Il en noua un autour de mon mollet droit, fit passer l'autre sous mon aisselle et par-dessus l'épaule. Il fixa au milieu de mon front, comme une énorme tache, un cercle noir de trois centimètres de diamètre découpé dans du ruban adhésif. Finalement, après un dernier geste d'apaisement, il me recouvrit la tête d'un sac noir. Je fus tenté encore une fois de me débattre, mais j'avais laissé passer ma chance. Nous nous mîmes en route. Une main s'était posée sur chacun de mes bras. Nous sortions de la cellule et marchions à présent le long de ce qui — au bruit des pas — semblait être un corridor pavé de pierres. On me fit arrêter au bout et Adam dit : « Doucement, nous montons. En haut. » Je me demandai si « en haut » voulait dire au premier étage de la maison ou si ce n'était encore qu'une façon maladroite de s'exprimer.

J'avançai prudemment et, une fois arrivé à la dernière marche, je sus que nous étions au soleil. Je sentais sa chaleur sur ma peau nue, mais le sac me couvrant le visage ne laissait passer qu'une faible lumière. A présent nous devions avoir parcouru deux ou trois cents mètres. Il me semblait reconnaître l'odeur de la mer; mais je n'en étais pas sûr. Je n'aurais pas été très surpris de sentir soudain un mur contre mon dos, et de me trouver face à un peloton d'exécution. Ils s'arrêtèrent une fois de plus et une voix dit : « En bas maintenant. » On me donna tout le temps nécessaire pour descendre avec précaution les nombreuses marches — une bonne dizaine — et l'air devint très frais. On me fit prendre un tournant, descendre encore d'autres marches. Nos pas résonnèrent alors dans ce qui devait être une grande salle. Il y avait là une mystérieuse et inquiétante odeur de bois qui brûle et de goudron. On me fit arrêter. Quelqu'un me débarrassa du sac.

Je m'étais attendu à voir des gens. J'étais seul avec mes trois gardes. Nous nous trouvions au bout d'une immense pièce souterraine, une de ces énormes citernes, de la taille d'une petite église, comme on en trouve souvent dans les vieux châteaux turco-vénitiens du Péloponèse. Je me souvenais en avoir vu une à peu près semblable l'hiver où j'étais allé à Pylos. Et en effet, levant les yeux, je découvris deux conduits dont les orifices supérieurs avaient dû être bouchés au niveau du sol.

A l'extrémité opposée il y avait une petite estrade; et sur l'estrade un trône. En face du trône, une table, ou plutôt trois longues tables mises bout à bout en un croissant aplati et drapées de tissu noir. Derrière les tables douze chaises noires et une treizième place, vide, au milieu.

Les murs avaient été passés à la chaux sur une hauteur d'environ cinq mètres et au-dessus du trône était peinte une roue à huit rayons. Contre le mur de droite, entre la table et le trône, des bancs en gradins évoquaient le box des jurés au tribunal.

Cette étrange salle d'audience était pour le moment éclairée de façon insolite, par une série de flambeaux brûlant le long des murs latéraux. Mais dans chaque coin derrière le trône était placée une batterie de projecteurs braqués sur la table en croissant. Ils n'étaient pas allumés; néanmoins leur seule présence ajoutait à l'atmosphère déjà alarmante de ce lieu digne du Ku Klux Klan. Plutôt chambre de torture que cour de justice; l'arbitraire *Star Chamber* du XVe siècle; un tribunal au temps de l'Inquisition.

On me fit avancer, longer un côté de la pièce, dépasser la table et me diriger vers le trône. Je m'aperçus soudain que c'était là qu'on allait me faire asseoir. Ils s'arrêtèrent pour me laisser monter sur l'estrade; les cinq marches aboutissaient à une petite plate-forme supportant le trône. Ce n'était pas un vrai trône mais, tout comme l'estrade, un accessoire de théâtre, peint en noir, avec un dossier en ogive et de chaque côté une colonne soutenant l'accoudoir. Au milieu du solide panneau de bois, un œil blanc, comme celui que les pêcheurs méditerranéens peignent sur l'avant de leurs bateaux pour conjurer le mauvais sort. Le siège était recouvert d'un coussin plat, cramoisi; on me fit asseoir.

Aussitôt après, mes gardes ouvrirent l'extrémité des menottes entourant leur poignet et les refermèrent sur les bras du fauteuil. Je baissai les yeux. Le trône était fixé à l'estrade par de solides équerres. Je marmonnai sous le bâillon mais Adam secoua la tête : je devais regarder et me taire. Les deux autres gardes se placèrent derrière le trône, sur la première marche de l'estrade. Adam, en serviteur fidèle — et dément — vérifia les menottes, tira en arrière la chemise que j'avais tenté de remettre en place d'un mouvement d'épaule, puis redescendit les marches. Là il se retourna, comme dans une église il aurait fait face à l'autel, et s'inclina légèrement. Puis il contourna la table et sortit de la salle par une porte à l'extrémité opposée. Je restai assis là, seul avec les deux hommes, silencieux et immobiles derrière moi; il n'y avait d'autre bruit que le faible grésillement des torches.

Je jetai un regard autour de moi, m'obligeant à observer calmement les lieux. Je découvris d'autres emblèmes cabalistiques. Sur le mur à ma droite une croix noire, qui n'était pas la croix chrétienne car le haut de la partie verticale s'enflait en forme de poire renversée; à gauche, en face de la croix, une rose rouge vif, seule tache de couleur dans la pièce noire et blanche. Au fond, sur l'unique porte, était peinte en noir une énorme main gauche coupée au poignet, l'index et l'auriculaire dressés, les deux autres doigts et le pouce repliés dans la paume. Visiblement, la pièce était ornée selon des rites; et j'ai toujours détesté les rites quels qu'ils soient. Je ne cessais de me répéter : reste digne, reste digne, reste digne. Je savais que j'avais l'air ridicule avec les rubans, les rosettes, et sur le front cet œil de cyclope. Je devais pourtant m'efforcer de garder quelque décence.

La surprise me coupa un instant le souffle. Une forme terrifiante... Soudain, silencieusement, Herne le chasseur était apparu sur le seuil de la porte. Un dieu néolithique, noir et dur comme le fer, un esprit de la nuit, de la forêt nordique, venu de l'époque la plus lointaine.

C'était un homme avec une tête de cerf qui remplissait l'arche de la porte; il se tenait là, silhouette géante, image inoubliable se détachant contre le mur blanchi à la chaux du corridor faiblement éclairé. Les bois étaient énormes, très ramifiés, aussi noirs que des branches d'amandier. L'homme était en noir de la tête aux pieds, seuls les yeux et les narines avaient été marqués de blanc. Il attendait comme pour me bien laisser pénétrer de sa présence, puis s'approcha lentement de la table et se tint au centre, l'air royal, avant d'aller se placer à l'extrémité gauche. Entre temps j'avais remarqué les gants noirs, les souliers noirs sous l'étroite soutane, et que l'énorme masque gênait ses mouvements.

La peur que j'éprouvais était toujours la même, qui ne venait pas de ce que je voyais mais des raisons commandant le déguisement. Dans notre siècle habitué à la science-fiction et trop sûr de la réalité scientifique pour ne pas être guéri de la terreur du surnaturel on ne peut être effrayé par un masque, mais on peut l'être par ce qui se cache derrière, l'éternelle source de toute peur, de toute horreur, de tous maux : l'homme.

Une deuxième silhouette apparut et s'arrêta sous le porche.

Cette fois, c'était une femme. Elle était vêtue du costume traditionnel des sorcières anglaises : un chapeau noir à fond pointu et large bord, une longue chevelure blanche, un tablier rouge sous un manteau noir, et un masque malveillant au nez crochu. Courbée en deux, et clopinant, elle se dirigea vers l'extrémité droite de la table et posa dessus le chat qu'elle portait. Il était empaillé, en position assise, avec des yeux de verre qui me fixaient, comme aussi me fixaient les yeux de la sorcière; et ceux de l'homme à tête de cerf.

Puis vint un autre personnage inquiétant : un homme à tête de crocodile, un masque négroïde à l'étrange crinière, qui projetait en avant de féroces dents blanches et des yeux globuleux. L'homme ne s'arrêta qu'un instant avant d'aller se placer près du cerf, comme si, peu habitué à de telles scènes, il ne se trouvait guère à l'aise sous son déguisement.

Le personnage suivant était plus petit, il avait une tête anormalement grosse, et son large sourire découvrait d'énormes dents. Les yeux paraissaient enfoncés dans de profondes orbites noires, le front était entouré d'une crête d'iguane. L'homme était vêtu d'un poncho noir et paraissait de type aztèque. Il alla se mettre à côté de la sorcière.

Une autre silhouette apparut, féminine celle-là. Je pensai immédiatement que c'était Lily, déguisée en vampire ailé, avec une tête de chauve-souris en fourrure noire et deux longs crocs blancs. Elle portait une jupe noire, des bas et souliers noirs sur ses jambes fines. Elle se dirigea vers le crocodile, se tint auprès de lui, écartant ses ailes crochues qu'un courant d'air gonflait un peu, sinistres à la lueur des torches, recouvrant la croix et la rose de leur grande ombre frémissante.

Le suivant était africain, un épouvantail de village, un paquet de chiffons qui pendaient jusqu'au sol en une série de jupons froncés. Le masque lui-même, aux énormes yeux ronds, était fait de ces mêmes chiffons noués au sommet et surmontés de trois plumes blanches. C'était une hideuse poupée sans bras ni jambes et de sexe indéterminé, un cauchemar d'enfant. Il se traîna à sa place près du vampire et ses yeux me fixèrent à leur tour.

Puis vint un succube courtaud et nanti d'une sorte de groin, vrai personnage de Jérôme Bosch.

Celui qui lui succéda était par contraste presque entièrement blanc, macabre, une sorte de pierrot-squelette. Le double animé du dessin sur le mur de ma cellule. Un crâne lui tenait lieu de masque. Les os du bassin avaient été habilement mis en relief et le personnage se déplaçait sur un rythme cassé, sautillant.

Un autre masque plus étrange encore : une femme; et je me demandai alors si le vampire était bien Lily, ou si plutôt ce n'était pas elle à présent, dans cette jupe dont le bas rigide avait la forme d'une queue de poisson stylisée qui s'enflait ensuite en un ventre lourd de femme enceinte pour devenir enfin, au-dessus de la poitrine, la tête d'un oiseau, dressée presque à la verticale. Elle avançait lentement, la main droite entre les seins, et supportant de la main gauche le ventre d'une grossesse de huit mois. Dans la tête blanche au bec pointu les yeux en amande fixaient le plafond. Elle était très belle, cette femme-poisson-oiseau, étrangement attendrissante après la morbidité menaçante des autres. Dans la gorge tendue il y avait deux trous pour les yeux.

Il restait encore quatre places.

Le personnage suivant était une vieille connaissance : Anubis à tête de chacal, alerte et pervers. Il gagna sa place d'une démarche souple, la démarche d'un nègre.

Puis un homme vint, en manteau sombre qui portait, inscrits en blanc, des symboles astrologiques et alchimistes. Il avait sur la tête un chapeau pointu d'un mètre de haut, à large bord. De la partie postérieure pendait dans le cou un voile noir. L'homme était ganté de noir et tenait à la main un long bâton blanc surmonté d'un cercle : un serpent qui se mordait la queue. Il ne portait sur le visage qu'un loup d'épais tissu noir. Je l'avais reconnu tout de suite à son regard aigu et sa bouche implacable.

Il restait encore deux places au centre. Il y eut un moment d'attente. Dans un silence total, les personnages, derrière la table me regardaient, immobiles. Je jetai un coup d'œil à mes gardes qui n'avaient pas bougé la tête, impassibles comme des soldats. Je haussai les épaules. J'aurais voulu pouvoir bâiller, pour leur montrer le peu d'intérêt que j'attachais à la cérémonie et me redonner de l'assurance.

Quatre hommes apparurent dans le corridor blanc. Ils soutenaient les brancards d'une chaise à porteur noire, si étroite qu'elle ressemblait à un cercueil en position verticale. Je remarquai que les rideaux étaient fermés. Sur le panneau avant était peint le même emblème que celui qui surmontait le trône : une roue à huit rayons. Au-dessus du toit était fixée une sorte de tiare noire, dont chaque pointe se terminait par un ménisque blanc. L'ensemble formait un anneau de nouvelles lunes.

Les quatre porteurs avaient une longue robe noire et sur le visage des masques grotesques de médecins sorciers, en noir et blanc, qui se prolongeaient par une énorme croix, haute d'au moins un mètre. Au lieu de se terminer nettement, la partie verticale et les bras de la croix s'effilochaient en franges de chiffons ou de raphia, flammes noires et dansantes.

Ils ne se dirigèrent pas directement vers le centre de la table, mais comme s'ils transportaient une hostie ou une relique sainte ils firent le tour de la pièce, longeant le mur, passant devant mon trône, entre moi et la table — de sorte que je pus voir les croissants de lune blancs, symbole d'Artémis-Diane, sur les panneaux latéraux — puis suivant le mur de droite jusqu'à la porte et revenant enfin vers la table. Les brancards furent glissés hors des anneaux et la chaise avancée jusqu'à la place restée vide, au centre. Pendant ce temps les autres personnages n'avaient pas cessé de me regarder. La lumière faiblissait. Les porteurs noirs allèrent se placer près des flambeaux dont trois étaient presque éteints.

Alors apparut le treizième personnage.

Sa longue aube contrastait avec les vêtements noirs des

autres. Elle descendait jusqu'à terre. Deux bandes noires à l'extrémité des larges manches en étaient les seules décorations. Ses mains gantées de rouge portaient un bâton noir. La tête était celle d'un bouc noir; une vraie tête de bouc portée comme une sorte de coiffure, et ainsi se trouvant bien au-dessus des épaules de celui qui l'arborait et dont le visage était caché par la barbe hirsute de l'animal. D'énormes cornes recourbées en arrière; des yeux de verre couleur d'ambre; seul ornement : une grosse chandelle rouge sang qui avait été attachée entre les cornes et allumée. J'aurais bien voulu pouvoir parler, je ressentais le besoin de m'esclaffer, de lancer quelque saine plaisanterie, quelque raillerie d'adolescent qui ramènerait tout ce cérémonial aux dimensions d'un carnaval grotesque. Mais tout ce que je pouvais faire était de croiser les jambes et de ne pas paraître impressionné.

Le bouc s'avança vers la table dans toute sa majesté satanique et je rassemblai mon courage pour ce qui allait suivre : une messe noire, sans doute, la table servant d'autel. Je comprenais que son déguisement était une représentation bouffonne de l'image traditionnelle du Christ; le bâton était la houlette pastorale, la barbe sombre la barbe du Christ, la chandelle rouge une sorte de parodie blasphématoire de l'auréole. Il arrivait à sa place. Les pantins de carnaval, en une longue rangée, me regardaient toujours. Moi-même je les examinai l'un après l'autre encore une fois : le diable-cerf, le diable-crocodile, le vampire, le succube, la femme-oiseau, le magicien, le cercueil-chaise, le diable-bouc, le diable-chacal, le pierrot-squelette, la poupée de chiffons, l'aztèque, la sorcière. J'avalai ma salive et de nouveau jetai un regard vers mes gardes. Le bâillon me faisait mal dès que je remuais la tête. Je restai donc immobile, fixant du regard le pied de l'estrade.

Du temps passa. Une minute peut-être. Un autre flambeau s'éteignit. Le bouc souleva son bâton, le tint en l'air un moment puis le posa devant lui sur la table; il avait dû, ce faisant, l'accrocher dans ses vêtements; la très légère confusion qui s'ensuivit me fit plaisir. Aussitôt débarrassé du bâton, le bouc leva les deux mains comme un prêtre dans l'exercice de son sacerdoce, mais les doigts pointaient comme des cornes et désignaient derrière moi les coins de la salle. Mes deux gardes se dirigèrent vers les projecteurs. Soudain la pièce fut inondée de lumière et, après un moment de calme total, pleine d'agitation.

Les personnages alignés devant moi, comme des acteurs qui en ont fini avec leur rôle, se mirent à ôter leurs masques et déguisements. Les hommes à la tête surmontée d'une croix qui se tenaient près des flambeaux firent demi-tour, prirent les torches et l'un derrière l'autre s'éloignèrent vers la porte. Toutefois ils durent attendre avant de sortir car un groupe d'une vingtaine de jeunes gens entrait dans la pièce. Ils étaient vêtus normalement et leur entrée n'était pas le moins du monde réglée par un cérémonial. Quelques-uns avaient un livre ou un classeur à la main. Ils étaient silencieux et prirent rapidement place sur les bancs en gradins à ma droite. Les hommes portant les torches disparurent. J'examinai les nouveaux venus : des Allemands ou des Scandinaves aux visages intelligents, des visages d'étudiants; parmi eux quelques hommes plus âgés et trois filles, mais l'âge moyen était de vingt-cinq ans à peine. Je reconnus deux des hommes que j'avais vus sur la crête.

Ceux qui se tenaient derrière la table finissaient d'enlever leurs travestis, aidés par Adam et mes deux gardes. Puis Adam posa sur la table, à chaque place, une chemise de carton avec une étiquette. On emporta le chat empaillé et la houlette et tous les autres accessoires. Ce fut très vite fait, comme une scène bien répétée. Mon regard allait de l'un à l'autre des personnages maintenant dépouillés de leurs masques.

Le dernier arrivé, l'homme à la tête de bouc, était un vieillard à la courte barbe blanche et aux yeux d'un bleu sombre; Comme tous les autres il évitait soigneusement de me regarder mais je le vis sourire à Conchis, l'astrologue magicien, à son côté. Près de Conchis se tenait une femme mince d'une quarantaine d'années, sortie de l'oiseau et du ventre. Elle portait un costume gris et avait l'air d'une directrice d'école ou d'une femme d'affaires. Joe le chacal était vêtu d'un costume bleu foncé. A ma surprise, le costume de Pierrot révéla Anton. Le succube de Bosch : un autre homme âgé, au visage doux et portant un pince-nez. La poupée de chiffons était Maria. La tête aztèque, le colonel allemand, le Wimmel de l'épisode sur la crête. Le vampire n'était pas Lily mais sa sœur; sans cicatrice au poignet, un chemisier banc et la jupe noire de son rôle. Le crocodile était un homme d'à peine trente ans, grec ou italien, avec une petite barbe qui lui donnait l'air d'un artiste, et lui aussi en complet de ville. La tête de cerf : un autre homme que je ne connaissais pas, un intellectuel d'environ quarante ans, de type juif, très grand, très bronzé et atteint d'une légère calvitie.

Il ne restait que la sorcière à l'extrémité droite de la table. C'était Lily, dans une robe de lainage blanc à manches longues et encolure montante. Je la regardai tapoter son chignon sévère et mettre des lunettes. Elle se pencha pour écouter quelque chose que le « colonel » lui chuchotait à l'oreille. Elle fit de la tête un signe affirmatif puis ouvrit le dossier posé devant elle.

Une personne, une seule, se cachait encore : celle qui était dans la chaise à porteur.

J'étais assis face à une rangée de gens, eux-mêmes assis, qui à présent paraissaient parfaitement normaux, consultant leurs dossiers et me dévisageant sans sympathie mais avec intérêt. Je jetai un coup d'œil vers June-Rose mais son visage levé vers moi était sans expression, comme si j'étais une figure de cire. J'attendais surtout que Lily me regarde. Toutefois, quand elle le fit je ne vis rien dans ses yeux. Elle avait l'air de se considérer comme un membre junior du conseil, et sa place, en bout de table, confirmait cette impression.

Enfin le vieillard à la barbe blanche se leva, et aussitôt cessa le léger murmure qui s'était élevé parmi l'auditoire. Les autres, autour de la table, se tournaient vers lui. Je vis quelques-uns des « étudiants », un carnet de notes ouvert sur les genoux, s'apprêter à écrire. Le vieil homme parut me considérer pensivement à travers ses lunettes à monture dorée. Il sourit, salua.

« Monsieur Urfe, vous avez dû depuis longtemps conclure que vous étiez tombé entre les mains de gens qui ont perdu l'esprit. Pire que des fous, des fous sadiques. Et je pense que ma première tâche consiste à vous présenter ces fous. » Il y eut quelques légers sourires. Son anglais était excellent, quoiqu'on pût y reconnaître les traces d'un accent allemand. « Mais d'abord, ayant retrouvé notre aspect habituel, nous allons vous redonner le vôtre. » Il fit tranquillement un signe à mes gardes qui avaient repris leur place derrière moi. Ils dénouèrent prestement les rubans à rosettes, réajustèrent mes vêtements, arrachèrent le cercle noir collé sur mon front et même me brossèrent les cheveux, mais ils me laissèrent le bâillon.

« Bien. Maintenant, si vous me le permettez, je me présenterai en premier. Je suis le docteur Friedrich Kretschmer, originaire de Stuttgart, à présent directeur de l'Institute of Experimental Psychology à l'université de l'Idaho, en Amérique. A ma droite, voici le docteur Maurice Conchis, de la faculté de médecine de Paris... » Conchis se leva et me salua brièvement. Je lui lançai un regard furieux. « A sa droite, le docteur Mary Marcus, qui a appartenu à la William Alanson White Foundation, à New York, et fait maintenant partie de l'université d'Edimbourg. » La femme à l'air professoral inclina la tête. « A sa droite, le professeur Mario Ciardi, de Milan. » Le petit homme à l'air doux se leva et salua. « Plus loin vous pouvez voir notre charmante modéliste, Miss Moira Maxwell; nos costumes de scène vous ont permis de juger de son talent. » June-Rose me fit un petit sourire fugace. « A droite de Miss Maxwell,

M. Yanni Kottopoulos. Il a été notre régisseur. » L'homme à la barbe s'inclina; puis le grand juif se leva. « Et vous saluant à présent, voici Arne Halberstedt, du Queen's Theatre de Stockholm, notre directeur et metteur en scène, auquel nous autres, simples amateurs dans le nouveau théâtre, sommes grandement redevables, ainsi qu'à Miss Maxwell et Yanni Kottopoulos, pour la réalisation et la valeur esthétique de notre entreprise. » D'abord Conchis, puis les autres occupants des tables, puis les étudiants se mirent à applaudir. Et même les gardes, derrière moi, se joignirent à l'ovation générale.

Le vieil homme se retourna. « Et maintenant, à ma gauche, vous voyez un coffre vide. Mais nous aimons à croire qu'il y a une déesse à l'intérieur. Une déesse vierge qu'aucun de nous n'a jamais vue et ne verra jamais. Nous l'appelons Astaroth l'Invisible. Vos connaissances littéraires vous permettront, j'en suis sûr, de deviner ce qu'elle représente. Et de là vous imaginerez aisément ce que nous, pauvres chercheurs, essayons d'exprimer. » Il s'éclaircit la gorge. « Au-delà du coffre vous voyez le docteur Joseph Harrison, de mon département, en Idaho. Vous avez peut-être entendu parler de sa brillante étude des névroses caractéristiques chez les Noirs des ghettos urbains : *Mentalité blanche, mentalité noire*. » Joe se leva et fit de la main un salut désinvolte. « Puis, le docteur Anton Mayer, qui travaille pour le moment à Vienne. A côté de lui, Mme Maurice Conchis, que nombre d'entre nous connaissent plutôt comme l'auteur si talentueux d'études sur les conséquences des traumas subis par les enfants réfugiés, durant la guerre. Je parle, naturellement, du docteur Annette Kazanian du Chicago Institute. » Je me refusais à paraître surpris, différent en cela d'une partie de l'auditoire qui murmurait et se penchait pour apercevoir « Maria ». « A côté de Mme Conchis vous voyez le Privatdozent Thorvald Jorgensen de l'université d'Aalborg. » Le « colonel » se leva vivement et salua. « Puis le docteur Vanessa Maxwell. » Lily m'octroya, à travers ses lunettes, un regard bref, dépourvu d'expression. Le vieil homme continua, s'adressant à présent à ses collègues. « Je crois que nous sommes tous conscients que le succès du côté clinique de notre entreprise, cet été, est très largement dû au docteur Maxwell. Le docteur Marcus m'avait déjà dit à quoi je pouvais m'attendre quand son élève la plus douée est venue se joindre à nous, en Idaho. Mais je tiens à souligner que jamais mes espérances ne s'étaient encore aussi pleinement réalisées. On m'accuse parfois de mettre trop l'accent sur le rôle des femmes dans notre profession. Permettez-moi de dire que le docteur Maxwell, ma charmante et jeune collègue Vanessa, confirme ce que j'ai toujours cru : un jour viendra pour la psychiatrie où tous nos grands praticiens — j'emploie le terme en opposition avec celui de théoricien — où tous nos grands praticiens, donc, seront du sexe d'Eve. » Il y eut des applaudissements. Lily baissait les yeux et lorsque le silence fut rétabli elle jeta un regard vers le vieil homme et murmura : « Merci. » Il se tourna de nouveau vers moi.

« Les étudiants que vous voyez sont des Autrichiens et des Danois qui viennent de la faculté du docteur Mayer et d'Aalborg. Je crois que nous parlons tous anglais? » Quelques-uns dirent oui. Il leur sourit avec bienveillance et but une gorgée d'eau.

« Eh bien, voilà, monsieur Urfe. Vous avez à présent deviné notre secret. Nous sommes un groupe international de psychologues que j'ai l'honneur de diriger — simplement en raison de mon âge. » Deux ou trois protestèrent d'un hochement de tête. « Pour différentes raisons, le secteur de recherche qui nous intéresse plus spécialement exige que nos sujets ne soient pas des volontaires, qu'ils ne soient pas même conscients d'être les sujets de l'expérimentation. Nous ne sommes pas tous les adeptes des mêmes théories du comportement, nous appartenons souvent à des écoles différentes, mais nous sommes d'accord pour considérer que la nature de l'expérimentation est telle qu'il est préférable que son but ne soit pas dévoilé au sujet, même en conclusion de l'expérience. Quoique je sois sûr que, lorsque vous pourrez rassembler tranquillement vos souvenirs, vous serez capable de déduire des effets au moins une partie des causes. » Il y eut ici et là des sourires. « Eh bien, nous vous avons gardé, ces trois derniers jours, dans un état de narcose profonde et le matériel que nous avons obtenu de vous s'est révélé extrêmement intéressant, vraiment très précieux. Avant tout nous tenons à vous faire savoir combien nous avons apprécié la normalité dont vous avez fait preuve dans tous ces étranges labyrinthes que nous vous avons fait parcourir. »

Ils se levèrent tous et m'applaudirent. Je ne pus garder plus longtemps mon sang-froid. Je voyais Lily et Conchis battre des mains. Et les étudiants. Je redressai les poignets, écartant en V deux doigts de chaque main. Le vieillard eut l'air décontenancé et se tournant vers Conchis lui demanda ce que cela signifiait. Les applaudissements cessèrent. Conchis se tourna à son tour vers la femme au costume gris qui était, s'ils disaient vrai, docteur de l'université d'Edimbourg. Elle parla avec un fort accent américain.

« Ce signe est une équivalence gestuelle d'une verbalisation du type " Va te faire foutre ", ou " Espèce d'enculé ". »

Le vieil homme parut très intéressé. Il répéta le geste, observant sa propre main. « Mais est-ce que Sir Winston Churchill... »

Lily se pencha, expliqua : « C'est le mouvement vers le haut qui est chargé de la signification, docteur Kretschmer. Le signe de la victoire se faisait la paume en avant et il était statique. J'ai mentionné le geste que vient de faire le sujet dans mon article sur *la Métaphore érotico-anale directe dans la littérature classique.*

— Ah oui, je me souviens. *Ja. Ja.* »

Conchis s'adressa à Lily : « *Pedicabo ego vos et irrumabo, Aureli pathici et cinaedi Furi?* »

Et Lily : « Précisément. »

Wimmel-Jorgensen se pencha vers eux. Et d'une voix à l'accent très marqué : « N'y aurait-il pas un rapport avec le geste du cocufiage? » Des index il imita deux cornes sur son front.

« J'ai suggéré, dit Lily, que nous pouvons supposer pour motif de l'insulte un sentiment de castration, un désir de dégrader et humilier le rival mâle qui serait bien entendu identifiable finalement au stade similaire de fixation infantile et aux phobies qui l'accompagnent. »

Je contractai et relâchai mes muscles, frottai mes jambes l'une contre l'autre, m'obligeai à rester calme, à chercher ce qui pouvait, dans toute cette déraison, passer pour raisonnable. Je ne croyais pas, je ne pouvais croire qu'ils étaient des psychologues. D'abord ils ne se seraient pas risqués à me donner leurs noms.

Et pourtant leur improvisation du jargon approprié était brillante. Rien ne leur avait laissé prévoir mon geste. A moins que... Je réfléchis rapidement qu'ils avaient eu besoin de mon geste pour introduire leur dialogue; et je ne l'avais pas fait depuis des années. Mais je me souvenais avoir entendu dire qu'on peut commander à un patient sous hypnose des réactions données à un signal donné. Cela paraissait facile : on m'applaudissait et je ressentais alors le besoin impérieux de faire le geste suggéré. Il me fallait me tenir sur mes gardes, et réfléchir avant tout acte.

Le vieillard arrêta là leur discussion. « Monsieur Urfe, votre geste significatif m'amène au but de notre réunion. Bien entendu nous sommes pleinement conscients de la profonde colère, je dirais même de la haine que vous éprouvez à l'égard de certains d'entre nous. Et bien que ces sentiments se trouvent remis en question par ce que votre subconscient nous a dévoilé, je dirai, avec le docteur Harrison : C'est ce que nous *croyons* ressentir qui importe principalement. Nous nous sommes donc rassemblés ici aujourd'hui pour que vous puissiez nous juger à votre tour. Voilà pourquoi vous occupez la place du juge, et si nous vous obligeons à garder le silence c'est que la justice doit être muette jusqu'au moment de prononcer la sentence. Mais avant que vienne la sentence, nous vous demandons de nous permettre de vous donner quelques témoignages supplémentaires *contre* nous. Notre vraie justification est le désir de servir la science, mais nous sommes tous d'accord pour reconnaître que les conditions requises pour bien pratiquer la médecine nous interdisent de recourir à une telle excuse. Je demanderai à présent au docteur Marcus de bien vouloir nous lire le chapitre du rapport qui traite de vous non comme un sujet d'expérience mais comme un être humain ordinaire. Docteur Marcus. »

La femme d'Edimbourg se leva. Elle avait environ cinquante ans, des cheveux gris coupés très courts, pas de rouge à lèvres, un visage dur, intelligent, un visage de lesbienne peut-être, et qui semblait n'avoir aucune indulgence pour la sottise. Elle se mit à lire d'une voix unie mais ferme.

> « Le sujet de l'expérimentation de 1953 appartient à la catégorie bien connue des introvertis semi-intellectuels. Sa personnalité n'a d'intérêt qu'en regard des buts poursuivis dans l'expérience. A ce point de vue il a été un excellent sujet. Le trait le plus significatif de son style de vie est négatif : l'impossibilité de s'intégrer harmonieusement à la société.
>
> « Les motifs de cette attitude peuvent être imputés à un complexe d'Œdipe seulement en partie résolu. Le sujet montre des symptômes caractéristiques : un mélange de crainte et de rancune vis-à-vis de toute autorité, particulièrement de l'autorité masculine, et le syndrome de base qui acompagne habituellement ces symptômes : une attitude ambivalente envers les femmes qui sont vues à la fois comme objet de désir et comme source de perfidie, ne méritant par conséquent que la vengeance et la trahison.
>
> « Nous disposions de trop peu de temps pour pouvoir nous procurer des renseignements sur les traumatismes de la naissance et du sevrage tels que les a subis le sujet, mais les mécanismes compensateurs qu'il a développés s'observent si fréquemment chez ceux qu'on appelle des " intellectuels " que nous pouvons en tirer les conclusions habituelles et poser pour certaine une période troublée de séparation du sein maternel, due peut-être aux exigences de la carrière militaire du père du sujet, et une identification précoce de ce père, ou du mâle en général, à un

élément privatif : un rôle que le docteur Conchis a adopté dans notre expérimentation. Le sujet s'est montré incapable d'accepter la perte initiale de gratification orale et de protection maternelle, ce qui a déterminé sa façon autoérotique d'aborder les problèmes affectifs et la vie en général. De plus le sujet se montre conforme à la description adlèrienne de la personnalité de l'enfant unique.

« Le sujet a choisi successivement pour proies, sur le plan sexuel et affectif tout à la fois, un certain nombre de jeunes femmes. D'après le docteur Maxwell, sa méthode consiste à faire étalage de sa solitude et de sa tristesse. En bref, à jouer le rôle du petit garçon cherchant la mère qu'il a perdue. Ce faisant il éveille l'instinct maternel de ses victimes qu'il entreprend alors d'exploiter avec le despotisme semi-incestueux de ce type d'individu.

« Comme il est habituel en pareil cas, le sujet identifie Dieu avec l'image du père et rejette agressivement toute croyance en lui.

« Dans la recherche d'un métier il s'est continuellement placé dans des situations d'isolement. La névrose d'abandon dont il souffre le porte à se donner le rôle du rebelle, de l'étranger, dans le but inconscient d'y trouver une justification à son comportement envers les femmes et aussi pour se tenir à l'écart de toute communauté orientée à l'encontre de son égoïsme fondamental.

« Les origines du sujet, famille, classe sociale, nationalité, ont une part de responsabilité dans ses problèmes. Il vient d'une famille de militaires où une forte autorité paternelle a donné naissance à toute une série de tabous. L'adhésion obsessionnelle à un tel régime est dans son pays un trait marquant de la classe à laquelle il appartient, celle que Zwiemann appelle la *techno-bourgeoisie*. Dans une remarque qu'il a faite au docteur Maxwell, le sujet a rapporté : " Durant mon adolescence, j'ai dû mener une double vie. " C'est une bonne description de profane de la para-schizophrénie motivée par l'environnement et en définitive provoquée consciemment — " la folie en tant que lubrifiant ", selon l'expression célèbre de Karen Horney.

« En sortant de l'université le sujet a de lui-même choisi de se placer dans un milieu qu'il ne pourrait supporter — celui d'une école privée pour enfants de la haute bourgeoisie, organe transmetteur de ces vertus d'autorité et de paternalisme que le sujet déteste. Comme c'était prévisible, il s'est ainsi lui-même condamné à quitter cette école et son pays, et a adopté le rôle d'exilé, tout en s'assurant contre toute possibilité d'ajustement en choisissant de nouveau un environnement — le collège de Phraxos — qui ne pouvait manquer de lui fournir les éléments d'hostilité requis. Son travail est tout juste acceptable et ses relations avec ses collègues et les étudiants laissent à désirer.

« En résumé, il est, dans son comportement, la victime d'une pulsion répétitive qu'il n'a pas su reconnaître. Dans tout environnement il recherche les éléments qui lui permettent de se sentir isolé et de justifier son rejet de toutes relations ayant un intérêt sur le plan social et de toutes responsabilités, et la régression au stade infantile d'égocentrisme frustré qui en résulte. A présent cette régression narcissique prend la forme — mentionnée ci-dessus — d'aventures avec des jeunes femmes. Quoique de précédentes tentatives pour se tourner vers l'art aient apparemment échoué, on peut prévoir pour l'avenir d'autres entreprises du même genre qui aboutiront au schéma culturel habituel : un respect excessif pour l'art iconoclaste d'avant-garde, le mépris de la tradition, une sympathie paranoïde pour les rebelles et non-conformistes; en alternance avec de fréquentes phases dépressives au cours desquelles le sujet se jugera persécuté par ses relations personnelles et ses collègues de travail.

« Comme le docteur Conchis l'a fait remarquer dans son essai : *Le mal des années 50,* " le rebelle sans dons particuliers pour la rébellion est destiné à devenir le bourdon de la ruche; et cette image est encore inexacte car le bourdon a au moins une faible chance de féconder la reine, tandis que le rebelle-bourdon en est réduit à se considérer comme totalement stérile, puisqu'il ne peut partager la vie brillante des reines et, non plus, l'humble satisfaction des travailleurs de la ruche humaine. Il n'est qu'une simple cire, tout juste capable de recevoir des impressions, et cette condition est la négation même de son élan fondamental vers la rébellion. Il n'y a rien d'étonnant à ce qu'en vieillissant de tels rebelles manqués, qui sont devenus des bourdons et le savent, conscients de ne pouvoir résister aux modes intellectuelles, adoptent un masque de cynisme qui ne réussit pourtant pas à cacher le sentiment plus ou moins paranoïaque que la vie les a trahis." »

Les autres l'avaient écoutée dans des attitudes diverses. Certains la regardaient, d'autres paraissaient plongés dans la contemplation de la table. Lily se montrait extrêmement attentive. Les « étudiants » griffonnaient des notes. J'avais peine à détacher mes yeux de la femme qui lisait et pas une fois ne m'avait regardé. Je ne ressentais pour elle, comme pour eux tous, que de la haine. Il y avait une part de vérité dans ce qu'elle disait. Mais rien ne pouvait justifier une telle analyse en public, tout comme rien ne justifiait le comportement de Lily. Car la plupart du « matériel » sur lequel était basée l'analyse devait venir d'elle. Je la fixais des yeux. Elle ne lèverait pas les siens. Je savais qui avait écrit le rapport, je reconnaissais la marque de Conchis. Je n'étais pas dupe du nouveau masque. Il était encore le maître de cérémonie, l'araignée au centre de sa toile.

L'Américaine but un peu d'eau. Il y eut un silence. Le rapport n'était pas terminé. Elle reprit la parole.

« Il y a deux appendices. L'un a été écrit par le professeur Ciardi. Le voici :

« Mon opinion diffère de celle qui consiste à trouver que le sujet ne représente rien, en dehors de son rôle dans notre expérimentation. A mon avis on peut prévoir que dans vingt ans l'Occident traversera une période de prospérité considérable, presque inimaginable à l'heure actuelle. Je répète qu'il me semble évident que la menace d'une catastrophe nucléaire aura un effet bénéfique sur l'Europe de l'Ouest et l'Amérique. En premier lieu, la production économique s'en trouvera stimulée, en second cela assurera la paix en ravivant à tout instant ce sentiment d'un danger réel dont l'absence a été une des causes de la dernière guerre. Quoique cette menace puisse, jusqu'à un certain point, contrebalancer le rôle que joue le sexe féminin dans une société de temps de paix, libre de s'adonner à la poursuite du plaisir, je prévois que les hommes présentant une fixation au stade oral deviendront la norme. Nous entrons dans une ère d'amoralité et de relâchement des règles dans laquelle le goût du plaisir égoïste pourra se trouver satisfait chez une grande majorité d'individus, sous la forme de salaires élevés et d'une abondance de biens de consommation, sur un arrière-plan de désastre universel imminent. En une telle époque le type de personnalité caractéristique est inévitablement auto-érotique et, au sens clinique du terme, psychotique. Tout comme le sujet l'est aujourd'hui pour des raisons qui lui sont personnelles, ce type d'individu sera, dans le nouveau contexte économique, coupé de tout contact direct avec les maux inhérents à la condition humaine, la faim, la pauvreté, les difficultés de toutes sortes. L'*homo sapiens* deviendra l'*homo solitarius*. Quoique je ne ressente guère de sympathie pour le sujet, je m'intéresse à ses ennuis en tant que psycho-sociologue, puisqu'il a réagi précisément comme j'attends que réagisse un homme d'intelligence moyenne mais d'un pouvoir analytique restreint et sans aucune connaissance scientifique. Cela prouve au moins à quel point, avec ses jugements de valeur confus, ses affirmations gratuites, l'art se montre incapable d'équiper l'homme moderne pour son rôle dans l'évolution. »

La femme posa le papier et en prit un autre.

« Nous devons cette seconde note au docteur Maxwell qui a eu des rapports plus étroits avec le sujet qu'aucun d'entre nous. Elle déclare :

« " A mon avis, l'égocentrisme du sujet et son inaptitude à jouer un rôle social satisfaisant ont été déterminés par son passé et tout rapport que nous lui communiquerons devrait spécifier clairement que les déficiences de sa personnalité tiennent à des circonstances qui échappent à son contrôle. Il se pourrait que le sujet ne comprenne pas que nous nous bornons à faire des descriptions d'un cas clinique et, au moins en ce qui me concerne, sans y associer aucun blâme. Tout ce que nous pourrions exprimer ne saurait être que de la pitié envers un être qui éprouve le besoin de cacher ses points faibles sous tant de mensonges conscients et inconscients. Nous ne devons pas oublier que le sujet a été lancé dans la vie sans qu'on lui ait jamais enseigné la façon de s'analyser soi-même, de choisir consciemment les directions à prendre, et que, dans l'éducation qu'il a reçue, presque tout lui a été nuisible. Il était en quelque sorte myope de naissance et son environnement a joué le rôle d'œillères. Rien d'étonnant à ce qu'il ne puisse trouver sa voie. " »

L'Américaine s'assit. Le vieillard à la barbe blanche secouait gravement la tête, comme pour approuver ce qui venait d'être dit. Il me regarda. Il regarda Lily.

« Je pense, docteur Maxwell, qu'il serait de toute justice que vous répétiez devant le sujet ce que vous m'avez dit hier soir. »

Lily inclina la tête, puis se leva et s'adressa aux autres après avoir lancé vers moi le bref regard qu'on jette à un diagramme sur le tableau noir. « Durant mes rapports avec le sujet, j'ai pu noter en moi les signes d'une sorte de contre-transfert. Le docteur Marcus m'a aidée à analyser cet attachement émotionnel où l'on peut distinguer deux composantes. L'une a pour origine l'attraction physique que j'ai ressentie à l'égard du sujet, artificiellement exagérée par le rôle que j'avais à jouer; l'autre est de nature empathique : l'apitoiement du sujet sur lui-même contamine son environnement et j'ai souvent trouvé difficile d'y résister. Considérant le commentaire du professeur Ciardi, j'ai pensé que ceci présentait quelque intérêt. »

Quant à moi, je n'étais pas d'accord. Je savais très bien que c'était simplement une façon d'ajouter à mon humiliation. Le vieil homme inclina la tête. « Merci. » Il leva les yeux vers moi cependant que Lily s'asseyait : « Tout ceci peut vous sembler cruel, mais nous souhaitons ne rien vous cacher. » Il s'adressa de nouveau à Lily. « En ce qui concerne la première composante de votre attachement, pouvez-vous nous dire, à nous et au sujet, votre impression présente?

— Je considère que le sujet n'a pas les qualités qu'on attend d'un compagnon. » Elle me lança un regard de glace, puis se tourna vers le vieil homme. Je ne pouvais me délivrer du souvenir lancinant de son corps contre le mien, la nuit, la pluie, la lente caresse.

Le docteur Marcus intervint : « A-t-il des tendances qui aboutiraient à la destruction d'un mariage?

— Oui.

— Pouvez-vous préciser?

— L'infidélité. L'égoïsme. Le manque d'égards dans la routine quotidienne. Un penchant possible à l'homosexualité. »

Le vieillard :« La situation pourrait-elle changer s'il entreprenait une psychanalyse?

— A mon avis, non. »

Il se retourna : « Maurice? »

Conchis prit la parole. « Je pense que nous sommes d'accord pour trouver que ce jeune homme a été pour nous un sujet admirable quant aux buts que nous poursuivons, mais il y a en lui des traits de caractère masochiste qui lui feront trouver plaisir à nous entendre discuter ses défauts. Je crois que lui montrer plus longtemps de l'intérêt n'est pas nécessaire, lui serait même nuisible. »

Le vieillard leva les yeux vers moi. « Vous nous avez révélé sous narcose que vous êtes encore fortement attaché au docteur Maxwell. Nous avons aussi été quelques-uns à nous inquiéter des effets que peut avoir sur vous la perte de la jeune Australienne — envers laquelle, je dois admettre, vous vous sentez, dans votre subconscient, profondément coupable. A cette perte s'ajoute à présent celle de la figure mythique que vous appelez Julie. Après avoir envisagé l'éventualité d'un suicide de votre part, notre conclusion a été celle-ci : votre désir de plaisir égoïste est trop profond pour qu'il y ait guère à craindre, sinon peut-être une brusque décision sous l'emprise d'une réaction hystérique. Et nous vous mettons en garde contre ce danger. »

Je lui fis en remerciement un salut sarcastique. De la dignité, garder un reste de dignité!

« Eh bien... Quelqu'un a-t-il quelque chose à ajouter? » Il se tourna, d'un côté et de l'autre, vers les occupants des tables. Tous secouèrent la tête : « Parfait. Voici donc la fin de l'expérimentation. » Il fit un geste, invitant les autres à se lever. Seuls les étudiants, qui constituaient le « public », restèrent assis. Il me regarda : « Nous ne vous avons pas caché l'opinion que nous avons de vous, et puisque ceci est un procès nous avons, bien entendu, joué le rôle de témoins à charge. Je vous rappelle encore une fois que c'est vous qui êtes le juge, et le moment est maintenant venu pour vous de nous juger. Mais d'abord, nous avons choisi un *pharmacos*. Un bouc émissaire. »

Il jeta un coup d'œil à sa gauche. Lily ôta ses lunettes, fit le tour de la table et vint se placer au pied de l'estrade, en face de moi, courbant la tête; la robe de laine blanche : une aube de pénitent. Même alors je fus assez stupide pour m'attendre à quelque fantastique nouveau développement, une parodie de mariage, quelque absurde conclusion heureuse. Ils verraient comment j'allais réagir s'ils essayaient de me ridiculiser à nouveau!

« Elle est votre prisonnière, mais vous ne pouvez faire d'elle ce que vous voulez parce que le code de déontologie médicale qui nous tient sous ses lois précise l'exacte punition encourue par celui qui se rendrait coupable de détruire tout pouvoir de pardon dans le sujet de l'expérimentation. » Il se tourna vers Adam qui se tenait près de la porte voûtée : « Le dispositif. »

Adam cria quelque chose. Tous ceux qui avaient été assis à la table vinrent se grouper d'un côté de la pièce, debout, le vieil homme à leur tête, face aux « étudiants ». Quatre hommes entrèrent, en uniforme noir. Ils écartèrent rapidement la chaise à porteurs et deux des tables, libérant le centre de la pièce. La troisième table fut placée devant moi, à côté de Lily. Puis deux hommes sortirent et revinrent presque aussitôt chargés d'un lourd cadre de bois, une sorte d'encadrement de porte d'environ deux mètres de haut, avec des pieds à tasseaux. A l'extrémité supérieure des montants verticaux, étaient fixés des anneaux de fer. Lily marcha vers l'endroit où le dispositif avait été installé, à peu près au milieu de la pièce. Elle se tint là, devant le cadre, et leva les bras tendus. Adam lui passa à chaque poignet une menotte qu'il referma sur l'anneau. Elle était à présent crucifiée contre le cadre, le dos vers moi. Puis on lui mit sur la tête une sorte de casque en cuir durci, avec une partie postérieure allongée, recouvrant la nuque, la protégeant.

C'était un de ces dispositifs conçus exprès pour la flagellation.

Adam sortit, revint deux secondes plus tard. Tout d'abord je ne vis pas distinctement l'objet qu'il tenait à la main. Il l'agita en s'approchant de moi. Et je compris; je compris l'incroyable dernier tour qu'ils s'apprêtaient à me jouer.

C'était une poignée noire et raide, à laquelle était attaché un long écheveau de lanières terminées par un nœud. Adam en démêla quelques-unes qui s'étaient entrelacées et posa le fouet sur la table, la poignée vers moi. Puis il s'approcha de Lily — tout ceci paraissait avoir été soigneusement réglé — et fit descendre jusqu'à la taille la fermeture éclair au dos de la robe. Il détacha même le soutien-gorge et le repoussa sur le côté comme il avait repoussé la robe, afin que le dos nu soit entièrement exposé. Je pouvais voir sur la peau les lignes roses qu'avait laissées l'attache du soutien-gorge.

On me donnait le rôle des Euménides, des Furies sans merci.

Mes mains devenaient moites. Une fois encore je perdais pied. C'était toujours ainsi avec Conchis : on plongeait dans l'abîme croyant avoir touché le fond; pour bientôt s'apercevoir que le fond était encore loin.

Le vieillard à barbe blanche s'avança de nouveau et se tint devant moi.

« Voici le bouc émissaire et voilà les instruments du châtiment. Vous êtes à présent juge et bourreau. Tous nous haïssons la souffrance inutile; il faudra vous en souvenir lorsque vous réfléchirez à ces événements. Mais nous sommes tous d'accord pour estimer qu'à un certain moment de l'expérience nous devons laisser au sujet la liberté absolue de décider s'il veut à son tour nous infliger la souffrance — et une souffrance qui nous fait horreur. Nous avons choisi le docteur Maxwell parce que c'est elle qui symbolise le mieux ce que nous sommes pour vous. Maintenant nous vous demandons de faire ce que faisaient les empereurs romains : lever ou abaisser le pouce droit. Si vous l'abaissez on vous détachera et vous serez libre d'infliger le châtiment aussi sévèrement, aussi brutalement que vous le désirerez, jusqu'à dix coups de fouet. C'est assez pour causer une souffrance atroce et laisser des traces qui ne s'effaceront pas. Si vous levez le pouce en signe de grâce vous serez, après une dernière et courte période de désintoxication, à jamais délivré de nous. Vous serez également libre si vous choisissez de punir, ce qui sera aussi la preuve que votre désintoxication est déjà accomplie. Maintenant je ne vous demanderai plus qu'une seule chose; avant de choisir, réfléchissez, réfléchissez bien. »

Comme à un signal que je n'avais pas perçu, les étudiants se levèrent. Tous les regards étaient fixés sur moi. Je tenais à faire un choix qui les oblige à se souvenir de moi, qui leur fasse comprendre qu'ils se trompaient. Je savais que je n'étais juge que de nom. Comme tous les juges j'étais finalement celui qu'on jugerait sur le jugement qu'il allait porter.

Et le choix qu'on m'offrait était absurde. Tout était arrangé pour qu'il me soit impossible de punir Lily. Le seul châtiment que je voulais pour elle c'était lui faire implorer son pardon, pas la faire hurler de douleur. Je savais d'ailleurs que même si j'abaissais le pouce ils trouveraient un moyen de m'arrêter. L'entière situation, aux relents de sadisme gratuit, était un piège, un faux dilemme. Même alors, brûlant de rancune et de colère à me voir ainsi exposé sans pitié sur la place publique, j'éprouvais en même temps un sentiment qui, s'il n'avait rien à voir avec l'indulgence et encore moins avec la gratitude, était comme un retour de cette stupéfaction que j'avais déjà tant de fois ressentie : tout ce théâtre était monté pour moi!

Non sans avoir hésité, réfléchi et tenté d'apprécier si j'étais libre ou non de choisir, et enfin persuadé que je n'avais pas été pré-conditionné, j'abaissai le pouce.

Le vieillard me regarda un long moment, puis fit signe aux gardes et rejoignit le groupe. On me libéra les poignets. Je me levai, les frottai, arrachai le bâillon; le ruban adhésif avait collé à ma barbe de trois jours et pendant quelques secondes tout ce que je pus faire, sous la douleur cuisante, fut de battre follement des paupières. Les gardes ne bougeaient pas. Je frottai le pourtour de ma bouche tout en regardant autour de moi.

Le silence. Ils s'attendaient à ce que je parle; donc je ne parlerais pas.

Je descendis les marches de bois et pris le fouet. Non, ce n'était pas, comme je m'y attendais presque, un accessoire de scène. Son poids me surprit. La poignée était de cuir tressé sur du bois; il y avait une boucle au bout, les lanières étaient usées, les nœuds durs comme du métal. L'objet paraissait antique, il pouvait avoir appartenu à la marine royale du temps des guerres napoléoniennes. Comme je posais la main sur la poignée, je fis un rapide calcul. Pour eux la solution serait probablement d'éteindre les lumières; il y aurait une bousculade; les quatre hommes étaient près de la porte, rendant toute fuite impossible.

Brusquement je saisis le fouet, le fis claquer sauvagement contre la table. Le heurt des lanières sur le bois résonna comme un coup de fusil. Quelques étudiants tressaillirent, une jeune fille détourna la tête. Mais personne ne bougea. Je me dirigeai vers l'endroit où se tenait Lily. Je ne comptais pas le moins du monde arriver jusque-là.

Et pourtant j'y étais. Personne n'avait bougé. J'étais soudain près d'elle et le plus proche se tenait à trente mètres de nous. Je restai là un instant, comme si je prenais la mesure de la distance, en position pour frapper, le pied gauche en avant. Je donnai même au fouet une petite secousse, juste assez pour que les lanières aillent effleurer le dos nu. Le visage de Lily était caché par le casque de protection. Je fis tournoyer les lanières par-dessus mon épaule, comme si j'allais les abattre de toutes mes forces sur le dos blanc. Je pensais entendre retentir un cri, voir ou entendre quelqu'un se ruant vers moi. Mais personne ne bougea, et je sus, comme ils devaient le savoir eux-mêmes, que cela aurait été trop tard. Je cherchai autour de moi un fusil braqué. Mais les onze personnages, les gardes, les « étudiants », tous restèrent immobiles.

Je regardai Lily. Il y avait en moi un vrai démon, un sadique, qui voulait frapper, qui voulait marquer de lignes rouges sa peau délicate, moins pour lui faire mal que pour subjuguer tous ces témoins immobiles, et qu'ils prennent conscience de l'énormité de ce qu'ils faisaient; de ce qu'il y avait de monstrueux à laisser la jeune fille courir un tel risque. Anton l'avait dit : elle était très brave. Je savais qu'ils avaient dû être absolument certains de ma décence, ma stupide décence anglaise; en dépit de tout ce qu'ils avaient dit, de toutes les banderilles plantées dans mon amour-propre, absolument sûrs qu'il n'y avait pas une chance sur cent mille pour que je fasse retomber ce fouet. Je le fis pourtant retomber, très doucement, comme pour vérifier une fois de plus que j'étais à bonne distance, puis le relevai. Je tentai de déterminer une fois encore si je n'avais pas été pré-conditionné, si Conchis ne m'avait pas suggéré de renoncer au châtiment; mais je sentais, je savais que j'étais absolument libre de mon choix. Si je le voulais, je pouvais frapper.

Et soudain, je compris.

Je n'étais pas à l'intérieur d'une citerne souterraine, un fouet à la main. J'étais sur une place au soleil, dix ans plus tôt, armé d'une mitrailleuse allemande. Et ce n'était pas Conchis qui jouait à présent le rôle de Wimmel. Wimmel était en moi, dans mon bras raidi et rejeté en arrière, dans tout mon passé; et surtout dans ce que j'avais fait à Alison.

Lorsqu'on comprend ce qu'est la liberté, on la perd.

Je ne pouvais pas frapper. Quel que soit le prix à payer, et ce qu'ils penseraient de moi; et même s'ils en concluaient qu'ils m'avaient bien endoctriné, que j'étais leur dupe, ces quatre-vingts autres parties de moi devaient mourir.

Toutes les manœuvres de Conchis avaient visé à m'amener là où je me trouvais à présent; toutes les charades, théâtrales, sexuelles, psychologiques. Et je me tenais là comme il s'était tenu devant les partisans, encore un instant incertain mais découvrant qu'il y a d'étranges moments pour se libérer des vieilles dettes et même d'étranges façons de les payer.

J'abaissai le fouet. Je pouvais sentir mes yeux s'emplir de larmes, larmes de rage, larmes de frustration.

Les onze s'étaient groupés près du mur; la chaise à porteur à demi cachée au milieu d'eux, comme s'ils voulaient s'assurer que je ne m'en approcherais pas. Je vis June qui eut la bonne grâce de ne pas rencontrer mon regard. Je devinai qu'elle avait peur. Elle, du moins, n'avait pas été sûre.

Ce dos blanc.

Je marchai vers Conchis. Je vis Anton, qui se tenait près de lui, amorcer un léger balancement vers l'avant. Il se préparait à bondir. Joe me guettait lui aussi, comme un noir faucon. Je m'arrêtai face à Conchis et lui tendis le fouet, la poignée en avant. Il le prit sans me quitter des yeux. Nous restâmes ainsi un long moment, échangeant un de ces regards perçants dont nous avions l'habitude.

Il s'attendait à ce que je parle, à ce que je dise à mon tour ce mot qu'il avait prononcé, sur la place. Je ne voulais pas, je ne pouvais pas parler.

Je regardai les personnages autour de moi. Je savais qu'ils n'étaient que des acteurs mais que même les meilleurs acteurs ne peuvent exprimer silencieusement certaines qualités humaines comme l'intelligence, l'expérience, l'honnêteté intellectuelle, sans les posséder eux-mêmes. Et ce ne pouvait être seulement l'argent, quel que soit le prix payé par Conchis, qui les poussait à jouer un rôle dans une scène de ce genre. J'eus soudain l'impression que nous vivions, les autres et moi, un moment de compréhension et de respect mutuel. De leur côté ce n'était peut-être rien de plus que le soulagement de savoir que j'étais tel qu'ils l'avaient secrètement imaginé, après tous les mystères et les humiliations; pour moi c'était la conviction d'être entré dans quelque société ésotérique à la sagesse si profonde que je ne pouvais sans danger y prendre la parole. Comme je me tenais là, près de leurs onze silences, de leurs visages sans hostilité mais aussi sans indulgence, des visages qui n'avaient rien à voir avec ma colère, tout à la fois lointains et proches comme le sont les visages des adorations flamandes, je me sentis soudain devenir très petit; impression que l'on ressent devant certaines œuvres d'art, certaines vérités qui nous font découvrir, par contraste avec leur dimension et leur valeur, combien nous sommes limités et pitoyables.

Quelque chose d'autre que l'*eleutheria* avait été démontré, je pouvais le voir dans les yeux de Conchis. J'étais la seule personne présente à ne pas savoir quoi. Je scrutai son regard, mais c'était comme plonger dans la nuit la plus profonde. Mille questions tremblaient dans ma tête, sur mes lèvres, mais je ne les posais qu'en silence.

Pas de réponse, pas un geste.

Je regagnai le trône.

Je vis sortir les « étudiants ». Je vis qu'on libérait Lily, que June l'aidait à rattacher sa robe. Toutes deux rejoignirent les autres. On emporta le cadre. Finalement il n'y eut plus là que le groupe de douze. Une fois de plus, leurs mouvements aussi bien réglés que ceux d'un chœur de Sophocle, ils saluèrent, puis firent demi-tour pour sortir.

Les hommes se tinrent de côté afin de laisser les femmes passer devant eux la porte voûtée, et Lily fut la première à disparaître. Mais quand le dernier des hommes fut sorti, elle revint un moment sous l'arche, me regarda, le visage sans expression, sans un signe de gratitude, laissant obscures les raisons pour lesquelles elle décidait de me permettre de la voir une dernière fois, ou peut-être décidait de me voir, elle, une dernière fois.

62

J'étais seul avec les trois mêmes gardes qui m'avaient amené. Ils attendaient. Adam m'offrit une cigarette. Je fumai, partagé entre la colère et le soulagement, entre le regret de n'avoir pas dénoncé violemment les pratiques dont j'étais la victime et le sentiment que je m'étais conduit de la seule façon qui me laissât encore quelque dignité. La cigarette était presque finie quand Adam eut un regard vers sa montre, puis vers moi.

« Maintenant... »

Il désigna les menottes qui pendaient encore au bras du fauteuil.

« Ecoutez, ça suffit. Je n'en veux plus. » Je me levai mais on me saisit immédiatement par le bras. J'allais protester. Adam haussa les épaules.

« *Bitte.* »

Je dus me laisser attacher aux poignets des deux hommes. Puis Adam saisit le bâillon. C'en était trop. Je me mis à me débattre, mais, me repoussant brusquement, ils me firent m'asseoir à nouveau sur le trône; une fois de plus, je ne pouvais que me soumettre. Adam plaça le bâillon sur ma bouche, le fixa, sans ruban adhésif cette fois. Puis on me couvrit le visage avec le sac et nous partîmes. La porte franchie, on me fit tourner à droite; nous empruntions un chemin différent de celui que nous avions pris pour venir. Une trentaine de pas, cinq marches à descendre. Nous étions, me sembla-t-il, dans une autre grande pièce ou citerne.

On me força à reculer, quelqu'un fit cliqueter les menottes. On me prit le bras gauche qu'on maintint levé, il y eut un claquement sec et, avec une nouvelle appréhension glacée, je me rendis compte de ce qui m'arrivait : on m'attachait au dispositif de flagellation. Je me mis à me débattre vraiment, donnant des coups de pieds et des coups de genoux, tentant de tordre le poignet de l'homme auquel j'étais encore attaché. Ils étaient trois et je ne voyais rien, ma protestation était ridicule. Ils auraient pu me maîtriser immédiatement par la violence. Mais on avait dû leur donner l'ordre de faire les choses en douceur. Ils finirent par m'obliger à lever l'autre bras et l'attachèrent au second anneau. Puis ils me débarrassèrent du sac.

C'était une pièce longue et étroite d'environ vingt mètres de long sur cinq de large, une autre citerne mais aux voûtes plus basses, coupée à la moitié de sa longueur par un écran de cinéma comme celui qui avait été utilisé à Bourani. Aux trois quarts de la longueur, deux rideaux noirs étaient tendus d'une paroi à l'autre, le mur du fond tout juste visible au-dessus. L'ensemble pouvait se comparer à une version agrandie de la chapelle à Moutsa, avec l'iconostasis. Le cadre de bois auquel j'étais attaché avait été placé contre le quatrième mur. Un peu en avant de moi et légèrement sur la droite il y avait un petit projecteur de cinéma avec une bobine de 16 mm. Une bande de lumière entrait par la porte qui se trouvait à ma gauche.

Les trois hommes aux chemises noires ne perdirent pas de temps. Ils s'approchèrent de l'appareil de projection, vérifièrent la position de la bobine, le mirent en marche. Cela commençait par la roue noire sur fond blanc, elle jouait là le rôle d'emblème d'une compagnie cinématographique. Un des hommes régla la mise au point. Adam revint vers moi et, s'arrêtant hors de portée d'un éventuel coup de pied, annonça :

« Et maintenant, la désintoxication. »

Je compris que j'avais été forcé de pardonner afin que me soit encore imposée cette humiliation ultime, une flagellation sinon littérale, du moins métaphorique.

Je n'avais pas encore atteint le fond.

J'étais seul à présent, avec le projecteur bourdonnant devant l'écran et les rideaux noirs. Des mots remplacèrent l'emblème.

LES FILMS POLYMUS
PRÉSENTENT

L'écran redevint blanc pour un instant. Puis :

LA HONTEUSE VÉRITÉ

La roue noire. Et ensuite :

AVEC

LA FABULEUSE FILLE DE JOIE
IO

Un blanc.

DONT VOUS VOUS SOUVIENDREZ EN TANT QUE
ISIS
ASTARTÉ
KALI

Un long blanc.

ET DANS LE ROLE DE LA CAPTIVANTE
LILY MONTGOMERY

Il y eut une brève image de Lily agenouillée derrière un homme. J'eus tout juste le temps de me rendre compte que c'était moi. Quelqu'un, Conchis sans doute, devait nous avoir filmés avec un télé-objectif, le jour où elle m'avait récité un passage de *la Tempête*. Je me souvenais qu'elle m'avait averti qu'il se servait de ce genre de caméra.

DANS LE ROLE DE LA TRÈS DÉSIRABLE,
L'INOUBLIABLE JULIE HOLMES

Une autre brève image. Le même jour, devant la statue de Poséidon. J'étais debout près de Julie, je l'embrassai dans le soleil.

ET DE LA DOCTE ET COURAGEUSE
VANESSA MAXWELL

Cette fois c'était une vue fixe. Elle était derrière un bureau, une table de laboratoire couverte de papiers. Il y avait des tubes à essais sur leur support. Un microscope. Une vraie petite Madame Curie.

ET A PRÉSENT DANS LE MEILLEUR DE SES ROLES

Un instant la roue réapparut.

ELLE-MEME!

Un blanc.

Puis un fondu enchaîné de Joe avec son masque de chacal, courant sur le sentier vers la maison, à Bourani; un démon dans le brûlant soleil; il courait vers la caméra et son image obscurcit tout l'écran.

AVEC POUR PARTENAIRE
LE MONSTRE DU MISSISSIPPI

Un blanc.

JOE HARRISON

De nouveau la roue

JOUANT SON PROPRE PERSONNAGE

Puis quelques lignes encadrées d'arabesques

Lady Jane, une jeune
aristocrate dépravée
dans sa chambre d'hôtel.

On allait me montrer un film porno.

Cela commença : une chambre de style Belle Epoque, richement meublée, encombrée de bibelots. Lily apparut en peignoir, les cheveux sur les épaules. Le peignoir s'entrouvrait absurdement, laissant voir un corset noir. Elle s'arrêta près d'un siège et remonta un de ses bas, geste habituel pour montrer la jambe, et le gros plan lui permettait aussi d'exhiber la cicatrice de son poignet. Elle se tourna soudain vers la porte et cria quelque chose. Un page entra, portant une lettre sur un plateau. Elle la prit et le page se retira. Lily ouvrait la lettre, ricanait, froissait les feuillets dans sa main. La séquence finissait avec l'image de la lettre sur le plancher.

Le film était de mauvaise qualité, brouillé, mal monté, comme un film muet des débuts du cinéma. Un autre titre, encadré, lui aussi tremblotant :

> «... maintenant que je sais l'abominable vérité sur votre honteuse concupiscence, tout est fini entre nous. Je reste, mais pas pour longtemps, votre mari dégoûté.. Lord de Vere! »

Nouvelle séquence. Lily étendue sur le lit, la caméra plantée au-dessus d'elle. Elle avait ôté son peignoir. Elle était en corset et bas de filet. Elle avait réussi à se donner, avec son visage barbouillé de rouge et de mascara, sa moue enjôleuse, un air de femme fatale, mais l'effet des images n'était guère différent de celui des titres; comme souvent dans les œuvres pornographiques — et cette fois sans doute intentionnellement — cela frisait le ridicule.

Tout allait se terminer par une plaisanterie, de mauvais goût, certes, mais une simple plaisanterie.

> Haletante de désir elle attend l'arrivée de l'être noir comme du charbon qui est son complice dans l'ignoble péché.

Même image. Soudain, avec un coup d'œil aguichant, elle se redressait, s'asseyait sur le lit de cuivre d'un bordel français : quelqu'un était entré.

L'arrivée du Taureau Noir.
Un chanteur de vaudeville.

Un cadrage sur la porte ouverte. C'était Joe, vêtu de pantalons ridiculement étroits et d'une chemise blanche à larges manches. Un toréador noir plutôt qu'un taureau noir. Il ferma la porte; un regard brûlant.

Le seul langage qu'ils connaissent.

Le film tournait à l'obscénité. Lily courait à la rencontre de Joe qui faisait un pas en avant, lui saisissait les bras; ils s'embrassaient sauvagement; Joe la poussait vers le lit sur lequel ils tombaient tous les deux. Elle roulait sur lui, couvrant de baisers son visage et son cou.

Un mâle noir et une femme blanche.

Elle se tenait maintenant debout contre le mur, dans sa lingerie noire, les bras écartés. Joe agenouillé devant elle, torse nu, lui palpait les seins au-dessus de son corset. Elle lui saisit la tête qu'elle pressa contre elle.

Pour ceci elle a sacrifié
un mari dévoué, d'aimables enfants,
ses amis, ses parents, sa religion. Tout.

Venait ensuite un intermède fétichiste de cinq secondes. Il y eut un gros plan d'une jambe nue se terminant par un pied chaussé d'un soulier noir à haut talon, et qui reposait sur l'estomac de l'homme étendu sur le sol. Il le caressait des deux mains. Je commençai à penser que ce pouvait être le pied de n'importe quelle femme blanche sur l'estomac et entre les mains de n'importe quel Noir.

La passion s'exaspère.

A travers la pièce, un plan de Julie repoussant Joe contre le mur et l'embrassant. Les mains de l'homme glissaient contre son dos et commençaient à détacher le corset. Un long dos nu entouré de deux bras noirs. La caméra se rapprocha, puis plongea maladroitement. Un cadrage suggestif d'une main noire. Joe devait être nu à présent, toutefois le corps blanc le dissimulait. Je voyais son visage mais le film était de si mauvaise qualité que je ne pouvais être sûr que c'était bien Joe. Le visage de la femme blanche n'était jamais visible.

Impudence.

J'étais plus soupçonneux que choqué. Une série de plans très courts. Des seins nus et blancs, des hanches noires; deux formes nues sur le lit. Mais la caméra était trop en retrait pour qu'une identification soit possible. La chevelure blonde de la femme avait l'air trop blonde, trop brillante. Ce pouvait être une perruque.

Les gens convenables vivent normalement pendant qu'a lieu cette orgie bestiale.

Une rue dans une ville que je ne reconnus pas mais qui semblait être une ville américaine. L'heure de pointe. Des trottoirs encombrés. C'était une séquence de bien meilleure qualité que les autres. Elle venait manifestement d'un autre film. Elle faisait paraître les séquences grivoises encore plus désuètes.

Caresses obscènes.

Une main blanche, anonyme, se déplaçait le long d'un phallus anonyme dans une des caresses amoureuses les plus banales. Son obscénité venait de ce que deux êtres avaient accepté de se laisser filmer dans un acte aussi intime. C'était une main droite qu'on voyait sur l'écran, il n'y avait donc rien d'étonnant à ce que le poignet soit sans cicatrice. Et cependant j'avais des doutes.

L'invitation.

C'était là l'image la plus brutalement pornographique, celle d'une fille nue étendue sur le lit, prise en vue plongeante. Cette fois encore le visage restait caché, tourné vers le mur. La fille attendait de recevoir le nègre dont le dos noir et flou était au premier plan.

Pendant ce temps.

Soudain la qualité du film changea. On s'était servi d'une autre caméra, dans des circonstances différentes, et l'image était très saccadée. Deux personnes, de dos, marchaient dans une rue grecque. Avec une brusque colère, une soudaine amertume, je reconnus Alison et moi-même, le premier soir, au Pirée. Il y eut un blanc, puis une autre image de nous deux et pendant un moment je me demandai où cela avait été pris. Alison descendait la rue en pente d'un village, je marchais à un ou deux mètres derrière elle. Nous paraissions tous les deux épuisés; et quoiqu'il fût impossible de distinguer l'expression de nos visages, on pouvait dire, rien qu'à voir cet espace entre nous, et la façon dont nous marchions, que nous nous sentions misérables. Puis je reconnus le lieu et le moment : c'était Arachova, au retour du Parnasse. L'opérateur avait dû se cacher dans une maison du village, filmant par la fente d'un volet, peut-être, car une barre transversale coupait la fin de la séquence. Je me souvins des images de Wimmel pendant la guerre. J'en déduisis que, nous aussi, nous avions été suivis, guettés et filmés en cachette. Sans doute les pentes nues du Haut Parnasse ne le permettaient-elles pas, mais au milieu des arbres... Je me souvenais de l'étang, du soleil sur mon dos nu, d'Alison sous moi. C'était trop horrible de penser qu'à ce moment même nous avions pu être observés. Cela ressemblait à un sacrilège.

J'étais dépossédé, j'étais écorché vif. Je savais à présent qu'ils avaient toujours su.

De nouveau un blanc. Puis un autre titre.

L'accouplement.

Mais le film déroulait à présent une série de nombres et d'éclairs blancs : c'était la fin de la bobine. On entendit un petit déclic et ce fût tout. Quelqu'un entra en courant et arrêta l'appareil. Je fis entendre un grognement de mépris; je m'étais bien douté qu'ils manqueraient du courage nécessaire pour aller jusqu'au bout. L'homme, que dans la faible clarté je reconnus être Adam, se dirigea vers l'écran et, le soulevant, le mit de côté. Puis on me laissa seul de nouveau. Pendant environ trente secondes la pièce resta dans l'obscurité. Enfin la lumière apparut au-dessus des rideaux. Quelqu'un était passé derrière et les ouvrait en tirant sur des cordes, comme cela se fait dans les salles des fêtes, s'arrêtant lorsqu'ils furent écartés aux deux tiers; mais déjà tout rapprochement avec une salle de village devenait impossible. La lampe pendue au plafond était entourée d'un abat-jour opaque et le cône lumineux nettement délimité donnait un caractère d'intimité à ce qui se trouvait dessous.

Un divan bas, recouvert par un énorme tapis afgan, d'une teinte fauve et dorée. Lily était allongée dessus, totalement nue, parmi un amas de coussins aux couleurs d'or profond, d'ambre et de rose, eux-mêmes entassés contre une tête de lit dorée et sculptée; je ne pouvais voir la cicatrice mais je savais que c'était Lily. Elle se tournait de côté, vers moi, en une imitation délibérée de la *Maya Desnuda* de Goya. Les mains derrière la tête, la nudité offerte. Non pas étalée, affichée, mais offerte, présentée comme un fait divin et immémorial. Dans la blancheur crémeuse de ce corps les mamelons des seins étaient de cornaline, comme si eux seuls avaient été, pouvaient être, mordus, meurtris. Creux sensuel de l'aisselle, courbes délicates, hanches, chevilles, petits pieds nus... Les yeux immobiles fixaient avec une sorte de calme arrogant la pénombre où je me trouvais.

Au-delà d'elle, sur le mur du fond, était peinte une suite d'élégantes arches noires. Je crus d'abord qu'on avait voulu représenter les arches de Bourani; mais celles-ci étaient plus étroites et se terminaient en ogives mauresques. Goya? L'Alhambra? Je m'aperçus que le divan n'était pas au ras du sol comme je l'avais cru tout d'abord, mais que l'extrémité de la pièce était à un niveau légèrement inférieur, comme un bain romain. Les rideaux avaient caché les marches.

Le corps était étendu, immobile dans un lac de lumière à la fois glauque et dorée, et le regard de Lily avait la fixité de celui d'un portrait. Elle tenait si bien la pose que j'en arrivai à me demander si ce tableau vivant, cette énigme nue, à jamais hors d'atteinte, ne représentait pas une sorte d'apothéose.

Le temps passait et le corps charmant restait immobile, mystérieux. Je pouvais tout juste voir la poitrine se soulever imperceptiblement au rythme de la respiration. Mais n'était-ce pas une illusion? Je crus un moment me trouver face à une magnifique effigie de cire à la ressemblance exacte de Julie.

Soudain, elle bougea. Elle tourna légèrement la tête et son bras droit s'étendit, dans un geste à la Récamier, gracieux, engageant, vers le personnage, jusque-là invisible, qui avait allumé la lampe et ouvert les rideaux, et s'avança alors dans mon champ de vision.

C'était Joe.

Il portait une cape blanche doublée d'or, un vêtement dont je ne pouvais déterminer l'époque. Il alla se placer derrière le divan. Rome? Une impératrice et son esclave? Il me regarda un moment, ou plutôt regarda dans ma direction et je sus qu'il ne jouait pas le rôle d'un esclave. Il y avait en lui trop de majesté, de sombre noblesse. Il était le maître des lieux, maître de la femme allongée sur sa couche. Il se pencha vers elle. Elle le regardait avec une tendresse grave, son beau cou renversé. Il prit la main tendue.

Soudain je compris. Ce qu'ils étaient l'un pour l'autre. Et ce que j'étais pour eux; et que ce moment avait été soigneusement préparé. J'avais un nouveau rôle à jouer. Je tentai désespérément de me débarrasser du bâillon, en mordant, en grimaçant, en frottant mon visage contre mes bras. Mais il était trop serré.

Le nègre s'agenouilla derrière Lily, effleura des lèvres son épaule. Un mince bras blanc entoura la tête sombre, la retint prisonnière. Un long moment. Puis Lily se laissa retomber sur les coussins. Il la contempla, sa main parcourut le corps satiné, en une lente caresse, du cou jusqu'à la taille. Enfin, calmement, il se redressa et dégrafa sa toge à l'épaule.

Je serrai les paupières.

Rien n'est vrai; tout est permis.

Et Conchis : « *Son rôle n'est pas encore terminé.* »

J'ouvris de nouveau les yeux.

Il n'y avait là aucune perversion, aucune tentative pour suggérer que je devais voir en cette scène autre chose que la rencontre de deux êtres amoureux l'un de l'autre, que je regardai faire l'amour comme on regarde deux boxeurs dans un gymnase ou deux acrobates sur un podium. Non qu'il y eût dans leurs gestes quoi que ce fût d'acrobatique ou de violent. Il était tendre pour elle, elle était tendre pour lui, et tout leur comportement semblait vouloir prouver que l'absurde indécence du film était l'antithèse même de la réalité.

Par instants je fermais les yeux. Mais bientôt une force me poussait, tel un voyeur en enfer, à les ouvrir encore. L'engourdissement de mes bras ajoutait à ma torture. Les deux corps, sur la couche fauve, l'un d'une pâleur lumineuse, l'autre d'une sombre splendeur, se mêlaient l'un à l'autre, semblant totalement oublier ma présence. Rien d'indécent dans leurs gestes qui étaient les gestes familiers d'un rituel biologique célébré cent millions de fois par nuit sur notre planète. Mais j'essayais d'imaginer ce qui avait pu les décider à les accomplir devant moi; de quel extraordinaire argument s'était servi Conchis; quelles étaient leurs raisons personnelles. Lily, que j'avais voulu guider de mon expérience, m'avait bien dépassé; je savais déjà qu'elle avait appris à mentir avec son corps, comme d'autres mentent seulement avec leurs mots. Peut-être avait-elle voulu atteindre un stade de totale émancipation sexuelle et devait-elle maintenant se prouver à elle-même qu'elle y était parvenue, se servant pour cela du prétexte de ma « désintoxication ».

Tout ce que j'avais cru comprendre au sujet des femmes m'échappait, s'éloignait, redevenu mystère qu'emportait un courant se perdant à jamais dans des profondeurs obscures.

Le long dos noir, les ventres joints, les genoux blancs écartés, et entre les jambes désirantes ce terrible mouvement de possession totale. Je me souvins soudain de cette nuit où Lily était Artémis; de l'étrange blancheur de la peau d'Apollon. La couronne de feuilles d'or. Un corps athlétique, du marbre vivant. Et je sus alors que le même homme avait joué les rôles d'Apollon et d'Anubis. Ce soir-là, quand elle m'avait quitté... Et le jour suivant, espiègle écolière sur la plage... La mer nocturne, la chapelle. Je crus voir la poupée noire se balancer devant moi, le crâne au sourire malveillant. Artémis. Artémis et l'éternel mensonge.

L'homme s'était immobilisé. Il célébra son orgasme silencieux.

Les deux corps étaient maintenant étendus immobiles, sur le lit tel un autel. La tête blonde cachait à demi la tête noire tournée vers le mur du fond et je pouvais voir les mains fines caresser les épaules musclées. Mes bras me faisaient mal, je tentais de me détacher du cadre, de le renverser. Mais il avait été fixé solidement au mur; et les anneaux étaient vissés dans toute l'épaisseur du bois.

Après un long moment d'immobilité qui me parut insupportable il se leva du lit, s'agenouilla presque cérémonieusement, et posa ses lèvres sur l'épaule de Lily, puis il disparut derrière les rideaux. Lily resta quelques instants comme il l'avait laissée, renversée sur les coussins. Enfin elle se souleva sur son coude gauche et reprit la pose du début. Elle me fixait du regard, ni cruelle ni triomphante. Comme Desdémone un jour se retournant vers Venise qu'elle quittait à jamais.

Et là ce qu'elle aurait dû voir c'était ma rage d'avoir été trompé, ma fureur de ne pas comprendre. J'avais cru être le traître Iago, lequel, dans un sixième acte, aurait reçu son châtiment, aurait été enchaîné en enfer. Mais j'étais aussi Venise, qu'on laisse en arrière, qu'on a fuie.

Quelqu'un referma lentement les rideaux. Je me retrouvai seul dans l'obscurité, comme au début. On éteignit même la lumière du fond de la pièce. Dans un moment de vertige je me demandai si je n'avais pas rêvé, ou bien même si je n'étais pas la victime d'une hallucination provoquée, ou la proie de mes fantasmes. Le procès avait-il vraiment eu lieu? La douleur violente dans mes bras me disait pourtant que tout était réel.

Et à cause de cette douleur, de cette torture purement physique, je commençai à comprendre. J'étais Iago; mais j'étais aussi crucifié. Iago crucifié. Crucifié par... Les métamorphoses de Lily me revinrent à l'esprit, ménades tournant follement dans ma tête : je ne pouvais plus refuser d'y voir clair.

Ce n'était pas un sixième acte mais un prologue. Et qui contenait le germe de toute trahison.

Je comprenais. Je sus soudain ce que cachaient les masques, Lily, Julie, Artémis, le docteur en psychologie, Desdémone. Et pourquoi ils avaient choisi la situation d'Othello. Pourquoi Iago. J'avais touché le fond. Je savais le vrai nom de celle que j'avais épargnée. Je ne pardonnais pas, et même je ressentais envers elle une rage encore plus violente.

Mais je savais son vrai nom.

Quelqu'un apparut à la porte. C'était Conchis. Il se dirigea vers moi, me fit face. Je fermai les yeux. Mes bras me faisaient tant souffrir que plus rien d'autre ne comptait.

Je fis entendre à travers le bâillon une sorte de grondement. Je ne savais pas moi-même si je tentais ainsi d'exprimer ma souffrance ou de proférer une menace.

« Je suis venu vous dire que vous êtes désormais choisi. »

Je secouai violemment la tête, pour protester. Il ajouta :

« Vous ne pouvez pas en décider vous-même. »

Il restait là, devant moi, et son regard paraissait plus vieux qu'une vie d'homme, et je crus y discerner une lueur de sympathie, comme s'il prenait soudain conscience qu'il avait pressé trop fort sur un levier très mince.

« Apprenez à sourire, Nicholas. Apprenez à sourire. »

Il me vint à l'esprit que le mot « sourire » n'avait pas pour lui la même signification que pour moi. C'était par choix que son sourire renfermait autant d'ironie, une dureté aussi impitoyable. Pour lui le sourire était essentiellement cruel parce que la liberté est cruelle, cette liberté qui nous fait au moins en partie responsable de ce que nous sommes. Sourire, ce n'était pas choisir une certaine attitude devant l'existence, c'était reconnaître et exprimer la cruauté fondamentale, inéluctable de la vie. En me conseillant d'apprendre à sourire il se référait à quelque chose de beaucoup plus subtil que l'habituel et simpliste « Il vaut mieux en rire ». C'était plutôt l'exhortation à l'apprentissage de la dureté, de l'ironie, indispensables pour survivre.

Parce que nous ne pouvons choisir ni la pièce ni le rôle. C'est toujours Othello. Etre, c'est toujours être Iago.

Avant de partir, il me fit un petit salut. Et dans cette courtoisie si mal venue à un pareil moment je ne vis que dérision et mépris.

Aussitôt qu'il eût disparu Anton entra, suivi d'Adam et des autres chemises noires. Ils détachèrent mes mains. Deux des hommes portaient une sorte de mât entouré de toile qu'ils déroulèrent. C'était un brancard. Ils m'obligèrent à m'y étendre et mes poignets furent attachés aux deux côtés. Je ne pouvais ni me débattre ni les supplier d'arrêter. Je restai étendu immobile, les yeux fermés pour ne plus les voir. Je reconnus l'odeur d'éther, sentis très faiblement qu'on me piquait le bras; et je souhaitai que l'oubli vienne vite.

63

Il y avait devant moi un vieux mur. Quelques morceaux de plâtre tenaient encore çà et là aux pierres restées en place mais plusieurs d'entre elles étaient tombées au pied du mur parmi les débris de ciment. J'entendais tinter très loin les clochettes que portent les chèvres. Je restais étendu, encore trop mal réveillé pour faire l'effort de découvrir d'où venaient la lumière qui éclairait ce mur et le son des cloches, le bruit du vent, le cri des martinets. On m'avait conditionné : j'étais toujours un prisonnier. Je finis pourtant par bouger mes poignets : ils étaient libres. Je me tournai, regardai.

Le toit laissait passer de minces bandes de lumière. A quelques mètres de moi s'ouvrait dans le mur l'embrasure rongée d'une porte. Dehors, un soleil aveuglant. J'étais étendu sur un matelas pneumatique, sous une couverture de rude laine brune. Je vis près de moi ma valise et dessus une thermos, un paquet enveloppé de papier brun, des cigarettes et des allumettes, une boîte noire ressemblant à un coffret à bijoux, une enveloppe.

Je m'assis et secouai la tête. Puis je rejetai la couverture et d'une démarche mal assurée sur le sol inégal je me dirigeai vers la porte. J'étais en haut d'une colline. Devant moi descendait une vaste pente couverte de ruines. Des centaines de maisons de pierre, toutes en ruine, dont la plupart n'étaient plus que de grands tas de gravats, des restes de murs délabrés. Ici et là quelques constructions étaient un peu mieux conservées, l'étage encore visible, des fenêtres encadrant le ciel et le trou noir des portes. Mais le plus extraordinaire c'était que cette cité des morts semblait flotter, inclinée dans l'air, à trois cents mètres au-dessus de la mer qui l'entourait. Je regardai ma montre. Elle marchait encore : il était presque cinq heures. Je grimpai sur un mur et contemplai le paysage. Du côté où le soleil baissait, je pouvais voir un continent montagneux qui s'étendait loin vers le nord et le sud. Je me trouvai au sommet d'un promontoire gigantesque, totalement seul, le dernier homme dans quelque Hiroshima médiéval, entre le ciel et la terre. Pour un instant ne sachant plus si le temps écoulé se mesurait en heures ou en civilisations.

Un vent violent soufflait du nord.

J'allai chercher ma valise et les autres objets qu'on m'avait laissés et portai le tout dehors, au soleil. J'ouvris d'abord l'enveloppe. Elle contenait mon passeport, dix livres en argent grec et un message tapé à la machine. Trois phrases : *Il y a un bateau pour Phraxos ce soir à 11.30. Vous êtes dans la cité antique, à Monemvasia. Il faut descendre en direction du sud-est.* Pas de date, pas de signature. Je débouchai la thermos : du café. Je m'en versai un plein gobelet et l'avalai, puis un autre. Le paquet contenait des sandwiches. Je me mis à manger, avec le même intense plaisir que j'avais éprouvé cet autre matin dans la citerne, savourant le pain et la viande froide assaisonnée d'origan et de jus de citron.

Mais à ce plaisir s'ajoutait, devant ce vaste paysage, un sentiment de libération, le bonheur d'être vivant, une ardeur toute neuve. Et surtout j'appréciais enfin le caractère extraordinaire de l'expérience. Elle était unique, elle me faisait unique, elle resterait mon grand secret, un voyage dans une contrée étrange, une récompense que jamais personne d'autre ne s'était vu attribuer. Il me semblait aussi comprendre à présent mon comportement; dès mon réveil je l'avais vu dans un autre éclairage. Le jugement et la désintoxication. Fantaisies démoniaques qui se voulaient un moyen d'établir si j'étais ou non un homme normal. J'étais normal. Cette étonnante dernière scène avait peut-être eu pour but notre mutuelle humiliation. Pendant qu'elle se jouait devant moi je n'y avais vu qu'une féroce insistance à creuser un peu plus une blessure encore fraîche; mais à présent il m'était possible de l'imaginer comme une revanche qu'ils m'accordaient, eux qui avaient agi à l'égard d'Alison comme des espions, comme des voyeurs. Ils s'offraient à subir l'humiliation finale.

J'avais cette obscure victoire. Et j'étais libre. Et c'était une liberté nouvelle. J'étais comme purifié.

Peut-être s'étaient-ils trompés dans leurs calculs.

Mon allégresse ne cessait de croître. C'était la joie de toucher le rocher tiède sur lequel j'étais assis, la joie d'être seul sur cet étrange promontoire, ce Gibraltar du bout du monde, Monemvasia où j'avais toujours eu envie de venir un jour. L'analyse de ce qui s'était passé, les souvenirs, les plans de revanche, tout cela viendrait plus tard, et aussi les explications qu'il me faudrait donner au collège, et la décision que je devrais prendre de rester ou non l'année suivante. L'épreuve était finie, j'en étais sorti vivant, c'était pour l'instant tout ce qui comptait.

Plus tard je me rendis compte de ce qu'il y avait d'artificiel dans cette joie qui absolvait toutes les indignités, l'exploitation de la mort d'Alison, les monstrueuses libertés qu'on avait prises à mon égard. Et je soupçonnai Conchis de m'avoir dicté cette réaction sous hypnose. Elle devait m'assurer un agréable retour à la vie normale, comme le café et les sandwiches.

J'ouvris la boîte noire. J'y trouvai, sur un capitonnage pourpre, un revolver tout neuf, un Smith et Wesson. Je le pris et aussitôt regardai s'il était chargé. Il contenait six balles, c'était vraiment une invitation. J'ôtai l'une des balles et l'examinai : la base de laiton, la pointe grise. Elle était bien réelle. Je pointai l'arme en direction de la mer et appuyai sur la détente. Le bruit me fit bourdonner les oreilles et les énormes martinets brun et blanc qui, au-dessus de moi, fendaient le bleu du ciel s'enfuirent affolés.

La dernière plaisanterie de Conchis.

Je grimpai jusqu'en haut de la colline, une centaine de mètres, escaladai un pan de mur en ruine, ce qui restait d'un ouvrage fortifié vénitien ou ottoman. De là je découvris vingt kilomètres de côte. Une longue plage, quelques maisons ou chapelles isolées, plus loin un village et, au-delà, une montagne massive qui devait être le mont Parnon, visible de Bourani par temps clair. Phraxos était là-bas, à cinquante kilomètres environ au nord-est. Le plateau tombait en une falaise abrupte sur une étroite bande de galets, deux cents mètres plus bas. Un ruban vert jade, là où la mer touchait la terre, le bleu profond des vagues ourlées d'écume. Grimpé sur le vieux bastion je tirai vers la mer cinq coups de revolver, sans rien viser, exprimant là allégrement mon refus de mourir. Après le cinquième coup j'empoignai le revolver par la crosse et l'envoyai tourbillonner vers le ciel. Il décrivit une parabole, puis lentement — très lentement me sembla-t-il — plongea dans l'abîme. En m'allongeant tout au bord je réussis même à le voir rebondir en bas sur les rochers.

Je commençai à descendre. Après un moment je trouvai un sentier mieux tracé qui passait sous deux voûtes conduisant à de grandes citernes obstruées par des pierres. Au sud de l'énorme rocher je vis, loin au-dessous, une vieille ville entourée de murs sur une bande de terre qui descendait en une pente raide, du bas de la falaise jusqu'à la mer. Beaucoup de maisons en ruine, mais aussi huit, dix églises. Le sentier serpentait entre les vieilles pierres et aboutissait à un porche. Un long tunnel en pente conduisait à un autre porche équipé d'une claie, ce qui expliquait l'absence d'un chevrier. Il n'y avait donc qu'un seul chemin, même pour les chèvres. J'escaladai la claie et me trouvai dans le grand soleil. Un sentier pavé depuis des siècles de larges dalles de basalte gris sombre sillonnait la colline pour finir par s'incurver en direction des toits ocre rouge de la ville fortifiée.

Je descendis par les ruelles entre les maisons blanchies à la chaux. Une vieille paysanne se tenait sur le seuil d'une porte. Elle avait à la main une cuvette contenant des épluchures qu'elle distribuait à ses poules. Je devais paraître bizarre, ma valise à la main, le visage pas rasé.

« *Kal'espera.*

— *Pios eisai?* » Elle voulait savoir. « *Pou pas?* » Les vieilles questions homériques du paysan grec : Qui es-tu? Où vas-tu?

Je dis que j'étais anglais. Un de ceux qui avaient tourné le film, *epano.*

« Quel film là-haut? »

Je fis un geste vague, je dis que cela n'avait pas d'importance. Et ignorant ses questions et sa voix indignée j'arrivai enfin dans la rue principale, une triste petite rue de moins de deux mètres de large, aux maisons serrées, vides pour la plupart, ou du moins volets fermés; toutefois j'en vis une portant une enseigne; j'entrai. Un homme âgé, à moustaches, le cabaretier, sortit d'un coin sombre.

En buvant avec lui un verre de retsina et mangeant des olives j'appris tout ce qu'il y avait à savoir. D'abord, il s'était écoulé un jour de plus que je ne pensais. Le procès n'avait pas eu lieu le matin même mais la veille; c'était lundi, pas dimanche. Ils m'avaient encore fait dormir vingt-quatre heures. Et je me demandais s'ils n'avaient rien fait d'autre, s'ils n'avaient pas une fois de plus exploré les sombres replis de mon inconscient. Aucune compagnie cinématographique n'était venue à Monemvasia; pas de groupe important de touristes, pas d'étrangers, hormis ce professeur français et sa femme, il y avait une dizaine de jours. Comment était le professeur? Très gros; il ne parlait pas un mot de grec. Non, il n'avait pas entendu dire que quelqu'un était monté la veille. Hélas, non, personne ne venait voir Monemvasia. Y avait-il là-haut de grandes citernes avec des peintures sur les murs? Non, rien de semblable. Ce n'étaient que ruines. Plus tard, quand je passai l'ancienne porte de la ville et longeai le pied des falaises je vis deux jetées mal entretenues mais où un bateau aurait pu accoster pour permettre à des hommes portant un brancard de débarquer. Ils pouvaient être venus de nuit, évitant les quelques maisons du village encore habitées.

Il y avait de vieux châteaux un peu partout dans le Péloponèse : à Korone, Methone, Pylos, Koryphasion, Passava.

Tous avaient d'énormes citernes; aucun n'était à plus d'une journée de Monemvasia.

Je traversai la digue, dans les rafales de vent, pour atteindre le petit hameau où abordait le vapeur. Je déjeunai fort médiocrement dans une taverne et me rasai dans la cuisine. Eh bien, oui, j'étais un touriste. J'interrogeai le patron. Il ne savait rien de plus que celui de la première auberge où je m'étais arrêté.

Roulant et tanguant, le petit vapeur retardé par le *meltemi* arriva à minuit, tel un monstre sorti des profondeurs, festonné des rubans glauques d'une lumière irréelle. Nous étions trois à prendre le bateau et une barque nous y conduisit. Je restai assis deux heures dans le salon, luttant contre le mal de mer et les tentatives obstinées d'un marchand de primeurs athénien pour engager la conversation. Il était allé à Monemvasia pour acheter des tomates. Il ne cessait de se plaindre des prix. En Grèce on en vient toujours à parler d'argent; s'il arrive qu'on parle de politique c'est uniquement parce que l'argent est lié à la politique. Mon mal de mer finit par se dissiper et je commençai à trouver le marchand plutôt sympathique. Lui et ses nombreux paquets enveloppés de papier journal appartenaient à une réalité quotidienne rassurante, ils faisaient partie intégrante du monde dans lequel j'étais enfin rentré; pourtant pendant bien des jours encore j'allai continuer à examiner tout étranger avec méfiance.

Quand je sus que nous approchions de Phraxos, je gagnai le pont. L'énorme cétacé noir surgit de l'obscurité où soufflait le vent. Je distinguai le cap de Bourani. Autour de moi, une douzaine de formes recroquevillées : des paysans pauvres qui voyageaient sur le pont. Je rêvais au mystère de la vie des autres. Combien le jeu de Conchis, cet été, avait-il coûté? Cinquante fois ce qu'un de ces hommes gagnait en une année de dur labeur. Donc le travail de toute une vie.

De Deukans. Millet. Les planteurs de pommes de terre.

Il y avait une famille à côté de moi. L'homme me tournait le dos, la tête appuyée sur un sac. Lui et sa femme serraient entre eux, pour leur tenir chaud, deux petits garçons. Pour eux quatre, une seule et mince couverture. La femme avait un fichu blanc, noué sous le menton. Une de ses mains reposait sur l'épaule de l'enfant le plus éloigné d'elle. Joseph et Marie. Je fouillai dans ma poche, il me restait encore sept ou huit livres, sur les dix qu'on m'avait données. Je jetais un coup d'œil autour de moi et, me baissant vivement, glissai les billets dans un pli de la couverture, sous la nuque de la femme. Puis je m'éloignai furtivement comme si j'avais honte.

A trois heures moins le quart je grimpais silencieusement l'escalier du bâtiment des professeurs. Ma chambre était en ordre, dans l'état où je l'avais laissée, mais les copies d'examen avaient disparu de la table. A leur place il y avait plusieurs lettres.

Je me demandai qui pouvait bien m'écrire d'Italie. J'ouvris l'enveloppe.

14 juillet

Monastère de Sacro Speco
Par Subiaco.

Cher monsieur Urfe,

J'ai bien reçu votre lettre qu'on m'a fait suivre. J'avais d'abord décidé de ne pas y répondre, mais à la réflexion je pense qu'il est préférable que vous sachiez que j'ai pris la décision irrévocable de ne pas discuter de l'affaire dont vous m'entretenez, et vous serais reconnaissant de ne pas revenir sur ce sujet.

Sincères salutations.

John LEVERRIER

L'écriture était impeccablement nette, mais petite et sans élégance. Si ce n'était pas un faux une fois de plus, elle devait être celle d'un petit homme soigné et racorni, qui sans doute était allé faire une retraite, un de ces jeunes catholiques secs et maniérés comme j'en avais connu à Oxford.

La lettre suivante avait été écrite sur papier à en-tête d'un collège de Londres.

Miss Julie Holmes

Miss Holmes est restée avec nous un an pendant lequel elle a enseigné le latin et le grec et aussi un peu d'anglais et d'histoire religieuse à nos élèves les plus jeunes. Elle a l'étoffe d'un bon professeur et a montré dans son travail un sens aigu des responsabilités en même temps qu'elle a su se rendre populaire parmi ses élèves.

J'avais cru comprendre qu'elle voulait faire carrière au théâtre mais je suis très heureuse d'apprendre qu'elle s'est décidée à reprendre l'enseignement.

J'ajouterai qu'elle a dirigé avec grand succès notre représentation théâtrale annuelle et a aussi participé aux activités de notre association, *Jeunes Chrétiens.*

Je ne peux que la recommander chaleureusement.

Très drôle.

J'ouvris ensuite une autre lettre de Londres. Je trouvai à l'intérieur ma lettre à la *Tavistock Repertory Company*. Quelqu'un avait suivi — plutôt impatiemment — mes suggestions, et griffonné en bas de la page, au crayon bleu, le nom de l'agent théâtral de June et Julie Holmes.

Il y avait aussi une lettre d'Australie. Je sortis de l'enveloppe une carte imprimée et bordée de noir, avec un espace laissé libre pour le nom de l'expéditeur qui y avait été porté en lettres rondes, presque enfantines, émouvantes.

> R. I. P.
>
> Mrs Mary Kelly
>
> vous remercie de la sympathie que vous lui avez exprimée à l'occasion de son deuil récent.

La dernière lettre était d'Ann Taylor. A l'intérieur, une carte postale et des photos.

Nous avons trouvé cela. J'ai pensé que vous aimeriez peut-être les avoir. J'ai envoyé les pellicules à Mrs Kelly. Je comprends bien ce que vous voulez dire dans votre lettre, nous sommes tous à blâmer d'une façon ou d'une autre. Ce qu'Allie n'aurait pas voulu, j'en suis sûre, c'est que nous prenions la chose trop à cœur à présent qu'il n'y a rien à faire. Je peux encore à peine y croire. Il a fallu que j'expédie toutes ses affaires chez elle. Vous pouvez imaginer ce que cela a été. C'est que je ne cessais de penser qu'il n'y avait vraiment pas de raisons et j'ai pleuré de nouveau. Enfin, ça passera, je suppose. Je rentre en Australie la semaine prochaine, j'irai voir Mrs Kelly aussitôt que possible.

Amicalement

ANN

Huit mauvaises photos. Cinq de moi ou du paysage. Sur les trois autres, Alison : agenouillée près de la petite fille au furoncle, debout au carrefour d'Œdipe, et enfin sur le Parnasse avec le muletier. Sur la seconde, prise de plus près, elle avait ce sourire direct, presque un sourire de garçon, où s'exprimait le mieux son absolue loyauté. Qu'avait-elle dit? Qu'elle était vulgaire. Ce n'était pas de la vulgarité mais la rude saveur des nourritures simples. Je me souvenais de notre voyage et que, dans la voiture, j'avais parlé de mon père tout le long du chemin. Si j'avais été capable de me confier ainsi c'était à cause de son honnêteté à elle; parce qu'elle était, je le savais, un miroir qui ne pouvait mentir; parce qu'elle s'intéressait réellement à moi; parce qu'elle m'aimait vraiment. Sa vertu suprême avait été cette constante authenticité.

Je m'assis à mon bureau, contemplai son visage, ces cheveux qu'une brise mêlait sur son front. Ce merveilleux moment. Les cheveux. Le vent. Instant encore présent et enfui pour toujours.

De nouveau, la tristesse m'envahit. Je ne pourrais pas dormir. Je mis les lettres et les photos dans un tiroir et sortis. Longeant la côte, je vis loin vers le nord, au-delà de l'eau, un feu de broussailles. C'était une flèche de feu qui rongeait la montagne. Un feu sombre me rongeait, moi aussi.

Qu'étais-je après tout? Conchis ne s'était guère trompé. Je n'étais que la somme de mes nombreux échecs. Le jargon pseudo-freudien du procès me faisait sourire, mais il n'en était pas moins vrai que depuis toujours j'avais essayé de voir la vie comme un conte, de me bien garder du réel. Dans mes rapports personnels avec chacun de ceux que j'avais connus, je m'étais toujours comporté comme si j'avais été sous le regard d'un tiers qui m'aurait écouté, observé, afin de m'attribuer une note, bonne ou mauvaise, selon mon mérite. Un dieu. Ou l'auteur du roman; et moi son personnage, mais capable de faire ce qu'il fallait pour plaire, de ressentir les affronts, de m'adapter à ce que je pensais que voulait de moi ce romancier-dieu. Ce sur-moi hypertrophié, c'est moi-même qui l'avais voulu, nourri, et à cause de lui j'avais toujours été incapable d'agir librement. Il avait été mon système de défense; il était maintenant mon tyran. Je m'en rendais compte trop tard. Trop tard d'une mort.

Je m'assis sur le rivage et j'attendis que l'aube se lève sur la mer grise. Intolérablement seul.

64

Je ne sais si c'était dû à ma nature ou la réaction qui suivait un optimisme de commande dont Conchis m'avait imprégné durant le sommeil de la dernière journée mais, quand le jour se leva, je me sentis peu à peu gagné par une humeur morose. Je n'avais ni preuves ni témoins pour m'aider à imposer la vérité; et un homme comme Conchis qui ne laissait rien au hasard avait dû organiser soigneusement sa retraite. Il devait bien penser que je serais tenté de le dénoncer à la police, il était donc évident qu'il avait déjà quitté la Grèce, lui et toute la « troupe ». Il n'y aurait personne à interroger, à part des gens comme Hermès qui était probablement encore plus innocent que je l'avais supposé, et Patarescu qui n'admettrait rien.

Le seul témoin réel était Demetriades. Je ne pourrais jamais lui arracher une confession mais je me souvenais de sa mielleuse innocence, au début, et qu'il y avait dû avoir un temps, avant que j'aille à Bourani, où ils s'en étaient remis largement à lui pour leur procurer des renseignements. Comme je m'en étais rendu compte en parlant avec lui des élèves, il ne manquait pas de perspicacité dans ses jugements, sachant distinguer sans une hésitation le bûcheur authentique du paresseux intelligent. L'idée que c'était à mon sujet qu'il avait dû faire son rapport le plus détaillé me rendait furieux.

Je n'allai pas au premier cours, me réservant de faire au petit déjeuner une rentrée spectaculaire. Quand j'apparus ce fut le silence, ce silence soudain de l'étang plein de grenouilles où l'on vient de jeter un caillou; puis le bruit reprit graduellement. Quelques-uns des garçons souriaient. Les autres professeurs me regardaient fixement comme si j'avais commis un crime. J'avançai droit vers Demetriades, au fond de la pièce, et trop vite pour qu'il puisse réagir. Il se leva à moitié, puis comprenant ce qui se préparait s'assit de nouveau, effrayé. Je me tenais tout près de lui.

« Lève-toi, salaud. »

Il tenta faiblement de sourire; jeta un coup d'œil à son voisin de table. Je répétai mon ordre à voix haute, en grec, y ajoutant une insulte grecque :

« Lève-toi, vermine de bordel. »

De nouveau ce fut le silence complet. Demetriades rougit, baissa les yeux.

Il y avait devant lui une assiette de panade au lait additionnée de miel, un plat dont il se régalait chaque matin. J'étendis la main, lui lançai l'assiette en plein visage. La panade coulait sur sa chemise et son élégant costume. Il se leva d'un bond, brossant ses vêtements de la main et lorsqu'il releva la tête, cramoisi d'une rage enfantine, je le frappai juste où je voulais, en plein sur l'œil droit. Ce n'était pas fair play mais cela porta.

Tout le monde s'était levé. Les surveillants hurlaient pour rétablir l'ordre. Le professeur d'éducation physique bondit derrière moi et me prit le bras, mais je lui signifiai que j'en avais terminé. Demetriades était debout, les mains sur les yeux, une parodie d'Œdipe. Puis, brusquement, il se précipita sur moi, lançant des coups de pied, griffant comme une vieille mégère. Le professeur d'éducation physique, qui le méprisait, avança et l'immobilisa aisément, bras le long du corps.

Je fis demi-tour et sortis. Demetriades se mit à hurler des malédictions que je ne compris pas. Un serveur se tenait à la porte et je lui demandai de m'apporter du café dans ma chambre. Une fois chez moi je m'assis à ma table et attendis.

Et bien sûr, dès le début du second cours, je fus convoqué chez le directeur. Il y avait là, en plus du vieux, le directeur adjoint, le surveillant général et le professeur d'éducation physique. Ce dernier probablement au cas où je me livrerais à de nouvelles violences. Le surveillant général, Androutsos, parlait français couramment, et il remplirait l'office d'interprète dans cette cour martiale.

On me fit asseoir, et aussitôt on me tendit une lettre. Je vis à l'en-tête qu'elle venait du conseil d'administration du collège à Athènes. Elle était écrite en français, et datée de deux jours plus tôt.

> Le conseil d'administration du collège Lord-Byron, après étude du rapport qui lui a été soumis par le directeur du collège, a le regret de vous informer qu'il a jugé opportun de mettre un terme à votre contrat. Il s'y voit autorisé

par la clause 7 du dit contrat, relative aux manquements des professeurs à leurs obligations professionnelles.

En application de cette clause vos appointements vous seront payés jusqu'à la fin du mois de septembre ainsi que vos frais de voyage de retour en Angleterre.

Ainsi je ne passais pas même en jugement. On me faisait simplement connaître la sentence. Je levai les yeux vers les quatre visages. Ils n'exprimaient guère autre chose que de l'embarras. Il me sembla pourtant discerner un léger regret dans le regard d'Androutsos. Mais il ne prit pas ma défense.

Je dis : « Je ne savais pas que le directeur était à la solde de M. Conchis. »

Androutsos montrait des signes d'étonnement. Je répétai avec colère et il traduisit. Toutefois le directeur lui non plus ne sembla pas comprendre. C'était un homme très digne. Il ressemblait beaucoup plus au président d'une université américaine qu'à un simple directeur de collège. Je ne pensais pas qu'il aurait accepté de se rendre complice d'un congédiement injuste. Demetriades avait mérité son œil au beurre noir plus encore que je ne le pensais. Demetriades, Conchis, et un troisième personnage influent au conseil... Un rapport secret...

Il s'ensuivit une rapide conversation en grec entre le directeur et son adjoint. J'entendis deux fois le nom de Conchis mais je ne pus suivre ce qu'ils disaient. Ils demandèrent à Androutsos de traduire.

« Monsieur le Directeur ne comprend pas votre remarque.

— Vraiment? »

Je fis au vieux une grimace menaçante, mais j'étais déjà plus qu'à demi persuadé que son étonnement n'était pas feint.

Sur un signe du directeur adjoint, Androutsos prit un feuillet sur la table. « On vous fait les reproches suivants : Premièrement : vous n'avez pas réussi à vous intégrer à la vie du collège, vous absentant presque tous les week-ends pendant le dernier trimestre. » Je commençai à sourire. « Deuxièmement : vous avez deux fois soudoyé des chefs de classe pour qu'ils vous remplacent à l'étude. » C'était vrai, mais cela n'avait consisté qu'à les dispenser de devoirs qu'ils avaient à me remettre. J'avais agi là à l'instigation de Demetriades et lui seul pouvait m'avoir dénoncé. « Troisièmement : vous avez négligé de noter les copies d'examen, une obligation professionnelle de la plus haute importance. Quatrièmement : vous... »

Mais j'en avais assez de cette comédie. Je me levai. Le directeur parla; son visage ridé était grave, ses lèvres pincées.

« Monsieur le Directeur dit aussi, traduisit Androutsos, que la façon démentielle dont vous avez ce matin au petit déjeuner attaqué un collègue porte une atteinte irréparable au respect qu'il a toujours ressenti pour la patrie de Byron et de Shakespeare.

— Bon Dieu! » Je ris bruyamment et agitai le doigt tendu dans la direction d'Androutsos. Le professeur d'éducation physique s'apprêtait à bondir. « Ecoutez-moi bien. Dites-lui ceci : je vais à Athènes. J'irai à l'ambassade d'Angleterre, j'irai au ministère de l'Education, je parlerai aux journalistes, et ça fera tant de bruit que... »

Je ne terminai pas ma phrase. Je leur lançai à tous un regard de mépris et sortis.

Moins de cinq minutes plus tard, alors que je commençai à préparer mes bagages, on vint m'interrompre. Quelqu'un frappa à la porte que j'ouvris violemment. Sur le seuil se tenait le membre du tribunal que je m'attendais le moins à voir là : le directeur adjoint.

Il s'appelait Mavromichalis. Il était chargé de toutes les questions administratives et aussi disciplinaires. Un homme d'une cinquantaine d'années, mince et sec, qui perdait ses cheveux. Toujours très réservé, même avec les autres Grecs. Je n'avais eu que rarement l'occasion de lui parler. Professeur principal de démotique il était, comme c'est traditionnellement le cas pour ses semblables, fanatiquement amoureux de son pays. Il avait dirigé pendant l'occupation un journal clandestin renommé; et le pseudonyme classique qu'il avait pris alors, *o Bouplix*, l'aiguillon, lui était resté par la suite. Quoiqu'il s'en remît toujours en public à l'avis du directeur, il était en fait l'âme de l'école. Il détestait, beaucoup plus intensément encore qu'aucun étranger n'aurait pu le faire, l'élément byzantin qui subsiste dans l'esprit des Grecs.

Il se tenait là, m'observant, et je restai devant lui surpris par quelque chose dans ses yeux qui me faisait oublier ma colère. Il réussissait à suggérer que si les circonstances l'avaient permis il aurait peut-être souri. Il dit en français, calmement :

« Je veux vous parler, monsieur Urfe. »

C'était une surprise de plus car il ne m'avait jusque-là jamais adressé la parole qu'en grec; j'avais toujours cru qu'il ne connaissait pas d'autres langues. Il entra, jeta un coup d'œil vers les valises ouvertes sur mon lit, puis m'invita à m'asseoir au bureau. Il prit lui-même un siège près de la fenêtre et croisa les bras; son regard était pénétrant, perspicace. Il laissait délibérément le silence parler pour lui. Et si pour le directeur j'étais simplement un mauvais professeur, il était clair que pour cet homme, je représentais... autre chose.

Je dis froidement : « Eh bien?

— Je regrette ces circonstances.

— Vous n'êtes pas venu ici pour me dire ça. »

Il reprit : « Pensez-vous que notre collège est une bonne école?

— Mon cher monsieur Mavromichalis, si vous vous imaginez... »

Il leva la main vivement, mais dans un geste d'apaisement. « C'est en simple collègue que je suis là. Ma question est sérieuse.

— En collègue ou... en émissaire? »

Son visage resta impassible. Les élèves, plaisantant à son sujet, disaient que même les cigales se taisaient sur son passage.

« Répondez à ma question, je vous prie. Est-ce une bonne école? »

Je levai impatiemment les épaules. « Pour ce qui est de l'enseignement... oui, bien sûr. »

Il garda un moment le silence, puis en vint au fait : « Dans l'intérêt du collège je ne veux pas de scandale. »

Je remarquai l'emploi de la première personne.

« Vous auriez dû y penser plus tôt. »

Un autre silence. Puis il déclara : « Nous avons en Grèce une chanson populaire qui dit : " Celui qui vole pour du pain est innocent, celui qui vole pour de l'or est coupable. " » Il m'observait pour s'assurer que j'avais compris. « Si vous voulez donner votre démission je peux vous assurer que monsieur le Directeur l'acceptera.

— Quel monsieur le Directeur? »

Il sourit à peine, sans répondre. Et je sus qu'il ne dirait jamais rien. J'avais l'étrange impression, parce que j'étais derrière le bureau, peut-être, que c'était moi l'enquêteur tyrannique et lui, le brave patriote. Finalement il se tourna vers la fenêtre, déclarant, comme hors de propos : « Nous avons un excellent laboratoire de sciences. »

Je le savais bien. Je savais que l'équipement avait été le don d'un mystérieux bienfaiteur, lorsqu'on avait ouvert à nouveau l'école, après la guerre. Je savais aussi que le bruit courait dans la salle des professeurs que l'argent avait été extorqué à un riche collaborateur.

Je dis : « Oh, je vois.

— Je suis venu vous inviter à démissionner.

— Comme l'ont fait mes prédécesseurs?

Il ne répondit pas. Je secouai la tête.

Il se décida à être plus explicite. « Je ne sais pas ce qui vous est arrivé. Je ne vous demande pas de pardonner cela. Je vous demande d'épargner ceci : cette école.

— Et de plus vous me jugez un mauvais professeur.

— Nous vous donnerons une bonne recommandation.

— Ce n'est pas une réponse. »

Il haussa les épaules : « Si vous insistez...

— Suis-je si mauvais que cela?

— Nous n'avons de place ici que pour les meilleurs. »

Sous son regard pénétrant je baissai les yeux. Les valises attendaient sur le lit. Je voulais m'en aller, à Athènes, n'importe où, perdre mon identité, me détacher de tout. Je savais bien que je n'étais pas un bon professeur. Si je ne voulais pas l'admettre, c'est que j'étais déjà trop meurtri, dépossédé.

« Vous demandez trop. » Il attendait en silence, implacable. « Je ne raconterai rien à Athènes à une seule condition, c'est que je puisse l'y rencontrer.

— Impossible. »

Un silence. Je m'étonnais que le sentiment de ses devoirs envers le collège puisse s'accorder avec sa fidélité envers Conchis, quelle que soit la forme qu'elle prenait. Un frelon voleta contre la fenêtre, menaçant, puis battit en retraite, en même temps que ma colère, cependant que l'emportait mon désir d'en finir.

Je demandai : « Pourquoi vous? »

Cette fois il sourit. Un très léger sourire. Il dit seulement : « Avant la guerre. »

Je savais qu'il n'était pas alors professeur au collège. C'était à Bourani, sans doute. Je baissai les yeux vers le bureau. « Je veux partir immédiatement. Aujourd'hui.

— Très bien. » Il y avait soudain quelque chaleur dans sa voix; il contourna le bureau pour me serrer la main, et il me secoua même par l'épaule, comme Conchis l'avait fait parfois, pour m'assurer qu'il se fiait à ma parole.

Puis il sortit vivement.

Ainsi, j'étais congédié. Aussitôt qu'il fut parti, la colère me reprit, la colère de ne m'être pas servi du fouet encore une fois. Je n'étais pas fâché de quitter le collège. Je n'avais pas la moindre envie de traîner là une autre année en m'efforçant de prétendre que Bourani n'existait pas, en remuant pourtant de cruels souvenirs. Mais c'était aussi quitter l'île, la lumière, la mer. Je regardai le verger d'oliviers. Soudain c'était comme perdre un membre. Sans doute serait-il mesquin de faire un scandale. Mais surtout ce serait futile puisque, quoi qu'il arrivât, j'étais à jamais banni de Phraxos.

Après un moment je m'obligeai à me remettre à faire les valises. L'économe me fit donner mon chèque par un de ses subalternes ainsi que l'adresse de l'agence à laquelle je devais m'adresser à Athènes pour mon voyage de retour. Il n'était guère plus de midi quand je passai la grille du collège pour la dernière fois.

J'allai tout droit chez Patarescu. Une paysanne vint m'ouvrir : le docteur était parti à Rhodes pour un mois. J'allai ensuite jusqu'à la maison d'Hermès. Je frappai à la porte et pris tout juste la peine de vérifier qu'elle était fermée à clef. Puis je revins à travers le village jusqu'au vieux port et à la taverne où j'avais fait la connaissance de Barba Dimitraki. Comme je l'espérais, Georgiou m'indiqua une maison proche où on me louerait une chambre. J'envoyai un gamin au collège avec un chariot à poisson pour rapporter mes bagages; puis je mangeai du pain et des olives.

A deux heures, sous un soleil ardent, je me mis à grimper péniblement entre les figuiers de Barbarie, vers la crête centrale. J'emportai une lampe-tempête, une barre de fer recourbée, une scie à métaux. Pas de scandale? Peut-être. Mais on ne m'avait pas demandé de m'abstenir de toute enquête.

65

J'arrivai à Bourani vers trois heures et demie. Du fil de fer avait été tendu en travers de la brèche et en haut de la barrière. Un nouvel avis recouvrait la pancarte *Salle d'attente.* C'était en grec : *Propriété privée, entrée strictement interdite.* La barrière restait facile à franchir, mais je n'étais pas plus tôt de l'autre côté que j'entendis une voix montant de Moutsa à travers les arbres. Cachant les outils et la lampe derrière un buisson j'escaladai à nouveau la clôture. Je descendis prudemment le sentier, tendu comme un chat à l'affût, jusqu'à ce que je puisse voir la plage. Tout au bout, un caïque était à l'amarre. Il y avait cinq ou six personnes, pas des habitants de l'île, des gens aux vêtements de plage de couleur vive, une fille brune en maillot de bain rouge. Comme je les regardais, deux des hommes se saisirent de la fille qui poussait des cris perçants, l'emportèrent à travers les galets et la jetèrent dans la mer. J'entendais hurler un poste de radio. J'avançai un peu sous le couvert des arbres bordant la plage. Qui étaient-ils? N'allais-je pas reconnaître... Non. La fille était petite et brune, très grecque; auprès d'elle deux femmes grasses, un homme d'une trentaine d'années et deux autres plus vieux. Je les voyais tous pour la première fois.

Il y eut du bruit derrière moi. Un pêcheur en pantalon gris effrangé, le propriétaire du caïque, sortait de la chapelle. Je lui demandai qui étaient ces gens. Ils venaient d'Athènes, un monsieur Sotiriades et sa famille. Ils venaient chaque été.

Y avait-il en août beaucoup de gens d'Athènes qui débarquaient à Moutsa? Beaucoup, oh beaucoup, disait-il. D'un geste il montrait tous ces caïques, dix, quinze, tout au long de la baie, le mois prochain. Plus de monde que de mer.

Ainsi Bourani n'était pas imprenable. Et j'avais là ma meilleure raison pour quitter l'île.

La maison était fermée, volets clos, comme je l'avais vue la dernière fois. Je continuai mon chemin, passai le ravin, arrivai à la Tanière. J'admirai une fois de plus l'habileté avec laquelle la trappe était cachée; puis je la soulevai. Je m'enfonçai dans le puits noir, emportant la lampe que j'allumai une fois en bas. Je remontai ensuite chercher les outils. Je dus scier jusqu'à moitié l'anneau du cadenas qui fermait la porte de la première chambre. Il céda alors sous la pression de la barre faisant levier. Je pris la lampe, tirai le verrou, poussai le battant massif et avançai.

Je me trouvai dans l'angle nord-ouest d'une pièce rectangulaire. En face de moi il y avait deux embrasures qu'on n'avait que partiellement obstruées puisque j'y voyais deux petites grilles de ventilation. Le long des murs : d'un côté, une grande penderie; de l'autre, à angle droit, deux lits, l'un étroit, l'autre à deux places. Des tables et des chaises. Trois fauteuils. Sur le sol un tapis du pays, au-dessus d'une couche de feutre. Trois des murs étaient blanchis à la chaux, ce qui faisait de cette pièce, pourtant sans fenêtre, un endroit moins sinistre que la pièce centrale. Il y avait au-dessus du lit une énorme peinture murale, une danse champêtre : des paysans en culottes tyroliennes, une fille dont la jupe tourbillonnante découvrait les jambes au-dessus des bas à baguettes. Les couleurs étaient encore vives. Ou peut-être avaient-elles été retouchées.

Je trouvai dans la penderie une quinzaine de costumes différents, plusieurs d'entre eux en double exemplaire; certains que je n'avais jamais vus. Des tiroirs étaient remplis de gants anciens, de bas, de sacs et de chapeaux. Je découvris même un antique costume de bain en toile de lin avec sa charlotte à rubans assortie.

Sur chaque matelas étaient posées des couvertures pliées. Les oreillers ne gardaient pas trace du parfum qu'utilisait Lily. Des rayonnages étaient fixés au-dessus de la table, entre les meurtrières. Il y avait toute une rangée de livres. J'en pris un. *La Parfaite Hôtesse. Recueil des principes et lois de l'Etiquette tels qu'on peut les observer dans la meilleure société. Londres, 1901.*

Je vis une demi-douzaine de romans de la Belle Epoque. Quelqu'un avait griffonné des remarques sur les pages de garde. *Bons dialogues. Clichés utiles pages 98 et 164. Voir scène p. 203. « Allez-vous me demander de livrer ma joue à vos audaces? »* s'écria l'espiègle Fanny.

Rien dans les tiroirs de la commode. La chambre ne renfermait plus aucun objet personnel. J'étais déçu. Je passai dans la pièce centrale et m'attaquai à l'autre cadenas. J'entrai dans une chambre semblable. La peinture murale représentait cette fois des montagnes couvertes de neige. Je trouvai dans la penderie la trompe dont s'était servi Apollon, le costume de Robert Foulkes; la veste et la toque d'un chef cuisinier; une blouse lapone; et l'uniforme complet d'un capitaine de la Première Guerre mondiale avec les insignes de la *Rifle Brigade*.

Tout cela ne m'apprenait rien. Je retournai dans la première chambre, m'approchai des livres et, dans un mouvement d'humeur, les fis tous tomber de l'étagère. Un vieil exemplaire relié de *Punch 1914* (dans lequel diverses images avaient été marquées au crayon rouge) laissa échapper des feuillets pliés. Non pas des lettres, comme je l'avais cru tout d'abord, mais apparemment des notes explicatives qu'on avait polycopiées. Aucune n'était datée.

1. *L'aviateur italien noyé*

Nous avons décidé de supprimer cet épisode.

2. *Norvège*

Nous avons décidé de supprimer les autres visites concernant cet épisode.

3. *Hirondelle*

Traiter avec précaution. Question encore délicate.

4. *Si le sujet découvre la Tanière*

S'assurer avant le week-end prochain que la ligne à suivre dans cette éventualité est bien connue. Lily considère comme probable que le sujet nous mettra un jour dans une telle situation.

« Lily. » Je remarquai qu'ils employaient ce nom.

5. *Hirondelle*

Eviter désormais d'en parler avec le sujet.

6. *Phase finale*

Terminé fin juillet pour tous sauf nucléus.

7. *Etat du sujet*

Maurice considère que le sujet est à présent dans un état de malléabilité suffisante. Se souvenir que pour le sujet tout jeu est mieux que rien. Changer de registre. Multiplier les échappatoires.

Le huitième feuillet était la copie, tapée à la machine, du passage de *la Tempête* que Lily m'avait récité.

Enfin, un message griffonné sur du papier à lettres :

Dire Bo de ne pas oublier les vous-savez-quoi et les livres. Et puis des mouchoirs en papier S.V.P.

Lily s'était servie du revers de chaque feuille pour des brouillons. Il y avait des ratures, des surcharges. Je reconnaissais l'écriture.

1. Qu'est-ce?
Si on te disait le nom
Tu ne comprendrais pas.
Pourquoi est-ce?
Si on te disait les raisons
Tu ne comprendrais pas.
Est-ce?
Tu n'es pas même sûr de ça
Toi qui erres dans une pièce vide.

2. L'amour est le cours de l'expérience
A la limite de l'imagination.
L'amour est ta virilité dans mes vergers.
Oh chère jungle,
L'amour est ton visage sombre lisant ceci

Ton sombre, ton doux visage et tes mains douces.
Comment savoir si Desdémone

Elle n'avait pas terminé.

3. *Le Choix*

Epargne-le jusqu'à ce qu'il meure.
Tourmente-le jusqu'à ce qu'il vive.

4. maledictus dominus
Nicholas
homullus est
ridiculus

igitur meus
parvus pediculus
multo vult dare
sine morari

in culus illius
ridiculus
Nicholas
colossicus cupiculus

5. Baron von Masoch s'est assis sur un clou
Puis se relevant tout à coup
Il a dit : « Morbleu, je vais le mouiller,
C'est encore meilleur sur un clou rouillé. »

Platon s'écria : « C'est fameux
L'idée de pommes-allumettes! »
Mais j'en connais qui aiment mieux
Les pommes frites dans leur assiette.

Une amie disait à Mme de Sade :
« L'effroi finira par te rendre malade. »
« Oh, je n'y vois rien de si déplaisant.
« Au moins ça me fouette le sang. »

Ce devait être le résultat d'une sorte de jeu entre les deux sœurs. Deux écritures différentes alternaient.

6. A midi subsiste le mystère.
D'éblouissants sentiers déserts

Au-dessus de la mer trop peuplée
Sont pour nos jeux un labyrinthe.
Point n'est besoin de danser sous la lune.
La falaise hautaine et secrète
Dans la blanche orgie de lumière
Déploie à midi son mystère.

Sur les trois derniers feuillets : un conte de fées.

LE PRINCE ET LE MAGICIEN

Il était une fois un jeune prince qui croyait en presque tout. Mais il ne croyait pourtant ni aux princesses, ni aux îles, ni à Dieu. Le roi son père lui avait dit que ces choses n'existaient pas. Comme il n'y avait pas de princesses, pas d'îles, et aucun signe de l'existence de Dieu dans le royaume de son père, le jeune prince croyait ce que disait son père.

Mais un jour le prince s'enfuit du palais. Il arriva au pays voisin. Là, à son grand étonnement, il vit des îles au large des côtes et sur ces îles d'étranges et troublantes créatures qu'il n'osa pas nommer. Comme il cherchait un bateau, un homme en grande tenue de soirée vint vers lui, le long du rivage.

« Ces îles, sont-elles réelles? demanda le jeune prince.

— Bien sûr qu'elles sont réelles, répondit l'homme en habit de soirée.

— Et ces étranges et troublantes créatures?

— Ce sont toutes d'authentiques princesses.

— Alors Dieu doit exister, s'écria le prince.

— Je suis Dieu », répondit l'homme en grande tenue de soirée, avec un petit salut.

Le jeune prince retourna chez lui aussi vite qu'il put.

« Tiens, te voilà de retour, dit le roi son père.

— J'ai vu des îles, j'ai vu des princesses, j'ai vu Dieu », dit le prince d'un ton de reproche.

Le roi ne s'en émut pas.

« Il n'existe pas de vraies îles, pas de vraies princesses et pas de vrai Dieu.

— Je les ai vus!

— Dis-moi comment Dieu était habillé.

— Dieu était en grande tenue de soirée.

— Est-ce que les manches de son habit étaient repliées? »

Le prince se souvint qu'elles l'étaient. Le roi sourit.

« C'est l'uniforme du magicien. On t'a trompé. »

Là-dessus le prince repartit pour le pays voisin et descendit sur le même rivage où cette fois encore il rencontra l'homme en grande tenue de soirée.

« Le roi mon père m'a appris qui vous êtes, déclara le jeune prince avec indignation. Vous m'avez trompé une fois, mais vous ne m'y reprendrez plus. Maintenant je sais que ces îles et ces princesses ne sont pas des îles réelles, ne sont pas de vraies princesses, parce que vous, vous êtes un magicien. »

L'homme sur le rivage sourit tranquillement.

« Ce n'est pas moi qui te trompe, mon garçon. Dans le royaume de ton père il y a beaucoup d'îles et beaucoup de princesses. Mais ton père te tient sous son charme, aussi ne peux-tu les voir. »

Le prince retourna pensivement chez lui. Quand il vit son père, il le regarda bien en face.

« Père, est-il vrai que vous n'êtes pas un vrai roi mais seulement un magicien? »

Le roi sourit et replia ses manches.

« C'est vrai, mon fils, je ne suis qu'un magicien.

— Alors l'homme sur le rivage était Dieu?

— L'homme sur le rivage était un autre magicien.

— Il me faut savoir la vérité vraie, la vérité au-delà de la magie.

— Il n'y a pas de vérité au-delà de la magie », dit le roi.

Le prince fut envahi par la tristesse.

Il dit : « Je vais me tuer. »

Le roi, par magie, fit apparaître la mort. La mort se tint sur le seuil de la porte et fit signe au prince de la suivre. Le prince frissonna. Il se souvint des merveilleuses îles, merveilleuses mais irréelles, et des princesses irréelles, irréelles mais merveilleuses.

« Allons, dit-il, je vois que c'est supportable.

— Eh bien, mon fils, dit le roi, voilà que toi aussi tu deviens un magicien. »

J'avais des doutes sur l'authenticité des « messages » qui semblaient avoir été dactylographiés en série, et de même les poèmes griffonnés au crayon paraissaient avoir été écrits tous à la suite. Tout cela avait l'air arrangé. Les références à Hirondelle — *question encore délicate — éviter d'en parler au sujet* — me rendaient perplexe : quelque épisode qui n'avait pas été mis en scène, sans doute. Les poèmes et la parabole étaient plus faciles à comprendre, leurs allusions plus claires. Conchis ne pouvait être sûr que je forcerais l'entrée de la Tanière. Peut-être y avait-il disséminé des indices de façon à s'assurer, au cas où je viendrais, que j'en trouverais au moins quelques-uns. Ce qui n'est pas trop évident peut par là même devenir plus convaincant. Et cependant cela pouvait m'amener à des conclusions tout aussi erronées.

Je perdais mon temps à Bourani. Tout ce que je pourrais trouver ne ferait que rendre encore plus confuse la confusion. C'était ce que signifiait la fable. Acharné à poursuivre mes recherches je bâtissais, à partir des événements de l'été, un vrai roman policier. Mais on ne peut considérer la vie comme un roman policier, pas plus qu'on ne peut voir dans le roman policier autre chose qu'un genre littéraire mineur et c'est manquer de réalisme que s'efforcer qu'il en soit autrement.

Quand j'avais vu le petit groupe d'estivants, à Moutsa, j'avais ressenti, en dépit de tout, une soudaine excitation. Ma déception lorsque j'avais constaté qu'il ne s'agissait que de simples touristes était tout aussi révélatrice. Et sans doute ce que je reprochais à Conchis était surtout, non pas d'avoir fait ce qu'il avait fait, mais d'avoir cessé de le faire.

Poussé par un désir de vengeance j'avais eu l'intention de m'introduire dans la maison, mais soudain cela me paraissait mesquin et dérisoire. Je tenais toujours à me venger et à présent je voyais clairement comment m'y prendre. On pouvait me renvoyer du collège, rien ne m'empêchait de revenir dans l'île l'été suivant. Et nous verrions alors qui rirait le dernier. En quittant la Tanière je me dirigeai pourtant vers la maison. Là je marchai une dernière fois sous la colonnade. On avait rentré les chaises et même la cloche. Dans le potager les concombres jaunissaient; le Priape avait disparu.

Tout n'était pour moi que tristesse : le passé, le présent, l'avenir. Je ne revenais pas là simplement pour un dernier adieu mais aussi avec le faible espoir que quelqu'un allait apparaître. Je ne sais pas ce que j'aurais fait alors, pas plus que je ne savais ce que je ferais lorsque je serais à Athènes, ni même si je désirais rentrer en Angleterre. Je me sentais aussi incertain qu'à mon départ d'Oxford, sachant seulement ce dont je ne voulais pas, et que tout ce que j'avais gagné pour m'aider dans mon choix d'une carrière c'était la violente détermination de ne plus jamais enseigner quoi que ce soit à qui que ce soit. Plutôt vider les poubelles.

Sentimentalement, c'était le désert. La mort d'Alison, la trahison de Lily me rendaient incapable d'aimer. J'étais guéri de Lily; mais mon désappointement de n'avoir pas réussi à la conquérir se changeait en dégoût de moi-même, et je ne pouvais m'empêcher de penser qu'elle allait désormais pour moi hanter, corrompre toute relation avec une autre femme, son fantôme apparaissant derrière tout manque de goût, toute réaction stupide. Seule Alison aurait pu l'exorciser. Je me souvenais de ces moments d'intense soulagement, à Monemvasia et sur le bateau qui me ramenait à Phraxos, ces moments pendant lesquels les choses les plus ordinaires devenaient, dans leur glorieuse quotidienneté, un émerveillement. Alison aurait pu me donner elle aussi ces moments-là. Elle était unique parce qu'elle était réelle, et toujours semblable, et qu'on pouvait se fier à ce dur cristal de fidélité à elle-même.

J'étais seul, abandonné, lourd, et les ailes rognées. Un vol d'étranges créatures m'avait entouré un moment, mais elles étaient reparties, légères et mystérieuses, me laissant en arrière dans le morne silence qui succède aux chants d'oiseaux enfuis.

De la baie montèrent encore des cris aigus. Le divertissement trivial continuait. Le présent effaçait le passé. Les rayons du soleil s'inclinaient entre les pins. Je marchai encore une fois vers la statue.

Poséidon, dans sa parfaite majesté, sa parfaite sérénité, se tenait penché sur la mer divine. C'était la Grèce éternelle, la Grèce insaisissable, la plus forte parce que la plus claire, qui déploie au grand jour son mystère. Et plutôt que la maison ou la Tanière, ou Conchis, ou Lily, c'était cette statue qui, sans doute, était le centre même de Bourani, son *omphalos*; cette forme tranquille, bienveillante, toute-puissante, et cependant incapable d'intervenir ou de parler; seulement capable d'être et de donner de l'être.

66

La première chose que je fis lorsque j'arrivai à l'hôtel de Grande-Bretagne, à Athènes, fut de téléphoner à l'aéroport. On me passa le poste que je demandai. Ce fut un homme qui répondit.

Il ne connaissait pas le nom. Je l'épelai. Il voulut savoir le mien. Il dit : « Attendez une minute je vous prie. »

Puis j'entendis une voix de femme à l'accent mi-grec, mi-américain. Il me sembla reconnaître la voix de l'hôtesse à qui j'avais parlé quand j'étais venu attendre Alison.

« Qui est à l'appareil?

— Un ami d'un ami de Miss Kelly. »

Il y eut un moment de silence. Cette fois je savais. Je venais de me bercer pendant des heures d'un fiévreux et minuscule espoir. Je fixai des yeux la moquette passée.

« Vous n'avez pas su?

— Su quoi?

— Elle est morte.

— Morte? »

Et sans doute devait-il paraître étrange qu'il y eût dans ma voix si peu d'étonnement.

« Il y a un mois. A Londres. Je croyais que tout le monde le savait. Elle a pris... »

Je replaçai le récepteur et restai allongé sur le lit, le regard vers le plafond. Il me fallut du temps avant de me décider à descendre au bar.

Le matin suivant j'allai au British Council. Je déclarai à l'homme qui me reçut que j'avais démissionné pour « des raisons personnelles », mais je réussis à suggérer, tout en tenant compte de ce que j'avais presque promis à Mavromichalis, que le Conseil ne devrait pas envoyer ses ressortissants dans des endroits aussi isolés. Il en tira aussitôt des conclusions inattendues.

Je protestai : « Je n'ai pas fait d'avances aux garçons, si c'est ce que vous pensez. »

Il assura, gêné, m'offrant une cigarette : « Je n'ai jamais voulu dire ça, mon vieux ».

La conversation porta sur l'isolement, le pays, l'ambassade qui ne voulait pas admettre que le Council n'était pas une simple annexe de la chancellerie. A la fin je demandai négligemment s'il avait entendu parler de quelqu'un nommé Conchis. Non. Jamais.

« Qui est-ce?

— Oh! un homme que j'ai rencontré sur l'île. Qui ne peut guère sentir les Anglais.

— Ça devient ici un passe-temps national : nous faire passer pour des minables comparés aux Américains. » Il referma le dossier, en ajoutant allégrement : « Eh bien, merci mille fois, Urfe; cette petite conversation a été très utile. Je regrette seulement que ça se soit terminé ainsi. Mais ne vous inquiétez pas, nous nous souviendrons de ce que vous nous avez dit. »

En me reconduisant à la porte, s'apitoyant un peu plus sur mon sort, il m'invita à dîner le même soir.

Je n'avais pas encore traversé la place Kolonaki, devant le British Council, que je me demandais déjà pourquoi j'avais accepté l'invitation. Cette atmosphère anglaise étouffante, jamais elle ne m'avait semblé plus étrangère. Pourtant je m'étais aperçu, à ma surprise horrifiée, que j'essayais de ne pas choquer les gens, mais au contraire de me conduire de la façon qu'ils jugeraient bonne, de m'assurer de leur approbation. Qu'avaient dit les autres, au procès? *Il cherche des situations qui le pousseront à la révolte.* Je refusais d'être victime d'une compulsion de répétition; mais si je refusais cela il me faudrait trouver le courage de refuser tout mon passé, mon milieu, mes habitudes sociales. Je devais être non seulement prêt à vider les poubelles plutôt qu'enseigner, mais même à les vider plutôt que vivre et travailler au sein de la moyenne bourgeoisie anglaise.

Ces gens du British Council m'étaient désormais totalement étrangers; les Grecs anonymes, dans les rues autour de moi, étaient devenus mes vrais compatriotes.

Je fis encore une autre visite, cette fois à l'ambassade de France. La jeune fille qui me reçut finit par réussir à faire sortir l'attaché culturel de son bureau. Je me présentai et expliquai que je tenais beaucoup à lire l'ouvrage d'un distingué psychologue français sur l'art en tant qu'illusion élevée au rang d'une institution. L'idée parut l'amuser. Quand je mentionnai la faculté de médecine de Paris, il déclara qu'il était très simple de vérifier dans le Rosenwald et les divers annuaires, et m'emmena les consulter dans son bureau. Dix minutes plus tard j'avais tiré les choses au clair : Conchis n'avait jamais enseigné à la faculté, ni même exercé la médecine en France. Il n'avait jamais rien publié en français. Je trouvais bien un certain Michel Conchois, professeur à Toulouse, qui avait écrit quelques savants traités sur les maladies de la vigne, mais cela n'avait vraiment rien à voir avec ce que je cherchais. En sortant de l'ambassade je sus que j'avais au moins ajouté ma pierre à l'édifice de l'entente franco-anglaise en renforçant chez un Français l'idée fort satisfaisante que la plupart des Anglais sont ignorants et timbrés.

A l'hôtel de Grande-Bretagne, j'avais demandé si deux jeunes filles blondes, deux jumelles d'une vingtaine d'années, n'avaient pas séjourné là récemment. Mais, à la réception, l'employé semblait certain de ne pas les avoir vues. Cela ne m'étonnait guère et je n'insistai pas.

En quittant le British Council j'allai au ministère de l'Intérieur. Je prétendis que j'écrivais un livre d'histoire contemporaine et demandai qu'on m'indiquât les services qui détenaient les dossiers des crimes de guerre. Là j'obtins en moins d'un quart d'heure la copie en anglais du rapport que le vrai Anton avait écrit. Je m'installai à le lire. C'était, à quelques infimes détails près, ce que Conchis m'avait raconté.

Je demandai à l'employé qui m'avait procuré le rapport ce qu'était devenu le maire du village. Il feuilleta le dossier tout entier et n'y trouva que l'adresse à Phraxos. Il ne savait rien de plus, il était depuis peu dans le service et n'avait jamais entendu parler de Conchis.

Je retournai à l'hôtel, dans la chaleur accablante de midi. L'employé à la réception se retourna pour décrocher ma clef et avec elle me tendit une lettre. Dessus était écrit mon nom et la mention *Urgent.* Je déchirai l'enveloppe. A l'intérieur il y avait une feuille de papier portant simplement *184 Syngrou.*

« Qui a apporté ça?

— Un garçon de courses.

— D'où venait-il? »

Il fit un geste évasif.

Je savais où était *Syngrou,* un large boulevard qui reliait Athènes au Pirée. Je sortis, sautai dans un taxi. Contournant les trois colonnes du temple de Zeus Olympique nous filions droit vers Le Pirée et, une minute plus tard, le taxi se rangeait devant une maison entourée d'un jardin. Sur l'émail écaillé de la plaque on pouvait encore voir « 184 ».

Le jardin était à l'abandon, les fenêtres barrées de planches. Un vendeur de billets de loterie assis sur une chaise sous un poivrier non loin de là me demanda ce que je voulais mais je ne lui répondis pas. J'allai jusqu'à la porte de devant, puis fis le tour de la maison. C'était une coque vide. Il y avait eu un incendie, quelques années plus tôt, sans doute; le toit s'était effondré à l'intérieur. Derrière, j'inspectai le reste du jardin. Il était aussi sec, aussi mal entretenu, aussi désert que celui de devant. Une porte de la maison était restée ouverte. Entre les murs calcinés, parmi les poutres effondrées, on pouvait voir des signes du passage de vagabonds ou de nomades et dans la vieille cheminée la trace d'un feu plus récent. J'attendis une minute mais je savais déjà que c'était une fausse piste, que je ne trouverais rien.

Je rejoignis le taxi jaune. La brise diurne soulevait la poussière du sol desséché en petits tourbillons, poudrant les feuillages déjà ternis des lauriers-roses. Les autos montaient et descendaient l'avenue; près de la porte bruissaient les feuilles d'un palmier. Le vendeur de billets parlait à mon conducteur. Il se retourna comme je passais la grille.

« *Zitas kanenan?* » Vous cherchez quelqu'un?

« A qui est cette maison? »

Il était mal rasé, vêtu d'un costume gris usé sur une chemise sale, sans cravate. Il tenait à la main son chapelet de perles d'ambre; il le leva en signe d'impuissance.

« Ecoutez, je ne sais pas. C'est à personne. »

Je le fixai du regard à travers mes lunettes noires, puis dis seulement :

« Conchis? »

Immédiatement, son visage s'épanouit, comme si tout était clair à présent :

« Ah, je comprends. Vous cherchez *o kyrios* Conchis?

— Ouais. »

Il eut un geste vague.

« Il est mort.

— Depuis quand?

— Quatre ans. Cinq ans? » En même temps il levait quatre doigts écartés; puis passa sur sa gorge le revers de sa main et dit : « *Kaput* ». Je regardai derrière lui le long bâton appuyé contre la chaise et sur lequel étaient accrochés les billets que le vent faisait voltiger.

J'eus un sourire aigre-doux et demandai en anglais : « D'où venez-vous? Du *National Theatre*. »

Il secoua la tête comme s'il ne comprenait pas et reprit en grec : « Un homme très riche ». Il regardait le conducteur. Lui, au moins, comprendrait. « Il est enterré au cimetière Saint-Georges. Un beau cimetière. » Et il y avait quelque chose de si authentique dans ce typique visage épanoui de Grec oisif, dans la façon délibérée de fournir des renseignements qu'on ne lui demandait pas, que je commençais à croire qu'il était ce qu'il prétendait être.

Je demandai : « Est-ce tout?

— *Ne, ne*. Allez voir sa tombe. Une très belle tombe. »

Je montai dans le taxi. Il courut chercher les billets de tombola, les brandit par la vitre ouverte :

« Vous aurez de la chance. Les Anglais en ont toujours. »

Il détacha un billet, me le tendit. Et soudain, il ajouta en anglais : « Eh, juste un petit billet. »

Je donnai un ordre bref au conducteur. Il opéra un demi-tour dans l'avenue, mais cinquante mètres plus loin je le fis s'arrêter devant un café. D'un signe j'appelai le garçon.

La maison, là-bas, derrière, savait-il à qui elle appartenait?

Oui. A une veuve qui s'appelait Ralli, qui vivait à Corfou.

Je jetai un coup d'œil par la vitre arrière. Le vendeur de billets de tombola s'éloignait très vite, beaucoup trop vite, dans la direction opposée; puis je le vis tourner à l'angle d'une petite rue et disparaître.

Cet après-midi-là, j'attendis qu'il fasse un peu moins chaud et, à quatre heures, je pris un bus pour le cimetière. Il se trouvait à quelques kilomètres en dehors d'Athènes, sur une pente boisée du mont Aegaleos. Lorsque à l'entrée je m'adressai au vieux gardien je ne comptais guère qu'il puisse me renseigner. Mais il se dirigea péniblement vers sa loge. Là il ouvrit un grand registre qu'il consulta longuement avant de me déclarer qu'il me fallait suivre l'allée principale jusqu'à la cinquième à gauche. Je longeai des rangées de temples ioniques en réduction, de bustes montés sur des colonnes et de stèles ouvragées, tout un déploiement de mauvais goût hellénique; mais la verdure et la fraîcheur étaient agréables.

Cinquième allée à gauche. Là, entre deux cyprès, à l'ombre d'une sorte d'aspidistra funèbre, je découvris une simple dalle de marbre pentélique où était gravé, sous une croix :

ΜΩΡΙΣ ΚΟΓΧΙΣ

1896-1949.

Mort depuis quatre ans.

Au bout de la dalle, dans un petit pot vert, étaient enfoncés, au milieu d'un bouquet de fleurs blanches plus discrètes, un lis blanc et une rose rouge. Je m'agenouillai, les sortis du pot. Les tiges étaient fraîchement coupées, l'eau claire. Je compris que c'était pour Conchis une façon de me dire ce que j'avais déjà deviné, qu'essayer de jouer au détective ne me mènerait nulle part — une fausse piste aboutissant à une fausse tombe, à une nouvelle plaisanterie; un sourire... et rien derrière.

Je remis dans le vase le lis et la rose. J'avais fait tomber une des petites fleurs plus humbles. Je la ramassai, elle exhalait un doux parfum sucré. Peut-être elle aussi voulait-elle dire quelque chose. Je la mis à ma boutonnière et n'y songeai plus.

A la grille je demandai au vieux gardien s'il connaissait

des parents du regretté Maurice Conchis. Il chercha de nouveau dans son livre mais n'y trouva aucun renseignement. Savait-il qui avait apporté ces fleurs? Non. Beaucoup de gens en apportaient. La brise soulevait des petites mèches jaunâtres sur son front ridé. C'était un vieil homme fatigué.

Le ciel était uniformément bleu. Un avion descendait en bourdonnant vers le terrain d'aviation de l'autre côté de l'Attique. D'autres visiteurs arrivaient et le vieil homme s'éloigna en clopinant.

Le dîner ce soir-là fut épouvantable, l'épitome de la vacuité chez les Anglais de la moyenne bourgeoisie. Je m'étais figuré que je pourrais peut-être raconter à mes hôtes un peu de ce qui s'était passé à Bourani. J'imaginais les convives envoûtés par mon récit. Mais en moins de cinq minutes j'avais perdu mes illusions. Nous étions huit, cinq du Council, un secrétaire de l'ambassade et un petit homme d'âge incertain, homosexuel et critique littéraire, venu pour donner des conférences.

On parlait des derniers livres. Le petit homme attendait, comme un vautour guettant sa proie, qu'on lui jette des noms en pâture.

« Est-ce que quelqu'un a lu le dernier bouquin d'Iris Murdoch? » demanda l'homme de l'ambassade.

Le pédéraste toucha son nœud de cravate : « Vous savez ce qu'elle a dit, cette chère Iris, quand elle... »

Après l'avoir dix fois entendu intervenir de la sorte je jetai un regard à la ronde, espérant découvrir chez les autres convives une lueur de complicité, reconnaître quelqu'un qui aurait eu comme moi envie de hurler que la littérature c'était les livres et non des détails mesquins sur la vie privée de leurs auteurs. Mais ils se ressemblaient tous, enfermés dans un carcan — comme la collerette d'un dynosaure; comme une frange de glace. Toute la soirée je fus témoin de leurs efforts timides et vains pour renverser la vieille barrière des mots; un choc léger, un autre, et déjà le découragement les faisait reculer.

Pas un d'entre eux qui ait dit vraiment ce qu'il voulait, ce qu'il pensait. Pas un qui se soit montré large d'esprit, chaleureux, naturel. Et finalement je les trouvai pathétiques. Je voyais bien que mon hôte et sa femme vouaient à la Grèce une admiration authentique mais ils étaient incapables de l'exprimer librement. Le critique fit sur Leavis un petit exposé qui ne manquait pas de finesse mais qu'il gâcha par un trait de méchanceté gratuite. Je ne parlais guère. Toutefois cela ne me faisait ni plus innocent ni plus libre. Notre vieille Angleterre, la Public School, Oxford et Cambridge, l'accent qu'il faut, les gens-comme-nous, ces présences solennelles nous entouraient, attentives à nous surveiller, comme une police secrète prête à intervenir si l'un de nous montrait quelque tendance à se comporter en Européen intelligent.

Il était caractéristique que le pronom sujet le plus souvent employé fût « on ». Dire « nous » aurait été reconnaître trop ouvertement notre conscience de classe. « On » pourrait croire, « on » aurait préféré, quand « on » a des amis, des serviteurs, lorsqu' « on » voyage, si « on » lit tel écrivain... « On », terrible dieu vengeur et sans visage, finissait par dominer notre soirée comme un obélisque noir de suie.

Je rentrai à l'hôtel en compagnie du critique — me souvenant, l'angoisse au cœur, des solitudes lumineuses de Phraxos, de tout ce que j'avais perdu.

« Ces gens du Council, quels raseurs, dit-il, ajoutant : mais il faut bien vivre ». Il n'entra pas chez moi, mais déclara qu'il voulait faire un tour sur l'Acropole. En fait il prit la direction du parc Zappeion, le lieu où les plus désespérés des garçons affamés qui affluent à Athènes, venant de leur village, vendent leur corps pour le prix d'un repas.

J'allai chez Zonar, dans Panepistemiou, m'assis au bar, bus un brandy. J'étais mal à l'aise, anxieux même, incapable d'envisager mon retour en Angleterre. Que je rentre ou pas. je serais pour toujours en exil. Je pouvais supporter l'exil; mais la solitude était intolérable.

Il était plus de minuit quand je rentrai dans ma chambre. Je suffoquais dans cet air lourd des nuits d'été, à Athènes. Je venais juste de me déshabiller et de me mettre sous la douche quand le téléphone sonna. Je craignis un instant que ce ne soit le critique qui, n'ayant pas trouvé dans le parc ce qu'il y cherchait, tentait sa chance avec moi.

« Allô!

— Mister Ouf. » C'était le portier de nuit. « Il y a le téléphone pour vous. »

Un petit bruit sec.

« Allô!

— Je parle bien à monsieur Urfe? » C'était une voix d'homme que je ne reconnaissais pas. Une voix grecque.

« Oui. Qui êtes-vous?

— Voulez-vous, je vous prie, regarder par la fenêtre. » Un déclic. Le silence. Je secouai le taquet sans résultat.

L'homme avait raccroché. J'enfilai ma robe de chambre, éteignis la lumière et me précipitai à la fenêtre.

Ma chambre, au troisième étage, donnait sur une rue latérale.

Il y avait un taxi jaune à l'arrêt, un peu plus bas dans la descente, de l'autre côté de la rue. C'était normal. Les taxis de l'hôtel se garaient là. Un homme apparut, je voyais sa chemise blanche, il montait vivement vers le bout de la rue, passa à côté du taxi, traversa la chaussée juste au-dessous de ma fenêtre. Son apparition n'avait rien d'étrange. Des trottoirs déserts, la rue éclairée, les boutiques fermées, les vitres sombres des bureaux. Et ce taxi. L'homme disparut. Et c'est alors qu'il arriva quelque chose.

Juste en face de ma fenêtre il y avait un lampadaire fixé au mur au-dessus de l'entrée d'une galerie de boutiques. D'où j'étais je ne pouvais voir le fond de la galerie.

Une fille en sortit.

Le moteur du taxi se mit à tourner.

Elle savait où j'étais. Elle s'approcha jusqu'au bord du trottoir, petite, toujours la même et pourtant différente, et leva les yeux vers la fenêtre. La lumière éclairait ses bras bronzés mais son visage restait dans l'ombre. Une robe noire, des souliers noirs, un petit sac de soirée à la main gauche. Elle sortit de l'ombre comme une prostituée s'avance sur le trottoir, comme Robert Foulkes sortant de la pinède. Son visage était sans expression, mais elle levait les yeux et me regardait. Ce fut si court. Quelques secondes. Le taxi fit soudain marche arrière et vint s'arrêter devant elle. Quelqu'un ouvrit la porte et elle monta vivement dans la voiture qui démarra brutalement et aussitôt accéléra. J'entendis grincer les pneus sur les pavés, au bout de la rue.

Un cristal s'était brisé.

Tout me trahissait.

67

Au dernier moment j'avais crié son nom. Furieusement. Je pensai d'abord qu'ils avaient trouvé un sosie, mais personne n'aurait pu imiter cette façon de se tenir, cette démarche.

Je m'emparai du téléphone. Le portier de nuit me répondit. « Cet appel... pouvez-vous en retrouver l'origine? » Il n'eut pas l'air de comprendre. Je simplifiai : « Savez-vous d'où il vient? »

Non, il ne savait pas.

N'avait-il pas vu quelqu'un d'un peu bizarre dans le couloir de l'hôtel, durant la dernière demi-heure? Quelqu'un qui attendait?

« Non, mister Ouf, personne. »

Je fermai le robinet de la douche, enfilai de nouveau mes vêtements et sortis sur la place de la Constitution. Je fis le tour de tous les cafés, jetai un coup d'œil dans tous les taxis, retournai chez Zonar, chez Tom, chez Zaporiti, dans tous les endroits à la mode. J'étais incapable de réfléchir, incapable de rien d'autre que prononcer son nom, l'écraser sauvagement entre mes dents.

Alison. Alison. Alison.

Et je compris, oui, je compris tout. Une fois accepté l'incroyable — et je fus bien obligé de finir par l'accepter : elle s'était jointe à eux.

Mais comment? Et pourquoi? Encore et encore cette question. Pourquoi?

Conchis avait eu connaissance de notre querelle, il nous avait entendus, peut-être; s'il se servait de caméras il pouvait aussi bien utiliser des micros et des magnétophones. Durant la nuit, ou le matin suivant, il était entré en contact avec elle. Par l'intermédiaire de Lily, peut-être. Ces messages dans la Tanière : *Hirondelle.* Les gens dans cet hôtel du Pirée, observant mes efforts pour la persuader de m'ouvrir la porte.

Dès que j'avais fait mention d'Alison, Conchis avait dressé l'oreille. Quand il avait su qu'elle venait à Athènes il avait dû commencer à envisager de nouvelles complications de l'action; jaugeant les possibilités de la situation, il avait décidé de s'en mêler et d'en tirer profit. A partir du moment où nous nous étions retrouvés, Alison et moi, il nous avait fait suivre. Puis il avait employé tout son charme à la persuader, en la trompant en partie, comme il trompait tous ses collaborateurs occasionnels.

Ou bien avait-elle toujours travaillé pour lui? Ne m'avait-il pas presque forcé à la retrouver en retirant son invitation pour le week-end de mi-trimestre? N'avait-il pas, même, offert la maison du village si je voulais la faire venir dans l'île? Mais je me souvenais de ce que June m'avait dit le dernier soir : ils improvisaient, le cobaye participait lui-même à la construction du labyrinthe.

Ça, je pouvais le croire. Aussi avaient-ils dû trouver, avec leur logique absurde, leur folie, leurs mensonges, leur argent, une façon d'acheter Alison; lui dévoilant, peut-être, le grand secret qu'il ne m'était pas permis de connaître : la raison pour laquelle ils m'avaient choisi. Je me rappelais tous les mensonges que je leur avais racontés concernant Alison, sur des sujets qui devaient leur être déjà familiers, et le souvenir m'en était cuisant.

J'étais conscient d'avoir toujours trouvé étrange que « June » ait un rôle si réduit. Quelque chose de plus compliqué avait dû être envisagé à l'origine. Tous ces costumes dans la Tanière, qu'elle n'avait pas utilisés. Avant l'entrée en scène inattendue d'Alison, on avait dû prévoir pour elle un rôle plus important. La toute première rencontre, brusque face-à-face, ses lèvres contre les miennes, avec déjà une allusion ironique à mon inconstance, puis cette stupide histoire des *Trois Cœurs* toujours reprise, cela montrait comment les choses auraient pu tourner. Et ensuite ce dimanche sur la plage, l'étalage de son corps nu... peut-être Conchis n'était-il pas encore sûr de la réaction d'Alison, si peu de temps après l'avoir approchée pour la première fois, ou bien devait-il se plier à d'autres contingences. Puis Alison avait gagné et June s'était retirée du jeu. C'était aussi pourquoi le personnage de Lily avait changé et pourquoi elle avait dû jouer soudain le rôle de Circé.

La chaise à porteurs. Elle n'était pas vide. Ils avaient voulu qu'Alison soit le témoin du succès de leur méthode. J'avais été exposé sans pudeur à leur observation impitoyable. C'était Alison sans doute qui avait parlé des jeunes femmes comme de mes « proies »; et de ses propres tendances au suicide avant que je ne quitte Londres. Et c'était d'elle qu'ils tenaient tout ce qu'ils savaient de mon passé.

J'étais fou de colère. Je pensais à cette vague d'une tristesse authentique, cette tristesse atroce qui m'avait submergé lorsque j'avais reçu la lettre d'Ann. Et durant tout ce temps Alison était à Athènes; ou peut-être dans la maison d'Hermès; ou même à Bourani; m'observant, invisible, la Maria de *la Nuit des Rois,* Julie en Olivia et moi en Malvolio : toujours ces échos de situations shakespeariennes.

Je marchais de long en large dans ma chambre, imaginant des scènes dans lesquelles Alison était à ma merci. Je la rouais de coups, elle pleurait de douleur et de remords.

Et j'en revenais à Conchis, au mystère de son pouvoir, à ce don qui lui permettait de s'imposer à des jeunes femmes aussi intelligentes que Julie, aussi indépendantes qu'Alison, et de les faire agir à sa guise. Comme s'il était détenteur d'un secret qui, une fois révélé, les soumettait à ses ordres; me réservant le triste rôle de celui qu'on laisse dans le noir, l'éternel souffre-douleur, l'exclus, le méprisé. Non pas Hamlet regrettant Ophélie. Mais Malvolio.

Je ne pouvais pas dormir. Ce dont j'avais une furieuse envie c'était d'aller à Ellenikon et de tordre le cou de cette fille qui m'avait répondu au téléphone. Je me rendais compte à présent que la fille et l'homme avaient un peu trop insisté pour savoir qui j'étais; on avait dû les persuader de coopérer. Il était plus que probable qu'ils ne me diraient rien. Eux aussi me montreraient les coupures de journaux.

Et cependant il me fallait faire quelque chose. Je descendis dans le hall et m'adressai au porteur de nuit.

« Appelez-moi Londres. Ce numéro! » Je l'écrivis sur une feuille de carnet. Quelques minutes plus tard il me désigna une cabine. Je restai immobile, écoutant la sonnerie, revoyant mon vieil appartement de Russell Square... là-bas... Cela dura longtemps. Enfin quelqu'un décrocha l'appareil.

« Allô! Qui est-ce? »

Et l'opérateur : « On vous appelle d'Athènes.

— D'où?

— Parlez, Athènes.

— Allô ?

— Qui est-ce? »

La voix était agréable, mais la fille devait être à moitié endormie. La communication me coûta quatre livres. Pourtant je ne les regrettai pas. J'appris qu'Ann Taylor était bien repartie pour l'Australie, mais il y avait six semaines de cela. Personne ne s'était suicidé. Une fille, ce devait être une amie d'Ann, avait repris l'appartement; toutefois cela faisait des semaines qu'elle n'y était pas venue. Oui, elle était blonde. En fait mon interlocutrice ne la connaissait pas, elle l'avait vue deux fois seulement. Oui, elle pensait qu'elle était australienne. Mais qui était à l'appareil?

De retour dans ma chambre je me souvins de la fleur à la boutonnière du vêtement que j'avais porté l'après-midi. Elle était flétrie. Je la mis pourtant dans un verre d'eau.

Je m'éveillai tard, surpris d'avoir pu dormir aussi profondément. Je restai au lit un moment, écoutant les bruits de la rue sous mes fenêtres, pensant à Alison. J'essayai de me souvenir de l'expression de son visage lorsqu'elle s'était tenue au bord du trottoir : humour, sympathie, ou quoi d'autre? Je comprenais pourquoi ils avaient choisi ce moment pour sa réapparition. Aussitôt de retour à Londres j'aurais découvert moi-même la vérité. Il fallait qu'elle me soit révélée alors que j'étais encore à Athènes.

Et maintenant? Ils s'attendaient à ce que je me lance à la recherche d'Alison.

Je voulais la voir, je le voulais désespérément, la voir et lui faire avouer sa duplicité, par la force s'il le fallait; qu'elle comprenne combien sa trahison était vile et que je ne lui pardonnerais jamais, quand bien même elle ferait le tour de l'équateur sur les genoux pour m'attendrir. Elle et moi, c'était fini. J'étais écœuré, aussi dégoûté d'elle que de Lily. Je pensais oh, merde, oh bordel, si je pouvais seulement la tenir... Mais la seule chose que je ne ferais pas c'était bien me lancer à sa recherche.

Il ne me restait qu'à attendre. Ils finiraient par me l'amener. Et cette fois je me servirais du fouet.

Je n'eus pas à attendre longtemps. Quand je descendis pour un petit déjeuner tardif on me remit en bas une autre lettre. Cette fois elle ne contenait qu'un seul mot : *Londres*. Je me souvins du message dans la Tanière : *terminé fin juillet pour tous excepté nucléus*. Nucléus, Astharoth l'Invisible : Alison.

J'allai à l'agence de voyages afin de retenir une place sur l'avion du soir; comme j'attendais qu'on me prépare mon billet je vis sur le mur une carte d'Italie et découvris où se trouvait Subiaco. Je décidai de tenter ma chance. Pour une fois la marionnette prendrait quelques libertés avec ceux qui tenaient les ficelles.

Puis je me dirigeai vers la plus grande librairie d'Athènes, au coin du Stadiou. J'entrai et demandai un livre pour identifier les fleurs. Mes efforts pour rappeler à la vie la fleur de ma boutonnière avaient échoué, j'avais dû la jeter. La vendeuse n'avait rien en anglais mais elle pouvait me montrer, dit-elle, une bonne flore française qui donnait les noms en plusieurs langues. Je prétendis admirer les gravures, puis consultai vivement l'index; Alyssum : p. 69.

Et page 69 je vis les minces feuilles vertes, les petites fleurs blanches, *Alysson maritime... au parfum de miel...* du grec *a* (sans), *lyssa* (folie). Appelée : en italien..., en allemand...

En anglais : *Sweet Alison.*

3

Le triomphe de la philosophie serait de jeter du jour sur l'obscurité des voies dont la Providence se sert pour parvenir aux fins qu'elle se propose sur l'homme, et de tracer d'après cela quelque plan de conduite qui pût faire connaître à ce malheureux individu bipède, perpétuellement ballotté par les caprices de cet être qui dit-on le dirige aussi despotiquement, la manière dont il faut qu'il interprète les décrets de cette Providence sur lui.

DE SADE, *Les Infortunes de la Vertu.*

68

Rome.

Dans mon esprit il n'y avait pas quelques heures mais des semaines que j'avais quitté la Grèce. Le soleil brillait avec la même constance, les gens étaient beaucoup plus élégants, l'architecture et l'art beaucoup plus riches, mais c'était comme si les Italiens, semblables à leurs ancêtres les Romains, portaient le masque de la jouissance, interposant l'écran d'une sensualité grossière entre leur moi profond et la vérité, la lumière. Ma nostalgie de la Grèce magnifiquement dépouillée d'artifices me rendait insupportable l'opulente animalité romaine; tout comme, parfois, on ne peut supporter de voir dans un miroir le reflet de son propre visage.

Tôt le matin après mon arrivée je pris un train en direction de Tivoli et du mont Albain. Puis je poursuivis mon voyage en autocar, déjeunai à Subiaco, et de là montai le long d'une route que bordait un gouffre vert. Un chemin bifurquait vers un vallon désert. J'entendais des chants d'oiseaux et, loin en bas, des bruits d'eau vive. La route se continuait par un sentier grimpant à travers un bosquet de chênes-verts pour aboutir à un escalier étroit qui serpentait contre une paroi rocheuse. Le monastère apparut, nid de martinet accroché à la roche escarpée à la manière des monastères grecs orthodoxes. Une loggia gothique donnait sur le ravin boisé et la petite frange de champs en terrasse. De belles fresques décoraient le mur intérieur. Ce n'était que fraîcheur et silence.

Un vieux moine vêtu de noir était assis à la porte d'une galerie. Je lui demandai si je pouvais voir John Leverrier. J'ajoutai : un Anglais, qui fait une retraite. Par chance j'avais pris sa lettre. Le vieil homme déchiffra soigneusement la signature, puis, à ma grande surprise, car j'avais déjà décidé que je perdais mon temps, il fit de la tête un geste affirmatif et disparut silencieusement à l'intérieur du monastère. Je continuai jusqu'à un vestibule. Sur les murs, des fresques macabres : la mort, du bout de son glaive éperonnait un jeune fauconnier; une bande dessinée médiévale représentait une jeune fille se parant devant son miroir, ensuite la même couchée dans son cercueil, puis les os qui pointaient à travers la peau, enfin le squelette à nu. J'entendis quelqu'un rire : un vieux moine, l'air amusé, traversait le hall derrière moi, accompagné d'un plus jeune qu'il réprimandait en français : « Oh, si tu penses que le football est un digne sujet de méditation... »

Un autre moine apparut. Avec une certaine émotion je sus que c'était Leverrier.

Il était grand, les cheveux coupés court, un visage aux joues creuses, des lunettes à la monture bon marché. On voyait immédiatement qu'il était anglais. Il fit un petit geste pour s'enquérir si j'étais bien la personne qui l'avait demandé.

« Je suis Nicholas Urfé. De Phraxos. »

Il réussit à paraître tout à la fois stupéfait, mécontent et mal à l'aise. Après un long moment d'hésitation il me tendit la main. Elle me parut sèche et froide. La mienne était brûlante et moite, j'avais eu chaud pour grimper jusque-là. John Leverrier avait quatre ou cinq centimètres de plus que moi, et aussi quatre ou cinq ans de plus. Je reconnus dans sa voix quelque chose du ton incisif qu'aiment prendre les jeunes professeurs d'université.

« Vous êtes venu de si loin?

— Il m'était facile de m'arrêter à Rome.

— Je croyais vous avoir dit clairement...

— Oui, mais... »

Ces phrases que nous n'osions pas finir! Je souris légèrement et il fit de même. Puis son regard redevint ferme.

« Croyez bien que je le regrette, mais... considérez je vous prie que vous êtes venu en vain.

— Je n'avais pas la moindre idée que vous étiez... » Je fis un geste vague désignant son habit. « Je croyais que les moines signaient...

— Bien à vous en Jésus-Christ...? » Il eut un mince sourire. « Ici aussi nous essayons d'être simples. »

Il baissa les yeux. Nous restions l'un en face de l'autre, embarrassés. Et soudain, conscient de ce que la situation avait d'un peu ridicule, il s'adoucit, décida :

« Eh bien, puisque vous êtes là, je vais vous faire visiter les lieux. »

J'allais répondre que je n'étais pas venu en touriste, mais déjà il me précédait en direction d'une cour intérieure. Il me montra les corneilles et corbeaux traditionnels, le buisson d'épines sacré qui se couvrit de roses quand saint Benedicte se roula dedans, et comme toujours en de telles circonstances la sainteté de la mortification pâlit dans mon esprit trop réaliste devant l'image d'un homme nu prenant son élan pour un saut en longueur dans un buisson de mûres. Je trouvai plus facile de me sentir plein de respect devant les Perugin.

Je n'appris absolument rien sur l'été 1951. Sur Leverrier

j'en appris un peu plus. Il venait de finir son noviciat dans un monastère de Suisse. Il avait été à Cambridge et étudié l'histoire, il parlait italien couramment et avait la réputation — assez peu justifiée disait-il — d'être un spécialiste des ordres monastiques anglais avant la Réforme. C'est pourquoi il était venu à Sacro Speco, afin de consulter des documents dans la célèbre bibliothèque, et il n'était pas retourné en Grèce depuis son séjour à Phraxos. Il restait un intellectuel anglais, soucieux de ce qu'on pensait de lui, conscient d'avoir l'air de jouer à être moine, d'être déguisé, et pourtant en tirant bizarrement une sorte d'orgueil.

Pour finir il me fit descendre quelques marches et nous sortîmes au-dessous du monastère. De là j'admirais, poliment, les vignes en terrasses et le potager. Il me conduisit un peu plus loin jusqu'à un banc de bois, sous un figuier. Il s'assit à côté de moi et dit, détournant les yeux :

« Ceci n'est guère satisfaisant pour vous, mais je vous avais averti.

— Ça fait du bien de rencontrer un compagnon d'infortune, même s'il est muet. »

Il regardait droit devant lui, au-delà d'un parterre entouré de buis, vers le bleu du ravin bordé de soleil. J'entendais l'eau cascader jusqu'au fond.

« Un compagnon, oui. Mais pas d'infortune.

— Je voulais simplement comparer nos impressions. »

Il attendit un moment, puis reprit :

« Le principe même du système que... qu'il... qu'il emploie, n'est-ce pas justement d'apprendre à ne pas " comparer les impressions " ? » En soulignant les termes que j'avais employés, il réussissait à les faire paraître de mauvais goût. Toute son attitude laissait entendre qu'il souhaitait me voir partir. Je lui glissai un regard de côté.

« Seriez-vous ici à présent, si...

— Lorsqu'au bord d'une route que vous suivez depuis longtemps une voiture s'arrête pour vous prendre, cela peut déterminer l'heure de votre arrivée mais cela n'explique pas pourquoi vous vous êtes engagé dans cette direction.

— Nos expériences ont dû être très différentes.

— Comment pourraient-elles être semblables? Etes-vous catholique? » Je secouai la tête. « Pas même chrétien? » Il haussa les épaules. Ses yeux étaient cernés.

« Mais je crois en... la charité.

— Mon ami, ce n'est pas de la charité que vous attendez de moi. Vous voulez des confessions que je ne suis pas disposé à faire. Pour ma part, c'est en me taisant que je crois être charitable. Il vous faudrait être à ma place pour le comprendre. » Il ajouta : « Un jour, peut-être, vous comprendrez. » Sa voix était glacée; il y eut un silence.

Puis il dit :

« Excusez-moi. Vous m'obligez à être plus brutal que je ne le souhaite.

— Je ferais mieux de partir. »

Il saisit l'occasion, se leva.

« Croyez bien que je n'ai rien contre vous.

— Bien sûr.

— Je vais vous reconduire jusqu'au portail. »

Nous revînmes sur nos pas, sous la voûte creusée dans le roc, le long de portes aussi sévères que celles d'une prison. Nous étions de nouveau dans le hall aux macabres peintures murales.

Il dit : « Je voulais vous demander des nouvelles du collège. Il y avait un garçon qui s'appelait Aphendakis, un excellent élève. Je lui donnais des cours particuliers. »

Je restai encore un moment avec lui dans la loggia, à côté des Pérugin, échangeant quelques phrases au sujet de l'école. Je voyais bien qu'il n'était pas vraiment intéressé mais faisait simplement un effort pour être aimable, pour briser son orgueil, et en éprouvait de la gêne.

Il tendit la main, en ajoutant : « C'est ici un grand sanctuaire européen. On nous dit que nos visiteurs, quelles que soient leurs croyances, devraient en le quittant se sentir... je crois que les mots sont " rafraîchis et consolés ". » Il s'arrêta, comme s'il s'attendait à des objections, des ricanements, mais je ne dis rien. « Je tiens à vous assurer une fois de plus que je garde le silence dans votre intérêt tout autant que dans le mien.

— Je m'efforcerai de m'en persuader. »

Il me fit un petit salut cérémonieux, plus italien qu'anglais. Et je descendis l'escalier creusé dans le roc jusqu'au sentier bordé de chênes-verts.

A Subiaco, je dus attendre un autocar jusqu'au soir. Et ce fut le retour le long des vallées verdoyantes, au pied des villages étagés sur les pentes, à travers des bois de trembles déjà jaunissants. Le bleu doux du ciel se changea en un rose ambré. De vieux paysans étaient assis sur le seuil de leur porte; le visage de certains d'entre eux aussi indéchiffrable, aussi noble et paisible qu'un visage grec. Je sentais, peut-être parce que j'avais bu, en attendant l'autocar, une bouteille de Verdicchio, que j'appartenais et appartiendrais toujours à un monde plus ancien que celui de Leverrier. Je n'éprouvais qu'antipathie pour lui et sa religion, et ce sentiment s'accordait en quelque sorte avec mon amour, exalté par le vin, de l'immuable monde gréco-latin. J'étais un païen, au mieux un stoïque, au pire un sybarite, et le resterais à jamais.

Je bus encore en attendant le train. Au café de la gare, un homme réussit à m'expliquer, dans un curieux mélange d'anglais et d'italien, que le sommet bleu d'une colline, à l'ouest, sous un ciel de citron vert, était l'endroit où se trouvait la ferme du poète Horace. Je bus à la colline Sabine.

Plutôt un Horace que dix saint Benedicte, un poème que dix mille sermons. Je compris beaucoup plus tard, que sur ce point peut-être, Leverrier aurait été d'accord; parce que lui aussi avait choisi l'exil; et parce qu'il y a des moments où le silence est un poème.

69

Si Rome, bien vivante et vulgaire, m'avait semblé déprimante, Londres, terne et sans âme, était cent fois pire. Dans la tranquille lumière de la Grèce j'avais oublié sa laideur et ses foules. Ce que je retrouvais était comme de la boue après des diamants, un sous-bois humide après le marbre au soleil et, tandis que le bus de l'aéroport se traînait à travers l'interminable faubourg qui s'étend entre Northolt et Kensington, je me demandais comment on pouvait revenir de son plein gré vers un paysage, une société semblables, un tel climat. De gros nuages blancs dérivaient paresseusement dans un ciel gris-bleu et j'entendais des gens déclarer : quelle belle journée! Mais ces verts fatigués, ces gris, ces bruns semblaient amalgamer tous les Londoniens en une masse uniforme. En Grèce, la diversité était devenue pour moi si familière, chaque visage se détachant net et unique parmi les autres, que je ne la remarquais plus. Il n'y a pas deux Grecs qui se ressemblent; tous les visages anglais me paraissaient les mêmes.

Vers quatre heures, j'entrai dans un bar près de l'aérogare et essayai de décider ce que j'allais faire. Quelques minutes plus tard je composai le numéro de téléphone d'Ann Taylor. Pas de réponse. Une demi-heure plus tard j'essayai encore, sans plus de succès. Je m'obligeai à lire un magazine pendant une heure, puis appelai de nouveau, toujours en vain. Je sortis de l'hôtel, arrêtai un taxi, et me fis conduire à Russell Square. J'étais en proie à une excitation intense. J'allais y trouver Alison. Ou du moins je découvrirais un indice, il allait se passer quelque chose. J'entrai dans un pub sans trop savoir pourquoi, pris un whisky et attendis encore un quart d'heure.

Enfin je me dirigeai vers la maison. Comme autrefois, la porte de la rue n'était pas fermée à clef. Il n'y avait pas de nom près de la sonnette du troisième étage. Je grimpai l'escalier, je restai immobile à la porte, attendant, écoutant. Je n'entendis rien. Je frappai. Pas de réponse. Je frappai à nouveau, puis encore. De l'étage au-dessus venait de la musique. Je frappai une dernière fois, puis montai l'escalier. Je me souvenais de ce soir où j'étais monté avec Alison, afin qu'elle prenne un bain chez moi. Combien de siècles avaient passé depuis? J'imaginais qu'Alison était toujours là, si près... Je décidai que c'était vrai, elle était là dans l'appartement du haut. J'en étais sûr! Je laissai l'émotion commander mes actes. Je fermai les yeux, comptai jusqu'à dix et frappai.

J'écoutai les pas.

Une jeune fille d'environ dix-huit ans avait ouvert la porte; elle était grosse, portait des lunettes et trop de rouge à lèvres. Dans la pièce contiguë un jeune homme et une autre fille s'étaient immobilisés sur un pas de danse. Le jazz, la lumière du soleil couchant, trois personnages aux poses figées pour un instant : c'était comme un Vermeer moderne. J'étais incapable de cacher ma déception. La fille, sur le seuil de la porte, m'encouragea d'un sourire.

Je reculai.

« Excusez-moi, je me suis trompé d'étage. » Je commençai à descendre l'escalier. Elle se pencha, demanda qui je cherchais mais je marmonnai : « Ça va, c'est au troisième », et m'esquivai avant qu'elle ait le temps de faire des rapprochements entre ma retraite précipitée, mon bronzage et les étranges appels téléphoniques venant d'Athènes.

Je retournai au pub. Plus tard j'allai dîner dans un restaurant italien où j'avais l'habitude de me rendre avec Alison et où se retrouvaient les plus pauvres parmi la population universitaire et artistique de Bloomsbury, étudiants écrivant une thèse, acteurs entre deux rôles, personnel des maisons d'édition, la plupart jeunes et dans mon genre. La clientèle n'avait pas changé, mais moi j'étais différent. J'écoutais les bavardages à l'entour. Sans y prendre le moindre intérêt. Je les trouvais soudain naïfs, tous ces jeunes gens, insulaires, et je cherchais vainement parmi eux quelqu'un que j'aurais eu envie de mieux connaître, que j'aurais voulu pour ami. C'était la confirmation de ce que je savais déjà : je n'étais plus vraiment chez moi en Angleterre; et l'idée me vint que je devais ressentir là ce qu'Alison avait éprouvé si souvent face aux Anglais : un mélange d'irritation et de frustration à constater que malgré un langage commun, un passé commun, tant de choses en commun, ils lui étaient étrangers. C'était pire qu'être sans racines. C'était être sans frères de race.

J'allai jeter un dernier regard à l'immeuble de Russel Square, mais le troisième étage était sombre. Aussi rentrai-je à l'hôtel las et vaincu. Vieux. Très vieux.

Le matin suivant je rendis visite aux agents immobiliers qui avaient la charge de l'immeuble. Ils occupaient une enfilade de petites pièces peintes en vert dans Southampton Row. Je reconnus l'employé au faciès adénoïde qui vint me demander ce que je désirais. C'était à lui que je m'étais adressé l'année précédente. Lui aussi se souvenait de moi et j'en obtins bientôt le peu de renseignements qu'il pouvait me donner. L'appartement avait été attribué à Alison au début de juillet — dix ou quinze jours après le Parnasse. Il ne savait pas si elle l'avait habité. Il sortit d'un dossier un double du nouveau bail. L'ancien et le nouveau possesseur du bail avaient la même adresse.

« Des amies qui se partageaient l'appartement », dit l'employé.

Et voilà.

D'ailleurs, quelle importance? Pourquoi aurais-je donc continué à la rechercher?

Je continuai cependant. Toute la soirée après ma visite à l'agence immobilière j'attendis qu'arrive un autre message. Le jour suivant j'allai m'installer au Russell Hotel. Ainsi je n'avais qu'à sortir sur le seuil de la porte pour voir la maison de l'autre côté de la place. Ces fenêtres noires, au troisième étage, j'attendrais qu'elles s'éclairent. Quatre jours passèrent. Pas de lumières, pas de lettres, pas d'appels téléphoniques, pas le moindre signal.

J'étais impatient, irrité par cette inexplicable suspension de l'action. Parfois je pensais qu'ils avaient perdu ma trace, qu'ils ne savaient plus où me trouver; j'étais plein d'inquiétude, puis furieux d'être inquiet.

Le besoin de voir Alison l'emportait sur toute autre émotion. La voir. Lui faire avouer son secret. Lui faire avouer aussi... je ne savais quoi encore. Une semaine s'écoula, une semaine perdue; j'allais, pour passer le temps, au cinéma ou au théâtre, ou bien je restais étendu sur mon lit, contemplant le plafond, attendant que sonne enfin ce téléphone obstinément silencieux. Je fus tenté d'envoyer un télégramme à Bourani, avec mon adresse, mais l'amour-propre me retint. Je finis par en avoir assez, par ne plus pouvoir supporter l'hôtel, Russell Square et cet appartement éternellement vide. Je découvris, contre la vitrine d'un épicier, l'annonce d'un meublé à louer. C'était un logement sous les combles, assez mal tenu, au-dessus de deux étages d'ateliers de couture, de l'autre côté de Tottenham Court Road, à l'extrémité nord de Charlotte Street. Le loyer était élevé, mais il y avait le téléphone. La propriétaire vivait au sous-sol. Avachie, négligée, fumant sans arrêt, elle appartenait sans conteste à la bohème de Charlotte Street des années trente. Je n'étais pas chez elle depuis cinq minutes que déjà elle me confiait que Dylan Thomas avait été « un ami intime ». « Et le nombre de fois où je l'ai mis au lit, le pauvre bougre! » Je ne la crus pas un instant. « Dylan a dormi ici » est pour Charlotte Street ce que la même déclaration à propos de la reine Elisabeth était autrefois pour les auberges rurales d'Angleterre.

Elle déclara : « Mon nom est Joan, tout le monde m'appelle Kemp. » Elle me plaisait. Sa tête était remplie d'autant de fatras que son atelier, mais elle avait le cœur bien placé.

« Okay », dit-elle de la porte, quand j'eus déclaré que je prenais le logement. « Du moment que vous payez, amenez qui vous voulez, quand vous voulez. Le dernier, c'était un marlou. Un vrai amour. Ces salauds de fascistes l'ont embarqué la semaine dernière.

— Quoi?

— Oui. » Elle fit un geste de la tête. « Ceux-là. » Je me retournai et vis au coin de la rue deux agents de police.

J'achetai aussi une vieille M.G. La carrosserie était abîmée mais le moteur avait l'air de pouvoir tenir le coup encore un an ou deux. Pour l'inaugurer en beauté j'emmenai Kemp à Jack Straw's Castle. Elle buvait et jurait comme un troupier mais pour le reste elle était ce dont j'avais besoin, un être généreux; parlant sans fin d'elle-même, ne s'étonnant pas de me voir sans travail, à sa façon à elle, tout à la fois amère et chaleureuse, elle me réconcilia en partie avec Londres, me consola d'être anglais, et, au moins au début, m'empêcha de me sentir trop morbidement solitaire.

70

Le mois d'août me parut long. J'avais des accès de dépression aiguë, des moments d'indifférence léthargique. J'étouffais dans la grisaille de Londres. Adam après la chute, je me remémorais les paysages lumineux, le sel et le thym de Phraxos; j'évoquais aussi Bourani, tout ce qui s'y était passé, toutes les choses inattendues, impossibles, et je me trouvais, à la fin d'un de ces après-midi languissants de Londres, aussi incapable de souhaiter que rien ne soit arrivé que de pardonner à Conchis le rôle qu'il m'avait fait jouer. Lentement j'en vins à me rendre compte que j'aurais pu oublier ce qu'on m'avait fait subir, mais que je ne pouvais accepter qu'on me l'eût infligé dans le but de me donner une leçon.

Et je n'oubliais pas non plus la façon dont Lily m'avait traité. Un jour je freinai brutalement à la vue d'une fille aux cheveux blonds marchant dans une rue adjacente. Je garai la voiture contre le trottoir et bondis à sa poursuite : avant même d'avoir vu le visage sans charme je savais que ce n'était pas Lily. Mais si je m'étais précipité pour rattraper cette fille c'est que j'espérais encore me trouver un jour face à face avec Lily, et pouvoir l'interroger, exiger d'elle qu'elle m'explique l'inexplicable. Je gardais la nostalgie de certains aspects d'elle, de certains moments de notre aventure, mais puisque cette aventure se découpait en moments, tout amour était par là même impossible. Je n'avais plus besoin de Lily. Aussi pouvais-je penser à elle telle qu'en ses moments de clarté comme on aime à se souvenir des instants de poésie, et en même temps la détester.

J'attendais. Mais tout en absorbant l'expérience par osmose il me fallait agir. Pendant la deuxième quinzaine d'août je recherchai donc la trace de Lily et de Conchis en Angleterre. Et par là même celle d'Alison.

C'était encore un lien, si ténu fût-il, avec le jeu de Bourani. En agissant j'émoussais l'acuité de mon désir torturant de revoir Alison. Torturant parce qu'en moi germait un sentiment nouveau que j'aurais voulu arracher, sachant bien qu'il avait été déposé là par Conchis et qu'il se développait dans le silence et l'absence qu'il avait voulus autour de moi. Cela me hantait jour et nuit, une émotion que je désapprouvais, méprisais, dont j'essayais de me libérer mais qui ne s'en développait pas moins, comme l'embryon indésiré continue à se développer dans l'utérus de la mère qui ne l'accepte qu'à regret, avec des accès de rage, mais aussi, parfois de l'attendrissement, et des élans de ce même sentiment que je ne voulais pas nommer. Et pour un temps les recherches, les enquêtes, les lettres, les conjectures me permettaient de l'étouffer.

Je décidai d'ignorer tout ce que Conchis et les filles m'avaient dit sur ce qui était « faux » et ce qui était « vrai ». Je voulais découvrir moi-même des traces, des indices, des pistes; prendre ma revanche sur leur propre habileté à me tromper. Patiemment, je cherchai, vérifiai...

Les coupures de journaux à propos d'Alison. Caractères typographiques différents de ceux de l'*Holborn Gazette,* où aurait dû être publié le rapport de l'enquête.

Le pamphlet de Foulkes. Figure dans le catalogue du British Museum. Les opuscules de Conchis n'y sont pas mentionnés.

Costumiers de théâtre. Suis allé chez Bermann et quelques autres. Sans le moindre succès.

Histoire militaire. Lettre du Major Arthur Lee-Jones.

Cher M. Urfe,

Je crains comme vous que les renseignements que vous me demandez ne soient pratiquement impossibles à obtenir. Les unités engagées dans la bataille de Neuve-Chapelle étaient pour la plupart des unités régulières. Je crois qu'il est très improbable que des volontaires du Princess Louise's Kensington Regiment aient pris part à cet engagement, même dans les circonstances que vous suggérez. Mais bien sûr nous n'avons pas de rapports détaillés sur les événements de cette époque chaotique, et je ne fais que hasarder une opinion.

Je n'ai trouvé nulle part mention d'un capitaine du nom de Montague. Habituellement, les renseignements sur les officiers sont plus faciles à obtenir. Mais peut-être était-il détaché d'un autre régiment.

De Deukans. Pas de famille de ce nom dans l'*Almanach de Gotha* ni dans aucun des documents consultés.

Pas de Givray-le-Duc dans les dictionnaires géographiques français les plus complets.

Seidevarre. Lettre de Johan Fredriksen.

Monsieur,

Je suis l'instituteur de Kirkenes et le maire m'a demandé de répondre à votre lettre. Il y a dans le Pasvikdal un endroit nommé Seidevarre où voilà bien des années vivait une famille du nom de Nygaard. Je regrette de ne pouvoir vous dire ce qu'ils sont devenus.

Croyez, monsieur...

Cette lettre me fit plaisir. Conchis était allé là-bas. Quelque chose s'était passé. Tout n'était pas simple fiction.

La mère de Lily. J'allai un jour à Cerne Abbas et, comme je m'y attendais, ne trouvai pas Ansty Cottage; je déjeunai dans un petit hôtel et expliquai à la patronne que j'avais connu autrefois deux jeunes filles de Cerne Abbas, — des jumelles, très jolies, j'avais oublié leur nom. Elle fronça le sourcil — elle connaissait tout le monde dans le village — et chercha en vain dans ses souvenirs. Le « directeur » de l'école primaire était en réalité une directrice. Il était évident que les lettres étaient pure invention.

Charles-Victor Bruneau. Pas de trace de lui dans aucun ancien annuaire des musiciens. Un homme de la Royal Academy of Music que j'interrogeai n'en avait jamais entendu parler. Non plus que de Conchis.

Déguisement de Conchis au procès. En revenant de Cerne Abbas je m'arrêtai pour dîner à Hungerford et, me dirigeant vers un restaurant, je passai devant un magasin d'antiquités. Il y avait dans la vitrine cinq cartes du Tarot. L'une d'elles représentait un homme habillé exactement comme l'avait été Conchis; je reconnaissais jusqu'aux emblèmes sur la cape; dessous était écrit : *LE SORCIER*. Le magasin était fermé. Je notai l'adresse, et plus tard ils m'expédièrent la carte. Une jolie carte du XVIIIe siècle. En la découvrant j'avais ressenti une vive émotion. Et longuement regardé autour de moi pour voir si on m'observait, comme si elle avait été placée là tout exprès pour moi.

Les médecins-psychologues, au procès. J'essayai l'hôpital Tavistock et l'ambassade américaine. Quelques-uns des instituts existaient vraiment mais tous les noms des « docteurs » ou « professeurs » étaient totalement inconnus. Des recherches supplémentaires au sujet de Conchis furent aussi vaines.

Nevinson. C'était l'homme dont j'avais trouvé le nom sur la page de garde d'un livre de la bibliothèque du collège Byron, avec la mention « Balliol, Oxford ». Les services administratifs m'envoyèrent une adresse au Japon. J'écrivis une lettre. Deux semaines plus tard j'avais une réponse.

Université d'Osaka.
Faculté d'anglais

Cher M. Urfe,

Votre lettre, qui réveille pour moi les échos d'un passé lointain, a été une vraie surprise. Mais j'ai été ravi d'apprendre que le collège a survécu à la guerre et j'imagine que, tout comme moi, vous avez passé là-bas une excellente année.

J'avais oublié Bourani. A présent je me souviens pourtant de l'endroit et très vaguement du propriétaire. Il me semble me rappeler avoir eu un jour avec lui une discussion plutôt violente au sujet de Racine et de la prédestination. Mais, depuis, tant d'eau a coulé sous les ponts...

D'autres « victimes » avant la guerre? Je ne peux malheureusement pas vous aider. Je n'ai pas connu mon prédécesseur. Je connaissais Geoffrey Sudgen qui m'a succédé et qui est resté trois ans là-bas. Il ne m'a jamais rien dit au sujet de Bourani.

S'il vous arrive de venir dans cette partie du monde je serais ravi de parler avec vous du bon vieux temps et de vous offrir, à défaut d'un ouzo, au moins un saké acceptable.

Bien cordialement,

Douglas NEVINSON

Wimmel. A la fin août, j'eus de la chance. Une de mes dents me faisait souffrir et Kemp m'envoya chez son dentiste. Dans la salle d'attente je trouvai une revue de cinéma de l'année précédente. J'y découvris une photo du faux Wimmel. Il était même vêtu d'un uniforme nazi. Et je lus :

Ignaz Pruszynski, qui joue le rôle du diabolique commandant de la ville dans l'excellent film polonais sur la résistance, *Sombre épreuve,* a joué dans la vie réelle un rôle très différent. Il a été pendant toute l'occupation le chef d'un groupe de résistants polonais et a gagné l'équivalent polonais de notre Victoria Cross.

Hypnotisme. Je consultai quelques livres à ce sujet. Conchis devait tenir sa technique d'hypnotiseurs professionnels. La suggestion post-hypnotique — qui avait pour but de faire exécuter des ordres sur un signal déterminé, à un sujet sorti de l'état de transe et redevenu normal à tout autre point de vue — était « parfaitement réalisable et fréquemment utilisée ». Toutefois, en y réfléchissant, je ne pouvais repérer aucun moment où on m'ait forcé à adopter un comportement différent de celui que j'aurais eu consciemment. Sans doute m'avait-on fait parler sous hypnose. Mais dans l'ensemble j'avais agi conformément à ce qu'on attendait de moi, rendant superflue toute manipulation.

Le geste des bras au-dessus de la tête. Conchis le tenait de l'ancienne Egypte. C'était le signe de Ka, utilisé par les initiés pour « s'emparer des forces cosmiques de mystère ». On le trouvait dans les peintures tombales. Il signifiait : *Je suis maître des sortilèges. J'ai la force. Je transmets la force.*

Autre symbole égyptien : sur les murs de la salle du procès, la croix dont la branche verticale se terminait par un anneau; c'était leur « clef de vie ».

Le symbole de la roue. Le mandala, ou roue, est un symbole universel d'existence.

Le ruban autour de la jambe, l'épaule nue. Figures du rituel maçonnique, mais venant probablement des mystères d'Eleusis. En rapport avec l'initiation.

Maria. Probablement une paysanne, certes intelligente. Elle ne m'avait adressé que deux ou trois mots en français. Elle était restée silencieuse pendant tout le procès, et sa présence paraissait insolite. A la différence des autres elle était, elle, ce qu'elle m'avait paru être au début.

La banque de Lily. J'écrivis une autre lettre à l'agence de la banque Barclay et obtins une réponse du vrai directeur. Son nom n'était pas P.J. Fearn; et le papier à en-tête sur lequel il écrivait était différent de celui que j'avais reçu.

Son collège. Julie Holmes : inconnue.

Mitford. J'écrivis dans le Northumberland, à l'adresse que je m'étais procurée l'année d'avant. Je reçus une lettre de la mère de Mitford me disant qu'Alexander était parti travailler en Espagne pour une agence de voyages. J'appris par l'agence qu'il ne reviendrait pas avant septembre. Je laissai une lettre pour lui.

Les peintures à Bourani. Je commençai par les Bonnard. Dans le premier livre de reproductions que j'ouvris je trouvai la jeune fille se séchant près de la fenêtre. Je regardai l'index. Le tableau se trouvait au Los Angeles County Museum. Le livre avait été imprimé en 1950. L'autre, je le découvris plus tard. Il était, lui, au Boston Museum of Fine Arts. Les Bonnard de Conchis n'étaient que des copies. Je ne trouvai pas le Modigliani; mais me souvenant des yeux si curieusement semblables à ceux de Conchis je le soupçonnai de n'être pas même une copie.

« Evening Standard » du 8 janvier 1952 : pas la moindre photo de Lily ou de Rose.

L'Astrée. Conchis se souvenait-il que moi-même je revendiquais une parenté lointaine avec d'Urfé? Voici l'intrigue de *l'Astrée.* La bergère Astrée bannit de sa présence le berger Céladon après en avoir entendu dire du mal. Une guerre éclate et Astrée est faite prisonnière. Céladon réussit à la délivrer mais elle ne lui pardonne pas pour autant. Il ne gagnera sa main qu'après avoir changé en statues de pierre le lion et les licornes qui dévorent les amants infidèles.

Chaliapine. Etait à Covent Garden en juin 1914, et s'était produit dans *le Prince Igor.*

Je crois qu'il se peut que vous soyez choisi. Quand il avait dit cela, à notre étrange première rencontre, Conchis entendait par là « J'ai décidé de me servir de vous. » C'était aussi dans ce sens qu'à la fin j'avais été *choisi.* Il voulait dire : nous nous sommes servis de vous.

Lily et Rose. Deux sœurs jumelles, toutes les deux très jolies et très douées. Si elles étaient allées ensemble à Oxford ou Cambridge elles devaient y avoir été les deux étudiantes les plus célèbres. Je ne pouvais croire qu'elles soient allées à Oxford, car elles y seraient entrées lorsque j'y étais encore mais, m'appuyant sur le principe que Lily ne disait jamais la vérité si elle pouvait me tromper j'essayai Oxford en premier. J'inventai une histoire d'un producteur de films américains qui m'avait chargé de lui trouver deux jumelles aux cheveux blonds et avait entendu dire qu'il y en avait deux à Oxford. L'histoire n'était guère vraisemblable et m'entraîna dans d'absurdes improvisations qui me permirent d'apprécier rétrospectivement l'art de Lily dans ses inventions. Je cherchai dans les revues théâtrales. Je m'adressai même aux services administratifs. Tout cela en vain. Je fis de même à Cambridge, sans plus de succès. Dans l'une et l'autre des universités j'examinai les photos des principales productions dramatiques des étudiants durant ces quelques dernières années. Je n'y vis pas le visage que je cherchais.

J'allai aussi dans plusieurs agences théâtrales de Londres. On me montra trois fois les photos de sœurs jumelles et trois fois je fus déçu.

Le *Tavistock Repertory :* rien. Aucune production de *Lysistrata.* J'essayai la *Royal Academy of Dramatic Art :* encore une démarche inutile.

Il y avait une astuce dans les inventions de Julie Holmes. Nous avons tendance à croire ceux qui ont eu les mêmes expériences que nous, qui nous renvoient notre image. Ainsi le Cambridge de Julie équivalait à mon Oxford, son amour malheureux au mien, son année d'enseignement à la mienne.

Othello, Acte I, scène III.

On l'a abusée, on me l'a volée, on l'a corrompue
Par des charmes et des drogues achetées à des charlatans
Car la nature ne pourrait aussi absurdement s'égarer

Quand elle est sans tare, sans infirmité des sens ou de l'esprit
Hormis sous l'effet de quelque sorcellerie.

Et :

Une jeune fille sans hardiesse aucune;
D'humeur si chaste et si paisible que ses moindres gestes
La portaient à rougir; et la voilà qui, contre sa nature,
Son âge, son pays, son renom; contre tout
S'éprendrait de ce qu'elle n'osait point regarder.

Io, la prostituée fabuleuse. Lemprière : *Dans le gothique ancien, Io et Gio signifiaient « terre » tout comme Isis ou Isa signifiait « glace » ou eau dans son état primitif, et la déesse qui représentait le pouvoir nutritif et productif de la terre portait l'un ou l'autre de ces noms.* Kali en Inde, Astarté (Ashtaroth) en Syrie, Isis en Egypte, Io en Grèce, étaient considérées comme une seule et même déesse. Sur les murs au procès elle avait trois couleurs : blanc, rouge et noir, les phases de la lune et aussi les phases de la féminité : la vierge, la mère et l'aïeule. Lily représentait la déesse dans sa phase blanche, et peut-être aussi dans sa phase noire? Rose pouvait être la phase rouge. Mais le rôle avait été ensuite donné à Alison.

Polymus Films. Il me fallut du temps pour découvrir l'évidence : une seule lettre à déplacer et on lisait « Olympus ».

Tartare : Plus je me documentais sur le mythe, plus s'imposait à moi le rapprochement avec la situation à Bourani, du moins la situation finale. Sur le Tartare régnait un roi, Hadès (Conchis), une reine, Perséphone, brandon de discorde (Lily) qui restait six mois avec Hadès dans les régions infernales et passait le reste de l'année avec sa mère Démeter. Il y avait aussi un juge suprême (Minos) (le docteur barbu qui présidait au procès?) Et bien sûr Anubis-Cerbère, le chien noir à trois têtes (trois rôles?). Et le Tartare était le lieu où se trouvait Eurydice quand Orphée la perdit.

Les « flammes traditionnelles ». Les derniers mots de Julie avant de laisser tomber le masque. Leur vraie signification m'apparut un jour où je lisais un article sur une production de *Don Giovanni.* J'avais oublié la fin de Don Juan.

Je savais que je jouais là le rôle que j'avais décidé de ne pas jouer, celui du chasseur, du détective; et plusieurs fois j'abandonnai. Mais une de mes enquêtes, et une de celles dont j'escomptais le moins, eut soudain un résultat spectaculaire.

71

Cela commença un lundi, quand je décidai de prendre ce jour-là pour base de mes recherches l'hypothèse douteuse que Conchis avait vraiment passé son enfance à St John's Wood, et qu'il y avait vraiment eu une Lily Montgomery. J'allai à la Marylebone Central Library et demandai à voir les annuaires par rues, de 1912 à 1914. Bien sûr je n'y trouvai pas le nom de Conchis. Je cherchai *Montgomery.* Acacia Road, Prince Albert Road, Henstridge Place, Queen's Grove... En m'aidant d'un plan de Londres je passai en revue toutes les rues possibles à l'est de Wellington Road. Et soudain je lus, tout surexcité par ma découverte : *Montgomery, Fredk, 20 Allitsen Road.*

Les noms des voisins étaient Smith et Manningham, ce dernier jusqu'en 1914, après quoi je rencontrai à sa place le nom de Huckstepp. Je notai l'adresse et continuai mes recherches. Presque aussitôt, de l'autre côté de la rue principale, je trouvai un autre Montgomery; cette fois dans Elm Tree Road. Mais le nom entier était Sir Charles Penn Montgomery, chirurgien éminent si j'en croyais le nombre d'initiales qui suivaient, certainement pas l'homme que Conchis avait décrit. Les noms des voisins étaient Hamilton-Dukes et Charlesworth. Il y avait encore un nom très distingué parmi les habitants de Elm Tree Road. Un beau quartier.

Je continuai mes recherches, multipliai les vérifications, mais ne trouvai pas d'autres Montgomery.

Je cherchai dans les annuaires des années suivantes les deux Montgomery que j'avais découverts. Ceux d'Allitsen Road disparaissaient en 1922. Les Montgomery d'Elm Tree Road, eux, continuaient beaucoup plus longtemps, quoique Sir Charles ait dû mourir en 1932; après cette date le nom sur l'annuaire était Lady Florence Montgomery, et cela jusqu'en 1938.

Après le déjeuner je pris la voiture et partis pour Allitsen Road. Dès le tournant je sus que ce n'était pas ce que je cherchais. Les petites maisons mitoyennes n'avaient rien à voir avec les demeures bourgeoises dont parlait Conchis.

Cinq minutes plus tard, je gagnai Elm Tree Road, un ensemble harmonieux d'assez grandes maisons et de charmants cottages victoriens. Et le quartier ne semblait guère avoir subi de transformations depuis sa construction. La maison au 46 était l'une des plus grandes de la rue. Je garai la voiture et me dirigeai vers le porche, entre deux rangées d'hortensias fanés. Je sonnai. Mais personne ne répondit.

Je revins plusieurs fois durant le mois d'août. Ceux qui habitaient là étaient en vacances. Je vis dans l'annuaire de l'année qu'il s'agissait d'un Mr Simon Mark. Je découvris aussi, dans un vieux *Who's who,* que l'illustre sir Charles Penn Montgomery avait eu trois filles. J'aurais sans doute pu trouver leurs noms mais j'en étais alors venu à m'efforcer anxieusement de prolonger les recherches, comme un enfant les quelques bonbons qui lui restent. Et lorsqu'un jour du début de septembre j'aperçus une voiture dans l'allée ce fut presque une déception. Je pensai qu'un autre faible espoir était sur le point de s'évanouir.

Un domestique italien en veste blanche m'ouvrit la porte.

« Excusez-moi, pourrais-je parler au propriétaire? Ou à sa femme?

— Vous avez rendez-vous?

— Non.

— Vous vendez quelque chose? »

Une voix brève vint à mon secours.

« Qui est-ce, Ercole? »

Une femme apparut, une juive d'une soixantaine d'années, l'air intelligent, habillée avec élégance.

« Je vous demande pardon, je... j'écris une thèse et j'essaie pour le moment de retrouver une famille appelée Montgomery.

— Sir Charles Penn? Le chirurgien?

— On m'a dit qu'il a vécu ici.

— Oui, il a vécu ici. » Le jeune domestique attendait; très « grande dame », Mrs Mark fit de la main un geste le congédiant et qui semblait presque me congédier aussi.

« En fait... c'est plutôt difficile à expliquer... Je cherche une miss Lily Montgomery.

— Oui, je la connais. » Elle parut plutôt agacée de l'heureuse stupéfaction que dut alors exprimer mon visage. « Vous voulez la voir?

— J'écris une monographie au sujet d'un célèbre écrivain grec, célèbre en Grèce du moins. Et je crois que Miss Montgomery l'a bien connu quand il vivait en Angleterre il y a des années.

— Comment s'appelle-t-il?

— Maurice Conchis. »

Il était évident qu'elle n'avait jamais entendu ce nom.

Mes explications paraissaient avoir eu raison de sa méfiance. Elle dit : « Je vais vous trouver son adresse. Entrez. »

J'attendis dans le hall, superbe, tout en marbre et ormolu, avec des trumeaux décorés, et ce qui semblait être un Fragonard. Dans cette opulence pétrifiée je m'appliquai à cacher mon trouble. Une minute plus tard elle réapparut, une carte à la main. Je lus : *Mrs Lily de Seitas, Dinsford House, Much Hadham, Herts.*

Elle dit : « Je ne l'ai pas vue depuis des années. »

Déjà je me dirigeais vers la porte. « Merci beaucoup.

— Voulez-vous boire quelque chose? Une tasse de thé? »

Il y avait dans ses yeux une lueur cupide. Pendant le peu de temps où elle s'était absentée elle paraissait avoir décidé qu'elle pouvait tirer de moi quelque plaisir. Une femme-mante religieuse. Affamée, au milieu de tout ce luxe. J'étais content de lui échapper.

Avant de reprendre ma voiture j'observai une fois de plus les maisons bourgeoises de chaque côté du numéro 46. Conchis devait avoir passé sa jeunesse dans l'une d'elles. Le jardin du numéro 46 était bordé au fond par ce qui ressemblait à un mur d'usine mais j'avais découvert sur le plan que c'était l'arrière des tribunes du « Lords », le fameux terrain de cricket. Les jardins étaient cachés par des murs élevés, le « petit verger » devait être à présent dominé par la masse noire des tribunes, mais elles n'avaient sans doute été construites qu'après la première guerre mondiale.

J'étais à Much Hadham à onze heures, le matin suivant, par une belle journée de septembre au ciel bleu et sans nuages, comparable à un jour de Grèce. Dinsford House se trouvait un peu en dehors du village. C'était une maison ancienne, rouge brique et blanche, de proportions élégantes, et qui, quoique moins impressionnante que je ne l'avais imaginé, ne manquait pas d'allure, au milieu d'un demi-hectare de terrain bien entretenu. Cette fois ce fut une Scandinave, une jeune fille au pair, sans doute, qui vint m'ouvrir. Oui, Mrs de Seitas était là. Je la trouverais à l'écurie si je voulais bien faire le tour.

Je traversai l'étendue de gravier et passai sous une arche de briques. Il y avait deux garages. J'arrivai près d'un bâtiment qui, à en juger par l'odeur, devait être l'écurie. Un petit garçon apparut sur le seuil, tenant un seau à la main. Il me vit et cria : « Maman, c'est un monsieur. » Une femme mince, en culottes de cheval et chemise écossaise, un foulard rouge sur la tête, le rejoignit sur le seuil de la porte. Elle paraissait avoir une quarantaine d'années. Elle était encore jolie, très droite et le teint hâlé.

« Que puis-je pour vous?

— Je voudrais voir Mrs de Seitas.

— Je suis Mrs de Seitas. »

Je m'étais imaginé qu'elle aurait les cheveux gris, l'âge de Conchis. De plus près je remarquai les pattes d'oie au coin des yeux et une certaine mollesse du cou. L'abondante chevelure brune était teinte, sans doute. Toutefois, même si elle approchait de la cinquantaine elle était encore de dix ans trop jeune.

« Mrs Lily de Seitas?

— Oui.

— C'est Mrs Simon Mark qui m'a donné votre adresse. » Au léger changement d'expression, je compris que ce n'était pas là une recommandation. « Je suis venu vous demander si vous pouviez m'aider dans un travail de recherche littéraire.

— Moi?

— Si vous avez été autrefois Miss Lily Montgomery.

— Mais mon père...

— Cela n'a rien à voir avec votre père. » Un poney hennit dans l'écurie. Le petit garçon me regardait, hostile. Sa mère l'envoya remplir le seau. Je déployai tout mon charme oxfordien. « Si je vous dérange vraiment à cette heure je peux bien entendu revenir à quelque autre moment qui vous convienne.

— Nous nettoyons l'écurie, c'est tout. » Elle posa contre le mur son balai de bruyère. « Alors, qui?

— J'écris une étude sur... Maurice Conchis. »

Je ne la quittai pas des yeux. Elle resta imperturbable. « Maurice qui?

— Conchis. » J'épelai le nom. « C'est un célèbre écrivain grec. Dans sa jeunesse il a vécu en Angleterre. »

De sa main gantée elle repoussa maladroitement une mèche de cheveux. Elle était, je m'en rendais compte, une de ces Anglaises rurales d'une innocence abyssale pour tout ce qui n'est pas la maison, les enfants, les chevaux. « Vraiment, je regrette beaucoup mais vous devez faire erreur.

— Vous auriez pu le connaître sous le nom de... Charlesworth? Ou Hamilton-Dukes? Il y a longtemps. La Première Guerre mondiale.

— Mais mon bon ami... Excusez-moi, je voulais dire... Oh pardon... » Elle paraissait confuse et je la vis telle qu'elle devait être, prompte à commettre des impairs. Toutefois elle avait assez de charme — la peau hâlée, les yeux clairs, une silhouette encore jeune — pour qu'on lui pardonne aisément. Elle dit : « Comment vous appelez-vous? » Et quand j'eus répondu : « Mr Urfe, savez-vous quel âge j'avais en 1914?

— Vous deviez évidemment être très jeune. »

Elle sourit, comme si le compliment l'embarrassait plutôt. « J'avais dix ans. » Elle se tourna vers l'endroit où était l'enfant remplissant le seau : « L'âge de Benjie.

— Et ces autres noms? Ils ne veulent rien dire pour vous?

— Mais si, bien sûr. Et... ce Maurice — comment l'appelez-vous? — habitait-il chez eux? »

Je secouai la tête. Une fois de plus Conchis m'avait mis dans une situation ridicule. Il avait probablement donné un coup d'épingle au hasard dans un vieil annuaire; et tout ce qui lui restait à faire était de s'informer du prénom d'une des filles. Je continuai, mal à l'aise :

« C'était le fils. Le fils unique. Très musicien.

— Je crains qu'il n'y ait erreur. Les Charlesworth n'avaient pas d'enfants. Il y avait un fils Hamilton-Dukes mais... » Je la vis hésiter comme si quelque chose, soudain émergeait dans sa mémoire — « il est mort pendant la guerre.

— Je crois que vous venez de vous rappeler quelque chose.

— Non. Je veux dire, oui. Je ne sais pas. C'est lorsque vous avez dit « un musicien ». Elle me regarda, l'air incrédule. « Vous ne voulez pas dire Mr Rat? » Elle rit et mit les pouces dans les poches de ses culottes de cheval. « Comme le *Mr Rat* du *Vent dans les saules*? C'était un Italien qui venait nous donner des leçons de piano, à ma sœur et à moi.

— Jeune? »

Elle haussa les épaules. « Plutôt.

— Pouvez-vous m'en dire plus à son sujet? »

Elle baissa les yeux. « Gambellino? Gambardello... quelque chose comme ça. Gambardello? » Elle prononçait le nom comme si c'était encore une plaisanterie.

« Son prénom? »

Elle ne s'en souvenait pas.

« Pourquoi Mr Rat?

— Parce qu'il avait des yeux bruns et perçants. Nous ne cessions de le taquiner. » Elle fit une grimace à son fils, de retour à présent, et qui lui donna une légère poussée comme si c'était lui qu'on taquinait. Elle ne vit pas dans mon regard la lueur de triomphe : Conchis ne s'était pas contenté d'un coup d'épingle.

« Etait-il petit? Plus petit que moi? »

Elle porta la main à ses tempes, essayant de se souvenir. Puis elle releva les yeux, perplexe. « Savez-vous... mais non, ça ne se peut pas...

— Voulez-vous être assez aimable pour me laisser vous poser des questions pendant dix minutes? »

Elle hésita. J'insistai. Dix minutes, pas plus. Elle se tourna vers son fils. « Benjie, cours demander à Gunhild de nous faire du café et de l'apporter dans le jardin. »

Il jeta un regard vers l'écurie. « Mais Lazy?

— Nous nous occuperons de Lazy tout à l'heure. »

Benjie partit en courant et je suivis Mrs de Seitas qui, tout en enlevant son foulard et ses gants, longeait un mur de briques, de sa démarche souple, et passait sous un porche qui donnait dans un vieux et charmant jardin, un lac de fleurs d'automne; au fond, le long de la maison, une pelouse et un cèdre. Elle alla jusqu'à une tonnelle. Il y avait là une balancelle surmontée d'un dais, et quatre ravissants sièges de fer forgé peint en blanc. L'argent ne faisait visiblement pas défaut. Le bistouri de Sir Charles Penn avait dû être habile. Elle s'assit sur la balancelle et m'indiqua une chaise. Je murmurai quelque chose au sujet du jardin.

« C'est agréable, n'est-ce pas? Mon mari s'en occupe presque tout seul et à présent le pauvre homme n'en profite guère. » Elle sourit. « C'est un économiste. Bloqué à Strasbourg. » Elle lança ses pieds en avant. Elle jouait un peu trop à la jeune fille, trop consciente d'être bien faite. Une réaction sans doute contre l'ennui rural. « Eh bien, dites-moi... Votre célèbre écrivain, dont je n'ai jamais entendu parler... Vous l'avez vu?

— Il est mort pendant l'Occupation.

— Pauvre homme. De quoi?

— D'un cancer. » Je me lançai. « Il était, voyez-vous, très secret au sujet de son passé, aussi est-ce seulement de ses œuvres qu'on peut tirer des renseignements. Nous savons qu'il était grec mais il se peut qu'il ait prétendu être italien. » Je me levai pour lui donner du feu.

— Je ne peux pas croire que ce soit Mr Rat. C'était un si drôle de petit bonhomme.

— Vous souvenez-vous s'il jouait du clavecin aussi bien que du piano?

— Le clavecin, c'est ce qui fait plonc-plonc? »

J'acquiesçai, mais elle secoua la tête. « Vous avez dit un écrivain?

— Il s'est tourné plus tard vers la littérature. Et dans ses premiers poèmes, comme aussi dans un roman qu'il a écrit il y a des références à un amour malheureux, une aventure qui semble très significative. Cela s'est passé en Angleterre. Naturellement nous ne savons pas jusqu'à quel point il restait fidèle à la réalité ou au contraire l'enjolivait.

— Mais... suis-je mentionnée?

— Il y a toutes sortes d'indices qui suggèrent qu'il vivait

près de cette jeune fille qu'il appelle Lily dans ses ouvrages, et que le lien entre eux, au départ, était la musique. »

Elle se redressa, fascinée.

« Comment avez-vous donc réussi à établir un lien entre lui et nous?

— Oh, à cause d'allusions diverses. Je savais que c'était dans St-John's Wood, près du terrain de cricket. Dans un... passage, il parle de cette jeune fille qui porte le nom d'une vieille famille britannique. Et de son père, un chirurgien renommé. Je me suis mis alors à consulter les annuaires.

— C'est vraiment extraordinaire!

— C'est le hasard. On aboutit cent fois à une impasse. Et puis un jour on s'aperçoit que cette fois on est sur la bonne route. »

Elle sourit, et jetant un coup d'œil vers la maison : « Voici Gunhild. » Pendant quelques minutes elle concentra son attention sur le petit cérémonial du café à servir. Je posai poliment quelques questions sur la Norvège. Gunhild n'était jamais allée plus au nord que Trondheim. Bientôt Benjie reçut l'ordre de disparaître. Gunhild se retira. Lily de Seitas et moi nous étions seuls à nouveau.

Je sortis un carnet de notes; cela faisait plus sérieux.

« Si vous voulez bien me permettre...

— Alors, c'est la gloire, enfin! » Elle eut un rire hennissant, plutôt stupide. Elle paraissait bien s'amuser.

« Je croyais qu'il vivait près de chez vous. Je me trompais. Où vivait-il?

— Oh! je n'en ai pas la moindre idée. A cet âge, vous savez...

— Il ne vous a jamais rien dit au sujet de sa famille? Vos sœurs en sauraient-elles plus long? »

Son visage s'assombrit.

« Ma sœur aînée vit au Chili. Elle a dix ans de plus que moi. Et ma sœur Rose...

— Rose! »

Elle sourit. « Oui, Rose.

— Ça, c'est extraordinaire. Ça expliquerait... Voilà : Il y a une sorte de poème mystérieux dans la partie de l'œuvre où il est question de vous. C'est très obscur, mais maintenant que nous savons que vous avez une sœur qui s'appelle... »

— Qui s'appelait Rose. Elle est morte à peu près à cette époque. En 1916.

— De la typhoïde? »

Mon ton était si pressant qu'elle parut un instant déconcertée. Puis elle sourit. « Non. De complications extrêmement rares à la suite d'une jaunisse. » Elle laissa son regard errer un moment sur le jardin. « Ça a été la grande tragédie de mon enfance.

— Avez-vous l'impression que votre professeur éprouvait une affection particulière pour vous... Ou pour vos sœurs? »

Elle sourit, se souvenant, et déclara : « Nous avons toujours pensé qu'il admirait secrètement notre sœur aînée, May. Bien sûr elle était fiancée, mais elle avait l'habitude de venir s'asseoir un moment avec nous. Et aussi... Oh c'est curieux comme cela me revient. Je me souviens que nous l'accusions de chercher à l'éblouir. Quand elle était là il jouait des morceaux terriblement difficiles. Et elle aimait cette pièce de Beethoven : " Pour Elise "? Nous nous amusions à la fredonner quand nous voulions la taquiner.

— Votre sœur Rose était plus âgée que vous?

— Elle avait deux ans de plus.

— Ainsi il s'agit en fait de deux petites filles qui se moquaient de leur professeur de musique. »

Elle donna de l'élan à la balancelle. « C'est terrible, vous savez, mais je me souviens mal. Je veux dire, oui, sans nul doute nous nous moquions de lui, je suis bien sûre que nous étions de parfaites petites pestes. Et puis la guerre est arrivée et il a disparu. »

— Où est-il allé?

— Je ne peux pas vous dire. Je n'en ai pas la moindre idée. Ce dont je me rappelle, c'est que nous avons eu à sa place une vieille harpie. Et nous la détestions. Lui, je suis sûr que nous l'avons regretté. Je suppose que nous étions de vraies pimbêches. C'était courant à l'époque.

— Combien de temps a-t-il été votre professeur?

— Deux ans? » Elle avait l'air de me poser la question.

« Et vous ne vous souvenez d'aucun signe qui pourrait laisser supposer qu'il avait pour vous une affection toute spéciale? »

Elle réfléchit un moment, puis secoua la tête.

« Vous ne voulez pas dire... quelque chose de répréhensible?

— Oh non. Simplement... Etiez-vous quelquefois seule avec lui? »

Elle prit un air faussement scandalisé.

« Oh! Jamais! Il y avait toujours notre gouvernante. Ou ma sœur. Ou ma mère.

— Vous ne pouvez pas me décrire son caractère?

— Eh bien, voyez-vous, si je le rencontrais à présent, je suis sûre que je penserais : un brave petit homme.

— Vous et votre sœur n'avez jamais joué de la flûte?

— Certainement pas. » Elle sourit à ce que l'idée avait pour elle d'absurde.

« Une question peut-être indiscrète. Pourriez-vous dire que vous étiez d'une beauté... saisissante? Je suis sûr que vous l'étiez, mais aviez-vous le sentiment de n'être vraiment pas comme les autres? »

Elle regardait sa cigarette. « Dans l'intérêt de... Oh, comment pourrais-je dire... dans l'intérêt de votre recherche, la pauvre femme décrépite que je suis va vous répondre. Oui, je crois que j'étais particulièrement jolie. On a même fait mon portrait et il est devenu fameux, le clou de l'exposition de la Royal Academy, en 1913. Il est ici. Je vous le montrerai dans un instant. »

Je consultai mon carnet. « Et notre Mr Rat? Vous ne vous souvenez vraiment pas de ce qui lui est arrivé quand la guerre a été déclarée? »

Elle pressa ses belles mains contre ses yeux. « Vous ne voulez donc pas comprendre que... Je crois qu'il a été interné dans un camp. Mais vraiment, je ne pourrais pour rien au monde...

— Croyez-vous que votre sœur du Chili aurait conservé un souvenir plus précis? Puis-je lui écrire?

— Bien sûr. Voulez-vous son adresse? » Elle me la donna. J'en pris note.

Benjie revint et se tint à cinq ou six mètres de nous près d'une colonne de pierre supportant un astrolabe. Et son visage exprimait mieux que des mots que sa patience était à bout. Elle lui fit signe d'approcher, repoussa d'une main caressante la mèche de cheveux sur le front de l'enfant.

« Ta pauvre vieille maman a eu une vraie émotion, mon chéri. Elle a découvert qu'elle était une muse. » Elle se tourna vers moi. « C'est bien le mot?

— Qu'est-ce que c'est, une muse?

— Une dame qui fait qu'un monsieur écrit des poèmes.

— C'est lui qui écrit des poèmes? »

Elle rit et se tourna vers moi. « Et il est vraiment célèbre?

— Je pense qu'il le sera un jour.

— Puis-je le lire?

— Il n'a pas encore été traduit. Mais il le sera.

— Par vous?

— Eh bien... » Le ton laissait entendre que je l'espérais.

Elle dit : « Sincèrement, je ne pense pas pouvoir en dire plus. » Benjie chuchota quelque chose. Elle rit, et s'avançant dans le soleil elle le prit par la main. « Nous allons juste montrer un tableau à Mr Orfe. Puis nous retournons au travail.

— C'est " Urfe. "

Elle fit une moue confuse. « Oh, mon Dieu, je suis stupide. » Le petit garçon lui secoua l'autre main. Lui aussi avait honte de sa sottise.

Nous nous dirigeâmes vers la maison; traversant le salon, puis un large vestibule, nous entrâmes dans une des pièces latérales. Il y avait là une longue table aux chandeliers d'argent. Sur le panneau entre les deux fenêtres était accrochée une peinture. Benjie courut allumer le spot placé au-dessus. La petite fille aux longs cheveux, vêtue d'une robe à col marin, ressemblait à l'Alice du Pays des Merveilles. Elle se cachait derrière une porte pour regarder à la dérobée les autres la chercher vainement. Son visage était très vivant, tendu, excité, et pourtant encore innocent. Sur une petite plaquette noire, au-dessous du portrait, était écrit en lettres d'or : *L'Espiègle,* par Sir William Blunt (R.A.).

« C'est charmant. »

Benjie s'accrocha à sa mère et murmura quelque chose. « Il veut vous dire comment la famille l'appelle. »

Elle fit un geste d'encouragement et il cria :

« Bécassine ». Il riait. Elle lui tira les cheveux.

Et c'était un autre charmant tableau.

Elle s'excusa de ne pouvoir m'inviter à déjeuner mais elle avait une réunion du *Women's Institute,* à Hertford. Je promis de lui envoyer un exemplaire de la traduction des poèmes de Conchis aussitôt qu'elle serait prête.

En repartant vers Much Hadham, je me sentais en humeur de rire. J'aurais pu me douter que Conchis ne faisait à Bourani que compenser un vieux sentiment d'infériorité. Moi et les autres pris là-bas dans son piège, nous devions en un sens représenter sa revanche pour toutes les humiliations et les épreuves qu'il avait subies chez les Montgomery et probablement chez d'autres comme eux, pendant ces années lointaines. Il se vengeait de Lily et de ses sœurs, de sa propre jeunesse, de l'Angleterre et des Anglais. J'aurais dû comprendre plus tôt, et j'aurais dû savoir aussi que je découvrirais un jour la vérité.

Je regagnai la rue principale. Il était midi et demi et je décidai de manger quelque chose avant de repartir pour Londres. Je m'arrêtai donc dans dans un pub, une vieille auberge à colombages. J'étais le seul client.

« Vous êtes de passage? » me demanda le patron en me versant une bière.

« Non. Je suis venu voir quelqu'un. A Dinsford House.

— C'est joli, là-bas.

— Vous connaissez? »

Il avait un nœud papillon. Une voix de fausset.

« J'en ai entendu parler. Je vous compterai les sandwiches à part. » Il sonna au-dessus du comptoir. « Les enfants venaient au village.

— J'en reviens tout juste.

— Ah oui? »

Une femme aux cheveux décolorés à l'eau oxygénée apparut dans l'entrebâillement de la porte. Elle me tendit une assiette de sandwiches. En me rendant la monnaie, le patron me demanda : « Une chanteuse d'opéra, n'est-ce pas?

— Vous croyez?

— C'est ce qu'on dit par ici. »

J'attendais qu'il continue mais il ne semblait guère intéressé. Je finis mon sandwich. Je réfléchissais.

« Et son mari? Qu'est-ce qu'il fait?

— Y a pas de mari. » Il vit mon coup d'œil étonné. « Ça fait deux ans que nous sommes ici et j'en ai jamais vu. » Il me fit un clin d'œil léger. « Il y a des... amis, à ce qu'on dit.

— Ah, je vois.

— Sûr qu'y sont pas d'ici. Mais de Londres. Comme moi. » Il y eut un silence. Il prit un verre. « C'est une belle femme. Et ses filles, vous les connaissez? Vraiment chouettes.

— Quel âge ont-elles?

— Difficile à dire. A notre époque, vingt ou trente ans, je vois pas la différence. Les aînées sont jumelles. » S'il n'avait pas été si occupé à astiquer son verre, attendant que je lui offre à boire, il aurait remarqué mon visage pétrifié. « C'est ce qu'ils appellent de " vraies " jumelles. Parce que chez les jumeaux y a les faux et les vrais. » Il leva le verre à la lumière. « Ils disent que la seule chose qui permet à la mère de distinguer ses deux filles c'est qu'il y en a une qui a au poignet... »

Je me précipitai hors du bar, si vite qu'il n'eut pas même le temps de protester.

72

Non, je n'étais pas en colère, tout d'abord; je conduisais très vite et manquai de tuer un homme à bicyclette, mais je souriais.

Cette fois je ne garai pas ma voiture discrètement près de la grille. Je fis une embardée sur le gravier et vins m'arrêter devant la porte noire. Le heurtoir à tête de lion n'avait sûrement jamais tapé aussi fort.

Ce fut Mrs de Seitas elle-même qui ouvrit la porte; elle avait seulement changé ses culottes de cheval pour un pantalon clair. Elle jeta un coup d'œil à ma voiture comme si elle pouvait trouver là l'explication de mon retour.

« Je vois que vous avez décidé de ne pas sortir.

— Oui, je me suis stupidement trompée de jour. » Elle fermait le col de sa chemise. « Avez-vous oublié quelque chose?

— Oui.

— Ah. » Je ne dis rien, et elle continua, avec vivacité mais une seconde trop tard : « Quoi?

— Vos filles jumelles. »

Son expression changea. Elle n'avait pas du tout l'air coupable mais elle parut me concéder quelque chose et elle sourit. Je me demandai comment l'évidente ressemblance dans les yeux et la longue bouche avait pu m'échapper tout à l'heure. J'avais gardé en mémoire l'image de celle que Lily avait prétendu être sa mère, la femme aux cheveux frisottés, à l'air stupide, dont elle m'avait montré la photo. Elle recula d'un pas pour me laisser entrer.

« Oui, en effet. »

Benjie apparut au fond du vestibule. Elle lui dit tranquillement, tout en fermant la porte derrière moi :

« Benjie, va déjeuner.

— Benjie. » Je m'avançai, me penchai vers lui : « Benjie, tu veux bien me dire comment s'appellent tes sœurs? Les jumelles? »

Il fronça les sourcils et regarda sa mère. Elle avait dû hocher la tête.

« Lil et Rose.

— Merci. »

Il me lança encore un regard incertain et disparut. Je me tournai vers Lily de Seitas.

Elle se dirigeait tranquillement vers le salon : « Nous les avons appelées ainsi pour nous concilier les bonnes grâces de ma mère. C'était une Junon impérieuse. »

Ses manières avaient changé avec ses vêtements; et la vague disparité que j'avais tout d'abord remarquée entre son vocabulaire et son aspect physique s'expliquait à présent. Soudain je pouvais croire qu'elle avait cinquante ans et m'étonner d'avoir pu penser qu'elle n'était guère intelligente. Je la suivis dans la pièce.

« J'ai interrompu votre déjeuner. »

Elle me jeta un regard ironique. « Cela fait plusieurs semaines que j'attends cette interruption. »

Elle s'assit dans un fauteuil et me fit signe de m'installer sur l'énorme sofa au centre de la pièce, mais je secouai la tête. Elle ne montrait aucun signe de nervosité. Je crois même qu'elle souriait.

« Eh bien?

— Le seul fait certain est que vous avez deux filles entreprenantes. A partir de là, qu'allez-vous réinventer?

— J'ai bien peur d'être à court d'invention. A présent, je peux seulement en revenir à la vérité. » Mais elle souriait encore, elle souriait de voir que je ne souriais pas. « Maurice est le parrain des jumelles.

— Vous savez qui je suis? » C'était son calme qui m'avait poussé à poser cette question. J'avais peine à croire qu'elle était au courant de ce qu'ils avaient fait à Bourani et n'en montrait aucun trouble.

« Oui, Mr Urfe, je sais *exactement* qui vous êtes. » Son regard m'avertissait. Il me gênait.

« Et qu'est-il arrivé? »

Elle contemplait ses mains. Puis leva les yeux. « Mon mari a été tué en 1943. En Extrême-Orient. Il n'a pas vu Benjie. » Elle lut l'impatience sur mon visage et ajouta : « Il avait été le premier professeur d'anglais à Lord-Byron.

— Oh non. J'ai étudié tous les vieux prospectus.

— Alors vous vous souvenez de ce nom : Hughes?

— Oui. »

Elle croisa les jambes. Elle était assise, très droite dans un fauteuil à oreillettes couvert de brocart d'or pâle. La femme qui vivait au plein air et s'occupait de chevaux avait disparu.

« J'aimerais bien que vous preniez un siège.

— Non, merci. »

Elle accepta ma froideur avec un petit haussement d'épaules et me regarda dans les yeux. C'était un regard perspicace, tranquille et même presque arrogant. Puis elle se mit à parler.

« Mon père est mort quand j'avais dix-huit ans. Pour échapper à ma famille j'ai fait un mariage stupide, un mariage désastreux. En 1929, j'ai rencontré celui qui, après mon divorce, est devenu mon second mari. Au début de notre mariage nous voulions quitter un certain temps l'Angleterre. Mais nous n'avions pas beaucoup d'argent. Il a posé sa candidature à un poste de professeur en Grèce. C'était un humaniste. Il aimait la Grèce. Nous avons fait la connaissance de Maurice. Lily et Rose ont été conçues à Phraxos. Dans une maison que Maurice nous avait prêtée et où nous nous étions installés.

— Je n'en crois pas un mot. Mais continuez.

— Je n'ai pas osé rester là-bas pour un accouchement gémellaire. Nous sommes revenus en Angleterre. » Elle prit une cigarette dans une boîte d'argent sur la table à trois pieds à côté d'elle. Je refusai celle qu'elle m'offrit. Je la laissai allumer la sienne. Elle était très calme, très à son aise. « Le nom de jeune fille de ma mère était de Seitas. Allez consulter les fichiers de l'état civil, à Somerset House. Elle avait un frère qui était riche, et célibataire. Après la mort de mon père il m'a traitée comme sa fille, du moins dans les limites fixées par ma mère. C'était, je vous l'ai dit, une femme tyrannique.

— Vous prétendez maintenant que vous n'avez pas connu Maurice avant 1930?

— Certainement. Mais je lui ai fourni tous les détails de cette partie de l'histoire qu'il vous a racontée.

— Et la sœur appelée Rose?

— Allez à Somerset House.

— J'irai. »

Elle contemplait le bout de sa cigarette et me fit attendre un moment.

« Les jumelles sont nées. Un an plus tard mon oncle est mort. Il me laissait presque toute sa fortune à la condition que Bill changerait officiellement son nom pour celui de Seitas. Pas même de Seitas-Hughes. Cette clause avait été dictée par ma mère. » Elle regardait les miniatures qui étaient accrochées au mur, à côté de la cheminée. « Mon oncle était le dernier mâle dans la famille de Seitas. Mon mari a pris mon nom. A la mode japonaise. Ça aussi, vous pouvez le vérifier. » Elle ajouta : « C'est tout.

— Ce n'est pas tout. Loin de là.

— Puisque je vous connais si bien, puis-je vous appeler Nicholas?

— Non. »

Elle baissa les yeux, avec une fois de plus le petit sourire exaspérant que j'avais vu sur les lèvres de ses filles, de Conchis, et même, dans un genre différent, sur celles d'Anton et de Maria, comme s'ils avaient tous été formés à l'art de délivrer des sourires supérieurs et énigmatiques. Peut-être d'ailleurs l'avaient-ils été et dans ce cas c'était elle, sans doute, qui s'était chargée de leur instruction.

« Ne croyez pas que vous soyez le premier jeune homme à se tenir devant moi plein d'amertume et de colère envers Maurice, et envers nous tous qui aidons Maurice. Toutefois vous êtes le premier à rejeter une offre d'amitié comme celle que je viens de vous faire.

— J'ai à vous poser des questions déplaisantes.

— Allez-y.

— Mais d'abord les questions anodines. Pourquoi dit-on au village que vous êtes une chanteuse d'opéra?

— J'ai chanté une ou deux fois dans des concerts locaux. J'ai travaillé le chant.

— Le clavecin, c'est ce qui fait plonc-plonc?

— C'est bien ça, d'ailleurs. »

Je lui tournai le dos, refusant cette douceur souriante, cette réserve distinguée dont elle se servait comme d'une arme.

« Chère Mrs de Seitas, ni le charme, ni l'intelligence, ni les discours habiles ne vous tireront de là. »

Elle resta un long moment silencieuse.

« De là? Mais c'est vous qui êtes responsable des situations absurdes dans lesquelles les autres se trouvent placés. On a dû vous le dire déjà. Vous venez ici pour toutes sortes de mauvaises raisons et pour me dire des mensonges. Je vous réponds par des mensonges.

— Vos filles sont-elles ici?

— Non. »

Je me retournai pour lui faire face.

« Alison?

— Alison et moi, nous sommes devenues des amies.

— Où est-elle? »

Elle secoua la tête sans répondre.

« J'exige de savoir où elle est.

— Sous mon toit, personne ne se permet d'exiger. » Son visage restait impassible, pourtant elle m'observait attentivement, comme un joueur d'échecs regarde le jeu.

« Très bien. Nous verrons ce que la police pensera de tout cela.

— Je peux vous le dire déjà. On vous trouvera stupide. »

A nouveau je lui tournai le dos, espérant qu'elle m'en dirait plus. Mais elle restait assise sans un mot. Je savais qu'elle se tenait là, solennelle, dans son fauteuil couleur de blé mur, et qu'elle était comme Déméter ou Cérès, une divinité sur son trône, pas seulement une femme de cinquante ans, intelligente, dans une pièce d'où l'on entendait bourdonner un tracteur au long d'un champ, en 1953, mais une femme jouant un rôle tellement enraciné dans la fidélité à des concepts, à des êtres, que cela cessait presque d'être un rôle. Toutefois, ces concepts, je ne les comprenais pas. Ces êtres, je ne leur pardonnais pas.

Enfin elle se leva, se dirigea vers le bureau dans un coin de la pièce et revint avec quelques photos qu'elle étala sur une table derrière le sofa. Puis, m'invitant à les examiner, elle reprit sa place dans le fauteuil. Sur l'une elle était assise à l'extrémité de la balancelle, Conchis était à l'autre bout, Benjie entre eux deux. Sur une autre, je vis Lily et Rose, Lily souriant face à l'appareil, Rose de profil et en arrière-plan. Cette fois encore je distinguai la tonnelle au fond. Il y avait aussi une photo ancienne. Je reconnus Bourani. Cinq personnes se tenaient sur les marches devant la maison. Conchis était au milieu, une jolie femme à son côté : Lily de Seitas. Près d'elle, un homme grand, l'entourant de son bras. Au dos de la photo je lus : *Bourani, 1935*.

« Qui sont les deux autres?

— L'un est un ami. Et l'autre était un de vos prédécesseurs.

— Geoffrey Sudgen? » Elle fit oui de la tête, l'air un peu surpris. Je posai la photo sur la table et décidai de prendre une petite revanche. « J'ai retrouvé la trace d'un des professeurs qui ont été au collège avant la guerre. Il m'a parlé.

— Vraiment? » Il y avait l'ombre d'un doute dans sa voix tranquille.

« Donc, tenons-nous-en à la vérité. »

Il y eut un moment de silence gênant; elle m'observait.

« Que vous a-t-il dit?

— Pas mal de choses. »

Elle me regardait toujours. Puis elle s'approcha du bureau, sortit une lettre d'une enveloppe et en détacha le deuxième feuillet; elle y jeta un coup d'œil et me le tendit. C'était une copie au carbone de la lettre que m'avait envoyée Nevinson. Il avait griffonné en haut : « *J'espère que cette poudre ne causera aucun dommage permanent aux yeux du destinataire.* » Elle s'était détournée et prenait des livres sur les rayonnages, à côté du bureau. Elle revint vers moi, trois d'entre eux à la main, qu'elle me tendit silencieusement en échange de la lettre. Je retins un sarcasme et jetai un coup d'œil à celui qui se trouvait sur le dessus, un manuel scolaire relié en toile bleue. *Choix de poèmes grecs à l'usage des établissements d'enseignement secondaire, recueillis et annotés par William Hughes* (*M.A. Cantab*), *1932*.

« Il a fait celui-ci pour gagner quelque argent. Les deux autres, pour son plaisir. »

Le second était une édition à tirage limité d'une traduction de Longus, datée de 1936.

« 1936? Et c'est encore Hughes?

— Un auteur peut se servir du nom qu'il veut. »

Holmes. Hughes. Je me souvins d'un détail de l'histoire de Lily.

« A-t-il enseigné à Winchester? »

Elle sourit. « Quelque temps. Avant notre mariage. »

Le troisième livre était une traduction de poèmes de Palamas, Solomos, et autres poètes grecs modernes; il y en avait même quelques-uns de Seferis.

« Maurice Conchis, le célèbre poète! » J'ajoutai avec amertume : « Brillant choix de ma part. »

Elle posa les livres sur la table. « J'ai trouvé que vous vous y preniez très intelligemment.

— Bien que je ne sois qu'un pauvre idiot.

— La sottise et l'intelligence ne sont pas incompatibles. En particulier chez les garçons de votre âge. »

Elle retourna s'asseoir dans son fauteuil et sourit encore de mon air sévère. Comment pouvait-elle être si tranquille? J'allai jusqu'à la fenêtre. Le soleil touchait mes mains. Je pouvais voir Benjie et la jeune Norvégienne jouant à chat perché près de la tonnelle. De temps en temps leurs cris arrivaient jusqu'à nous.

« Supposons que j'aie cru votre histoire au sujet de Mr Rat?

— Je me serais souvenu de quelque chose d'intéressant à son sujet.

— Et?

— Vous seriez venu l'entendre.

— Supposons que je ne vous aie jamais trouvée?

— Un jour ou l'autre, Mrs Hughes vous aurait invité à déjeuner.

— Tout simplement.

— Bien entendu, elle vous aurait écrit une lettre donnant quelques explications. » Elle s'appuya au dossier, ferma les yeux. « *Cher Mr Urfe, permettez-moi de vous dire tout d'abord que j'ai eu votre nom par le British Council. J'ai perdu récemment mon mari qui a été le premier professeur anglais au collège Lord-Byron. Parmi ses papiers personnels j'ai trouvé un compte rendu dont je n'avais jamais eu connaissance, celui d'une remarquable expérience que...* » Elle ouvrit les yeux, leva les sourcils d'un air interrogateur.

« Et quand serait-il venu, cet appel? Dans combien de temps?

— Je regrette de ne pas pouvoir vous le dire.

— De ne pas vouloir.

— Non. Ce n'est pas à moi d'en décider.

— Ecoutez. Il n'y a qu'une personne qui puisse en décider. Si elle...

— Précisément. »

Elle étendit la main vers la cheminée et, derrière un vase, trouva ce qu'elle cherchait.

« La photo n'est pas très bonne. C'est Benjie qui l'a prise avec son kodak. »

Je vis les trois femmes à cheval. Lily de Seitas, Gunhild, et entre elles deux, Alison. Elle n'avait pas l'air très à son aise, mais elle riait.

« A-t-elle fait la connaissance de... vos filles? »

Elle leva vers moi ses yeux gris-bleu. « Gardez la photo si cela vous fait plaisir. »

Ce serait ma volonté contre la sienne.

« Où est-elle?

— Vous pouvez fouiller la maison. »

Assise dans le fauteuil jaune elle m'observait, le menton dans la main. Sans trace d'impatience, sûre de son fait, même si je ne savais pas en quoi il consistait. Je me sentais comme un jeune chien inexpérimenté poursuivant un vieux lièvre rusé; chaque fois que je sautais je mordais dans le vide. Je regardai la photo d'Alison puis la déchirai en quatre et la jetai dans le cendrier sur une console, près de la fenêtre. C'est elle qui finit par rompre le silence.

« Mon pauvre garçon, laissez-moi, malgré votre rancune, vous dire ceci encore : l'amour résulte avant tout de l'aptitude d'un être à aimer. Je crois qu'Alison a une aptitude exceptionnelle à l'attachement et à la dévotion. Et c'est un don très précieux. Elle m'est en cela bien supérieure. Moi je l'ai seulement persuadée de ne pas sous-estimer ce qu'elle a à donner, comme elle l'a fait, je crois, toute sa vie.

— Trop aimable. »

Elle soupira : « Toujours le sarcasme.

— Qu'attendez-vous d'autre? Des larmes de remords?

— Le sarcasme est vulgaire. Et si révélateur. » Un silence. « Vous êtes vraiment un être privilégié, mais aussi complètement aveugle. Privilégié parce que les femmes vous reconnaissent du charme, bien que vous paraissiez déterminé à ne pas me le montrer. Aveugle parce que vous n'avez pas su reconnaître ce parfait exemple de féminité qui était entre vos mains. Ne comprenez-vous pas qu'Alison possède la seule qualité qui permet à notre sexe de contribuer à la vie? Que sont en comparaison l'éducation, le milieu, la classe sociale? Rien. Mais ce précieux joyau, vous n'avez pas su le garder.

— A cause de vos charmantes filles.

— Mes filles n'ont été rien de plus que la personnification de votre égoïsme. »

J'étais repris d'une sombre rage.

« J'ai été assez stupide pour tomber amoureux de l'une d'elles.

— Comme un collectionneur sans scrupule tombe amoureux d'une peinture et fait n'importe quoi pour la posséder.

— Ce n'était pas une peinture. C'était une fille avec autant de moralité qu'une vieille pute de Soho. »

Elle laissa passer un temps. L'élégant salon condamnait mes paroles. Puis elle dit tranquillement, quoique avec une ironie bien féminine : « Voilà des termes énergiques. »

De nouveau, j'attaquai : « Je commence à me demander ce que vous savez. D'abord, votre fille, pas précisément vierge et pure...

— Je sais très bien ce qu'elle a fait. » Elle était assise, très calme, me faisant face, et très droite. « Et je connais parfaitement les raisons derrière ses actes. Mais vous les dévoiler serait tout vous dire.

— Voulez-vous que j'appelle ces deux-là qui jouent là-bas. Et que j'explique à votre fils que sa sœur se prostitue en se donnant en spectacle? Une semaine avec moi, la suivante avec un nègre?

— Serait-ce pire parce que c'est un Noir?

— Pas mieux, en tout cas.

— Il est agréable et très intelligent. Cela fait quelque temps qu'ils couchent ensemble.

— Et vous approuvez?

— Lily n'a pas besoin de mon approbation. Elle est majeure. »

Avec un mauvais sourire, je dis, regardant le jardin à travers la vitre : « Maintenant je comprends pourquoi vous faites pousser tant de fleurs. » Elle tourna la tête, hésitante. J'ajoutai : « C'est pour masquer la puanteur de soufre. »

Elle se leva, et s'appuyant contre la cheminée me regarda marcher dans la pièce. Calme, alerte, elle donnait l'impression de jouer avec moi comme avec un cerf-volant. Je pouvais plonger, repartir de plus belle, c'était toujours elle qui tenait la ficelle. « Etes-vous disposé à écouter sans m'interrompre? »

Je haussai les épaules : un acquiescement maussade.

« Très bien. Réglons d'abord cette question de savoir ce qui, dans le domaine de la sexualité, est acceptable et ce qui ne l'est pas. » Sa voix était égale et sans la moindre gêne. « Si je vis dans une maison de l'époque de la reine Anne, il ne faudrait pas en conclure que je vis, comme la plupart des gens ici, suivant des préceptes datant de la même époque.

— Oh, je ne pense rien de semblable.

— Allez-vous m'écouter? » J'étais immobile, face à la fenêtre, lui tournant le dos. Je finirais bien par avoir le dernier mot. Il le fallait. « Comment vous expliquer... Si Maurice était ici il vous dirait que le plaisir sexuel est un plaisir plus grand peut-être mais pas différent des autres plaisirs. Il vous dirait qu'il n'entre que pour une part — et pas une part essentielle — dans ce que nous appelons l'amour. Il vous dirait que ce qui est essentiel en amour c'est la loyauté, la confiance qui s'établit entre deux êtres, deux esprits, deux âmes... comme vous voudrez. Que la réelle infidélité est celle qui consiste à cacher l'infidélité sexuelle. Parce que deux êtres qui s'aiment ne devraient jamais laisser un seul mensonge se glisser entre eux. »

Je regardais droit devant moi, la pelouse et les fleurs. Je savais que tout ce qu'elle disait avait été préparé, peut-être appris par cœur. Un discours clef.

« Auriez-vous l'audace de me faire un sermon?

— Auriez-vous l'audace de prétendre que vous n'en avez pas besoin?

— Ça suffit.

— Ecoutez-moi. » Si sa voix avait eu la moindre aigreur, la moindre arrogance, j'aurais protesté de nouveau. Mais elle était douce, presque suppliante. « J'essaie de vous expliquer ce que nous sommes. Maurice nous a convaincus, il y a plus de vingt ans, que nous devions bannir de nos vies les tabous sexuels. Non pas parce que nous étions plus immoraux que les autres gens. Mais au contraire parce que notre sens moral était plus vif. C'est ce que nous avons tenté de faire dans nos vies, dans la façon d'élever nos enfants. Il faut que vous compreniez que pour nous tous qui aidons Maurice la sexualité n'est pas très importante. Pas aussi importante qu'elle l'est pour la plupart des gens. Nous avons des choses plus essentielles à accomplir. »

Je ne me retournerais pas. Non, je ne la regarderais pas.

« Avant la guerre, j'ai joué deux fois un rôle à peu près similaire à celui que Lily a joué avec vous. Il y a des choses qu'elle peut faire alors que je ne le pouvais pas. J'avais à me débarrasser de trop d'inhibitions. De plus j'avais un mari pour lequel j'éprouvais un amour où la sexualité avait sa place. Mais puisque nous avons pénétré aussi profondément dans votre vie, je vous dois de ne pas vous cacher que même lorsque mon mari vivait je me suis quelquefois donnée à Maurice, avec le consentement de Bill. Et pendant la guerre il a eu, lui, une maîtresse indienne. Bien sûr, avec mon consentement. Néanmoins je crois que notre mariage a été très réussi, très heureux, parce que nous sommes restés fidèles à deux règles essentielles : la première, de ne jamais nous mentir. L'autre... je ne vous la dirai pas avant de vous connaître mieux. »

Je me retournai, méprisant. Je jugeai son calme inquiétant. La folie tourbillonnait par-dessous. Elle s'assit à nouveau sur son trône.

« Bien entendu, si vous voulez vivre dans le monde des idées reçues et des comportements imposés, ce que nous avons fait, et ce que Lily a fait est dégoûtant. Mais souvenez-vous qu'il y a une autre explication possible. Peut-être lui a-t-il fallu beaucoup de courage. Mes enfants et moi nous ne prétendons pas être des gens ordinaires. Ils n'ont pas été élevés pour être comme tout le monde. Nous sommes riches, nous sommes intelligents, et nous voulons une vie riche, intelligente.

— Vous avez bien de la chance.

— Assurément. Et nous acceptons la responsabilité que notre chance nous impose.

— La responsabilité! » A nouveau je lui fis face.

« Croyez-vous vraiment que c'est seulement pour vous que nous faisons cela? Croyez-vous que tout cela est gratuit? Ne savez-vous pas que nous établissons la carte du voyage? » Elle continua d'une voix plus douce : « Rien de ce que nous avons fait n'a été la satisfaction égoïste de désirs personnels mais une nécessité.

— En accord avec les exigences d'une obscénité gratuite.

— En accord avec les exigences d'une expérimentation très complexe.

— Je préfère des expériences simples.

— Le temps des expériences simples est terminé. »

Un silence. Qui se prolongeait. J'étais encore plein d'amertume; et inquiet, obscurément, de savoir Alison entre les mains de cette femme. Comme on l'est d'apprendre qu'une région champêtre qu'on a aimée a été vendue à des promoteurs. En même temps je me sentais laissé loin derrière, abandonné. Je n'appartenais pas au même univers.

« Je connais des jeunes gens qui vous envieraient.

— Pas si je raconte tout.

— En ce cas ils vous plaindront pour votre étroitesse d'esprit. »

Elle vint derrière moi, mit sa main sur mon épaule et me fit me retourner.

« Ai-je l'air d'une femme dangereuse? Et mes filles, avaient-elles l'air...

— Ce sont les actes qui comptent. Pas l'air qu'on a. » Mon ton était âpre. J'aurais voulu repousser violemment son bras, et partir.

« Etes-vous absolument sûr que nos actes ont été néfastes? »

Je baissai les yeux. Je ne répondrais pas. Elle ôta sa main mais resta près de moi.

« Ne voulez-vous pas me faire confiance? Au moins essayer? » Je ne dis rien et elle continua. « Vous pouvez toujours me téléphoner. Si vous voulez surveiller la maison, faites-le, mais je vous avertis que vous ne verrez jamais que Benjie et Gunhild et mes deux autres enfants quand ils rentreront de France, la semaine prochaine, les deux entre les jumelles et Benjie. Il n'y a qu'une seule personne qui vous fasse attendre maintenant.

— Elle devrait bien me le dire elle-même. »

Elle soupira : « J'aimerais tant vous aider.

— Je ne veux pas qu'on m'aide. Je veux Alison.

— Puis-je vous appeler Nicholas, à présent? » Je m'éloignai d'elle, me dirigeant vers la table près du sofa, et me tins là à regarder les photos. « Très bien, je ne le vous demanderai plus.

— Je pourrais aller trouver des journalistes. Je pourrais démolir tout votre foutu...

— Tout comme vous auriez pu abattre ce fouet sur le dos de ma fille. »

Je la regardai droit dans les yeux :

« C'était vous? Dans la chaise à porteurs?

— Non.

— Alison?

— On vous l'a dit. La chaise était vide. » Elle vit mon regard incrédule. « Je vous donne ma parole, que ce n'était ni moi, ni Alison. » Mon air encore méfiant la fit sourire. « Mais il y avait peut-être quelqu'un.

— Qui?

— Quelqu'un de très célèbre. Que vous auriez pu reconnaître. C'est tout. »

Je sentais que sa sympathie finirait par avoir raison de ma colère. Après un bref regard de côté, je me dirigeai vers la porte. Elle me suivit, saisissant au passage une feuille sur le bureau.

« Prenez ça, voulez-vous. »

Je vis une liste de noms, de dates de naissance : *Hughes — de Seitas, 22 février 1933.*

« Ça ne prouve rien.

— Vous pouvez vérifier. »

Je haussai les épaules. Elle avait ajouté en bas de la liste son numéro de téléphone. J'enfonçais le papier dans ma poche et sortis sans la regarder. J'ouvris brutalement la porte et descendis les marches du perron. Elle me suivit mais s'arrêta en haut des marches. Je lui lançai un regard malveillant.

« Vous n'êtes pas près de me revoir! Je me passerai plutôt d'Alison. »

Elle parut sur le point de me répondre, son visage exprima un reproche, puis la patience dont on fait preuve à l'égard d'un enfant capricieux. Le reproche était mal venu et l'indulgence m'exaspéra. Je montai dans l'auto, mis le moteur en marche. En passant la grille, je la vis dans mon rétroviseur, toujours immobile sous le porche toscan et je trouvai vraiment ridicule qu'elle eût l'air de regretter de me voir partir.

73

Et pourtant, même alors, je savais que ma colère était en partie feinte et que si elle essayait, par la force de son calme, d'avoir raison de mon hostilité, j'essayais, moi par mon hostilité, d'avoir raison de son calme. Je ne regrettais pas le moins du monde ma mauvaise grâce, mes rebuffades, et je pensais être sincère dans ce que j'avais dit à propos d'Alison.

Car là était à présent le mystère : on ne me laissait pas voir Alison. On attendait de moi quelque chose. Tel Orphée, il me fallait gagner l'accès au monde ténébreux où elle était cachée... ou se cachait. On me mettait à l'épreuve, mais on ne me donnait aucune indication sur la tâche à accomplir. J'avais, semblait-il, découvert l'entrée du Tartare. Sans pourtant que cela me rapprochât d'Eurydice.

Et ce que Lily de Seitas m'avait dit n'éclairait en rien le mystère. Elle avait parlé d'une carte du voyage... Quel voyage?

La colère me soutint le lendemain encore. Le jour suivant, à Somerset House je découvris que tous les faits que m'avait rapportés Lily de Seitas étaient exacts. Je n'étais plus furieux, mais plutôt déprimé. Ce soir-là j'appelai Much Hadham. Ce fut la Norvégienne qui me répondit.

« Allô! Qui est à l'appareil? » Je ne dis rien. Quelqu'un avait dû demander qui appelait car j'entendis la jeune fille déclarer : « On ne répond pas.

— Allô! Allô! »

Cette fois c'était Lily de Seitas. Je reposai le combiné. Elle était encore là. Mais pour rien au monde je ne lui aurais parlé.

Le troisième jour, je le passai à boire et à écrire à Alison, en Australie, une lettre dans laquelle je donnai libre cours à mon amertume. J'avais décidé qu'elle était repartie là-bas. Je dus bien relire la lettre vingt fois, comme si, en la relisant, j'espérais finir par en faire la preuve définitive de mon innocence et de sa duplicité. Toutefois je ne me décidai pas à la mettre à la poste et elle passa la nuit sur la cheminée.

J'avais pris l'habitude de prendre presque chaque matin le petit déjeuner avec Kemp. Depuis trois jours, en raison de ma mauvaise humeur contre l'humanité en général je m'étais abstenu de descendre. Kemp ne mettait guère les pieds dans la cuisine, mais elle était pourtant capable de faire une tasse de bon café. Ce quatrième matin, j'en avais grand besoin.

Quand j'entrai dans le studio, elle lisait le *Daily Worker* — qu'elle posa sur la table —, elle prenait le *Daily Worker* pour la « vérité » et un certain autre journal pour « les mensonges dégueulasses ». Elle resta là, assise à me regarder tout en fumant. Voir sa bouche sans cigarette c'était voir un yacht sans mât, cela annonçait une catastrophe. Nous échangeâmes quelques phrases. Puis elle resta un moment silencieuse. Toutefois j'étais conscient d'être soumis à un examen prolongé, à travers la fumée qui étendait un voile protecteur devant son visage de Gorgone. Je feignis de lire. Elle ne s'y trompa pas.

« Qu'est-ce qui ne va pas, Nick?

— Quoi?

— T'as pas de copains. Pas de petite amie. Rien.

— Oh, je t'en prie, attends que je sois bien réveillé. »

Elle était affalée sur sa chaise, dans sa robe de chambre fripée, les cheveux mêlés.

« Et tu prétendais chercher du travail. Tu es culotté.

— D'accord.

— J'essaie de t'aider.

— Je sais, Kemp. »

Je levai les yeux. Son visage était un désastre. Ça devait faire longtemps qu'elle se laissait aller. Il était bouffi, terreux, les yeux à demi-fermés pour se protéger de la fumée de tabac, un masque pour un spectacle de Nô, qui pourtant s'accordait étrangement avec les intonations de sa voix à l'accent cockney et le rude mépris de toute sentimentalité qu'elle affectait. Et voilà qu'à présent, en un geste qui était de sa part une extraordinaire preuve d'affection, elle étendait la main par-dessus la table et tapotait la mienne. Elle avait, je le savais, cinq ans de moins que Lily de Seitas, mais elle paraissait en avoir dix de plus. Selon les critères habituels, son langage était très vulgaire; elle appartenait sans conteste au groupe d'individus que mon père détestait le plus, qu'il plaçait encore bien au-dessous des Infâmes Socialistes et des Maudits Petits Bureaucrates de Whitehall : les Artistes. Un instant je l'évoquai à la porte du studio; ses yeux bleus agressifs, sa moustache de colonel; et je vis le divan défait, le vieux poêle à mazout rouillé et puant, le fouillis sur la table, les murs couverts de peintures abstraites aux couleurs violentes, aux formes lubriques, un fatras de vieille vaisselle, de vieux vêtements, de vieux journaux. Mais dans le geste bref de Kemp, dans le regard qui l'accompagnait, il y avait plus d'humanité vraie que je n'en avais jamais ressentie dans ma famille. Pourtant je restais sous l'emprise de cette famille, de toutes ces années, et je me retins de répondre. Nos regards se rencontrèrent par-dessus le fossé qui nous séparait, que je ne pouvais combler. Elle était disposée à m'offrir temporairement une rude affection maternelle. Je m'accrochai à mon personnage de fils solitaire. Elle retira sa main.

Je dis : « C'est trop compliqué.

— J'ai tout mon temps. »

Elle m'observait à travers la fumée bleue, et soudain son visage me parut aussi impassible, aussi redoutable que celui d'un juge. Je l'aimais bien, oui, je l'aimais bien, et pourtant sa curiosité m'enveloppait comme un filet. J'étais une espèce parasitaire qui a besoin, pour réaliser une symbiose précaire, d'une situation d'un genre particulier. Ils s'étaient trompés, au procès. Je ne considérais pas les filles comme des proies. Je n'avais accès à l'humanité normale, je ne pouvais connaître une vie sociale décente, une vie sentimentale satisfaisante que par l'intermédiaire des femmes. C'est en cela que j'étais une victime.

Il n'y avait qu'une seule personne à qui je voulais parler. En attendant j'étais ligoté, paralysé, je ne progresserais pas, je ne changerais pas. Et il me fallait garder mon secret comme une défense; comme mon seul compagnon.

« Un jour, Kemp. Pas maintenant. »

Elle haussa les épaules, me jeta un regard froid et sibyllin, qui laissait entendre qu'elle présageait le pire.

La vieille femme de ménage qui venait tous les quinze jours faire les escaliers hurla à travers la porte que mon téléphone sonnait. Je montai les trois étages comme un fou, et me précipitai vers l'appareil, persuadé qu'on allait raccrocher au même instant.

« Allô!

— Nicholas Urfe? Salut. C'est moi. Sandy Mitford.

— Vous êtes de retour!

— Je dirais plutôt " ce qui reste de moi ". » Il s'éclaircit la gorge. « On m'a remis votre lettre. J'ai pensé qu'on pourrait manger un morceau quelque part. »

Une minute plus tard nous avions fixé l'heure et l'endroit et je relisais une fois de plus ma lettre à Alison. Chaque ligne laissait apparaître un Malvolio courroucé.

Une minute encore et il n'y avait plus de lettre. Comme tant de fois déjà il ne m'était laissé que des cendres.

Mitford n'avait pas du tout changé. En fait j'aurais pu jurer qu'il portait la même veste bleu marine, le même pantalon de flanelle gris foncé, la même cravate aux couleurs de son club. Les vêtements semblaient simplement un peu défraîchis, comme celui qui les portait. Je le trouvai beaucoup moins désinvolte que la première fois où je l'avais vu. Il lui fallut quelques gins pour reprendre un peu de son aplomb. Il avait passé l'été « à trimballer des bandes d'Américains » en Espagne. Non, il n'avait pas reçu la lettre envoyée de Phraxos. Là-bas, « on » avait dû la détruire. Il savait quelque chose et « on » voulait l'empêcher de me parler.

Nous évoquions le collège en mangeant nos sandwiches, mais sans mentionner Bourani. Il ne cessait de répéter qu'il m'avait averti, et j'acquiesçai : bien sûr, il m'avait averti. J'attendais que se présente l'occasion d'aborder le seul sujet qui m'intéressait. Et comme je l'avais espéré ce fut lui qui commença.

« Etes-vous allé jusqu'à la salle d'attente? »

Je compris tout de suite que ce n'était pas là une question anodine; le ton trahissait tout à la fois de la peur et de la curiosité. Nous avions tous les deux la même secrète raison de désirer nous rencontrer.

« Oh, c'est vrai. J'avais l'intention de vous demander... Vous souvenez-vous, juste comme nous nous disions au revoir, la dernière fois?

— Oui. » Il me glissa un regard précautionneux. « Vous n'êtes jamais allé à Moutsa? Une baie de la côte sud. Un endroit agréable.

— Oui, bien sûr. Je connais.

— Vous n'avez jamais remarqué la villa sur le cap, à l'est?

— On m'a dit qu'elle restait toujours fermée.

— Tiens! Intéressant. Très intéressant. » Il me laissa un moment en attente, ses regards se portant vers Moutsa, au-delà des murs du bar, la main tenant la cigarette de luxe décrivit un arc impeccable pour la porter à la bouche en un geste de vrai connaisseur; puis il rejeta la fumée par les narines. « Eh bien, mon vieux, en réalité ce n'est pas grand-chose.

— Mais pourquoi " prenez garde "? » Rappelez-vous : « Prenez garde à la salle d'attente.

— Oh, ce n'est rien. Moins que rien.

— Alors pourquoi ne pas me dire?

— Je vous l'ai déjà dit.

— Quoi?

— Une bagarre avec un collaborateur. Rappelez-vous.

— Ah, oui.

— La villa, c'est à lui.

— Oh, mais... » Je fis claquer mes doigts. « Attendez... comment s'appelait-il?

— Conchis. » Il souriait d'un air amusé, comme s'il savait ce que j'allais dire. Il toucha sa moustache. Il ne cessait de la tripoter.

« C'est ça. Mais je croyais qu'il avait fait quelque chose de bien pendant la résistance.

— Tu parles! En fait, il s'était arrangé avec les Allemands. Il avait organisé lui-même l'exécution de quatre-vingts villageois. Puis il s'est fait mettre sur les rangs des otages par ses petits copains les Fritz. Comme s'il n'était qu'innocence et bravoure.

— Cependant... est-ce qu'il n'a pas été gravement blessé? »

Tant de naïveté parut l'amuser. Il souffla de la fumée.

« Une exécution allemande, on n'en réchappe pas, mon vieux. Non, le salaud s'est bien débrouillé. Un traître, et en un tournemain il est devenu un héros. Il a même fabriqué un faux rapport allemand sur les événements. C'est un des plus jolis tours de passe-passe qu'on ait vus à l'époque. »

Je lui jetai un regard aigu. Il éveillait en moi une méfiance nouvelle. Je découvrais de nouveaux dédales au labyrinthe.

« Et personne...? »

Mitford fit le geste grec de la corruption, pouce et index frottés l'un contre l'autre. Je dis : « Vous ne m'avez toujours pas expliqué l'histoire de la salle d'attente.

— Le nom qu'il donnait à la villa. Salle d'attente de la

mort ou quelque chose comme ça. C'était écrit sur un arbre, en français. *Salle d'attente.* » Il soulignait du doigt.

« Que s'était-il passé entre vous?

— Mais rien, mon vieux. Absolument rien. »

J'arborais un sourire candide. « Allons, racontez, maintenant que je connais l'endroit. »

Je me souvenais d'un jour où j'étais allongé sur la branche d'un saule, au-dessus d'un ruisseau du Hampshire. Je regardais mon père qui pêchait la truite au lancer. C'était la seule chose qu'il savait faire avec délicatesse. Il posait sur l'eau la mouche séchée, légère comme un duvet de chardon. Et je me souvenais du moment où le poisson, venu du fond à la surface tournoyait lentement au-dessous de la mouche, l'instant qui ne semblait pas devoir finir, le cœur s'arrêtant de battre, puis la violente secousse de la queue du poisson. Et le coup de fouet fulgurant de la canne à pêche; le cliquetis du moulinet.

« Non, mon vieux, rien. Rien du tout.

— Oh, qu'est-ce que ça peut faire, bon Dieu.

— Voyez-vous, c'est tellement idiot... » Le poisson avalait l'appât.«Je faisais un tour, ce jour-là. En mai ou juin, je ne sais plus. Je descends à travers la pinède et qu'est-ce que je vois : deux filles. Bien mieux, deux filles en bikini. Bon. Etude rapide de la ligne d'attaque la plus directe. Je dis quelque chose en grec. Nom de Dieu, elles répondent en anglais! C'étaient des Anglaises. Des filles splendides. Des jumelles.

— Sans blague! Je vais vous chercher un autre gin. »

Au bar, attendant qu'on me serve, je me voyais dans la glace et me fis à moi-même un clin d'œil.

« *Sygeia.* Inutile de dire que j'ai foncé. Renforcement de position. J'apprends qui elles sont. Les filleules du vieux de la villa. Des filles de la haute. Eduquées dans une pension chic. Et puis en Suisse. Vous voyez ça. Elle déclarent qu'elles sont là pour l'été et que le vieux voudrait faire ma connaissance. Et pourquoi je ne viendrais pas prendre le thé? Aussitôt dit... Nous voilà partis. Pour prendre le thé avec le vieux. »

Il avait gardé l'habitude d'allonger le cou, comme si son col le serrait; comme si, en redressant la tête, il aurait l'air d'un homme du monde.

« Et ce monsieur... comment dites-vous?... il parlait anglais?

— Oui, très bien. Il avait voyagé par toute l'Europe, fréquenté la meilleure société. Il y avait une des jumelles qui n'était pas tout à fait à mon goût. Pas mon genre. J'ai dirigé mes batteries sur l'autre. Bon, alors le vieux et l'autre fille s'éclipsent après le thé et cette June, c'était son nom, me fait faire le tour du domaine.

— Bien joué.

— J'en étais pas encore au combat à mains nues mais déjà je sentais que ça pouvait marcher. Vous vous souvenez comment c'est là-bas... Y a pas si souvent quelqu'un dans le champ de tir!

— Ça c'est vrai. »

Il plia le bras, se caressa la nuque. « Bon, fallait que je retourne au collège. Tendres adieux. Invitation à dîner pour le week-end suivant. La semaine passe. Je me présente là-bas, bien fringué. Avec l'équipement nécessaire. On boit. Les filles ont une de ces vache d'allure... Mais alors... » Il me lança le regard intense du conteur qui vous tient en haleine. « Voilà que je m'aperçois que l'autre, pas June, l'autre, est à moitié saoule.

— Sans blague!

— J'avais bien vu la semaine d'avant le genre de fille que c'était. Une de ces emmerdeuses d'intellectuelles qui vous font croire que rien ne leur fait peur et après deux gins les voilà parties. Et pendant le dîner c'est devenu pas drôle. Vachement embarrassant. La Julie s'est mise à m'attaquer. D'abord j'ai pas fait trop attention, je savais qu'elle était paf. Ou bien ça pouvait être le mauvais moment du mois. Mais voilà qu'elle a commencé à se foutre de moi, et d'une façon salement déplaisante.

— C'est-à-dire?

— Par exemple elle imitait ma voix, ma façon de parler. Et elle savait y faire. Et en même temps agressive.

— Qu'est-ce qu'elle disait?

— Des conneries incroyables au sujet du pacifisme et de la bombe. Vous voyez le genre. Je ne m'en suis pas laissé conter.

— Et les autres? Ils ne disaient rien?

— Pas grand-chose. Ils étaient emmerdés. Et tout d'un coup, bang! voilà la Julie qui se met à débiter tout un chapelet d'insultes, et bien tapées. Une furie. Et ils se sont tous déchaînés. June s'est mise à engueuler sa sœur. Le vieux battait des ailes comme un corbeau blessé. Puis la Julie s'est sauvée. Et sa sœur l'a suivie. Je suis resté là assis avec le vieux. Il s'est mis à raconter qu'elles étaient orphelines, un tas d'idioties, comme pour s'excuser.

— Et les insultes qu'elle criait? C'était quoi?

— Mon vieux, je ne me rappelle pas bien. Elle était saoule. Je crois qu'elle a dit que j'étais un nazi.

— Un nazi!

— Un des sujets de querelle, c'était Mosley.

— Vous n'êtes pas partisan de Mosley, tout de même! Le chef du parti fasciste!

— Bien sûr que non, mon petit vieux. D'ailleurs les années trente, c'est loin. » Il rit, et reprit, avec un clin d'œil : « Faut tout de même reconnaître qu'il y aurait bien quelque chose à retenir dans ce qu'a dit Mosley. Le pays s'en va à vau-l'eau. Pas vrai? » Il tendit le cou. « Ce qu'il faut c'est un peu de discipline, de fierté nationale.

— Peut-être, mais Mosley!

— Mon vieux, ne me faites pas dire... Je me suis battu contre qui pendant la guerre, hein? Et néanmoins... Tenez, voyez l'Espagne, et ce que Franco a fait pour elle.

— Je croyais que tout ce qu'il avait fait c'était construire des prisons à Barcelone.

— Etes-vous déjà allé en Espagne?

— Non, jamais, c'est vrai.

— Tant qu'on n'y est pas allé, il vaut mieux se taire. »

Je comptai silencieusement jusqu'à cinq.

« Excusez-moi. N'en parlons plus. Continuez.

« En fait, j'ai lu des choses que Mosley a écrites et ça n'est pas idiot. » Il répéta, détachant bien les syllabes : « Pas idiot du tout.

— Je n'en doute pas. »

Il avait repris tout son aplomb. Il continua :

« Ma June est revenue. Le vieux nous a laissés pour quelques minutes et elle a eu l'air de vouloir être drôlement gentille. Bien sûr j'ai fait celui qui est tout bouleversé et laissé entendre qu'un petit tour au clair de lune ça m'aiderait à me remettre. Alors elle a dit : un tour? Et si on allait se baigner? Et croyez-moi, il suffisait de l'entendre pour se rendre compte que se baigner pouvait conduire à d'autres activités fort intéressantes. Minuit tapant près de la barrière. Okay. A onze heures on va se coucher. J'attends minuit. Je me glisse hors de la maison, sans problème. J'arrive à la barrière. Cinq minutes plus tard la voilà. Eh bien, mon vieux, le corps à corps, j'ai connu ça, mais cette fille-là... c'était du feu, et voilà que je prends feu à mon tour et que je commence à penser que l'opération bain de minuit va être remplacée par un autre exercice. Mais elle dit qu'elle veut se rafraîchir un peu.

— Heureusement que vous ne m'avez pas raconté ça avant que je parte. J'aurais été drôlement déçu. »

Il sourit avec condescendance. « Donc, on file à la plage. Elle dit " allez d'abord, je n'ai pas de costume de bain ". Je me dis, elle est peut-être timide. Faut peut-être qu'elle fasse des petits arrangements. Très bien. Elle se retire sous les arbres. Opération mise à poil. Moi, pauvre idiot, je fais exactement ce qu'elle m'a dit, je nage cinquante mètres vers le large et là j'attends. Deux minutes, trois, quatre, jusqu'à dix. Je commence à avoir bougrement froid. Toujours pas de fille.

— Et vos habits... Partis!

— Tout juste, mon vieux. Et me voilà nu comme un ver sur cette saloperie de plage, susurrant le nom de cette garce. » Je ris. Il eut un sourire contraint. « La grosse feinte. Compris. Vous imaginez si j'étais furieux. Je lui donne une demi-heure pour revenir. Je fais ma petite ronde. Rien. Alors je démarre vers la maison. Les pieds en prenaient un coup. J'avais cassé une branche de pin pour m'en servir comme feuille de vigne à l'occasion.

— Incroyable. » Je commençai à trouver difficile de ne pas rire. Il s'attendait visiblement à ce que je m'indigne avec lui. « Je passe la barrière, je monte l'allée vers la maison, je fais le tour. Et là, qu'est-ce que je vois? » Je secouai la tête. « Un pendu.

— Vous plaisantez.

— Non, mon vieux, la plaisanterie, c'était de leur côté. Le pendu, c'était un mannequin. Comme ceux dont on se sert pour l'exercice à la baïonnette. Vous voyez? Bourré de paille. Une corde autour du cou, et vêtu de mes frusques. La tête barbouillée pour imiter Hitler.

— Bon Dieu! Qu'est-ce que vous avez fait?

— J'ai fait descendre cet espèce de truc idiot et j'ai repris mes vêtements. Qu'est-ce que je pouvais faire d'autre?

— Et alors?

— Rien. Ils avaient décampé.

— Pour de bon?

— En caïque. J'avais entendu l'engin, à Moutsa, et pensé que c'était un pêcheur. Mon sac était dehors. On ne m'avait rien fauché. J'avais plus qu'à me taper les six kilomètres pour rentrer au collège.

— Vous deviez être furieux.

— Oui, j'étais plutôt en rogne.

— Mais ils s'en sont mordu les doigts?

— Ça c'est vrai. Ça n'a pas été long. J'ai fait mon petit rapport. D'abord sur cette histoire pendant la guerre. Puis quelques remarques sur les sympathies de Conchis en matière de politique. J'ai envoyé ça où il fallait.

— Il était communiste? » En Grèce, depuis la fin de la guerre civile, les communistes n'avaient cessé d'être traqués.

« J'en connaissais quelques-uns en Crète. J'ai dit que j'en avais vu deux à Phraxos et qui étaient allés chez lui. C'est assez, c'est tout ce qu'ils veulent. Après, ça peut aller très loin. Maintenant vous comprenez pourquoi vous n'avez pas eu l'honneur... »

Je faisais tourner mon verre entre mes doigts et pensais que c'était sans doute au contraire à cause de cet homme stupide que j'avais eu « l'honneur » de voir Conchis. Comme June l'avait reconnu, un mauvais calcul, l'année précédente, les avait forcés à abandonner; un tel manque de finesse chez le renard avait dû enlever tout intérêt à la chasse. Qu'avait dit Conchis au sujet de ma participation? Qu'au départ le hasard seul avait joué. Au moins leur en avais-je donné pour leur argent. Je souris à Mitford.

« Ainsi, vous avez eu le dernier mot.

— C'est mon habitude. Ça me botte.

— Et pourquoi ont-ils fait ça? Je veux dire... Bon, d'accord, eux et vous ça n'allait pas. Mais ils auraient pu couper court dès qu'ils s'en sont rendu compte.

— Toute cette histoire : les filleules du vieux. Mon œil. Des poules de luxe, voilà tout. Suffisait d'entendre la Julie, les mots qu'elle employait. Et sa façon de vous regarder. On comprenait tout de suite. C'était la situation classique dans les régions méditerranéennes, spécialement quand on va vers l'Orient. J'ai vu ça souvent.

— Vous voulez dire...

— Je veux dire tout simplement que ce riche M. Conchis n'était plus tout à fait à la hauteur de l'exercice, mais qu'il... disons... prenait plaisir à voir les autres l'accomplir. »

Je lui jetai un bref coup d'œil. Une fois de plus ses paroles éveillaient en moi des échos... Conchis... un voyeur?

« Y a-t-il eu... des suggestions?

— Des allusions, mon vieux. Je les ai comprises après. Il y a eu des allusions. »

Il alla chercher deux nouveaux gins.

« Vous auriez pu m'avertir.

— Je l'ai fait.

— Ce n'était pas très clair.

— Quand nous étions dans les Levka Ore, les montagnes blanches, à l'ouest de la Crète, vous savez ce que Xan — Xan Fielding, le chef partisan, — faisait avec les nouveaux qui étaient parachutés? Il les envoyait au boulot directo. Sans discours ni sermons. Il disait juste “ Faites attention ”. »

Je n'aimais pas Mitford parce qu'il était stupide et mesquin, mais surtout parce que je retrouvais en lui, caricaturés, des traits de mon caractère. Le cancer qui lui rongeait la peau, c'était celui que je nourrissais en moi. Et si d'ordinaire je me méfiais d'une tendance paranoïaque qui me faisait voir partout des agents de Conchis chargés de me tester, de me donner une leçon, l'homme manquait si ouvertement de subtilité que cette fois je ne pouvais croire qu'il jouait un rôle. Je pensais à Lily de Seitas. Et que je devais être pour elle ce que Mitford était pour moi : un barbare.

Nous sortîmes de la Mandragore.

Il dit : « Je pars en Grèce le mois prochain.

— Oh!

— La boîte organise des voyages là-bas, l'été prochain.

— Oh, non!

— Ça les secouera un peu. Leur fera du bien. »

Je regardai la rue de Soho, la foule dense. « J'espère que Zeus vous frappera de la foudre à peine arrivé là-bas. »

Il crut que je plaisantais.

« C'est le siècle de l'homme quelconque, mon vieux. »

Il me tendit la main. J'aurais aimé pouvoir, d'un mouvement du poignet, l'envoyer valser par-dessus mon épaule. Il ne fut bientôt qu'un dos bleu foncé marchant vers Shaftesbury Avenue; éternel vainqueur d'une guerre où qui perd gagne.

Des années plus tard je découvris qu'il avait, en fait, joué la comédie, ce jour-là, quoique pas exactement comme je l'avais cru. Mon regard, un jour, tomba sur son nom dans un journal. Il avait été arrêté à Torquay; on l'accusait d'avoir émis des chèques sans provision. Il l'avait fait un peu partout en Angleterre, se présentant comme le capitaine Mitford, deux fois médaillé.

En fait, disait le procureur, quoique l'accusé soit allé en Grèce avec les troupes d'occupation après la défaite allemande, il n'avait pris aucunement part à la résistance. Plus tard, il ajoutait : « Quelque temps après sa démobilisation Mitford est retourné en Grèce où il a obtenu un poste de professeur grâce à des références qu'il avait rédigées lui-même. Il n'a pas tardé à être congédié. »

Tard dans l'après-midi du même jour j'appelai le numéro de Much Hadham. Le téléphone sonna longtemps. Quelqu'un finit par répondre. Je reconnus la voix de Lily de Seitas. Elle était essoufflée.

« Allô! Ici Dinsford House.

— C'est moi. Nicholas Urfe.

— Oh, bonsoir. » C'était dit avec une totale indifférence. « Excusez-moi, j'étais dans le jardin.

— Je voudrais vous voir. »

Il y eut une courte pause. « Je n'ai pas de nouvelles.

— Je voudrais vous voir tout de même. »

Dans le silence qui suivit, je sus qu'elle souriait. Elle demanda : « Quand? »

74

Le lendemain matin je sortis. Quand je revins vers deux heures je trouvai sous ma porte un message que Kemp y avait glissé : « Un Amerlo est venu. A dit que c'est urgent. Reviendra à quatre heures. » Je descendis la voir. Elle étalait du pouce des coulées de vert viridien sur un barbouillage de ripolin noir et ocre. Elle n'aimait pas qu'on la dérange quand elle « faisait une peinture ».

« Alors, cet homme?

— Il a dit qu'il voulait te voir.

— A quel sujet?

— Il va en Grèce. » Elle recula, le mégot à la bouche « Ton ancien boulot.

— Mais comment a-t-il trouvé où j'habitais?

— Qu'est-ce que j'en sais? »

Je restais là, mes yeux fixés sur le message. « C'était quel genre de gars?

— Merde, tu ne peux pas attendre deux heures? Fous le camp. »

A quatre heures moins cinq il était là. Un grand maigre, aux cheveux coupés court, typiquement américain. Il portait des lunettes; il avait un an ou deux de moins que moi, un visage agréable, un sourire agréable, l'ensemble agréable, du genre frais et candide. Il me tendit la main.

« John Briggs.

— Bonjour.

— Vous êtes Nicholas Urfe? C'est bien ainsi que ça se prononce? Cette dame... »

Je le fis entrer. « Excusez-moi, l'appartement est plutôt... »

— Oh, c'est très bien. » Il chercha un mot plus adéquat : « Ça a de l'atmosphère. » Nous grimpions l'escalier.

« Je ne m'attendais pas à un Américain.

— Non? La situation à Chypre, je suppose.

— Hum...

— Je viens de passer un an à l'université de Londres et toute l'année j'ai cherché un moyen de faire un séjour en Grèce avant de rentrer chez moi. Vous ne pouvez pas vous figurer à quel point je suis ravi. » Nous arrivions à un palier. Il vit, par la porte ouverte, les couturières au travail. Deux ou trois sifflèrent. Il leur fit un salut de la main. « C'est charmant. On croirait une scène de Dickens.

— Comment avez-vous eu connaissance de ce poste à Lord-Byron?

— J'ai vu l'annonce dans le *Times Educational Supplement.* » Même pour citer les institutions anglaises les plus familières il prenait un ton interrogatif, comme s'il se pouvait que je ne les connaisse pas.

Nous arrivions chez moi. Je le fis entrer, refermai la porte.

« Je croyais que le British Council avait cessé de recruter les professeurs pour cette école.

— Vraiment? Je suppose que le conseil d'administration a décidé que, puisque Mr Conchis était en Angleterre, il pouvait aussi bien faire les interviews. » Il s'était approché de la fenêtre et regardait Charlotte Street, en bas, cette vieille rue sombre. « C'est formidable. J'adore cette ville, vous savez. » Je lui offris le fauteuil le moins crasseux.

« Et... Mr Conchis vous a donné mon adresse?

— C'est cela. Ça ne vous ennuie pas?

— Non. Pas du tout. » Je m'assis sur le rebord de la fenêtre. « Vous a-t-il parlé de moi? »

Il leva les mains, comme en un geste d'apaisement.

« Eh bien... oui, il... Je sais. Je veux dire... il m'a averti combien ces intrigues de collège pouvaient être dangereuses. Si j'ai bien compris, vous avez eu la malchance de... » Il renonça. « Ça vous ennuie encore? »

Je levai les épaules. « C'est comme ça en Grèce.

— Je parie qu'ils se frottent déjà les mains à la pensée d'un Américain en chair et en os.

— Probablement. » Il secoua la tête, comme si l'idée qu'un Américain puisse se laisser impliquer dans une intrigue académique levantine était presque incroyable. « Quand avez-vous vu Mr Conchis?

— Il y a trois semaines. Pendant qu'il était à Londres.

Je serais venu vous voir plus tôt mais il avait perdu votre adresse. Il vient juste de me l'envoyer de Grèce ce matin.

— Seulement ce matin?

— Oui. Un télégramme. » Il sourit. « Moi aussi, ça m'a surpris, je pensais qu'il avait oublié. Vous... vous le connaissez bien?

— Oh... je l'ai rencontré deux ou trois fois. En fait je n'ai jamais très bien su quelle position il occupait dans le conseil du collège.

— D'après ce qu'il m'a dit, il n'en fait pas partie officiellement. Il aide, simplement. Son anglais est remarquable.

— N'est-ce pas? »

Nous nous observions. Il montrait une aisance souriante qui, plutôt qu'une qualité naturelle, devait être le produit de son éducation, le résultat de la lecture d'un livre du genre « Comment être sans complexes avec les étrangers ». On devinait qu'il n'avait encore eu dans la vie aucun échec. Je l'enviais, mais son ardeur, son enthousiasme me touchaient, et je formais le souhait de le voir se retrouver indemne après l'épreuve.

En réfléchissant à la situation je décidai qu'il était fort peu probable que son apparition juste après mon coup de téléphone à Much Hadham soit une pure coïncidence et cela devenait un argument en faveur de son innocence. Conchis laissait libre cours à son sens de l'humour. Il voulait par jeu éveiller mes soupçons. Ou bien dissiper mes doutes en rendant trop évidentes mes raisons même de douter. Ou peut-être s'agissait-il d'une épreuve en vue de déterminer si on pouvait se fier à moi, si j'avais pris le parti de me taire, car Mrs. de Seitas devait avoir déduit de mon appel que ma colère s'apaisait.

Briggs m'avait parlé du télégramme; c'était là aussi une preuve de sa bonne foi; et bien qu'ayant compris que le choix du « sujet » était laissé au seul hasard, je pensai qu'il y avait peut-être une raison, le résultat d'observations faites durant l'été, qui avait poussé Conchis à choisir lui-même son nouveau cobaye. J'éprouvais, en présence de Briggs, de son enthousiasme candide, ce que Mitford devait avoir éprouvé à mon égard : une satisfaction espiègle, à laquelle se mêlait, dans mon cas, le malin plaisir qu'éprouve tout Européen à voir un Américain sans complexes victime d'une bonne plaisanterie. Mais il s'y ajoutait le désir plus bienveillant, et que je n'aurais jamais admis devant Conchis ou Lily de Seitas, de ne pas gâcher l'expérience que ferait Briggs, à Phraxos.

Bien sûr — en supposant que Briggs soit innocent — ils ne pouvaient courir le risque que je lui raconte tout, et devaient avoir pensé à un palliatif. Ils feraient de moi le menteur, le traître. Peut-être même voulaient-ils que je lui parle. Mais je ne le croyais pas. Une fois de plus le fouet à la main, j'étais incapable de frapper.

Briggs avait sorti un bloc-notes de sa serviette.

« Puis-je vous poser des questions? J'en ai toute une liste. »

Etait-ce à nouveau une coïncidence? Il faisait exactement ce que j'avais fait moi-même, quelques jours plus tôt, à Dinsford House. Il leva vers moi son visage honnête, et me sourit. Je souris à mon tour.

Ce fut un interrogatoire incroyablement méthodique. L'enseignement, les livres de cours, les vêtements, le climat, les sports qu'on pouvait pratiquer, les médicaments à emporter, la nourriture, ce que contenait la bibliothèque, quoi voir en Grèce, les traits de caractère des autres professeurs... Il voulait des renseignements sur tous les aspects de la vie à Phraxos. Il finit tout de même par lever les yeux de son bloc-notes, posa son crayon, prit le verre de bière que je lui tendais.

« Merci mille fois. C'est merveilleux. Ça couvre tout.

— Sauf la vie elle-même là-bas. »

Il inclina la tête. « Mr Conchis m'a averti.

— Vous parlez grec?

— Quelques mots seulement.

— Vous vous y mettrez.

— Je prends déjà des leçons.

— Et là-bas, pas de femmes.

— Je sais. Mais de toute façon, je suis fiancé. » Il sortit son portefeuille et me tendit une photo. Une fille assez ordinaire, avec des cheveux noirs et une bouche trop petite au sourire de commande. Il me sembla reconnaître une première esquisse du masque de la déesse Ambition.

« Elle a l'air anglaise.

— Elle est anglaise. Enfin, galloise. Elle étudie l'art dramatique à Londres.

— Ah, vraiment?

— J'ai pensé qu'elle pourrait me rejoindre à Phraxos l'été prochain. Si on ne m'a pas renvoyé d'ici là.

— En avez-vous parlé à... Mr Conchis?

— Oui. Et il a été très aimable. Il m'a dit qu'elle pourrait peut-être loger dans sa maison.

— Je me demande dans laquelle. Vous savez qu'il en a deux.

— Je crois qu'il a dit au village. En fait il m'a même proposé un arrangement pour payer la chambre.

— Ah oui?

— Il voudrait que je l'aide pour ce... » Il fit un petit geste qui semblait dire : « Vous savez bien... »

— Ce quoi?

— Est-ce qu'il ne vous a pas raconté? » Puis, se rendant compte que j'ignorais de quoi il parlait : « Peut-être que...

— Allons. A moi vous pouvez le dire. »

Il hésita, puis sourit. « C'est qu'il veut que le secret soit gardé. Je pensais que vous en aviez peut-être entendu parler. Cette remarquable découverte, dans sa propriété.

— Quelle découverte?

— Vous savez où se trouve sa maison? Quelque part de l'autre côté de l'île.

— Oui, je sais.

— Eh bien, il semble qu'une partie de la falaise soit tombée cet été, laissant apparaître ce qui pourrait être les fondations d'un palais mycénien.

— Ça va se savoir.

— J'imagine. Toutefois Mr Conchis espère qu'on n'en parlera pas trop. Je crois qu'il a tout recouvert de terre. Et au printemps il va faire des fouilles. Mais naturellement pour le moment il ne veut pas de visiteurs.

— Bien entendu.

— Aussi je ne crois pas que je m'ennuierai. »

Je vis Lily déguisée en déesse-serpent de Knossos, en Electre, en Clytemnestre; Dr Vanessa Maxwell, la jeune et brillante archéologue.

« Non, vous ne vous ennuierez pas. »

Il termina sa bière, regarda sa montre.

« Il faut que je file. J'ai rendez-vous à six heures avec Amanda. » Il me serra la main. « Vous ne pouvez pas savoir comme je suis content de vous avoir vu. Et croyez-moi, je vous écrirai pour vous dire comment ça marche.

— C'est cela. Ça me fera plaisir. »

Je descendis l'escalier derrière lui, le regard fixé sur sa nuque rasée. Je commençais à comprendre pourquoi Conchis l'avait choisi. Si on avait pris un million de jeunes universitaires américains et qu'on eût extrait de l'ensemble un exemplaire quintessentiel, on aurait obtenu quelque chose dans le genre de Briggs. Je n'aimais pas penser qu'un de ces Américains qui forcent toutes les portes allait pénétrer au cœur même de notre monde européen. Mais je me souvins de son nom; beaucoup plus anglais que le mien. Et il y avait déjà Joe. Et aussi le Dr Marcus, du procès.

Nous étions en bas.

« Un dernier conseil, peut-être?

— Non. Mais tous mes vœux. »

Il tendit la main encore une fois. J'ajoutai :

« Tout ira bien.

— Vous croyez?

— Vous ferez sûrement des expériences qui vous sembleront étranges.

— Sans doute. Ce qu'il faut, c'est être ouvert à tout. Et s'attendre à tout. Merci de m'avoir prévenu. »

Je lui souris. Longuement. Je voulais qu'il se souvienne que mon sourire avait duré trop longtemps et qu'il ne convenait pas tout à fait à la situation. Après quelques pas il regarda sa montre et se mit à courir. J'eus soudain pour Leverrier un élan de gratitude.

75

Elle était en retard de dix minutes. Elle arriva d'un pas pressé, déjà s'excusant du regard, et se dirigea vers moi qui me tenais près du comptoir des cartes postales.

« Oh, mon Dieu, pardonnez-moi. Le taxi se traînait. »

Je serrai sa main tendue. Pour une femme de cinquante ans elle avait énormément d'allure, et elle était habillée avec tant de goût que tous ces gens mornes qui venaient visiter le Victoria and Albert Museum avaient l'air à présent encore plus minables. Elle ne craignait pas de sortir sans chapeau et le tailleur de Chanel, gris très pâle, mettait en valeur son hâle et ses yeux clairs. Elle reprit :

« Ce n'est pas l'endroit rêvé pour un rendez-vous.

— Aucune importance.

— J'ai acheté l'autre jour une assiette du XVIIIe siècle. Ici on peut se fier aux experts. » Je m'emparai du panier qu'elle portait. « Ce ne sera pas long. »

Elle paraissait connaître très bien le musée. Elle m'emmena vers les ascenseurs. Nous dûmes attendre. Elle me sourit. Je reconnus le sourire. Il sollicitait une réponse que je n'étais pas encore prêt à donner. Déterminé à m'assurer son approbation tout en ménageant mon amour-propre j'avais préparé plusieurs choses à lui dire. Mais elles ne convenaient guère après son arrivée précipitée et ma découverte qu'elle avait dû me réserver avec peine quelques instants d'une journée très chargée.

Je dis : « Mardi, j'ai vu John Briggs.

— Vraiment? Je ne le connais pas. »

Cela aurait pu être un échange de propos sur le nouveau

vicaire de la paroisse. L'ascenseur arrivait. Comme nous entrions dans la cabine je repris :

« Je lui ai dit tout ce que je savais. Tout sur Bourani et ce à quoi il devait s'attendre.

— Nous pensions bien que vous le feriez. C'est pourquoi nous vous l'avons envoyé. »

Il y avait une légère ironie dans son regard. Le silence était tendu.

« J'aurais pu le faire.

— Oui. » L'ascenseur s'arrêta. Nous étions dans une galerie où du mobilier était exposé. « En effet, vous auriez pu.

— Peut-être n'était-ce qu'une épreuve?

— Nous n'avions pas besoin d'épreuve. »

Elle me regarda, les yeux largement ouverts comme lorsqu'elle m'avait donné le double de la lettre de Nevinson. Il y avait une porte au bout de la galerie : *Department of Ceramics,* elle appuya sur la sonnette.

Je dis : « Je crois que nous avons mal commencé.

— Oui, c'est vrai. Pourquoi ne pas faire un nouvel essai? Si cela ne vous ennuie pas d'attendre une minute. »

La porte s'ouvrit. Déjà elle était entrée. Cette précipitation, ces interruptions... elle ne me facilitait pas les choses. Pourtant son dernier regard avant que la porte se referme semblait demander que je l'excuse; presque comme si elle craignait que je lui échappe.

Elle revint deux minutes plus tard.

« Satisfaite?

— Oui. C'est ce que je pensais. Porcelaine de Bow.

— Néanmoins vous vous êtes, cette fois, méfiée de votre intuition. »

Elle me jeta un coup d'œil amusé.

« S'il y avait une salle des Jeunes Hommes...

— J'aurais droit à une étiquette avant de prendre place sur une étagère. »

Elle sourit à nouveau, regarda autour d'elle. « Je n'aime pas beaucoup les musées, et leur respect exagéré pour le passé.» Elle avança. « Ils m'ont dit qu'il y a dans leurs vitrines une assiette comme la mienne. »

Nous suivions une longue galerie où des porcelaines étaient exposées. Je me demandai si elle n'avait pas répété la scène car elle alla droit à une des vitrines. Elle sortit l'assiette de son panier, la tenant dans sa main levée et longea le mur jusqu'à ce qu'elle découvre, derrière un ensemble de tasses et de pots, une assiette presque identique.

« La voilà. »

Elle compara les deux assiettes, remit la sienne dans son papier de soie; puis j'eus la surprise de la voir me la tendre.

« C'est pour vous.

— Mais...

— Je vous en prie. » Elle sourit de mon air presque offensé. « Je l'ai achetée avec Alison. » Elle corrigea : « Alison était avec moi lorsque je l'ai achetée. »

Elle me mit l'assiette dans les mains. J'écartai le papier. Au centre il y avait, naïvement dessinés, un Chinois et sa femme; entre eux, leurs deux enfants. Et je revis les paysans grecs voyageant sur le pont, de Monemvasia à Phraxos, je sentis la houle et le vent de la nuit.

« Je crois que vous devriez vous habituer à tenir dans vos mains des objets fragiles. Et beaucoup plus précieux que celui-ci. »

Je continuais à regarder l'assiette. Les petites silhouettes bleu d'encre.

« C'est justement pourquoi j'ai voulu vous revoir. »

Nos regards se rencontrèrent et pour la première fois j'eus l'impression qu'elle ne faisait plus seulement que me juger.

« A présent, allons prendre le thé. »

« Eh bien, dit-elle, maintenant confiez-moi la vraie raison de ce rendez-vous. »

Nous avions trouvé une table libre dans un coin. On nous avait servis.

« Alison.

— Tout ne dépend que d'elle, vous le savez.

— Et de vous.

— Non. Pas du tout.

— Est-elle à Londres?

— Je lui ai promis de ne pas vous le dire.

— Ecoutez, Mrs de Seitas, je crois que... » Je retins les mots au bord de mes lèvres. Je la regardai verser le thé. Ne m'aidant pas le moins du monde. « Mais qu'est-ce qu'elle veut, bon Dieu! Que faut-il que je fasse? »

Elle me tendait une tasse de thé. « Est-il trop fort? » Je secouai la tête impatiemment. Elle versa un peu de lait dans sa tasse, me passa le pot. Elle eut un léger sourire. « Je ne me laisse jamais impressionner par la colère. »

J'aurais voulu protester, tout comme j'avais voulu repousser sa main la semaine précédente. Mais je savais que sous une condescendance de surface elle ne faisait que constater une différence irréductible entre son expérience de la vie et la mienne. Il y avait en elle quelque chose de très discrètement maternel, un rappel que la rébellion contre son jugement c'était en fait la rébellion contre ma propre immaturité, et que son urbanité m'agaçait dans la mesure où j'en manquais moi-même.

« Je n'ai pas l'intention d'attendre beaucoup plus longtemps.

— Alors, elle sera débarrassée de vous. »

Je bus une gorgée de thé. Elle étalait tranquillement du miel sur son toast.

Je dis : « Je m'appelle Nicholas. » Ses mains s'immobilisèrent, puis elle continua à étaler le miel. « Est-ce là l'offrande attendue?

— Si elle est sincère.

— Aussi sincère que, l'autre jour, votre offre de me venir en aide.

— Etes-vous allé à Somerset House?

— Oui. »

Elle posa son couteau.

« Attendez aussi longtemps qu'Alison le voudra. Je ne crois pas que ce sera très long mais je ne peux rien faire pour vous réunir. Maintenant c'est seulement entre elle et vous. J'espère qu'elle vous pardonnera. N'en soyez pas trop sûr, toutefois. Vous avez encore à la reconquérir.

— Elle a aussi à se faire pardonner.

— Peut-être. C'est à vous deux d'en décider. » Elle contemplait pensivement le toast qu'elle tenait à la main. Puis elle me regarda, sourit : « Pour nous, c'est fini de jouer à être dieu.

— A quoi?

— A être dieu. » Un instant je vis dans ses yeux une lueur malicieuse, légèrement sardonique. « Parce qu'il n'y a pas de dieu. Et que ce n'est pas un jeu. »

Elle mangeait son toast, et je regardai autour de nous. Un salon de thé banal, de nombreux clients, le choc léger des cuillers sur la porcelaine, le murmure de voix discrètes, des bruits aussi quotidiens que le pépiement des moineaux.

« Jouer à être dieu... Voilà comment vous appelez le...

— Oui, entre nous. »

Elle continuait de manger tranquillement.

« S'il me restait encore quelque amour-propre je me lèverais et partirais.

— Je compte sur vous pour m'aider à arrêter un taxi. Nous avons fait aujourd'hui les achats pour la rentrée scolaire de Benjie.

— J'ai peine à imaginer Déméter dans un magasin.

— Et pourquoi? Je crois qu'elle aurait aimé ça. Même les gabardines d'uniforme et les chaussures de gym.

— Et les questions, les aime-t-elle?

— Cela dépend lesquelles.

— N'allez-vous pas un jour me dire ce que vous faites?

— Nous vous l'avons dit déjà.

— On m'a dit des mensonges.

— C'est peut-être notre façon d'exprimer la vérité. » Mais comme si elle se rendait compte qu'elle allait trop loin elle baissa les yeux et ajouta vivement : « Maurice m'a déclaré une fois, alors que je lui posais une question du même genre : " Une réponse est toujours une forme de mort. " »

Son visage avait changé. S'il n'était pas implacable, il était totalement hermétique.

« Pour ma part je crois que les questions sont une forme de vie. » J'attendais. Elle se taisait. « D'accord. J'ai traité Alison très mal. Je suis un porc, un vrai salaud, tout ce que vous voudrez. Mais pourquoi une mise en scène aussi colossale si le but est seulement d'obliger un pauvre type à prendre conscience de ses limites?

— Vous êtes-vous jamais demandé les raisons d'une évolution des espèces aboutissant à une telle infinie diversité de formes et de tailles? Est-ce que ça ne paraît pas aussi une mise en scène d'une complication excessive?

— Maurice y a fait allusion. Sur un plan métaphysique je comprends ce que vous dites, mais...

— J'aimerais en être sûre. Dites-moi.

— Si nous ne sommes pas tous parfaits, pas tous semblables, c'est dans un but déterminé.

— Lequel?

— Je suppose que ça laisse aux individus de mon genre la liberté de devenir un peu moins imparfaits.

— Aviez-vous quelque idée de cela avant l'été en Grèce?

— Je n'avais pas besoin qu'on me dise que j'étais loin de la perfection.

— Aviez-vous essayé de vous en rapprocher?

— Pas vraiment, non.

— Pourquoi?

— Parce que... » Je soupirai, baissai les yeux. « Oh, je ne cherche pas à défendre ce que j'étais.

— Mais vous n'acceptez pas encore ce que vous pourriez devenir.

— Ce qui me répugne, ce n'est pas qu'on me fasse la leçon. C'est la manière de la faire. »

Elle hésita, et une fois de plus je vis qu'elle me

jugeait. Toutefois son ton devint beaucoup moins péremptoire.

« Je sais qu'ils vous ont dit des choses horribles, pendant cette parodie de procès. Mais vous étiez le juge, et si ce qu'ils ont dit avait été tout ce qu'on peut dire de vous, le jugement que vous auriez porté eût été différent. Ils le savent tous. Mes filles mieux que n'importe qui.

— Pourquoi m'a-t-elle laissé faire l'amour avec elle?

— Je sais qu'elle l'a voulu. C'est elle qui l'a décidé.

— Cela ne répond pas à ma question.

— Alors j'imagine qu'elle souhaitait vous apprendre qu'il y a un abîme entre le plaisir physique et la responsabilité morale. »

Les derniers mots que Lily avait prononcés, sur ce lit, me revinrent à la mémoire, et je décidai que j'étais, moi aussi, en possession d'un secret. Cette nuit-là avait été quelque chose de plus qu'une leçon bien préparée. Il y avait eu place pour l'inattendu. Et si ce devait être une leçon elle en était une pour Lily aussi. Sa mère continuait : « Nicholas, si on s'applique à essayer de reproduire quelque chose des mystérieuses lois qui gouvernent notre existence, on doit savoir dépasser les conventions que l'homme a imaginées pour tenir en échec ces vérités fondamentales. Cela ne veut pas dire que dans nos vies quotidiennes de telles conventions doivent être abandonnées. Loin de là. Elles sont des fictions nécessaires. Mais pour notre jeu nous posons au départ que dans la réalité tout est fiction et que néanmoins aucune fiction ne nous est plus nécessaire. » Elle sourit. « Et vous m'en avez fait dire plus que j'en avais l'intention.

— Néanmoins vous n'avez pas répondu à ma question : Pourquoi moi?

— Le hasard est la loi fondamentale de notre univers. Maurice affirme qu'à présent ce principe de hasard est indiscutablement établi. Bien entendu nous partageons tous l'illusion qu'il ne peut en être ainsi. Mais en tout domaine, en physique atomique par exemple, si on va assez loin on aboutit à une situation de pur hasard.

— Et pourtant, l'année prochaine, vous allez faire quelques arrangements avec le hasard.

— A peine. Qui peut savoir comment ce jeune homme réagira?

— Que serait-il arrivé si j'avais amené Alison dans l'île? Cela m'a été suggéré.

— Je peux seulement vous assurer d'une chose : Maurice aurait vu immédiatement qu'elle n'était pas de celles dont on doit vérifier l'honnêteté profonde. »

Je baissai les yeux. « Sait-elle ce que...

— Elle comprend ce dont il s'agit. Les détails... non.

— A-t-elle été tout de suite d'accord?

— Je sais que si elle a fini par accepter, au moins l'histoire du suicide, c'est seulement parce qu'elle savait que vous découvririez très vite la vérité.

— Lui avez-vous dit que je veux la voir?

— Elle sait ce que j'en pense.

— Que je ne vaux pas la peine qu'on se soucie de moi plus longtemps.

— Seulement quand vous dites des sottises de ce genre. »

Je traçais des dessins sur la nappe avec la fourchette à gâteaux, déterminé à paraître circonspect.

« Que vous est-il arrivé la première année?

— J'ai éprouvé le désir d'aider Maurice par la suite. » Elle garda un moment le silence, puis continua : « Je peux vous dire que tout a commencé un week-end. Non, même pas, une nuit, une longue nuit où nous avons parlé. Et par le sentiment de culpabilité. Maurice était devenu soudain très riche. Cela avait été pour lui ce qu'on appellerait de nos jours une expérience traumatisante. Il a fallu faire des sauts dans l'inconnu et aussi établir certaines relations. J'imagine que cela doit se passer ainsi chaque fois qu'il y a de nouvelles découvertes. Pas vous? Quelque chose qui s'impose, soudainement, totalement. Et il faut alors explorer jusqu'au bout toutes les possibilités.

— Et les victimes?

— Nicholas, notre succès n'est jamais certain. Vous avez pénétré notre secret. Maintenant vous êtes une substance radioactive, en quelque sorte. Nous espérons vous garder stable. Mais nous ne sommes jamais sûrs. » Elle regarda ses mains. « Quelqu'un... qui se trouvait à peu près dans votre position m'a dit un jour que j'étais un étang, dans lequel il aimerait bien jeter une pierre. En de telles situations je ne suis pas aussi calme que je le parais.

— Vous vous en tirez pourtant fort bien. »

Elle inclina la tête. Puis elle dit : « Je pars la semaine prochaine comme je le fais chaque automne quand je n'ai plus à m'occuper des enfants. N'allez pas croire que je me cache.

— Vous serez... avec lui?

— Oui.

Curieusement, elle sembla sur le point de s'excuser, comme si elle s'était attendue à ce que je ressente cette étrange jalousie qui s'emparait de moi, et ne pouvait prétendre qu'elle était injustifiée; parce qu'existait vraiment ce dont j'avais le soupçon : cette richesse d'expérience partagée et de compréhension mutuelle.

Elle regarda sa montre. « Oh, je suis désolée, mais Gunhild et Benjie vont m'attendre à King's Cross. Et ces ravissants gâteaux... »

Ils étaient là, intacts, dans leur écœurante splendeur.

« Je crois qu'on nous fait payer le plaisir de ne pas les manger. »

Elle fit une grimace affirmative et j'appelai la serveuse pour avoir l'addition.

Pendant que nous attendions, elle ajouta encore : « Il y a une chose que je voulais vous dire : ces dernières années, Maurice a eu deux crises cardiaques sérieuses. Aussi il est possible qu'il n'y ait pas... d'année prochaine.

— Je sais. Il me l'a dit.

— Et vous ne l'avez pas cru?

— Non.

— Me croyez-vous? »

Elle dut se contenter d'une réponse indirecte.

« Rien de ce que vous m'avez raconté n'a pu me convaincre que s'il mourait il n'y aurait pas d'année prochaine. »

Elle prit ses gants. « Que voulez-vous dire? »

Je lui souris. Imitant son propre sourire.

Elle était sur le point de parler. Elle se tut. Je me souvins de l'expression que j'avais une fois appliquée à Lily : elle était hors de son rôle. Lily me regardait par les yeux de sa mère, le labyrinthe, des faveurs octroyées, des faveurs rejetées; une trêve.

Une minute plus tard nous étions dans le couloir, nous dirigeant vers la porte. Deux hommes entrèrent. Ils allaient nous dépasser quand celui de gauche eut un sursaut. Lily de Seitas s'arrêta. Elle aussi parut stupéfaite de la rencontre. L'homme était en costume bleu foncé, avec un nœud papillon, une crinière de cheveux prématurément blanchis. Une bouche charnue et volubile dans un visage coloré. Elle se tourna vivement vers moi.

« Nicholas, voulez-vous m'excuser, et m'appeler un taxi? »

C'était un homme distingué qui tout à coup, dans cette rencontre inattendue réveillant sans doute des souvenirs émouvants, reprenait soudain, comiquement, son visage de jeune garçon. Je m'effaçai, exagérant la politesse, pour laisser entrer des gens dans le salon de thé, ce qui me permit de m'attarder un moment.

Il avait pris dans les siennes les deux mains de Lily de Seitas, il la tirait à l'écart, et elle souriait. Cet étrange sourire. Cérès annonçant un nouveau printemps. Il me fallait m'éloigner, mais au bout du couloir je me retournai. Le deuxième homme avait continué d'avancer et il attendait, près de la porte du salon de thé. L'autre était encore immobile, tout près de Lily. Il la regardait tendrement et, le visage levé vers lui, elle acceptait l'hommage.

J'attendis un taxi au bord du trottoir. Je me demandais s'il ne s'agissait pas de ce personnage « très célèbre » caché dans la chaise à porteurs. Pourtant je ne le reconnaissais pas. Je ne reconnaissais que la fascination. Il n'avait regardé qu'elle, comme si ce qu'il faisait avant de la rencontrer avait perdu tout intérêt quand était apparu ce visage.

Elle me rejoignit quelques minutes plus tard.

« Puis-je vous déposer quelque part? »

Elle ne me donnerait pas d'explications; quelque chose dans son expression hermétique aurait rendu vulgaire toute curiosité et j'en étais furieux. Elle était experte dans l'art de se servir des bonnes manières et elle les utilisait pour me tenir à l'écart lorsque je la gênais.

« Non, merci. Je vais à Chelsea. » Ce n'était pas vrai, mais je voulais me libérer.

Je l'observai un moment en silence. Puis je dis : « Votre fille me faisait penser à une histoire que vous venez vous-même de me remettre en mémoire. » Elle sourit, un peu incertaine. « Ce n'est probablement pas une histoire vraie, mais c'est à propos de Marie-Antoinette et d'un boucher. Le boucher a conduit la populace jusqu'au château de Versailles. Il tenait un hachoir à la main et il déclarait qu'il allait couper la gorge de Marie-Antoinette. La populace a tué les gardes et le boucher a forcé la porte des appartements royaux. Puis il s'est précipité dans la chambre de la reine. Elle était seule, debout près d'une fenêtre. Il y avait le boucher, le couperet à la main et la reine; personne d'autre.

— Qu'est-il arrivé? »

Un taxi apparut, mais pas dans la bonne direction. Je fis un signe au conducteur afin qu'il fasse demi-tour.

« Le boucher est tombé à genoux et il a fondu en larmes. »

Elle resta un instant silencieuse, puis elle soupira : « Pauvre boucher...

— Je crois que c'est exactement ce que Marie-Antoinette a dit. »

Elle observait la manœuvre du taxi.

« Est-ce que toute la question n'est pas de savoir sur qui s'apitoyait le boucher? »

Je détournai les yeux : « Non, je ne crois pas. »

Le taxi s'arrêta le long du trottoir et j'ouvris la portière. Elle m'observait. Elle parut sur le point de répondre et soudain se souvint : « Votre assiette. » Elle la sortit du panier, me la tendit.

« J'essaierai de ne pas la casser.

— Et vous avez aussi tous mes vœux. » Elle me tendit la main. « Mais Alison n'est pas un cadeau. Il faudra payer.

— Elle a déjà eu sa vengeance. »

Elle laissait aller ma main. Elle la reprit soudain. « Nicholas, je ne vous ai pas confié ce deuxième commandement que, mon mari et moi, nous avons toujours observé. »

Elle le murmura, sans le moindre sourire. Ses yeux me fixèrent un moment, puis elle monta dans le taxi. Je le suivis du regard jusqu'à ce qu'il disparaisse, une fois passé le Brompton Oratory. Je ne versai pas de larmes mais je devais ressembler à ce pauvre diable de boucher regardant à ses pieds le tapis d'Aubusson.

76

Et j'attendis.

Cela ressemble à du sadisme, tous ces jours vides... comme un désert. Il semblait que Conchis, en accord avec Alison, s'en fût remis à quelque stupide morale diététique victorienne; on n'a pas droit à la confiture — la douceur de ce qui arrive — si on n'a pas mangé le pain en premier, le pain sec, étouffant, du temps vide. Mais j'en avais fini de philosopher. Les semaines suivantes ne furent qu'une longue bataille entre mon impatience grandissante et les artifices dont j'usais pour la rendre plus supportable. Presque chaque soir je m'arrangeais pour traverser Russell Square, un peu comme les femmes de marins et les filles du port devaient hanter les quais, poussées moins par l'espoir que par le désœuvrement, lorsque les hommes étaient en mer. Hélas je ne vis jamais briller les feux du bateau attendu. Deux ou trois fois je me rendis le soir à Much Hadham. Les fenêtres de Dinsford House, comme celles de Russell Square, demeuraient sombres.

Le reste du temps j'allais au cinéma — j'y passais des heures — et je lisais; le plus souvent des livres stupides dont je n'exigeais qu'une qualité : qu'ils agissent comme une drogue et me donnent un oubli passager. Parfois je prenais la voiture et je roulais toute la nuit, vers un de ces endroits où je n'avais pas la moindre envie d'aller, Oxford, Brighton, Bath... Je trouvais, à filer dans la nuit à toute vitesse, une sorte d'apaisement, comme si je faisais là quelque chose de constructif, et je traversais les villes endormies sans même ralentir, ne faisant demi-tour qu'à l'approche de l'aube, pour rentrer épuisé à Londres et me mettre au lit d'où je ne sortais qu'en fin d'après-midi.

Ce n'était pas seulement l'ennui que je cherchais à fuir. Bien avant mes rencontres avec Lily de Seitas je m'étais trouvé confronté à un autre problème.

Je passais une grande partie de mon temps dans Soho ou Chelsea, et ce ne sont pas les quartiers que fréquente un chaste fiancé, à moins qu'il ne brûle de mettre sa chasteté à l'épreuve. La forêt était remplie de dragons, depuis les vieilles putains au visage barbouillé sur le seuil des portes de Greek Street jusqu'aux « mannequins » et demi-mondaines de King's Road, tout aussi faciles et plus appétissantes. De temps en temps je rencontrais une fille qui m'attirait sexuellement. Il me fallut quelque temps pour l'admettre. Si je ne prenais pas avantage de situations prometteuses, ou cherchais même à m'y soustraire, c'était pour différentes raisons, plus égoïstes que nobles. Je voulais *leur* montrer, au cas où leurs yeux pourraient me voir — et je n'étais jamais sûr qu'*ils* n'étaient pas là à m'observer —, je tenais à ce qu'ils constatent que je pouvais me passer d'aventures amoureuses, et, plus ou moins consciemment, j'entendais me le prouver à moi-même. Je voulais aussi être fidèle à Alison et pouvoir, lorsque je la reverrais, me servir de cette fidélité comme d'une arme, comme d'une mèche à ajouter au fouet, si le fouet devenait nécessaire.

La vérité c'est que ce que je ressentais pour Alison n'avait rien à voir avec la sexualité. Peut-être était-ce en rapport étroit avec mon sentiment d'aliénation vis-à-vis de l'Angleterre et des Anglais, ma solitude, mon impression d'être en exil; il me semblait que j'aurais pu passer chaque nuit avec une fille différente et ne pas cesser d'attendre Alison. Je voulais d'elle quelque chose d'autre et qu'elle seule pouvait me donner. Elle seule : c'était là le point essentiel.

Je ne pouvais pas appeler ça de l'amour. Je posais trop de conditions; je faisais dépendre mes propres réactions de la façon dont elle se comporterait. Il lui faudrait tout me raconter, montrer une réelle contrition, et me convaincre qu'elle m'aimait toujours et que c'était par amour qu'elle avait trahi. J'éprouvais pour le jeu de Conchis, ce que Lily avait appelé : jouer à être dieu, le mélange de fascination et de répulsion qu'on ressent pour toute religion. Je savais qu'il devait y avoir là « quelque chose », mais je savais aussi que je n'étais guère perméable au sentiment religieux. En outre la conclusion logique de cette perception plus claire d'une différence entre amour et sexualité n'invitait guère à la fidélité. En un sens, Mrs de Seitas, dans tout ce qu'elle avait dit au sujet d'une séparation radicale entre le domaine du sexe et celui du cœur, avait prêché un converti.

Et cependant je découvrais au plus profond de moi un mouvement de révolte. J'admettais les principes mais ils me donnaient comme une légère nausée. Ils bafouaient quelque chose de plus fortement ancré en moi que les conventions et les idées reçues, contredisaient ma conviction innée que j'aurais dû trouver en Alison tout ce dont j'avais besoin et que si je ne le trouvais pas cela tenait à autre chose que la moralité ou la sensualité; quelque chose que je ne pouvais définir; qui était à la fois biologique et métaphysique; lié à l'imagination et à la mort. Peut-être Lily de Seitas était-elle à la recherche d'une moralité sexuelle à l'usage du XXIe siècle mais il y manquait essentiellement un garde-fou; et sans doute ma propre vision allait-elle jusqu'au XXIIe siècle.

Tout cela était facile à penser, mais plus difficile à vivre. Nous n'en étions qu'au XXe siècle. Jamais encore nos instincts ne s'étaient ainsi montrés dans leur totale nudité, jamais nos émotions, nos désirs n'avaient été aussi changeants. Un jeune victorien de mon âge aurait trouvé tout naturel d'attendre sa bien-aimée cinquante mois, à plus forte raison cinquante jours, sans être troublé par une pensée impure. Je pouvais me sentir au lever dans l'humeur d'un jeune victorien, mais quand arrivait midi et que je me trouvais auprès d'une jolie fille devant les rayons d'une librairie, j'adressais une prière à ce Dieu auquel je ne croyais pas pour lui demander qu'elle ne se retournât pas, qu'elle n'aille surtout pas me sourire...

Un soir, à Bayswater, une fille me sourit; elle n'avait pas eu à se retourner. C'était dans un bar-expresso et j'avais passé tout le temps de mon repas à la regarder parler avec une amie qui lui faisait face; des bras nus; une poitrine excitante. Elle avait l'air d'une Italienne avec ses cheveux noirs et ses yeux de biche. L'amie la quitta et elle me fit alors un charmant sourire, très direct, mais sans rien de vraiment provocant; elle disait simplement, du regard : si tu veux parler, à présent vas-y. Je me levai, mal à l'aise, passai une minute embarrassante à l'entrée, attendant que la servante vienne prendre mon argent. Il y avait là encore, dans ma retraite honteuse, la marque d'une tendance paranoïaque. La fille et son amie étaient arrivées après moi, elles s'étaient assises à une table proche de la mienne, je ne pouvais m'empêcher de les regarder. C'était absurde; je commençais à m'imaginer que chaque femme qui se trouvait sur mon chemin était envoyée spécialement pour me tourmenter et me mettre à l'épreuve. Désormais, avant d'entrer dans un bar, j'examinai soigneusement l'intérieur à travers la vitre, afin de m'assurer qu'il y avait un coin où je serais à l'abri de ces dangereuses créatures. Je me comportais d'une façon de plus en plus ridicule. Et ma colère grandit contre ce qui me poussait à me conduire ainsi.

On était à la fin de septembre, il y avait quinze jours que j'avais vu Lily de Seitas pour la dernière fois. Un après-midi, traînant mon ennui, j'allai voir un vieux film de René Clair. En arrivant dans la salle, je distinguai sur le siège proche du mien une forme avachie. Je regardais l'immortel « Chapeau de paille d'Italie ». J'entendis à mon côté des soupirs et des reniflements. J'en déduisis que la masse informe, vrai personnage de Beckett, occupant le fauteuil voisin était une créature femelle. Après un moment elle se tourna vers moi pour me demander du feu. Je vis un visage aux joues rondes, sans maquillage, des cheveux en frange sur le front et le reste attaché en une maigre queue, des sourcils épais, des doigts aux ongles noirs, tenant un mégot. Quand la lumière revint et pendant que nous attendions la suite du programme elle se mit à me faire des avances, d'un pitoyable amateurisme. Elle portait des jeans, un sweater gris et crasseux, un très vieux duffle-coat d'homme; mais elle avait trois particularités qui lui donnaient une sorte de charme asexué : un sourire qui lui fendait le visage jusqu'aux oreilles, un fort accent écossais, et un air si négligé, tellement à l'abandon que je vis immédiatement en elle une âme sœur.

Le sourire ne semblait pas tout à fait naturel, il avait l'air d'apparaître lorsqu'on tirait des ficelles. Elle était là, affalée comme un chiot trop gras, et elle tenta vainement de m'amener à dire ce que je faisais et où je vivais; à cause du large sourire, peut-être, ou parce que je savais que cet écart de conduite ne me ferait courir aucun danger, n'était pas une épreuve qu'on me faisait subir, je lui offris d'aller prendre un café.

Je la conduisis au bar. J'avais faim; je dis que j'allais commander des spaghettis; d'abord elle n'en voulut pas, puis elle avoua qu'elle avait dépensé tout ce qui lui restait d'argent pour la place de cinéma; ensuite elle dévora comme un jeune loup. Je songeais que je me prenais de tendresse pour les bêtes.

Je l'emmenais ensuite au pub. Elle était venue de Glasgow deux ans auparavant, me dit-elle, pour faire des études d'art. A Glasgow elle avait appartenu à un milieu de bohèmes marginaux; à présent elle vivait dans les cafés et les cinémas. « Mes amis m'aident un brin », disait-elle. Elle avait laissé tomber les études. Elle était le type même du clochard venu de sa province.

Avec elle j'étais absolument certain de rester chaste; c'est peut-être pourquoi, si vite, elle me plut tant. Elle m'amusait, elle avait du caractère, avec sa voix rauque et son manque de féminité presque grotesque. Elle ne s'apitoyait jamais sur elle-même, et j'étais fasciné par un comportement aussi différent du mien. Je la reconduisis jusqu'à sa porte, celle d'un meublé dans Notting Hill; elle croyait, c'était visible, que j'allais coucher avec elle. Je la détrompai.

« Alors, on s' verra plus.

— On pourrait. » Je regardai, à côté de moi, cette silhouette courtaude. « Quel âge as-tu?

— Vingt et un ans.

— Sans blague!

— Vingt ans.

— Dix-huit ans?

— Tu te fous de moi. Vingt ans bien sonnés.

— J'aurais à te suggérer... » Elle eut un léger ricanement. « Bon, écoute, voilà ce que je te propose : J'attends que quelqu'un... une fille... revienne d'Australie. Et ce qu'il me faut pour deux ou trois semaines c'est de la compagnie. » Elle me fit un immense sourire. « Je t'offre du travail. Il y a des agences à Londres qui font ça, qui fournissent des gens comme partenaires, comme accompagnateurs... »

Elle souriait toujours. Elle dit : « Si tu voulais seulement monter.

— Non. Je t'offre exactement ce que je viens de dire. Pour le moment tu traînes... et moi aussi. Traînons ensemble. Je paie les dépenses. On ne fait pas l'amour. On se tient compagnie. »

Elle frotta ses poignets l'un contre l'autre, sourit encore et haussa les épaules, comme si elle n'était pas à une folie près.

Nous nous mîmes donc en ménage. S'ils m'observaient, ce serait à leur tour d'agir. Je pensais que ça pouvait même aider à précipiter les choses.

Jojo était une étrange créature, douce comme la pluie — la pluie de Londres, car elle était rarement propre — et sans aucune ambition comme sans aucune bassesse. Elle tenait à merveille le rôle que je lui avais attribué. Elle et moi, on traînait dans les expositions, les cinémas, d'un pub à l'autre; quelquefois même dans l'appartement, toute la journée sans rien faire. Mais toujours le soir un moment venait où je la renvoyais à sa tanière. Nous pouvions rester assis pendant des heures à la même table, lisant des journaux et des magazines sans échanger un mot. Une semaine après l'avoir rencontrée c'était comme si je la connaissais non pas depuis sept jours mais depuis sept ans. Je lui donnais quatre livres par semaine et offris de lui acheter quelques vêtements et de payer son minuscule loyer. Elle accepta un pull-over bleu foncé de Marks et Spencer mais rien d'autre. Elle s'acquittait très bien de sa charge. Elle tenait à distance toute autre fille qui s'aventurait à nous regarder. De mon côté j'effectuai sur elle une sorte de bizarre transfert de fidélité.

Elle était toujours d'humeur égale; reconnaissante de la moindre gentillesse, comme un bon gros chien affectueux. Elle était patiente, sans détours, et ne se vexait jamais. Je refusai de lui parler d'Alison et sans doute cessa-t-elle bientôt de croire à son existence, acceptant avec sa façon à elle de tout accepter, que je sois simplement « un petit peu timbré ».

Un soir d'octobre, sentant que je ne pourrais dormir, je lui offris de l'emmener où elle voudrait. Elle réfléchit un moment et décida, Dieu sait pourquoi : « Stonehenge ». Là-bas nous fîmes un tour parmi les menhirs aux formes indistinctes, à trois heures du matin, dans le vent froid et le cri des vanneaux tournoyant sous la masse des nuages touchés de clair de lune. Puis nous revînmes à la voiture. Nous étions assis, mangeant du chocolat, et je pouvais tout juste voir son visage, les taches sombres des yeux et le sourire innocent et ravi.

« Pourquoi ris-tu, Jojo?

— J'suis contente, c'est tout.

— Tu n'es pas fatiguée?

— Non. »

Je me penchai, posai mes lèvres sur sa joue. C'était notre premier baiser; je mis immédiatement le moteur en marche. Bientôt elle s'endormit et sa tête vint s'appuyer contre mon épaule. Quand elle dormait elle avait l'air d'avoir seulement quinze ou seize ans. Des mèches de ses cheveux venaient de temps en temps effleurer mon visage, des cheveux qu'elle ne lavait pas, ou si rarement... J'éprouvais pour elle presque exactement ce que j'éprouvais pour Kemp : une grande affection; pas le moindre désir.

Peu de temps après, Kemp un soir, vint avec nous au cinéma. Kemp trouvait que j'étais fou de coucher avec ce laideron — je n'avais pas tenté de lui expliquer la situation exacte

— mais elle était en même temps satisfaite de découvrir en moi un être normal. En sortant du cinéma elle nous emmena dans son « studio » boire du chocolat et ce qui restait d'une bouteille de rhum. Vers une heure du matin elle nous mit dehors, elle voulait dormir; moi aussi d'ailleurs. Je sortis avec Jojo et restai un moment à la porte d'entrée. C'était la première nuit vraiment froide de l'automne et de plus il pleuvait. Nous étions sur le seuil, à regarder l'averse.

« Je vais dormir dans ton fauteuil, Nick.

— Non, ne bouge pas, je vais chercher la voiture. » Je la garais toujours dans une petite rue voisine. Je mis le moteur en marche, démarrai mais n'allai pas loin. La roue avant était complètement à plat. En jurant, sous la pluie battante, j'allai ouvrir le coffre pour prendre le cric. Il n'était plus là. Je ne m'en étais pas servi depuis au moins une semaine, aussi ne pouvais-je dire quand on me l'avait pris.

Je fis claquer le couvercle du coffre et revint en courant jusqu'à la porte d'entrée.

« Merde, il y a un pneu crevé.

— Bien fait.

— Merci.

— T'es bête. Je dormirai dans ton vieux fauteuil. »

Je songeai un instant à éveiller Kemp, mais je m'abstins à la pensée de toutes les obscénités qu'il faudrait l'entendre proférer. Nous montions l'escalier, passant les ateliers silencieux. J'ouvris la porte de l'appartement.

« Ecoute, va te fourrer au lit. Moi je vais dormir ici. »

Elle s'essuya le nez du revers de la main, acquiesça d'un hochement de tête, alla à la salle de bains, puis entra dans la chambre, s'étendit sur le lit en se couvrant de son vieux duffle-coat. J'étais en colère contre elle et fatigué. Je plaçai deux sièges bout à bout et m'étendis. Cinq minutes passèrent. Puis elle apparut sur le seuil de la porte séparant les deux pièces.

« Nick?

— Hum.

— Alors?

— Alors quoi?

— Tu sais bien.

— Non. »

Elle resta immobile sur le seuil, silencieuse. Réfléchissant à ce qu'elle allait faire.

« Je veux. » J'étais frappé de l'entendre employer le verbe vouloir à la première personne. C'était bien la première fois.

« Jojo, on est copains. On ne va pas coucher ensemble.

— Juste dormir ensemble.

— Non.

— Juste une fois.

— Non. »

Elle restait à la porte, encore en jeans et pull, forme sombre m'accusant en silence. La lumière de la rue déformait les ombres autour d'elle, isolant son visage de telle sorte qu'elle avait l'air d'une lithographie de Munch. La Jalousie; ou l'Envie; ou l'Innocence.

« J'ai tellement froid.

— Mets-toi sous les couvertures. »

Elle resta là encore un instant, puis je l'entendis se glisser vers le lit. Cinq minutes passèrent. Je n'étais pas encore très rassuré.

« J'suis dans le lit, Nick. Tu pourrais dormir sur le dessus. » Je retins mon souffle. « Tu m'entends?

— Oui. »

Un silence.

« Je croyais que tu dormais. »

La pluie frappait les vitres, coulait dans les gouttières; l'air mouillé d'une nuit de Londres s'insinuait dans la maison. Nous étions seuls. C'était l'hiver.

« J'peux venir une seconde et allumer le gaz?

— Enfin, bon Dieu...

— J'te réveillerai pas.

— Ah, merci. »

Elle se dirigea vers le poêle. J'entendis le craquement de l'allumette, le sifflement du gaz. Une lueur rougeâtre emplit la pièce. Jojo se tenait très tranquille mais après un moment ce fut moi qui en eus assez. Je me redressai.

« Regarde pas. J'suis toute nue. »

Je regardai. Elle était debout près du poêle, tirant sur son tricot de corps taille homme. Ce fut pour moi une surprise plutôt déplaisante de m'apercevoir qu'à la clarté du gaz elle était presque jolie. Je lui tournai le dos, cherchai une cigarette.

« Jojo, écoute. Je ne marche pas. On ne va pas faire l'amour. Tu entends?

— J'allais quand même pas me mettre dans ton lit propre avec mes habits sur le dos.

— Réchauffe-toi, et file te recoucher. »

Je fumai une bonne moitié de cigarette.

« C'est seulement que t'as été tellement gentil. Je veux te faire plaisir aussi.

— Dans ce cas, ne t'inquiète pas. Tu ne me dois rien. »

Je glissai un coup d'œil vers elle. Elle était assise sur le plancher, les bras autour des genoux. Elle regardait les flammes. Après un moment elle reprit :

« C'est pas seulement ça.

— Va t'habiller. Ou va au lit. Après, on pourra parler. »

J'allumai une deuxième cigarette à ce qui restait de la première.

« Je sais bien pourquoi tu n'veux pas.

— Dis.

— Tu penses que j'ai une des sales maladies de ta saleté de ville.

— Jojo.

— Je l'ai p'têtre. Même sans être malade on peut transporter des microbes.

— Arrête.

— Je dis seulement c'que tu penses.

— Je n'ai jamais pensé ça.

— T'as raison. T'as bien raison.

— Jojo. Tais-toi. »

Un silence.

« Tu voudrais surtout pas salir tes chouettes de couilles distinguées. »

Ses pas sur le plancher et le bruit de la porte de la chambre qu'elle fit claquer mais qui se rouvrit d'elle-même brusquement. Un peu plus tard j'entendis des sanglots. Je me maudis d'avoir été aussi stupide, de n'avoir pas prêté plus d'attention à différents signes, durant la soirée, tels les cheveux lavés, attachés en queue de cheval; et certains regards. Il me semblait qu'à tout instant je pouvais entendre un coup sévère contre la porte : Alison. Et je n'en revenais pas d'avoir entendu Jojo prononcer cette dernière phrase, elle qui ne disait jamais le moindre juron et ne cessait dans son langage de recourir à l'euphémisme, comme une jeune fille très bien élevée.

Une minute plus tard j'entrai dans la chambre. La rampe à gaz projetait jusque-là une chaude lumière. Je remontai le drap au-dessus des épaules rondes.

« Oh, Jojo. Grosse bête. »

Je lui caressai les cheveux, retenant fermement le drap de l'autre main, dans la crainte qu'elle ne se jette sur moi. Elle commença à renifler. Je lui passai un mouchoir.

« J'peux te dire quelque chose?

— Bien sûr.

— J'l'ai jamais fait. J'ai jamais couché avec un homme.

— Eh bien!

— J'suis toute pure comme le jour où j'suis née.

— Dieu merci. »

Elle se retourna. Etendue sur le dos, elle me regardait.

« Tu me veux, maintenant? »

La question gâcha un peu ce qu'elle venait de me dire. Je lui touchai la joue, secouai la tête.

« Je t'aime, Nick.

— Non, Jojo, ce n'est pas vrai. »

Elle se remit à pleurer. De nouveau j'étais agacé.

« Dis-moi, tu avais tout arrangé, n'est-ce pas? Le pneu dégonflé? » Je me souvenais qu'elle avait disparu un moment, prétendant qu'elle montait chez moi, pendant que Kemp faisait le chocolat.

« J'ai pas pu m'en empêcher. Cette nuit-là, tu te rappelles, quand on est allé à Stonehenge. J'ai pas dormi du tout en revenant. Je faisais semblant.

— Jojo, est-ce que je peux te raconter une longue histoire? Que je n'ai jamais racontée à personne? Je peux? »

Je lui tamponnai les yeux avec le mouchoir et me mis à parler, assis au bord du lit, lui tournant le dos. Je lui dis tout : Alison, comment je l'avais quittée. Je n'essayais pas de me trouver des excuses. La Grèce; et si je n'entrais pas dans le détail de mes relations avec Lily je lui en donnai cependant le climat affectif. Je lui parlai du Parnasse, de ma culpabilité. J'allais jusqu'au bout, jusqu'à Jojo elle-même et pourquoi je l'avais recherchée. C'était un étrange prêtre auquel se confesser, mais un prêtre qui me donna l'absolution.

Si seulement je lui avais dit tout ça dès le début, elle n'aurait pas été aussi stupide.

« Excuse-moi, je n'ai rien vu.

— J'ai pas pu m'empêcher.

— Oh, Jojo, pardonne-moi.

— Bof! J'suis seulement la pauvre idiote de sa province. » Elle me regarda, l'air solennel : « Et puis, tu sais, je t'ai menti : J'ai que dix-sept ans.

— Si je te donnais l'argent du voyage, est-ce que?... »

Déjà elle faisait non de la tête.

Il y eut alors un moment de silence pendant lequel je réfléchis à la seule vérité qui importait, la seule règle morale, le seul péché, le seul crime. Quand Lily de Seitas m'en avait donné sa version, après notre rendez-vous au musée, j'avais cru qu'elle ne faisait qu'exprimer un commentaire sur mon passé et mon anecdote au sujet du boucher. Mais je voyais à présent que c'était aussi un avertissement.

Les dix commandements de la Bible étaient périmés. Pour moi, ils n'avaient jamais eu d'autre signification que celle d'une morale sociale. Mais là assis dans cette chambre, regardant le reflet rouge des flammes sur le montant de la porte, j'éprouvais enfin toute la force de ce supra-commandement qui résumait tous les autres. Je sus que je devais l'accepter, et l'accepter de nouveau chaque jour, même si je n'arrivais pas toujours à l'observer. Conchis avait une fois parlé de ces moments privilégiés où l'on rencontre son propre avenir. Je savais aussi que tout cela était pour moi lié à Alison. Alison que je choisissais et que, jour après jour, je continuerais de choisir. L'âge adulte, c'était comme une montagne, et je me tenais au pied de cet escarpement de glace impossible à escalader : *Tu n'infligeras point de souffrance inutile*.

« J'peux avoir une sèche, Nick? »

Je lui passai une cigarette. Elle était étendue là, soufflant la fumée, ses joues rougissant par intermittence. Elle m'observait. Je lui tenais la main.

« A quoi penses-tu, Jojo?

— Suppose qu'elle...

— Ne revienne pas?

— Oui.

— Je me marierais avec toi.

— C'est une blague.

— Je te ferais des tas de gros bébés, avec de grosses joues et des sourires de singe.

— Tais-toi, vilain monstre. »

Elle me regardait en silence. L'obscurité. Son inutile tendresse. Je me souvenais d'un moment semblable, l'automne précédent, dans la chambre près de Baker Street, avec Alison. Et ce simple souvenir me révéla combien j'avais changé.

« Quelqu'un de bien plus gentil que moi le fera un jour.

— Est-ce qu'elle est un peu comme moi?

— Oui.

— Oh, tiens, tu parles! La pauvre...

— Parce que l'une et l'autre vous êtes... comme personne d'autre.

— Y a seulement un exemplaire de chacun. »

J'allai mettre un shilling dans le compteur du gaz.

« Jojo, tu devrais vivre en banlieue. Ou travailler dans une usine. Ou fréquenter un collège chic. Ou dîner dans une ambassade.

Un train siffla, un train d'Euston, montant vers le nord. Elle se tourna, écrasa sa cigarette contre le cendrier.

« Je voudrais bien être vraiment jolie. »

Elle serra le drap autour de son cou, comme pour cacher sa laideur.

« Etre jolie, ce n'est pas l'essentiel. C'est comme le papier autour du cadeau. »

Un long silence. Après de pieux mensonges. Mais comment faire pour n'être pas cruel?

« Nick, tu vas m'oublier.

— Non. Je me souviendrai de toi. Toujours.

— Pas toujours. Peut-être un petit brin, de temps en temps. » Elle bâilla. « Moi, j'me souviendrai de toi. » Puis elle ajouta, un moment plus tard, comme si le présent n'était déjà plus tout à fait réel, rejoignait le passé, l'enfance : « Dans ton vieux Londres puant. »

77

Je ne m'endormis pas avant six heures, et mon sommeil tardif fut agité. A onze heures je me décidai enfin à affronter une nouvelle journée. En ouvrant la porte de la chambre je vis que Jojo était partie. Elle avait griffonné sur le miroir, avec un morceau de savon : « Grosse bise. Au revoir », et son nom. Elle était sortie de ma vie aussi simplement qu'elle y était entrée. Le cric était posé sur la table de la cuisine.

De l'étage au-dessous montait le bourdonnement assourdi des machines à coudre; des voix de femmes, l'air d'une rengaine à la mode à la radio. Moi, j'étais seul.

L'attente. Toujours l'attente. Sur le vieil égouttoir de bois je me fis une tasse de Nescafé que je bus en mangeant des biscuits humides. J'avais, comme d'habitude, oublié d'acheter du pain. Mon regard sc posa sur le cartonnage d'une boîte de corn-flakes. Une famille « comme les autres » prenait son petit déjeuner; le père, bronzé et allègre, la mère à l'allure de jeune fille, deux marmots, fille et garçon. Le bonheur parfait à vous en donner la nausée. Et pourtant il devait y avoir là quelque réalité cachée, l'image devait répondre à une aspiration vers l'ordre et l'harmonie derrière le minable désir d'être comme tout le monde, et l'égoïste besoin d'avoir quelqu'un sous la main pour le linge, les boutons à recoudre, les coïts, la descendance et les petits plats mijotés.

Je me fis une autre tasse de café et maudis Alison, cette garce, cette salope. Pourquoi m'obstiner à l'attendre? Et à l'attendre à Londres, une ville où l'on trouve plus de filles faciles à l'hectare que dans toute autre ville d'Europe? De jolies filles, une multitude de filles impatientes, venues là pour être séduites et déshabillées et s'éveiller au matin dans le lit d'un inconnu.

Mais Jojo? La dernière personne au monde que j'aurais voulu blesser. C'était comme si j'avais repoussé à coups de pied un malheureux chien affamé d'affection.

Le dégoût de moi-même, la rancune, finirent par provoquer une réaction violente. Toute ma vie j'avais cherché à échapper aux influences. A présent j'étais à la merci d'un autre être et plus éloigné de la liberté que je l'avais jamais été. Je me mis à envisager la vie sans Alison, et à rêver d'un nouveau départ, seul mais libre, et même ennobli par la découverte que j'étais condamné, quoi que je fasse, à infliger de la souffrance.

La liberté, c'était faire un choix fondamental et s'y tenir, c'était faire ce que j'avais fait à Oxford, ma volonté renforçant mon instinct pour me permettre d'échapper par la tangente et de me retrouver seul, dans une situation nouvelle. J'avais besoin de m'en remettre au hasard. Je n'en pouvais plus de vivre dans cette prison qu'était l'attente.

Je marchais dans mes deux minables pièces. La précieuse assiette de Bow était accrochée au-dessus de la cheminée, l'assiette aux personnages chinois : la famille encore; l'ordre et la dépendance. L'emprisonnement. Dehors, la pluie; un ciel gris et mouvant. Je fixai des yeux la rue en bas et décidai de partir aujourd'hui, tout de suite. Pour me prouver que je pouvais encore m'en tirer, que j'étais libre.

Je descendis voir Kemp. Elle prit ma décision très froidement. Je me demandais si elle était au courant du départ de Jojo; je pouvais voir dans ses yeux une lueur de mépris comme elle haussait les épaules en m'entendant expliquer que j'avais décidé de louer quelque chose à la campagne, afin de pouvoir écrire.

« Tu emmènes Jojo?

— Non. On arrête les frais.

— C'est toi qui arrêtes les frais. »

Donc, elle savait.

« Eh bien d'accord, c'est moi.

— Tu en as marre du menu peuple. Je m'en doutais.

— Ça va.

— Tu ramasses une pauvre môme comme ça, Dieu seul sait pourquoi, et quand tu es sûr qu'elle t'a dans la peau à en être dingue, alors tu te conduis en vrai gentleman : tu la fous à la porte.

— Ecoute...

— N'essaie pas de m'en raconter, pas à moi, mon petit gars. » Elle était assise là, intransigeante, inexorable. « Eh bien, va-t'en. File chez toi.

— Chez moi? Je n'ai plus ni maison ni famille.

— Oh que si! T'as une famille. Ça s'appelle la bourgeoisie.

— Finis de dire des conneries.

— J'ai vu ça mille fois déjà. Les bourgeois qui découvrent qu'on est des êtres humains. Ça leur fait si peur qu'ils en chient dans leur froc. » Puis, pour couper court à toute protestation, elle ajouta : « C'est pas votre faute. Vous êtes les victimes d'un processus dialectique.

— Et toi tu es la plus épouvantable des...

— Peuh! » Elle se détourna comme si, de toute façon, elle se foutait bien de ce que je pouvais dire; comme si la vie était à l'image de son studio : un vrai bordel, et qu'elle avait besoin de toute son énergie pour simplement survivre. Une Mère Courage qui aurait tourné à l'aigre. Elle se dirigea vers la table au matériel de peinture et se mit à fouiller parmi les tubes.

Je sortis. Mais j'étais à peine en haut de l'escalier du rez-de-chaussée quand elle rouvrit sa porte pour hurler :

« Je vais te dire quelque chose, sale petit mec. » Je me retournai. « Tu sais ce qui va lui arriver, à la gamine? Elle va faire le trottoir. Et qui c'est qui l'aura poussée là? » Elle m'accusait de son doigt tendu. « Saint Nicholas Urfe. *Monsieur* Urfe. » Et ce « monsieur » paraissait le mot le plus obscène que j'aie jamais entendu prononcer. Son regard brûlait. Elle fit demi-tour et claqua la porte du studio. Ainsi ne me restait-il plus qu'à me laisser couler à pic entre le Charybde de Lily de Seitas et le Scylla de Kemp.

C'est dans une rage froide que je fis mes valises; et lancé dans une querelle imaginaire avec Kemp, une querelle dans laquelle je marquais tous les points, je soulevai l'assiette de Bow pour l'enlever de son clou et la laissai glisser entre mes mains; elle heurta le bord du radiateur à gaz; un instant plus tard elle était en deux morceaux dans le foyer de la cheminée.

Je m'agenouillai. J'étais si près des larmes que je dus, pour les retenir, me mordre sauvagement les lèvres. Je restai là, tenant les deux morceaux de l'assiette, n'essayant pas même de les réajuster. Ne bougeant pas même au bruit des pas de Kemp dans l'escalier. Elle entra. Je ne sais pas ce qu'elle était venue me dire, mais quand elle vit mon visage elle demeura muette.

Je tendis vers elle les deux morceaux de l'assiette afin

qu'elle puisse voir le désastre : c'était le symbole de ma vie brisée, le passé, l'avenir à jamais dissociés. Et personne ne pourrait recoller les morceaux.

Elle resta encore un moment silencieuse, considérant pensivement la valise à demi remplie, le fouillis de livres et de papiers sur la table; le sale mec, le boucher désarmé, à genoux devant la cheminée.

Elle dit : « Merde. A ton âge. »

Et ainsi je restai chez Kemp.

78

Dans le plus petit espoir, dans le simple goût d'exister il y a assez d'avenir pour celui qui ne prétend pas être un héros; qu'il demeure, dit notre époque, qu'il demeure là où l'humanité se débat dans sa propre histoire, à un carrefour, dans un dilemme, avec tout à perdre et très peu à gagner; laissez-le survivre mais ne lui donnez pas la direction à suivre et ne lui promettez aucune récompense; parce que nous aussi nous attendons, dans nos chambres solitaires où le téléphone ne sonne jamais, nous attendons que revienne une fille, cette pure vérité, ce joyau d'humanité, cette réalité perdue à travers nos imaginations; et dire qu'elle revient, c'est un mensonge.

Mais le labyrinthe n'a pas de centre. Une conclusion n'est qu'un point parmi d'autres sur une ligne, un coup de ciseaux donné au hasard. Si en fin de compte Benedick a embrassé Béatrice, où en seront-ils, dix ans plus tard? Et d'Elsinore qu'adviendra-t-il dès le prochain printemps?

Ainsi encore dix jours. Mais sur ce qui s'est passé dans les années ultérieures, oh, silence; car il s'agit là d'un autre mystère.

Encore dix jours pendant lesquels le téléphone n'a pas sonné. Le dernier jour d'octobre, veille de la Toussaint, Kemp me demanda de l'accompagner pour une promenade à pied. Cela ne lui ressemblait guère. J'aurais dû soupçonner quelque chose; mais c'était un jour magnifique, au ciel de printemps d'un autre monde, du bleu intense des delphiniums, les arbres roux, jaune et ambre, l'air aussi calme qu'en un rêve.

Kemp s'était mise à jouer pour moi le rôle d'une mère.

Cela entraînait en compensation un ton plus bourru que jamais, un tel usage de mots grossiers qu'au premier abord nos relations paraissaient tout le contraire de ce qu'elles étaient. Pourtant, si nous avions admis les liens qui se tissaient entre nous cela aurait tout gâché; le refus de les reconnaître faisait aussi partie de notre affection réciproque. Si nous ne faisions pas étalage de nos sentiments c'était par une sorte de délicatesse mutuelle qui apportait la preuve qu'ils existaient réellement. C'est peut-être grâce à Kemp que je m'étais senti plus heureux pendant ces dix derniers jours; ou bien je le devais à Jojo, le moins angélique des anges, mais envoyée, par hasard une fois de plus, d'un meilleur monde dans le mien. Ou encore cela provenait de ma satisfaction à découvrir que je pouvais attendre plus longtemps que je me l'étais imaginé. Indiscutablement, quelque chose en moi avait changé. Je me croyais toujours persécuté mais je l'acceptais mieux. Les vérités de Conchis mûrissaient en moi, et en particulier celle qu'il m'avait enseignée par l'intermédiaire de Lily. J'apprenais lentement à sourire, de ce sourire même dont parlait Conchis. Toutefois on peut accepter et ne pas pardonner, on peut décider et ne pas accomplir ce qu'on a décidé.

Nous nous dirigeâmes vers le nord, traversant Euston Road et suivant le Outer Circle jusqu'à Regent's Park. Kemp était vêtue d'un pantalon de toile noire et d'un vieux cardigan sale, elle avait à la bouche une cigarette éteinte, comme pour bien avertir l'air frais qu'elle ne le laissait que très provisoirement entrer dans ses poumons. Toute cette verdure, ces gens en petits groupes, familles, couples d'amoureux, promeneurs avec leur chien, les couleurs adoucies par la brume légère d'automne; c'était aussi simple et plaisant qu'une plage vue par Boudin. Nous flânions, jetant un regard affectueux aux canards, un coup d'œil méprisant aux joueurs de hockey.

« Mon gars, dit Kemp, j'ai besoin d'une tasse de notre saleté de breuvage national ».

Et cela aussi aurait dû m'avertir. Dans son monde à elle on buvait du café.

Il y avait la queue au comptoir du pavillon où on servait le thé. Puis il fallut trouver des places : deux restaient libres à une table pour quatre. Kemp me laissa pour aller aux toilettes. Je sortis un livre de ma poche. Le couple qui me faisait face quitta la table. Ce bruit, cette foule... cette nourriture peu appétissante, et la longue file des gens attendant au comptoir... Kemp sans doute faisait la queue elle aussi. Je me plongeai dans la lecture.

Et là, assise sur la banquette, en face du siège que je gardais pour Kemp...

Si tranquillement, si simplement.

Elle baissait la tête, puis la relevant, me regarda droit dans les yeux. Je me retournai vivement, cherchant Kemp. Et presque aussitôt je sus où était Kemp : sur le chemin de la maison.

Elle ne disait rien. Assise là. Attendant.

J'avais toujours imaginé quelque retour spectaculaire, un appel mystérieux — métaphoriquement ou peut-être littéralement — dans un moderne Tartare. Et pourtant, comme je la regardais, incapable de parler, soutenant son regard vif, je compris que c'était là pour elle la seule façon de revenir. Il lui fallait réapparaître dans la plus banale des scènes et le décor le plus banal, dans une réalité des plus ordinaires, des plus ternes. Puisque c'était la Réalité dont elle jouait le rôle, elle était venue sans déguisement; et cependant je la sentais étrangère, encore toute nimbée de l'aura d'un autre monde; sortie de la foule mais ne lui appartenant pas.

En costume de tweed brun, ses cheveux couverts d'un foulard bleu foncé noué sous le menton, elle était tranquillement assise, les mains sur les genoux, attendant que je parle. Et je ne pouvais pas. A présent que c'était arrivé je ne pouvais pas changer, je ne pouvais la regarder.

Je baissai les yeux sur mon livre, comme si je ne voulais plus rien avoir à faire avec elle. Puis, irrité, je regardai plus loin qu'elle, une famille à la table de l'autre côté de l'allée, des visages empreints d'une curiosité stupide, comme s'ils flairaient une scène.

Soudain elle se leva et me tourna le dos. Je la vis s'éloigner entre les tables. Petite. Ce corps mince dont une légère tristesse accusait l'attrait sexuel. Je vis le regard d'un autre homme la suivre jusqu'à la porte.

Je laissai passer un moment qui était tout à la fois hébétude et déchirement. Puis je m'élançai à sa poursuite, bousculant les gens au passage. Elle marchait sur l'herbe, lentement, se dirigeant vers l'est. Je marchais à côté d'elle. Elle jeta un coup d'œil vers mes jambes. Nous nous taisions. Je regardai aux alentours. Il y avait tant de monde, trop loin pour qu'on puisse distinguer... Et Regent's Park. Cette autre rencontre; l'odeur des lilas, l'abîme de ténèbres.

« Où sont-ils? »

Elle haussa légèrement les épaules. « Je suis seule.

— Oh, je t'en prie! »

Nous fîmes encore plusieurs pas en silence. Elle indiqua d'un geste de la tête un banc au bord d'une allée d'arbres. Elle me semblait aussi étrangère que si elle venait réellement du Tartare; si froide, si calme.

Je la suivis. Elle s'assit à une extrémité et moi au milieu du banc, tourné vers elle, l'observant. J'étais furieux qu'elle détourne les yeux, qu'elle n'ait pas prononcé le moindre mot d'excuse, qu'elle ne parle pas.

Je dis : « J'attends. J'ai attendu trois mois et demi déjà. »

Elle dénoua son foulard et libéra ses cheveux. Ils étaient plus longs à présent, aussi longs que lorsque je l'avais vue la première fois et elle était bronzée. Dès le premier regard j'avais pris conscience que mes souvenirs, qui idéalisaient Lily, ne retenaient jamais d'Alison que l'image la moins séduisante. Je la contemplais. Sous le tailleur très bien coupé — Conchis devait lui avoir donné de l'argent — elle portait un élégant chemisier brun clair. Elle était jolie, désirable; même sans ces beaux vêtements... Je pensais au Parnasse, à une autre Alison. Elle fixait des yeux le bout de son soulier.

« Je veux que dès à présent une chose soit claire. » Elle ne dit rien, son regard erra sur la pelouse. « Je te pardonne ce tour dégueulasse que tu m'as joué cet été. Je te pardonne ce misérable désir de vengeance, bien féminin, qui t'a poussée à me faire attendre tout ce temps. »

Elle haussa les épaules. Un silence. Puis elle dit : « Mais?

— Mais, bon Dieu, ce que je veux savoir, c'est ce qui s'est passé ce jour-là, à Athènes. Ce qui s'est passé depuis. Et ce qui se passe maintenant.

— Et ensuite?

— Ensuite, on verra. »

Elle prit une cigarette dans son sac, l'alluma, puis, d'un geste plutôt sec, elle me tendit le paquet. Je refusai.

Elle se tournait vers Cumberland Terrace, vers l'alignement des maisons qui donnent sur le parc. Du stuc crème, une rangée de statues blanches le long des corniches, le bleu passé du ciel.

Un caniche vint jusqu'à nous. Je le chassai du pied; elle lui caressa la tête. Une femme criait : « Tina, mon chou, viens ici. » Autrefois nous aurions échangé une grimace amusée. Mais déjà Alison fixait à nouveau du regard la rangée de maisons. Je jetai un coup d'œil autour de moi. A quelques mètres de là il y avait d'autres sièges. D'autres gens assis, immobiles. Soudain le parc avec ses occupants me parut être une scène de théâtre, le paysage tout entier habité de masques et d'espions.

J'allumai une de mes cigarettes; je voulais qu'Alison me regarde.

« Alison. »

Elle me jeta un bref coup d'œil, baissa les yeux. Elle était assise là, sa cigarette à la main, et il semblait que rien ne la ferait parler. Une feuille de platane descendit lentement jusqu'à ses genoux. Elle se pencha, lissa les dentelures jaunes contre le tweed de sa jupe. Un Indien vint s'asseoir à l'extrémité du banc. Il avait un pardessus noir et élimé, une écharpe blanche, le visage maigre, l'air chétif et malheureux, timide, un peu perdu; c'était un garçon de café peut-être, ou le plongeur d'un médiocre restaurant. Je m'approchai d'Alison, baissai la voix, et m'efforçai de prendre un ton aussi froid que le sien.

« Et Kemp?

— Nicko, je t'en prie, ne m'interroge pas. Je t'en prie. »

Mon nom. Et elle s'était légèrement rapprochée. Mais elle restait froide et dure.

« Ils nous guettent? Ils sont ici? »

Un soupir d'impatience.

« Réponds!

— Non. » Mais immédiatement elle corrigea : « Je ne sais pas. »

Je dis : « Regarde-moi. »

Elle ne pouvait pas. Elle ne pouvait pas me faire face et mentir. Elle dit :

« Maintenant ça n'a rien à voir avec eux. »

Il y eut un long silence.

Je dis : « Pour me mentir, tu en es réduite à tourner la tête. »

Elle repoussa ses cheveux. Les cheveux, le mouvement du poignet. La façon, quand elle faisait ce geste, de renverser un peu la tête, le lobe de l'oreille un instant découvert. J'étais indigné; comme si on me refusait ce qui m'appartenait en propre.

« Tu es la seule dont j'ai toujours cru qu'elle était incapable de mensonges. Alors, peux-tu imaginer... cet été... quand j'ai eu la lettre, les fleurs... »

Elle dit : « Oh, si nous nous mettons à parler du passé... »

Tout ce que j'essayais était inutile; elle avait quelque chose d'autre en tête. Mes doigts touchèrent un objet lisse et rond dans la poche de ma veste : une châtaigne, un talisman. Jojo me l'avait passée, enveloppée dans le papier d'un bonbon, pour me faire une farce, un soir au cinéma. Je pensai à Jojo, quelque part, pas bien loin d'ici sans doute, dans cette ville morne aux rues encombrées, assise auprès d'un nouvel ami de rencontre;

Jojo dérivant au hasard vers l'âge adulte. Jojo dont j'avais tenu dans la mienne la main aux doigts boudinés. Et soudain je dus me faire violence pour ne pas prendre celle d'Alison.

Je dis : « Allie? »

Mais, brusquement décidée à ne pas se laisser toucher, elle jeta la feuille de platane. « Je suis revenue à Londres pour me débarrasser de l'appartement. » Elle me regarda un instant, elle ne mentait pas. « Je retourne en Australie.

— Tu es venue seulement pour cet appartement?

— Et pour te voir.

— Comme nous nous voyons à présent?

— Pour voir si je... » Elle s'arrêta.

« Si tu?

— Je ne voulais pas venir.

— Alors pourquoi es-tu là? »

Elle haussa les épaules.

« Donc, tu es là contre ta volonté.

— Si tu veux.

— Et à présent que tu m'as vu... »

Non, elle ne répondrait pas à la question implicite. Et elle ne me regarderait pas. Elle était mystérieuse, une femme nouvelle, presque; il fallait retourner de plusieurs pas en arrière et recommencer; *and know the place for the first time,* le poème d'Eliot. Comme si ce qui avait été autrefois libre en elle, si directement accessible, était maintenant sacré, et précieusement enfermé. Mais je connaissais Alison. Je savais que tout en gardant l'intégrité de son moi profond elle s'identifiait aisément en surface avec les êtres qu'elle aimait. Et je savais d'où lui venait ce calme lisse, ce visage impassible. J'étais en présence d'une prêtresse du temple de Déméter.

J'essayai de m'en tenir aux faits : « Où es-tu allée depuis Athènes? Chez toi?

— Peut-être. »

Je hasardai : « As-tu pensé un peu à moi?

— Quelquefois.

— Y a-t-il quelqu'un d'autre? »

Elle hésita. Et enfin : « Non.

— Tu n'as pas l'air d'en être très sûre.

— Il y a toujours quelqu'un d'autre. Si on cherche.

— Et tu cherchais? »

Elle dit : « Il n'y a personne.

— Suis-je inclus dans ce " personne "?

— Tu y as toujours été inclus depuis... ce jour-là. »

Qu'avait dit Lily de Seitas? Elle n'est pas un cadeau qui

vous est fait. Vous devez la convaincre que vous avez de quoi payer. Je contemplais le visage fermé d'Alison, ses yeux qui s'obstinaient à fixer un point dans le lointain. Elle se rendit compte que je l'observais et suivit du regard quelqu'un qui passait comme si elle le trouvait plus intéressant que moi.

Je dis : « Qu'est-ce que..

— Quoi?

— Qu'est-ce qu'il faut que je fasse? Te prendre dans mes bras? Tomber à genoux? Qu'est-ce qu'ils veulent?

— Je ne sais pas de quoi tu parles.

— Oh, si, tu le sais foutre bien. »

Elle eut un coup d'œil vers moi, puis baissa la tête. Elle dit : « J'ai vu clair en toi, ce jour-là. Pour toujours. C'est tout. »

Je restai longtemps silencieux. Puis, de nouveau, j'essayai, et plus calmement cette fois. « Ce jour-là, je t'ai fait l'amour. Et c'était aussi, en quelque sorte... pour toujours. »

Mais pour elle, c'était fini, elle s'écarta de moi, détournant son visage, le bras sur le dossier du banc. Je baissai la tête.

« Il y a eu un moment sur cette montagne où je t'ai vraiment aimée. Je ne dirai pas que je *pense* que tu le sais, parce que je *sais* que tu le sais. Je sais que tu l'as vu. Je te connais trop bien pour ne pas être sûr que tu l'as vu. Et que tu t'en souviens. »

Cette fois encore elle attendit un moment avant de répondre.

« Pourquoi devrais-je m'en souvenir? Pourquoi ne ferais-je pas tout ce que je peux pour l'oublier?

— A cela aussi tu connais la réponse.

— Vraiment? » Si froide, si petite, si calme.

Je dis : « Alison.

— Ne t'approche pas. Je t'en prie, ne t'approche pas. »

Elle ne me regarderait pas, mais c'était dans sa voix. Je la sentais saisie d'un tremblement, si profond en elle, invisible; ça tremblait tout au fond de son cerveau. Elle parla et je ne voyais ni ses lèvres ni ses yeux. « Bon, d'accord, je sais ce que ça veut dire. » Elle prit une autre cigarette et l'alluma. « Ou ce que ça voulait dire. Quand je t'aimais. Ça voulait dire que tout ce que tu me disais ou me faisais avait un sens, éveillait en moi un écho. J'étais troublée, j'étais exaltée, j'étais triste, j'étais... » Elle hésita. « Et après tout ce qui s'est passé tu peux encore être assis à une table, attendant une tasse de thé, et me regarder comme si j'étais une prostituée et que...

— Non, voyons. J'étais bouleversé. »

A ce moment je la touchai, mis une main sur son épaule, mais elle se dégagea aussitôt. Je dus m'approcher plus près pour entendre ce qu'elle disait.

« Chaque fois que je suis avec toi c'est comme si j'étais venue trouver quelqu'un pour lui dire : " Torture-moi, insulte-moi, ne te gêne pas. Parce... "

— Alison.

— Oh, à présent tu es gentil. Ça oui, tu es vachement gentil. Il y en a pour une semaine. Un mois. Et puis on recommencera. »

Elle ne pleurait pas. Je me penchai pour mieux la voir. Je savais qu'elle jouait un personnage et en même temps qu'elle ne jouait pas. Peut-être avait-elle préparé ce qu'elle disait mais en même temps elle le pensait. Je sentis s'enfler en moi une petite vague de colère dont j'allais pouvoir me servir.

Je dis : « De toute façon, puisque tu retournes en Australie... »

J'avais parlé sans sarcasme. Elle se retourna et cette fois me regarda; c'était presque un regard de haine, comme si ma stupidité était vraiment monstrueuse. J'eus le tort de sourire : je la forçais à déclarer son jeu. Soudain elle fut debout, traversa l'allée. Elle dépassa la rangée d'arbres, s'avança dans l'herbe et se tint là, me tournant le dos.

Il y avait quelque chose dans sa pose... La direction dans laquelle elle se tournait... Et soudain, en un éclair, je compris. Devant elle s'étendait la pelouse, cinq cents mètres de gazon jusqu'à la limite du parc. Au-delà s'élevait la façade Regency aux élégantes fenêtres, aux blanches statues, de Cumberland Terrace.

Un alignement de fenêtres, une rangée de statues de dieux classiques, dominant le parc de là-haut comme du balcon d'un théâtre. Et la complicité d'Alison qui m'avait amenée en cet endroit découvert, fait asseoir sur ce banc...

C'en était trop.

Je jetai un coup d'œil vers l'Indien. Lui aussi regardait Alison. Puis il me regarda. Même s'il m'avait entendu, il ne pouvait avoir compris de quoi nous parlions; et pourtant il savait ce qui s'était passé, je pouvais le voir dans ses yeux bruns et doux. Pour les hommes, quelle que soit la couleur de leur peau, les femmes sont toutes les mêmes. Un léger courant de sympathie passa entre nous.

Je me levai, marchai vers elle et, rudement, la saisis par le bras. L'air était doux comme un soir de fin d'été. Dans un parc tranquille aux promeneurs innocents.

« Maintenant, écoute. » Je me tenais contre son épaule. Le rôle était facile à jouer : ce visage meurtri, très près des larmes, mais sans une larme. Je pensai que je la jetterais sur un lit et m'enfoncerais en elle, encore, encore, frappant toujours. Le fouet retomberait, cette fois. Jusqu'à ce que je la possède totalement, la submerge. Et je pensai qu'il valait mieux pour elle, la salope, qu'elle n'essaie pas de se protéger avec ces foutus machins de caoutchouc. Il lui en coûterait, à cette garce, si elle s'avisait de mettre quelque chose entre ma vengeance et sa punition.

« Maintenant, écoute. Je sais qui nous guette, je sais d'où il nous guette, je sais pourquoi nous sommes ici. Alors : premièrement : je suis à peu près fauché. Je n'ai pas de travail et je n'aurai jamais qu'un métier médiocre. Par conséquent tu te trouves en ce moment avec le type le moins intéressant de tout Londres. Deuxièmement : si Lily arrivait par cette allée et me faisait signe de la suivre... je ne sais pas. Je ne sais pas, c'est ça dont je veux que tu te souviennes, je ne sais pas ce que je ferais et ne le saurai probablement jamais. Et pendant qu'on y est : rappelle-toi aussi qu'elle n'est pas une certaine fille mais un certain type de rencontre. » Je lâchai son bras. « Troisièmement : Comme tu me l'as dit si gentiment à Athènes, au lit je ne vaux pas grand-chose.

— Je n'ai pas dit ça.

— Continue à les regarder et ferme-la. » Nous avions tous les deux le visage levé vers les fenêtres de Cumberland Terrace; vers les divinités de pierre blanche. « Quatrièmement : il m'a dit un jour quelque chose. Au sujet des hommes et des femmes. Comment les hommes s'attachent à tout ramener aux objets et les femmes à des relations entre les objets. C'est vrai. Tu as toujours su voir... ce qu'il y a entre nous, quoi que ce soit. Ce qui nous lie l'un à l'autre. Pas moi. Et tout ce que je peux t'offrir c'est la possibilité que désormais je commence à voir. » J'observai son profil immobile, incapable de deviner ce qu'elle pensait.

« Je peux parler?

— Non. Tu dois à présent faire ton choix. Et tu ferais bien de te presser. Eux ou moi. Et ce sera définitif.

— Tu n'as pas le droit.

— J'ai autant de droits que toi, ce jour-là, à l'hôtel du Pirée. C'est-à-dire tous les droits. » J'ajoutai : « Et pour exactement les mêmes raisons.

— Non, ce n'est pas la même chose.

— C'est exactement pareil, mais les rôles sont inversés. »

Je fis un geste vers Cumberland Terrace. « Ils ont tout à t'offrir. Et moi, juste une chose, comme toi ce jour-là. Si tu fais la même erreur que moi, si tu penses que ce qu'ils t'offrent vaut mieux que l'avenir avec moi, je ne pourrai pas même t'en vouloir. C'est un pari que tu dois faire. Et tout de suite. »

Elle regardait les maisons, dorées par le soleil de l'après-midi, cet élixir olympien d'une lumière sereine et comme lointaine dont parfois s'imprègnent les nuages d'été.

Elle dit : « Je retourne en Australie. »

Je vis l'abîme entre nous, à la fois infiniment profond et absurdement étroit, aussi étroit que la distance qui nous séparait, à peine un pas. Je contemplai son visage défait mais fermé, mais obstiné. La brise apportait l'odeur d'un feu de branchages. A une centaine de mètres un aveugle marchait avec assurance, et s'il n'avait pas eu à la main une canne blanche on aurait cru qu'il pouvait voir.

Je fis demi-tour, me mis à marcher vers l'allée qui conduisait à la grille du sud. Je rentrais à la maison. Deux pas, quatre, six. Dix pas.

« Nicko! »

C'était étrangement péremptoire; un ton rauque; et pas du tout conciliant. Je m'arrêtai, tournai la tête, puis me forçai à continuer. Je l'entendis courir mais ne me retournai pas avant qu'elle soit presque à ma hauteur. Elle s'arrêta près de moi, un peu essoufflée. Elle avait dit vrai, elle retournait en Australie; ou du moins vers quelque Australie de l'âme et du cœur, pour y passer sans moi le reste de sa vie. Et pourtant elle ne voulait pas me laisser partir ainsi. Elle m'observait d'un regard irrité, blessé. Plus que jamais, j'étais impossible. Je fis deux pas vers elle, levai un index accusateur, déclarai :

« Tu en es toujours au même point. Tu continues à jouer leur scénario. »

Elle soutint mon regard. Elle paraissait aussi furieuse que je l'étais moi-même.

« Je suis revenue parce que je croyais que tu avais changé. »

Je ne sais pourquoi je fis alors ce geste brutal. Il ne fut ni calculé ni instinctif, ni accompli de sang-froid ni sous l'emprise de la colère, mais il devait ensuite me paraître un geste nécessaire, et pas contraire au Commandement. Je la giflai à toute volée. Le coup la prit à l'improviste, elle tituba, et ses paupières battirent; puis elle leva lentement la main jusqu'à sa joue. Nous nous regardions, comme affolés, terrorisés; le monde avait disparu et nous tombions dans l'espace. L'abîme pouvait être étroit mais il était sans fond. Puis je vis, derrière Alison, des gens arrêtés dans l'allée. Un homme se levait de son siège. L'Indien assis sur le banc nous observait. Alison gardait sa main contre son visage, ses yeux s'emplissaient de larmes, et je lisais dans son regard une sorte de stupeur.

Et c'est à cet instant-là, pendant que nous hésitions, au point de jonction de notre passé et de notre avenir, à cet instant même où il ne tient qu'à un mouvement imperceptible — l'ombre d'une crainte de trahison, le plus léger malentendu — pour qu'il y ait ou fission ou fusion, c'est à cet instant précis que m'apparut la vérité ultime.

Personne ne nous guettait. Les fenêtres étaient aveugles, le théâtre vide. Ce n'était pas un théâtre. Peut-être avaient-ils voulu persuader Alison que c'en était un. Elle les avait crus et je l'avais crue. Peut-être ne s'agissait-il que de me donner ma dernière leçon, m'imposer ma dernière épreuve consistant, comme dans *l'Astrée,* à changer lions et licornes et mages et autres monstres mythiques en statues de pierre. Je contemplai encore ces fenêtres lointaines, cette façade ornée de pompeuses silhouettes blanches. C'était l'apogée logique et parfaite du jeu, un jeu dont ils se retiraient. Nous étions seuls, j'en étais sûr... et pourtant... après tant de fois où j'avais cru déjà... comment pouvais-je être absolument sûr? Pourquoi étaient-ils si froids, si inhumains, soudain indifférents, abandonnant la partie après avoir truqué les dés?

Je me retournai vers l'allée. Ceux qui nous avaient observés, tout naturellement ceux-là, continuaient leur promenade, comme si cette petite démonstration triviale de brutalité masculine et la scène qui allait suivre ne les intéressaient guère, eux non plus. Alison n'avait pas bougé, elle tenait toujours la main sur sa joue. Mais à présent sa tête était courbée. J'entendis une sorte de soupir haletant comme elle tentait de retenir ses larmes, puis sa voix brisée, à peine audible, désespérée et en même temps stupéfaite :

« Je te déteste. Oh, je te déteste. »

Je ne dis rien, n'essayai pas de la toucher. Après un moment elle leva les yeux et je vis sur son visage ce que j'avais déjà perçu dans sa voix : de la haine, de la douleur, et toute la rancune de la femme depuis le commencement des temps. Mais j'y vis aussi quelque chose auquel je m'accrochai, que je n'avais encore jamais reconnu, ou jamais voulu reconnaître dans ces yeux gris, intenses, quelque chose d'essentiel derrière toute la haine, la souffrance et les larmes. Quelque chose qui s'ébauchait, le scintillement d'un cristal brisé, déjà prêt à se reformer. De nouveau elle parla, comme pour cacher ce que je découvrais.

« Je te déteste.

— Alors pourquoi n'as-tu pas voulu me laisser partir? »

Elle secoua brusquement la tête, elle paraissait trouver injuste que je lui pose une telle question.

« Je ne sais pas.

— Tu sais.

— Non.

— Lorsque je t'ai revue, moi, j'ai su en deux secondes. »

Je m'approchai. Elle se protégea le visage, comme si j'allais la frapper encore. « Tu veux que je te dise pourquoi j'ai fait ça? C'est que mon être véritable est totalement à ta merci. »

Elle est silencieuse, elle ne parlera pas, ne pardonnera pas, ne tendra pas la main, restera à jamais dans ce présent glacé. Tout est en attente : les branches d'automne, le ciel d'automne, les promeneurs anonymes. Dans les saules, au bord du lac, un merle un peu fou chante hors de saison. Un vol de pigeons au-dessus des maisons; des fragments de liberté, de hasard... une algèbre incarnée. Et venant d'on ne sait où, l'odeur âcre des feuilles qui brûlent.

cras amet qui numquam amavit
quique amavit cras amet

La composition
et l'impression de ce livre ont été effectuées
par Firmin-Didot S.A.
pour le compte de France-Loisirs
123, boulevard de Grenelle, Paris

Achevé d'imprimer le 29 Juin 1978
N° d'édition 3773 N° d'impression 2917
Dépôt légal 3e trimestre 1978

IMPRIMÉ EN FRANCE